BASTEI LÜBBE

JUDE DEVERAUX
DIE BESTSELLER-AUTORIN AUS AMERIKA

DER HELD IHRER TRÄUME

Aus dem Englischen
von Bodo Baumann

BASTEI LÜBBE

BASTEI-LÜBBE-TASCHENBUCH
Band 12 369

Deutsche Erstveröffentlichung
Titel der amerikanischen Originalausgabe:
Remembrance

Printed in Germany, August 1995
Einbandgestaltung: K.K.K.
Titelzeichnung: Pino Daeni/Agentur T. Schlück
Satz: MPM, Wasserburg
Druck und Bindung: Ebner Ulm
ISBN 3-404-12369-7

Teil eins

Kapitel eins

New York City
1994

Du kannst in diesem Leben nicht glücklich werden, weil du dir das in deinem letzten Leben verscherzt hast.

Was würden Sie sich wohl dabei denken, wenn jemand so etwas zu Ihnen sagte?

Vielleicht denken Sie sich: »Ein hoffnungsloser Fall; warum es also erst versuchen?« Richtig? Oder Sie sagen sich: »Die Frau, die dir das prophezeit hat, muß verrückt sein, und ich sollte mich und meine Habe schleunigst vor ihr in Sicherheit bringen.«

Oder Sie sind so wie ich und jubilieren: »Was für eine Story! Jeder macht jetzt in Zeitreisen, doch keiner hat ein vergangenes Leben in seinem Repertoire. Vielleicht kann ich der Dame eine Menge Fragen stellen und eine Geschichte aus ihren Antworten machen?«

Eben das ging mir durch den Kopf, als ich Nora zum erstenmal begegnet bin; denn ich bin durch und durch eine Schriftstellerin. Es gibt nicht ein Molekül in mir, das nicht darauf getrimmt wäre, alles, was ich sehe und höre, daraufhin zu untersuchen, ob sich nicht eine Story daraus machen ließe.

Ständig werde ich von Leuten gefragt, wie ich denn zum Schreiben gekommen bin. Ich wüßte gern eine Antwort darauf, die sie zufriedenstellen würde. Ich würde ihnen ja gern erzählen, daß ich auf einer Wiese voller kleiner blauer Blumen spazierengegangen wäre, als mir eine schöne Frau in einem silbernen Kleid erschien, die mir mit einem Stab auf den Kopf klopfte und dann mit einer goldenen Stimme zu mir sagte: »Ich habe dir die Gabe des Schreibens verliehen. Gehe also hin und schreibe.«

Zuweilen habe ich den Eindruck, daß die Leute von mir hören wollen, ich sei wie ein Prophet als Schriftstellerin »auserwählt« worden. Doch in der einschlägigen Lektüre bin ich noch nie auf einen Propheten gestoßen, der nicht zu Gott gerufen hätte: »O Herr, warum ausgerechnet ich?« Ich habe zuweilen das Gefühl, daß das »Auserwähltsein« keine Gabe, sondern ein Fluch ist.

Jedenfalls habe ich Ihnen soeben verraten, warum ich Schriftstellerin wurde. Weil ich aus allem eine Geschichte mache. Absolut aus allem, was es auf dieser Erde gibt. Ich sehe etwas, höre etwas, lese etwas, und mein Geist fängt an, eine Geschichte zu erfinden.

Das Erzählen von Geschichten ist für mich etwas vollkommen Natürliches. Wenn mich Leute fragen, wie ich zum Schreiben gekommen bin, würde ich ihnen gern die Gegenfrage stellen, was sich denn anstelle von Geschichten in ihrem Kopf befindet. »Woran denken Sie, während Sie sich eine unglaublich langweilige Ansprache anhören müssen? Während Sie Auto fahren? Während Sie die sechste Ladung Wäsche in ihre Waschmaschine stopfen?« Für mich ist diese Frage das eigentliche Geheimnis des Lebens. Was sich in meinem Kopf befindet, weiß ich bereits; aber was steckt in den Köpfen anderer Menschen, wenn es denn keine Geschichten sind?

Ich habe, wie gesagt, diese Frage nur für mich selbst beantworten können und versucht, das Beste daraus zu machen. Inzwischen gehöre ich der Zunft freier Autoren an (was bedeutet, daß ich keinen aushäusigen Job benötige, um meine Rechnungen bezahlen zu können) und habe festgestellt, daß auch wir Schriftsteller einen kleinen Club haben, dem wir Loyalität schulden. Der hippokratische Eid ist nichts im Vergleich dazu.

Weil ich nicht meine Mitgliedschaft in diesem Club verlieren möchte, werde ich mich hüten, etwas anderes zu sagen, als man von mir erwartet. *Das Schreiben ist ein verdammt hartes Brot.* Ist es tatsächlich so, als würde man sich eine Ader aufschneiden und sein Blut über das Papier verströmen? Ja, dieser Vergleich ist zutreffend. Das Schreiben ist tatsächlich eine harte Knochenarbeit. Himmel, ich wette, daß ich dabei täglich mindestens sechs bis zehn Stunden auf meinem Allerwertesten sitze und zwischendurch im Zimmer herumwandere, um mir zu überlegen, was als nächstes passiert. Ich habe einen Verlag, der mir sogar jedesmal Blumen und Geld schickt, wenn ich ihm ein fertiges Manuskript per Eilboten zukommen lasse.

Aber hört sich das nun wirklich so an, als würde ein Schriftsteller einen schwereren Beruf haben als vergleichsweise etwa eine Sekretärin? Sie muß aufstehen, wenn der Wecker klingelt (während ich aus den Federn krieche, wenn es mir paßt), muß anschließend die Kinder in die Schule und den Mann zu seiner Arbeitsstelle bringen, dann für einen Boß arbeiten, der ihr nie ein Dankeschön dafür sagt, und abends noch eine Extraschicht als Hausfrau einlegen. Und niemand käme wohl auf den Gedanken, jemals zu ihr zu sagen: »Donnerwetter, Sie sind eine Sekretärin! Wie sind Sie denn dazu gekommen?«

Ich schätze, wir machen alle das, was wir können. Wenn Sie das Talent zum Fahren eines Lastwagens haben, dann fahren Sie Lastwagen. Wenn Sie Leute ohne Gewissen verteidigen können, werden Sie Anwalt. Wenn Sie Geschichten in Ihrem Kopf haben, bringen Sie diese zu Papier. Für mich ist die Schriftstellerei ein Beruf wie jeder andere. Und auch nicht annähernd so wichtig wie viele andere. Aber es scheint so, als wollte die Allgemeinheit mir da nicht zustimmen. Sie ist der Meinung, Schriftsteller wären hellsichtiger, intelligenter, begabter und in was weiß ich noch anderen Belangen besser als andere Leute, und behandelt diese Personen deshalb mit Ehrfurcht und Respekt.

Meiner Meinung nach wäre es am besten, wenn wir eine Nationale Berufslotterie einrichten und jedes Jahr ungefähr zehn Berufe aus einem Hut ziehen würden, deren Vertreter sodann zu Siegern des Jahres erklärt und mit Ehrungen überschüttet werden sollten. Man sollte von ihnen Bestseller-Listen aufstellen, ihnen Fan-Briefe schicken, sie zu Partys einladen, auf denen sie Autogramme verteilen, und so etwas wie ein Verlagshaus für sie einrichten, das ihr Loblied singt, die Werbetrommel für sie rührt und ihnen Blumen schickt.

Haben Sie es gemerkt? Ich mache schon wieder eine Geschichte daraus. Setzen Sie mich an eine Schreibmaschine, und ich kann nicht mehr aufhören.

Wenn ich jedoch vorhin von zehn Berufen sprach, die man zu Siegern erwählen sollte, so muß ich an dieser Stelle anmerken, daß es einen »Berufsstand« gibt, der zu gemein ist, als daß er es verdiente, in diese Lotterie aufgenommen zu werden. Und das sind die Rezensenten, besonders jene, die romantische Liebesromane besprechen.

Vielleicht sollte ich es Ihnen gleich sagen, damit Sie gar nicht erst weiterlesen, falls Sie sich beleidigt fühlen:

Ich schreibe romantische Liebesromane.

Jetzt ist es heraus. Nun wissen Sie es.

Bei all der Freude, die ich am Leben und Schreiben habe, gibt es doch einen Aspekt darin, der für mich schrecklich ist. Absolut schauderhaft. Und das ist die Art, wie die Allgemeinheit romantische Liebesromane, deren Leser und vor allem deren *Verfasser* betrachtet.

Was ist das nur für eine verrückte Welt, in der wir leben. Ich lernte auf »Oprah« einen Mann kennen, der zugab, seine Tochter als Kind viele Male sexuell mißbraucht zu haben. Und fast jeder Schauspieler/Sänger, der vor der Kamera aus dem Nähkästchen plaudert, erzählt uns, daß er/sie fast jede auf der Welt bekannte Droge ausprobiert hat und fast alle Menschen, die mit ihm verbunden oder ihm zugetan gewesen waren, vor den Kopf geschlagen oder davongejagt hat.

Und wie behandelt man diese Leute? Man bringt ihnen Verständnis, Sympathie und sogar Liebe entgegen.

Aber hier sitze ich nun, und was mache ich? Ich schreibe heitere oder komische kleine, romantische Geschichten von Männern und Frauen, die sich ineinander verlieben. Sie richten nichts Schlimmeres an, als ein oder zwei Babys herzustellen. Sie schnupfen weder Kokain noch begehen sie Blutschande. Sie schütten sich nicht gegenseitig kochendes Wasser ins Gesicht oder tun sich sonst was Böses an. In meinen Romanen kommen nicht einmal Personen vor, die imstande wären, sich einen raffinierten Mordplan auszudenken. Ich schreibe nur Geschichten über das, wovon wir alle träumen: jemanden zu haben, den wir lieben und der unsere Liebe erwidert.

Man sollte nun meinen, daß allein schon der Gedanke an einen Liebesromanautor ein Lächeln auf die Lippen der Leute zaubern würde. »Ach, wie reizend: Liebe, Frohsinn, Lachen, Küsse.«

Aber nein, sie lächeln nicht, sondern gießen vielmehr ihren Hohn und Spott über die Autoren von Liebesromanen und deren Bücher aus.

Und weshalb tun sie das? Einer der Gründe dafür, den ich nun besonders lächerlich finde, ist, daß Frauen, die diese Liebesromane lesen, angeblich Schein und Wirklichkeit nicht mehr zu unterscheiden vermögen und sich einbilden, daß ein Mann sie vor dem Leben retten würde. Ist das nicht komisch? Daß Frauen – ausgerechnet *Frauen* – so dumm sein sollten, eine Geschichte nicht mehr von der Realität unterscheiden zu können? Hat man schon jemals befürchtet, daß *Männer,* die Schauerromane lesen, mit der Axt auf die noch minderjährigen Töchter ihrer Nachbarn losgehen könnten? Nein, ich kann mich nicht entsinnen, daß irgend jemand sich mit einer derartigen Sorge getragen hätte. Ich kann mich auch nicht daran erinnern, daß man sich bei Lesern von Kriminalromanen oder Science-fiction solche Gedanken gemacht hätte. Es scheint, daß nur Frauen so dumm sein können, anzunehmen, daß irgendein gutaussehendes, einfühlsames und verständnisvolles Mannsbild sie vor der Grausamkeit des Lebens bewahren würde.

Gütiger Gott – wenn irgendeine Frau davon überzeugt wäre, daß ein prächtig aussehendes Mannsbild sie vor dieser bösen Welt retten würde, würden Verleger nicht vierzig Prozent ihres Umsatzes mit Liebesromanen machen.

Aber lassen Sie mich jetzt wieder zu den Rezensenten zurückkehren. Diese smarten jungen Leute machen ihr Examen am College und träumen davon, in einem »Kulturmagazin« als Feuilletonist zu arbeiten. Und was passiert mit ihnen? Irgendein alter Mann, dem keine Sterne mehr aus den Augen leuchten, beschließt, diesem Grünschnabel eine Lektion vom wahren Leben zu erteilen und gibt ihm den windigsten Job der gesamten Branche: *die Besprechung von Liebesromanen.*

Nun raten Sie mal, an wem der kulturbeflissene Jüngling wohl jetzt seine Wut auslassen wird! Da hat er nun achtzigtausend Piepen für seine Ausbildung bezahlt und bekommt Bücher mit »Stillenden-Mütter«-Titelbildern zu lesen (so benannt nach dem Umfang der »Na, Sie wissen schon, was« und der offenkundigen Bereitschaft, das dazugehörige, den Milchfluß hemmende Wäschestück zu entfernen. [Preisfrage: Wer mag wohl diese Titelbilder erfunden haben – ein Mann oder eine Frau?]).

Jedenfalls bekomme nun ich, die Verfasserin von Liebesromanen, den Zorn dieser Person zu spüren. Ich, die in seinen Augen verabscheuungswürdigste Kreatur auf Erden – eine Hausfrau mit eigenem Bankkonto.

Regel Nummer eins für den besagten Rezensenten: Vergleiche das vorliegende Buch mit dem *besten* Buch, das du jemals in deinem Leben gelesen hast. Wenn es nicht den Standard einer Jane Austen erreicht, dann verwende ungefähr sechzigtausend Piepen deiner teuren Ausbildung dafür, diesen Autoren auf jede nur erdenkliche Weise schlechtzumachen. Falls du jedoch den Fehler machen solltest, an dem vorliegenden Buch Gefallen zu finden, dann schreibst du, daß es »den Beifall der Leser von Hayden Lane finden könnte«. Was auch immer du tust – du darfst dich niemals so weit aus dem Fenster lehnen und schreiben, dieses Buch hätte dir tatsächlich *gefallen.* Denn solltest du in den Verdacht geraten, Geschmack an Liebesromanen zu finden, wirst du niemals zum Rezensenten *guter* Bücher befördert werden.

Aber was hat das denn nun alles mit einem früheren Leben zu tun? Es hat alles damit zu tun; denn ich bin jetzt neununddreißig, müssen Sie wissen, »nulle« demnächst und versuche, mir über gewisse Dinge in meinem Leben klarzuwerden. Manchmal denke ich, daß ich genauso neugierig bin wie meine Leser und mich jetzt ebenfalls frage, wie ich zum Schreiben gekommen bin.

Was *macht* uns zu dem, was wir heute sind?

Warum finde ich es so reizvoll, Menschen zu analysieren? Was treibt mich dazu, zu ergründen, weshalb die Dame dort unten auf der Straße sich mit militärischer Präzision kleidet? (Ist sie vielleicht in einem früheren Leben Soldat gewesen?) Warum leidet jemand an Klaustrophobie oder Höhenangst? Warum scheut sich jemand, ein Messer anzufassen oder seine Wohnung zu verlassen?

Da gibt es natürlich die Theorie, daß jede Phobie, die dich als Erwachsener beherrscht, auf ein schreckliches Kindheitserlebnis zurückzuführen ist – vornehmlich auf eines, an das Sie sich nicht mehr zu erinnern vermögen, so daß Ihr Psychotherapeut Sie zu unzähligen Sitzungen bestellen kann, damit Ihnen dieses schreckliche Ereignis wieder einfällt. Am Ende dieser Therapie sind Sie dann um ein paar Tausend Dollar ärmer und um ein paar elende Erinnerungen reicher geworden.

In einer schlimmen Periode meines Lebens (und wer anders als ein Mann kann wohl für die »schlimme Periode« im Dasein einer Frau verantwortlich sein?) suchte ich eine Psychotherapeutin auf. Sie sagte zu mir, daß mir Geschichten durch den Kopf gingen, weil ich mit meinem Vater habe schlafen wollen. Als ich meine Sprache wiedergefunden hatte, erklärte ich ihr mit großer Empörung, daß ich mir *niemals* gewünscht hätte, mit meinem Vater ins Bett zu gehen. »Oh«, antwortete sie mir da in aller Seelenruhe, »dann haben Sie das eben verdrängt.«

Da begriff ich, daß ich gegen sie nicht gewinnen konnte – das Gewinnen ist mir im Leben stets wichtig gewesen –, und stellte nach dieser Sitzung meine Besuche bei ihr ein.

Aber ich setzte dennoch meine Bemühungen fort, zu ergründen, weshalb ich schreibe und warum ich das schreibe, was ich schreibe. Alle Schriftsteller streben das gleiche Ziel an. Sie wollen unsterblich sein. Deshalb sind wir Schriftsteller ja so eitel, uns einzubilden, daß jemand anderer das lesen möchte, was wir zu Papier bringen. Wir Autoren empfinden kein Mitleid, wenn wir hören, daß Mark Twain als armer Mann gestorben ist, weil der »olle« Mark ja sein Ziel erreicht hat. Ein ewiges Leben.

Unsere Familien würden es sicherlich viel lieber sehen, wenn wir Schriftsteller eine Menge Geld verdienen; aber wir Autoren würden jederzeit die Unsterblichkeit dem Reichtum vorziehen.

Doch das ist ja das Problem: Niemand kommt mit einem Notizblock in der Hand auf einer rosenfarbenen Wolke zu dir ins Zimmer geschwebt und sagt: »Wir verleihen dir die Gabe der Schriftstellerei. Möchtest du nun etwas schreiben, worüber jeder die Nase rümpft, oder solche Sachen, an die sich jeder noch nach deinem Tod erinnern wird?« Die Gabe des Schreibens kann man nicht mit einem Gebrauchtwagen vergleichen. Sie können Ihr spezielles Talent nicht zurückgeben, wenn es Ihnen nicht gefällt. Sie können nicht sagen: »Nein, ich will es doch lieber gegen ein Edith-Wharton-Modell eintauschen.«

Mein spezielles Talent ist nun zufällig das Verfassen von Liebesromanen. Eine Gattung, über die sich jedermann lustig macht. Wenn der Regisseur in einem Film eine weibliche Figur als dumm darstellen möchte, drückt er ihr einen Liebesroman in die Hand.

Ich bin schon früh zu der Einsicht gelangt, daß ich dankbar sein müßte, überhaupt ein Talent für etwas zu besitzen. Wer schreiben kann, schreibt; wer es nicht kann, rezensiert. Anthony Trollope hat einmal gesagt: »Nur ein Dummkopf schreibt für etwas anderes als Geld.« Wie wahr. Sie können sich nicht mit dem Vorsatz an den Computer setzen, daß sie sich jetzt in der Literaturgeschichte einen Namen machen werden. So funktioniert das nicht. Sie können nicht darüber entscheiden, was andere Menschen über Ihren Tod hinaus von den Sachen halten, die Sie schreiben.

Trotzdem frage ich mich noch immer, wie ich eigentlich dazu

gekommen bin, Liebesromane zu schreiben; und ich blicke zurück auf mein Leben, ob sich darin vielleicht etwas finden läßt, was mich dazu brachte. Tatsächlich hätte ich gern alles gewußt, was mich zu dem Menschen gemacht hat, der ich heute bin.

Bis zu meinem siebten Lebensjahr war ich das glücklichste Kind auf Erden. Ich wohnte mit meinen Eltern und meiner Schwester zwischen zwei randvoll mit Kusinen, Vettern, Tanten, Onkeln und einem Paar Großeltern gefüllten Häusern. Es war himmlisch. Ich war der Rädelsführer der ganzen Horde, kommandierte sie alle herum und sagte ihnen, was sie machen und wie sie es machen sollten. Meine Kreativität wurde damals von jedermann geschätzt.

Nun, vielleicht doch nicht von allen. Ich habe einmal meiner Großmutter dabei zugesehen, wie sie einem Huhn den Kopf abdrehte, und sagte dann zu einem meiner Vettern, daß wir Grandma bei der Arbeit helfen und allen Hühnern den Kopf herumdrehen müßten. Da hockten wir nun, beide nicht älter als fünf, jeder mit einem Huhn zwischen den aufgeschrammten Knien, und drehten und drehten. Nach einer Weile kam meine Großmutter mit einem Korb voller Wäsche aus dem Haus und sah ihre Hühner mit in den Nacken gedrehten Köpfen wie Betrunkene im Hof herumtaumeln. Da Sanftmütigkeit nicht zu den Charaktereigenschaften meiner Großmutter gehörte, wundere ich mich noch heute, wie es mir und meinem Vetter damals gelingen konnte, diesen Tag lebend zu überstehen.

Doch diese wunderbare Zeit sollte dann sehr bald ein Ende haben, als meine Mutter beschloß, sich die Nörgeleien ihrer Schwiegermutter nicht länger gefallen zu lassen. Und so kam es, daß meine Mutter (an deren Dickschädel jeder Temperamentsausbruch wirkungslos zerschellte) eines verhängnisvollen Tages meinen Vater davon unterrichtete, daß sie sich ein Grundstück gekauft habe und entschlossen sei, darauf ein Haus zu errichten. Im Haushalt meiner Eltern taten wir zwar alle so, als wäre es mein Vater, der den Ton in der Familie angab, doch ich glaube, daß er schon sehr früh die Losung ausgegeben hat, daß wir uns alle nach Mamas Wünschen richten sollten, weil sie uns sonst das Leben zur Hölle machen würde. Jedenfalls war er nicht so dumm, »nein« zu meiner Mutter zu sagen, wenn er es in ihren Augen wetterleuchten sah.

Aus welchen Gründen auch immer die Entscheidung damals zustande gekommen sein mochte: jedenfalls zogen wir um. An jenem Tag verlor ich auf einen Schlag alle meine Kusinen, Vettern und meine Großeltern väterlicherseits. Und mit ihnen verlor ich auch die Hühner, die Kühe und das Opossum, das in einem Faß in der Scheune hinter dem Haus wohnte. Ich verlor die Brombeerbüsche, die mich mit Maden versorgt hatten; und den Apfelbaum für meine Kletterübungen. Binnen eines Tages verwandelte ich mich aus einem Champion in eine Person minderen Ranges; wurde aus einem Herdenführer ein schwieriges Kind, das im Zaum gehalten werden mußte.

Binnen weniger Stunden hatte ich das aufregendste Leben auf dieser Welt gegen ein unbeschreiblich stumpfsinniges Dasein eingetauscht. Meine Mutter und meine Schwester waren aus demselben Stoff gemacht. Sie waren gut. Gut, gut, gut.

Was kann es Langweiligeres geben, als immer nur gut zu sein? »Iß nicht so viel Schokolade; du wirst nur krank davon«, oder »Du kannst das Buch jetzt nicht lesen, weil du das Badezimmer noch nicht saubergemacht hast«; oder »Ich kann mir das jetzt nicht anschauen, weil ich etwas Wichtigeres zu tun habe«. So ging es den ganzen Tag; etwas anderes bekam ich von meiner Mutter nicht zu hören. Für sie gab es für alles einen richtigen und einen falschen Zeitpunkt. Doch auf den Moment, wo ich mich auch einmal gehenlassen durfte, habe ich vergeblich gewartet.

Machen denn die Erwachsenen immer nur das, was auf ihrem Tageskalender steht? habe ich mich damals gefragt. War ich die einzige Person auf der Welt, die so viel Schokolade essen wollte, wie ihr schmeckte – ohne Rücksicht auf die Konsequenzen?

Wenn ich heute an diese Zeit zurückdenke, fällt mir auf, daß es Leute gibt, die Angst haben, gegen irgendwelche Regeln zu verstoßen. Vielleicht scheuen sie sich davor, weil sie meinen, sie würden sonst die Kontrolle über ihr Selbst verlieren und sich in etwas Schauderhaftes verwandeln – im Falle meiner Mutter in eine Frau mit einem schmutzigen Badezimmerboden.

Egal, was für eine Philosophie hinter dem allen stand – das Ergebnis war stets das gleiche. Ich wurde gewissermaßen in einen Glaskäfig gesetzt und darin alleingelassen. Ich wurde unentwegt dazu ermahnt, mich gerade hinzusetzen, gemessenen Schrittes zu gehen und nie – niemals – ausgelassen zu sein. Ich bemühte mich, das alles zu beherzigen, aber es ist schwierig, sich als Kind stets im Zaum zu halten. Ich schätze, daß ich mich dann irgendwann taub stellte, weil ich mir zu oft den Satz »Du weißt ja, wie du bist« anhören mußte. Zuweilen hatte ich das Gefühl, daß meine Eltern meinten, ich würde vollends die Macht über mich verlieren, wenn sie mich nicht den ganzen Tag unter ihrer Aufsicht haben würden. Daß ich dann vielleicht anfangen würde, so hemmungslos zu lachen und Schokolade zu essen, daß ich damit *nie* mehr aufhören könnte. Vielleicht hatten sie Angst, ich wäre nicht mehr zu bändigen, wie ein junger Hund, den man von der Leine losbindet, wenn sie mir auch nur einmal gestatten würden, *ich selbst* zu sein.

Jetzt, wo ich erwachsen bin und mich auskenne mit dem Leben der Erwachsenen (o ja!), weiß ich, daß meine Eltern im Gegensatz zu mir nicht kreativ gewesen sind. Wenn sie etwas kauften, das man zusammensetzen mußte, lasen sie erst den Zettel mit den entsprechenden Anweisungen durch und bauten es dann auf die Weise zusammen, wie es der Hersteller von ihnen verlangte. Wenn ich etwas kaufte, hatte ich das Gefühl, ich würde mogeln, wenn ich diese Anweisungen las. Und falls es mir nicht gelingen wollte, es ohne große Mühe zusammenzubauen, konnte es passieren, daß ich auf dem Karton herumtrampelte, in dem das Ding verpackt gewesen war, und all die schmutzigen Wörter hersagte, die ich kannte (gottlob waren es nicht allzu viele).

Zur Strafe für meine Kartonhüpferei und den Verstoß gegen die allgemeinen Anstandsregeln mußte ich mir dann eine Predigt anhören, was »für mich gut sei«. Ich habe diesen Satz nie verstanden. Wenn jemand zu mir sagt, das wäre »nur gut für mich«, dann bedeutet das *immer,* daß dieser Jemand versucht, mich zu einem Eingeständnis seiner überlegenen Macht zu bewegen.

Wie hatte es mir nun gelingen können, diese seelischen Torturen lebend zu überstehen? Wie hatte ich die Predigten des Pfarrers überleben können, zu dem man mich schleppte, weil ich so ein »ungeratenes« Kind sei? Wie diese Schande, als ich meine Mutter meine Verwandten fragen hörte, ob sie wüßten, was sie mit mir »anstellen« sollte?

Ich wehrte mich, so gut ich konnte, indem ich mich in das Land der Phantasie flüchtete.

Ich las unablässig. Wenn meine Mutter mir befahl, im Schlafzimmer, das ich mit meiner Schwester teilte, Staub zu saugen, schien für sie die Zeit, die ich für diese Arbeit benötigte, der Gradmesser für die Gründlichkeit zu sein, mit der ich diesen Auftrag erledigte, und nicht die Sauberkeit des Fußbodens. Da sie stets nur die Glühbirnen im Zimmer inspizierte, auf denen kein Stäubchen haften durfte, gewöhnte ich mir an, diese gründlich abzuwischen, ehe ich mich mit einem Buch und einer Taschenlampe in den Kleiderschrank zurückzog und dort eine dreiviertel Stunde mit Lesen verbrachte. Da meine Mutter das scharfe Gehör einer Fledermaus besaß, mußte ich auch für die nötige Geräuschkulisse sorgen, um beim Lesen nicht gestört zu werden. Und so saß ich denn, mir den Staubsaugerschlauch vor den Mund haltend, durch den ich die Luft ansog wie durch einen Schnorchel, auf einer Hutschachtel im Schrank und las. Ich durfte nur nicht vergessen, das Ende des Schlauchs, das mit dem Staubsauger verschraubt wurde, zu säubern, ehe ich mich in den Schrank zurückzog, weil ich sonst mit einem so schmutzigen Gesicht aus dem Schlafzimmer herausgekommen wäre, daß meine Mutter Verdacht geschöpft und nicht nur die Glühbirnen, sondern auch den *Fußboden* kontrolliert hätte. Dann wäre es vorbei gewesen mit dem Lesen im Schrank.

Jedenfalls lernte ich, mir mit derlei Tricks die Zeit und den nötigen Freiraum zum Lesen der Bücher zu verschaffen, die ich so sehr liebte. Ich las damals nicht nur schöngeistige, sondern auch historische Werke. Ich las Bücher von Helden und Heroinen, von Frauen und Männern, die in ihrem Leben nicht nur allerlei angestellt, sondern auch etwas vollbracht hatten.

Ich las von den Heldentaten eines Daniel Boone und Jackie Cochran und – o Seufzer, Seufzer – Captain Sir Richard Francis Burtons Berichte von seinen Abenteuern und Erlebnissen in Afrika. Ich las die Biographien von Elizabeth I., der großartigsten Königin, die jemals gelebt hat, und von Mädchen, die sich als Männer verkleideten und spionierten. O ja, meine Bücherliste war endlos.

Es war mir damals noch nicht bewußt, daß ich mit meiner Lektüre eigentlich Quellenforschung betrieb. Ja, ich las nicht nur, sondern ich recherchierte. Heute bekomme ich Briefe von meinen Lesern, die sich erstaunt fragen, wann ich denn die Zeit fände zum Studium der Quellen für meine historischen Bücher. Erst neulich schrieb mir eine Frau, die berufstätig und Mutter von drei kleinen, noch nicht schulpflichtigen Kindern ist, wie *ich* mir denn das Material beschaffen würde, das ich zum Schreiben eines historischen Romans bräuchte. Ich hätte ihr gern zurückgeschrieben, wie *Sie* es denn schaffte, abends nicht vor Erschöpfung tot umzufallen.

Vermutlich erzähle ich Ihnen so viel aus meinem Leben, um Sie, meine Leser, davon zu überzeugen, daß ich eine vollkommen normale und geistig gesunde Person bin, weil mir nämlich etwas passiert ist, das man nicht als normal bezeichnen kann und sogar als Zeichen geistiger Verwirrung auslegen könnte.

Ich habe mich nämlich in eine meiner fiktiven Personen verliebt.

Bis ich anfing, an meinem Buch mit dem Titel »Forever« zu schreiben, gefiel ich mir in dem Gedanken, daß ich ein absolut normaler und seelisch ausgeglichener Mensch sei. Vielleicht habe ich zuweilen zu viele Geschichten im Kopf; aber nach meinem Verständnis fehlt den Leuten etwas, denen gar keine Geschichten einfallen.

Jedenfalls hatte ich bis zu jenem Tag angenommen, daß ich glücklich und ein einigermaßen ausgeglichener Mensch sei. Ich war siebenunddreißig Jahre alt, hatte eine großartige Karriere als Schriftstellerin gemacht, eine Menge Freunde und – das Beste von allem – einen wunderbaren Mann namens Steven kennengelernt.

Steve war die Erfüllung eines Wunschtraums: smart, klug, witzig, talentiert, fürsorglich. Steve hätte nicht besser sein können, wenn ich ihn selbst erfunden hätte. Und er himmelte mich an, lachte über alle meine Witze und hielt mich für schön und klug. Kurzum, es war eine in jeder Hinsicht perfekte Beziehung, die wir miteinander hatten. Für mich stand fest, daß ich ihn letztendlich würde heiraten wollen. Und als er mir eines Sonnabends, als wir in einer Pferdedroschke durch den Central Park fuhren, fragte, ob ich seine Frau werden wollte, warf ich ihm die Arme um den Hals und sagte so begeistert »Ja, ja, ja!«, daß es Steve fast peinlich wurde.

Doch in dieser Nacht – vielmehr am Sonntag um drei Uhr morgens – wachte ich mit einer IDEE auf. Das ist ungewöhnlich für mich. Als ich anfing zu schreiben, wurde ich von Ideen förmlich geplagt, und ich hatte eine so große Angst, daß ich sie wieder vergessen haben würde, wenn ich morgens aufwachte, daß ich aus dem Bett stieg und die ganze Nacht hindurch schrieb. Aber nach meinen ersten zehn Romanen gewöhnte ich mir an, liegenzubleiben und wieder einzuschlafen, wenn ich mitten in der Nacht eine Idee hatte.

Aber an diesem frühen Sonntagmorgen, nachdem Steve mir ein paar Stunden zuvor einen Heiratsantrag gemacht hatte und meine linke Hand ganz schwer war von seinem Verlobungsring, hatte ich *die* Idee. Sie war so grandios, daß ich mich unmöglich an Steves warmen Körper kuscheln und wieder einschlafen konnte.

Ich verließ also das Bett und ging auf Zehenspitzen zu meinem Computer, um meine Idee niederzuschreiben. Es war weniger eine Geschichte, die mir da eingefallen war, sondern eher ein Charakter. Nun ja, okay, ein Mann. Ein wunderbarer Mann – ein Mann, der alle Männer übertraf, die ich bisher in meinem Romanen dargestellt hatte. Ein Mann, der für mich wirklicher war als alle männlichen Figuren, die ich bislang erschaffen hatte.

Alle meine Büchern handeln immer nur von einer Familie – den Tavistocks. Als ich mit dem Schreiben anfing, war ich jedesmal, wenn ich ein Buch fertiggestellt hatte, deprimiert, weil ich wußte, daß ich die Figuren meines Romans nie wiedersehen würde. Und eines Tages hatte ich dann die brillante Idee, vier Bücher über vier Brüder aus der gleichen Familie zu schreiben. Dabei hatte ich jedoch nicht bedacht, daß ich nach dem Abschluß dieser Serie gleich vierfach deprimiert sein würde. Als dieser Moment heranrückte, schien mir die einzige Möglichkeit, mich von dieser Depression erholen zu können, darin zu bestehen, daß ich noch *mehr* Bücher über diese Familie schrieb.

Damals ist mir noch nicht bewußt gewesen, auf was ich mich da einließ. Als die Zahl der Bücher über diese Familie anwuchs, brachte mir die Post Tausende von Briefen mit Freiumschlägen und der Bitte, mit diesen doch den Absendern den Stammbaum dieser Familie zuzuschicken. Und ich bekam auch laufend Zuschriften von Lesern, die mich darauf aufmerksam machten, daß ich in dem einen Roman einem Mann und einer Frau einen kleinen Jungen angedichtet, im nächsten Buch demselben Paar jedoch statt des kleinen Jungen ein kleines Mädchen beschert hätte. Ich mußte mir sogar ein professionelles Genealogie-Computerprogramm kaufen, um die Übersicht über alle meine Figuren nicht zu verlieren; denn innerhalb von wenigen Jahren hatte ich mehr als vierhundert Personen erschaffen, die alle miteinander verwandt waren.

Mit der Zeit sind mir dann die Tavistocks und deren Vettern so sehr ans Herz gewachsen, daß sie für mich so real wurden wie lebende Personen. Und deshalb war es nicht verwunderlich, daß ich in meiner Verlobungsnacht anfing, über einen Mann namens Tavistock zu schreiben.

Ich nannte ihn James Tavistock, der Jamie gerufen wurde – ein prächtiger, im sechzehnten Jahrhundert lebender hünenhafter Schotte, der nur im Tavistock-Plaid umherlief. Und die Heldin war eine moderne Frau des zwanzigsten Jahrhunderts, die eine Zeitreise in die Vergangenheit machte, um diesen prächtig aussehenden Schotten kennenzulernen.

Als Steve am nächsten Morgen aufwachte, saß ich noch immer am Computer und mühte mich bereits mit den Dialogen und Milieubeschreibungen ab. Er hatte mich noch nie so früh bei der Arbeit erlebt, weil ich mit den Jahren gelernt hatte, das Schreiben als einen Job zu behandeln, der mich werktags von neun bis siebzehn Uhr beschäftigte. Und wie jeder andere Normalbürger hatte ich – nahm ich mir – am Wochenende und an Feiertagen frei. Ich hatte herausgefunden, daß diese Arbeitsweise für mich fruchtbarer war als diese Verrücktheit, auf »einen Einfall zu warten«. Daß ich nicht vergesse, am Ersten jeden Monats die Miete für mein Apartment zu bezahlen, ist die einzige Inspiration, die ich brauche.

Steve war überaus verständnisvoll. Er ist ein Investment-Banker (Nein, ich gestatte ihm nicht, mein Geld zu verwalten. Wie ich bereits oben erwähnt habe, war ich zwar verliebt, aber nicht geistesgestört) und immer ein bißchen fasziniert von einem kreativen Prozeß. Also bestellte er sich sein Frühstück aus dem Delikatessenladen (in der wirklichen Welt brät die Frau für ihren Mann morgens Eier; aber hier in New York setzt sie sich ans Telefon, um sie für ihn zu ordern), während ich fortfuhr zu tippen.

Nach einer Weile wurde er es leid, dem monotonen Klappern meiner Computer-Tastatur zu lauschen, und versuchte, mich dazu zu bewegen, mit ihm ins Kino zu gehen oder einen Spaziergang durch den Central Park zu machen. Aber ich wollte nicht. Ich schien einfach nicht damit aufhören zu können, über Jamie zu schreiben.

Steve hatte dafür Verständnis und beschloß, mich meiner Arbeit zu überlassen. Er würde am nächsten Tag wiederkommen, sagte er.

Aber ich sah ihn weder am nächsten noch am übernächsten Tag. Tatsächlich dauerte es fast zwei Wochen, bis ich ihn wiedersah, weil ich nämlich für niemanden zu sprechen war. Ich hatte nur den Wunsch, über Jamie zu schreiben.

Ich las bis in die frühen Morgenstunden hinein Bücher über Schottland, die mir eine genaue Vorstellung von der Zeit und Umgebung verschafften, in der Jamie lebte. Ich dachte ständig an ihn und träumte nachts sogar von ihm. Ich konnte seine dunklen Augen und seine dunklen Haare förmlich vor mir sehen. Ich konnte ihn sogar lachen hören. Ich kannte alle seine guten und auch seine schlechten Seiten. Er war tapfer und ehrlich. Sein Ehrgefühl war so stark ausgeprägt, daß man es fast schon als Lebenskraft bezeichnen konnte. Er war so stolz, daß er sich damit zuweilen selbst schadete. Doch neben den vielen guten Eigenschaften, die er in sich vereinigte, hatte er – zum Glück – auch Schwächen. Er war eitel und zuweilen so faul wie eine Katze. Alles, was er sich vom Leben wünschte, war, daß ich – meine Heroine, meine ich – ständig um ihn herumscharwenzelte und ihn bediente.

Nach zwei Wochen ging ich zum erstenmal wieder mit Steve aus; aber ich weiß nicht, woran es lag, daß ich ihn nicht wirklich *sehen* konnte. Mir war so, als würde ich meine Umgebung durch Brillengläser betrachten, die mit Vaseline eingerieben waren. Die reale Welt schien für mich nicht zu existieren. Alles, was ich offenbar zu sehen und zu hören vermochte, war Jamie.

In den darauffolgenden Monaten nahm meine Besessenheit von diesem Mann noch zu, obwohl Steve alles in seiner Macht Stehende tat, um meine Aufmerksamkeit zurückzugewinnen. Er redete mit mir und beschwor mich, wieder geregelte Arbeitszeiten einzuführen und die Abende und Wochenenden ihm zu widmen.

»Wo ist die Frau geblieben, in dich ich mich verliebt habe?«

fragte er mit einem Lächeln – sichtlich bemüht, mir nicht zu zeigen, wie verletzt er war.

Ich wußte nicht, was für eine Antwort ich ihm darauf geben sollte. Ich wollte nur wieder an meinen Computer und zum Studium meiner Quellen zurückkehren. Ich weiß nicht, wonach ich in den vielen Büchern, die ich über Schottland las, eigentlich suchte. Vielleicht hoffte ich, darin Jamie zu »finden«.

Ich muß gestehen, daß Steve sich die ganze Zeit über großartig verhalten hat. Offenbar liebte er mich wirklich. Denn nachdem ich ihm vier Monate lang die kalte Schulter gezeigt hatte, bat er mich, mit ihm zusammen einen Eheberater aufzusuchen. Inzwischen wurde ich von Schuldgefühlen geplagt. Nein, Berichtigung – ich hatte nur das Gefühl, daß ich ein schlechtes Gewissen haben *sollte*. Was ich wirklich empfand, war der Wunsch, daß sie sich alle aus meinem Leben entfernen und mich mit Jamie alleinlassen sollten.

Drei Monate lang suchte ich zusammen mit Steve eine Eheberatungsstelle und dann einen Psychotherapeuten auf, dem ich meine Kindheitserlebnisse erzählte. Ich hatte nicht das geringste Interesse an diesen Sitzungen. Ich saß da und erzählte ihm, was er von mir hören wollte. Daß meine Mami mich niemals geliebt habe und mein Papi ebenfalls nicht, etcetera pp. In Wahrheit war ich die ganze Zeit über im Hintergrund meines Gehirns damit beschäftigt, was ich denn als nächstes über Jamie schreiben wollte. Hatte ich bereits erwähnt, daß seine Haare in der Sonne kupferrot schimmerten? Und hatte ich schon den Klang seines Lachens beschrieben?

Steve merkte natürlich, daß alle meine Besuche bei den Psychotherapeuten für die Katz waren, und deshalb sagte er zu mir, nachdem er acht Monate lang nichts mehr von mir gehabt oder bekommen hatte, daß er unsere Verlobung wieder auflösen wolle. Ich gab ihm seinen Ring zurück – eine Szene, die ich meinem Empfinden nach aus großer Entfernung zu beobachten schien. Der einzige Gedanke, der mich in diesem Moment bewegte, war: Nun kann ich *all* meine Zeit mit Jamie verbringen.

Als ich Daria, der mit mir befreundeten Herausgeberin meiner Bücher, von meiner Besessenheit erzählte, war sie davon geradezu elektrisiert. Schriftsteller, die von ihrem Thema (Helden) besessen sind, pflegen großartige Bücher zu schreiben. Die Autoren von Ladenhütern sind jene, die ihre Verleger anrufen und fragen: »Was möchten Sie denn gern als nächstes von mir geschrieben haben?«

Daria war die einzige Person auf Erden, die so viel von diesem Mann zu hören verlangte, wie ich ihr von ihm erzählen wollte. Wenn ich ehrlich sein will, gehörte es natürlich zu Darias Aufgaben als Lektorin, Autoren zuzuhören. Sie hatte in ihrem Beruf gelernt, dabei gleichzeitig die Manuskripte anderer Autoren zu redigieren, sich zwischendurch ein belegtes Brötchen einzuverleiben und ihrer Assistentin Anweisungen für Titelbilder und die Gestaltung von Buchumschlägen zu geben. Daria konnte auf vier Kanälen zugleich denken.

Doch dann passierte etwas Seltsames. Nachdem ich Daria ungefähr drei Monate lang nonstop von diesem Buch erzählt hatte, sagte sie: »Ich will sehen, was du bisher geschrieben hast.«

»Nein!« schmetterte ich sie sofort ab. Das war ja nun wirklich eine recht eigenartige Reaktion von mir. Schriftsteller tun zwar immer so, als strotzten sie vor Selbstvertrauen, doch in Wahrheit haben sie tönerne Füße. Wir ersterben in Ehrfurcht vor unseren Lektoren – jenen Menschen, die als erste unsere Arbeiten zu Gesicht bekommen. Und Daria gerät *jedesmal* ins Schwärmen, wenn ich ihr die ersten Kapitel eines neuen Romans vorlege. Später mag sie mir dann zwar sagen, daß dieses Geschreibsel eigentlich auf den Müll gehörte; doch niemals, wenn sie meine Sachen zum erstenmal sieht. Sie werden doch Ihrer besten Freundin auch nicht gleich sagen, daß der Kerl, in den sie sich so wahnsinnig verliebt hat, ein Schmierlappen und Taugenichts ist. Das können Sie ihr erst erzählen, *nachdem* sie mit ihm gebrochen hat.

Jedenfalls pflegte ich bisher Daria ein Manuskript stets

scheibchenweise in fünfzig Seiten umfassenden Portionen zuzuschicken und Sie dann bereits telefonisch um ihre Meinung dazu zu befragen (vielmehr ihr Loblied darüber zu hören), ehe der Expreßbote überhaupt das Zeug bei ihr abgeliefert hatte. Bei einem Roman habe ich ihr alle fünfhundert Seiten sogar in fünfzig zehnseitigen Portionen zukommen lassen. Daria ist weise genug, sich keinen Faxanschluß in ihrer Wohnung einrichten zu lassen, weil ihr sonst alle verunsicherten, lobeshungrigen Autoren ihre Bücher Seite für Seite ins Haus faxen und sich anschließend eine Stunde lang an die Strippe hängen würden, in der Hoffnung, von ihr bestätigt zu bekommen, wie witzig oder geistreich diese oder jene Passagen ihres Opus' doch seien.

Dem allen können Sie entnehmen, *wie* ungewöhnlich meine Weigerung war, Daria auch nur eine Seite meines im Entstehen begriffenen Werkes zu zeigen. Ich sagte ihr, ich müsse erst Teil eins meines neuen Romans, an dem ich gerade schriebe, fertigstellen, bevor ich ihr eine Kostprobe davon schicken könne.

Tatsächlich wollte ich nicht, daß Daria – oder irgendeine andere Frau – ein Auge auf meinen Jamie werfen sollte.

Als ich mich nach einigen Monaten noch immer dagegen sperrte, Daria etwas von meinem neuen Buch lesen zu lassen, begann sie sich Sorgen zu machen. Es gibt zwar Autoren, die lediglich *behaupten,* daß sie bereits soundso viele Seiten ihres neuen Romans zu Papier gebracht hätten; aber ich wußte, daß Daria so etwas von mir niemals annehmen würde, weil ich Lust am Schreiben habe – Pardon, Berichtigung: Ich schreibe, weil ich schreiben *muß*. Ich werde dazu getrieben.

Darias Sorge wurde noch größer, als ich ihr erst einen Monat nach der Auflösung meiner Verlobung mit Steve davon erzählte. »Das sagst du mir erst jetzt?« meinte sie entsetzt; denn wir waren echte und nicht nur Geschäftsfreunde. Und dann blickte sie mich besorgt an, als ich ihr erwiderte, daß ich die Auflösung meiner Verlobung für gar nicht so wichtig gehalten und mich auch nicht sonderlich darüber aufgeregt hätte.

Monate vergingen, in denen ich an meinem Roman weiterarbeitete. Wenn ich einen neuen Roman anfange, richte ich mir zunächst eine Datei unter dem Namen »Szenen« ein, und jedesmal, wenn ich einen unter diese Rubrik fallenden Gedankenblitz habe – zum Beispiel für einen Dialog, den ich möglicherweise in einer Szene verwenden konnte –, schreibe ich diese Idee in diese Datei hinein. Da ich ein sparsamer Mensch bin, benutze ich fast immer jedes Wort, das ich in dieser Datei abgelegt habe.

Aber ich hatte inzwischen so viel über Jamie geschrieben, das die »Szenen«-Datei mehr als sechshunderttausend Bytes oder, in Wörter ausgedrückt, mehr als vierhundert Seiten umfaßte, während ich mit dem eigentlichen Roman noch gar nicht angefangen hatte. Ich redete mir immer ein, daß ich noch ein bißchen länger recherchieren oder noch ein bißchen mehr über Jamie erfahren müßte, ehe ich darangehen könnte, dieses Material in einen Roman umzusetzen.

Ich hatte Jamie und meine Heldin, die ich »Caitlin« nannte, in jeder nur erdenklichen Situation in meiner Kartei abgelegt, weil ich glaubte, »alle Möglichkeiten dieser beiden Charaktere« erforschen zu müssen. Bisher hatte ich das bei meinem fünfundzwanzig Romanen, die ich bislang geschrieben hatte, niemals für nötig gehalten. Allerdings hatte ich ja auch noch nie zuvor eine derartig starke Sympathie für eine von mir erschaffene Person entwickelt, wenn ich auch schon früher hin und wieder das Gefühl gehabt hatte, in einen meiner Helden »verknallt« zu sein. Doch diese früheren Gefühlsanwandlungen waren mit dem, was ich nun für Jamie empfand, überhaupt nicht zu vergleichen.

Monate vergingen, und ich war noch immer mit den Vorarbeiten für meinen Roman beschäftigt. Jamie war inzwischen kein Schotte mehr, sondern hatte sich in einen Engländer verwandelt, der in der Regierungszeit von Königin Elizabeth I. lebte.

Daria war mir nun ernsthaft böse, weil ich ihr noch immer nichts von dem, was ich bislang geschrieben hatte, zeigen wollte. Sie wies mich darauf hin, daß ich meinen Ablieferungstermin um Monate überzogen hätte; doch das hatte keinerlei Wirkung auf mich. Sie schickte mir sogar eine Kopie der Titelillustration und rechnete mir vor, wie viele Leute im Verlag von meiner Arbeit abhängig seien. Mir hatte das Wohl dieser Menschen stets am Herzen gelegen; doch nun ließ mich das alles kalt. Ich hatte nur noch meinen Jamie im Kopf.

Ich glaube, daß ich erst mit der Einladung zur Hochzeit, die mir Steve schickte, zu der Einsicht gekommen bin, daß etwas nicht mit mir stimmte. Ich weiß, daß es vermutlich eine bittere Pille sein sollte, die er mir da zu schlucken gab, indem er mir in Gestalt dieser prächtigen, mit Goldprägung versehenen Einladungskarte zur Kenntnis brachte, daß ich ihn endgültig verloren hatte. Aber tatsächlich war es das Beste, was er mir damit antun konnte.

Ich begriff jetzt nämlich, daß ich einen real existierenden, rundherum wunderbaren Mann für ein selbsterschaffenes Wesen aufgegeben hatte, das nur in meinem Computer existierte. Mir wurde klar, daß ich seit Monaten mit keiner meiner Freundinnen mehr geredet und daß in Fachblättern meiner Branche schon offen darüber nachgedacht wurde, was wohl aus Hayden Lane geworden sei.

Doch Einsichten sind keine Wirkstoffe, die eine schlimme Gewohnheit einfach auszumerzen vermögen. Alle Raucher wissen, daß ihr Laster ihnen nur schadet; aber diese Einsicht scheint die meisten von ihnen nicht von ihrem Laster abbringen zu können.

Immerhin war ich nun so ehrlich, mir selbst einzugestehen, daß ich ein »Problem« hatte, und beschloß deshalb, mir helfen zu lassen. Drei Monate lang ging ich nun jeden Tag zu einem anderen Psychiater, um diesem mein Problem vorzutragen; doch keiner sah sich imstande, mir zu helfen, weil so ein Fall wie meiner nicht einmal als hypothetische Möglichkeit in ihrer Fachliteratur existierte. Zunächst versuchte ich ihnen zu verheimlichen, daß der Mann, von dem ich besessen war, nur ein von meiner Phantasie erschaffenes Wesen sei; aber da ich ein großes Maul habe und schlecht flunkern kann, fanden sie rasch die Wahrheit heraus und empfahlen mir, öfter auszugehen und den Kontakt zu anderen Menschen zu suchen. Ich bemühte mich, ihren Rat zu befolgen; aber das nützte mir wenig, weil ich jeden mit meinem »Jamie sagt«, »Jamie mag« und »Jamie tut« zu Tode langweilte.

Da die Psychotherapie mir offenbar nicht zu helfen vermochte, fing ich an, andere Methoden auszuprobieren, die mir vielleicht darüber Aufschluß geben konnten, was mit mir nicht stimmte. In New York gibt es an jeder Straßenecke ein Medium, eine Kartenschlägerin oder jemanden, der aus der Hand, dem Kaffeesatz oder einer Kristallkugel herauslesen kann, was für Probleme man hat. Ich suchte also eine Reihe dieser Personen auf. Vermutlich hoffte ich, daß eine von ihnen mir prophezeien würde, ich wäre binnen einer Woche oder vierzehn Tagen wieder mein altes Selbst. Doch nicht eine von diesen Personen sagte mir etwas Hilfreiches. Sie erzählten mir nur, daß ich reich und berühmt wäre und einen Stern in meiner Hand habe, der bedeutete, daß ich etwas »Besonderes« sei. Und sie sagten mir, daß die Leute, mit denen ich beruflich zu tun hätte, anfingen, mich für verrückt zu halten, und deshalb beschlossen hätten, mich wie Nitroglyzerin zu behandeln, das jeden Moment explodieren könne.

Mit anderen Worten: Sie erzählten mir nichts, was ich nicht schon wußte. Zu Hause heulte ich mir dann die Augen aus und sehnte mich ständig nach Jamie. Ich wollte jetzt nicht nur bloß über ihn schreiben, sondern ihn auch spüren, ihn berühren und mit ihm reden. Ich wollte mit ihm über Feldwege wandern und seine Kinder unter meinem Herzen tragen.

Ich weiß nicht, was noch alles passiert oder wie lange das noch so weitergegangen wäre, wenn ich nicht Nora kennengelernt hätte. Wie eine Spinne, die in der Mitte ihres Netzes sitzt, hatte sie eine Praxis, die meinem Friseur direkt gegenüberlag – mit einer riesigen roten Neon-Leuchtschrift »Astrologin« über der Tür. Und als ich mit meinen Haarwicklern unter der Trockenhaube saß (ich habe weißblonde Haare und lasse mir die Spitzen dunkler färben, damit es »natürlicher« aussieht – verrückt, nicht wahr?), überlegte ich mir, daß ich mal zu ihr hinübergehen und mir mein Horoskop stellen lassen sollte.

Wie eine Spinne im Netz lauerte Nora dort drüben in ihrer Praxis, sagte ich eben zu Recht, weil ich nämlich rasch herausfand, daß sie von Astrologie sogar noch weniger verstand als ich. Sie hat diese Inschrift nur über ihrer Praxis angebracht, um damit Kunden anzulocken. Nora ist eigentlich eine Hellseherin, und sobald ich mich in ihrer Praxis auf einen Stuhl gesetzt und sie gebeten hatte, mir mein Horoskop zu stellen, antwortete sie: »Wie wäre es, wenn ich statt dessen eine telepathische Sitzung mit Ihnen abhielte? Das läuft schließlich auf das gleiche hinaus.«

»Meinetwegen«, antwortete ich, und mit diesem Wort fing dann alles an.

Kapitel zwei

»Eigentlich sollten Sie sich gar nicht hier befinden«, sagte diese Astrologin *cum* Hellseherin, Nora, zu mir. »Wo also sonst?«

»Vielleicht an meinem Computer?« antwortete ich. Ich mache immer Witze; aber schließlich war *sie* ja die Hellseherin, nicht ich. Sollte sie denn dann nicht in meinem Gehirn lesen können, wo ich mich eigentlich »befinden« sollte?

»Sie sind in jemanden verliebt, unsterblich verliebt sogar; aber etwas stimmt da nicht. Etwas blockiert diese Liebe. Was ist es?«

Ich saß da in einem meiner seltenen Momente von Sprachlosigkeit und starrte sie an. Sie war mir diesmal der Wahrheit ein bißchen zu nahe gekommen; doch selbst wenn sie mir jetzt Zahnstocher unter die Fingernägel geschoben hätte, wäre ich nicht bereit gewesen, ihr weiterzuhelfen. In den letzten Monaten hatte ich zu viele Experten auf dem Gebiet des Übersinnlichen erlebt, die versucht hatten, mein Problem zu erraten.

Zunächst hatte ich Nora im Verdacht, nicht einmal das Handbuch für Wahrsager gelesen zu haben. Und wie eine Wahrsagerin sah sie ja nun wirklich nicht aus.

Handleserinnen pflegten sich zum Beispiel die Augenbrauen auszurasieren und sich diese an irgendeiner anderen Stelle im Gesicht aufzumalen; Ohrringe von der Größe einer Radkappe zu tragen und billige, schreiend bunte Kunstseide-Schals um die Schultern zu drapieren. Nora hatte von alledem nichts, sondern ein sympathisches rundes Gesicht, große braune Augen und dunkelbraune, modisch kurz geschnittene Haare. Sie war so gekleidet wie eine Lady in Connecticut am Wochenende. Sie sah einfach normal aus – auf eine angenehme Weise normal –, und hatte überhaupt nichts Bizarres an sich.

Ich konnte ja noch verstehen, daß sie die Kleiderordnung der Hexen nicht kannte; aber warum sagte sie nicht zu mir, was man von einer Hellseherin eigentlich erwartet? Daß ich bald einen großen, gutaussehenden, dunkelhaarigen Mann kennenlernen würde, etcetera, etcetera?

Vor allem sollte sie *mir* keine *Fragen* stellen.

Ich holte tief Luft.

»Ich weiß nicht, was mich blockiert, weil ich mich nämlich auch *nicht* in jemanden verliebt habe.«

Meine Stimme troff vor Sarkasmus. Zu viele Therapeuten hatten mich in den letzten Monaten davon überzeugt, daß ich unmöglich eine Person mögen könne, die gar nicht existiert. Und im Grunde gefiel mir auch Nora nicht, die mir nicht sagte, daß ich jemanden kennenlernen *sollte,* in den ich mich *verlieben würde;* sondern daß ich bereits jemanden *liebte*. Und das hätte ich ja nun *wissen* müssen. Es existierte in diesem Augenblick kein Mann in meinem Leben. Jedenfalls keiner aus Fleisch und Blut.

Ich kam also zu dem Schluß, daß sie die *schlechteste* Wahrsagerin sei, die mir bisher untergekommen war, und mit der

Entrüstung einer Kundin, die sich übervorteilt fühlt und eigentlich ihr Geld zurückverlangen sollte, raffte ich meine Sachen zusammen und schickte mich an, Noras »Praxis« wieder zu verlassen.

»Vielen Dank«, sagte ich in ziemlich rüdem Ton, »aber ...«

»Sie wissen nur noch nicht, daß Sie ihn lieben, weil Sie ihm noch nicht begegnet sind.«

Da sank ich langsam wieder auf den Stuhl hinunter. Nun kamen wir endlich wohin. Sie würde mir wohl als nächstes einen dunkelhaarigen, schlanken Typ beschreiben, den ich zwar erst kennenlernen sollte, aber im Vorgriff bereits liebte. Vielleicht würde es diesem Typ daher gelingen, Jamie aus meinem Kopf und meinem Herzen zu verdrängen. Und vielleicht verstand Nora ihr Handwerk also doch.

»Wann werde ich diesem Mann denn begegnen?« fragte ich, denn ich kannte ja inzwischen die Regeln, nach denen dieses Spiel ablief.

Doch Nora saß nur da und starrte mich wortlos an, während ich ihren Blick ebenso starr und wortlos zurückgab. Ich war froh, daß ich ihr ein Ergebnishonorar und keinen Stundenlohn zahlte.

»Pardon«, sagte sie schließlich, zur Seite blickend, »aber ich las gerade Ihre Gedanken.«

Dieser Satz versetzte meinen Verstand in eine so heftige Bewegung wie eine Billardkugel, die von einem Queue getroffen wird: Wie sahen denn meine Gedanken aus? Konnte sie *immer* lesen, was im Kopf eines anderen Menschen vorging? Konnte sie zum Beispiel neben einem Typ im Bus sitzen und wissen, ohne ihn erst anschauen zu müssen, daß er einen Mord plante? Mein Gott – hier war ja der Stoff für eine Geschichte!

Andrerseits war es natürlich ganz unmöglich, daß jemand im Kopf anderer Menschen lesen konnte wie in einem Buch, dachte ich bei mir, mich im Stuhl zurücklehnend. Oder gab es tatsächlich Leute, die ein solches Talent besaßen?

Als ich nun auf das Ergebnis ihrer »Gedankenschau« wartete,

fuhr Nora sich mit der Hand über das Gesicht (mir damit beweisend, daß sie kein Make-up trug, was ich wirklich beneidenswert fand. Meine Haut ist so blaß, daß ich jedesmal aussehe wie ein Kaninchen, wenn ich mich abschminke) und sagte: »Sie sind eine sehr unglückliche Person.«

Da holte ich geräuschvoll Luft. So etwas hatte bisher noch niemand zu mir gesagt. Ich bin erfolgreich, selbstbewußt, hübsch, smart, etcetera, etcetera ..., kurzum das, was ich zu werden hoffte.

Und deshalb betrachtete ich Nora nun mit einer gewölbten Augenbraue: »Ich bin eine sehr erfolgreiche Schriftstellerin.« Verflixt! dachte ich im gleichen Moment, du hast soeben gegen die Spielregel Nummer eins verstoßen: »Erzähle einem Wahrsager nie etwas von dir, sondern laß *ihn* etwas über dich erzählen.«

»Geld bedeutet nichts im Leben«, sagte Nora da. »Erfolg bedeutet nichts. Sie können eine Königin und trotzdem eine Versagerin im Leben sein.«

Offenbar sollte wohl die britische Königsfamilie als Beweis für ihre Theorie herhalten, nicht wahr? Ich beschloß, meinen Sarkasmus so lange zurückzustellen, bis ich eine positive Auskunft von ihr bekommen hatte. Also fragte ich sie im sachlichen Ton: »Worin besteht Ihrer Meinung nach der Erfolg im Leben?«

»Im Geben und Empfangen von Liebe«, erwiderte sie prompt.

Liebe, dachte ich bei mir. Die Liebe ist es doch, worüber ich schreibe. Besonders jene Liebe, die man einem Mann schenkt. Aber im Augenblick ermangelte es mir dazu eines Mannes aus Fleisch und Blut.

»Ich habe Freunde«, hörte ich mich sagen. »Ich liebe so viele Menschen, die mich ebenfalls lieben.« Ich redete wie ein Kind, das sich angegriffen fühlt.

»Tut mir leid«, sagte sie, »das reicht Ihnen aber nicht.«

Vielleicht sah ich in diesem Moment frustriert aus oder machte ein Gesicht, als würde ich jeden Moment losheulen. Ich neige nämlich dazu, mich selbst zu bemitleiden, und als Nora mir vorhin sagte, daß ich unglücklich wäre, hatten in meinem

Kopf ein paar Glocken geläutet. Steves Hochzeit soll wunderschön gewesen sein, hatte ich von Bekannten gehört.

»Vielleicht sollte ich Ihnen erklären, was ich damit meine«, hörte ich Nora sagen. »Viele Frauen können mit jedem ... nun, mit ungefähr jedem zehnten Mann von hundert glücklich werden. Aber dann erwarten sie sich auch nicht allzuviel von ihm. Sie wünschen sich einen angenehmen und netten Typ, der sie ernährt, mit den Kindern spielt und ...«

»Jede Frau wünscht sich so etwas.«

Ich habe diese schreckliche Angewohnheit, anderen Leute stets ins Wort zu fallen. Nur in New York, wo die Leute immer durcheinanderreden, falle ich damit nicht unangenehm auf.

»Das sagte ich ja eben«, wies mich Nora mit einem durchbohrenden Blick zurecht, der mich für meine Ungezogenheit tadelte. Offenbar hatte sie mehr Feuer, als ich ihr anfangs zugetraut hatte. »Die meisten Frauen wollen einen Mann haben, der gut zu ihnen ist, und ihre Wahl basiert auf solchen Kriterien wie Verträglichkeit, Hautfarbe, Einkommen, Bildungsstand und ähnlichem mehr.«

Danach saß sie nur wieder da und schwieg. Ja, okay, dachte ich, das war jetzt der Prolog; aber wo bleibt die eigentliche Geschichte? Ich forschte in meinem Geist nach etwas, das ich ihrer Meinung nach darauf erwidern sollte; denn diesmal schien sie darauf zu warten, daß *ich* etwas dazu sagte.

Manchmal arbeitet mein Verstand wie der Blitz; aber zuweilen sitzt er auch nur da und schweigt. »Oh«, sagte ich nach einer Weile. »Was wünsche *ich* mir denn?«

Nora lächelte mich so süß an, daß ich mir vorkam wie ein Abc-Schütze, der soeben ein dickes Lob von seiner Lehrerin bekommen hatte.

»Sie«, sagte sie dann augenzwinkernd, »erwarten sich *alles* von ihm. Romantik, Liebe, Leidenschaft – alles natürlich in Großbuchstaben. Sie wollen nicht nur die Sterne haben, sondern auch noch den Mond dazu. Sie möchten einen Mann haben, der nicht nur brillant und stark, sondern auch weich und schwach ist

– ein Mann, der gut aussieht, sehr talentiert ist und …« Sie hielt inne, blickte mir fest in die Augen und fuhr dann nach ein paar Sekunden fort: »Sie wünschen sich einen Mann, der lieben kann. Der Sie so liebt mit allen Fasern seines Wesens, wie Sie seine Liebe erwidern würden.«

Ich sank in meinem Stuhl zurück und starrte sie an. Therapeuten, Selbsthilfebücher, Handleser, Astrologen – sie hatten alle zusammen in vielen Monaten nicht so viel über mich herausgefunden wie diese Frau in wenigen Minuten.

»Ja«, räusperte ich mich schließlich. »Das möchte ich alles von ihm haben.« Ihre Worte hatten mich innerlich so aufgewühlt, daß mir fast die Stimme versagte.

Nur sagte mir Nora jetzt bedauerlicherweise nicht, daß dieser Mann bereits in ihrem Vorzimmer auf mich wartete, sondern warf mir einen strengen Blick zu und setzte mir einen Dämpfer auf: »Sie sollten sich mit etwas weniger zufrieden geben.«

Da kam ich wieder zur Besinnung. *Wovon* redeten wir beide da eigentlich? »Okay«, sagte ich lächelnd, meinen Humor wiederfindend, »ich werde mich mit der Hälfte davon begnügen. Haben Sie vielleicht ein paar gutaussehende Vettern? Nur rothaarig dürfen sie nicht sein. Ich mag keine rothaarigen Männer.«

Nicht der Anflug eines Lächelns zeigte sich auf Noras Gesicht, als sie mir trocken erwiderte: »Nein. Keiner wird Ihnen gut genug sein. Sie werden ihn erkennen, wenn Sie ihn sehen.«

Oh, dachte ich ernüchtert, jetzt kam sie mir mit der Ich-werde-ihn-erkennen-wenn-ich-ihn-sehe-Masche! Was ich von ihr verlangte, war eine Adresse oder zumindest eine Telefonnummer. Ich wollte jemanden haben, der mir Jamie aus dem Kopf schlug!

Nora blickte mich nun wieder auf diese Gedankenleser-Weise an. Mag sie doch so lange in mein Gehirn hineinschauen, wie es ihr paßt, dachte ich bei mir. Was sich darin befand, war längst zu Papier gebracht und an meinen Verlag verkauft. Und falls sie Jamie darin »entdeckte«, konnte ich wahrheitsgemäß zu ihr sagen, daß er nur einer meiner vielen Papierhelden war.

»So«, sagte ich nun ein wenig bissig, »können Sie mir jetzt auch die Zukunft prophezeien? Oder erzählen Sie Ihren Kunden immer nur, was nicht sein wird?«

»Ihre Zukunft ist Ihre Gegenwart. Wenn Sie möchten, daß es so sein soll.«

Himmel, wie ich es haßte, wenn Leute in Rätseln zu mir sprechen! Ich kann solche abstrusen Geschichten nicht ausstehen, in denen sich der Mond mit der Sonne über den Ursprung des Universums unterhält. Hätte ich das, was Nora soeben zu mir gesagt hatte, einer meiner Romanfiguren in den Mund gelegt, würde Daria mich ausgelacht und die Passage mit der Bemerkung, das sei sinnloses Blabla, durchgestrichen haben.

Deshalb glaubte ich, nun ein wenig Logik in unseren Dialog hineinbringen zu müssen. »Zuerst erzählen Sie mir, da würde ein fabelhafter Mann auf mich warten«, sagte ich ungehalten, »worauf Sie mir im nächsten Moment diesen Zahn wieder ziehen und erklären, daß ich mir diesbezüglich keine Illusionen machen soll. Denn wenn mein zukünftiger Zustand mein augenblicklicher sein wird, bedeutet das meiner Meinung nach, daß ich diesem Mann niemals begegnen würde. Aber dann stellen Sie mir anheim, daß ich mir mein Leben in Zukunft auch anders einrichten könnte, und das kann wiederum nur bedeuten, daß ich diesen Mann zwar kennenlernen, jedoch so dumm sein könnte, ihm einen Korb zu geben.«

»Richtig.«

Es war zum Mäusekriegen! Ich wollte nicht, daß sie mir recht gab, sondern sich endlich zu einer verbindlichen Auskunft durchrang! Und deshalb blickte ihr jetzt fest in die Augen, damit sie mir nicht mehr ausweichen konnte, und fragte: »*Wann* und *wo* werde ich diesem fabelhaften Mann begegnen?«

Sie zögerte keine Sekunde. »In drei Lebensspannen, von heute an gerechnet«, erwiderte sie.

Sie schien zu erraten, daß sie mir einen Schock versetzt hatte, weil ich nur dasaß, sie anstarrte, nichts sagte und offenbar auch nichts dachte. Denn als ich sie nach meiner Zukunft fragte, hatte mir dabei eine Zeitspanne von ungefähr zehn Jahren vorgeschwebt.

»Sie werden sehr glücklich zusammen sein«, sagte sie, als könnte mich das trösten. »Aber Sie müssen noch sehr viel lernen, bevor ihr beiden euch findet.«

Ich hatte mich inzwischen soweit von meinem Schock erholt, daß ich sogar lachen konnte. »Aha! Welche Bibliotheken muß ich denn besuchen, um das alles zu lernen, was mir noch fehlt? Und könnte ich den Mann vielleicht schon zu Weihnachten haben, falls ich Anfang Dezember meine Prüfung bestehen sollte?«

Mir kam der Verdacht, daß Nora überhaupt keinen Sinn für Humor hatte (ich pflege jede Person, die nicht über meine Witze lacht, als humorlos zu bezeichnen), weil sie mich immer noch so unbewegt anschaute wie eine Pythonschlange. Und weil sie auch nichts sagte, ergriff ich wieder das Wort.

»Ich kann also den Mann, den ich mir wünsche, nicht bekommen, weil ich gewisse Dinge nicht gelernt habe und durch irgend etwas blockiert bin – ist das richtig?«

Sie nickte.

»Haben Sie eine Ahnung, was mich blockiert?«

»Um das herauszufinden, benötige ich mehr Zeit.«

Das entlockte mir wieder ein Lächeln. Aha, nun kommt sie mir also mit der Geldmasche, dachte ich bei mir. Jetzt wird sie mir den Vorschlag machen, daß sie für zwei- oder dreitausend Piepen pro Woche den Mann meiner Träume für mich »finden« würde.

Mein überhebliches Lächeln oder vielleicht auch meine Gedanken trieben Nora das Blut ins Gesicht. Es war die Röte des Zorns, die ich auf ihren Wangen sah, als sie mich nun anschnaubte: »Mach ich auf Sie etwa den Eindruck einer wohlhabenden Frau? Sie verdächtigen mich, daß ich den Leuten, die mich um Hilfe bitten, enorme Summen in Rechnung stelle? Ich spüre, daß Sie einen großen Kummer haben; deswegen sind Sie ja auch zu mir gekommen und haben mir Fragen gestellt. Doch

Sie wollen nicht glauben, was ich Ihnen sage. Sie wollen im Grunde auch gar nicht die Wahrheit über sich selbst erfahren. Sie möchten vielmehr aus dem, was ich Ihnen erzähle, Kapital schlagen. *Sie* sind demnach die geldhungrige Person von uns beiden, nicht ich.«

Nun stieg auch mir das Blut ins Gesicht. Diesmal war es die Röte der Scham. Vielleicht hatte ich tatsächlich vor, die Informationen, die sie mir lieferte, zu einem Roman zu verarbeiten. Und vielleicht hatte ich wirklich ein bißchen höhnisch gelächelt, als sie mir von den drei Lebensspannen erzählte, die verstreichen mußten, ehe ich mit dem Mann meiner Träume glücklich würde. Hätte sie einer anderen Berufssparte angehört, hätte ich ihr sogar Geld dafür angeboten, daß sie mir bei Recherchen half; aber da die Gesellschaft sie als Scharlatan abgestempelt hatte (ohne ihr die Chance zu geben, das Gegenteil zu beweisen), hatte ich mich ihr gegenüber, gelinde gesagt, nicht gerade professionell verhalten.

Ich holte tief Luft und entschuldigte mich.

»Ja«, sagte ich, »Sie haben recht. Ich bin immer auf der Suche nach neuem Material für ein Buch.« Und dann versuchte ich die gespannte Atmosphäre ein wenig aufzulockern und fragte sie, wer denn ihre interessantesten Kunden wären. Aber darüber wollte sie mir nichts sagen. Nicht ein Wort.

»Wenn Sie wissen wollen, was ich mache und wie ich arbeite, sollten wir uns auf Ihre Person beschränken«, sagte Nora. »Ich glaube nämlich, daß Ihr Problem in Ihren früheren Leben zu suchen ist.«

Da mußte ich mir auf die Zunge beißen, um nicht laut herauszuplatzen. Kein Mensch glaubt an ein Vorleben – wußte sie das etwa nicht? Während mir Argumente durch den Kopf schossen, mit denen ich die Möglichkeit einer menschlichen Wiedergeburt widerlegen konnte, fiel mir ein Satz ein, den meine so sympathische und brillante Lektorin einmal zu mir gesagt hatte: *Es ist nicht wichtig, ob etwas wahr ist oder nicht, solange es eine großartige Story zu werden verspricht.*

Zwei Menschen, überlegte ich, die in der Vergangenheit gelebt, sich geliebt, eine große Tragödie erfahren haben und sich dann in der Zukunft immer wieder begegnen! Was für ein großartiger, romantischer Stoff für eine Geschichte! Jamie und ich könnten – nein, ich meine, Jamie und meine Heroine könnten ...

Plötzlich wurde mir bewußt, daß mein ganzes Problem darin bestand, daß ich keinen »Plot« für mein neues Buch hatte. Ich war nicht so sehr von einem Papierhelden besessen, sondern vielmehr brauchte ich etwas gänzlich Neues, über das ich schreiben konnte. Was bot sich dafür Besseres an als ein vergangenes Leben?

Ich stellte Nora daraufhin einen Scheck über ein paar hundert Dollar aus, die ich unter »Ausgaben für Recherchen« verbuchen konnte, traf eine Reihe von Verabredungen mit ihr für die kommende Woche und begab mich dann nach Hause, um dort bei einem Glas Gin mit Tonic zu feiern.

Ich sah mich schon im Geiste auf der Bestseller-Liste der *New York Times* stehen und versuchte mir einen passenden Titel für mein neues Buch auszudenken.

Aber an jenem Abend feierte ich nicht. Statt dessen ertappte ich mich dabei, wie ich aus dem Panoramafenster meines Apartments starrte, während, wie gewöhnlich, die Klänge von Verdis Oper *La Traviata* (da war doch tatsächlich ein Mann in den Himmel gekommen?!) an mein Ohr schlugen, und dachte über das nach, was Nora zu mir gesagt hatte.

Die Menschen glauben immer nur das, was sie sehen. Sie achten auf die Erscheinung. Wenn ich zum Beispiel in einem Kostüm von Chanel zu einem Anwalt gehe, kann ich sicher sein, daß er mir den doppelten Stundenpreis in Rechnung stellen wird. Wenn ich einen Schriftsteller-Kongreß besuche und die Leute auf dem Waschzettel, den mein Verlag über mich verteilt, lesen, daß ich neunzehnmal hintereinander auf der Bestseller-Liste der *New York Times* gestanden habe, denken sie sofort: »Oh, wau, das ist die glücklichste Person auf der Welt! Wenn ich so erfolgreich sein würde wie sie, wären alle meine Probleme gelöst!«

Wie sehr wünschte ich mir, daß es so wäre. Die meisten Menschen glauben, daß enormer Reichtum all ihre Probleme lösen würde, und dabei verschlingen sie doch stets die Romane und Geschichten, die vom Elend der reichen Leute erzählen.

Aber ich wußte sehr wohl, was hinter dieser glänzenden Fassade meines Lebens fehlte. Ich bin eine erfolgreiche Autorin. Wenn ich mich entsprechend schminke, sehe ich sogar hübsch aus; und dank der unzähligen Stunden, die ich im Fitneßstudio verbringe, habe ich mir eine schlanke Figur erhalten. Ich bin alles, was man den Büchern nach sein sollte, wenn man glücklich sein möchte. Ich kann mit den Besten mithalten. Ich weiß, was mir bekommt oder schadet und was man tun muß, um ein bestimmtes Ziel zu erreichen.

Und was die Männer betrifft, lasse ich mir von ihnen nicht auf der Nase herumtanzen. Keine Kleine-Mädchen-Spiele mit mir. Ich sage einem Mann ganz genau, was ich möchte, wenn ich es möchte.

Ich habe mich zur Heldin eines Selbsthilfebuches gemacht. Ich bin das, was Frauen, die Selbsthilfebücher lesen, werden möchten.

Was stimmt also nicht mit mir? Warum bin ich nicht glücklich?

Und was noch wichtiger ist: Warum habe ich einen so großartigen Typ wie Steve einfach ziehen lassen? Wie hatte ich einem solchen Mann wie ihm den Laufpaß geben können? Er war doch ein so wunderbarer Mann gewesen, daß eine andere Frau ihn mir schon wegschnappte, als er noch warm war von meinem Bett!

Doch wenn ich zuweilen an die Zeit mit ihm zurückdenke, habe ich das Gefühl, daß er ein bißchen zu perfekt war. Und daß das auch für unsere Partnerschaft galt. Wir waren wie ein Ehepaar aus einem Lebenshilfeartikel, in dem beschrieben wird, wie eine zwischenmenschliche Beziehung aussehen *sollte*.

Manchmal habe ich das Gefühl, daß ich mir schon immer eher so einen Mann gewünscht hätte wie ... nun, wie Jamie. Wenn Jamie aufgewacht wäre und gesehen hätte, daß ich am Computer sitze und ihn gar nicht beachte, hätte er dafür kein Verständnis gehabt. Er hätte verlangt, daß ich das Ding abschalte und mich wieder zu ihm lege.

Zuweilen denke ich, daß die Faulheit mein eigentliches Problem ist. Steve und ich pflegten stets gemeinsam zu trainieren; nahmen gewissenhaft unsere Termine im Fitneßcenter wahr, betrachteten es geradezu als eine religiöse Pflicht, immer in Topform zu sein. Solange man noch keine vierzig ist, ist es ja auch keine so schwierige Sache, sich sein Aussehen und seine Gesundheit zu erhalten; doch nun ist da etwas in mir, das einfach aufgeben möchte. Ist es denn wirklich nötig, frage ich mich zuweilen, daß ich bis zum Ende meines Lebens auf Schokoladentorten verzichten muß, damit meine Schenkel immer den Umfang behalten wie bei einer Dreiundzwanzigjährigen – was auf die Dauer unmöglich ist? Wann bist du es endlich leid, frage ich mich, dich von einem Mann daraufhin begutachten zu lassen, ob deine Figur noch immer den Vergleich mit dem Pin-up-Mädchen des Monats aushalten kann?

Früher habe ich stets verächtlich auf die Ehe meiner Eltern herabgeschaut. Sie schien mir unglaublich langweilig zu sein. Ich wünschte mir einen aufregenden, romantischen Partner. Ich wollte einen Mann haben, der nicht nur ein großartiger Liebhaber, sondern auch ein echter Freund und ein As in seinem Beruf war.

Doch jetzt muß ich oft daran zurückdenken, wie meine Mutter zu meinem Vater zu sagen pflegte, wenn er in einem Café ein großes Stück Torte mit Schlagsahne für sie bestellte: »Nein, das kann ich unmöglich essen; davon werde ich nur dick«, und mein Vater darauf stets, mit den Augenbrauen wackelnd und sie mit einem lüsternen Blick betrachtend, erwiderte: »Ja, fett wolltest du wohl sagen.« Worauf sie beide zu kichern begannen, und meine Mutter dic Torte mit großem Appetit verspeiste.

Damals war mir diese Szene stets ein Greuel. Und angesichts der Tatsache, daß meine Eltern mehr als zwanzig Jahre miteinander verheiratet waren, meine Mutter ungefähr fünfzig Pfund Übergewicht hatte und die beiden trotzdem noch kicherten, wurde es mir sogar schlecht.

Doch heute kann ich nichts Widerwärtiges mehr an dieser Szene finden. Wenn ich an sie zurückdenke, möchte ich sogar am liebsten weinen. Wo ist der Mann in meinem Leben, der zu mir sagt, ich sei schön, obwohl ich übergewichtig bin und meine Augen von tausend kleinen Fältchen umgeben sind? Wo ist dieser »Langweiler«, der abends nach Hause kommt und mich fragt, was es zu essen gibt? Wo sind die Kinder, die schreien: »Mam, hast du mir das Hemd/die Bluse gebügelt, das/die ich heute abend anziehen möchte, wenn ich in die Disco gehe?«

Eigentlich dürfte ich mich nicht beklagen. Ich habe meine Schriftstellerei, die mich sogar mehr befriedigt, als ich mir das anfangs hätte träumen lassen. Ich habe Freunde und Kollegen, die mich respektieren, bewundern und lieben. Ich habe ein in vielerlei Hinsicht gutes und erfolgreiches Leben.

Aber trotz aller beruflicher und finanzieller Erfolge läuft es doch immer auf das gleiche hinaus: Ich bin fast vierzig, und es gibt keine Liebe in meinem Leben.

Nur weiß das niemand. Für die Welt bin ich eine temperamentvolle, den Männern Zunder gebende Frau, die in ihren Romanen rassige, den Männern Zunder gebende Heldinnen beschreibt, die stets fabelhafte Partner finden, mit denen sie dann in ewiger Liebe verbunden bleiben. In meinen Büchern werfen meine Heldinnen meinen Helden solche Grobheiten an den Kopf, daß diese sogar an ihrer Männlichkeit zweifeln. Doch da meine Helden wissen, daß diese spröde Dame für sie bestimmt ist, lassen sie sich weder entmutigen noch unterkriegen, sondern beweisen vielmehr, daß sie ihr gewachsen sind und sie verdienen.

Doch ich hatte dergleichen nie erlebt. Heute scheinen Männer sich unter allen Frauen dieser Welt eine aussuchen zu können, und deshalb muß eine Frau immer nur nett, nett, nett zu ihnen sein. Ein falscher Zug, und er schießt sie in den Wind. Es scheint keine Menschen mehr auf Erden zu geben, die zueinander sagen: »Ich werde dich immer lieben, selbst wenn du dick werden, von einem Buch besessen sein und mich ein paar Monate lang nicht mehr anschauen solltest.«

Offenbar müssen Männer sich heutzutage nicht mehr anstrengen, eine Frau für sich zu gewinnen, weil es ja *so* viele Frauen gibt, die für sie verfügbar sind. Da sitze ich nun und habe mir und der Welt bewiesen, daß ich einem Mann alles bieten kann, was er sich von einer Frau erwartet: Geld verdienen, Geld verwalten, nicht auf sein Geld angewiesen zu sein. Ich bin absolut unabhängig.

Doch irgendwo auf diesem Weg dorthin muß ich etwas falsch gemacht haben; denn jetzt bin ich allein.

Was hatte Nora erst neulich zu mir gesagt? »Sie wünschen sich Liebe, Leidenschaft und Romantik – und das alles in Großbuchstaben. Sie wollen die Sterne haben und den Mond dazu.«

Ja, dachte ich bei mir. Das würde mir gefallen. Einmal das zu erleben, wovon ich in meinen Romanen schreibe – eine romantische Liebesaffäre mit all dem dazugehörigen Feuerwerk und großartigem Sex. Vielleicht wollte ich einen Partner mit einer so gewaltigen magnetischen Anziehungskraft haben, daß ich mich in gar keinen anderen Mann mehr verlieben konnte – weder in einen aus Fleisch und Blut und schon gar nicht in einen, der nur auf dem Papier existierte.

Ich schlürfte den Rest meines Gin Tonic hinunter und fuhr fort, aus dem Fenster zu starren. Nach einer Weile kam mir der Gedanke, daß sich meine Leserinnen vielleicht dasselbe wünschten wie ich. Vielleicht nullten sie demnächst auch zum vierten Male und hatten das Gefühl, daß die große Leidenschaft sie offenbar übersehen hatte. Oder möglicherweise waren sie auch erst fünfundzwanzig, verheiratet, hatten zwei Kinder und fragen sich nun, ob das nun alles gewesen wäre, was ihnen das

Leben zu bieten habe. Oder vielleicht würden sie auch nur mal gern eine Geschichte von einer Frau lesen, die in ihre früheren Existenzen zurückkehrte, um herauszufinden, was mit ihrem jetzigen Leben nicht stimmte.

Als ich mich schließlich zu Bett begab, war ich doch wieder recht optimistisch, was meine Verabredung mit Nora am nächsten Tag betraf. Ich hatte das Gefühl, als würde sich mir mit ihrer Hilfe ein ganz neues Forschungsgebiet erschließen.

Ja, überlegte ich, was ich auch unternehmen würde – ich würde das tun, was am besten dafür geeignet war, meine Gedanken nicht nur von Steve, sondern auch von Jamie abzulenken.

Kapitel drei

»Sie können in diesem Leben nicht glücklich werden, weil Sie sich das in einem früheren Leben verscherzt haben.«

Das waren die Worte, mit denen Nora mich begrüßte, als ich mich am nächsten Tag in ihrer Praxis einfand.

Ich nahm ihr gegenüber an dem hübschen, auf antik getrimmten Tisch Platz. Sie sah heute recht mitgenommen aus. Ihre Augen, die mir noch am Tag zuvor so groß erschienen waren wie Untertassen, lagen tief in ihren Höhlen und waren blau umrandet. Und ihre Schultern sanken nach unten, als ruhte eine schwere Last auf ihnen.

»Was habe ich denn in einem meiner früheren Leben getan, um jetzt dafür büßen zu müssen?«

»Das weiß ich nicht.«

Diese Antwort erboste mich so sehr, daß ich sie am liebsten bei den Schultern gepackt und gründlich durchgeschüttelt hätte. Doch dann sagte ich mir, daß das ja alles nur Gedankenspielereien seien und ich deshalb auch gar keinen Grund hätte, mich über sie zu ärgern. Andrerseits wiederum …

»Was meinen Sie damit, daß Sie es nicht wissen?«

»Jeder hat so viele Leben hinter sich, daß es gar nicht so einfach ist, dasjenige herauszufinden, das für Ihre gegenwärtige Misere verantwortlich ist.«

»Oh«, erwiderte ich, »Sie scheinen also gestern abend noch in meinen früheren Leben wie in einem Packen Spielkarten geblättert zu haben, ohne dabei aber entdecken zu können, in welchem ich meine leidenschaftliche Affäre mit dem großen Unbekannten hatte?«

»Richtig«, erwiderte sie müde.

Offensichtlich war für sie der Gedanke, daß wir alle eine Reihe früherer Existenzen durchlebt haben, lange nicht so faszinierend wie für mich. »Hätten Sie etwas dagegen, mir ein paar von diesen Karten zu zeigen?« fragte ich. »Ich wette, ich würde eine große Leidenschaft auf Anhieb erkennen, wenn ich sie sehe.«

Ich mußte mich schon sehr beherrschen, nicht aufzuspringen und zu rufen: »Erzählen Sie mir alles darüber – alles –, und zwar sofort!«

Sie schielte zwischen den Fingern hindurch, mit denen sie sich die Augen rieb, und ich spürte, daß sie ganz genau wußte, wie erregt ich innerlich war – und meine Erwartung genoß wie ein Schauspieler die Sekunden, wenn sich der Vorhang langsam vor dem Zuschauerraum hebt. Sie ist eitel, dachte ich, meine keineswegs übersinnliche Beobachtungsgabe benützend –, stolz auf ihr Talent, und liebt es, sich von ihrer Kundschaft die Würmer aus der Nase ziehen zu lassen.

»Über welches Ihrer früheren Leben möchten Sie denn gern etwas Näheres wissen?« erkundigte sie sich.

Ich übermittelte ihr darauf auf telepathischem Wege eine Antwort und brachte sie damit – zum erstenmal – zum Lächeln.

»Sie haben auch schon früher geschrieben ... in Frankreich.«

»Tatsächlich? Unter welchen Namen denn?« Visionen von einer Biographie (Autobiographie?) geisterten mir durch den Kopf, und gleichzeitig wurde ich von einem Horror erfaßt, als ich daran dachte, daß ich vielleicht erst Französisch lernen müsse, um diese lesen zu können.

Nora bewegte wegwerfend die Hand. »Ich weiß es nicht. Diese Schriftstellerin in Frankreich ist für unseren Fall nicht wichtig. Ihr Karma hängt von diesem Mann ab.«

Aha, mein Karma also, dachte ich bei mir, ohne Nora zu bitten, mir dieses Wort zu erklären. Doch gleich nach der Sitzung wälzte ich Lexika und machte mich schlau. Karma bedeutet: »Du bekommst, was du verdienst.« Karma bestimmt die Form deiner Wiedergeburt und dein gegenwärtiges Schicksal nach deinem Verhalten in einem früheren Leben. Das ist unter »Karma« zu verstehen, und ich glaube, daß dieses Gesetz auch in der Physik gilt. Dort erfolgt auf jede Aktion eine gleichartige Reaktion. Und in der Bibel steht geschrieben, daß »der Menschen ernten wird, was er sät«. Tatsächlich scheint mir das Gesetz des Karmas in vielerlei verschiedenartigen Formen Gültigkeit zu haben.

Nora erzählte mir nun, daß ich schon einmal in Wien (sehr unglücklich), mehrere Male (hintereinander?) in England und einmal (unter bedrückenden Umständen) in Italien gelebt habe.

Sie sagte: »Sie haben jetzt eine Freundin ...«

Ich war ihr noch böse wegen ihrer Bemerkung vom Vortag, daß es in (diesem) meinem Leben keine Liebe geben würde, und deshalb rasselte ich jetzt ungefähr zwanzig Namen von Leuten herunter, die ich als meine Freunde betrachtete.

Nora sah mich mit einem strafenden Blick an, der mir sagte, ich könnte sie nicht hinters Licht führen. *Sie nicht.*

»Sie haben nur zwei echte Freunde.«

»Ja«, gab ich zu und versuchte, nicht schamrot zu werden, weil sie mich als Snob entlarvt hatte. Die eine war Daria – jung, prächtig aussehend, mit langen, bereits an den Ohrläppchen beginnenden Beinen und von männlichen Verehrern umschwärmt wie eine Kerze von Motten. Und die andere war Milly, eine übergewichtige Autorin romantischer Abenteuerromane – ledig, erst fünfunddreißig, aber bereits wie fünfzig aussehend; weder hübsch noch sexy, jedoch mit einem Herzen so groß wie der Erdball.

»Ja«, sagte ich, »ich habe zwei Freundinnen, Daria und Milly.«

»Die beiden haben Sie auch schon in Ihren früheren Leben gekannt. Es sind Ihre wahren Freunde, die Ihnen nur das Beste wünschen.«

»Offenbar trifft das nicht immer auf Freunde zu, wie?«

Nora machte ein angewidertes Gesicht, als würde sie täglich unglaublich abscheuliche Dinge in den Köpfen von Menschen lesen, die sich als Freunde ausgeben. Nein, mir reichen meine Geschichten; ich möchte nicht in meinen Kopf hineinsehen, um zu erfahren, was sonst noch darin steckt. Erst recht nicht in einen fremden Kopf; denn was für schreckliche Sachen würde ich da wohl im Gehirn eines Kinderschänders entdecken, wenn ich zufällig einem begegnete und Noras Talent besäße?

»Waren die beiden auch schon in meinen früheren Leben mit mir befreundet?« fragte ich.

»Die jüngere der beiden hat etwas für Sie entworfen. Was das war, kann ich Ihnen leider nicht sagen. Und die ältere war – Moment mal ... ich glaube, sie ist Ihre Mutter gewesen, ohne es wirklich zu sein.«

Großartig, dachte ich bei mir. Sie spricht mal wieder in Rätseln oder verwickelt sich in Widersprüche. Ich versuchte, ihr präzisere Auskünfte zu entlocken: »Bin ich in einem früheren Dasein vielleicht mal die Tochter eines Galgenvogels gewesen? Oder eine richtige *femme fatale?* Sängerin in einer Hafenkneipe oder so etwas Ähnliches? Ich meine ... irgend etwas, das sich von dem, was ich jetzt bin, grundlegend unterscheidet?«

»Nein«, erwiderte Nora und hielt es nun für nötig, mir die »Gesetzmäßigkeiten« früherer Daseinsformen zu erklären. Dabei hatte ich mich noch nicht einmal mit der »Idee« anfreunden können, daß ich bereits mehrmals gelebt haben sollte. Wie sollte ich da erst deren »Gesetzmäßigkeiten« verstehen können?

Nora klärte mich zunächst über den »Charakter« einer Wiedergeburt auf. Der »Charakter« eines Menschen – oder das, was wir oft als seine »Persönlichkeit« bezeichnen – verändert sich dabei nicht. Das, was du heute bist, bist du schon immer gewesen. Deine Charaktermerkmale nimmst du von einem Leben in das andere mit.

So hat zum Beispiel ein in seinem gegenwärtigen Dasein häuslicher Typ bereits in seinen früheren Leben die Häuslichkeit geschätzt. »Graue Mäuse« sind auch in ihren früheren Leben niemals Lebedamen oder großartige Verführerinnen gewesen, egal, ob ihnen irgendein Scharlatan auch etwas anderes erzählt hat. Nora erklärte mir auch, daß die Talente, die man in diesem Leben besitzt, bereits in einem früheren Dasein entwickelt worden sein konnten (wenn das stimmte, hätte ich also noch *nie* in irgendeinem Leben Klavier spielen können). Länder, meinte sie, die ich in diesem Leben gern besuchen möchte, sind wahrscheinlich Orte, wo mir früher einmal ein glückliches Dasein beschieden gewesen wäre. Auch mein Kleidergeschmack und meine Vorliebe für bestimmte Möbel, mit denen ich mir heute die Wohnung einrichte, können bereits durch meine früheren Existenzen beeinflußt worden sein.

Selbst das, was ein Mensch in diesem Leben gern liest, oder was er, wie in meinem Fall, gern schreibt, basiere häufig auf den Erlebnissen oder Erfahrungen eines früheren Daseins, führte Nora aus.

»Schreibe ich deshalb so gern oder mühelos Geschichten, die im Mittelalter spielen?« unterbrach ich sie an dieser Stelle. »Und warum hasse ich Bücher über Piraten und Wikinger? Hängt das alles etwa mit meinen früheren Existenzen zusammen?«

»Wahrscheinlich«, gab mir Nora darauf zur Antwort. Aber sie müsse erst noch mehr darüber erfahren – »sehen«, wie sie sagte –, wo ich früher gelebt habe und wo nicht, um mir darüber eine verbindliche Auskunft geben zu können. Wie kann jemand etwas »Verbindliches« über etwas sagen, das vielleicht gar nicht existierte? dachte ich bei mir.

Nora war jedenfalls davon überzeugt, daß der Mensch seinen

Geschmackssinn, seine Vorliebe für bestimmte Gerüche und Töne, aus seinen »früheren Leben« übernommen habe und sich daran im Wandel seiner Daseinsformen nichts ändern würde.

»Es gibt gewisse Gerüche, die Sie nicht ausstehen können«, erklärte mir Nora. »Sie können zum Beispiel nicht vertragen, wenn andere Leute aus dem Mund riechen. Da wird es Ihnen regelmäßig schlecht.«

Sie mußte mich *ausspioniert* haben; denn ich konnte das, was sie soeben gesagt hatte, nur unterstreichen. Wenn ich mich in einem Zimmer bei geschlossenen Fenstern mit jemandem unterhalte, der aus dem Mund riecht, wird mir so übel, daß ich die Toilette aufsuchen und mich übergeben muß.

»Und es gibt ein Tier, das Sie besonders gern mögen.«

»Hunde?« fragte ich. Ich mag Hunde, besitze aber keinen.

»Nein«, erwiderte Nora, sich auf mich konzentrierend, und blickte mich durchbohrend an. »Es ist ein Tier aus dem Dschungel.«

»Ich hatte mal einen Freund, der im chinesischen Sternzeichen des Tigers geboren wurde«, sagte ich.

Sie lächelte nicht, schien aber plötzlich das Richtige in meinem Gehirn gefunden zu haben.

»Sie essen von diesem Tier.«

Ich überlegte rasch, was sie damit wohl meinen konnte. Jedenfalls hatte ich meines Wissens nach noch nie ein Steak von einem Tiger oder Löwen gegessen. Dann kam mir die Erleuchtung, und ich sagte lächelnd: »Affen!«

»Ja«, erwiderte sie, mein Lächeln erwidernd.

Meine Vorliebe für Affen ist mir stets unerklärlich gewesen. Tatsächlich begegnet man in meiner Wohnung überall Affen – in Gestalt von Kerzenhaltern, Lampengestellen, Bücherständern, Geschirrmotiven und was weiß ich noch alles. Es ist ja nicht so, daß Leute, die mich in meiner Wohnung besuchen, sich nur in meinem Apartment umschauen und rufen: »Wau! Sie scheinen Affen ja wirklich zu mögen!«, sondern nicht wenige von ihnen merken sich das und schenken mir bei jeder passenden Gelegenheit wieder so was, so daß sich meine Affen-Kollektion ständig vergrößert.

»Was wissen Sie noch?« fragte ich Nora nun wißbegierig. »Wo habe ich früher gelebt? Was habe ich in meinen früheren Existenzen unternommen?« Ich glaube, ich vergaß in diesem Moment, daß es sich bei Noras Ausführungen um zweifelhafte Hypothesen handelte. Ich dachte in diesem Moment nur daran, daß ich schon immer mal eine Biographie hatte schreiben wollen; und in welche Person und welchen Charakter hätte ich mich wohl besser einfühlen können als in meinen gewissermaßen eigenen – mein früheres Selbst?

Nora hatte inzwischen nachdenklich die Stirn gerunzelt. »Wie heißt dieser Juwelier, den Sie so sehr schätzen?«

»Cartier? Tiffany? Harry Winston?« Mir fielen so viele Namen ein, daß ich eine Stunde gebraucht hätte, sie alle aufzuzählen.

»Nein«, unterbrach sie mich ungeduldig, »den Juwelier, den Sie wirklich *mögen*.«

Es ist ja nun keinesfalls so, daß ich Cartier *nicht* mag, dachte ich bei mir, beschloß jedoch, mir eine sarkastische Antwort zu verkneifen, während ich angestrengt nachdachte, ob es in meinem Leben einen *besonders* schätzenswerten Juwelier gab. Was mich betraf, so schätzte ich sie alle.

»Oh«, sagte ich dann, nachdem ich ein paar Sekunden überlegt hatte, »Fabergé.«

»Ja.« Sie sagte es zwar nicht – aber ich konnte ihr ansehen, wie stolz sie in diesem Moment auf mich war. Es mußte für eine Gedankenleserin wie sie eine Genugtuung sein, zu erleben, daß wir Hühner mit unserem blinden Verstand auch hin und wieder mal ein Korn finden.

»Wenn Sie die Biographie dieses Juweliers lesen, werden Sie sich darin wiederfinden.«

Das war wieder so ein Hinweis, den ich so gar nicht an ihr schätzte. Nebulös. Ich hätte es vorgezogen, wenn sie mir ein Datum oder den Namen gesagt hätte, unter dem ich mich darin wiederfinden konnte. Aber ich wußte, daß ich mich mit dem Brocken, den sie mir da hingeworfen hatte, begnügen mußte. Die Zeit, die wir uns für diese Sitzung vorgenommen hatten, war längst überschritten, und im Vorzimmer wartete bereits ihr nächster Kunde.

Ich verabschiedete mich also von Nora und nahm mir draußen sofort ein Taxi, das mich zum »Strand« bringen sollte. Angeblich ist der »Strand« der größte Laden der Welt für antiquarische Bücher; aber meiner Meinung nach verdient er auch den Titel für das ungepflegteste, unhöflichste und bizarrste Personal, das in einer Buchhandlung auf diesem Planeten die Kundschaft bedient. Als ich dort in meiner Eigenschaft als Amateurhistorikerin für Kostüme zum erstenmal einige Bücher kaufte, war ich so fasziniert von den Ringen, die die junge Dame, die mich bediente, in ihrer Nase, ihren Lippen und ihren Wangen trug, daß sie mich viermal nach meiner Kreditkarte fragen mußte.

Jedenfalls war der »Strand« – ob er die obengenannten Titel nun verdiente oder nicht – eine Fundgrube für gebrauchte, längst vergriffene oder nicht mehr aufgelegte Bücher, und ich kaufte dort ein Exemplar von allen Titeln, die sie über Fabergé auf Lager hatten, nahm mir abermals ein Taxi, erklärte dem Chauffeur, der kein Englisch verstand, zehn Minuten lang (während der Taxameter lief), wo ich hinwollte, und kehrte in mein Apartment zurück.

Mögen die Rezensenten auch keine hohe (oder gar keine) Meinung von der literarischen Qualität eines historische Liebesromane schreibenden Autors haben, so beherrschen wir doch alle das Handwerk des Recherchierens. Denn gnade uns Gott, wenn wir darin keine Meister wären, weil unsere Leser nämlich ein Gedächtnis besitzen, das die Datenbank meines Computers vor Neid erblassen ließe. Sollte mir bei meinen Romanen auch nur der kleinste Schnitzer unterlaufen, hagelt es Protestbriefe. Und mit »Schnitzern« meine ich nicht nur Jahreszahlen, sondern auch solche Dinge wie Nadeln, Faden oder Scheren. Denn es könnte mir sonst passieren, daß die Leser mir schreiben, die

Heldin in meinem letzten Roman habe den Nähfaden mit einer Schere abgeschnitten, bevor die Schere überhaupt erfunden worden sei. Und hüte dich ja, einen deiner Helden sagen zu lassen: »Warte mal eine Sekunde«, ehe dieses Zeitmaß nicht zum international verbindlichen Standard erklärt worden war. Und machen Sie bloß ja nicht den Fehler, im Mittelalter Tomaten und Kartoffeln auf den Tisch zu bringen, weil die Post Ihnen sonst Waschkörbe voller Protestbriefe ins Haus liefert.

Jedenfalls bin ich aus solchen Erfahrungen klug geworden und kann inzwischen, mit einem Schlüsselwort im Kopf, so rasch ein Buch mit den Fingern durchblättern und die Seiten mit den Augen absuchen, daß ich schon nach wenigen Sekunden gefunden habe, was ich brauche.

Und zwanzig Minuten, nachdem ich die bei »Strand« frisch erworbenen neuen/alten, reichlich angeschmuddelten Bücher auf meinem Wohnzimmerteppich abgeladen hatte, hatte ich die gesuchte Person auch schon entdeckt.

Es gab vier Frauen, die für Fabergés Erfolg verantwortlich gewesen waren. Zwei davon waren Russinnen. Die kamen für mich oder meine frühere Existenz nicht in Frage. Ich hatte nie ein Déjà-vu-Erlebnis bei der Lektüre von »Krieg und Frieden« gehabt. Ich bringe es nicht einmal fertig, mir den Film, den sie aus diesem Roman gemacht haben, bis zu Ende anzuschauen.

Eine der vier Frauen war Amerikanerin und sehr reich gewesen. Es hätte mir gefallen, wenn ich mich in dieser Person wiedererkannt hätte; aber dann las ich an anderer Stelle, daß sie eine große Philanthropin gewesen sei, Hospitäler für mittellose Patienten gestiftet und allerlei Gutes für andere Leute getan habe. Bedauerlich; aber in dieser Person konnte ich mich *nicht* wiederfinden. Ich lege all mein Geld in Wertpapieren an und knausere mit jedem Penny.

Die vierte in Frage kommende Frau war die Prinzessin von Wales und spätere Königin Alexandria. Ich hatte bereits einige Daten über sie in meinem Computer gespeichert, als ich einen Roman schrieb, der in der Zeit Eduards VII. spielte. Alex war schön, jedoch nicht sonderlich intelligent gewesen und hatte sich für die Seitensprünge ihres Gatten damit gerächt, daß sie sich bei jeder nur erdenklichen Gelegenheit verspätete.

Nein, das war nicht mein Stil.

Aber der letzte Name auf der Liste jagte mir einen Schauer über den Rücken. *Lady de Grey.* Vor Jahren hatte ich einmal sehr aufmerksam die Produktion einer Serie über Lillie Langtry am Masterpiece-Theater verfolgt und war dabei von der Figur ihrer Freundin, Lady de Grey, besonders fasziniert gewesen. Ich hatte mir damals sogar ein paar Bücher über die »Jersey Lil« gekauft in dem Bemühen, etwas mehr über deren Freundin Lady de Grey zu erfahren; hatte aber nur ein paar Sätze über sie darin gefunden.

Meiner Meinung nach war die Tatsache, daß mir der Name und die Figur von Lady de Grey so gut gefallen hatten, nicht ausreichend für die Annahme, daß ich die Reinkarnation dieser Frau sein könnte. Im Index einer der von mir bei »Strand« gekauften Fabergé-Biographien entdeckte ich dann noch einen zweiten Hinweis auf Lady de Grey.

Auf der angegebenen Seite las ich eine Anekdote, wie die Damen der besseren Gesellschaft Fabergés Werkstatt regelrecht belagerten, so daß er kaum noch Zeit zum Essen und Schlafen fand, um die Nachfrage nach seinen Produkten befriedigen zu können.

»Doch am schlimmsten von allen war Lady de Grey«, schrieb der Autor dieser Biographie. »Sie war zwar eine äußerst charmante und brillante junge Dame, doch wenn sie sich etwas in den Kopf gesetzt hatte, konnte niemand und nichts auf der Welt sie wieder davon abbringen. Eines Abends, als Lady de Grey Fabergés Laden zur Dinnerzeit aufsuchte, wollte dieser fluchtartig seine Werkstatt durch die Hintertür verlassen; doch ihre Ladyschaft hatte einen sechsten Sinn, was Menschen betraf, und fing ihn auf dem Hof ab. Fabergé wußte, daß er ihrem Charme nicht widerstehen und ihrem eisernen Willen nichts entgegensetzen konnte und an diesem Abend auf sein Dinner verzichten mußte.«

Diese Beschreibung fand ich so zutreffend, daß es mir schon fast unheimlich war. Auch gefiel mir das Wort »brillant«, das der Autor in diesem Zusammenhang erwähnte; doch auf den »unbezähmbaren Willen« konnte ich gern verzichten. Das erinnerte mich ein bißchen zu sehr an die Vorhaltungen, die mir meine Mutter als kleines Mädchen gemacht hatte.

Doch dann sagte ich mir wieder, daß das alles nur Chimären seien und es in Wirklichkeit gar keine Wiedergeburt geben würde, also spielte es auch keine Rolle, daß diese Dame einen »eisernen Willen« gehabt hatte. Das hatte doch alles nichts mit mir zu tun.

Im Index wurde ich dann auch noch auf ein Foto eines von Fabergé angefertigten Schmuckstücks verwiesen, das sich im Besitz von Lady de Grey befunden haben sollte. Stirnrunzelnd und auch ein wenig verärgert darüber, daß ich meine Zeit mit solchem Unsinn verplemperte, daß wir Menschen angeblich immer wieder mit den gleichen Charaktereigenschaften wiedergeboren würden, schlug ich den Anhang mit den Farbtafeln auf.

Unter der Nummer XVIII fand ich dort die Abbildung einer herrlichen Jadeschnitzerei, die einen kleinen Affen mit einem süßen kleinen Gesicht darstellte.

Ich fiel auf den Teppich zurück und rief: »Auf was hast du dich da nur wieder eingelassen, Hayden!«

Kapitel vier

Am nächsten Tag rief mich Nora um zwei Uhr morgens an, um mir mitzuteilen, daß sie die Stadt sofort verlassen müsse. Es schien ihr nicht aufzufallen, daß zwei Uhr morgens schon eine recht seltsame Zeit für einen Telefonanruf sei, und deshalb wies ich sie gar nicht erst auf diese Tatsache hin. Obwohl Nora aussieht wie ein ganz normaler Mensch, lebt sie doch in einer Welt vergangener Existenzen und im Dunstkreis fremder Gedanken, und deshalb mußte man ihr meiner Meinung nach schon ein paar Eigenheiten zugestehen.

Obwohl ich noch zu zwei Dritteln schlief, vergaß ich nicht, sie zu fragen, ob sie nun in einer privaten oder geschäftlichen Angelegenheit verreisen müsse. Darauf blieb es ein paar Sekunden lang still in der Leitung, und ich wußte, daß ich mit meiner Wißbegierde die Grenze des Erlaubten überschritten hatte. Das veranlaßte mich jedoch nicht, meine Frage zurückzunehmen. Feiglinge erfahren nie etwas Interessantes im Leben, das sie etwa für ein Buch verwerten könnten.

»Es ist geschäftlich«, sagte sie nach einer Weile. Sogleich schossen mir allerlei Fragen durch den Kopf: Was konnte wohl für eine Hellseherin so »dringend« sein, daß sie mitten in der Nacht verreisen mußte? Hatte vielleicht der Geist einer ihrer früheren Daseinsformen sie in ihrem Schlafzimmer aufgesucht? Oder ein Liebhaber aus ihrem früheren Leben? Oder gar ein Mann, der eine Frau umbringen wollte, die er schon einmal vor hundert Jahren umgebracht hatte?

Diese Gedanken sorgten nun dafür, daß ich vollends wach wurde, was Nora zu merken schien; denn in der nächsten Sekunde war die Leitung tot.

Nachdem sie aufgelegt hatte, überlegte ich, ob eine Hellseherin auch die Gedanken ihrer Kundschaft am Telefon lesen könne, und begann mir dann einen Plot mit einer Heldin auszudenken, die über telepathische Fähigkeiten verfügte. Ich fragte mich, was sie wohl in Jamies Geist lesen würde. Würde sie vor Scham erröten, wenn sie erkannte, warum er in ihrer Gegenwart immer so heiße Augen bekam? Oder würde sie zu ihm sagen: »Wie können Sie es wagen, so etwas Unverschämtes von mir zu denken?« Oder würde sie so sein wie ich, falls mir Jamie unter die Augen käme? Würde sie ihre Hände an die Stirn legen und sagen: »Nehmen Sie mich; ich gehöre Ihnen ...«, und dann auf eine graziöse Weise ohnmächtig in seine starken, maskulinen Arme sinken?

Danach beschloß ich, das Bett zu verlassen und mich ein wenig abzukühlen. Wenn ich den Fernseher einschalte und mir einen Film anschaue, die sie am späten Abend im Kabelkanal auszustrahlen pflegen, werde ich in dieser Nacht bestimmt keinen Schlaf mehr finden, überlegte ich. Also schenkte ich mir schließlich ein Gläschen von meinem Lieblingslikör, »Mandarine Napoleon«, ein, setzte mich damit an meinen Computer und verfaßte eine wahrhaft gepfefferte Sexszene für mein neues Buch ... Sie wissen schon: das über Jamie, für das ich noch keinen Plot hatte.

Am nächsten Vormittag suchte ich dann die Bibliothek auf, um nachzuschauen, ob ich dort etwas über mich – äh – Lady de Grey herausfinden konnte.

Dank meiner exzellenten Spürnase gelang es mir, sie schon nach wenigen Minuten dort zu entdecken. Ich finde, daß das Recherchieren wirklich keine schwierige Kunst ist. Ich glaube, daß die Leute, denen das Recherchieren schwerfällt, nur den Fehler machen, anzunehmen, Geschichte bestünde lediglich aus so langweiligen Sachen, wie sie sie in der Schule lernen mußten. Damit meine ich besonders die Kriege. Es scheint so, als würde der Geschichtsunterricht an Schulen nur aus Kriegen bestehen. Von den Zeiten zwischen den Kriegen erfährt man an den Schulen so gut wie nichts. Wer weiß schon, was zwischen dem Ersten und dem Zweiten Weltkrieg passierte? Vielleicht hat der eine oder andere schon mal was von der Weltwirtschaftskrise gehört, die zwischen diesen beiden Kriegen herrschte; aber sicherlich nicht viel mehr.

In meinen Romanen, die alle in einer bestimmten historischen Epoche spielen, habe ich ein paar Millionen Wörter geschrieben; aber das Wort »Krieg« kommt so gut wie gar nicht in ihnen vor. Ich weiß über Kriege nicht Bescheid. Ich gehe beim Recherchieren nach einer eisernen Regel vor: »Lies niemals etwas, das du uninteressant findest.« Denn wenn ich etwas so uninteressant finde, daß *ich* es nicht lesen möchte, kann es auch nicht als Stoff für eines meiner Bücher geeignet sein, weil meine Leser es dann vermutlich ebenfalls langweilig finden würden.

Deshalb lese ich beim Recherchieren auch niemals, wie man sich gegenseitig umbrachte, sondern was man damals gegessen, was für Kleider man getragen und was für Ansichten die Leute damals gehabt haben. Wie hielten sie es zum Beispiel mit der Kindererziehung? Wie haben sie die Frauen behandelt? Solche Sachen interessieren mich.

Um Informationen zu einem Thema zu finden, wälze ich nie irgendwelche Enzyklopädien oder Kompendien mit Hunderten von Biographien. Ich lese viel lieber fachspezifische Bücher, wenn ich mich schlaumachen will, also zum Beispiel ein Buch, das nur von der Entstehung der Brillen handelt oder der Entwicklung der Zahnheilkunst. Ich besitze über vierhundert Bücher über historische Kostüme, alle so katalogisiert und mit Kreuzverweisen versehen, daß ich das, was ich suche, rasch in ihnen finden kann. Ich hasse es, wenn ich in einem Roman lese, daß »Lady Daphne Kleider nach der neuesten Mode« getragen habe. Was *war* denn damals die neueste Mode? War es nur eine bestimmte Farbe? Oder waren es vielmehr Puffärmel oder große Hüte? *Das* möchte ich von einem Autor erfahren.

Nora Lofts, eine meiner Lieblingsautorinnen, sagte einmal in einem Interview, daß die Leute eigentlich nur zwei Dinge über eine bestimmte geschichtliche Epoche wissen möchten: wie die Menschen sich damals ihr Geld verdienten und was sie für ihre Notdurft benützten. Ich habe versucht, ihren Ratschlag zu befolgen und diese Dinge in meinen Büchern auf eine subtile und relativ taktvolle Weise abzuhandeln. Ich habe einmal laut lachen müssen, als ich einen im Mittelalter spielenden Roman las, in dem der Verfasser offensichtlich die Meinung vertrat, die »Garderobe« sei damals schon ein Raum gewesen, in dem Kleider aufbewahrt wurden. Meine Leser wissen jedoch, daß die »Garderobe« damals in Wahrheit die Toilette gewesen ist. In seinem Buch ließ dieser Autor einen Mann und eine Frau in der »Garderobe« auf dem Boden sitzen und sich über die köstlichen Düfte unterhalten, die aus der Küche zu ihnen heraufdrangen. Eine wirklich sehr komische Szene.

Jedenfalls habe ich schon frühzeitig gelernt, wie man recherchiert. »Suche das Besondere nicht im Allgemeinen.« Deshalb begab ich mich an jenem Vormittag in der New York Public Library sofort in den Saal, in dem nicht die Lexika, sondern fachspezifische Bücher über Genealogie aufbewahrt wurden, und ließ mir dort ihre älteste Ausgabe von *Burke's Peerage* geben. Leider wird in der New York Library so viel gestohlen, daß solche Bücher nicht in jedermann zugänglichen Regalen stehen, sondern einzeln bei einer Bibliothekarin angefordert werden müssen. Deshalb versuche ich auch, so rasch wie möglich das, was ich suche, herauszufinden.

Ich brauchte ungefähr fünf Minuten dazu, um Rachel de Grey in Burkes Adelskalender zu entdecken. Sie war im Jahre 1903 gestorben, und das paßte zu den biographischen Daten von Fabergé. Ihr Mann war der dritte Earl de Grey gewesen und der erste Marquess von Ramsden.

Ich notierte mir diese Angaben und begab mich sodann zum Handkatalog, um nachzusehen, ob unter dem Namen Ramsden irgendwelche Publikationen aufgeführt waren. Tatsächlich war darin ein Buch über den ersten Marquess von Ramsden aufgelistet. Mit angehaltenem Atem übergab ich der Bibliothekarin am Ausgabeschalter meine ausgefüllte Anforderungskarte. Das Arbeiten in der New York Library läßt sich mit dem Tontaubenschießen vergleichen: die Hälfte der Bücher, die man sich dort zum Lesen bestellt, sind entweder »falsch abgelegt« oder »entwendet« worden.

Eine halbe Stunde später wurde meine Nummer aufgerufen. Ich hatte Glück. Mein angefordertes Buch war weder gestohlen noch verliehen. Keine drei Minuten später hatte ich bereits die zwei Absätze gefunden, die sich in dem Buch auf die Gattin des Marquess bezogen. Wie wichtig kann denn schon die Ehefrau eines Mannes sein? Sie muß doch nur für ihn da sein, wenn er mal im Leben versagen sollte, um ihm zu sagen, daß er der Größte sei, damit er den Mut zum Weitermachen findet. Ist es eigentlich schon jemandem bewußt geworden, warum ledige Männer so selten Erfolg im Leben haben?

Allerdings verzieh ich dem Autor rasch, daß er der Ehefrau

des Marquess in seinem Buch nur so wenig Platz eingeräumt hatte, als ich las, was er über mich – Pardon – sie geschrieben hatte: »Lady de Grey war ihm trotz ihrer zarten Gesundheit die denkbar beste Stütze und zärtlichste Gattin. Ihr lebhaftes, liebenswürdiges und stets heiteres Wesen harmonisierte prächtig mit dem Charakter ihres Gatten, und ihre Ehe ist ein einziger ›Honeymoon‹ gewesen.«

Na, das war doch mal was! dachte ich bei mir. Hier stand nichts von einem »eisernen Willen« oder dergleichen Unsinn. Wenn es das war, was ich über mein früheres Dasein herausfand, hätte ich mich schon vor Jahren dem Studium meines früheren Lebens widmen sollen.

Ich begann nun das Buch von der Stelle an, wo Rachel dem Marquess ihr Jawort gegeben hatte, nicht nur quer, sondern gründlich zu lesen. Der »Honeymoon« der beiden dauerte fünfunddreißig Jahre, und aus dieser Ehe gingen zwei Söhne hervor, von denen der ältere bei einer Studienreise durch die Türkei (»von Wegelagerern überfallen«) ums Leben kam, so daß der jüngere, Adam, schließlich den Titel erbte. Als mein – äh – ihr ältester Sohn starb, ließ Rachel eine wunderschöne Kapelle zu seinem Andenken errichten.

Ich verbrachte den ganzen Nachmittag in der Bibliothek damit, von »meinem« Gatten zu lesen, und nahm jedes Wort, das er über seine »teure, süße Frau« sagte, die ihm »treu zur Seite gestanden und ihm bei allem, was er im Leben unternahm, beraten und unterstützt hatte«, begierig in mich auf. Als die Bibliothek schließlich zumachte, schwirrte mir der Kopf vor Hunger und von diesen überaus erfreulichen Daten, so daß ich förmlich aus dem Lesesaal schwebte. Rachel hatte also den richtigen Mann fürs Leben – ihren »Jamie« – gefunden. Und als sie ihn fand, war sie ihm fünfunddreißig Jahre lang eine treue Gattin gewesen und hatte überall, wo sie hinkam, mit ihrem liebenswürdigen und bescheidenen Auftreten die Herzen der Leute im Sturm erobert.

Als Nora in der darauffolgenden Woche nach New York

zurückkehrte, war ich von einem solchen Stolz auf meine Fähigkeiten als Rechercheurin und mein rundherum gutes früheres Leben erfüllt, daß ich schon fürchtete, ich würde im Türrahmen steckenbleiben, als ich die Praxis betrat. Ich war bereit, mit ihr jede Wette einzugehen, daß sie noch nie eine Kundin gehabt hatte, die in so kurzer Zeit so viel über ihr früheres Dasein herausfinden konnte wie ich.

Ich legte ihr triumphierend eine Fotokopie nach der anderen in den Schoß, dazu den tabellarischen Lebenslauf, den ich in meinem Computer von mir – äh – Rachel in Schönschrift entworfen, und schließlich sogar ein Foto von der reizenden Rachel, das ich an einer anderer Stelle im Archiv der Bibliothek entdeckt hatte. Und dann erzählte ich ihr alles, was ich inzwischen über mich ausgegraben hatte.

Nachdem ich damit zu Ende gekommen war, saß Nora ein paar Sekunden lang nur stumm da und blickte mich an. Und dann hätte sie mich fast so in Rage gebracht wie eine von meinen Heldinnen in meinen Romanen, als sie zu lachen anfing. Ja, Sie haben richtig gelesen. Sie lachte!

Sie brauchte mir gar nicht erst zu sagen, weshalb sie mich auslachte, weil ich das bereits wußte. Es war das gleiche Lachen, das meine Mutter jedesmal anschlug, wenn ich wieder einmal versprochen hatte, von jetzt an immer artig zu sein, in Zukunft meinen Mund zu halten und meine Meinung zu irgendwelchen Dingen für mich zu behalten. Sobald ich ihr versprach, »mich wie eine Lady zu betragen«. Ich hatte ihr alles mögliche versprochen, aber offenbar meine Versprechen niemals halten können. Das Leben war so ungeheuer aufregend, und ich hatte daran teilhaben wollen, und Menschen, die am Leben teilhaben möchten, können sich unmöglich so benehmen »wie eine Lady«.

»Sie meinen, das wäre gar nicht ich?« sagte ich nun kleinlaut und dachte dabei, wie unfair das Ganze doch sei. Alle, die sich bisher darum bemüht hatten, etwas über ihr früheres Leben zu erfahren, waren irgend etwas Aufregendes gewesen. Jedenfalls hatte ich noch nichts anderes von ihnen gehört. Nein, danke;

mein gegenwärtiges Leben war mir aufregend genug. Was ich wollte, war der Nachweis, daß ich irgendwann in der Vergangenheit einen Mann fünfunddreißig Jahre lang geliebt und mit ihm eine Honeymoon-in-Permanenz-Ehe geführt hatte.

Ich hatte mich inzwischen daran gewöhnt, daß Nora in meinen Gedanken las wie in einem Buch. »Sie sind in Ihren früheren Leben stets eine großartige Liebhaberin gewesen«, sagte sie nun behutsam, sich das Lachen verbeißend, weil sie spürte, daß sie mich damit sehr gekränkt hatte. »Aber Sie sind keine Frau, die ...« Sie zögerte.

»... keine Frau, die sich bescheiden im Hintergrund hält?« ergänzte ich und hatte nun das Gefühl, als gäbe es keine Hoffnung mehr für mich. Was war daran verkehrt, wenn ich mir wünschte, so ein Wesen zu sein wie Rachel, die jeder auf Anhieb sympathisch fand?

Ich war jetzt nicht mehr stolz auf meine Fähigkeiten und mein Ego. »Wenn ich nur wüßte, was mit mir nicht stimmt«, sagte ich verzagt. »Ich verdiene mir mit dem Schreiben von Liebesromanen mein Geld. Offenbar erwarte ich mir vom Leben nichts anderes als Liebe. Viele meiner Bekannten halten mich für hart und zynisch. Aber das bin ich gar nicht. Ich möchte doch nur das, was andere Frauen auch haben; aber etwas scheint da nicht mit mir zu stimmen.« Ich spürte, wie mir die Augen naß wurden, und begriff in diesem Moment, daß ich noch nie so ehrlich zu jemandem gewesen war wie zu dieser Frau.

»Da muß irgendwo ein Fehler in meinem Strickmuster sein. Ich scheine anders zu sein, als all die anderen Frauen. Ich hatte einen wundervollen Mann, der in mich verliebt war. Er war in jeder Hinsicht perfekt, aber ich warf ihn fort wie einen alten Handschuh. Ich ließ ihn einfach aus meinem Leben fortgehen, und nun habe ich niemanden mehr. Nur einen Mann auf dem Papier. Einen Mann, der lediglich in meiner Phantasie existiert.«

Nun mußte ich tatsächlich weinen – große Tropfen des Selbstmitleids –, und Nora wartete, bis ich mich einigermaßen beruhigt hatte, ehe sie das Wort ergriff.

»In Ihren vergangenen Leben«, erklärte sie mir behutsam, »haben Sie einen Mann sehr geliebt – so sehr, daß Sie in Ihren darauffolgenden Daseinsformen diese Liebe niemals vergessen konnten. Kein anderer Mann hat jemals den Platz, den dieser Mann in ihrem Herzen hatte, ausfüllen können. Und deshalb geben Sie auch jedesmal einem Mann, den Sie kennenlernen und sogar lieben könnten, den Laufpaß, weil Ihre Gefühle noch immer an jenen Mann, den Sie in der Vergangenheit so sehr geliebt haben, gebunden sind.«

Ich schneuzte mir die Nase. »Soll das etwa ein Trost für mich sein, wenn ich abends in mein leeres Bett steige?«

Nora lächelte, sagte aber nichts.

Ich schniefte, und dann begannen meine Gehirnzellen wieder zu arbeiten.

»Wenn ich diesen Mann noch immer liebe – was empfindet er dann für mich?« fragte ich.

»Er liebt Sie genauso heftig wie Sie ihn.«

Da schossen mir so viele Gedanken durch den Kopf, daß meine Zunge sich bei dem Bemühen, sie alle zu artikulieren, förmlich überschlug: »Sie meinen, daß irgendwo da draußen ein Mann existiert, der mich genauso liebt wie ich ihn, und daß das alles mit unser beider früherem Leben zusammenhängt? Sucht er denn nach mir? Und wie könnte ich ihn finden? Gibt er ebenfalls, wie ich den Männern, anderen Frauen den Laufpaß, während er auf mich wartet? Was, raten Sie mir, soll ich jetzt tun?«

Noras Gesicht nahm einen traurigen Ausdruck an. »Das habe ich Ihnen doch schon gesagt.«

Ich gehöre jedoch zu diesen aktiven Typen, die ihr Schicksal in die Hand, und nicht zu jenen Leuten, die es als gegeben hinnehmen. Ich bin noch nie der Meinung gewesen, daß ein Mensch etwas so, wie es ist, akzeptieren müßte. Wenn ihm ein Zustand nicht gefällt, sollte er sich bemühen, ihn zu ändern. Aber ich konnte sehen, daß Nora zu der fatalistischen Sorte von Menschen gehörte.

Ich holte tief Luft. »Können Sie mir nicht noch mehr über diesen Mann erzählen? Vielleicht kann ich das alles besser verstehen, wenn ich über mehr Fakten verfüge.« Und mir dann überlegen, ob wir dieses Problem nicht lösen können, setzte ich in Gedanken hinzu. Falls es irgendwo dort draußen einen Mann gab, der mir gehörte – einen Mann, der meiner Meinung nach die Personifizierung meines Jamie sein mußte –, dann würde ich alles nur Menschenmögliche unternehmen, um ihn noch in *diesem* Leben zu finden.

Nora lächelte, was mich ärgerte; denn sie hatte offenbar meine Gedanken gelesen und begann nun von »Seelenverwandtschaft« zu reden. Bei diesem Wort fing ich laut an zu stöhnen. Wenn es auf der Welt eine Vokabel gibt, die in den meisten Fällen nicht hält, was sie versprach, dann ist es die »Seelenverwandtschaft«. Ich habe ein paar »seelenverwandte« Lebensgemeinschaften gekannt, die sich nach drei Monaten wieder scheiden ließen. Deshalb verwende ich dieses Wort sehr sparsam – wenn überhaupt – in meinen Büchern.

Doch nach einem Frage-und-Antwort-Spiel, das fast eine Stunde dauerte, glaubte ich zu wissen, was man unter Seelenverwandtschaft im parapsychologischen Sinne zu verstehen hatte.

Nora verwies mich in diesem Zusammenhang auf die Bibel: »Sie werden sich doch sicherlich noch an die Erschaffung von Adam erinnern? Und wie Gott Adam dann eine Rippe entnahm und Eva daraus erschuf?« Auf diese Weise wurden, wie sie sagte, die ersten Seelen erschaffen: Sie wurden in zwei Teile gespalten, von dem der eine männlichen, der andere weiblichen Geschlechts war. Sie stellten gewissermaßen die ersten Klone der Weltgeschichte dar. Anscheinend gibt es niemals etwas Neues unter der Sonne.

Nach dieser Theorie ist ein Seelenverwandter also deine »andere« Hälfte. Er ist der perfekt zu dir passende Partner. Man kann zwar auch mit einem anderen Partner »glücklich« werden, aber niemals so wie mit seiner »anderen Hälfte«. Er ist die »Erfüllung deines Geistes«, wie Nora es nannte.

Theoretisch sollten nun zwar die seelenverwandten Partner in jedem Leben zueinander finden, aber im Verlauf von Jahrhunderten hatte es dann mit der Synchronisation nicht mehr so recht klappen wollen. Junge Männer kommen häufiger ums Leben als junge Damen. Zwei seelenverwandte Menschen werden im alten Griechenland zur gleichen Zeit in Nachbarhäusern geboren; doch »er« stürzt mit achtzehn vom Pferd und bricht sich das Genick, während »sie« achtzig Jahre alt wird. Nach seinem gewaltsamen Tod erfährt »er« als römischer Gladiator seine Wiedergeburt, doch inzwischen ist seine seelenverwandte »andere« Hälfte so alt, daß sie seine Mutter sein könnte. Dazu kommt noch eine räumliche Trennung von annähernd tausend Meilen. Nach ungefähr hundert Jahren hat sich die Zeitdifferenz der beiden Idealpartner wieder einigermaßen ausgeglichen, und sie werden abermals gleichzeitig oder im Abstand weniger Jahre als Nachbarskinder geboren. Doch nun sind die beiden Familien miteinander verfeindet, und die Väter sprechen ein Machtwort, daß die beiden ineinander verliebten Kinder sich nicht heiraten dürfen. Etcetera, etcetera ...

»Sie sehen also, wie leicht seelenverwandte Partner voneinander getrennt werden können«, erklärte mir Nora. Tatsächlich hatte ich schon Mühe, mein Filofax-Modem mit meinen Freunden zu koordinieren; also konnte ich mir gut vorstellen, mit welchen Schwierigkeiten da erst das himmlische Kontrollzentrum zu kämpfen hatte, um die auf diesem Planeten verstreut lebenden seelenverwandten Partner über viele Jahrhunderte hinweg zusammenzuführen.

Ich fragte mich in Anbetracht all dieser widrigen Umstände, wie seelenverwandte Partner überhaupt *jemals* zueinanderfinden konnten. Da schien mir die Zusammenführung mit meiner »anderen« Hälfte ja geradezu ein Gottesgeschenk zu sein. Man mußte (1.) seinen Schöpfer um seinen Seelenverwandten *bitten,* (2.) den Seelenverwandten *verdient* haben und (3.) den seelenverwandten Partner in der Form *akzeptieren,* in der er zur Zeit gerade auf der Welt lebte.

Wo kam ich da nun ins Bild? Nora sagte, ich hätte schon seit vielen Jahren meinen Schöpfer um meinen seelenverwandten Partner gebeten. Worauf ich ihr mit unbewegtem Gesicht erwiderte: »Ja, in Geschenkpapier eingewickelt unter dem Weihnachtsbaum.«

Nora hatte anfangs Schwierigkeiten gehabt, sich an meinen Humor zu gewöhnen. Aber inzwischen hatten wir schon so viele Stunden miteinander verbracht, daß ich sie damit nicht mehr aus dem Konzept bringen konnte. Nora sagte, in der Regel wären es sehr ernste Menschen, die zu ihr in die Praxis kämen. Wenn ich bedenke, daß die Leute erst zu ihr kamen, nachdem sie sich vorher von Psychiatern und Lebenshilfe-Beratern durch die Mühle hatten drehen lassen, konnte ich gut verstehen, daß ihnen nicht gerade der Schalk aus den Augen leuchtete.

Doch ich vermag fast allem eine humorvolle Seite abzugewinnen, und ich fand den Gedanken, daß ich zu Gott um meinen seelenverwandten Partner »gebetet« hätte, außerordentlich erheiternd. Meine Mutter hatte mir nämlich schon als Kind beigebracht, daß brave kleine Mädchen Gott *nur* um den Weltfrieden bitten.

Doch selbst wenn ich kein kleines braves Mädchen gewesen wäre, hätte ich Angst gehabt, daß Gott mir, falls ich ihn um meinen Seelenverwandten gebeten hätte, einen langhaarigen Typ aus Los Angeles bescheren würde, der schwor, er sei ein Filmproduzent und könnte mich zu einem Star machen. Ich versicherte Nora, daß ich Gott *nicht* um meinen Seelenverwandten gebeten hatte.

Dennoch war Noras Enthüllung für mich ein Schock. Glauben wir denn nicht immer, daß unser Geist unser am besten gehütetes, für keinen anderen zugängliches privates Territorium sei? Und dann begegnet man einer Hellseherin, die einem auf den Kopf zusagt, was man in den letzten drei Jahren gedacht und wovon man geträumt hat.

Sie nannte es »beten«; aber ich würde es eher als »wünschen« bezeichnen. Ja, ich hatte mir *gewünscht*, daß ich *den* Mann finden könne, der besser zu mir paßte als jeder andere Mann. Ich erinnere mich, wie ich mit einer gewissen Heftigkeit daran gedacht hatte, daß es doch so einen Mann für mich geben *müsse*. Einen Mann, der besser ist als alle anderen. Einen Mann, den ich so leidenschaftlich lieben konnte, wie ich einen Mann lieben wollte, und der meine Liebe ebenso leidenschaftlich erwiderte. Ich wollte einen Mann haben, bei dem ich keine Spielchen treiben und so tun mußte, als würde es mir nichts ausmachen, wenn er mich kränkte. Ich wünschte mir einen Mann, den ich anschreien konnte und der mich trotzdem lieben würde. Ich wollte einen Mann haben, bei dem ich mich *sicher* fühlen konnte. Ich wünschte mir einen Mann, von dem ich in meinem Innersten wußte, daß er mich liebte. Nicht, weil er mir ständig sagte, daß er mich lieben würde, sondern weil ich seine Liebe so sehr spürte, daß seine bloße Anwesenheit etwas tief in mir zum Vibrieren brachte.

Nora sagte, daß alle meine Bücher Blaupausen von diesem Mann wären.

Nora erzählte mir so viel über mich, daß ich schamrot wurde, weil sie meine geheimsten Gedanken las. Leute, die mich zu kennen glauben, behaupten, ich sei eine Zynikerin – mein Sarkasmus wäre der Beweis dafür. Niemand sah den weichen Kern meiner Seele.

Nora erinnerte mich daran, daß ich einmal gesagt hätte, ich würde diesen Mann sogar in jeder Gestalt und Größe akzeptieren.

Es dauerte eine Weile, bis mir einfiel, was sie damit meinte. Und dann errötete ich noch heftiger, soweit das überhaupt noch möglich war, als ich mich wieder an jenen Abend erinnerte, wo ich mich so einsam gefühlt hatte, daß ich ein paar Gläser Gin Tonic zu viel getrunken hatte. Zuweilen können Einsamkeit und Verzweiflung einen Menschen in ein bisher nie gekanntes Tief hineintreiben. Jedenfalls war mein »Wunsch« nach diesem Mann an jenem Abend so groß gewesen, daß ich mir sagte, als Schriftstellerin wäre ich ja so unabhängig, daß ich an jedem Ort der Erde mit ihm leben könnte, und daß es mir gleichgültig sei, welcher Nationalität er angehören und in welchem gesundheitlichen Zustand er sich befinden würde.

Nachdem Nora mir nun das alles offenbart und ich das Gefühl hatte, auch alles verstanden zu haben, schöpfte ich wieder ein bißchen Hoffnung. Wo befand sich mein seelenverwandter Partner in diesem Augenblick? Und wie fand ich ihn? Vielleicht mit einer Suchanzeige in den überregionalen Zeitungen?

Damit fing ich mir nur wieder einen verzweifelten Blick von Nora ein. Sie sagte, meine »spirituellen Lenker« hätten mich zu ihr geführt, damit sie mir die schlimme Nachricht übermitteln könne. Nein, korrigierte sich Nora, es wäre eigentlich eine »gute« Nachricht; denn es wäre mir bestimmt, nach drei Wiedergeburten mit meinem seelenverwandten Partner wiedervereinigt zu werden.

Da mußte ich mich schon sehr zusammennehmen, um nicht laut zu schreien. Hatte diese Frau denn überhaupt keinen Sinn für Realitäten? Es gab weder ein früheres Leben noch eine Wiedergeburt und schon gar keine »spirituellen Lenker«! Die Hartnäckigkeit, mit der sie ihre Thesen vertrat, ließ mich mit den Zähnen knirschen.

»Ich möchte Jamie haben, und zwar jetzt, in *diesem* Leben, und nicht in hundert Jahren«, sagte ich. »Ich bin Amerikanerin und verlange die sofortige Befriedigung meiner Wünsche!«

Da lachte sie mir ins Gesicht. »Sie könnten ihn ja sofort haben, wenn es Ihnen gelänge, die Vergangenheit zu verändern! Doch selbst wenn er Ihnen noch heute nachmittag über den Weg liefe, würden Sie ihn nicht lieben, sondern hassen. Sie würden ihn schon auf den ersten Blick so sehr hassen, daß Sie sich wünschten, ihn nie wiederzusehen.«

Und dann sagte sie, daß wir unsere Zeit schon weit überzogen hätten und im Vorzimmer bereits zwei andere Kunden warteten. »Warum versuchen Sie denn nicht erst einmal Ihre richtige Lady de Grey zu finden? Es muß doch mehrere Damen dieses Namens gegeben haben.«

»Ja«, murmelte ich, sammelte meine Fotokopien und Tabellen ein und begab mich zum Ausgang. Da alles, was sie mir in dieser Sitzung erzählt hatte, nur haltlose Spekulationen waren, konnte ich ebensogut mit meinen Recherchen fortfahren, überlegte ich. Denn so sympathisch diese Rachel de Grey auch sein mochte – das Zeug zu einer Heldin hatte sie nicht. Für meinen Roman brauchte ich eine Lady, die ein paar Haare auf den Zähnen hatte, weil sie sonst meinem Jamie nicht gewachsen war.

Ich machte mich also wieder auf den Weg zur Bibliothek. Keine Arroganz mehr, sagte ich mir, als ich mir an einem Imbißstand eine heiße Bockwurst kaufte. Jetzt gehst du gründlich und ohne Vorurteile an die Sache heran.

Kapitel fünf

Nachdem ich mich wieder ein wenig beruhigt und meine Eigenliebe bezwungen hatte, sah ich sofort, daß Rachel unmöglich jene Lady de Gray gewesen sein konnte, die Fabergé protegiert hatte. Rachel war ihrem Gatten viel zu ergeben gewesen, als daß sie noch ein Interesse daran gehabt hätte, das künstlerische Schaffen eines so bedeutenden Mannes wie Fabergé zu unterstützen.

Okay. Da ich nun entdeckt hatte, daß Rachel de Gray nicht mit mir »identisch« war, mußte ich mich wohl auf ein paar saure Trauben gefaßt machen. Immerhin war »meine« Lady de Gray eine »Förderin der Künste« gewesen und keine Frau, die hemmungslos Geld für Schmuck ausgegeben hatte.

Da »meine« Lady de Gray, nach der ich jetzt suchte, nicht das Glück gehabt hatte, mit einem berühmten Mann verheiratet gewesen zu sein, war es ziemlich schwierig, sie aufzufinden. Es ist eine beschämende, jedoch leider zutreffende Tatsache, daß Frauen, die nicht an den Rockschößen ihrer Ehemänner hingen, als relativ unbedeutend galten. Andrerseits muß man fairerweise zugeben, daß es auch eine Reihe von berühmten Frauen gegeben hat, deren Ehemänner der Vergessenheit anheimgefallen sind. Aber um noch fairer und ehrlicher zu sein, haben die meisten dieser berühmten Frauen erst gar nicht geheiratet, weil sie sonst ihre Ehemänner nämlich um Erlaubnis hätten fragen müssen, ob sie das tun durften, was sie gern tun wollten.

Jedenfalls war meine Lady de Gray verflixt schwer zu finden. Immerhin gelang es mir, ihren Vornamen – Hortense – zu eruieren, jedoch kein dazugehöriges Geburtsdatum, weil es in der Regierungszeit von Eduard VII. noch als unhöflich galt, das Alter einer Frau zu verraten. Selbst Verfasser von Familienchroniken waren diesbezüglich zum Schweigen verpflichtet. Ich wünschte mir, daß wir etwas von dieser Höflichkeit in unsere Zeit herübergerettet hätten; denn Reporter scheinen heutzutage ja keine Zeile mehr über jemanden schreiben zu können, ohne dessen Alter zu erwähnen (eine mir seit dem Morgen meines fünfunddreißigsten Geburtstages überaus verhaßte Unsitte); als wäre das Alter ein Verdienst und ein Gradmesser für dessen Leistung.

Als mir die Glocke verkündete, daß die Bibliothek in wenigen Minuten schließen würde, war ich noch immer auf der Suche nach Hortense. Ich hatte bisher nur ein paar dürftige Daten über sie ausgraben können, nämlich daß sie 1904 Rachels Sohn Adam geheiratet hatte und 1907, vier Jahre nach Rachels Tod, gestorben war.

Tatsächlich hatten sie und ihr Gatte Adam am gleichen Tag, nämlich am 8. Juni 1907, das Zeitliche gesegnet; und deshalb fragte ich mich, ob das Ehepaar nicht einem Unfall zum Opfer gefallen war, und machte mir auf meinem Zettel einen Vermerk, daß ich mir das Datum heraussuchen müsse, an dem die *Titanic* untergegangen war. Da Adam keinen leiblichen Nachkommen hatte, der seinen Titel hätte erben könne, erlosch dieser.

Ich machte mich daraufhin ziemlich deprimiert auf den Heimweg. Wenn man Liebesromane schreibt und so viel Zeit wie ich damit verbringt, seine Nase in historische Bücher zu stecken, weiß man, wie wichtig ein Erbe ist. Während ich der göttlichen

Stimme von Frederica von Stada lauschte, die aus den Lautsprechern meiner Stereoanlage drang, dachte ich über die schreckliche Tragödie nach, von der dieser junge Graf und dessen gräfliche Gattin heimgesucht worden waren, daß sie keinen Sohn gehabt hatten, der den Familiennamen hätte weiterführen können.

Ich weiß, wie absurd es meinen Lesern erscheinen muß, wenn ich gestehe, daß ich nun sogar ein schlechtes Gewissen bekam, weil ich überzeugt war, das wäre *meine* Schuld gewesen. Ich hatte bisher nämlich noch keinem erzählt, daß ich vor ungefähr zehn Jahren einen Freund hatte, von dem ich annahm, daß *er* der Richtige sei, und es deshalb ganz in Ordnung fand, ein ganzes Jahr lang auf Verhütungsmittel zu verzichten. Da ich aber in dieser Zeit nicht schwanger wurde, glaube ich, daß das einer der ausschlaggebenden Faktoren gewesen ist, weshalb ich die Affäre, die fast zu einer Heirat geführt hätte, schließlich beendete.

Wenn es stimmte, was Nora mir erzählt hatte – daß man nämlich seinen ursprünglichen Charakter bei allen Wiedergeburten beibehalten würde –, konnte es dann nicht möglich sein, daß eine Frau auch über viele Jahrhunderte hinweg unfruchtbar blieb? Schließlich waren Hortense und ihr Gatte drei volle Jahre miteinander verheiratet gewesen, hatten aber in dieser Zeit keine Kinder bekommen.

Meiner Meinung nach konnte das nicht Adams Schuld gewesen sein. Wie jeder Verfasser und Leser von romantischen Liebesromanen weiß, gibt es virile und weniger virile Namen. Das trifft sogar für die Buchstaben des Alphabets zu. So ist es kein Zufall, daß meine Leser nur selten einem Helden in meinen Romanen begegnen werden, dessen Namen mit einem »O« anfängt. Auch »L« ist ein heikler Anfangsbuchstabe, den ich tunlichst vermeide. Am vielversprechendsten sind Helden, die mit »R«, »S« und »T« beginnen. Doch auch »Adam« und »Alexander« sind durchaus potente Namen, und jeder Romanschriftsteller wird irgendwann in seinen Büchern einen Helden namens Nicholas auftreten lassen.

Jedenfalls war ich mir sicher, daß ein Mann mit einem so

potenten Namen wie Adam nicht für die Kinderlosigkeit seiner Ehe verantwortlich sein konnte. Nein, meiner Meinung nach war es Hortenses Schuld gewesen, daß das Geschlecht mangels Nachkommenschaft erloschen war.

Am nächsten Morgen begab ich mich schon in aller Frühe in die Bibliothek. Mir war nämlich in der Nacht eine Idee gekommen. Da Königin Alexandra ebenfalls zu dem Kreis von Fabergés Mäzenen gehört hatte, war es denkbar, daß sich in Biographien über diese Dame auch Angaben über meine Lady de Gray finden ließen.

Allerdings gefiel mir meine Idee dann doch nicht so gut, als ich Hortense schließlich in den Büchern über den sogenannten Marlborough-Kreis entdeckte. Da die Wohnung des damaligen Prinzen von Wales und späteren Königs Eduard VII. »Marlborough House« hieß, ist die wilde, lebenslustige Bande junger Leute, die in diesem Palais ein- und ausging, unter dem Namen »Marlborough-Kreis« in die Geschichte eingegangen.

Ich muß mich doch immer wieder wundern, wenn Leute, die nicht wie ich achtzig Prozent ihres Lebens in der historischen Vergangenheit verbringen, nachsichtig lächeln, wenn ich ihnen etwas von dem »wilden, lebenslustigen« Treiben ihrer Vorfahren erzähle. Jede Generation glaubt nämlich von sich, daß *sie* erst den Sex erfunden habe und ihre Eltern keine Ahnung davon gehabt hätten. Wie hatten also die Leute, die vor fast hundert Jahren im viktorianischen Zeitalter gelebt haben, etwas vom Sex verstehen können? Und was, in aller Welt, konnte denn schon im »Marlborough-Kreis« passiert sein, das die Bezeichnung »wild« überhaupt verdiente?

Ich wünschte, ich könnte mit meinen Büchern auch die Uneinsichtigsten davon überzeugen, daß es noch keine Generation gegeben hat, die sich nicht am Sex erfreute. Wenn heutzutage irgendwo der Strom ausfällt oder ein Schneesturm den Verkehr zum Erliegen bringt, berichten die Reporter neun Monate später, daß die Anzahl – haha – der neugeborenen Kinder erheblich zugenommen habe.

Und woher kommt es dann, frage ich Sie, falls Sie zu den Skeptikern gehören, daß unsere Vorfahren so unglaublich viele Kinder hatten?

Jedenfalls war der sogenannte Marlborough-Set tatsächlich ein Kreis von Leuten gewesen, in dem es ziemlich heiß zuging. An jedem Wochenende quartierten sie sich in irgendeinem großen Landsitz ein, und die Gastgeberin mußte an den Zimmertüren Kärtchen mit dem Namen der Person anbringen, die das Zimmer bewohnte, damit die Liebespaare auch nachts zueinander finden konnten. Nur hatte eines Tages ein eifersüchtiger Gatte heimlich die Kärtchen vertauscht, so daß sich der Herzog von Marlborough im Bett seiner eigenen Gattin wiederfand.

Wie hätte diese Anekdote wohl in die Geschichte eingehen können, wenn sie von den Betroffenen nicht selbst weitergegeben worden wäre? Und wie hätte man diese Geschichte wohl damals amüsant finden können, wenn nicht jeder mit jedem ins Bett gegangen wäre?

Demnach wußten die Leute damals durchaus etwas mit sich anzufangen – auch ohne einen Fernseher, der ihnen das Gehirn aus dem Schädel saugte. Statt in einem dunklen Raum zu sitzen und zuzuschauen, wie sich ein Hollywood-Starlet auf einer Leinwand für einen Hollywood-Macho entblätterte, lag ein Zeitgenosse Eduards VII. in einem von Kerzen erleuchteten Zimmer und sah zu, wie sich seine Frau von ungefähr acht Kleiderschichten befreite. Er weidete sich an einem weiblichen Körper, den noch kein anderer Mann auf dieser Welt zu Gesicht bekommen hatte, da Frauen damals tagsüber noch nicht in T-Shirts und Jeans herumzulaufen pflegten. Auch gab es noch keine Poster von Pin-up-Girls, mit denen er seine Frau hätte vergleichen können. Er wußte nicht einmal, daß Zellulitis etwas war, das eine Frau eigentlich nicht haben sollte. Ach, was sind das doch für herrliche Zeiten gewesen!

In den Büchern, die sich mit dem Marlborough-Kreis befaßten, fand ich nun tatsächlich ein paar Hinweise auf Lady de Grey und war nach deren Lektüre sogar froh darüber, daß es nicht mehr waren. Denn sie ist in diesem Kreis lebenslustiger junger Leute offenbar die wildeste von allen gewesen und hatte unglaublich viele Affären mit anderen Männern – mit einer so erheblichen Zahl von anderen Männern, daß man sie fast aus dem Lebewelt-Zirkel des Prinzen verstoßen hätte.

Doch nicht die Tatsache, daß sie mit (zu) vielen anderen Männern schlief, lieferte den Grund für ihren Beinahe-Ausschluß, sondern weil sie damit gegen eine Grundregel der aristokratischen Gesellschaft verstoßen hatte: *Keine Affären, bevor nicht der Erbe geboren war*. Man war damals der Ansicht, daß ein Mann, der einen großen Besitz sein eigen nannte und Träger eines erblichen, bereits mehrere hundert Jahre alten Titels war, einen Anspruch darauf hatte, sicher zu sein, daß sein ältester Sohn auch von ihm stammte. Und deshalb zog sich ein Adeliger, der eine achtzehn Jahre alte Schönheit geheiratet hatte, sogleich mit ihr auf seinen Landsitz zurück und bemühte sich dort nach Kräften, diese zu schwängern. Wenn ihm das gelungen war, bezog er wieder seine Stadtwohnung, um das Leben zu genießen. Sobald seine ihm Angetraute mit ihrem ersten Kind niederkam, suchte er sie abermals auf dem Landsitz auf, um mit ihr das nächste zu zeugen. Hatte ihm dann ihre Ladyschaft zwei Söhne geboren, stand es ihr frei, ihr eigenes Leben zu führen.

Demnach war es zur Zeit Eduards VII. ein ehernes Gesetz, daß in aristokratischen Familien die beiden ersten Kinder dem Ehemann der Mutter gleichzusehen hatten. Wurde das betreffende Ehepaar sodann noch mit weiteren Kindern gesegnet, gaben diese zumeist Anlaß zu endlosen Mutmaßungen, wem sie denn nun ähnelten.

Eine Frau aus jener Zeit berichtet in ihren Memoiren, daß sie an ihrem Hochzeitstag, ehe sie mit ihrem frischgebackenen Ehemann auf dessen Landsitz fuhr, von ihrer Mutter noch folgenden Rat mit auf den Weg bekam: »Lasse dich niemals auf Spekulationen ein, wem deine jüngeren Kinder gleichsehen könnten.« Viele Jahre später sollte diese Frau dann auch entdecken, daß ihr wahrer Vater ihr »Onkel« Harry gewesen war.

Offenbar hatte Hortense gegen diese eherne Regel verstoßen und bereits Affären mit fremden Männern gehabt, bevor sie ihrem Gatten einen Erben geschenkt hatte. Den einzigen Grund, den ich für ihr Fehlverhalten finden konnte, war ihr mutmaßlicher Haß auf ihren Ehemann. Diesen wollte man damals jedoch nicht als Entschuldigung für ihren Regelverstoß gelten lassen.

Ich muß, so ungern ich das auch tue, gestehen, daß mich die Lektüre dieser Geschichte sehr deprimiert hat, weil ich mich nämlich zu meinem Bedauern in Hortenses Verhalten wiederfand. Was wäre wohl passiert, wenn meine Eltern mich gezwungen hätten, einen Mann zu heiraten, den ich nicht mochte? Auch ich habe mich noch nie an Regeln gehalten, die mir wesensfremd erschienen, und ich weiß, zu welch schrecklichen Taten – die ich jedoch keinem verraten will – ich fähig bin, wenn ich mich unglücklich fühle. Indessen bezweifle ich sehr, daß es eine neununddreißigjährige Frau auf der Welt gibt, die noch nicht ein paar Dinge angestellt hat, an die sie lieber nicht erinnert werden möchte.

Lady de Grey war also drei Jahre lang mit einem Mann verheiratet gewesen, den sie nicht mochte, und hatte viele Affären mit fremden Männern gehabt. Hatte sie bei diesen als Fremdgängerin Liebe finden wollen? Oder war das alles nur ein Versuch, sich an den Leuten zu rächen, die ihr diese Ehe aufgezwungen hatten?

Um diese Frage zu klären, bedurfte es noch weiterer Recherchen. Da ich aber schon wieder einen Termin bei Nora hatte, packte ich meine Sachen zusammen und verließ die Bibliothek.

Nora hatte wieder diesen hohläugigen Blick, den ich inzwischen nicht ohne eine gewisse heimliche Genugtuung zur Kenntnis nahm (sollte man tatsächlich etwas vor einer Hellseherin geheimhalten können?). Er konnte nämlich nur bedeuten, daß sie die ganze Nacht aufgeblieben war, in ihre Kristallkugel geschaut und versucht hatte, darin noch weitere Hinweise auf mein früheres Leben zu finden. Ich bemühte mich, mir meine Neugierde nicht anmerken zu lassen, während ich auf die Fortsetzung meiner Vergangenheitsgeschichte wartete. Mich erinnerte das Ganze an die Lektüre eines spannenden Romans. Nur daß ich es mir in Noras Praxis nicht mit einem Glas Limonade auf einer Couch bequem machen konnte, wie es in so einem Fall meine Gewohnheit war, um diesen in einem Zug durchzulesen, sondern ihn mir, auf einem harten Stuhl sitzend, stückweise zu Gemüte führen mußte – täglich ein paar Seiten.

Nora eröffnete die Sitzung mit den Worten: »In der Regierungszeit von Elizabeth I. sind Ihnen und diesem Mann schreckliche Dinge widerfahren.«

»Meinem Seelenverwandten?«

»Ja. Sie begingen beide Selbstmord.«

»Warum?«

In einem Roman spielt das Motiv stets eine wichtige Rolle. Mit der Feststellung, daß jemand einen Mord begangen hat, würde ich in meinen Geschichten keinen Hund hinter dem Ofen hervorlocken können. Vielmehr sind es die Gefühle und Gedanken, die einen Menschen erst dazu bringen, daß er zum Mörder wird, die den Leser interessieren – und mir meine Rechnungen bezahlen.

»Sie hatten kein Vertrauen zueinander. Und auch Flüche haben an dieser Entwicklung mitgewirkt.«

»Flüche? Soll das heißen, daß wir uns damals wüst beschimpft haben?« Das war nicht einer von meinen berühmten Sarkasmen. Der Entschluß, die Helden eines Romans entweder in der Hoch- oder Vulgärsprache miteinander reden zu lassen, kann zuweilen über dessen kommerziellen Erfolg entscheiden.

Sie gab mir darauf keine Antwort, sondern starrte mich nur stumm an. Offenbar sollte ich von selbst daraufkommen, wie ihre Worte zu verstehen waren.

»Ach, Sie meinen wohl diese Flüche, von denen man so oft in Schauerromanen liest? Diese rätselhaften Sprüche, die ein zum Tode Verurteilter zuweilen vom Stapel ließ, bevor man ihm die Rübe abhackte, und die sich dann auf die nächsten sieben Generationen auswirkten? Etwas in dieser Richtung?«

Dem Ausdruck auf Noras Gesicht nach zu schließen, hatte sie nicht wie ich ein paar hundert Schauerromane gelesen.

Ich holte tief Luft. »Wollen Sie mir damit andeuten, daß die beiden sich noch gegenseitig verfluchten, bevor sie sich umbrachten? Daß er sie vielleicht mit einer Prophezeiung um ihren Seelenfrieden bringen wollte, indem er zu ihr sagte: ›Du sollst nicht eher Ruhe in deinem Grab finden, bis ein glatzköpfiger Nachfahre von dir eine rothaarige Katze schwängert!‹? Und hundert Jahre später lernte dann ein zur See fahrender Nachkömmling von ihr, der sich als Matrose die Haare abrasiert hat, in einer Hafenbar ein Flittchen mit dem Spitznamen ›die rote Katze‹ kennen, das ihn mitnimmt auf ihr Zimmer und ...«

Ich sah, daß ich meine Phantasie vergeblich bemühte. Es gibt eben einen Humor, den nur Leute aus meiner Branche zu schätzen wissen.

»Was waren das für Flüche?«

Ich wußte schon, was sie sagen würde, bevor sie den Mund aufmachte.

»Ich weiß es nicht«, gestand sie.

Ich wollte mich schon beschweren, daß ich für mein Geld etwas Besseres von ihr erwarten könne, als mir einfiel, daß auch schon schriftlich überlieferte Zitate im Verlauf von mehreren hundert Jahren verlorengegangen sind.

»Die beiden vertrauten also einander nicht, verfluchten sich gegenseitig und brachten sich dann um?«

»Ja.«

»Und deshalb bin ich heute, ein paar hundert Jahre später, so dumm, einem so großartigen Mann wie Steve den Laufpaß zu geben?«

Nora lächelte, als wüßte sie etwas, das ich vor ihr geheimhalten wollte.

»Was ist denn nun schon wieder verkehrt?« schnaubte ich, da ich es leid war, ständig erraten zu müssen, was sie über mich herausgefunden hatte.

»Sie wollten diesen Steve doch gar nicht. Er langweilte Sie

sogar. Sie wollten heiraten, weil Sie Angst haben, es könnte sonst zu spät dafür werden. Sie möchten nicht mehr länger allein sein. Sie wollen einen Ehemann haben, mit dem sie alt werden können.« Sie senkte die Stimme. »Sie wünschen sich sogar noch ein Kind oder zwei.«

Das traf mich hart. Als ich den Psychotherapeuten wochenlang immer nur etwas von meinen Eltern und meinem Verhältnis zu ihnen erzählen mußte, hatte ich stets das Gefühl gehabt, mein Geld zum Fenster hinauszuwerfen. Aber hier saß diese Frau und sagte mir etwas auf den Kopf zu, das ich mir selbst nicht hatte eingestehen wollen. Ja, ich hatte Angst, alt zu werden und jetzt ziemlich rasch mein, wie ich mir schmeichelte, noch recht jugendliches Aussehen zu verlieren. Und, ja, ich fürchtete mich vor dem Alleinsein. Jahrelang hatte es mir genügt, Bücher zu schreiben und damit Erfolg zu haben; aber nun reichte mir das nicht mehr. Ich war es leid, mir immer wieder selbst zu beweisen, daß ich Talent besaß. Ich wollte einen großen, lauten Mann im Haus haben, der mir sagte, daß ich die Größte sei.

Und sie hatte auch recht mit der Behauptung, daß Steve mich gelangweilt hätte. Steve war perfekt. Das wäre großartig gewesen, wenn *ich* ebenfalls perfekt gewesen wäre; aber davon bin ich weit entfernt. Es hatte oft Tage gegeben, an denen ich lieber Eiskrem gegessen hätte, statt mit ihm ins Fitneßcenter zu gehen. Es gab Momente, in denen ich am liebsten ...

Ich wollte nicht länger an Steve denken. Er war ein in jeder Hinsicht großartiger Mann. Das wußte ich, und wenn ich etwas anderes behauptet hätte, wäre das eine Lüge gewesen. Ich habe ihn schlecht behandelt und weiß nicht, warum. Durchaus möglich, daß Noras mittelalterliche Flüche etwas damit zu tun hatten. Aber etwas stimmte *trotzdem* nicht mit mir.

»Ich bin neununddreißig«, sagte ich so leise, daß ich mich selbst kaum hören konnte. »Ein bißchen spät dafür, sich jetzt noch einen Ehemann zu suchen und Kinder zu bekommen. Männer in meinem Alter mögen keine Kinder mehr – es sei denn, sie sind achtzehn und tragen einen Bikini«, erklärte ich in meinem Bemühen, auch in den schlimmsten Lebenslagen den Humor nicht zu verlieren.

Der Blick, den Nora mir daraufhin zuschickte, gab mir zu verstehen, daß sie nicht die zukünftige Mutter zweier Kinder in mir sah. Was hatte sie bei unserer ersten Sitzung zu mir gesagt? »Ihre Gegenwart ist Ihre Zukunft.« Also würde ich das bleiben, was ich schon immer gewesen bin: eine alleinstehende Frau mit einer Bande von in mich verliebter Papierhelden.

»Gibt es denn wirklich nichts, was ich unternehmen könnte, um diesen – diesen Zustand zu ändern?« sagte ich. »Sind Sie sich absolut sicher, daß Sie keinen rothaarigen Vetter haben, der gern eine nette Romanschriftstellerin zur Frau gehabt hätte?«

Nora lächelte nicht. »Ich fürchte, er hat Sie dazu verflucht, daß sie keinen anderen Mann lieben können als ihn.« Und dann blickte sie mich sehr traurig an, als wäre sie froh, daß man *sie* nicht in diese Lage versetzt hatte.

Ihre Worte waren für mich ein Schock.

»Wollen Sie damit sagen, daß ich nie mehr ...? Ich meine, falls es tatsächlich so etwas wie ein früheres Leben geben sollte, würde das doch bedeuten, daß ich seit dem sechzehnten Jahrhundert nie mehr einen Mann geliebt habe, nicht wahr? Daß ich fast vierhundert Jahre lang in jedem Leben allein gewesen bin?«

»Sie waren ein paarmal verheiratet und hatten ...«

»... Kinder?«

»Nur wenige. Sie sind keine fruchtbare Frau.«

Na, so was! dachte ich bei mir. Ich hätte mich wohl lieber wieder in die Behandlung jener Psychotherapeutin begeben sollen, die behauptete, daß ich mit meinem Vater pennen wollte. Die hatte mir zumindest Hoffnung auf eine bessere Zukunft gemacht. Nora hatte mir aber soeben die Hoffnung auf eine bessere *Vergangenheit* genommen.

»Demnach habe ich meine früheren Ehemänner nie geliebt?«

»Nicht so wie den Mann, der Ihre andere Hälfte darstellt. Sein Geist erlaubt Ihnen nicht, einen anderen Mann als ihn wirklich zu lieben.«

»Und ich bin ihm seit dem elisabethanischen Zeitalter nicht mehr begegnet?«

»Aber ja doch«, erwiderte sie in einem Ton, als würde ich vor lauter Bäumen den Wald nicht mehr sehen können. »Ihre Juweliers-Lady war mit ihm verheiratet. Sie ...«

»Wie bitte? Sie behaupten, daß Lady de Grey mit dem Mann verheiratet gewesen wäre, den *ich* liebe?«

»Richtig.«

»Aber meine Recherchen haben doch ergeben, daß die beiden sich haßten!«

»Liebe. Haß. Das ist ein und dasselbe.«

Nicht in meinen Romanen, dachte ich bei mir. Ich habe zwar mal einen Kollegen gehaßt, der ständig versuchte, mir unter die Röcke zu greifen; aber einen Mann, den ich liebte, noch nie.

»*Wahrer* Haß«, erklärte mir Nora, »ist die Kehrseite der Liebe. Wie die Liebe überdauert auch der Haß Jahrhunderte.«

»Warum haben wir denn geheiratet, wenn wir uns haßten?«

»Weil Sie sich liebten.«

»Wäre es möglich, daß Sie eine Flasche Gin in Ihrer Praxis haben?«

Nora lächelte. »Seien Sie unbesorgt. Es wird alles ein gutes Ende nehmen.«

»Klar doch. In hundertfünfzig oder zweihundert Jahren ...«

»Richtig. Sie schreiben doch gerade ein Buch über ihn. Der Mann in Ihrem Computer ...«

Sie hielt inne und wartete darauf, daß ich ihr den Namen zu diesem Mann liefern sollte.

»Jamie«, flüsterte ich. »Jamie ist ... *er* ist *mein* Seelenverwandter?«

»Richtig. Jamie ist Ihnen doch sehr ähnlich, nicht wahr? Gleich Ihnen ist er eine starke Persönlichkeit, sich aber seiner Stärke oft nicht sicher. Und er braucht Sie.«

»Ja«, hauchte ich. Mehr konnte ich nicht sagen, weil ich sonst in Tränen ausgebrochen wäre.

»Und Sie fangen an, ihm seinen Verrat zu verzeihen.«

»*Hat* er mich verraten?«

»Jedenfalls glaubten Sie das. Sie glaubten, er würde Sie nicht mögen, wo Sie ihn doch so sehr liebten. Und deshalb ...«

»... habe ich mich umgebracht?«

»Ja.«

»Und dann brachte er sich ebenfalls um?«

»Am gleichen Tag. Noch in derselben Stunde.«

Ich habe an einem gemeinsamen Selbstmord noch nie etwas Romantisches finden können. Wenn ich an »Mayerling« denke, kommt mir der Kaffee hoch. Aber falls Nora recht hatte, war ich durch einen doppelten Freitod mit einem Mann verbunden, den ich so sehr liebte – haßte –, daß dieses Gefühl vierhundert Jahre mein Leben bestimmt hatte.

»Wollen doch mal sehen«, sagte ich, »ob ich das auch alles richtig verstanden habe. Ich liebte also diesen Mann – meinen Seelenverwandten – im späten Mittelalter. Da er mich jedoch damals vermeintlicherweise oder tatsächlich verraten hat, brachte ich mich – oder vielmehr wir beide brachten uns um. Aus Liebe – oder aus Haß? Ich scheine diese beiden Gefühle immer durcheinanderzubringen.«

Nora zuckte mit den Achseln, um mir zu bedeuten, daß zwischen ihnen kein Unterschied bestand.

»Schön. Wir starben also am gleichen Tag und haben danach mehrmals Gelegenheit bekommen, unsere Differenzen auszuräumen, scheinen diese aber nie genützt zu haben. Doch jetzt, vierhundert Jahre später, fange ich an, ihm zu verzeihen. Beweis dafür ist, daß ich eine Liebesaffäre mit einem Mann aus Fleisch und Blut zugunsten eines anderen Mannes aufgegeben habe, der zwar nur auf dem Papier existiert, dem aber meine wahre Liebe gehört und den ich erst nach drei Wiedergeburten – also in ungefähr einhundertfünfzig Jahren – wiedersehen werde. Ist das soweit richtig?«

Nora lächelte und sagte: »Ja.«

»Aha. Bliebe also nur noch zu klären, wer von uns beiden verrückt ist.«

Da mußte selbst Nora lachen; denn das war ja nun wirklich eine haarsträubende Geschichte, die sie mir da soeben aufgetischt hatte. Zweifellos war der Grund dafür, daß ich Steve den Laufpaß gegeben hatte, in meiner Kindheit zu suchen und nicht in so einem Schwachsinn, der sich vor vierhundert Jahren zugetragen haben sollte.

Tatsächlich hatte das alles gar nichts mit mir zu tun, sagte ich mir. Was Nora mir da gerade erzählt hatte, war lediglich eine Fabel. Schließlich bezahlte ich sie ja dafür, daß sie mir bei der Stoffsammlung für meinen neuen Roman helfen sollte.

Mehr war an der Sache nicht dran.

Ich verabschiedete mich von Nora und ging nach Hause.

Kapitel sechs

Als ich am nächsten Morgen aufwachte, sagte eine Stimme in mir, daß ich das Ganze lieber aufgeben und etwas anderes schreiben sollte. Vielleicht einen netten, unverfänglichen Cowboy-Roman? Ich mußte schließlich an die Vermarktung denken. Vielleicht waren meine Leserinnen und Leser gar nicht an einem Roman interessiert, der vom früheren Leben zweier Menschen handelte. Denn wenn Verleger etwas von meiner Materie verstehen, dann die Tatsache, daß sie ihre Kundschaft nicht dazu zwingen können, etwas zu kaufen, was sie gar nicht lesen möchte. (Ich habe ganz bewußt den weiblichen Anteil der Leserschaft an die erste Stelle gerückt, weil achtzig Prozent *aller* Bücher von Frauen gekauft werden. Falls meine Leserinnen das bezweifeln sollten, gebe ich Ihnen folgendes zu bedenken: Wie viele Frauen kennen Sie, die lesen? Und wie viele Männer kennen Sie, die bei den vielen Sportübertragungen, die es im Fernsehen gibt, noch die Zeit dafür finden, ihre Nase auch mal in ein Buch zu stecken?)

Solche Überlegungen gingen mir durch den Kopf, während ich mich anzog und dann auf den Weg zur Bibliothek machte.

Da ich an diesem Tag keine Verabredung mit Nora hatte, konnte ich ihn zur Gänze für meine Recherchen nützen.

So gegen ein Uhr fand ich dann, was ich suchte. Gräfin Dyan, Lady de Greys beste Freundin (es war sicherlich *kein* Zufall, daß der Name *meiner* besten Freundin mit einem »D« begann), hatte ihre Memoiren geschrieben, in denen sie Lady de Grey mehrmals erwähnte.

Schon bei der Lektüre der ersten Passage, die sich auf Lady de Grey bezog, hätte ich fast das Atmen vergessen. Lady de Grey war eine große Liebhaberin der Oper gewesen. Sie hatte sogar bei jeder sich dafür bietenden Gelegenheit Nellie Melba und Caruso in ihr Haus eingeladen, damit sie dort im privaten Kreis ihre Glanzarien vortragen sollten. »Obwohl die meisten ihrer Gäste nur so taten, als würden sie sich für Opernmusik begeistern, war Lady de Grey eine echte Liebhaberin dieser musikalischen Bühnenwerke«, schrieb Gräfin Dyan in ihren Memoiren. »Ich glaube, sie hätte sich *La Traviata* sogar in der Badewanne angehört, wenn das möglich gewesen wäre.«

Ich lehnte mich im Lesesaal der Bibliothek in meinem Stuhl zurück und ließ langsam den angehaltenen Atem entweichen. Als ich vierzehn war, bekam ich zu Weihnachten ein Kofferradio geschenkt. Ich hatte mir so ein Gerät gewünscht, weil ich stets auf dem laufenden sein wollte, wer denn gerade in der Welt der Musik den Ton angab – oder, genauer gesagt, zu den ersten vierzig Namen auf der Hitliste gehörte. Ich wollte wie all die anderen Kinder meiner Klasse die Texte dieser Hits auswendig hersagen können, wenn ich in der Pause auf dem Schulhof darauf angesprochen werden sollte. Ich glaube, das war ein Teil meines lebenslangen Bemühens, mich der Allgemeinheit anzupassen.

Aber als ich einmal auf der Suche nach der Station, die gerade die Hits des Monats sendete, am Skalenknopf drehte, hörte ich einen Mann singen und war so fasziniert von seinem Gesang, daß ich ihm wie gebannt lauschte, bis mein schrecklicher kleiner Bruder (hat es schon mal einen kleineren Bruder gegeben, der nicht zu der Gattung der Schrecklichen gehörte?) zu lachen anfing und mir mit höhnischer Stimme erklärte, daß dieses Gejaule gar keine Musik, sondern eine *Oper* sei.

Von jenem Tag an habe ich mein Faible für Opern und klassische Musik so geheimgehalten wie eine Sucht nach verbotenen Drogen. Ich übte das Einstellen der Stationen, die jene Schlager sendeten, die dem Musikgeschmack meines Alters entsprechen sollten, so lange, bis ich den Skalenknopf so rasch bedienen konnte wie den Joystick eines Spielautomaten.

Viele Jahre später sollte ich dann entdecken, daß es Leute gibt, die eine Vorliebe für Opern oder klassische Musik als Zeichen einer höheren Intelligenz oder Schulbildung betrachten – was mir genauso töricht zu sein scheint wie die Einstellung jener Leute, die glaubten, sich über meinen Musikgeschmack lustig machen zu müssen. Ich finde eben nun mal Gefallen an dieser Musik, und damit basta. Ich liebe diesen Wettkampf der Stimmen, diese Leidenschaft, wie sie zum Beispiel in *Carmen* ihren Ausdruck findet. Schließlich sind Opern ja nichts anderes als vertonte Liebesgeschichten. Für mich ist eine Oper nur eine andere Darstellungsform dessen, was ich schreibe.

(Wenn ich mir an dieser Stelle eine kleine Anmerkung erlauben darf: Ist es nicht seltsam, daß man sich zwar verächtlich über Autoren von Liebesgeschichten äußert, deren Erzeugnisse jedoch in den höchsten Tönen rühmt, sobald sie als Librettos in Musik umgesetzt werden? Doch wer bin ich schon, daß ich mir anmaßen dürfte, die höhere Intelligenz von Kritikern anzuzweifeln!)

Hier hockte ich also in der Stadtbibliothek und las, daß Lady de Grey ein großer Opern-Fan gewesen sei und Opernmusik so sehr geliebt habe, daß sie diese sogar noch hatte hören wollen, wenn sie in der Badewanne saß. Welche Parallelen wurden da sichtbar!

An einer anderen Stelle ihrer Memoiren kam die Gräfin Dyan auf die geradezu unersättliche Neugierde ihrer Freundin zu sprechen. So habe es Lady de Grey nicht lassen können, schrieb die Gräfin, andere Leute stets über deren Leben auszufragen und nicht eher Ruhe zu geben, bis sie sich ein genaues Bild von deren Charakter und Ansichten verschafft hatte. Sie habe sich dabei einem Straßenkehrer ebenso unbefangen genähert wie einem Herzog von königlichem Geblüt, führte die Gräfin aus, und rühmte dann an anderer Stelle Lady de Greys Sinn für Humor und deren Talent, eine Gesellschaft einen ganzen Abend lang mit amüsanten Geschichten unterhalten zu können. So hätten sich die Gäste stets darum gerissen, bei Tisch neben ihr zu sitzen, weil sie dann aus dem Lachen nicht mehr herausgekommen waren.

Als ich mit meiner Lektüre zu Ende gekommen war, zitterte ich am ganzen Körper. Wenn ich mich jemals in einem Buch wiedergefunden habe, dann in diesen Memoiren der Gräfin Dyan.

Ich wollte das Buch schon aus der Hand legen, als ich entdeckte, daß es noch einen Epilog enthielt, den ich beinahe nicht gelesen hätte, weil ich so sehr von meinem früheren Leben fasziniert gewesen war, daß ich darüber Lady de Greys ehemals beste Freundin, der ich all diese Informationen ja erst verdankte, fast vergessen und ihr bisher noch nicht eine Zeile gewidmet habe. Das will ich nun nachholen.

Lady Dyan hatte zwei hochbegabte Söhne, von denen der eine ein viel gelesener und in einem erstaunlich frühen Alter bereits sehr geschätzter Lyriker gewesen war, während der andere schon mit neunzehn Jahren seinen ersten Roman verfaßt hatte. Beide Söhne sind später im Ersten Weltkrieg gefallen.

Meine beste Freundin, Daria, glaubt den Schlüssel für das Problem gefunden zu haben, unter dem die englische Aristokratie derzeit zu leiden hat. Ihrer Ansicht nach habe sie die besten ihrer Vertreter im Ersten Weltkrieg verloren und sich bis heute von diesem Aderlaß nicht erholen können.

Im letzten Absatz des oben erwähnten Epilogs schrieb die Gräfin, daß sie von vielen Seiten dazu gedrängt worden sei, Lady de Grey nicht in ihren Memoiren zu erwähnen, weil sie das wegen ihres skandalösen Verhaltens vor ihrem mysteriösen Verschwinden nicht verdient habe. Doch Dyan verteidigte ihren Entschluß, Lady de Grey dennoch in ihr Buch aufzunehmen, mit den Worten: »Sie war meine Freundin – die beste, die eine Frau auf Erden finden kann. Sie hat als erste die von mir entworfene Mode getragen und ist stets zur Stelle gewesen, wenn ich ihre Hilfe brauchte. Ich bete zu Gott, daß ihre Seele nicht, wie die Leute behaupten, als Gespenst in Peniman Manor herumgeistert, sondern vielmehr im Himmel Aufnahme und Frieden gefunden hat, um sich dort so lange um meine beiden Söhne zu kümmern, bis ich nachkomme.«

Ich weiß nicht, warum mir beim Lesen dieser Zeilen ein kalter Schauer über den Rücken lief. Vielleicht war es der Gedanke an einen ruhelosen Geist – ich weiß es nicht. Jedenfalls klappte ich rasch das Buch zu und verließ dann fluchtartig die Bibliothek.

Kapitel sieben

Am Wochenende riegelte ich mich in meinem Apartment ein. Bislang hatte ich zumindest einen gewissen Abstand zu meinen Personen bewahrt, obwohl ich mich manchmal in einen meiner Helden »verlieben« und sehr, sehr traurig sein konnte, wenn ich einen Roman fertiggestellt hatte. Aber dabei war es mir doch stets bewußt geblieben, daß meine Helden nur Fiktionen und keine real existierenden Menschen waren.

Doch jetzt vermochte ich offenbar Schein und Wirklichkeit nicht mehr voneinander zu unterscheiden. Ich schien mich nicht mehr darauf besinnen zu können, ob ich nun »Hayden Lane« oder »Lady de Grey« war. Und zuweilen wußte ich auch nicht mehr zu sagen, ob Jamie nur eine Figur oder ein Mann aus Fleisch und Blut war, der jeden Moment zur Tür hereinkommen konnte.

Noras Ausführungen hatten mich härter getroffen als alles, was die Psychotherapeuten mir bisher über mein Innenleben erzählt hatten, weil so viel Wahrheit in ihren Worten steckte. Mit jedem Satz, den ich über Lady de Grey las, schien ich mich deutlicher »erinnern« zu können. Es fiel mir offenbar wieder ein, wie Jamie den Kopf bewegte; doch war das nun etwas, das ich selbst erfunden hatte, oder die »Erinnerung« an seine wirkliche Gestalt?

Am Montag morgen war ich noch immer nicht in einer seelischen Verfassung, die mir erlaubt hätte, mein Apartment zu verlassen. Tatsächlich schien ich mich zu nichts aufraffen zu können. Ich fand nicht einmal die Kraft, mich anzukleiden, sondern saß im Bademantel im Wohnzimmer, aß einen Becher mit gefrorenem Joghurt nach dem anderen (mich der Illusion hingebend, daß dieses Zeug nicht so dick machte wie Eiskrem) und starrte in die Glotze.

Ich habe mich schon oft darüber gewundert, daß ich immer nur Frauen zu begegnen scheine, die mir erzählen, daß sie stundenlang im Dauerlauf durch die Gegend traben, wenn sie sich seelisch auf dem Nullpunkt befänden. Ich hätte diesen Damen darauf erwidern können (was ich jedoch nie tat), daß ich in so einem Fall drei Tage lang auf der Couch zu liegen, in die Glotze zu starren und in dieser Zeit ungefähr fünf Kilo Roastbeef, einen Viertelzentner Kartoffelchips und zwanzig Liter Eiskrem zu verdrücken pflege. Wenn ich deprimiert bin, habe ich nicht einmal die Energie zum Aufstehen, geschweige denn zum Joggen. Alles, was ich in so einem Fall zu bewegen vermag, sind meine Kaumuskeln.

Ich aß also unentwegt und schaute mir an, was man eben tagsüber so in der Glotze zu bringen pflegt. Im amerikanischen Fernsehen sind das Talk-Shows, die ich genauso fesselnd finde wie eine Kobra die Bewegungen einer Blockflöte. Warum jemand unbedingt den Drang verspürt, seine Abartig- oder Absonderlichkeiten vor aller Welt auszubreiten, wird mir stets ein Rätsel bleiben. Ich hörte zuerst einer Reihe von Schwestern zu, die ihre Geschwister haßten, dann einer Reihe von Männern, die lieber eine Frau sein wollten, und am Schluß einem Witwer, der immer eine lebensgroße Gummipuppe mit auf die Reise nahm, was seine Töchter sehr peinlich fanden (er offenbar nicht, weil er seine »Helene« dem Publikum vorstellte und danach auch ihre ganze Garderobe).

Um ein Uhr mittags, als mir das Gehirn im Schädel einzutrocknen drohte, schaltete ich auf einen anderen Kanal um, in dem Leute nach ihren übersinnlichen Erlebnissen befragt wurden. Es handelte sich um ein parapsychologisches Experiment, in dem man eine Reihe von Personen hypnotisiert hatte, damit sie sehen konnten, wer oder was sie einmal in einem früheren Leben gewesen waren.

Ich saß die ganze Sendung hindurch wie auf Kohlen. Wie gern hätte ich Ihnen an dieser Stelle gesagt, daß ich von dieser Sendung so fasziniert war, daß ich darüber das Kauen vergaß. Leider war das Gegenteil der Fall. Ich verzehrte mein Joghurteis doppelt so rasch als vorher, weil mir etwas eingefallen war, das Nora zu mir gesagt hatte.

Sie könnten ihn haben, wenn Sie die Vergangenheit verändern könnten.

Noch bevor ich den letzten Bissen Krokant-Joghurteis mit Mandelsplittern hinuntergeschluckt hatte, hatte ich bereits Noras Nummer gewählt. Vermutlich wäre es leichter gewesen, den Präsidenten der Vereinigten Staaten an die Strippe zu bekommen als Nora, überlegte ich, nachdem ich mir eine Stunde lang die Finger wund gewählt hatte. Was für Probleme konnten die Menschen (außer mir) nur haben, daß sie in der Mittagspause so dringend der Hilfe einer Hellseherin bedurften?

Als ich dann endlich zu ihr durchgekommen war, brauchte ich nur eine halbe Minute dazu, um ihr mein Problem vorzutragen. Ich wollte wissen, ob ich unter Hypnose in die Vergangenheit zurückkehren und Jamie wiedersehen konnte.

Das lange Schweigen, das nun meiner doch so unkomplizierten Frage folgte, machte mich derart nervös, daß ich anfing, ungefähr einhundert Worte pro Minute zu reden. Ich erklärte Nora, daß diese Reise in die Vergangenheit notwendig sei, wenn ich mit meinem neuen Buch vorankommen wollte, weil sich inzwischen so viele Fragen in meinem Computer angesammelt hätten, von denen ich ihr nun einige aufzählte. Was hatte Lady de Grey dazu veranlaßt, spurlos von der Bildfläche zu verschwinden? Warum war ihr Mann noch am gleichen Tag gestorben, an dem sie verschwand? Warum hatten die beiden nach drei Ehejahren noch immer keine Kinder? Und so weiter ...

Wahrscheinlich war nicht nur Noras Schweigen an meiner Wortflut schuld, sondern auch der Versuch, ein bißchen Logik in diesen Wahnwitz hineinzubringen, mit dem ich nun seit Wochen konfrontiert wurde. Natürlich gab es so etwas wie ein früheres Leben gar nicht, und deshalb konnte man auch nicht in dieses »zurückkehren«; aber wenn das doch zu wissenschaftlichen Forschungszwecken möglich war, konnte ich das vielleicht auch. Man könnte zwar einwenden, daß Liebesromane nicht gerade wissenschaftliche Werke seien; aber eine gute Story wäre schließlich auch etwas wert, nicht wahr?

»Sie dürfen das nicht tun«, brach da Nora endlich ihr Schweigen.

»Was darf ich nicht tun?«

»In Ihr vergangenes Leben zurückkehren. Dafür sind Sie zu unglücklich.«

Diese Frau macht mich noch wahnsinnig, dachte ich bei mir.

»Ich habe doch gar nicht gesagt, daß ich dorthin ›zurückkehren‹ will! Ich möchte lediglich auf eine hypnotische, quasi unsichtbare Weise ein wenig mit meinem Geist dort verharren und sehen ...« Jamie war es, den ich sehen wollte. Ich wollte ihm nur in die Augen schauen. Ich wollte wissen, wie das ist, wenn man einem Mann, der die andere Hälfte von einem ist, in die Augen blickt »... wie es in der Zeit Eduards VII. tatsächlich zugegangen ist. Ob die Berichte über den Marlborough-Kreis zutreffen und ...«

»... wenn Sie in jene Zeit zurückkehren«, fiel mir Nora da ins Wort, »wäre es möglich, daß sie dort bleiben wollen. Sie haben nichts, was Sie in ihr gegenwärtiges Dasein zurückholen könnte.«

»Ich habe einen Buchvertrag, feste Ablieferungstermine und eine Menge Rechnungen auf meinem Schreibtisch, die bezahlt werden müssen«, erwiderte ich.

Doch Nora ging auf meinen Scherz nicht ein. »Sie dürfen das nicht machen. Das müssen Sie mir versprechen. Es ist gefährlich!«

»Es besteht aber die Möglichkeit, daß sie ein *Geist* ist!«

»Geister sind sehr unglückliche Seelen. Sie sind nicht der Mensch, der dafür geeignet wäre, mit Geistern umzugehen«, erklärte mir Nora im strengen Ton.

Da verlegte *ich,* eine *Frau* von *neununddreißig Jahren,* mich aufs Betteln und sagte mit weinerlicher Stimme: »Ich habe aber heute eine Talk-Show in der Glotze verfolgt, in der eine Menge Leute von ihrem Umgang mit Geistern berichtet haben. Es wäre absolut unproblematisch und in Kalifornien nichts Ungewöhnliches ...«

»Aber *Sie* sind kein gewöhnlicher Mensch«, unterbrach sie mich wieder, diesmal in ziemlich heftigem Ton. »Und was mit Ihnen in der Vergangenheit passierte, ist alles andere als gewöhnlich!«

Sie holte tief Luft, um sich wieder zu beruhigen, und insgeheim freute es mich sogar, daß es mir endlich gelungen war, sie aus ihrer Reserve herauszulocken.

»Hayden«, sagte sie dann. »Ich weiß, daß Sie mir das, was ich Ihnen über Ihr Karma und diese Flüche erzählte, nicht glauben wollen. Aber es ist alles wahr. Sie müssen die Natur ihren Lauf nehmen lassen.«

»Sie meinen, ich soll zwei- oder dreihundert Jahre lang auf ein Wiedersehen mit Jamie warten? Das ist es doch, was Sie verlangen, nicht wahr? Daß ich in diesem, meinen nächsten und meinem übernächsten Leben auf ihn verzichten soll!« Es gibt Momente, wo die Logik im Dasein eines Menschen keine Rolle spielt, und dieser war so ein Moment in meinem Leben. Ich benahm mich wie ein Kind, das seine Mutter um ein Bonbon anbettelte. Ich wollte meinen Jamie nicht in fünfzig, hundert oder gar hundertfünfzig Jahren haben, sondern *jetzt!*

»Kommen Sie morgen in meine Praxis, damit wir das alles noch einmal in Ruhe besprechen können. In meinem Büro kann ich Ihnen das alles viel besser erklären als am Telefon. Jetzt beruhigen Sie sich erst einmal und ...«, sie zögerte einen Moment, »... hören Sie auf zu essen.«

Da streckte ich dem Hörer die Zunge heraus und legte auf. Meiner Meinung nach mußte man auch eine Berufsordnung für Hellseher erlassen, die gewisse Bereiche im Gehirn ihrer Kunden unter Datenschutz stellt. Eßgewohnheiten sollten meiner Ansicht nach unbedingt zu den geschützten Daten gehören.

Jedenfalls hatte mein Gespräch mit Nora meinen Gemütszustand keineswegs verbessert, obwohl ich ihr trotz meiner Unmutsbezeugung in einem Punkt recht geben mußte. Ich sollte aufhören zu essen. Ich beschloß daher, die Kartoffelchips durch einen Salat zu ersetzen, ging in die Küche, holte meine größte Schüssel aus dem Schrank, schnitt sechs Salatköpfe klein, tat ein halbes Dutzend gekochter Eier dazu, vermischte das Ganze mit einem halben Pfund chinesischer Sesam-Nudeln und rundete es mit einem Viertelpfund geriebener Walnüsse und einer halben Flasche Salatmayonnaise ab.

Wenn ich mich jetzt nicht bald von meiner Depression erhole, werde ich ein Gewichtsproblem haben, dachte ich, als ich mich mit meiner Salatschüssel in das Wohnzimmer zurückbegab und mich dort wieder vor die Glotze setzte.

Ich glaube, alles wäre gutgegangen – das heißt, ich würde mich an Noras Anweisungen gehalten haben –, wenn ich im Wohnzimmer nicht über ein Buch gestolpert wäre und Milly mich nicht angerufen hätte.

Jeder, der meine Wohnung kennt, wird Ihnen versichern, daß es ein Wunder wäre, wenn Sie dort nicht über ein Buch stolpern würden. Ich besitze etliche tausend Bücher, die überall herumliegen – auf Regalbrettern, Tischen, Stühlen und Fußböden. Buchstäblich überall. Die Mehrheit meiner Besucher ist entsetzt über die vielen Bücher, die ich um mich herum zu verstreuen pflege. Nur Daria nicht. Wenn Daria sich zu Besuch anmeldet, sorge ich stets dafür, daß sich alle meine Bücher an dem Platz befinden, wo sie normalerweise hingehören, weil sie nämlich sonst die ganze Zeit in ihnen herumblättern und mich gar nicht beachten würde.

Demnach war es nichts Ungewöhnliches, wenn ich nun mit dem Saum meines Bademantels an einem Buch hängenblieb und darüber stolperte. Als ich dieses sodann aufhob, stellte ich fest, daß es sich dabei um einen dicken antiquarischen Wälzer handelte, den ich vor etlichen Jahren in einer Kleinstadt in Wales gekauft hatte, weil mir der Einband so gut gefallen hatte.

Es war eine Ausgabe von Debretts *Adelskalender* aus dem Jahr 1898.

Bisher hatte ich bei meinen Recherchen nicht sonderlich viel über den Gatten von Lady de Grey oder dessen Familie herausfinden können, da der Adelstitel ja inzwischen erloschen war. Doch 1898 war er noch sehr lebendig gewesen.

Deshalb machte ich es mir sogleich auf dem Wohnzimmerteppich bequem und begann in diesem Schinken zu blättern. Manchmal konnte man nämlich in *Debrett's Peerage* Angaben über Adelsfamilien finden, die einem in anderen Büchern unterschlagen wurden. Vielleicht stieß ich in dieser Ausgabe auf ein paar sachdienliche Informationen.

Aber was ich jetzt darin fand, hatte ich wirklich nicht erwartet. Hätte ich nicht bereits mit meinem Allerwertesten auf dem Fußboden gesessen, hätte mich der Schreck wohl jetzt dorthin befördert.

Kein anderer Leser hätte wohl etwas Ungewöhnliches an der Eintragung finden können, die ich auf der Seite 645 entdeckte; doch für mich war sie ein Schock.

Der volle Name von Lady de Greys Gatten lautete *»Adam Tavistock, Lord de Grey«*.

Kapitel acht

Was danach passierte, war allein Millys Schuld. Wie neunundneunzig Prozent meiner Kolleginnen und Kollegen wohnte auch Milly irgendwo in Texas. Ich sage ganz bewußt »irgendwo«, weil meiner Meinung nach das Leben zu kurz ist, um Texas wirklich kennenlernen zu können. Wenn ich zu einem Kongreß schöngeistiger Autoren nach Texas reisen muß, rufe ich meinen Verlag an, der mir daraufhin ein Flugticket schickt. Dann steige ich in ein Flugzeug und lande irgendwo in Texas. In diesem Staat gibt es nur zwei Städte: die eine heißt Houston und die andere Dallas. Von diesen beiden Städten verfügt die eine über eine Einkaufsstraße, die »Galleria« genannt wird, und die andere hat keine.

Meines Erachtens muß Milly nun in der Nähe der Stadt wohnen, die keine Einkaufsstraße besitzt. Ich hätte sie sonst nämlich niemals kennenlernen können, weil ich mit Einkaufen beschäftigt gewesen wäre.

Nora hatte mir gesagt, daß Milly in einem früheren Leben mal meine Mutter gewesen sei, was jedoch nur in einem eingeschränkten Sinne Gültigkeit habe. Das mochte ich gern glauben. Den Eintragungen in unseren Pässen zufolge war ich nämlich älter als Milly. Aber Milly ist, wie Nora sich ausdrückte, eine »gute alte Haut«. Sie lebt allein und schreibt die rührendsten und sanftesten Liebesromane, die man sich vorstellen kann. Ihre Heldinnen sind häusliche, gutherzige Naturen, die auf dem Land leben und Plätzchen für Wohltätigkeitsveranstaltungen backen, während meine Heroinen auf schwarzen Hengsten reiten und mit Schwertern herumfuchteln.

Jedenfalls rief Milly mich an, bevor ich mich von meinem Schock erholt hatte. Was sie eigentlich von mir wollte, weiß ich nicht mehr, weil ich ihr sofort zu erzählen begann, was sich in den letzten Monaten in meinem Leben zugetragen hatte.

Meine beiden Freundinnen Daria und Milly sind grundverschiedene Wesen. Daria besitzt eine blitzschnelle Auffassungsgabe und die Geduld eines drei Jahre alten Kindes. Will man sie zum Lachen bringen, muß man schon sehr originell sein, rasch zur Pointe kommen und brillant formulieren können. Leute, die diese Voraussetzungen nicht erfüllen, langweilen sie. Wer sich Darias Freundschaft erhalten möchte, muß geistig stets in Hochform sein.

Milly hingegen gehört zu den eher behäbigen Laß-uns-einen-Kuchen-backen-und-dabei-über-alles-reden-Typen. Und deshalb machte sie mir an dem Abend, als ich gerade entdeckt hatte, daß mein »Seelenverwandter« genauso hieß wie all diese göttlichen Männer, die ich bisher in meinen Romanen verewigt hatte, den Vorschlag, sie in ihrem texanischen Domizil aufzusuchen.

Ein paar Tage später stand ich dann in Texas vor ihrer Haustür. Da erzählte sie mir, daß sie ein paar Freunde zum Abendessen eingeladen habe. Ich muß gestehen, daß mich das ein wenig gekränkt hat, weil ich glaubte, ein Anrecht auf Millys ungeteilte Aufmerksamkeit für *meine* Probleme, *mein* Leben und *mein* sich gerade in Arbeit befindliches Buch zu haben. Zu meiner Schande muß ich bekennen, daß Millys grenzenlose Gutmütigkeit stets die egoistischsten Seiten meines Charakters zum Vorschein bringt. Leider ist Scham kein Heilmittel gegen Eigensucht (das habe ich auf »Oprah« erfahren müssen).

Meine Stimmung besserte sich jedoch ein wenig, als Milly mir offenbarte, daß zu diesen Dinnergästen auch ein Mann gehörte, der einen in ein früheres Leben zurückversetzen konnte.

Haben Sie schon einmal etwas in Ihrem Leben gemacht, von dem Sie *wußten,* daß es falsch ist, was Sie aber nicht davon abhielt, es dennoch zu tun?

Ich hatte Milly nicht die ganze Geschichte gebeichtet. Tatsächlich war ich in den Tagen, die ich für meine Reisevorbereitungen brauchte, nicht sehr auskunftsfreudig gewesen. Meine Sitzungen mit Nora hat ich Milly gänzlich unterschlagen. Wenn man sich an einen Hellseher wendet, um sich von ihm über seelenverwandte bessere Hälften und eine Liebe aufklären zu lassen, die sich als Haß äußert, muß man das ja nicht unbedingt gleich jedem auf die Nase binden.

Ich hatte diese Informationslücke elegant umschifft, indem ich Milly eine Geschichte von Jamie erzählte und von meinen Recherchen für diese Figur, in deren Verlauf ich dann auf einen Mann namens Tavistock gestoßen und schließlich von einer Sendung im Fernsehen auf die Möglichkeit einer Rückkehr in ein früheres Leben hingewiesen worden sei. Daria hätte ich die Wahrheit erzählen können, weil diese sich lediglich für den Unterhaltungswert einer Geschichte und nicht deren Wahrheitsgehalt interessiert. Doch Milly glaubt jedes Wort, das man ihr erzählt.

Aber nun würde ich den Abend mit einem Hypnotiseur verbringen und keine Nora mit am Tisch sitzen, die mir dringend von etwas abriet, wonach es mich doch so sehnlichst verlangte. Wenn ich Jamie sah – Adam, meine ich –, konnte ich ihn warnen ... Aber wovor? Ich hatte keine Ahnung, wovor ich ihn warnen konnte, da mir doch nicht viel mehr bekannt war als sein und ihr Todesdatum. Aber ich wußte, daß ich ihn lieben würde. Wenn ich Jamie sah, würde ich ihn lieben und nicht hassen, wie Hortense angeblich ihren Gatten gehaßt hatte.

Während Milly und ich auf die Ankunft unserer Dinnergäste warteten, fiel es mir schwer, mich auf das zu konzentrieren, was Milly mir erzählte. Natürlich ging es dabei um Geld und Verträge – zwei Themen, von denen *alle* Autoren ständig reden –, während ich beständig zur Tür schielte, weil ich meinte, ich hätte es dort läuten hören.

Als der Hypnotiseur und die drei Damen, die ebenfalls zum Dinner geladen waren, schließlich eintrafen, bibberte ich vor Aufregung und brachte es nur mit Mühe fertig, mich ruhig mit den anderen zusammen an den Tisch zu setzen und zu essen. Das Dinner schien kein Ende nehmen zu wollen, und ich hätte vermutlich einen Schreikrampf bekommen, wenn Milly nicht endlich die Tafel aufgehoben hätte.

Um keine wertvollen Ressourcen zu verschwenden, verzichte ich darauf, Ihnen schriftlich zu erläutern, warum ich glaube, daß die New Yorker und Texaner sich nur im Akzent, aber nicht im Wesen unterscheiden. Deshalb hassen sie einander ja auch so sehr.

Nora hatte mir einmal erzählt, alles, was ein Mensch braucht, um in einen hypnotischen Zustand versetzt zu werden, sei der Wille, sich auch hypnotisieren zu lassen. Als der von Milly ins Haus bestellte Hypnotiseur endlich mit seinen Vorbereitungen für meine Reise in die Vergangenheit begann, wäre ich fast gestorben vor Verlangen, Jamie zu sehen.

Der Aufforderung dieses Mannes folgend, der mit Jeans und Cowboystiefeln bekleidet war, streckte ich mich auf der viktorianischen Chaiselongue in Millys Wohnzimmer aus, ehe er mich fragte: »Ist es ein besonderes Leben, in dem Sie sich gern wiederfinden würden?« Und dabei blinzelte er mir auf eine Weise zu, die zu besagen schien: »Ich weiß ganz genau, was Sie möchten, habe aber versprochen, es für mich zu behalten.« Meine süße, wohlmeinende und so vertrauensselige Milly hatte mal wieder aus dem Nähkästchen geplaudert!

»Es gibt da ...«, ich holte tief Luft und nahm dann meinen ganzen Mut zusammen, »... gibt da einen Mann, den ich gern sehen möchte.«

»Aha ...«, erwiderte er in diesem selbstgefälligen und allwissenden Ton, den ich an Männern so sehr hasse. Alle Männer sind davon überzeugt, daß alle Frauen sich nur eines im Leben wirklich wünschen, und zwar einen Mann. Ich schätze, daß wir Frauen den Männern beweisen könnten, wie sehr sie sich täuschen, indem wir die Geschicke dieser Welt ohne sie lenken würden. Doch dann wäre die Erde voller dicker, schnurrbärtiger Frauen, und wer könnte sich wohl über so einen Anblick freuen?

Ich hielt also den Mund, legte mich auf der Chaiselongue zurück und dachte daran, wie sehr ich mich danach sehnte, *ihn* kennenzulernen. Jamie kennenzulernen. Den real existierenden Tavistock.

Während eine monotone Männerstimme mich einzulullen begann und ich in eine andere Welt hinüberdämmerte, dachte ich ... daß ich ... meinen ... *Tally* ... sehen wollte.

Kapitel neun

Es war ein wunderbares Gefühl, seinen Körper zu verlassen und schwerelos dahinzugleiten. Ich hatte zwar schon viel über Out-of-body-Erfahrungen gelesen, jedoch nie das Verlangen gehabt, so etwas mal selbst auszuprobieren. Doch nun erlebte ich, wie herrlich das war, losgelöst von allen Sorgen, Schmerzen und Ärgernissen über den Dingen zu schweben.

Dann schien ich mitten in der Luft anzuhalten, als plötzlich ein helles Licht vor mir auftauchte und ich mich in einem Schlafzimmer wiederfand, das einem meiner Romane hätte entstammen können. Oder vielleicht einem meiner Träume vom Paradies. Es war im besten englischen Landhausstil eingerichtet: mit einem Himmelbett mit moosgrünen Seidenbezügen, mit handbemalten chinesischen Seidentapeten an den Wänden und neuen antiken Möbeln – das heißt, mit Möbeln, die neu waren in der Zeit, in der ich mich jetzt befand, aber antik in jener, aus der ich soeben gekommen war.

Ich blickte auf das alles hinunter, weil ich körperlos in einer Ecke des Raumes unter der Zimmerdecke zu schweben schien. Ich bestand gewissermaßen aus reiner Energie. Je weniger du über deinen Zustand nachdenkst, um so besser für dich, dachte ich bei mir. Betrachte das Ganze als einen Film, dachte ich. Du bist nicht verrückt, sondern schaust dir einen Film an.

Es befanden sich drei Personen im Zimmer, die mir alle den Rücken zudrehten. Eine davon war eine Zofe in einem hübschen kleinen schwarzen Kleid mit weißer Schürze. Sie half gerade einer Frau, die vor einem Garderobenspiegel stand, beflissen in einen Morgenmantel aus der Zeit Eduards VII. – etwas, das eine Lady damals anzog, bevor sie die anderen sechs oder sieben Kleidungsstücke anlegte, die sie an diesem Tag tragen würde.

Zu meiner Rechten sah ich ein Mädchen mit langen, ihm über den Rücken hinunterhängenden kastanienbraunen Haaren, das ungefähr fünfzehn Jahre alt sein mochte und ein niedliches kleines Kleid trug, das für eine Sechsjährige entworfen worden sein mußte. Wie erfreulich, dachte ich, mal einen Teenager vor die Augen zu bekommen, der nicht mit hochhackigen Schuhen und schwarzen Lederklamotten bekleidet war.

Ich versuchte alles, was sich in meinem Gesichtsfeld befand, in mich aufzunehmen. Es gleichsam durch alle Poren in mich einzusaugen wie das Hautpflegemittel in einem Wannenbad.

Doch während ich das alles betrachtete und mir einzuprägen versuchte, um es in meinem nächsten Roman zu verwenden, drehte sich die Frau, die vor dem Spiegel stand, um und schaute mir direkt ins Gesicht. Ich glaube zwar nicht, daß sie mich sehen konnte, weil mir das offenbar selbst gar nicht möglich war; aber sie mußte etwas *gespürt* haben.

Ich hielt den Atem an, während sie mich und ich sie anschaute. Können Sie sich vorstellen, was Sie empfinden würden, wenn Sie sich in einer anderen Epoche sehen könnten? Würden Sie da nicht vor Neugierde platzen?

Ich platzte jedenfalls vor Neugierde.

In den Büchern, die ich über den »Marlborough-Kreis« gelesen hatte, war mir Lady de Grey als Schönheit beschrieben worden. Was jedoch nur heißen sollte, daß sie besser ausgesehen hatte als die meisten Damen aus der besseren Gesellschaft. Was würde man damals wohl von einem Ladenmädchen gesagt haben, das als Mannequin oder Filmstar Karriere machte, wenn es zur Zeit Eduards VII. bereits eine Mode- und Filmindustrie gegeben hätte?

Alles in allem war ich jetzt über »mich selbst« enttäuscht. Als Kind hatte ich mein Aussehen gehaßt. Ich war so blond gewesen, daß es fast schon an Farblosigkeit grenzte, und hatte zum großen Ärger meiner Mutter schon als Zwölfjährige damit begonnen, mich zu schminken – sehr dezent zunächst, dann aber immer hemmungsloser, bis ich mich schließlich eher nackt denn ohne getuschte Wimpern und Lidschatten auf die Straße gewagt hätte. Nun konnte ich sehen, daß »meine« Wimpern zwar eine Idee dunkler getönt waren und diese Frau vor mir sich auch die Lippen ein wenig geschminkt hatte; doch für meinen Geschmack war ihr Gesicht immer noch viel zu blaß.

Und wenn schon, dachte ich bei mir. Was gingen mich ihre Schminkprobleme an? Ich war doch nur eine Beobachterin.

»Catherine«, hörte ich das Mädchen neben mir sagen, »ist dir nicht gut?«

»Doch«, flüsterte die Frau, die möglicherweise »ich selbst« sein konnte, während sie fortfuhr, auf die Stelle zu starren, wo ich mich befand. Offensichtlich war sie sich meiner Gegenwart sehr deutlich bewußt.

Wo ist Jamie? fragte ich mich da; denn *er* war es doch, den ich eigentlich sehen wollte. Ich hatte zwar nichts dagegen, mir selbst zu begegnen; aber nun wünschte ich, daß sie – ich – das Zimmer verließe, um mich mit *ihm* bekannt zu machen.

Doch es sah nicht so aus, als würde eine der Anwesenden die Absicht haben, das Zimmer zu verlassen. Das Dienstmädchen starrte Catherine an – hatte man sie in den Büchern vom »Marlborough-Kreis« nicht Hortense genannt? – und das Mädchen blickte sie ebenfalls an, während Catherine mich anschaute. Ich war jedoch unsichtbar.

Da passierten plötzlich mehrere Dinge auf einmal. Ein paar andere Leute schienen nun in meinen Geist einzudringen, denn ich konnte laut und deutlich die Stimme des von Milly bestellten Hypnotiseurs vernehmen, die mich aufforderte, nach Texas zurückzukehren.

»Sie befindet sich offenbar in einer besonders tiefen Trance«, hörte ich ihn sagen. Und dann: »Hayden? Hayden? Können Sie mich hören? Milly, warum rufen Sie denn Ihre Freundin nicht zurück!«

Worauf sich Milly zu Wort meldete, die mich beschwor, doch zu ihr zurückzukommen. Aber ich hörte auch noch etwas anderes aus ihrer süßen Stimme heraus, nämlich die Empfehlung, daß ich alles unternehmen sollte, das geeignet war, mich glücklich zu machen. Wäre es Daria gewesen, die mich in diesem Moment zurückgerufen hätte, wäre ich vermutlich wie der Blitz wieder in das Wohnzimmer in Texas zurückgekehrt. Daria würde nämlich zu mir gesagt haben: »Wo bleiben die Seiten, die du mir versprochen hast?« Oder, falls das nicht gewirkt hätte: »Hayden, wie wäre es mit einem neuen Vertrag?« Das hätte mich ganz bestimmt nach Texas zurückgeholt.

Doch es war Millys und nicht Darias Stimme, die mit mir redete, und ich fand, daß es keine Eile damit habe, zu ihr zurückzukehren. Ich hatte mir vorgenommen, Jamie kennenzulernen, und was ich mir vornahm, pflegte ich auch durchzusetzen.

Im gleichen Moment, wo sich der Texaner und Milly in meinem Geist Gehör verschafften, spürte ich auch einen merkwürdigen kleinen Ruck, der offenbar von dieser blonden Frau ausging, die mich anstarrte. Sie schien mir damit sagen zu wollen, daß sie mich brauchte.

Und da war noch etwas. Es dauerte einen Moment, ehe mir klar wurde, was für ein Gefühl ich da empfing. Angst. Ja, diese blonde Frau fürchtete sich vor etwas – oder jemandem.

Bitte nicht so etwas, dachte ich bei mir. Laßt mir jetzt nicht einem Menschen in die Quere kommen, der Angst hat und Hilfe benötigt. Das ist nämlich eine Kombination, der ich nicht widerstehen kann. Obwohl ich sehr auf mein Image einer kraftvollen und stachelhäutigen Persönlichkeit bedacht bin, habe ich doch eine Schwäche für den Underdog. Wie viele junge, verschüchterte Autoren habe ich in meinem Leben nicht schon unter meine Fittiche genommen und sie so lange sacht in die Kehrseite getreten, bis sie endlich den Mund aufmachten und von ihrem Verleger bessere Tantiemen und mehr Reklame für sich verlangten? (Daria ist einmal sehr wütend auf mich gewesen, als ich mich für einen *ihrer* Autoren stark gemacht habe; seither mache ich das nur noch für neue Kollegen, die ihre Sachen in anderen Verlagshäusern herausbringen – sehr zur Freude meines eigenen teuren Verlegers, William Warren.)

Jedenfalls konnte ich deutlich spüren, daß diese Frau vor mir mich brauchte, so daß ich es mir gewissermaßen gestattete, ihrem Ruck nachzugeben. Schließlich würde es doch nur meinen Büchern zugute kommen, wenn ich sehen konnte, was im Kopf einer echten, real existierenden Frau aus der Zeit Eduards VII. vor sich ging, nicht wahr?

Ich schwebte also auf sie und spürte, wie diese Kraft, mit der sie mich anzog, immer stärker und Millys Stimme immer schwächer wurde.

Und dann *geschah* es!

Am besten kann ich es so beschreiben, daß mein Geist mit ihrem Geist verschmolz, und in den ersten paar Sekunden war das ein ausgesprochen angenehmes Gefühl. Ob Nora wohl auch solche lustbetonten Empfindungen hatte, wenn sie in die Gedankenwelt anderer Leute eindrang? fragte ich mich, während ich in das Gehirn dieser Frau hineinschaute und die unglaublich vielen Gebote und Verbote wahrnahm, die darin umherschwammen. Da gab es Vorschriften für Wäsche, Kleider und Hüte; Anstandsregeln bei Tisch, bei Hofe und bei öffentlichen Belustigungen; Rangordnungen für Namen, Titel und Personen – kurzum, eine Fülle von Informationen, die uns heute nichts mehr bedeuten. Alles, was ich in dem Kopf dieser Frau entdeckte, war überaus schicklich und entlockte mir ein selbstgefälliges Lächeln.

Doch dann spürte ich wieder diese Angst. Die Frau fürchtete sich; aber ich konnte nicht erkennen, wovor.

Ich wollte nun ihren Geist wieder verlassen. Ehrlich, das wollte ich! Aber während ich eben noch »ich selbst« gewesen war, obwohl ich mich doch – wenn man sich so etwas vorstellen kann – im Kopf einer anderen Frau befand, hatte diese sich im nächsten Moment schon aus ihrem Geist zurückgezogen. Sie war zwar immer noch da – ich konnte sie spüren –, aber nun stand *ich* im Vordergrund. Es war so, als hätte der Kapitän eines Schiffes die Brücke verlassen und das Kommando seinem Ersten Offizier übergeben.

»Nein!« gelang es mir da noch im letzten Moment zu sagen, hörte aber, wie dieses Wort nun laut aus dem Mund dieser Frau kam. Dann schloß ich »ihre« Augen und bot meine ganze Willenskraft auf, um mich wieder aus ihrem Kopf zu entfernen. Ich rief Milly mit meinem Geist zu Hilfe; doch Milly war nicht da. Da ich nicht wußte, wie ich in dieses Gehirn hineingeraten war, hatte ich auch keine Ahnung, wie ich mich wieder daraus entfernen konnte.

Ich wußte nur, daß ich mich jetzt in ernsten Schwierigkeiten befand.

Als ich meine Augen wieder öffnete, stand ich vor dem bodenlangen Wandspiegel und trug ein pfirsichfarbenes Kleid mit so viel Froufrou, daß ich glaubte, ich sei eine wandelnde Litfaßsäule, die für Wäschestärke Reklame macht.

Auch wußte ich sofort, was Lady de Grey umgebracht hatte. Da drückte etwas so fürchterlich auf meinen Magen, daß ich kaum Luft bekam. Ich sah, wie ich die Augen verdrehte und mir mit beiden Händen an den Unterleib griff. Und dann knickten die Beine unter mir ein.

»Mylady!« hörte ich da noch jemanden erschrocken rufen, ehe es mir schwarz vor Augen wurde.

Sie erweckten mich wieder zum Leben, indem sie mir ein Fläschchen mit einem ätzenden Inhalt unter die Nase hielten, das nur Riechsalz sein konnte. Wäre ich eine von meinen Romanheldinnen gewesen, wäre ich wohl in diesem Moment vom Boden aufgesprungen und hätte ihnen einen Vortrag über die Fortschritte der modernen Medizin gehalten. Aber dann überlegte ich, was wohl ein in Harvard ausgebildeter Doktor der Medizin im Jahre 1994 gemacht haben würde, um eine Lady, die soeben von einem zu eng geschnürten Korsett bewußtlos geworden war, aus ihrer Ohnmacht herauszuholen – eine Biopsie vielleicht?

Jedenfalls erfüllte das Riechsalz seinen Zweck und holte mich wieder ins Bewußtsein zurück. Aber da meine Taille so eng zusammengeschnürt war, daß selbst eine Ameise vor Neid erblaßt wäre, sprang ich nicht auf die Beine und hielt den

Anwesenden einen Vortrag. Vielmehr genoß ich es, zwei Damen und einen älteren graumelierten Herrn über mich gebeugt zu sehen. Da ich allein lebe, kann ich im Falle einer Krankheit höchstens damit rechnen, daß mein Supermarkt einen Boten schickt, der mir eine Tüte mit Orangen und Papiertaschentüchern vor die Haustür stellt. Also konnte ich die Fürsorglichkeit, die mir jetzt zuteil wurde, nur als Wohltat empfinden.

»Na also«, sagte der graumelierte Herr jetzt in einem Ton, den man nur Ärzten verzeiht. Es gibt eben Sachen, die sich selbst in hundert Jahren nicht ändern. »Wir werden uns jetzt gleich viel besser fühlen, denke ich. Meine Patientinnen scheinen heutzutage eine Vorliebe dafür zu haben, ihre Taillen immer ein wenig zu eng zu schnüren.« Und dann, an das Dienstmädchen gewandt: »Sorgen Sie nächstens dafür, daß Sie der gnädigen Frau noch ein wenig Platz für ihre Atemluft lassen!«

»Jawohl, Sir«, murmelte die Zofe; aber ich konnte ihr ansehen, daß sie den Graumelierten damit nur besänftigen wollte. Und da gibt es doch noch immer Männer, die glauben, es hätte mal eine Zeit gegeben, wo die Frauen ihnen tatsächlich gehorcht hätten.

»Geht es dir jetzt wirklich wieder besser?« fragte mich nun das junge Mädchen, das sich links über mich beugte, meine Hand hielt und so aussah, als fürchtete sie, daß ich das Zeitliche segnen könnte.

»Ja«, murmelte ich und versuchte mich dann auf der mit Brokat überzogenen »Ohnmachtscouch« aufzusetzen – ein Möbelstück, das seinen Namen offensichtlich zu Recht verdiente. »Mir ist nur noch ein wenig schwindlig.«

»Ich denke aber, daß wir jetzt über den Berg sind«, sagte der Arzt, meine Hände tätschelnd. »Vielleicht gibt es ja noch einen anderen Grund für diesen Ohnmachtsanfall als ein zu eng geschnürtes Korsett«, setzte er augenzwinkernd hinzu.

Damit konnte er unmöglich meine Zeitreise meinen, und deshalb schenkte ich ihm ein, wie ich hoffte, damenhaftes Lächeln. Eine gynäkologische Untersuchung wäre das letzte gewesen, was ich bei meiner Studienreise in die Vergangenheit zu erleben erhoffte.

Mein Lächeln mußte seine Sorge, daß ich schwanger sein könnte, zerstreut haben, weil er sich nun von der Couch erhob, seine mit einem Monogramm bestickte Arzttasche zuklappte, mir noch ein paar in solchen Fällen obligatorische, meine Kost und meine körperlichen Aktivitäten betreffenden Ratschläge erteilte und sich dann empfahl. Wie mein Arzt in New York, dachte ich. Nur daß dieser keine Hausbesuche machte und mir seine Dienste deutlich höher in Rechnung stellte.

Inzwischen bemühte sich das Dienstmädchen, einen sehr beschäftigten Eindruck zu machen – hängte die Kleider im Schrank ein paarmal um, richtete die mit Silberbeschlägen versehenen Haarbürsten auf der Frisierkommode der Größe nach aus, etcetera –, und ich konnte ihr ansehen, daß sie vor Neugierde fast platzte. Jedenfalls schien sie das Zimmer nicht eher verlassen zu wollen, bis sie den wahren Grund meiner Ohnmacht erfahren hatte.

Das schien mir ein Zeichen dafür zu sein, daß Lady de Grey nicht zu den Damen der besseren Gesellschaft gehört hatte, die damals häufig unter Ohnmachtsanfällen zu leiden hatten. Vielmehr war Hortense offenbar von sehr robuster Gesundheit gewesen, weil sie unter so eingeschränkten Verhältnissen, wie sie in einer Eisernen Jungfrau herrschen mußten, gelernt hatte, noch ausreichend Luft zu bekommen.

Ich versuchte abermals, mich auf der Couch aufzusetzen; aber das war gar nicht so einfach, weil dieses Gestell unter meinen Kleidern mich von den Brüsten bis zur Taille wie ein Panzer umschloß und genauso flexibel war wie einer von diesen Taucheranzügen, die Jules Verne in seinen Zukunftsromanen beschreibt.

»Hinaus!« befahl das junge Mädchen nun der Zofe mit autoritärer Stimme.

Im nächsten Moment befand ich mich mit dem jungen Mädchen allein im Zimmer, das mich eindringlich musterte. Okay, Hayden, dachte ich bei mir, was machen wir jetzt?

»Was ist denn los mit dir?« fragte mich da das Mädchen. »Du bist so anders!«

»Tatsächlich?« erwiderte ich, legte mich wieder auf die Couch zurück und senkte die Lider, damit das Mädchen mir nicht in die Augen schauen konnte. Ich brauchte etwas Zeit, um mich orientieren und in meiner neuen Lage zurechtfinden zu können. Verstohlen blickte ich mich in dem luxuriös ausgestatteten Zimmer um, in dem ich von den vielen auf Hochglanz gebrachten silbernen Gerätschaften, die überall herumstanden, förmlich geblendet wurde. In einer Ecke befand sich eine hohe Vitrine, die ausschließlich mit Erzeugnissen aus Fabergés Juwelierwerkstatt gefüllt war, unter denen ich auch den kleinen, aus grüner Jade geschnitzten Affen entdeckte, den ich bereits auf einem Foto hatte bewundern können.

Ich schnitt eine Grimasse, weil ich in diesem Moment an mein Schlafzimmer in New York denken mußte: an den auf der Glasplatte meiner Frisierkommode verstreuten Puder; die aufgeschlagenen Bestellkataloge von Horchow auf dem Bett und den Stühlen, und den Karton voller Kleider in einer Ecke, den ich meiner Schwester hatte schicken wollen.

»Catherine?« fragte das Mädchen, »bist du wirklich wieder in Ordnung?«

Ich drehte dem Mädchen den Kopf zu und schenkte ihm, wie ich hoffte, ein trübes Lächeln. Ich sollte das jetzt wohl besser hinter mich bringen, dachte ich bei mir. Denn sobald ich den ersten zusammenhängenden Satz zu ihr sagte, würde sie sofort erkennen, daß ich eine Betrügerin war. »Ich fühle mich nicht besonders«, murmelte ich und *hörte* mich jetzt zum erstenmal selbst. Zu meinem Erstaunen sprach ich mit einem englischen Akzent. Um das zu überprüfen, sagte ich rasch hintereinander »castle«, »tomato« und »bath«. Tatsächlich rollten mir alle drei Worte nicht mit einem gequetschten »Ä«, sondern mit einem sonoren, bühnenreifen, wenn auch etwas affektierten A-Laut von der Zunge. Ich muß gestehen, daß ich mich unheimlich geschmeichelt fühlte. Ich redete jetzt wie Prinzessin Diana.

Das Mädchen setzte sich auf den Rand meiner »Ohnmachts-Liegestatt« und funkelte mich an. »Wenn du mir jetzt wieder mit einer von deinen phantastischen Geschichten kommst, werde ich dir diesmal nicht beistehen! Mein Bruder ist sehr wütend auf mich.«

Ich sagte, ohne erst zu überlegen: »Wer ist dein Bruder?« Doch dann *wußte* ich es, ehe ich den Satz ganz ausgesprochen hatte. Dieses Mädchen war meine Schwägerin, sechzehn Jahre alt und hatte den sehnlichen Wunsch, sich zu verehelichen.

Das Mädchen schnitt eine Grimasse. »Ich weiß, daß *du* ihn haßt. Aber für *mich* gilt das nicht. Wenn du ihm nur eine Chance geben würdest, würde er ...«

»Chance?!« hörte ich mich sagen. »Dein Bruder verdient keine Chance mehr. Ich habe alles getan, damit unsere Ehe ein Erfolg wird. Aber was kann ich denn machen, wenn er sich weigert ... sich weigert ...«

Sich weigert, was zu tun? überlegte ich und spürte dann einen stechenden Schmerz in meinen Schläfen, als ich versuchte, die Gedanken in meinem Kopf zu lesen. Aber schließlich war es ja gar nicht mein Kopf, sondern das Eigentum von jemand anderen. Konnte das noch jemand außer mir verstehen?

»Catherine«, sagte das Mädchen nun ungeduldig, »was ist nur los mit dir?«

Ich hätte jetzt zu gern tief Luft geholt; aber meine »gelockerten« Korsettstäbe gestatteten meiner Taille noch immer nicht, einen Umfang von etwa zwanzig Zoll zu überschreiten.

»Ich weiß es nicht.«

»Was weißt du nicht?«

»Ich weiß es nicht, weil ich es vergessen habe. Sonst wüßte ich es ja«, erwiderte ich lächelnd.

»Wieder mal eines von deinen Rätseln! O Catherine, kannst du denn *niemals* ernst bleiben?«

Ich runzelte bei ihren Worten die Stirn. Ich hatte nicht erwartet, hundert Jahre in die Vergangenheit zurückzureisen, um dort mit den gleichen Beschwerden über meinen Charakter konfrontiert zu werden, die ich mir in der Gegenwart ein Leben lang hatte anhören müssen.

Das Mädchen erhob sich von der Couch und begann, im Zimmer auf und ab zu gehen. »Du weißt wohl nicht, wie bedrohlich die Lage ist. Tavey ist dir diesmal ernsthaft böse.« Sie drehte sich um und funkelte mich erneut an. »Er hat vor, sich von dir *scheiden* lassen!«

Bei diesen Worten wurde mir klar, daß die Frau, die sich in mir verkrochen hatte, bereits wußte, daß ihr Mann sich mit der Absicht trug, sich von ihr scheiden zu lassen. War es das, wovor sie sich fürchtete? Hatte sie etwa Angst vor einem Skandal? Davor konnte ihr doch nicht bange sein! Schließlich war ich – sie – nicht als Mimose auf die Welt gekommen, nicht wahr?

»Warum?«

Da barg das Mädchen das Gesicht in den Händen und begann zu weinen.

Mit einiger Mühe, da ich in der Taille nicht abknicken konnte, erhob ich mich von der Couch und ging zu dem Mädchen.

»Ellen«, sagte ich leise, als mir in diesem Moment ihr Name einfiel. »Das hat sich nun geändert. Es wird nicht zu einer Scheidung kommen. Dein Bruder ... Tavey und ich werden uns versöhnen, und alles wird wieder gut.«

Ich versuchte nicht zu siegesgewiß zu erscheinen, als ich ihr nun zulächelte. Ellen konnte ja nicht ahnen, daß sie nicht zu einer naiven Lady aus der Zeit Eduards VII. sprach, die von der Wiege bis zur Bahre ein behütetes Dasein führte, sondern zu einer neununddreißigjährigen Frau, die etwas vom Leben gesehen hatte. Zudem hatte ich Kenntnis von Dingen, über die Lady de Grey damals nicht verfügte. So wußte ich zum Beispiel, daß dieser Mann, mein Gatte, die seelenverwandte andere Hälfte von mir war – die einzige Person auf Erden, die hundertprozentig zu mir paßte. Lady de Grey hatte das niemals erfahren.

Ellen schob mich von sich fort. »Diesmal nicht! Diesmal bist du zu weit gegangen. Tavey weiß ... er weiß von *ihm*.«

Bei diesen Worten weiteten sich meine Augen. Ich versuchte,

von Lady de Grey, die sich in mir versteckt hatte, eine Stellungnahme dazu zu erhalten; vermochte ihr jedoch keinen Ton zu entlocken. »Es wird schon gutgehen«, suchte ich das Mädchen zu beruhigen.

»Das *muß* es! Du hast es mir *versprochen*!«

In diesem Moment wußte ich, daß ich Ellen versprochen hatte, ihr einen Ehegatten zu verschaffen. »Ich halte mein Versprechen«, versicherte ich ihr. Aber wie wollte ich das anstellen? Sollte ich ihr etwa einen Mann kaufen? Ihn gegen drei goldene Fabergé-Eier eintauschen?

»Du weißt doch, wie sehr Tavey den Ehestand haßt. Er sagte zu mir, daß ich mich als Ledige besser stünde. Aber ich muß, ich *muß* einen Ehemann haben!«

Da nahm ich Ellens Hände in meine. »Bist du etwa ... in anderen Umständen?« forschte ich leise.

Sie sah mich entsetzt an. »Ob ich schwanger wäre, meinst du? Du weißt doch, daß ich nicht verheiratet bin! Wie könnte ich da jetzt ein Kind bekommen?«

Ich lachte nicht. Ich würde mich hüten, auch nur über Ellens Naivität zu lächeln. Als Kind hatte ich eine Zeitlang fest daran geglaubt, daß man ein Baby bekäme, wenn man am Sonntagmorgen den Drugstore von Mr. Lloyd aufsuchte. Wenn ich daran zurückdenke, macht das heute noch für mich einen Sinn. Denn meine Mutter kam jeden Sonntag vom Gottesdienst nach Hause und sagte zu meinem Vater: »George, wenn die älteste von den Bales-Mädchen jetzt nicht bald aufhört, am Sonntagmorgen in Lloyds Drugstore zu gehen statt in die Kirche, wird sie noch in Schwierigkeiten geraten.« Und tatsächlich kam es dann eines Tages zu einem Riesenskandal, als ruchbar wurde, daß das älteste der Bales-Mädchen schwanger war, aber keinen Ehemann hatte. Ich rechnete zwei und zwei zusammen und kam zu dem Schluß, daß »in Schwierigkeiten geraten« bedeutete, daß man ein »Baby bekam, ohne einen Ehemann zu haben«. Und dieser Zustand mußte wiederum das Ergebnis der sonntäglichen Besuche in Lloyds Drugstore sein.

Das hätte dann fast zu einer Katastrophe geführt, als meine Mutter eines Sonntags nach dem Gottesdienst vor dem Drugstore stehenblieb und mich bat, dort ein paar Medikamente für sie abzuholen, die ihr der Arzt verschrieben hatte. Ich war ein paar Sekunden lang wie gelähmt vor Entsetzen.

Aber letztendlich siegte dann die Furcht vor meiner Mutter über die Angst vor einer möglichen Schwangerschaft, wenn ich am Sonntagmorgen Lloyds Drugstore aufsuchte.

Demnach hätte es mir jetzt auch nicht gut angestanden, wenn ich mich über Ellen lustig gemacht hätte; aber das Mädchen mußte dennoch gespürt haben, daß da etwas nicht stimmte oder ich mich nicht so verhielt, wie sie das eigentlich von mir erwartete. Sie packte mich mit einer für ein so junges Mädchen ungewöhnlichen Kraft am Arm. Doch da fiel mir ein, daß Mädchen aus besseren Kreisen zur Zeit Eduards VII. oft ihr ganzes Leben auf dem Rücken der Pferde zu verbringen pflegten. Also war ihre Kraft gar nicht so außergewöhnlich, wie ich angenommen hatte.

Sie starrte mir in die Augen. »Wenn du mich verrätst, werde ich ... werde ich ... Ich weiß nicht, was ich unternehmen werde; aber du darfst unter keinen Umständen dein Wort brechen!«

Vielleicht lag es an diesem feigen anderen Ego von mir, das sich in mir versteckt hielt, wenn mir jetzt bei Ellens Worten ein kalter Schauer über den Rücken lief. Hatten meine Recherchen nicht ergeben, daß Lady de Grey eines Tages »spurlos« vom Antlitz dieser Erde verschwunden war und man ihre sterblichen Überreste nicht hatte finden können? Jemand hatte ihr nichts Gutes gewünscht. Konnte dieser Jemand etwa ihre kleine Schwägerin gewesen sein, die glaubte, Catherine würde ein ihr gegebenes Wort nicht einlösen?

Doch ich konnte jetzt nur noch an eines denken: daß ich Jamie sehen wollte und ihm sagen mußte, daß ich ihn liebte und nicht haßte und wir beide zusammengehörten. Ich mußte ihn warnen; wollte ihn ...

»Wo ist mein Mann?« fragte ich Ellen. »Und haben wir zur Zeit vielleicht Gäste im Haus?« Bilder von Jennie Churchill und der Herzogin von Devonshire geisterten mir durch den Kopf. Und wie stand es mit Consuelo Vanderbilt? Konnte es sein, daß der *König* gerade zu Besuch war?

Aus Ellens raschem und geräuschvollem Atemholen schloß ich, daß sich keine Gäste im Haus befanden. Sie sah schockiert aus. Mein Schicksal, dachte ich bei mir. Ich muß doch immer irgend jemanden vor den Kopf stoßen.

»Nach dem, was hier passiert ist, wird uns niemand mehr besuchen.«

Ich wollte sie schon fragen, was denn passiert sei; doch ein Blick in ihre Augen sagte mir, daß ich das lieber bleiben lassen sollte. Oder möglicherweise hinderte mich auch Catherine daran, ihr diese Frage zu stellen. Offensichtlich steckte mehr hinter dieser Ellen, als ich zunächst vermutet hatte. Und warum sollte ausgerechnet *ich* ihr einen Gatten besorgen? War das nicht eine Aufgabe, die ihrem Bruder zukam? Aber nach allem, was ich über Lady de Grey gelesen hatte, mußte sie die Kompetenz besitzen, für ihre kleine Schwägerin einen geeigneten Ehemann unter dem Aspekt seiner Beischlaffähigkeiten aussuchen zu können, da sie ja anscheinend mit allen Männern aus ihrem Bekanntenkreis ins Bett gegangen war.

Ich legte die Hand an die Stirn und mimte wieder die am Rand einer Ohnmacht befindliche Lady. »Entschuldige bitte, Ellen; aber ich scheine in letzter Zeit so viel vergessen zu haben. Du weißt ja, wie wütend Tavey auf mich gewesen ist. Wenn du mir jetzt noch verraten würdest, wo er sich gerade aufhält, könnte ich mit ihm über deinen zukünftigen Ehemann sprechen.«

Ellen warf mir einen schrägen Blick zu. »Er ist dort, wo er sich zu dieser Tageszeit immer aufhält. Du weißt also, wo du ihn finden kannst.«

»Ja, natürlich weiß ich das. Ich werde mich also jetzt sofort zu ihm begeben.«

Mit einiger Mühe gelang es mir dann, mich von der Couch zu

erheben; aber als ich nun auf die Tür zusteuerte, hielt mich Ellens entsetztes Keuchen davon ab, das Zimmer zu verlassen.

»Du willst doch wohl nicht in diesem Aufzug zu ihm gehen, oder?«

»Ach ja«, erwiderte ich so unbefangen wie möglich. »Wo war ich nur mit meinen Gedanken? Kannst du mir sagen, wo ich meine Jeans und Pullover finde?«

Ellen lachte nicht. Tatsächlich schien das Lachen bei ihr Seltenheitswert zu haben.

»Ich schicke dir deine Zofe«, sagte sie, sich zur Tür begebend. Ich war ihr dankbar dafür, weil ich keine Ahnung hatte, wie meine Zofe hieß.

Kurz darauf erschien das Mädchen wieder, das Ellen vorhin so barsch aus dem Zimmer gewiesen hatte. Ohne mich erst zu fragen, was ich denn anziehen wollte, fing sie an, mich schweigend aus- und anzukleiden. Ich könnte mich an so etwas gewöhnen, dachte ich bei mir, als ich meine Arme ausstreckte und mir von ihr ein wunderhübsches Kleid aus blaßgrüner Baumwolle überstreifen ließ.

Der Notwendigkeit enthoben, mich selbst anziehen zu müssen, konnte ich in Muße über mein Vorhaben nachdenken. Ich hatte keine Ahnung, wie lange ich hier sein würde. Genaugenommen, befand ich mich eigentlich gar nicht hier, sondern weilte nur vorübergehend im Körper dieser Frau. Ich mußte damit rechnen, daß ich jeden Moment von Millys chauvinistischem Hypnotiseur nach Texas zurückgeholt werden konnte. Meine Aufgabe war es, Kontakt mit meiner seelenverwandten anderen Hälfte aufzunehmen, den jahrhundertealten Haß zwischen uns zu begraben, sodann wieder nach Hause zurückzukehren und meinen in der Gegenwart lebenden Jamie zu finden.

Wenn ich dieses Ziel nicht erreichte, würde ich in meinem gegenwärtigen, nächsten und übernächsten Leben allein sein und erst in meinem überübernächsten Dasein meinen Jamie wiederfinden.

Nachdem die Zofe mich angekleidet hatte, ging ich auf die

Suche nach einer Toilette. Hoffentlich gehörte dieses Anwesen nicht zu jenen Häusern, deren sanitäre Einrichtungen aus emaillierten Nachttöpfen unter den Betten bestanden. Ich fand jedoch einen hübschen kleinen Raum mit einem modernen Wasserklosett und verbrachte anschließend ein paar Minuten damit, meine Kleider wieder zu richten – keine leichte Aufgabe bei der Menge, die es da zu ordnen gab.

Jedenfalls war eine beträchtliche Zeit vergangen, ehe ich mich auf die Suche nach meinem »Gatten« machen konnte, und als es soweit war, konnte ich nur noch ans Essen denken. Da ich bereits in England als Logiergast in etlichen ländlichen Hotels gewohnt hatte, wußte ich, daß die Essenszeiten dort streng geregelt waren, und wenn man diese versäumte, hatte man eben Pech gehabt.

Ich verbrachte eine Stunde damit, das Haus zu erkunden. Es war riesig, kompliziert und mit unglaublichen Schätzen angefüllt. Alle Wände waren voller Originalgemälde von Renoir, Rubens, Gainsborough und John Singer Sargent, der gleich dutzendweise vertreten war. Alle Räume waren von einer Wand zur anderen mit Teppichen ausgelegt; also hatte man zweifellos jemanden in Indien damit beauftragt, diese maßgerecht zu knüpfen. Und jedes Möbelstück war ein Kunstwerk für sich.

Mir gefiel an dem Haus, daß es bewohnt und kein Museum war. Im Rahmen eines Porträts aus dem fünfzehnten Jahrhundert steckten Einladungskarten. Brokatbezogene Stühle standen neben zerschlissenen Ledersesseln, aus denen die Polsterwatte herausquoll. Stiefel, Mäntel und Spazierstöcke lagen in kunterbunten Haufen auf dem Fußboden herum, so daß sechs Dekorateure mindestens eine halbe Woche dafür gebraucht hätten, diese entsprechend zu arrangieren. Das ist es, was Ralph Lauren so gern erschaffen möchte, dachte ich bei mir, ihm jedoch nie ganz gelingen will.

Als ich schließlich das Haus verließ, um mir den Garten anzuschauen, war ich ganz schwach vor Hunger, da ich seit Stunden nichts mehr gegessen hatte und dieses verdammte

Korsett mir die Blutzufuhr zu den Beinen abschnürte. Kein Wunder, daß die Frauen in der Regierungszeit Eduards VII. keine Marathonrennen bestritten, dachte ich bei mir, als ich mit meinem langsamen Fußmarsch durch die Gärten begann.

Sie waren göttlich und so kunstgerecht gehegt, als wäre alles so gewachsen, wie es sich dem Betrachter darbot. Im Haus waren mir zwar zahlreiche Dienstboten vor die Augen gekommen, die sich jedoch sofort verkrümelt hatten, sobald sie mich kommen sahen. In den Gärten war das anders. Hier liefen mir gleich dutzendweise mit Schubkarren und mächtigen Heckenscheren bewaffnete Männer über den Weg, die Hosen aus dickem Drillichzeug trugen und ihre Hemdärmel bis über die Ellenbogen hinaufgerollt hatten, so daß man ihre kräftigen Unterarme sehen konnte.

Ich liebe Männer in blauen Overalls. Ich weiß, daß ich damit meine Herkunft verrate, und bin mir auch bewußt, daß ich als Autorin und damit zu den »Intellektuellen« (außer für die Rezensenten natürlich) gehörende Person mich eigentlich zu Männern in dunklen Anzügen hingezogen fühlen sollte. Aber vielleicht bin ich paranoid oder möglicherweise liegt es auch nur an meinem reichen Phantasieleben, daß ich mich frage, mit wem ich mich wohl lieber als Schiffbrüchige auf eine einsame Insel retten würde – mit einem Baumeister oder dem besten Anwalt der Welt? Ich mag Männer, die sich *nützlich* machen.

Ja, schön, ich liebe auch Muskeln. Nicht diese harten Strippen, wie Langstreckenläufer sie haben, oder diese in einem Fitneßcenter künstlich antrainierten Muskelpakete. Ich mag einen Mann mit kräftigen Unterarmen, die vom lebenslangen Gebrauch eines Schraubenziehers herrühren. Wenn ich einen Mann sehe, der mit einem Schlag einen zehn Zoll langen Nagel in einem Balken versenkt, bekomme ich weiche Knie. Ein Mann mit nacktem Oberkörper, der mit einem Sack Zement auf der Schulter eine Leiter hinaufklettert, kann mich vor Verlangen so schwindlig machen, daß ich mich hinsetzen muß.

Im Haus hatten sich die Lakaien benommen, als hätte ich eine ansteckende Krankheit; aber wie diese gutgebauten Männer mir hier im Garten zulächelten und sich an die Kappen griffen, wenn ich an ihnen vorbeikam, ließ mich wieder daran denken, wie Lady de Grey zu ihrem schlechten Ruf gekommen war. Ich hoffte, daß ich – sie – nicht auch eine Affäre mit einem Gärtner hatte. Daria wäre in so einem Fall sehr von mir enttäuscht gewesen. Jeder weiß doch, daß der Held eines Romans einen *Titel* haben muß. Wenn all die Herzöge, die in Romanen vorkommen, tatsächlich gelebt hätten, gäbe es niemand mehr auf der Welt, der *nicht* von Adel wäre. Allein mit Barbara Cartlands Herzögen könnte man schon einen Staat mittlerer Größe bevölkern.

Aber ich konnte nicht umhin, mir diese Männer etwas näher zu betrachten, während sie im Garten ihrer Arbeit nachgingen. Kein sonderlich hübscher war darunter, wenngleich etliche von ihnen ihre rauhe Kluft recht stramm ausfüllten. Während ich langsam durch die Gärten pilgerte, fand ich allmählich Geschmack an meiner enggeschnürten Taille, die meinem Gefühl nach einen Durchmesser von höchstens zehn Zentimetern haben mußte. Lady de Grey hatte auch eine ansehnliche Büste, wenngleich sie, alles in allem, ein wenig dürr war, was mich nicht wunderte, da sie offenbar kaum etwas aß.

Ich hoffte, daß diese Gedanken sie endlich aus ihrem Versteck hervorlocken würden, damit sie mir etwas über ihr Leben erzählte; aber sie verharrte wie bisher stumm und klein im Hintergrund, und ich konnte ihre Angst spüren.

Der Garten war, wie bereits gesagt, eine Augenweide, und alle darin enthaltenen Pflanzen schienen gleichzeitig zu blühen. Ich wandelte über Wege und durch lange grasige Alleen, die von einem Meer von Blumen gesäumt waren, zu stillen Weihern und Teichen, auf denen sich Matten blühender Seerosen ausbreiteten. Da waren Statuen und Hecken, Bäume und blühende Sträucher, und während ich das alles betrachtete, begann ich mir Geschichten auszudenken, die diesen Garten zum Schauplatz hatten. Eine arme, aber adelige Heroine, die einen alten Mann ehelichte, um ihre undankbare Familie vor dem Hungertod zu bewahren, lernte eines Tages in diesem Garten einen jungen, schönen Mann kennen; doch die beiden konnten nicht heiraten, weil ...

Ich spann den Faden nicht weiter, weil mir in diesem Moment das prächtigste Mannsbild entgegenkam, das mir bisher im Leben vor die Augen gekommen war. Er hatte nicht dieses hohlwangige, zu perfekte gute Aussehen eines amerikanischen Modells, sondern war von einer Aura unterdrückter Leidenschaft umgeben. Man fühlte sich gleichsam am Fuße eines noch aktiven Vulkans stehen, wenn man diesen Mann betrachtete: Man weiß genau, welche Kräfte in ihm schlummern; aber werden sie in *diesem Moment* ausbrechen? Und während man sich dem Vulkankrater nähert, klopfte einem das Herz um so heftiger in der Brust, je weiter man sich von der Zone entfernt, in der man vor seiner zerstörerischen Gewalt sicher sein kann.

Genau so ein Herzklopfen löste dieser Mann bei mir aus, das mit jedem Schritt, den er auf mich zu machte, heftiger wurde. Er hatte mich nicht gesehen; oder falls doch, war er nicht an mir interessiert, da er den Blick auf die Schubkarre geheftet hielt, die er vor sich herschob.

Er hatte schwarze Haare, eine dunkle, nicht nur von der Sonne, sondern von Natur aus braune Haut, und dichte schwarze Brauen. Seine kräftigen Wangenknochen und sein kantiges Kinn waren schwarz von den Bartstoppeln unter der Haut. Muskeln bewegten sich auf eine Weise unter seinem Hemd, daß mir ganz warm wurde unter meinem Kleid.

Wie immer galt mein erster Gedanke dem Geschäft, und ich dachte, das ist der Mann, den ich als Titelbild auf meinem nächsten Roman haben möchte. Mehr noch – den ich mir als Titelbild für mein nächstes *Leben* wünschte ...

Als ich nun einen Schritt auf ihn zu machte, konnte ich Lady de Grey in mir sagen hören: »Nein, nein!« Vielleicht waren Gärtner zu ihrer Zeit für Ladys tabu gewesen. Aber ich stammte aus einer egalitäreren Epoche und einem Land ohne Klassenunterschiede.

»Hallo«, sagte ich, ihm süß zulächelnd.

Er ging an mir vorbei, ohne mich auch nur eines Blickes zu würdigen. Sollten Gärtner sich damals nicht überaus geschmeichelt fühlen, wenn sie von ihrer Herrschaft angesprochen wurden?

»Hallo«, sagte ich abermals, diesmal ein wenig lauter, worauf Catherine in mir hysterisch zu werden begann. »Nein!« schrie sie, und ich wußte nun, daß sie vor *diesem* Mann Angst hatte. Sie war schließlich spurlos verschwunden, möglicherweise umgebracht worden – war dieser Mann demnach ihr potentieller Mörder?

Ich bemühte mich nach Kräften, meine aufkeimenden Lustgefühle zu zügeln, und drehte mich von ihm weg, um meine Aufmerksamkeit wieder dem Garten zu widmen. Schließlich hatte ich auch meinen Stolz. Wenn er keinerlei Interesse für mich zeigte, hatte ich eben auch für ihn nichts übrig. Ich ...

»Autsch!« schrie ich da, weil in diesem Moment einen heftigen Schmerz in meinen Waden spürte. Dann drehte ich mich wieder um und sah, daß dieser Mann, den vollen Schubkarren vor sich herschiebend, sich nun, mir den Rücken zukehrend, auf dem Gartenweg entfernte. Er trug ein schmutziges weißes Hemd, einen breiten Ledergurt und eine Hose aus schwerem wollenen Tuch. Von hinten betrachtet, sah er aus wie Laurence Olivier mit dreiunddreißig Jahren, als er Heathcliff verkörperte.

Als er mich passierte, war er mir mit seinem Schubkarren gegen die Beine gefahren und hatte nicht nur dort, sondern auch auf meinem hübschen und zweifellos recht teuren Kleid einen häßlichen dunklen Fleck hinterlassen.

Möge man mir meine Dummheit verzeihen; aber ich denke doch, daß jemand, der eine andere Person anrempelt, sich für seine Ungeschicklichkeit auch entschuldigen sollte. Doch dieser Mann war einfach weitergegangen, als wäre nichts geschehen. Als er dann ungefähr fünf Meter von mir entfernt doch noch anhielt und seinen Schubkarren absetzte, ging ich zu ihm und sagte: »Pardon, aber haben Sie denn nicht gemerkt, daß Sie mich soeben mit diesem Ding da gestreift haben?« Ich war wirklich sehr höflich zu ihm; doch er weigerte sich abermals, mich auch nur anzuschauen, als er die Griffe seines Schubkarrens wieder anhob.

Ich beugte mich über dieses Vehikel, um mir ungeachtet meines pochenden Herzens sein Gesicht etwas genauer anzuschauen. Daß er ein so prächtig gebautes Mannsbild war, gab ihm noch lange nicht das Recht, mir weh zu tun. Andrerseits konnte ich nicht ausschließen, daß er taub war. Was auch immer die Ursache für sein Verhalten sein mochte – ich war bereit, ihm zu verzeihen. »Pardon, aber haben Sie denn nicht gemerkt ...?« wiederholte ich nun erheblich lauter.

Abermals schien ich in den Wind zu reden, weil er mich weder ansehen wollte noch in irgendeiner Weise auf meine Worte reagierte. Als ich ihn aus dieser kurzen Distanz betrachtete, konnte ich erkennen, daß er kein hundertprozentiger Engländer war. Seine dunkle Haut und seine pechschwarzen Haare ließen vermuten, daß er aus dem Mittelmeerraum stammte. Vielleicht verstand er gar kein Englisch?

»Pardon, aber haben Sie denn nicht ...«, fing ich wieder an; doch als er mich noch immer keines Blickes würdigen wollte, sagte ich: »Ach, zum Teufel damit«, und drehte mich von ihm fort, um meinen Weg durch den Park fortzusetzen. Was kümmerte es mich, ob der Mann Englisch verstand oder nicht? Ich hatte Wichtigeres zu tun, als mir den Kopf über einen Gärtner zu zerbrechen.

Doch als ich mich von ihm wegdrehte, da ... Ich kann es noch heute nicht ganz fassen, was er da tat.

Er lud den Inhalt seiner Schubkarre auf meinen Füßen ab ... auf meinen Füßen und den Saum meines wunderschönen Kleides!

Ich stand einen Moment wie gelähmt da und starrte hinunter auf diese – diese ... Wie hätte ich wohl noch irgendwelche Zweifel hinsichtlich des Inhalts dieses Schubkarrens haben können? Er enthielt natürlich Dünger – aber nicht diesen guten amerikanischen Dünger, den man in jedem Gartenbaumarkt in Plastiktüten kaufen kann. Dieser Dünger war nicht zuerst einer Thermalbehandlung unterzogen worden, um nicht nur etwaige Schädlinge, sondern auch den üblen Geruch daraus zu entfernen. Nein – dieser Dünger stammte direkt aus einem Kuhstall und hatte anschließend noch ein paar Monate – oder Jahre? – in einer Jauchegrube »reifen« können. Und jetzt stand ich bis hinauf zu den Knien in diesem »reifen« Dünger.

»Schauen Sie, was Sie da gerade mit mir gemacht haben«, würgte ich schließlich hervor. »Schauen Sie mein Kleid an!«

Doch dieser Mann stand jetzt da und schaute nur mich an. Und ich konnte ihm nun ansehen, daß er nicht taub war. Und falls er kein Wort Englisch verstand, spielte das keine Rolle mehr, weil Mist oder Jauche in allen Sprachen gleichermaßen stinkt. Und ich sah ein Funkeln in seinen schwarzen Augen und den Hauch eines Lächeln um seine Lippen.

Er hatte es mit Absicht getan! Das wußte ich nun so genau, wie ich wußte, daß er ... Nein, diesen Gedanken sollte ich lieber nicht vertiefen, da ich mich in letzter Zeit so oft zu irren schien, wenn ich mich meiner Sache so sicher zu sein glaubte.

Kontaktaufnahme durch einen feindseligen Akt, dachte ich bei mir. Es schien sich bei diesem Burschen um einen Ausländer zu handeln, der eben erst als Hilfsmatrose nach England gekommen war und keine Ahnung hatte, daß nun die Herrin dieses Hauses vor ihm stand, die er mit Respekt behandeln mußte. Seiner Erscheinung nach mochte er auch aus einem Land stammen, wo die Männer glauben, daß jede Frau, die nicht in einem Harem eingesperrt war, ihre Mißachtung verdiente. Und der ungeachtet seiner Herkunft meinte, sich seines guten Aussehens wegen alles erlauben zu können.

Als er nun so dastand, mich ansah und kein Wort sagte, beschloß ich, meine gute Kinderstube zu vergessen – zu vergessen, daß dies das England zur Zeit Eduards VII. und ich eine Lady Soundso war. Nachdem ich mich mit einem kurzen Rundblick davon überzeugt hatte, daß sich kein anderer Mann in Hörweite befand, sagte ich ihm, was ich von ihm hielt. Und ich benützte dabei Ausdrücke, die ich bisher nur in einer Serienproduktion des Fernsehens gehört und niemals selbst in den Mund genommen hatte.

Als ich nun dieses Funkeln in seinen Augen erlöschen sah, war ich mir sicher, daß er Englisch verstand, wenn auch nicht alle Ausdrücke, die ich ihm an den Kopf warf. Ich war sogar bereit, jede Wette einzugehen, daß keine Frau bisher zu ihm etwas anderes als »ja« gesagt hatte.

Als ich das Empfinden hatte, ich hätte ihm jetzt gründlich genug meine Meinung über sein Benehmen gesagt, schloß ich meinen Vortrag mit einer kleinen Lektion über Demokratie ab: »Sie befinden sich hier in England – also in einem Land, das fast so frei ist wie die Vereinigten Staaten von Amerika. Sie können hier mit einer Frau nicht alles machen, was Ihnen paßt.« Das klang nicht sehr überzeugend; aber ich war inzwischen ganz schwach vor Hunger und Erschöpfung.

Tatsächlich war ich jetzt den Tränen nahe. Ich hatte Hunger, war allein – nicht nur in einem fremden Land, sondern auch in einer fremden Epoche – und wollte nach Hause. Wo war Jamie? Wo war mein hübscher Jamie, über den ich so viel geschrieben hatte und den ich seit vierhundert Jahren liebte? Warum war er nicht hier, um mich vor solchen Flegeln wie diesem da zu beschützen? Alle meine Papierhelden waren meinen Heldinnen stets zu Hilfe gekommen, wenn diese sie brauchten.

Zu meinem Entsetzen spürte ich, wie mir nun wirklich die Augen überzulaufen drohten. Der von meinen Füßen aufsteigende Jauchegeruch raubte mir fast den Atem, und dieser schreckliche Mann starrte mich noch immer schweigend an. Es konnte nur noch Sekunden dauern, bis mir die ersten heißen Tränen über die Wangen rollten.

»Ich werde meinem Mann von Ihrem Benehmen erzählen«, gelang es mir da noch zu stammeln. Ich wußte, daß ich mich anhörte wie ein kleines Kind, schob das Kinn vor, drehte mich und setzte mich rasch in Bewegung.

Ich hatte gerade zweieinhalb Meter zurückgelegt, als mich die Stimme dieses Grobians wieder mitten im Schritt innehalten ließ: »Ich, Madam, bin Ihr Ehemann.«

Da fiel ich zum zweitenmal an diesem Tag in Ohnmacht.

Kapitel zehn

An das, was dann geschah, möchte ich heute nicht gern erinnert werden. Dieser schreckliche, schweigsame Mann, der sich als mein Gatte zu erkennen gegeben hatte, warf mich über die Schulter und trug mich nun eine Treppe hinauf. Ich mußte in diesem Moment an meine Heldin Scarlett denken, die von Rhett ins Haus getragen wurde, wo er dann über sie hergefallen war. Ich sah einem derartigen Ereignis nicht ungern entgegen. Dieser Mann mochte zwar ein Rückfall in die Zeit der Neandertaler sein; aber ich konnte ihm einen gewissen Sex-Appeal nicht absprechen. Zudem war er ja mein Ehemann und vermutlich auch der von mir seit Jahrhunderten gesuchte Jamie.

Aber als er oben im Schlafzimmer angelangt war, warf er mich nur auf das Bett, verließ daraufhin wieder das Zimmer und schloß die Tür hinter sich ab. Ein paar Minuten später erschien wieder dieser graumelierte Herr bei mir, und ich machte nun Bekanntschaft mit einer gynäkologischen Untersuchung im Zeitalter Eduards VII.

Lassen Sie mich nur so viel sagen, daß sie im Schutz der Zudecke und mit so viel Höflichkeit und Taktgefühl stattfand, wie das bei so einer medizinischen Maßnahme überhaupt möglich war. Ich wußte, was für ein Problem sich hier stellte. Wenn eine Frau zweimal am Tage in Ohnmacht fiel, lag der Verdacht nahe, daß sie schwanger war. *Jetzt* wußte ich auch, warum Lady de Grey spurlos verschwunden war. Irgendwie hatte ich nämlich nicht das Gefühl, daß sie und ihr dunkelhaariger, feindseliger

Gatte sich zusammen einen faulen Nachmittag im Bett machten. Wenn diese Catherine also schwanger sein sollte, dann sicherlich von einem anderen Mann.

Als der Arzt, dessen beide Hände von dieser Untersuchung in Anspruch genommen wurden, mir einen überraschten Blick zuwarf, war mir klar, daß ich mit meiner Vermutung richtig lag. Zweifellos wußte hier jeder von Lady de Greys bevorstehender Scheidung, und nun erwartete sie ein Kind von einem anderen Mann.

Ich bin sicher, daß ich in diesem Moment vor Scham heftig errötet sein mußte; aber der Arzt sagte kein Wort, klappte nur seine Tasche zu und verließ wieder das Zimmer.

Kurz darauf kam meine Zofe herein, befreite mich (Gott sei Dank!) von meinem Korsett und legte mir einen bequemen Frisiermantel um. Dann bürstete sie mein Haar, bis es sich in schimmernden Wellen auf meinem Rücken verteilte, und ließ mich dann mit den Worten, daß ich mich noch eine Weile gedulden müsse, wieder allein. Offenbar sollte ich hier auf *ihn* warten.

Was sagte ich also jetzt zu einem Mann, dem man soeben offenbart hatte, daß seine Frau, mit der er Gott weiß wie lange nicht mehr geschlafen hatte, in anderen Umständen war?

Als er dann endlich ins Zimmer kam, war ich, wie ich zu meiner Schande gestehen muß, sehr nervös. Ich halte nichts von diesen sogenannten Gemeinschaftsehen. Ich bin immer meinem jeweiligen Mann treu gewesen, und so haben es auch die Heldinnen meiner Bücher gehalten. Vielleicht habe ich meine Lehren aus dem Fehltritt in diesem, meinem *vorherigen* Leben gezogen.

»Sie haben mich zum Gespött von ganz England gemacht. Weshalb?« forschte er, mich mit seinen dunklen Augen ein paar Sekunden lang anfunkelnd, ehe er sich zum Fenster umdrehte und in den Garten hinunterstarrte.

Ich muß gestehen, daß seine Nähe seltsame kleine Gefühle in mir auslösten. Ich habe stets Wert darauf gelegt, in der Gegenwart eines Mannes nie die Beherrschung zu verlieren. Bei Steven war ich immer darauf bedacht gewesen, alles, was ich empfand, zu analysieren. Ich wollte das tun, was gut für mich war.

Doch dieser Mann brachte mich dazu, nur noch zu fühlen. Besser kann ich seine Wirkung auf mich nicht beschreiben. Sie war rein emotional. Hätte ich jetzt ergründen können, was für ein Gefühl er in mir auslöste, wäre ich wohl bedeutend ruhiger gewesen.

Ich schluckte. »Vermutlich meinen Sie damit all diese Männer. Ich war ... ich fühlte mich so allein. Sie verbringen ja den ganzen Tag im Garten, und ich ...«

Er wirbelte herum und blickte mich mit seinen dunklen, lodernden Augen durchbohrend an. »Ich meine damit, daß es bisher *überhaupt* noch keinen Mann gegeben hat – wie Sie sehr wohl wissen!«

Ich brauchte jetzt ein paar Sekunden, um das zu verdauen, und als ich es endlich begriffen hatte, mochte ich es kaum glauben. Es gab ja nur *eine* Möglichkeit für ihn, herauszufinden, daß es bisher in meinem Leben noch *keinen* Mann gegeben hat. »Sie meinen, daß ich ...«, ich lächelte, »... noch immer eine Jungfrau wäre?« Jetzt mußte ich sogar laut lachen bei dem Gedanken, daß eine neununddreißigjährige Amerikanerin in den Körper einer siebenundzwanzigjährigen Jungfrau teleportiert worden war.

»Das finden Sie wohl witzig, wie?« konterte er wütend.

»In gewisser Weise ja«, erwiderte ich und sah nun zu ihm auf. »Warum wollen Sie sich von mir scheiden lassen, wenn ich noch eine Jungfrau bin?«

»Wie Sie wissen, beabsichtige ich, Fiona zu heiraten.«

Wie modern, dachte ich bei mir, und empfand dabei mehr Zorn, als mir lieb sein konnte. Sollte ich diese Schlampe etwa zum Tee einladen?

Während ich nun diese zweite, für mich unangenehme Neuigkeit verdaute, meldete sich Catherine in mir zu Wort und benutzte dafür den Mund, den ich eigentlich als mein Eigentum betrachtete: »Aber eine Scheidung macht mich doch zu einer Ausgestoßenen. Kein Mann wird mich mehr haben wollen, wenn Sie sich von mir scheiden lassen.«

»Daran hätten Sie denken sollen, *ehe* Sie mich zum Gespött ganz Englands machten.«

»Und wie habe ich Sie denn zum Gespött ganz Englands machen können?« erkundigte ich mich, von Sekunde zur Sekunde wütender werdend. *Er* hatte sich bereits seine nächste Braut ausgesucht, seine ihm Angetraute war noch Jungfrau, und *ich* sollte das alles ausbaden.

»Mit Ihren lasterhaften Briefen!« gab er mir wütend zur Antwort. »In denen Sie der ganzen Welt erzählten, Sie hätten vom König abwärts mit allen Männern aus unserem Bekanntenkreis geschlafen. Ich denke nicht daran, mich von Ihnen zum *Hahnrei* machen zu lassen!«

»Ein Hahnrei? Haben Sie etwa den Verstand verloren? Wie konnte ich Sie denn zum Hahnrei gemacht haben, wenn ich doch niemals mit einem anderen Mann geschlafen habe! Hat Ihnen denn nicht der Arzt soeben versichert, daß ich noch immer eine Jungfrau bin? Sie können doch jetzt aller Welt erzählen, daß ich in meinen Briefen die Unwahrheit gesagt habe. Lassen Sie eine Erklärung veröffentlichen, daß Sie einen untrüglichen Beweis dafür hätten, daß ich bisher noch mit *keinem* Mann geschlafen habe.«

Seine Augen schienen sich noch dunkler zu färben. »Ich soll vor aller Welt erklären, daß *meine Frau* noch eine Jungfrau ist? Meine *Ehefrau*?«

Ich wollte meinen Ohren nicht trauen. »*Sie* wollen sich von mir scheiden lassen, mich zu einer Paria machen, zu einer Ausgestoßenen, obwohl Sie wissen, daß ich noch unschuldig bin?«

Der Ausdruck in seinen Augen beantwortete mir meine Frage. Ja, das würde er.

Während des ganzen Wortwechsels hatte Catherine im Hintergrund gleichsam die Hände gerungen und mich wissen lassen, was für katastrophale Auswirkungen eine Scheidung für sie haben würde. Damit würde er ihr Leben ruinieren; während ihm daraus keine Nachteile erwuchsen: Er hatte ja das Geld und den Titel. Die Ungerechtigkeit seiner Verfahrensweise brachte mich nun erst richtig in Rage. Ich blickte mit einem häßlichen Lächeln zu ihm hoch. »*Warum* haben Sie mir diese eigentlich nicht genommen – meine Unschuld, meine ich? Sie konnten es offenbar nicht, und das soll jetzt wohl niemand erfahren, nicht wahr? Haben Sie eigentlich Ihrer reizenden Fiona schon gebeichtet, daß Sie nur ein halber Mann sind?«

Ich hatte bisher noch niemals einen Mann zu sexuellen Exzessen herausgefordert. Wäre ich die Heldin eines Liebesromans gewesen, wie sie vor zehn Jahren noch in Mode gewesen waren, hätte ich mich nun, die Röcke über den Kopf hinaufgeschlagen, auf dem Bett wiedergefunden. Ich habe stets die Vergewaltigung als literarisches Handlungsmotiv verworfen. Als ich meinen zweiten Roman zur Prüfung einreichte, erklärte mir meine Lektorin (das war damals noch *nicht* Daria): »Wir können diesen Roman leider nicht veröffentlichen, weil der Held die Heldin nicht vergewaltigt und der Leser ihn deshalb nicht für einen potenten Mann halten kann.« Worauf ich in Tränen ausbrach und erwiderte: »Dann werde ich mir eben einen anderen Verlag suchen müssen, denn wenn der Held meines Romans eine Frau vergewaltigen würde, könnte er doch unmöglich ein Held sein.« Heute leuchtet das jedem ein; doch damals war das eine revolutionäre Ansicht. Der Verlag hat meinen Roman schließlich doch noch veröffentlicht, obwohl mir die Lektorin damals prophezeite, daß er sich nur schwer verkaufen lassen würde. Tatsächlich hat er sich dann sehr gut verkauft, und meine damalige Lektorin arbeitet nun für ein pornographisches Verlagshaus.

Doch dies war keine fiktive, sondern eine reale Situation, über die ich keine hundertprozentige Kontrolle besaß. Ich griff mir deshalb mit der Hand an den Hals und wich ein paar Schritte vor ihm zurück. Da war ein mörderischer Ausdruck in seinen Augen, und ich wußte in meinem Herzen, daß er mir jetzt gern seine Fähigkeit bewiesen hätte, das vollziehen zu können, was er bisher unterlassen hatte.

Aber ich sah auch, daß er mir diesen Beweis schuldig bleiben würde. Er hatte wohl zu viel Ehre im Leib, um eine Frau zu schlagen. Und irgend etwas hielt ihn auch davon ab, mir mit Gewalt zu rauben, was er mir jetzt sonst, wie ich spürte, durchaus gern genommen hätte.

Manchmal reitet mich der Teufel. Ein kleiner rothäutiger Teufel mit einem gabelförmigen Schwanz, der auf meiner rechten Schulter sitzt und mich schreckliche Sachen tun läßt. Ich spürte, daß die arme, jungfräuliche Catherine von diesem Mann total eingeschüchtert war, und empfand in diesem Moment all die Ungerechtigkeiten, die Männer uns Frauen zufügen können.

Ich richtete mich zu meiner vollen Größe auf und funkelte ihn an. »*Können* Sie es jetzt oder nicht?« höhnte ich. »Sie müssen sich wohl erst von mir scheiden lassen und diese Fiona heiraten, um das herauszufinden, wie? Wenn Sie es aber nicht bei *mir* können, versagen Sie auch bei *ihr*!«

Ich wußte sofort, daß ich das niemals hätte sagen dürfen. Sein Gesicht nahm einen geradezu beängstigenden Ausdruck an, daß ich meinte, er müsse nun jeden Moment explodieren. Hatte es zur Zeit Eduards VII. schon Häuser gegeben, in denen Ehefrauen vor rabiaten Ehemännern Schutz fanden?

Aber er machte keine Anstalten, mir auf irgendeine Weise Gewalt anzutun, wie ich nun zu meiner Erleichterung feststellen konnte. Er drehte mir vielmehr den Rücken zu, obwohl ich sehen konnte, daß er vor Wut am ganzen Körper bebte.

»Sie sind zu weit gegangen«, flüsterte er, und ich wußte, daß ich jetzt ein echtes Problem hatte.

Ich glaube, die Medien in den Vereinigten Staaten haben dafür gesorgt, daß wir jedesmal Schuldkomplexe bekommen, wenn wir uns nicht der Probleme anderer Leute annehmen, selbst wenn diese das gar nicht verdienen. Auch wenn dieser Mann ein

Schwerverbrecher gewesen wäre, hätte er mir in diesem Moment leid getan. Impotenz ist zu allen Zeiten ein schwerwiegendes Problem für einen Vertreter des männlichen Geschlechts gewesen.

Ich trat also zu ihm und klopfte ihn ermutigend auf die Schulter. »Hören Sie – so etwas kann manchmal auf eine durchaus heilbare Ursache zurückgeführt werden, die entweder körperlicher oder seelischer Natur ist. Wenn Sie mit mir darüber reden würden, könnten wir möglicherweise gemeinsam die Ursache für Ihr ... Ihr Unvermögen finden und diese vielleicht beheben. Und ich kann Ihnen versichern, daß dieses vorübergehende Unvermögen, den Beischlaf zu vollziehen, sie in meinen Augen nicht zu einem halben Mann machen ...«

Da hielt sein lautes Lachen mich davon ab, den Satz zu beenden. Ich hasse es, wenn jemand über mich lacht. Und ganz besonders hasse ich diese selbstgefällige, herablassende Art, über mich zu lachen, wie dieser Mann das nun tat.

»Was sind Sie doch für ein Kind«, sagte er, »was für ein naives, unschuldiges Kind!«

Selbstgefälligkeit war nicht das richtige Wort für sein Verhalten; Arroganz hätte es schon eher getroffen. »Ich glaube nicht, daß ich auch nur annähernd so naiv bin, wie Sie meinen«, erwiderte ich, während die Wut wieder in mir hochkochte. Sie hätten mal sehen sollen, wie er mich anschaute! Er glich einer dieser männlichen Figuren, wie man sie zumeist auf den Umschlägen von Liebesromanen sieht – und wer wußte wohl besser als ich, nach welchen Vorgaben diese Porträts angefertigt wurden. Sie waren makellos (wie ich dieses Wort *hasse!*) gekleidet, trugen schneeweiße (dito) Krawatten, hatten breite Schultern und schmale Hüften und stemmten ihre mit langen, schmalen Fingern versehenen Hände in die Seiten, während sie, das prächtige Lockenhaupt ein wenig in den Nacken geworfen, an ihrer edel geformten aristokratischen Nase entlang auf die zu ihnen aufschauenden Heroinen hinunterblickten. So wie er jetzt auf mich. So ganz von sich überzeugt. So selbstherrlich. So sicher, daß er, der große männliche Macho, allwissend war, während ich, das kleine Ding mit der Mikrotaille, so absolut gar nichts wußte.

»Sie sind also gar nicht so unschuldig, wie mir berichtet wurde, Catherine?« sagte er, während er langsam auf mich zukam – mit der Unerschütterlichkeit einer Flutwelle, die im Zeitlupentempo auf eine Küste zurollte. »Tatsächlich nicht?«

Ich konnte ihm ansehen, daß er vorhatte, mich zu küssen. Das wollte ich verhindern; denn Catherines Angst vor diesem Mann hatte ein wenig auf mich abgefärbt. Aber ich vermochte mich in diesem Moment so wenig von der Stelle zu bewegen, wie ich dieses Haus einen Zoll breit zur Seite hätte schieben können.

Kurz bevor sich sein Mund auf meinen legte, fielen mir Noras Worte ein: »Wenn Sie Ihren Seelenverwandten küssen, werden Sie spüren, wie Ihre Seelen miteinander verschmelzen.« Ich konnte mich nicht mehr an die Frage erinnern, die Nora mir mit diesem Satz beantwortet hatte. Doch dieser war mir unauslöschlich im Gedächtnis haften geblieben.

Als seine Lippen meine berührten, wußte ich zwar nicht, ob unsere Seelen nun miteinander verschmolzen oder nicht, aber so etwas wie jetzt hatte ich noch nie bei dem Kuß eines Mannes empfunden. Der Kuß schien sich nicht nur auf unsere Lippen zu beschränken, sondern es war so, als suchten unsere Körper sich zu einem zusammenzuschließen. Ich wollte in ihm versinken, mich mit ihm auf eine Weise vereinigen, die nicht so sehr körperlich sondern vielmehr ... vielmehr ...

Oh, weshalb versuchen, etwas Unbeschreibliches zu beschreiben? Es genügt doch, wenn ich sage, daß ich mich verlor, als er mich küßte. Ich war nicht mehr ich oder Catherine oder irgendeine andere Frau, sondern ein Teil von *ihm*.

Ich glaube, daß mir in diesem Moment auch die Kontrolle über meinen Körper entglitt, die Beine unter mir wegknickten und wir nun auf das Bett hinunterflossen. »Flossen« war der richtige Ausdruck dafür, denn ich hatte das Gefühl, als hätte ich keinen Knochen mehr im Leib und sich mein Körper in Quecksilber verwandelt. Er lag nun über mir, seinen Mund auf meinen gepreßt, während sein schwerer Körper sich auf meinem bewegte.

Ich hatte in meinem Leben schon oft Lust empfunden. Es hatte in meinem Leben schon viele Männer gegeben, die mich angeregt hatten zu ... nun, zu Sachen im Bett, die außer mich niemanden etwas angehen; aber diese Männer waren nichts gewesen im Vergleich zu diesem Mann. Ein Verlangen, wie ich es bisher noch nie gekannt hatte, durchflutete mich, füllte mich so sehr aus, daß da kein Raum mehr blieb für andere Gefühle oder irgendwelche Gedanken. Ich spürte nur noch ihn und nichts anderes mehr auf der Welt.

Ich *mußte* ihn haben. Ich wollte ihn so nahe bei mir haben, wie die Natur mir das erlaubte, und in diesem Moment dachte ich, daß es eigentlich nicht der Sex war, was ich von diesem Mann verlangte. Ich wollte diesen Mann ganz in mir haben; ich wollte, daß sich alles von mir in ihm befand.

Es gibt keine Worte, die beschreiben können, was ich für ihn fühlte. Vielleicht empfand er auch dasselbe für mich, denn er küßte meinen Hals, als müsse er sterben, wenn er mich nicht küßte. Ich bog den Kopf zurück, und es gab nur ein Wort, zu dem ich mich jetzt uneingeschränkt bekannte: »Ja.« »Ja« zu allem, was er von mir verlangte. »Ja« zu allem, was ich ihm geben oder ich für ihn tun konnte. Ja, ja ja ...

Seine Hände waren an meinen Brüsten; meine Hände auf seinem Rücken, seiner Brust, in seinen Haaren – überall, wo ich ihn zu erreichen vermochte. Noch nie in meinem Leben hatte ich nach etwas so heftig verlangt wie jetzt nach diesem Mann.

Aber als ich dann meine Hand zwischen seine Beine schob, spürte ich dort nichts. Er hatte dort zwar alles, was zu einem Manne gehört – o ja! –, aber es rührte sich in diesem Moment nicht. Zumindest reagierte es nicht auf *meine* Berührung.

In dem Moment, wo ich ihn dort anfaßte, rollte er sich von mir herunter und legte die Hand über die Augen, so daß ich nicht sehen konnte, was für ein Schmerz sich darin spiegelte. Mein Körper vibrierte, und ich hatte das Gefühl, als hätte ich einen

Teil von mir selbst verloren, als er sich von mir wegdrehte. Vielleicht sollte ich jetzt Mitleid mit ihm empfunden haben; aber alles, woran ich nun denken konnte, war ich.

»Bin ich es?« flüsterte ich. »Geht es Ihnen nur bei mir so?«

»Ja.« Das Wort schien aus der Tiefe seines Wesens an die Oberfläche zu steigen, und ich wußte, wie sehr ihn dieses Geständnis schmerzte.

Ich drehte den Kopf zur Seite, blickte ihn an und brachte es trotz meiner eigenen Qualen nicht fertig, mich der Einsicht zu fügen, daß er »nicht konnte« oder daß wir aufhören sollten. Ich wollte ihn berühren. Tatsächlich verlangte es mich danach, seine Kleider mit den Zähnen zu entfernen und ihm mit der Zunge die Farbe von der Haut zu lecken.

»Tavey«, sagte ich, rollte mich zu ihm hin und und legte dort, wo ihm das Hemd aufgegangen war, meine Lippen auf seine Brust. Ich konnte sein Herz unter meinem Mund schlagen fühlen; ich konnte seine warme, dunkle Haut spüren; ich konnte ...

Er schob mich von sich weg und sah mich dann mit spöttischen Augen an. »Kannst du denn nicht sehen, daß ich dich nicht begehre? Ich hatte noch nie das Verlangen nach dir. Du bist für mich keine begehrenswerte Frau.«

Ich erwähnte bereits, daß ich eine Menge Stolz besitze, und mit diesen Worten verletzte er meinen Stolz. Aber der bäumte sich jetzt nicht auf, um mich zu beschützen. Ich bebte vor Verlangen nach ihm. Mein Körper fühlte sich so heiß an, als litte ich an einem bösen Fieber. Und hätte er nun seine Hand nach mir ausgestreckt, hätte ich diese ergriffen – trotz all der schrecklichen Dinge, die er soeben zu mir gesagt hatte.

»Wir können es doch versuchen«, stammelte ich, während mein Körper sich vor Verlangen nach ihm verzehrte. »Vielleicht können wir ...«

Er rollte sich vom Bett herunter, als ich nun die Hand nach ihm ausstreckte, und stand dann über mir, mich mit seinen lachenden Augen verspottend. »Ich habe dich deines Geldes wegen geheiratet, Catherine, und dieses Geld dazu verwendet, mein Haus mit einem neuen Dach zu versehen und meine Ställe mit Pferden zu füllen. Nun hätte ich die Kinderzimmer auch gern mit Söhnen gefüllt, die ich von dir nicht bekomme. Gleich morgen werde ich mit meinen Anwälten reden und dieser Farce von einer Ehe ein Ende bereiten.«

Dann musterte er mich noch mit einem letzten, verächtlichen Blick. »Und versuche so etwas nicht noch einmal! Es führt zu nichts. So ein Verhalten ist nur geeignet, dich in meinen Augen herabzuwürdigen.«

Damit verließ er das Zimmer und schloß die Tür hinter sich.

Einen Moment lang war ich so betäubt, daß ich kein Wort sagen konnte. Es war so, als müßte ich mich jetzt von einer schweren Grippe erholen. Ich fühlte mich schwach, hilflos und wie zerschlagen, und in mir konnte ich jetzt Lady de Greys Stimme vernehmen, die schrie: »Ich habe es dir gesagt! Ich habe es dir gesagt!«

Vielleicht hatte sie mich wirklich gewarnt, und vielleicht hätte ich auch auf sie hören sollen. Doch ich begann mir nun der Ungerechtigkeit des Ganzen bewußt zu werden. Ich hatte doch nichts *Unrechtes* getan. Ich – vielmehr Catherine – hatte doch nichts anderes getan als ein paar kleine heiße Briefe geschrieben! Und so, wie ich mich – sie – kannte, war das nur in der Absicht geschehen, um vielleicht auf diese Weise seine Aufmerksamkeit auf mich – sie – zu lenken. Fühlte sie sich genauso zu ihm hingezogen wie ich? Bei diesem Gedanken spürte ich, wie ihr Geist in mir schwach wurde. Ja, sie liebte und begehrte ihn ebenso heftig wie ich. Ich war mir dessen bewußt, daß ich mich auf dem Bett zurücklehnen und die Arme für ihn ausbreiten würde, wenn er jetzt ins Zimmer zurückkehren sollte.

»Aber ich hasse ihn auch«, flüsterte ich, denn welche Frau würde wohl einen Mann nicht hassen, der im Begriff stand, ihr Leben mit einer Scheidung zu ruinieren – und das nur aus dem Grund, weil er nicht mit ihr schlafen konnte? Und wie sollte ich wohl diesen Mann nicht hassen nach allem, was er soeben zu mir gesagt hatte?

Noras Worte hallten in meinem Bewußtsein wider: »Liebe. Haß – es ist beides dasselbe.«

»Ich liebe ihn und ich hasse ihn«, sagte ich laut, und ich konnte spüren, daß Catherine in diesem Moment voll mit mir übereinstimmte. »*Wahrer* Haß«, hatte Nora zu mir gesagt, »ist die Kehrseite der Liebe. Wie die Liebe überdauert auch der Haß die Jahrhunderte.«

Nun verstand ich endlich, was sie damit gemeint hatte, und ich hätte mir jetzt gewünscht, ich hätte das nie herausgefunden.

Kapitel elf

Ich mußte dann eingenickt sein, und als ich wieder aufwachte, wußte ich, daß ich geweint hatte. Geweint um das, was ich verloren hatte und was niemals sein würde. Warum hatte ich mich nicht mit dem abfinden wollen, was ich hatte, und den guten, alten Steve geheiratet?

Der Hunger trieb mich schließlich aus dem Bett und dem Zimmer. Wo waren die Dienstboten hingekommen, die ihrer Herrin das Essen ans Bett brachten? Genauer gesagt – was war aus meiner bisher doch so pflichteifrigen, schweigsamen Kammerzofe geworden? Doch soweit ich mich mit den zur Zeit Eduards VII. in diesem Land herrschenden Sitten auskannte, hatte ich wohl gegen die Hausordnung verstoßen und deshalb nichts zu essen bekommen.

Ich wollte mir ein schlichteres, nicht mit so viel Rüschen versehenes Gewand anziehen; aber es war mir unmöglich, in eines von Lady de Greys Kleidern zu schlüpfen, ohne mir vorher diese »Eiserne Jungfrau« umgeschnallt zu haben, und da ich nicht so masochistisch veranlagt war, mir die Blutzufuhr abzuschnüren, wenn es nicht unbedingt notwendig war, verzichtete ich darauf, mich erst umzuziehen. Im Zimmer war es dunkel, und ein Blick auf die zugezogenen Vorhänge sagte mir, daß die Sonne längst untergegangen sein mußte.

Als ich die Tür öffnete, schoß eine Frau aus einem dunklen Winkel im Flur heraus und hielt mir eine Kerze so dicht vor das Gesicht, daß ich mir fast die Haare an der Kerzenflamme versengt hätte.

»Er gehört mir«, sagte die Frau. »Sie können ihn nicht haben. Sie werden ihn niemals besitzen!« Damit drehte sie sich um und rannte den Flur hinunter, während die langen Röcke ihr um die Beine klatschten.

Wäre die Frau jünger gewesen, hätte ich sie wohl für die gebärfreudige Fiona gehalten, die meinem Ehemann Söhne schenken sollte. Doch sie mußte ungefähr so alt sein wie meine Mutter, wenngleich ihre Haut dank des feuchten Klimas, das in England herrschte, noch beneidenswert faltenlos und straff war. Sie muß in ihrer Jugend einmal sehr hübsch gewesen sein, dachte ich bei mir; aber als sie mir ins Gesicht geschaut hatte, hatte sich ihr Gesicht zu einer häßlichen Fratze verzogen.

»Was ich hier erlebe, ist ein Horrorroman«, murmelte ich laut und wünschte mir in diesem Moment nichts sehnlicher, als nach Hause zurückkehren zu können. Bei diesem Gedanken hörte ich Lady de Grey in mir mit lauter Stimme sagen: »Ich möchte mitkommen«, was ich so komisch fand, daß ich laut lachen mußte.

Ich brauchte nur meiner Nase zu folgen, um etwas Eßbares zu finden. In einem schönen, von zahlreichen Kerzen hell erleuchteten Speisezimmer saß mein geliebter/gehaßter Gatte an einer reich gedeckten Tafel und schaufelte das Essen in sich hinein, als wäre dies die letzte Mahlzeit in seinem Leben.

Hier sah ich unsere Seelenverwandtschaft bestätigt. Auch mich trieb der Streß jedesmal in die Küche.

»Gestatten Sie?« sagte ich, und auf eine Handbewegung von ihm hin nahm ich zu seiner Rechten am Tisch Platz und häufte mir so viel Speisen auf einen Teller, daß er noch höher beladen war als seiner. Er wölbte nicht einmal eine Braue, als er das sah. Sollte Lady de Grey doch zusehen, wie sie wieder in ihr Korsett hineinkam, wenn ich mit ihrem Körper fertig war, dachte ich bei mir.

»Erzählen Sie mir etwas über meine Briefe«, sagte ich mit vollem Mund.

»Warum sollte ich Ihnen etwas über Ihre eigenen Briefe erzählen?« Er zeigte sich wenig auskunftsfreudig.

»Ich habe mein Gedächtnis verloren. Vielmehr komme ich aus der Zukunft, und mein Geist hat von dem Körper Ihrer Gattin Besitz ergriffen, so daß ich eigentlich jemand anderer bin. Sie können es sich aussuchen.«

»Ah, Catherine, ich werde Ihre Geschichten vermissen.«

Ich gab ihm darauf keine sehr geistreiche Antwort.

»Also gut«, sagte er, »ich werde auf Ihr Spielchen eingehen. Ich glaube nicht, daß Sie diese tatsächlich abschicken wollten. Das habe ich inzwischen begriffen.« Er musterte mich nun vom Scheitel bis zur Sohle. Vielleicht hatte es ihm einen argen Schlag versetzt, daß ich noch immer Jungfrau war. »Woher wissen Sie denn das alles, was Sie in Ihren Briefen über ... über die Liebe geschrieben haben?«

»Über den Sex, meinen Sie?«

Da zog er eine Braue in die Höhe. Ich glaube nicht, daß Catherine ihm gegenüber jemals dieses Wort gebraucht hatte oder es überhaupt kannte. »Ich bin eine gute Rechercheurin«, gab ich ihm zur Antwort. »Ich verstehe mich ausgezeichnet auf das Geschäft, mir jede Information zu beschaffen, die ich brauche. Ich habe also ein paar kleine heiße Briefe verfaßt und sie wem geschickt?«

»Es will mir scheinen, daß fünfzig Prozent aller in England wohnenden Männer einen solchen Brief von Ihnen bekommen haben. Einige dieser Briefe fanden ihren Weg sogar in Zeitungsredaktionen. Der König hat erklären lassen, daß er uns nicht kennt. Er fürchtet, er könnte noch mehr ins Gerede kommen.«

»Ich verstehe. Haben Sie eine Ahnung, *wer* diese Briefe an die Männer und die Zeitungsredaktionen verschickt haben könnte?«

Er zuckte mit den Achseln, was zu bedeuten schien, daß er es nicht wußte oder es ihm gleichgültig war.

»Wäre es möglich, daß ich diese Briefe nur schrieb, um Sie eifersüchtig zu machen? Und daß nur Sie und kein anderer sie lesen sollte?« Genau das hätte ich eine meiner Heldinnen tun lassen, wenn der Held sie nicht beachtet hätte und sie seine Aufmerksamkeit auf sich lenken mußte. Aber bisher hatte ich natürlich auch noch keinen Helden gehabt, der unter einem solchen »Problem« litt wie dieser da. Die Helden meiner Bücher waren alle sehr virile Männer, die sich in der Regel *sehr* um die Heldin bemühten.

»Es spielt doch keine Rolle mehr, warum Sie diese Briefe schrieben und wer sie dann verschickte. Mein Ehre verlangt jetzt von mir, daß ich mich von Ihnen scheiden lassen muß.«

Ich hörte nicht auf zu essen. Ich wünschte, ich könnte Ihnen beschreiben, wie ich mich in seiner Gegenwart fühlte. Meiner Meinung nach war die mir angedrohte Scheidung ungefähr das Gemeinste und Niederträchtigste, was er mir antun konnte. Keiner meiner Helden wäre jemals zu so einer Handlungsweise fähig gewesen. Allerdings hätten *meine* Helden, nachdem sie so lange mit der Heldin verheiratet gewesen waren, zumindest schon drei Kinder gehabt und ein viertes war im Werden. Ich verabscheute ihn, wollte aber zugleich in seiner Nähe sein. Seine Anwesenheit erfüllte etwas in mir. Es war nicht so, daß er mich etwa glücklich machte – weit gefehlt –; aber wenn ich mich in seiner Nähe befand, hatte ich das Gefühl, daß dies der Platz sei, wo ich hingehörte. Wie konnte er mich da wegschicken?

»Ich habe nie jemand anderen geliebt als dich«, hörte ich mich leise sagen. »In keinem Leben habe ich einen anderen Mann als dich geliebt.«

»Ja«, sagte er, »das weiß ich.«

»Wie kannst du es dann fertigbringen, mich in die Wüste zu schicken?« Ich würde *nicht* weinen. Nein, unter keinen Umständen würde ich das!

»Wir bekommen uns nicht«, erwiderte er. »Etwas stimmt da nicht zwischen uns.«

»Du hast mich doch nicht nur meines Geldes wegen geheiratet, nicht wahr?«

»Natürlich nicht!« erwiderte er ärgerlich, als wäre das eine von mir erfundene böswillige Verleumdung.

»Aber *du* hast das doch gesagt ...«

»Und *du* hast behauptet, du wärest mit fast jedem Mann in England ins Bett gegangen! Wie hast du mir so etwas antun können, Catherine? Wie konntest du nur! Wir hatten uns doch darauf geeinigt, daß es besser sei, wenn wir die Scheidung unauffällig über die Bühne brächten; aber du mußtest ja diese Briefe schreiben! Gütiger Gott! Warum nimmt dir nicht jemand deine Feder weg? Ich habe noch keinen Menschen erlebt, der so viel lügen kann wie du, sobald er eine Feder in die Hand nimmt!«

»Vielleicht sollte ich Romane schreiben.«

»Immer zum Scherzen aufgelegt, wie? Nun, ich habe jetzt genug von deinen Eskapaden. Diesmal bist du zu weit gegangen. Morgen ist der Sechste, und ich muß am Zehnten in London sein. Dort werde ich dann meine Anwälte ...«

Seine Worte waren für mich wie ein elektrischer Schlag. Warum hatte ich nicht daran gedacht, auf den Kalender zu blicken, um mich zu vergewissern, was für ein Datum heute war? »Der Sechste welchen Monats?« unterbrach ich ihn.

»Der sechste Juni natürlich. Möchtest du auch noch das Jahr wissen?« fragte er sarkastisch.

»Du wirst nicht nach London fahren«, sagte ich leise. »Am achten Juni werden wir beide sterben. Jedenfalls glaube ich, daß ich an diesem Tag sterben werde. Man wird meine Leiche niemals finden.«

Er starrte mich einen Moment lang an, warf dann den Kopf in den Nacken und lachte. »Ich werde dich und deine Geschichten vermissen, Catherine. Sehr sogar. Du bist mir in all diesen Jahren eine überaus unterhaltsame Frau gewesen.«

Mein erster Impuls war, ihn anzuflehen, daß er auf mich hören sollte; aber da hörte ich Lady de Greys Stimme in mir, die sagte, ich und dieser Mann eigentlich zusammensein sollten, half uns beiden wenig.

Wenn ich meine Bücher schreibe, bin ich immer bereit, ein Manuskript in den Papierkorb zu werfen, das ich als mißlungen betrachte. Soweit es mich betraf, war dies hier eine Geschichte, die mir mißlungen war, und ich sollte nun einen Schlußstrich machen und wieder von hier verschwinden.

Aber wie? Wie kam ich nun wieder nach Hause? Es bestand zwar immerhin die Möglichkeit, daß in zwei Tagen, wenn Lady de Grey und ihr zorniger, impotenter Ehemann ermordet wurden, mein Geist in die Gegenwart zurückgeschickt werden würde; aber dieses Risiko mochte ich nicht eingehen. Ich wollte *jetzt* in meine Zeit zurückkehren.

Immerhin konnte ich herausfinden, wann und wo in diesem Haus gefrühstückt wurde, und es gelang mir auch, mich pünktlich zu dieser Mahlzeit einzufinden. Dort lernte ich dann auch Hubert de Grey, Tavistocks Onkel, kennen – ein überaus reizender Mann, der mich das ganze Frühstück hindurch mit traurigen Augen betrachtete.

»Wenn ich etwas tun kann, um das zu verhindern, werde ich es tun«, versicherte er mir teilnahmsvoll. Ich glaube, er meinte damit die Scheidung.

Auch Ellen hatte sich zum Frühstück eingefunden, und ich fragte sie über Hubert de Grey aus. »Er war es doch, der euch zusammenbrachte! Wie konntest du das nur vergessen, Catherine? Er liebt euch beide!«

Nach dem Frühstück machte ich einen Spaziergang im Garten. Vielmehr ging ich dort auf und ab, wie es meine Gewohnheit war, wenn ich über ein Problem nachdenken mußte. Ein alter Mann namens Jack mit einem großen Höcker auf dem Rücken drückte mir einen kleinen Blumenstrauß in die Hand und flüsterte: »Ich bedaure sehr, was man Euch hier alles angetan hat, Mylady.« Dann humpelte er davon.

Nora hatte zu mir gesagt, daß die Menschen sich an Dinge und Personen, die ihnen in einem früheren Leben begegnet seien, erinnern könnten, und nun liefen mir zuweilen kleine Schauer über den Rücken, wenn mir diese Aya vor die Augen kam. Sie schien mich überallhin zu verfolgen und schaute mich an, als wollte sie mich am liebsten vom Antlitz dieser Erde tilgen. Ich konnte auch spüren, daß Catherine große Angst vor dieser alten Frau hatte, und wenn es tatsächlich so etwas wie einen unglücklichen Geist geben sollte, dann hauste er sicherlich im Körper dieser alten Amme, die Tavistock anscheinend für ein harmloses Wesen hielt. Mir drängte sich der Gedanke auf, daß diese Frau sicherlich mehr als nur ein Leben dazu gebraucht hatte, um den Haß, den sie auf mich hatte, in sich großzuziehen. Doch irgendwo in mir spürte ich ein Verlangen, daß diese alte Frau mich lieben sollte.

Was natürlich lächerlich war.

Eigentlich hatte ich nur ein Bedürfnis: nämlich endlich damit aufzuhören, mir über die Motive anderer Menschen klarwerden zu wollen, und nach Hause zurückzukehren.

Kapitel zwölf

JAMAL, die in Großbuchstaben gesetzte Zeile sprang mir in die Augen, DER BERÜHMTESTE HYPNOTISEUR DER WELT, WIRD AM ABEND DES SECHSTEN JUNI UM ACHT UHR IN BURY ST. EDMONDS EIN EINMALIGES GASTSPIEL GEBEN.

Als ich die Anzeige auf der Rückseite der Zeitung las, die mein schweigsamer Gemahl während des Mittagessens zwischen uns auf das Tischtuch gelegt hatte, verschluckte ich mich fast an dem übergaren Gemüse.

»Fehlt dir etwas?« erkundigte sich Ellen teilnahmsvoll; doch mein Gemahl – die Liebe all meiner Leben – sagte nichts. Wenn ich jetzt an den Erbsen erstickte, würde ihm das zweifellos eine Menge Zeit und Geld ersparen. Und den Weg freimachen für seine so kostbare Fiona, setzte ich in Gedanken hinzu.

Vielleicht war *sie* die Mörderin.

»Mir fehlt nichts«, gab ich Ellen zur Antwort. Mein erster Gedanke war, um die »Erlaubnis« zu bitten, den Mann aufsuchen zu dürfen; aber dann beschloß ich, zu schweigen und selbst nach einer Möglichkeit zu suchen, wie ich zu diesem Mann gelangen konnte. Wenn es einem Hypnotiseur gelungen war, mich in diese Zeit und an diesen Ort zu versetzen, mochte es vielleicht einem anderen Vertreter dieser Zunft gelingen, mich wieder von hier wegzubringen.

Während der Mahlzeit konnte ich kaum stillsitzen, weil ich darauf brannte, Ellen auf die Seite zu nehmen und sie unter anderem zu fragen, wie weit dieses Bury St. Edmonds denn von hier entfernt sei. Möglicherweise hatte Chaucer dieses Nest mal irgendwo in seinen *Canterbury Tales* erwähnt, und das war eine verdammt lange Zeit vor Eduard VII. gewesen.

Eine Stunde später erklärte ich Ellen im Flüsterton, was ich vorhatte.

Sie blickte mich groß an. »Du bist doch keine Gefangene, Catherine, und kannst hingehen, wo immer du willst. Zudem ist Bury ja nicht weit von hier entfernt, wie du weißt.«

»Ja, natürlich«, sagte ich jetzt laut, meine Verschwörermiene aufgebend. »Glaubst du, daß wir heute abend dort hingehen könnten? Falls du nichts Besseres vorhast, meine ich natürlich.« Ich wollte mich nicht allein auf den Weg zu diesem Ort machen, weil ich nicht wußte, wo ich in diesem Fall landen würde. Ich bildete mir zwar ein, der englischen Sprache mächtig zu sein; aber ich hatte im Garten ein paar Männer in einem so eigentümlichen Englisch miteinander reden hören, daß es nach allem, was *ich* davon verstand, ebensogut Arabisch hätte sein können. Ich brauchte deshalb eine Dolmetscherin als Begleitung.

»Tavey wird heute abend außer Haus sein. Und deshalb können wir beide machen, was uns gefällt«, erklärte mir Ellen.

Immer noch ein wenig verunsichert, ob das, was ich mir vorgenommen hatte, auch »schicklich« sei, machte ich mit Ellen nun eine Zeit aus, zu der wir das Haus verlassen und uns auf den

Weg nach Bury St. Edmonds machen wollten. Offenbar fanden solche okkulten Phänomene wie der Mesmerismus und die Handlesekunst bei Catherine ein ebenso lebhaftes Interesse wie die Schmuckstücke aus Fabergés Werkstatt; denn mein Wunsch, den berühmten Jamal aufzusuchen, schien sie keineswegs zu überraschen.

Haben Sie schon mal versucht, einem Zeitgenossen Eduards VII. zu erklären, was ein früheres Leben ist? Ich glaube, es wäre für mich leichter gewesen, ihm die Arbeitsweise eines Personalcomputers verständlich zu machen. Denn obwohl sich dieser Hypnotiseur »Jamal« nannte und sich große Mühe gegeben hatte, sich so alt zu machen, daß man ihm ein gewisses Maß von Weisheit zuzutrauen vermochte, konnte ich doch auf den ersten Blick erkennen, daß das alles nur Attrappe und er in Wahrheit das englische Äquivalent eines jungen Mannes aus Brooklyn war. Der Schweiß hatte helle Furchen durch die Schminke gezogen, mit der er sich die Haut für seinen Auftritt dunkler gefärbt hatte.

»Sie haben also schon mehrmals gelebt?« erkundigte er sich, und daran erkannte ich sogleich eine mit mir verwandte Seele. Denn er überlegte bereits, wie er diese Information für sein nächstes Gastspiel verwenden konnte. Es war ja nun nicht so, daß zur Zeit Eduards VII. die Theorie der menschlichen Wiedergeburt noch unbekannt gewesen wäre; nur hatte dieser Mann noch nie etwas von ihr gehört. Ich bezweifle sogar, daß er bisher in seinem Leben etwas Nennenswertes gelesen hatte, und da es zu seiner Zeit noch keine populärwissenschaftlichen Fernsehsendungen gab, die er vielleicht zufällig hätte einschalten und die ihn von dieser Theorie hätten unterrichten können, war ihm dieses Stück Weisheit bisher entgangen. Einen Moment lang war ich beeindruckt von der Überlegung, wie sehr doch in der modernen Welt die Massenmedien für die Bildung der Massen sorgten.

»Und Sie wollen nun, daß ich Sie in eines dieser Leben

zurückschicke?« Er musterte mich auf eine zeitlose Weise vom Scheitel bis zur Sohle. »Was für ein Jammer, dies alles zu verlieren.«

»Hören Sie zu, Freundchen«, sagte ich, mir der ganzen Weisheit meiner neununddreißig Jahre bewußt, »ich bin keine Ware, die Sie begrapschen können. Ich verlange nur eine Dienstleistung von Ihnen und sonst nichts.«

Er lächelte mich an. »Schön. Aber das wird Sie zehn Pfund kosten. Für eine Privatvorstellung sozusagen.«

Die arme kleine Ellen hatte sich bisher im Hintergrund gehalten – hin- und hergerissen zwischen dem Entsetzen, sich hier hinter den Kulissen eines so verrufenen Ortes, wie es das Theater zu ihrer Zeit war, zu befinden, und dem Nervenkitzel, den ihr dieser Aufenthalt in ihrem bisher so lupenreinen Leben bereitete. Nun streckte ich ihr die Hand hin, damit sie mir Geld geben sollte, da ich keines besaß.

Eine Viertelstunde später, nachdem Ellen aus dem Gebäude geeilt und sich etwas Geld von dem Kutscher der Tavistock-Kalesche geborgt hatte, lag ich ausgestreckt auf einem Tisch, und der junge Mann hatte damit angefangen, mich in Trance zu versetzen.

»Sie müssen nur den Wunsch haben, sich auch hypnotisieren zu lassen«, hatte mir Nora erklärt, und ich hatte tatsächlich ein geradezu sehnsüchtiges Verlangen danach. Ich versuchte mir im Geist mein Apartment mit meinem frischbezogenen Bett vorzustellen. Ich dachte an meinen Computer, an Daria, Milly und einige meiner Lieblingsfilme. Ich bemühte mich, all das vor meinem inneren Auge vorbeiziehen zu lassen, was mein Leben in New York ausmachte.

Aber was ich nun statt dessen vor mir sah und in mir spürte, war Tavistock. Seine Augen, seine Hände. Ich erinnerte mich daran, was ich fühlte, als er mich küßte. Ich erinnerte mich daran, wie fasziniert ich von ihm gewesen war. Wie ich mir gewünscht hatte, ihm zu folgen, wohin er auch immer ging. Ich dachte daran, was ich in seiner Nähe empfunden hatte – als wäre es meine *Bestimmung,* in seiner Nähe zu sein. Ich haßte ihn – er war verabscheuungswürdig, unehrenhaft und niederträchtig –, aber da war ein Gefühl in mir, daß er *mir* gehörte. Wie konnte ihn da eine andere Frau für sich beanspruchen? Ich dachte, daß ich ihn wohl eher selbst töten als einer anderen Frau überlassen würde.

»Sie werden dorthin zurückkehren, wo das alles begann«, sagte der Mann über mir, und ich fühlte mich bereits in einen Dämmerzustand versetzt.

»Sie werden zum Anfang zurückkehren.«

Ja, dachte ich. Zurück zum Anfang. Es hatte in New York angefangen.

Ich merkte, wie mein Geist sich aus Lady de Greys Körper befreite, und als ich wieder das Gefühl hatte, durch die Luft zu schweben, lächelte ich. Zurück zu ... Was war das für ein Name gewesen, der in meiner Erinnerung aufgetaucht war, als Millys Hypnotiseur mich in Trance versetzte? Tally. Ja, das war es. Zurück zu Tally.

Plötzlich wußte ich, daß das, was ich nun tat, verkehrt war. Da schien eine Stimme in meinem Kopf zu sprechen – war es Noras Stimme? –, die sagte, daß da etwas falsch war. Nein, dachte ich, ich möchte nicht an den Anfang zurückkehren. Ich möchte zurück in das Jahr 1994. Nicht an den Anfang. Ich öffnete den Mund, um zu protestieren; aber nun schien ich nicht mehr an einen Körper gebunden zu sein. Ich bot meine ganze Willenskraft auf, um mich wieder in Lady de Greys Körper hineinzuversetzen, aber ich schien mich nicht mehr von der Stelle bewegen zu können.

Langsam kam das Gefühl wieder zurück ... Was empfand ich jetzt? Ich hatte das Gefühl, als wäre ich in etwas gefangen, aus dem ich mich befreien müsse. Mich befreien mußte! Ich würde *sterben,* wenn ich da nicht *herauskam*!

In der nächsten Sekunde hatte ich das unheimliche Gefühl, daß ich ein Baby sei, das im Begriff stand, das Licht der Welt zu erblicken.

Teil zwei

Kapitel dreizehn

England
1571

»Da, Madam, seht Ihr einen *Sohn,* wie er sein soll«, sagte John Hadley zu seiner hochschwangeren Frau. Vielmehr, er spuckte diese Worte aus, weil er in neunzehn Ehejahren diesen Satz schon so oft zu ihr gesagt hatte, daß er sich nun eher wie eine Drohung denn eine Feststellung anhörte. Für einen Mann von so geringer Phantasie und geistiger Beweglichkeit wie ihn gab es nur ein Ziel im Leben, nämlich einen Sohn zu haben, der genauso groß, breitschultrig und hübsch war wie er selbst.

Seine schöne blonde Gemahlin Alida saß, eine Hand auf die gewaltige Wölbung ihres Leibes gelegt, neben ihm, und ein blaues Feuer zeigte sich nun in ihren Augen. Sie war klug genug, ihm darauf keine Antwort zu geben. Sie wußte aus Erfahrung, daß es besser war, ihn sich austoben zu lassen.

»Schau dir doch nur an, was du mir bisher gegeben hast«, fuhr er fort, ohne sich erst die Mühe zu machen, seine Stimme zu senken; obwohl er in diesem Moment ebensogut hätte brüllen können und ihn trotzdem keiner verstanden hätte. Die alte Burg, die sich ein paar hundert Jahre im Besitz der Familie seiner Frau befunden hatte, war nun mit halb betrunkenen Gästen gefüllt, die mit den Brauteltern die Hochzeit der ältesten von Johns acht Töchtern feierten. Das Mädchen war achtzehn, also eine in der damaligen Zeit schon recht späte Braut, aber sie hatte ihren Vater jahrelang anbetteln müssen, ihr doch einen Gatten zu besorgen, bevor ihr der Eintritt in den Ehestand erlaubt worden war. Der Grund, weshalb John sich so sehr sträubte, einer seiner Töchter das Heiraten zu gestatten, war darin zu suchen, daß für ihn nur die Kosten zählten, die ihn so eine Hochzeit verursachten. Ihm war der Gedanke, daß er dem Mädchen eines seiner Schlösser als Mitgift überlassen mußte, zutiefst zuwider. Dabei bedachte er nicht, daß er erst durch die für ihn unerwartete Verehelichung mit der reichen Alida Le Clerc vor so vielen Jahren in den Besitz dieses Schlosses wie auch aller anderen Güter gekommen war, die er auf Erden besaß.

Wie stets leitete sich der Groll, den er gegen seine Frau hegte, nicht nur aus der Tatsache ab, daß sie ihm acht Töchter geboren hatte, sondern auch zwei Söhne, die er verachtete. Selten sah er seine zehn Kinder zusammen auf einem Fleck, weil sie sich alle große Mühe gaben, sich von ihrem Vater fernzuhalten, denn er befand es niemals für nötig, seine Feindseligkeit vor ihnen zu verbergen. Die Mädchen flehten ihre Mutter an, ihren Vater dazu zu überreden, ihnen Ehemänner zu besorgen – egal, von welcher Güte und Beschaffenheit. Sie beklagten sich nicht, wenn ihr Vater ihnen eine Heirat mit einem Manne vorschlug, der dreimal so alt war wie sie – zu einem Gemahl mit verrotteten Zähnen und üblem Mundgeruch. Die Mädchen waren sich alle einig, daß sie so bald wie möglich diesem Fegefeuer entrinnen mußten, das die Feindseligkeit ihres Vaters für sie darstellte.

Nun war es einem der Mädchen gelungen, dieses Ziel zu erreichen, und ihre sieben Schwestern betrachteten sie voller Neid. Es war egal, daß der Mann, den sie heute heiratete, so klapperdürr war, daß man beim Brauttanz seine Knochen scheppern hörte, und seine Manieren noch schlechter waren als die eines ihrer Stallburschen. Was zählte, war allein die Tatsache, daß es dieser Tochter mit dem morgigen Tag vergönnt war, das Haus ihres Vaters zu verlassen.

Was John anlangte, so bemühte er sich nach Kräften, die Tatsache zu vergessen, daß er mit acht Töchtern und zwei wertlosen Söhnen geplagt war. Er brachte jeden Moment seines wachen Daseins damit zu, die Bauern auf seinem Land zu noch größerer Anstrengung anzutreiben, noch mehr Geld aus ihnen herauszupressen und jede Kreatur zu töten, der es unglücklicherweise einfiel, sein Land zu überqueren oder zu überfliegen.

»Schaut Euch sie doch nur an«, wiederholte er, an seine Frau gewandt. »Ich muß jedesmal einen armen Mann bestechen, damit er sie heiratet. Alle acht. Wißt Ihr eigentlich, was mich das kosten wird?«

Alida hätte ihm jetzt gern geantwortet, daß ihn das nur die Hälfte von dem kosten würde, was ihr Vater ihm dafür gegeben hatte, daß er sie heiratete; aber das wagte sie nicht. Mit Verstand vermochte man gegen Muskeln und Sturheit nichts auszurichten.

Es war ja nicht so, daß ihr Mann dumm gewesen wäre. Tatsächlich war er auf seine Art klug. Er war sehr tüchtig in den alltäglichen Belangen des Lebens. So verstand er sich zum Beispiel gut darauf, wie man die Bauern dazu brachte, mehr Nahrungsmittel zu erzeugen als jeder andere Farmer in diesem Land. Er wußte genau, wo jedes Büschel Getreide hingekommen war, und daher wagte es auch niemand, ihn zu betrügen. Falls es doch mal jemand versucht hatte, war John ihm stets auf die Schliche gekommen und hatte ihn rasch und hart dafür bestraft. Er war ein kräftiger, gut aussehender Mann, und sein Bauch war heute noch so flach und stramm wie an dem Tag vor neunzehn Jahren, als er sie geheiratet hatte.

Doch für Dinge, die nicht dazu taugten, ihm mehr Getreide, Geld und Macht zu verschaffen, hatte er kein Verständnis. Musik langweilte ihn. »Sie macht mich nicht satt«, pflegte er zu sagen. Bildung hielt er für eine Zeitverschwendung, und nur Narren, meinte er, suchten eine Zerstreuung, die über ein Besäufnis, das er sich gelegentlich gestattete, hinausging. Als er seine Frau einmal dabei ertappte, wie sie ein Buch las, nahm er es ihr weg und warf es aus dem Fenster. »*Das* ist es wohl, warum du mir nur Töchter bescherst«, hatte er sie angebrüllt. »Und daß du mir, wenn ich dir Söhne in den Leib pflanze, sie anschließend mit deinen Märchengeschichten in wertlose Weiber verwandelst!«

Nun befand sich John in seiner düstersten Laune, weil er alle acht Töchter und seine beiden jungen Söhne auf einmal vor sich sehen konnte. Als Alida ihm vor vier Jahren endlich den so sehnlich erwarteten Sohn geboren hatte, hatte sie vor Freude geweint. Sie hatte durch den Schleier ihrer Tränen ihren Mann auf sie zu eilen sehen. Und als er sie dann trotz der Tatsache, daß sie eben erst niedergekommen war, in die Arme genommen, hochgehoben und sie ein paarmal im Kreis herumgeschwenkt hatte, hatte ihr das nichts ausgemacht, weil sein Gesicht vor Freude strahlte. Einen Moment lang hatte sich ihr Herz wieder mit all den Hoffnungen und Erwartungen gefüllt, die sie empfunden hatte, bevor sie ihn heiratete. Träume von einem glücklichen Leben schienen endlich Wirklichkeit zu werden, als John sie an sich drückte, ihr Gesicht und ihren Hals mit Küssen bedeckte und ihr sagte, daß sie die wunderbarste Frau der Welt sei.

»Laß mich ihn betrachten«, hatte John verlangt, und in diesem Moment war es mit Alidas Freude vorbei gewesen, denn als sie jetzt die Gesichter ihrer Dienerinnen betrachtete, wußte sie sofort, daß da etwas mit ihrem Neugeborenen nicht stimmte.

»Nein«, flüsterte sie in dem Bemühen, den Moment der Wahrheit hinauszuschieben, der das Entzücken auf dem Gesicht ihres Mannes auslöschen würde, sobald er entdeckte, was ihrem Kind fehlte.

Alida konnte sehen, daß ihre Dienerinnen versuchten, den Fehler, den das Kind offensichtlich hatte, vor ihm zu verbergen, denn sie brachten ihm den Säugling stramm in Windeln eingewickelt, damit er die Glieder nicht krumm machen konnte. Aber John wollte sich persönlich davon überzeugen, daß das Neugeborene ein Junge war, und forderte die Dienerinnen auf, das Baby wieder auszuwickeln.

Mit angehaltenem Atem beobachtete Alida ihren Mann, der nun den anscheinend makellosen Leib des Jungen betrachtete und ihn dann mit einem verzückten Gesicht auf seinen Armen wiegte. Seine Töchter hatte er kein einziges Mal angefaßt, sondern sich nach deren Geburt nur nach ihrem Geschlecht erkundigt und sie dann schroff von sich gewiesen, wenn man sie ihm in die Arme legen wollte. Doch seinen Sohn drückte er nun so zärtlich an sich, als sei er das, wofür John bisher gelebt hatte – was ja auch der Wahrheit entsprach.

»Er ist schön«, sagte John, und da kamen Alida die Tränen. Ihr Mann, der bisher noch nie etwas Schönes in einer Blume, einem Sonnenuntergang, ja, nicht einmal in einer Frau hatte erkennen können, fand seinen Sohn, den sie ihm soeben geschenkt hatte, schön.

Ihre Zofe half ihr nun, sich im Bett aufzusetzen, damit sie sich zusammen mit ihrem Mann an dem Anblick ihres Neugeborenen erfreuen konnte. Doch als Alida nichtsahnend die Decke, die um die Beine des Kindes geschlungen war, auseinanderfalten wollte, hörte sie, wie eine ihrer Dienerinnen erschrocken Luft holte, und zog nun ihre Hand so rasch wieder zurück, als hätte sie sich die Finger an dem Stoff verbrannt.

John, eigentlich kein Mann von Feingefühl, war jedoch das Hüsteln der Dienerin und Alidas Reaktion darauf nicht entgangen, und deshalb faßte er nun nach der Decke und riß sie dem Kind von den Beinen. Da sah er, daß dessen rechter Fuß verkrüppelt war. Der Junge würde niemals richtig laufen können.

Hatten eben noch seine Augen vor Freude und Liebe gestrahlt, so sprühten sie nun vor Haß und Zorn. »Wie hatte ich nur glauben können, daß Sie, Madam, mir geben würden, was ich mir so sehnlich wünsche?« fauchte er nun seine Gemahlin an, schlug die Arme auseinander und ließ das Kind einfach fallen. Wäre nun nicht die Hebamme herbeigesprungen und hätte das Kind aufgefangen, wäre es auf den steinernen Fliesen des Bodens gelandet und hätte sich vermutlich eine tödliche Verletzung zugezogen. Danach stürmte John aus dem Zimmer und versuchte fortan nicht einmal mehr, den Abscheu zu verbergen, den er für seine Frau empfand.

Im Jahre darauf bescherte sie ihm abermals einen Sohn; doch

inzwischen war John zu einem Zyniker geworden. Er nahm sich gar nicht erst die Mühe, den Neugeborenen zu besichtigen, als eine Dienerin ihm meldete, seine Frau wäre soeben mit einem Jungen niedergekommen. »Was fehlt ihm?« fragte er, und als die Dienerin einen Moment zögerte, brüllte er sie an: »Was stimmt nicht mit ihm? Ich glaube nämlich nicht, daß meine Frau in der Lage ist, mir einen perfekten Sohn zu schenken!« John hatte drei Möglichkeiten, für die er sich entscheiden konnte. Erstens, daß Gott die Ursache dafür war, daß er nur Töchter und einen verkrüppelten Sohn hatte. Zweitens, daß er selbst dafür verantwortlich war. Und drittens, daß das alles nur die Schuld seiner Frau war. Er entschied sich für die dritte Möglichkeit.

»Das Kind ist nicht ganz gesund«, gestand ihm nun die Dienerin im Flüsterton.

Da begann John zu lachen. »Ich will doch nicht hoffen, daß es stirbt! Wie ich auch nicht zu hoffen wage, daß meine Frau jetzt am Kindbettfieber sterben wird, damit ich wieder frei bin und mir eine andere Frau zum Weibe nehmen kann, die es versteht, mir normale und gesunde Söhne zu schenken.« Er nahm einen Humpen voll Wein vom Tisch. »Es wird leben«, sagte er im fatalistischen Ton. »Wie alle meine Kinder bisher wird es leben. Es wird mich eine Menge Geld für seine Verköstigung und Kleider kosten, aber mir niemals Freude machen. Geh und laß mich allein!«

Johns Prophezeiung traf ein. Das Kind starb nicht, aber es sollte sein Leben lang kränklich bleiben. Es hatte einen Schaden an der Lunge, der es dauernd hüsteln ließ.

Zwei Jahre später kam Alida mit einem gesunden Mädchen nieder; doch John schaute sich das Baby nicht an. Ja, er fragte nicht einmal, ob es gesund sei und wie es aussah. Es entging ihm zwar nicht, daß seine Frau abermals von einem Kind entbunden worden war, aber er drohte ihr nun an, daß er ihr Bett nie mehr besuchen würde. Was für einen Sinn hätte dies denn auch gehabt? Die umliegenden Ortschaften versorgten ihn jederzeit mit jungen Frauen, die seine Lust stillten. Allerdings weigerte er sich zur Kenntnis zu nehmen, daß es *immer* ein Mädchen war, wenn eine junge Frau mit einem Kind niederkam, das er vermutlich gezeugt hatte. Dann leugnete er einfach, daß diese Mädchen seine Kinder waren. Selbst wenn die Mädchen seine kornblumenblauen Augen oder sein eigensinniges Kinn geerbt hatten. Für John galt die Regel, daß er ein Kind, das weiblichen Geschlechts war, nicht gezeugt haben konnte. Es war kein Geheimnis, daß eine Frau – ganz gleich, welcher Herkunft –, die John Hadley einen Sohn zu schenken vermochte, bei ihm Aufnahme finden und ein Leben in Luxus führen könne. Obwohl mehrere Frauen versuchten (eine sogar dreimal), ihm einen perfekten Sohn zu schenken, war dies bisher doch keiner gelungen.

»Schau ihn dir an«, forderte John nun seine Gemahlin auf und wies mit dem Kopf auf einen Mann am entfernten Ende des Raumes. »Warum können seine Frauen ihm perfekte Söhne gebären und du nicht? Wie ich hörte, sind die Söhne, die ihm seine Frauen schenken, so kräftig und groß, daß die Frauen jedesmal bei deren Geburt sterben.«

Alida bemühte sich nun, die Miene einer Frau zu machen, die stets bereit war, etwas hinzuzulernen, während sie zu dem Mann hinblickte, auf den ihr Gemahl deutete. Doch ihr Herz, wenn nicht ihr ganzer Körper, füllte sich mit Zorn. War das wieder mal ein Punkt, der gegen sie sprach, daß sie bei der Geburt eines Jungen, der so groß war wie ein Kalb, nicht gestorben war? Wurden Kinder nur nach ihrem Gewicht bewertet, als sollten sie an einen Schlachter verkauft werden? Ihr Mann hatte niemals zur Kenntnis nehmen wollen, daß die Töchter, die sie ihm geschenkt hatte, intelligent und ansehnlich waren. Die ältere war sogar hübsch. Ihre beiden Söhne hatten ein überaus freundliches, liebenswertes Wesen, und der ältere konnte bereits lesen. Für sie spielte es keine Rolle, daß der eine Sohn humpelte und der andere hustete, als wäre jeder Tag sein letzter.

Mit kaltem Herzen betrachtete Alida nun den Mann, auf den John deutete. Gilbert Rasher war nicht gerade ein Mann, der das

Herz einer Frau höher schlagen ließ. Er war so groß wie ein Bär, ungewaschen, ungebildet und von aufbrausendem Wesen; war jedoch früher mal ein großer Turnierkämpfer gewesen, der jeden Mann, der ihn herausgefordert hatte, in den Sand geworfen hatte. Einige meinten allerdings, die vielen Lanzen, die seinen Helm getroffen hatten, hätten sein Gehirn so stark durchgerüttelt, daß er blöde geworden sei. Doch das schien sich nicht so recht mit dem berechnenden Blick seiner Augen zu vertragen, denen nichts entging und denen selbst die geheimsten Gedanken eines anderen Menschen nicht verborgen blieben.

Gilbert hatte bisher drei Ehefrauen gehabt, die ihm alle einen Sohn geschenkt hatten, die das Ebenbild ihres Vaters waren, und dann kurz nach deren Geburt das Zeitliche gesegnet hatten. Gilbert pflegte zwar damit zu prahlen, daß seine Frauen an den Anforderungen, die seine Männlichkeit an sie gestellt habe, zugrunde gegangen seien; aber die meisten Frauen waren sich darin einig, daß seine Frauen gestorben waren, um seinen schmutzigen Körper und seine noch schmutzigeren Gedanken nicht länger ertragen zu müssen.

Im Augenblick war Gilbert damit beschäftigt, sein Gesicht zwischen den mächtigen Brüsten eines Küchenmädchens zu verstecken, dem Alida, wie sie sich nun gelobte, gleich morgen früh den Laufpaß geben würde; während Gilberts Söhne wie gewöhnlich, die Lärmkulisse der Hochzeitsfeierlichkeit ausnutzend, ihren boshaften Schabernack trieben. Der eine Sohn, der ungefähr acht Jahre alt sein mochte, terrorisierte ein paar Hunde mit einer kleinen Peitsche und lachte entzückt dabei. Sein jüngerer Bruder jagte zwei von Alidas Töchtern einen solchen Schrecken ein, daß sie vor Angst weinten. Auch der dritte von Gilberts monströsen Söhnen hielt sich im Saal auf; doch Alida wollte nicht wissen, wo genau er sich in diesem Moment befand und was er machte.

Ist es *das,* was sich mein Mann als Sohn wünscht? dachte Alida bei sich. Sie hatte ihm zwei Söhne geschenkt, die gutherzig, sanft, intelligent und anhänglich waren. John hatte noch nie ein ermutigendes Wort für seine Söhne übrig gehabt; doch jetzt wußte er sich nicht zu lassen vor Bewunderung für diese kleinen Ungeheuer, deren einziges Vergnügen darin bestand, jedem, der kleiner und schwächer war als sie, Angst einzujagen.

Da war keiner in ihrer Nähe, der John und dessen Beschwerden Gehör geschenkt hätte. Ihr Gemahl hatte dieses Klagelied schon so lange und so oft gesungen, daß man es inzwischen für einen großen Witz hielt. Wenn John seine Nachbarn besuchte, stellten sie ihm ihre Söhne vor und boten sich an, ihm zu zeigen, wie man sie machte. Und wenn John darüber nicht lachen konnte, lachten die anderen um so mehr.

Doch Alida konnte an den Beschwerden ihres Mannes nichts Lustiges finden. Sie hatte in den letzten neun Monaten so oft auf den Knien gelegen und zu Gott gebetet, daß er ihr einen gesunden Jungen bescheren möge, daß diese ganz zerschrammt und blutig waren. Sie war nun fünfunddreißig und wußte, daß die Chancen, ihrem Gatten den Sohn zu schenken, wie er sich ihn wünschte, von Jahr zu Jahr geringer wurden. Wenn es nur gelingen würde, dachte sie. Wenn sie doch nur so ein Kind auf die Welt bringen könnte, wie er es haben wollte! Sie wurde Tag und Nacht von der Erinnerung daran geplagt, wie sein Gesicht gestrahlt hatte vor Freude und Liebe, als er glaubte, sie habe ihm den perfekten Sohn geboren. Eine Frau konnte von so einem Anblick leben, dachte sie. Eine Frau mußte nicht das Paradies auf Erden haben, wenn sie einen Mann hatte, der sie so ansah.

Als sie wußte, daß sie wieder in anderen Umständen war, hatte sie begonnen, zu Gott zu beten, daß er ihr diesmal den von ihrem Mann gewünschten Sohn bescheren möge. Jeden Morgen und Abend hatte sie auf den Knien gelegen und den Allmächtigen beschworen, ihr diese Bitte zu erfüllen.

Sie mochte sich nicht gern daran erinnern, was sie sonst noch alles unternommen hatte, um ihr Ziel zu erreichen.

Dazu gehörte ein heimlicher Besuch bei einem gräßlichen, schmutzigen Weib in einem Dorf, das behauptet hatte, es könne Ihrer Ladyschaft voraussagen, ob es ein Sohn werden würde.

Als die alte Frau Alida sodann offenbarte, daß das Kind, das in ihrem Leib heranwuchs, wieder ein Mädchen sei, war Alida hysterisch geworden und hatte gesagt, sie würde dafür sorgen, daß die Frau wegen Hexerei auf dem Scheiterhaufen verbrannt würde. Doch am nächsten Morgen war die Alte dann verschwunden gewesen. Sie hatte Hals über Kopf ihr kleines Haus verlassen und irrte nun obdachlos in der Welt umher. Denn es ist immer noch besser, hatte die Frau sich gedacht, Hungers zu sterben als verbrannt zu werden.

Alida hatte danach eine andere Frau gefunden, die behauptete, Alida könne das Geschlecht des Kindes verändern, wenn sie sich auf maskuline Sachen konzentrieren würde. Selbst jetzt errötete Alida noch vor Scham, wenn sie an die vielen Bilder und kleinen Figuren dachte, die ihr diese Frau gegeben hatte, damit sie sich darauf konzentrieren sollte. Sie waren durchweg ausgeprägt männlich gewesen. Und in diesen neun Monaten hatte Alida auch kein einziges Buch gelesen, da ihr Mann gesagt hatte, daß das Lesen eine weibliche Beschäftigung sei. Soweit ihr es möglich gewesen war, hatte Alida in dieser Zeit überhaupt alles gemieden, was man als eine spezifisch weibliche Tätigkeit ansah, und versucht, all ihr Sinnen und Trachten auf etwas Männliches zu richten.

Doch vor allem hatte sie ihre Hoffnung auf den Allmächtigen gesetzt und so oft und so lange auf den Knien vor ihrem Altar im Gebet verharrt, daß ihre Dienerinnen sie beschworen hatten, dies doch nicht zu übertreiben, weil das häufige und lange Knien ihrem Kind nur schaden könne. »Wenn es kein gesunder und perfekt gewachsener Knabe wird, wäre es mir lieber, das Kind käme tot zur Welt«, hatte sie zu ihren Dienerinnen gesagt, wenn diese sie vom Boden hochzogen. Ihre Dienerinnen hatten ihr nicht gesagt, daß dies ein gottloser Wunsch sei, weil sie insgeheim dasselbe dachten.

Aber ihr Gemahl wußte von alledem nichts. Ihm zeigte sie ein Gesicht, das nichts von ihren Ängsten, Wünschen und Hoffnungen preisgab. Sie würde sich nicht vor ihm auf die Knie werfen und ihn um Verzeihung anflehen, falls sie ihm nicht den perfekten Sohn schenken sollte. Wenn sonst nichts, wollte sie wenigstens ihren Stolz bewahren.

Da sie zu sehr in ihren Erinnerungen versunken war, hörte sie zunächst nicht, was ihr Mann jetzt sagte.

»Es muß ein Sohn sein, wenn er das Mädchen umbringt«, sagte John. »Sie liegt oben in der Kammer, und ich habe sie mir dort angesehen. Ihr Leib ist größer als sie selbst. Wie ich hörte, hat sie seit einem Monat keinen Schritt mehr gehen können. Ich bin sicher, daß Gilbert wieder einen Sohn bekommt.«

Da schrak Alida aus ihren Gedanken auf. »Es befindet sich eine Frau im Haus, die in den Wehen liegt?« sagte sie. Warum hatte ihr das bisher niemand verraten? Sie würde ihren Dienerinnen gründlich den Kopf waschen, wenn sie mit diesen in ihren Gemächern wieder allein war. Falls tatsächlich in diesem Moment eine Frau in ihrem Haus mit einem Kind niederkam, mußten dafür doch Vorbereitungen getroffen werden.

Schwerfällig erhob sich Alida von ihrem Platz. »Ich muß zu ihr.«

Doch als sie sich nun mühsam aufrichtete, spürte sie einen schneidenden Schmerz im Leib und wußte, daß bei ihr selbst die Wehen eingesetzt hatten. Nein, nein, dachte sie bei sich, das ist doch zu früh! Sie hatte noch nicht den Umfang erreicht, den sie haben mußte, wenn sie ihrem Mann den starken, großen Sohn schenken wollte, um den sie Gott gebeten hatte, und den er sich wünschte. Wenn ihre Zeit jetzt wirklich gekommen war, würde es wieder nur ein schmächtiges oder schwächliches Kind sein, das sie zur Welt brachte.

Sich an der Lehne ihres Stuhls festhaltend, versuchte sie, das Gesicht nicht zu verziehen, als sie wieder einen sengenden Schmerz im Leib verspürte; aber das wollte ihr nicht gelingen. Doch John, der von ihr wegsah und die Darbietungen eines Gauklers beobachtete, würde nicht einmal etwas bemerkt haben, wenn sie nun zu seinen Füßen im Stroh auf dem Boden entbunden hätte. Doch ihre Gäste waren nicht so gefühllos wie er.

»John!« rief jemand im Saal, »es sieht so aus, als solltest du wieder Vater werden!«

»Gibt es denn einen Tag, an dem er mal *nicht* Vater wird?« rief da ein anderer, was einen allgemeinen Heiterkeitsausbruch zur Folge hatte.

Doch John stimmte nicht in das Gelächter ein. Für ihn hatte die Vaterschaft schon lange jedes Interesse verloren. Er bewegte nur kurz die Hand und sagte: »Nun gehen Sie schon!«

»Es ist sehr freundlich von Euch, daß Ihr mir die Erlaubnis gebt, mich zurückziehen zu dürfen«, sagte Alida mit so viel Bitterkeit, wie sie ihm zu zeigen wagte.

Gilbert Rasher nahm einen Moment lang sein Gesicht vom Busen des Mädchens, um John zuzurufen: »Du solltest dein Weib neben das Mädchen betten, das ich geheiratet habe. Vielleicht kann sie deiner Frau noch etwas beibringen.«

Alida hätte nicht geglaubt, daß sie diese widerwärtige, schmutzige Kreatur noch mehr verabscheuen könnte, als sie das bisher schon getan hatte. Dieser Mann und ihr Gemahl waren von der gleichen Sorte: Frauen waren für sie nur Körper, die dazu erschaffen waren, ihnen Kinder zu gebären. Und wenn diese Kinder sie im Wochenbett umbrachten – was machte das schon? Es gab ja noch genügend andere Frauen. Für diese Männer besaßen die Frauen keine Seele, keinen Verstand, keine Wünsche. Sie hatten nur einen Körper.

Als sie wieder von einer Welle von Schmerzen gepeinigt wurde, trat Alidas Dienerin Penella zu ihr, schob den Arm unter die Achsel ihrer Herrin und half ihr die Treppe hinauf zu ihrer Kammer, wo alles bereits für die Geburt vorbereitet war. Doch dann hielt Alida vor ihrer Kammertür plötzlich an und sagte: »Bring mich zu Rashers Frau. Ich möchte mit ihr zusammen mein Kind gebären.« Vielleicht kann sich etwas von dem, was John so sehr an Rashers Söhnen bewundert, auf mein noch ungeborenes Kind übertragen, setzte sie in Gedanken hinzu.

Penella, die ihre Herrin sehr liebte, blickte sie besorgt an.

»Was hast du denn?« schnaubte Alida. »Ich habe keine Zeit mehr zu verlieren.«

»Das Mädchen liegt im Sterben«, flüsterte Penella. »Der Priester ist bereits bei ihr. Sie hat nur noch wenige Stunden zu leben. Die Nähe des Todes würde Euch und Eurem noch ungeborenen Baby nur schaden. Das ist der Grund, weshalb ich Euch ihre Anwesenheit im Haus verschwiegen habe.«

»Aber was geschieht nun mit ihrem Kind?« forschte Alida und stöhnte leise, als eine neue Welle von Schmerzen sie überschwemmte. »Was wird aus *ihm?*«

»Sie hat es nicht zur Welt gebracht. Die Hebamme meint, daß es zusammen mit ihr sterben wird. Es ist zu groß für sie.« Penella holte tief Luft. »O Mylady«, flüsterte sie, den Tränen nahe. »Sie sollten Sie mal sehen. Sie ist so ein schmächtiges, kleines Ding – eine Ausländerin, aus der man kein einziges Wort herausbekommen kann. Und sie stirbt an dem Baby, das sie im Leib trägt. Sie liegt bereits seit zwei Tagen in den Wehen.«

Da begann es hinter Alidas Stirn zu arbeiten. Wenn diese Frau an der Geburt ihres Sohnes starb, und der Sohn mit ihr, weil sie ihn nicht gebären konnte, dann würde vielleicht im Moment des Todes der Geist des Sohnes dieser Frau in ihr Kind hineinfahren und es in einen Jungen verwandeln. Denn ihr hatte einmal jemand erzählt, daß das Geschlecht eines Kindes erst im Augenblick seiner Geburt bestimmt würde. Vor diesem Zeitpunkt war es weder weiblich noch männlich. Vielleicht war das tatsächlich so.

»Bring mich zu ihr!« befahl Alida und ließ ihrer Dienerin keinen Spielraum mehr für Widersprüche.

Daraufhin führte sie nun Alida in eine kleine, schmutzige Kammer, wo eine mit Flöhen verseuchte und mit Stroh gefüllte Matratze auf dem Boden lag. Darauf lag ein Mädchen, dessen Gesicht streifig war von den Tränen, die ihm über die staubigen Wangen liefen. Es hatte sich die Lippen durchgebissen, und sein Kinn war blutverschmiert. Die schwarzen Haare hatten sich in feuchten, schmutzigen Strähne um ihr Gesicht gelegt und um ihre Arme und ihren Hals gewunden, als wollten sie das Mädchen erwürgen.

Doch trotz der Schmutzschicht, die das Gesicht des Mädchens bedeckte, konnte Alida erkennen, daß das Mädchen einmal sehr schön gewesen sein mußte. Seine olivfarbene Haut war ihr ein Beweis dafür, daß das Mädchen aus einem von der Sonne verwöhnten Land stammte, und als Alida sich nun vorzustellen versuchte, was dem Leben dieses Mädchens einst das Gepräge gegeben haben mußte, sah sie im Geiste Blumen und einen immerfort strahlend blauen Himmel, und hörte das Zwitschern von Vögeln und das Lachen heiterer Menschen. Das Mädchen war noch so jung – Alida schätzte es auf höchstens sechzehn Jahre –, und soweit das möglich war, vermochte man selbst unter der Blässe des Todes noch die Blüte der Jugend in seinem hübschen Gesicht und seiner zarten Haut zu erkennen.

Aber zugleich sah Alida, daß dieses Mädchen dem Tode schon sehr nahe war. Es schien, als habe das Mädchen seinen Lebenswillen bereits aufgegeben, und nur ein leichtes Flattern in der Brust über der mächtigen Wölbung des Leibes, die ein sterbendes Kind enthielt, verriet, daß ihr Geist den Körper noch nicht verlassen hatte.

»Komm«, sagte Alida, ihre Dienerin herbeiwinkend, damit sie ihr helfen sollte, sich neben das sterbende Mädchen zu legen.

Doch die stets um das Wohl ihrer Herrin besorgte Penella protestierte, daß sie, die Lady des Hauses, sich doch unmöglich auf ein so schmutziges Lager niederlassen konnte; aber ein strenger Blick von Alida brachte sie wieder zum Schweigen. Die Matratze war sehr schmal, und bei der Unförmigkeit des Leibes, die beide Frauen auszeichnete, wäre es unmöglich gewesen, daß ihre Körper sich jetzt nicht berührt hätten.

Es hatte einmal eine Zeit in Alidas Leben gegeben, wo sie Mitleid für dieses arme sterbende Mädchen empfunden hätte, das nun so dicht neben ihr lag. Aber diese Zeit gehörte längst der Vergangenheit an. Jetzt konnte sie nur noch daran denken, daß sie ihrem Gatten einen kräftigen Sohn schenken wollte.

Berta, die Hebamme, kam nun die Treppe heraufgewatschelt. Sie war eine fette, faule Person, deren Dienste von Lady Alida so oft benötigt wurden, daß sie auch in deren Haus Quartier genommen hatte und irgendwo im obersten Geschoß der alten Burg hauste. Am gestrigen Tage hatte sie erklärt, daß das ausländische Mädchen stürbe und nichts getan werden könne, um sie oder ihr Baby zu retten. Denn Berta dachte gar nicht daran, sich um die Frau eines Mannes wie Rasher zu bemühen, der, wie sie genau wußte, ihr ja doch nichts für ihre Dienste bezahlen würde. Obwohl Berta alle neun Monate nur ein paar Stunden arbeitete, betrachtete sie sich selbst fast als eine Lady, da sie ja Ihre Ladyschaft von deren Babys entband.

Als Alida nun die ihr bereits sehr vertraute Gebärlage einnahm und die Beine spreizte, waren die Hände der Hebamme schon so glatt von dem Fett des Schweinebratens, den sie unten an der Hochzeitstafel genossen hatte, daß sie diese nicht erst mit einem Gleitmittel versehen mußte, um zu prüfen, wie weit denn das Baby bereits in den Geburtskanal vorgedrungen war.

»Es wird bald da sein«, erklärte Berta nun im sachkundigen Ton und blickte dann kurz auf das Mädchen hinunter, das mit wachsbleichem Gesicht und geschlossenen Augen neben Alida lag. »Und um die da ist es geschehen, wie ich das bereits gestern prophezeite«, fuhr Berta in einem Ton fort, als wäre die Hartnäckigkeit, mit der sich das Mädchen bisher an das Leben geklammert hatte, ein Affront für sie. Denn sie dachte nur an das Hochzeitsdinner, das sie hatte verlassen müssen, um sich um Ihre Ladyschaft zu kümmern, und wollte nun jedem unmißverständlich klarmachen, daß es nicht zu ihren Aufgaben gehörte, auch eine schmutzige, dunkelhäutige Ausländerin zu versorgen.

Als Alidas Preßwehen jetzt immer schneller aufeinander folgten, schlang sie ihren Arm um den des Mädchens, spürte dessen kalte Haut an der ihren und verschränkte ihre Finger mit den fast leblosen des Mädchens. Sie tat das nicht etwa, um Trost zu finden oder damit eine Linderung ihrer Schmerzen zu erreichen – tatsächlich hatte Alida während des Geburtsaktes oft das Gefühl, sie müsse eine gerade in Arbeit befindliche Stickerei fortsetzen.

Doch daß sie diesmal nicht nach irgendeinem Gegenstand, sondern nach der Hand des Mädchens griff, geschah nicht ohne Grund. Sie wollte die Seele von Gilbert Rashers Kind dazu ermutigen, in den Körper ihres eigenen Kindes hineinzuschlüpfen. Zugleich drehte Alida das Gesicht dem Mädchen zu, so daß ihr Mund sich dicht am Ohr der anderen befand, und flüsterte – stundenlang, wie es ihr vorkam – immer wieder: »Allmächtiger, gib, daß die Seele dieses Kindes sich in meinem wiederfindet.«

Das Mädchen hatte schon eine Weile lang kein Lebenszeichen mehr von sich gegeben, sondern lag mit ihrem riesigen geschwollenen Leib nur regungslos da, während Alida mit all der Inbrunst ihres Herzens Gott darum bat, ihrem Kind den Geist des Sohnes dieser Frau einzuhauchen.

Als das Mädchen Alidas Atem auf seinem Gesicht spürte, begannen seine Lider zu zucken, und nach mehreren Versuchen gelang es ihm, die Augen ein wenig zu öffnen. Als das Mädchen neben sich Alida mit geschlossenen Augen beten sah, schien es wieder ein wenig zu Kräften zu kommen.

Zu Alidas Erstaunen – denn sie hatte geglaubt, das Mädchen habe bereits jede Wahrnehmungsfähigkeit verloren – spannten sich nun die Finger des Mädchens um die ihren. Zwar war der Griff des Mädchens so schwach wie der eines Kätzchens, doch Alida konnte spüren, daß noch Leben in diesem zarten, hinfälligen Körper steckte.

Als das Mädchen nun zu sprechen anfing, war es so leise, daß nur Alida die Worte hören konnte. Die anderen Frauen im Raum taten sehr geschäftig, als wären sie alle um die herrschaftliche Wöchnerin bemüht, so daß niemand außer Alida das schwache Flüstern des sterbenden Mädchens vernahm:

»Mein Kind soll dein Kind sein;
Dein Kind soll meines sein.
Sie werden eine Seele in zwei Körpern sein.
Sie werden gemeinsam leben;
Sie werden gemeinsam sterben.«

Das Mädchen sprach nur gebrochen Englisch, und unter normalen Umständen würde Alida wohl große Mühe gehabt haben, seine Worte zu verstehen. Aber es war so, als habe das gemeinsame Erlebnis der Geburt die Worte des Mädchens so klar gemacht wie Kristall. Alida hörte sie und wußte in diesem Moment, daß diese Worte sich unauslöschlich in ihr Herz eingraben würden.

»Nimm mein Kind«, flüsterte das Mädchen.

Selbst Alida erbleichte bei diesen Worten. Wenn sie das Kind zu sich nehmen sollte, bedeutete das doch, daß man das Mädchen aufschneiden und es einem noch qualvolleren Tod aussetzen mußte, als er ihm ohnehin schon beschieden war.

»Was hat das Zigeunermädchen da eben gesagt?« fragte Berta. Für sie war jeder, der nicht die weiße Haut eines Engländers besaß, ein »Zigeuner«.

»Nimm mein Kind«, sagte das Mädchen ein wenig lauter.

Als Alida zögerte, faßte das sterbende Mädchen mit aller ihm noch verbliebenen Kraft nach Alidas Hand.

»Nimm mein Kind!« sagte das Mädchen, sein Gesicht so nahe an Alidas, daß sein Atem bis in Alidas Lungen drang.

»Ja«, antwortete da Alida und erwiderte den Händedruck des Mädchens. Sie wußte, was das für ein Gefühl war, wenn man Mutter wurde.

»Nehmt ihr das Kind«, befahl Alida da, und als die vier Dienerinnen, die sich im Raum befanden, und die Hebamme sich nicht rührten, sondern nur dastanden und sic anglotzten, als hätten sie nicht begriffen, was sie da eben gesagt hatte, schrie sie diese nun förmlich an: »Holt ihr Kind! Nehmt es ihr, sage ich euch! Holt ihr das Kind aus dem Leib!«

Die Hebamme reagierte als erste. »Dafür werde ich ein Messer brauchen«, sagte sie zu einer Dienerin, die wie gelähmt neben ihr stand. »Ein großes, scharfes Messer«, ergänzte sie und schob die Dienerin rasch auf die Treppe zu.

Alida hatte nun keine Zeit mehr, sich noch länger mit ihrer Nachbarin zu befassen, da jetzt drei Preßwehen unmittelbar aufeinander folgten und sie wußte, daß ihr eigenes Kind nun jeden Moment zur Welt kommen würde. Sie fing wieder an zu beten, doch nicht leise, wie bisher, sondern mit lauter Stimme, damit das Mädchen neben ihr auch ihr Gebet hören konnte. »Allmächtiger, gib, daß die Seelen unserer Kinder miteinander verschmelzen«, betete sie. »Laß sie eins werden. Gib mir den Sohn dieses Mädchens. Laß es mich als mein eigenes Kind zu mir nehmen.«

Plötzlich schien alles auf einmal zu passieren. Die schreckensbleiche Dienerin kam mit einem Küchenmesser in die Kammer zurück, und Alidas Kind schien im gleichen Moment den Geburtskanal hinunterzuschießen, als die Hebamme den Bauch des Mädchens aufschnitt, um das Kind aus deren Leib herauszuholen und vor dem Ersticken zu bewahren.

Überall war Blut. Es war schon erstaunlich, daß so ein kleines Mädchen so viel Blut im Körper haben konnte – und da schien auch bei Alida etwas nicht zu stimmen, denn eine Weile lang wußte niemand so recht zu sagen, welches Blut nun zu wem gehörte.

In dem Tumult, der sodann herrschte, als die Hebamme und die Dienerinnen sich um die Mütter bemühten, wurden die Babys fast vergessen. Immer noch mit ihren Müttern verbunden, die in diesem Moment beide das Zeitliche zu segnen drohten, hatte man die Babys übereinandergelegt wie frisch geworfene Welpen, und so lagen sie nun zwischen ihren von Schmerzen geschüttelten Müttern.

Eines der beiden Kinder war ein Junge von enormer Größe mit einem dicken Schopf schwarzer Haare und einer Haut von der Farbe blassen Honigs. Das andere Kind war ein Mädchen – so rosig und weiß wie ein Tautropfen. Das Flaumhaar auf seinem Kopf war golden, und seine Haut so weiß wie Sahne.

Beide Babys schienen unter dem Schock ihrer Geburt zu stehen und sich aneinanderzuklammern wie zwei Kletten, als suchte jedes beim anderen Trost zu finden für das, was es soeben durchgemacht hatte. Da niemand sie hochhob und ihre Hinterteile und Rücken mit der flachen Hand schlug, schienen sie auch kein Bedürfnis danach zu haben, den Mund zu öffnen und zu schreien.

In diesem Chaos, wo jeder nach mehr Tüchern und Stroh schrie, um damit das viele Blut aufzusaugen, und in dieses Durcheinander, das von der Hebamme verursacht wurde, die damit beweisen wollte, daß sie das gute Essen, das sie im zurückliegenden Jahr genossen, auch verdient hatte, platzte nun die Amme hinein.

Meg Watkins war eine großgewachsene Frau, vielleicht auch ein bißchen zu korpulent bei all ihrer Größe; aber viele meinten, es wäre Megs riesiges Herz, das ihren Busen so umfangreich machte. Sie war nun fast dreißig, nach dem Standard der Farmer, die ihre Nachbarn waren, bereits eine »alte« Frau, die in ihrem Leben schon Hunderte von Kindern, die ihr gar nicht gehört hatten, liebevoll betreut hatte.

Vor neun Monaten war Meg nun selbst schwanger geworden, und fast alle im Dorf hatten sich mit ihr darüber gefreut. Sie hatten ihren »alten« Ehemann Will daraufhin erbarmungslos gehänselt, der dabei auf seine stille Weise jedesmal rot bis über die Ohren geworden war. Doch jeder hatte ihm ansehen können, daß er über ihre Schwangerschaft genauso glücklich war wie sie selbst.

Aber nun hatte Meg vor knapp vier Tagen Zwillinge zur Welt gebracht, die gerade so lange gelebt hatten, daß der Priester ihnen noch seinen Segen geben konnte. Weder sie noch ihr Mann hatten geweint oder ihren Kummer auf irgendeine andere Weise gezeigt, als die beiden Babys gestorben waren. Meg war ihrer Arbeit nachgegangen, als hätte ihr Leben nicht in diesem Moment, als die Zwillinge starben, sein Ende gefunden, und ihr Gatte hatte die sterblichen Überreste der beiden süßen Kinder auf dem Kirchhof begraben.

Binnen weniger Minuten, nachdem Alida das Hochzeitsfest ihrer Tochter verlassen hatte, wußte das gesamte Dorf, was nun passieren würde. Es war ihnen klar, daß eine Amme in der Burg benötigt wurde. Und so begaben sie sich alle geschlossen wie ein Mann zu Meg und ihrem Ehemann, und als Meg sich nun reserviert zeigte und erklärte, sie wolle keine fremden Kinder mehr betreuen, »überredete« ihr Mann sie dazu, indem er sie hochhob, sie auf einen Leiterwagen verfrachtete und mit diesem in schnellem Tempo davonfuhr, Meg keine Chance lassend, es sich doch noch anders zu überlegen.

So fand sich Meg nun in einem gänzlich chaotischen Zimmer wieder, in dem etliche Frauen hierhin und dorthin liefen. Meg warf nur einen Blick auf die beiden Frauen auf der Matratze, um festzustellen, daß die eine mit dem aufgeschnittenen Bauch bereits tot war, während Ihre Ladyschaft so blaß aussah, daß man sie fast für tot hätte halten können. Dann erlosch ihr Interesse an diesen beiden Frauen, denn ihre Liebe zu Kindern war so groß, daß sie sich wenig um deren Mütter bekümmerte. So galt auch jetzt Megs Sorge allein den beiden Kindern, die, sich aneinanderklammernd, zwischen ihren Müttern eingeklemmt waren.

Trotz ihres freundlichen Naturells und bescheidenen Auftretens wußte sie sehr genau, wie man eine Sache anpacken mußte, und sie kannte Berta schon aus der Zeit, als sie beide noch als kleine Mädchen zusammen auf der Wiese gespielt hatten. Sie wußte, daß Berta ein tyrannisches Wesen hatte und jedesmal, wenn man sie frei schalten und walten ließ, so viel Verwirrung wie möglich stiftete, während sie selbst, falls sich das so einrichten ließ, so wenig wie möglich arbeitete – und dabei so tat, als wäre sie die wichtigste Person auf der Welt.

Während Berta nun die jungen, leichtgläubigen Dienerinnen damit beeindruckte, daß sie ihnen einen unverständlichen Vortrag über den Zustand von Alidas Nachgeburt hielt, nahm Meg das Messer, mit dem man der Mutter des Jungen den Bauch aufgeschnitten hatte, und durchtrennte dessen Nabelschnur, nachdem sie diese abgebunden hatte. Denn trotz seiner Größe schien der Junge ihre Hilfe zuerst zu benötigen, weil er sich so ungewöhnlich still verhielt, daß Meg um sein Leben bangte.

Hätte Meg jetzt Zeit dafür gehabt, würde sie der Hebamme gründlich den Kopf gewaschen haben, weil sie die Babys so sträflich vernachlässigt hatte; doch so schluckte sie rasch ihren Zorn hinunter und streckte statt dessen ihre großen, kräftigen Arme nach dem Knaben aus.

Aber sobald sie ihn berührte, schienen die Beine und Arme der beiden Kinder sich noch fester aneinanderzuklammern. Jedesmal, wenn Meg sacht an dem Jungen zog, hingen sie nur noch inniger aneinander. Und so legte Meg eine Hand auf die Brust des Mädchens, die andere auf die des Jungen und versuchte, die beiden mit einem sanften Druck voneinander zu trennen. Doch es gelang ihr nicht. Die Babys schrien nicht; sie klammerten sich aneinander.

Da ließ Meg von den beiden Kindern ab und blickte staunend auf sie hinunter. Ihrer Erfahrung nach pflegten Neugeborene nach der Geburt zu plärren oder zu schlafen. Manchmal kamen sie hungrig auf die Welt und manchmal nicht. Doch sie hatte noch nie zwei Neugeborene gesehen, die so hellwach waren wie diese beiden und die sich gegenseitig in die Augen starrten, während sie sich mit Armen und Beinen aneinanderklammerten. Hätten sie nicht eine so unterschiedliche Hautfarbe besessen, wäre es Meg nicht möglich gewesen, zu erkennen, wo das eine Kind anfing und das andere endete. Der Junge, der doch so viel größer war als das Mädchen, aber in diesem Moment auch so viel schwächer, wurde von dem Mädchen mit einem Griff festgehalten, den man nur als »beschützend« bezeichnen konnte.

»Ihr wollt also beisammenbleiben, wie?« flüsterte Meg, als sie nun die Nabelschnur des Mädchens durchtrennte und dann die beiden Kinder auf ihre üppigen Arme hob.

Die beiden Kinder fühlten sich gut für sie an. Meg hatte den Schock, den der Verlust ihrer eigenen beiden Kinder ihr versetzt hatte, noch nicht recht überwunden, und nun wurden ihre Arme doch noch mit zwei Babys gefüllt.

Aber die Babys schienen ihr nicht zu trauen. Sie glaubten offenbar, daß Meg abermals versuchen würde, sie voneinander zu trennen, und deshalb klammerten sie sich so heftig und trotzig aneinander, als wollten sie jeden davor warnen, auch nur an so etwas zu denken.

»Es ist ja gut«, redete Meg nun beschwichtigend auf die beiden ein. »Ich werde schon dafür sorgen, daß man euch nicht voneinander trennt. Ich werde euch beschützen. Ich werde nicht zulassen, daß euch ein Leid geschieht.«

Als würden die beiden Kinder ihre Worte verstehen, lockerten sie nun den Griff, mit dem sie sich aneinandergeklammert hatten, und schmiegten sich in Megs Arme.

Kapitel vierzehn

»Laßt mich meinen Sohn sehen«, sagte Alida, die sich nun langsam von ihrer Beinahe-Ohnmacht erholte. Sie konnte ihre Reaktion auf das Ereignis nicht verstehen. Diese Geburt hatte sich doch kaum von ihren früheren Niederkünften unterschieden – tatsächlich war sie sogar weniger schwierig gewesen, weil das Baby nicht sonderlich groß gewesen war. Doch als die Hebamme das Messer auf den Leib des Mädchens neben ihr gesetzt hatte, hatte es an der gleichen Stelle auch ihrem Bauch weh getan. Ja, sie hatte sogar den sengenden Schmerz gespürt, als die Hebamme daraufhin begann, Zoll für Zoll den Bauch des Mädchens aufzuschneiden. Irgendwie war Alida sich sicher gewesen, daß das Mädchen bis zur Geburt seines Kindes gelebt hatte und erst gestorben war, nachdem es sich davon hatte überzeugen können, daß sein Kind wohlauf war. Alida wußte sogar, daß das Mädchen in der Gewißheit, daß sein Kind leben und versorgt sein würde, glücklich gestorben war.

Alida mochte jetzt nicht mehr gern daran denken; aber nach dem Tode des Mädchens war ihr so gewesen, als habe sie dessen Seele spüren können, die nun über dem Geschehen im Raum schwebte und darauf hinuntersah, um sich das alles einzuprägen, und dann noch einen langen Moment im Zimmer verharrte, um das Kind zu betrachten. Alida hatte gespürt, daß das Mädchen nun seinen Frieden gefunden hatte; und da es nicht mehr in seinem aufgeschlitzten Leib steckte, empfand es auch keine Schmerzen mehr.

Alida war es nun, die die Schmerzen hatte. *Ihr* Leib fühlte sich nun so an, als habe man ihn mit einem Messer aufgeschnitten. Sie, die doch so stolz gewesen war auf ihre mühelosen Geburten und stets eine große Verachtung für Frauen empfunden hatte, die bei ihrer Niederkunft geweint und gewimmert und über eine so lächerliche Sache wie das Gebären eines Kindes ein großes Gezeter gemacht hatten. Sie hörte sich nun selbst so laut schreien, wie es ihre Lungen erlaubten, wußte sich vor Schmerzen nicht mehr zu lassen, griff sich immer wieder mit den Händen an den Bauch, um sich davon zu überzeugen, daß er nicht mittendurch geschnitten war. Denn er fühlte sich für sie keineswegs so an, als sei er noch unversehrt, sondern vielmehr so, als wäre er aufgeschlitzt, zerrissen, verstümmelt und würde fürchterlich bluten. Diese Schmerzen, die sie empfand, waren einfach unerträglich, und sie schrie hysterisch, während die Hebamme und ihre Dienerinnen nun fieberhaft nach der Ursache ihrer Schmerzen suchten. Und in dem Tumult, der sich daraufhin erhob, gerieten die beiden Kinder vorübergehend in Vergessenheit.

Doch nun begehrte Alida mit einer Selbstverständlichkeit ihren Sohn zu sehen, die keinerlei Zweifel zuließ. Denn sie hatte natürlich einen Sohn zur Welt gebracht. Es war doch ganz unmöglich gewesen, daß einer Frau, die so etwas durchgemacht hatte wie sie soeben, nicht das geschenkt wurde, was sie sich gewünscht hatte. Alida hatte dem Allmächtigen doch nie etwas angetan, so daß er unmöglich so grausam sein konnte, sie noch einmal ein Mädchen auf die Welt bringen zu lassen!

Alidas Worte bewirkten, daß der Tumult im Raum sofort aufhörte und alle Augen sich auf sie richteten. Nur Meg bildete in diesem Moment eine Ausnahme. Ihr Interesse war nur darauf gerichtet, die Neugeborenen in saubere Tücher einzuwickeln, damit sie nicht froren.

»Nun!« sagte Alida mit so viel Kraft, wie sie noch aufzubringen vermochte; denn die Schmerzen hatten sie sehr geschwächt. »Wo ist mein Sohn?«

Keine von Alidas Dienerinnen wollte sich dem Zorn Ihrer Ladyschaft aussetzen, indem sie ihr sagte, sie habe abermals eine Tochter geboren.

Meg hatte nicht solche Skrupel. Sie wußte natürlich, wie sehr sich Ihre Ladyschaft einen Sohn gewünscht und darum Tag und Nacht gebetet hatte; doch Meg fand dieses Verhalten lächerlich. Was spielte es für eine Rolle, ob ein Kind ein Mädchen oder ein Junge war? Jedes Kind war ein Geschenk Gottes und sollte als solches behandelt werden.

»Sie haben eine wunderschöne Tochter bekommen«, sagte Meg und bewegte sich in der jähen Stille, die nun im Raum herrschte, auf Alida zu, um ihr lächelnd die beiden Kinder zu zeigen.

Zuerst weigerte sich Alida, zur Kenntnis zu nehmen, was da zu ihr gesagt wurde. Sie konnte nicht, konnte *unmöglich* noch eine Tochter geboren haben!

»Sehen Sie doch nur – ist sie nicht hübsch?« sagte Meg, während sie sich zu Alida hinunterbeugte, um ihr die beiden Kinder zu zeigen, die sie auf ihren Armen hielt. Sie zog das weiche Tuch zurück, das sie über die beiden gebreitet hatte. »Schauen Sie nur, wie weiß ihre Haut ist und wie fein ihr Haar. Und so hübsche Augen! Sie wird die schönste Ihrer Töchter sein. Das kann ich Ihnen schon jetzt versichern.«

Alida, die noch halb benommen war von den Schmerzen und nun wie betäubt vor Enttäuschung, konnte ihr Mißgeschick noch nicht glauben. Und sie hatte jetzt auch nur Augen für den großen Jungen mit der goldfarbenen Haut, den Meg neben dem unbedeutenden blonden Mädchen auf ihren Armen trug.

»Laß mich meinen Sohn betrachten. Laß ihn mich sehen«, sagte sie atemlos und streckte dabei die Hände aus, um nach dem Jungen zu greifen, während sie das Mädchen völlig ignorierte.

Als Meg sah, was Alida vorhatte, wich sie einen Schritt

zurück. »Nein«, erklärte sie schroff. »Die Kinder wollen beisammenbleiben.«

Meg konnte die Dienerinnen in der Kammer erschrocken Luft holen hören. Sie kannten Alidas aufbrausendes Wesen nur zu gut. Sie war dafür bekannt, daß sie den Zorn, den ihr Gatte an ihr ausließ, an ihre Umgebung weiterzugeben pflegte. Und nun fürchteten sie, das Opfer einer ihrer Wutanfälle zu werden.

Doch Megs Aufrichtigkeit und unerschrockenes Verhalten taten ihre Wirkung und brachten Alida zur Besinnung. »Ich möchte den Jungen haben«, flüsterte sie. »Er hätte mein Kind sein sollen.« Rasch begann sie sich dann in der Kammer umzuschauen, um festzustellen, wer anwesend war, und um sich zu überlegen, ob sie diese Frauen nicht mit Drohungen zum Schweigen und zur Geheimhaltung verpflichten konnte.

Sie hatte die feste Absicht, diesen Jungen als ihr Kind auszugeben. Hatte denn das Mädchen ihn ihr nicht überantwortet? Und konnte es nicht so sein, daß in dem Durcheinander, das bei ihrer beider Niederkunft herrschte, die Kinder vertauscht worden waren und dieser Junge tatsächlich von ihr geboren worden war und das Mädchen von der nun toten Ausländerin? Was machte es schon, daß alle ihre Töchter bisher blond gewesen waren, während dieser Junge mit rabenschwarzen Haaren auf die Welt gekommen war, solange man ihren Angaben glaubte.

Konnte sie das ihrem Mann verkaufen?

Nur Meg, die nicht täglich mit Alida unter einem Dach lebte und deshalb auch nicht selbst miterlebt hatte, was Alida sich alles von ihrem Mann hatte gefallen lassen müssen, wußte in diesem Moment nicht, was Ihre Ladyschaft dachte. Und falls sie es gewußt hätte, wäre ihr das egal gewesen, solange beide Kinder von Alida versorgt wurden.

Penella, die schon seit Alidas Heirat deren Kammerzofe war, ergriff als erste das Wort. Tränen blinkten in ihren Augen, denn sie liebte ihre Herrin über alles und hatte selbst miterleben müssen, wie sie sich aus einem fröhlichen, glücklichen Mädchen mit der Zeit in den Drachen verwandelt hatte, der sie jetzt war. »Diese da«, flüsterte sie, auf die Leiche der Mutter des Knaben deutend, »hatte eine alte Dienerin bei sich in der Kammer. Sobald der Junge auf die Welt gekommen war, ging die alte Frau fort, um dem Vater dessen Geburt anzuzeigen.«

Einen Moment lang kochte der Zorn wieder in Alida hoch – Zorn auf sich selbst und Zorn auf alle anderen Anwesenden, weil sie nicht gleich daran gedacht hatten, die Babys zu vertauschen. Sie hätte ihrer Kammerdienerin diesen Vorschlag machen können. Sie hätte auch alle Dienerinnen bis auf die Hebamme aus der Kammer weisen können. Es wäre dann ein leichtes gewesen, den Tausch vorzunehmen. Niemand hätte es gewagt, zu bezweifeln, daß der Knabe ihr Kind war und nicht das des toten Mädchens.

Und wenn sie John sagte, daß der Knabe sein Sohn war, würde er diesen gräßlichen Gilbert Rasher umgebracht haben, falls dieser versucht hätte, den Knaben als seinen Sohn zu beanspruchen. Doch was für sie am wichtigsten war: ihr Gemahl würde sie *lieben*. Ehrlich und aufrichtig lieben!

»Ich werde versuchen, sie noch rechtzeitig abzufangen«, flüsterte Penella, während sie schon die Tür öffnete, um der Botin nachzulaufen.

Doch da stand bereits John vor der Kammertür, und hinter ihm befand sich Gilbert Rasher, total betrunken, mit krebsrotem Gesicht.

Obwohl John sich große Mühe gab, die Hoffnung, die er hegte, weder zu zeigen noch in seiner Stimme anklingen zu lassen, war seinem Gesicht doch anzusehen, was er sich nun von diesem Besuch in der Kammer versprach. »Hier soll ein Junge geboren worden sein«, sagte er und tat so, als könne er nicht glauben, was ihm berichtet worden war. Doch er war ein schlechter Schauspieler.

Da zwängte sich eine kleine, affenartige Kreatur zwischen den beiden Männern hindurch, die im Türrahmen der Kammer standen – eine alte Frau mit schwarzen Augen und Händen wie

Raubvogelkrallen. »*Meine* Lady hat einen Sohn zur Welt gebracht«, schrie sie halb mit einem deutlich fremdländischen Akzent. »Sie haben sie getötet, um ihr den Jungen wegzunehmen. Er gehört mir. Er ist nun *mein* Kind.«

Da schob sich Gilbert Rasher in den Raum hinein und gab der alten Frau eine Ohrfeige, daß sie bis an die Wand zurücktaumelte. »Hinaus!« befahl er. »Ich habe keine Lust, mir jetzt dein häßliches Gesicht noch länger anzuschauen.«

Dann wanderte er taumelnd in der Kammer umher, als wüßte er gar nicht recht, wo er sich befand und was in diesem Raum in den letzten Stunden geschehen war. Doch in Wahrheit war er längst nicht so betrunken, wie er jetzt tat. In Wahrheit war er ein sehr gerissener, überaus schlauer Bursche. Um sich ein angenehmes Leben verschaffen zu können, mußte sich ein fauler Mann eben anderer Möglichkeiten als ehrlicher Arbeit bedienen, damit er sich in Pelze kleiden konnte und täglich ein Stück Fleisch auf den Tisch bekam.

In den letzten beiden Tagen hatte er sich die Mägde mit den gewöhnlichsten Gesichtern ausgesucht und bei deren Anblick so getan, als gelüstete es ihn sehr danach, mit ihnen zu schlafen. Sie waren von seiner Aufmerksamkeit so angetan gewesen, daß sie alle mit ihm ins Bett gegangen waren, und als er dort von ihnen all den Klatsch und die Gerüchte zu hören begehrte, die man sich in dieser Burg erzählte, hatten sie ihm diese bereitwillig mitgeteilt. Er wußte daher ganz genau, wie sehr John sich einen kräftigen und gesunden Sohn wünschte, und daß seine Gemahlin einer alten Hexe von einer Frau viel Gold dafür bezahlt hatte, damit diese ihr helfen sollte, ihm den so sehnlichst gewünschten Sohn zu schenken.

Gilbert hatte daraufhin diese affenartige scheußliche Kreatur, die seine Frau aus ihrem Geburtsland mitgebracht hatte, dafür bezahlt, daß sie sich heimlich und unbemerkt in dieser Kammer aufhalten und, sobald sein Sohn geboren war, ihm das sogleich mitteilen sollte. Im Unterschied zu Alida, die stets aus einer Verzweiflung heraus handelte, plante Gilbert die Dinge im voraus, und er hatte zu Recht vermutet, daß Lady Alida, wenn sie zur gleichen Zeit niederkommen sollte wie seine Frau, daran denken würde, die beiden Kinder zu vertauschen; denn er zweifelte nicht einen Moment daran, daß auch Hadleys nächstes Kind wieder eine Tochter sein würde.

Nun war Gilbert gar nicht sonderlich erpicht darauf, noch einen Sohn zu bekommen. Die drei, die er bereits hatte, aßen schon so viel wie ein ganzes Regiment von Söldnern, und es kostete ihn auch eine Menge Geld, sie zu kleiden. Er legte zwar keinen Wert darauf, ihnen eine Ausbildung zu verschaffen, und konnte sich daher das Geld dafür sparen, aber unglücklicherweise bedeutete das auch, daß er mit drei Söhnen belastet war, die auch nicht mehr gelernt haben würden als er.

Nun wußte er jedoch, daß er, falls er seine Karten richtig ausspielte, möglicherweise John dazu bringen konnte, ihm etwas für diesen Sohn zu bezahlen und obendrein noch die Kosten für die Aufzucht eines Jungen zu übernehmen, der ihm gar nicht gehörte.

»Laßt mich meinen Sohn sehen«, sagte Gilbert nun mit einem so zärtlichen Ton in der Stimme, wie ihm dieser gelingen wollte, während er auf Meg zu wankte, die noch immer die beiden Babys auf den Armen trug. Er beabsichtigte, ihr den Jungen wegzunehmen und ihn herumzuzeigen wie einen Preis, den er bei einem Turnier gewonnen hatte; doch da er Babys bisher nie sonderlich gemocht, sondern bestenfalls geduldet hatte, dieses Baby überdies auch noch mit Blut und Fett bedeckt war und sich auf eine ihm unnatürlich erscheinende Weise an das winzige weiße Mädchen neben ihm klammerte, mochte Gilbert es nicht anfassen. Zugleich regte sich in Gilbert ein sechster Sinn der Selbsterhaltung – ein bei ihm besonders gut entwickelter Wesenszug –, der ihm sagte, daß dieses Kind etwas Unheimliches an sich habe und es am besten wäre, wenn er sich davon trennte – gegen gutes Geld natürlich. Ich hätte niemals dieses schweigsame ausländische Mädchen mit diesen großen rätselhaften Augen heiraten dürfen, die Mutter dieses Kindes, dachte er bei sich und mußte sich sehr beherrschen, damit er sich jetzt nicht bekreuzigte.

John stand derweil immer noch unter der Tür, starrte seine Frau an, und der Haß, der aus seinen Augen loderte, hätte ausgereicht, die Kammer in Brand zu setzen. Es dauerte einen Moment, bevor er seine Sprache wiederfand, und es spielte für ihn keine Rolle, daß er das, was er nun sagte, seiner Gemahlin schon unzählige Male vorgeworfen hatte. Mit jeder Tochter erwachte sein Zorn von neuem.

»Warum kann dieser Wurm von einem Mädchen einen gesunden Sohn zur Welt bringen und du nicht?« wollte John wissen, seine Frau dabei wütend anfunkelnd. Über Gilbert Rashers tote Ehefrau war inzwischen eine Decke gebreitet worden, so daß man ihren aufgeschlitzten Leib nicht sehen konnte; doch an den Umrissen ihres Körpers unter der Decke vermochte man zu erkennen, wie klein und zierlich sie gewesen war. Neben ihr sah Alida groß und kräftig aus, und ihre Haut hatte trotz des Blutverlustes, den sie erlitten hatte, eine gesunde, rosige Farbe.

Ein paar Minuten lang sagte John seiner Gemahlin nun, was er von ihr hielt, und setzte sie vor ihren Dienerinnen und Gilbert herunter, der sich Johns Beschimpfungen mit vor Schadenfreude glitzernden Augen anhörte.

Meg hielt die ganze Zeit über die beiden Kinder auf den Armen, die keinen Laut von sich gaben, obwohl sie noch immer hellwach waren und sich gegenseitig in die Augen sahen.

Jetzt schien auch John zum erstenmal die Kinder richtig wahrzunehmen, oder vielmehr den Jungen. Mit zwei Schritten war er bei Meg, baute sich vor ihr auf und blickte auf die beiden Babys hinunter, die sie an ihrem Busen barg. John war kein abergläubischer Mensch und besaß auch nicht Gilberts Spürsinn. Als er die beiden Kinder betrachtete, die wie Kletten aneinanderhingen, kam ihm bei diesem Anblick nicht der Verdacht eines absonderlichen oder widernatürlichen Verhaltens. Auch der Gedanke, daß hier vielleicht eine gewisse Behutsamkeit oder Rücksichtnahme angebracht sei, kam ihm nicht. Er sah nur einen großen, kräftigen, körperlich perfekt geratenen Jungen – einen Sohn, wie er sich ihn schon immer gewünscht hatte.

Ehe Meg protestieren konnte, hatte er schon zugepackt, die beiden Babys auseinandergerissen, und drückte nun den Jungen an seine Brust.

Noch *nie* hatte diese Burg ein solches Gezeter erlebt wie jetzt, als die beiden Babys voneinander getrennt wurden. Wenn jemand geglaubt hatte, der Junge sei noch von der schweren Geburt geschwächt oder seine Lunge habe dabei einen Schaden davongetragen, wurde er in dem Augenblick, wo dieser zu plärren begann, eines Besseren belehrt. Das gleiche galt für das Mädchen. Das Geschrei, das die beiden anstimmten, war geradezu beängstigend. Es war so, als wären zwei Dutzend »banshees« – heulende Geister – in dem Raum losgelassen worden, die einen solchen Lärm machten, daß die Wände davon wackelten.

Die Augen der Anwesenden weiteten sich; eine von den Dienerinnen hielt sich die Ohren zu; Meg blickte den Jungen, der wie wild in Johns Armen strampelte, erschrocken an, während Gilbert, der sich in der Nähe seiner toten Frau auf einem Schemel niedergelassen hatte, bei sich dachte, daß er doch zu hart für seinen Lebensunterhalt arbeiten müsse, wenn er sich das noch ein paar Minuten länger anhörte. Nur John schien das Geplärre nicht zu stören.

»*Das* ist ein Sohn, Madam«, brüllte er seiner Frau zu. »*Das* ist es, was Ihr mir hättet schenken sollen. Keine verbogenen Füße. Keine schwachen Lungen. Versteht Ihr denn nicht, in Eurem Bauch solche Söhne herzustellen?«

Gilbert begriff, daß John noch eine Weile lang in diesem Ton weitermachen würde und sie beide vielleicht nie ins Geschäft kommen würden, wie er das geplant hatte, und übernahm deshalb jetzt die Initiative. »Oh, mein geliebtes Weib«, begann er zu jammern und mußte seine Stimme so laut erheben, wie er das auf dem Turnierplatz tun mußte, um die Trompeten zu übertönen. Denn bei dem Geschrei, das die beiden Babys machten, und Johns Gezeter konnte er sein eigenes Wort nicht mehr verstehen.

»Mein geliebtes Weib!« brüllte Gilbert. »Von allen meinen Frauen bist du mir die teuerste gewesen! Und nun muß ich versuchen, noch einen Sohn großzuziehen – ohne eine Mutter. Dabei kann ich doch die drei anderen, die ich bereits habe, kaum ernähren. Wo soll ich da die Nahrung für diesen hier hernehmen? Wann werde ich die Zeit dafür finden, ihm das beizubringen, was er im Leben können und wissen muß? Wer wird mit ihm reiten? Wer wird mit ihm jagen? Wer wird mit ihm feiern, wenn er sein erstes Wildschwein erlegt?«

John hatte nun endlich von seinen Tiraden gegen seine Frau abgelassen und blickte jetzt Gilbert an, ein paarmal dabei blinzelnd, als langsam ein Gedanke in ihm aufkeimte.

»Gebt doch den Fratzen der Frau zurück, damit sie ihn füttern kann!« rief Gilbert nun ungehalten. War dieser Mann denn schwerhörig, daß er dieses Gebrüll so lange ertragen konnte?

Als John begriff, daß das kostbare Kind auf seinen Armen vielleicht verhungern könnte, wenn er nichts unternahm, benahm er sich so, als hätte man ein Feuer unter seinem Hintern angezündet. Mit einem Satz hatte er den Raum durchquert und reichte Meg den Knaben zurück. Sobald der Junge und das Mädchen wieder Körperkontakt hatten, hörten sie auf zu plärren.

John sah nun voller Genugtuung, wie Meg ihr rauhes Gewand öffnete und ein Paar herrliche volle Brüste enthüllte. Binnen weniger Sekunden hatten die Babys ihre Münder daran geheftet und saugten gierig.

Diese kurze Ablenkung hatte nun wiederum John Gelegenheit gegeben, über das nachzudenken, was er soeben gehört hatte – und falls er noch nicht recht begriffen haben sollte, was er, Gilbert, im Sinn hatte, muß er jetzt ein wenig nachbessern.

»O Herr«, begann Gilbert nun laut zu beten, »gib mir Kraft in dieser Stunde der Not. Du weißt ja, daß ich ein armer Mann bin. Ich wurde zwar durch das Blut der Stuarts, das in mir fließt, mit einer Verbindung zum Thron gesegnet, aber nicht mit materiellen Gütern. Ich weiß nicht, wo ich das Geld hernehmen soll, um diesen Sohn zu kleiden, wie es seinem Rang entspricht. Ich weiß nicht ...«

»Ihr könnt uns jetzt verlassen«, unterbrach ihn Alida da mit kalter Stimme, die längst begriffen hatte, was Gilbert mit seiner Jammerei eigentlich bezweckte.

John war in Gedanken so sehr mit seinem Herzenswunsch beschäftigt und der Idee, die Gilbert ihm eingepflanzt hatte, daß er jetzt zum erstenmal seine Frau nicht anbrüllte, sondern lediglich die Hand hob, um sie zum Schweigen zu bringen. Es kam ihm nicht in den Sinn, daß Gilbert Rasher seinen Sohn loswerden wollte – daß jemand so etwas Kostbares *weggeben* könne, wäre ihm ebenso unbegreiflich erschienen wie die Möglichkeit, daß ihm jemand einen Berg aus Gold schenken würde. Hatte er denn nicht sein ganzes Leben lang auf so einen Jungen hingearbeitet? Doch für Gilbert waren solche Söhne leicht gemacht; Gold war für ihn viel wertvoller.

»Ich ...«, begann John nun vorsichtig, im stillen darum betend, daß er Gilbert mit seinem Angebot nicht etwa beleidigte, »... *ich* werde den Unterhalt für Euren Sohn übernehmen. Ich werde ihn ernähren, ihn trainieren.«

Gilbert sah John an, als wäre dieser Vorschlag für ihn eine Riesenüberraschung. »Das könnt Ihr doch unmöglich für mich tun!« sagte er. »Kein Mensch auf dieser Welt ist zu so einer Großzügigkeit fähig.« Und als würde er nun von seinem Kummer überwältigt, erhob Gilbert sich von dem Schemel, auf dem er saß, um sich zu seinem Sohn zu begeben, der hungrig an Megs Brust saugte.

Da vertrat John ihm den Weg. »Ich muß doch etwas tun, um einem Mann aus einer Notlage zu helfen«, sagte er und forschte dann fieberhaft in seinem Geist, ob er Gilbert denn nicht etwas »schuldete«. »Eure Frau ist in meinem Haus gestorben. Das ist die Schuld der Hebamme gewesen, die für mich arbeitet. Um Euch dafür zu entschädigen, werde ich die Kosten für den

Unterhalt Eures Sohnes tragen und die Hebamme zum Teufel jagen.«

Dagegen wollte nun Berta Widerspruch erheben, aber ein strenger Blick von Alida brachte sie sogleich zum Schweigen. Alida wollte um jeden Preis verhindern, was sich da vor ihren Augen anbahnte, wußte aber nicht, wie sie das anstellen sollte. Sie hatte ihrem Gemahl viele Töchter und zwei Söhne geschenkt, aber all die Mühe, die sie sich damit gemacht hatte, wurde nun weggeworfen wie ein wertloses Stück Papier. Es wäre ja alles in Ordnung gewesen, wenn sie ohne Wissen ihres Mannes die beiden Kinder vertauscht hätte. Er würde sie dafür geliebt haben, daß sie ihm den Sohn seiner Wünsche geschenkt hatte. Doch nun würde er wissen, daß sie wieder einmal versagt hatte, und sie dafür hassen. Und was noch schlimmer war: Er würde alles – das ganze Land und das darauf befindliche Eigentum – diesem Kind überlassen, das nicht sein eigenes war.

»Nein, nein«, erwiderte da Gilbert und seufzte schwer. »Ihr könnt doch nicht Eure Hebamme aus Eurem Haus jagen. Ich bin sicher, daß sie in ihrem Beruf tüchtig ist. Es war nicht ihre Schuld, sondern meine, daß meine Frau gestorben ist. Ich zeuge immer Söhne von solcher Größe, daß keine Frau sie unter ihrem Herzen zu tragen vermag. Wenn ich auf meine Frauen Rücksicht genommen hätte, würde ich mit ihnen so kleine goldene Mädchen gezeugt haben, wie Ihr das gemacht habt.«

»Das Pferd, das Ihr gestern so sehr bewundert habt«, sagte John, »es gehört Euch.«

Gilbert machte ein beleidigtes Gesicht. »Glaubt Ihr etwa, ich würde meinen *Sohn* für ein Pferd eintauschen?« sagte er entrüstet.

»Nein, nein, natürlich nicht.« Alle Pferde der Welt hätten John nicht dazu bewegen können, sich von so einem großen, kräftigen und gesunden Sohn wie diesem zu trennen.

Langsam, um John Gelegenheit zu geben, ihm ein besseres Angebot für den Jungen zu machen, schlenderte Gilbert zu der Stelle hinüber, wo Meg die beiden Babys auf den Armen hielt.

Als John jedoch offenbar kein besseres Angebot einfallen wollte, half ihm Gilbert auf die Sprünge: »Ich kann einen Säugling nicht von seiner Milch trennen. Ich muß also warten.« Und mit einem zweiten, dramatischen Seufzer setzte er hinzu: »Ich wünschte, ich könnte den Jungen bei Euch lassen.«

Bei dieser Bemerkung weiteten sich Johns Augen.

»Wenn es doch nur eine Verbindung zwischen unseren beiden Familien gäbe. Vielleicht ein eheliches Band. Ich brauche eine neue Frau.«

»Nehmt Euch eine von meinen Töchtern«, sagte John schnell. »Ihr könnt jede von ihnen haben. Ich überlasse Euch die Wahl.«

»Ich werde mir die Rothaarige nehmen«, sagte Gilbert prompt.

Alida keuchte erschrocken, denn ihre Tochter Joanna war erst zehn Jahre alt. »Das könnt Ihr nicht machen«, sagte sie und sah ihren Mann dabei beschwörend an.

Doch John schenkte ihr keine Beachtung. »Sie gehört Euch.«

»Und was bekommt sie als Mitgift?« Jetzt, wo der Handel eröffnet war, ließ Gilbert die Maske der Trauer fallen.

»Peniman Manor«, sagte John rasch.

Alida ballte die Hände an ihren Seiten zu Fäusten. Peniman Manor gehörte *ihr,* war ihr von ihrem Vater zu ihrer eigenen freien Verfügung überlassen worden. Sie zog sich jedesmal, wenn sich die Möglichkeit dazu ergab, auf diesen Landsitz zurück – eine Stätte, wo sie einen schönen Garten nach ihren eigenen Vorstellungen hatte anlegen können, der nicht von den Hufen von Pferden zertrampelt werden würde, die von Männern geritten wurden. Denn es war ein Ort, wo Männer nicht willkommen waren und wo alle schönen Dinge, die ihr jemals gehört oder die sie selbst hergestellt hatte, aufbewahrt wurden. Ihr Gemahl haßte dieses Haus mit seinen schönen Tapeten, Stickereien, Büchern und den großen, mit duftenden Kräutern gefüllten Schalen auf den polierten Tischen.

Als Alida nun den Mund öffnete, um zu protestieren, wandte John ihr sein vor Wut dunkelrotes Gesicht zu. »Ihr habt mir genommen, was mir gerechterweise zustand«, zischte er, »und deshalb werde ich mir jetzt nehmen, was Euch gehört.« Dann sah er zu Gilbert zurück. »Peniman Manor gehört Euch, und ebenso das Mädchen. Und ich werde den Jungen behalten.« Es dämmerte ihm jetzt allmählich, daß der Besitz dieses Jungen nur eine Frage des Geldes war.

»Ich weiß nicht, ob ich Euch den Jungen überlassen soll. Er ist ein strammer Bursche, findet Ihr nicht auch? Schaut nur, wie kräftig er ist. Das Mädchen hat bereits mit dem Saugen aufgehört, aber der Junge trinkt noch immer. Ich garantiere Euch, daß er zu einem schönen, starken Mann heranwachsen wird.«

Obwohl John das Herz bis in den Hals hinauf klopfte, versuchte er so zu denken, als würde er um ein Pferd feilschen. Nur daß es ihn noch nie so sehr nach dem Besitz eines Pferdes verlangt hatte wie nach dem dieses Jungen.

»Kinder sterben«, erklärte John mit einem Achselzucken, mit dem er niemanden zu täuschen vermochte. »Ich bin mir nicht sicher, ob ich damit einverstanden sein sollte, den Jungen zu behalten. Was habe ich denn schon davon, daß ich Euren viel zu groß geratenen Sohn aufziehe? Er wird mir zweifellos die Haare vom Kopf essen und mich um Haus und Hof bringen.«

»Es würde eine Ehre für Euch sein, einen Knaben aufziehen zu dürfen, der mit der Krone verwandt ist«, erwiderte Gilbert, als hätten Johns Ausführungen ihn zutiefst verletzt.

»Ha! Ich würde ihn großziehen, ihn trainieren, und dann würdet Ihr ihn mir wegnehmen und ihn mit irgendeinem Mädchen verheiraten, das mir nichts bedeutet.«

Gilbert liebte das Feilschen über alles. Es brachte sein Blut ebenso in Wallung wie ein großer Humpen voll Wein. »Hmmm«, meinte er, sich das Kinn reibend. »Ihr habt natürlich recht.« Er wußte, daß man sich immer einen Vorteil dadurch verschaffte, daß man seinem Kontrahenten schmeichelte. Gilberts Kopf ruckte hoch. »Wir werden die beiden miteinander verloben. Was meint Ihr dazu?«

John wäre jetzt am liebsten vor Freude bis an die Decke der

Kammer gesprungen, doch er sagte zunächst nichts. »Ich verbringe mein ganzes Leben damit, ihn zu füttern, zu kleiden und zu erziehen, und dann heiratet er meine Tochter und lebt in einem Haus, das ich den beiden zur Verfügung stellen muß? Ich kann mir doch jederzeit Ehemänner für meine Töchter besorgen, die ich nicht erst großziehen müßte.«

Es dauerte einen Moment, ehe Gilbert begriff, worauf John hinauswollte. »Ihr wollt einen Erben haben«, sagte er leise und verwundert. John war ein Narr, wenn er jemandem traute, und ganz besonders in einem Fall, wo er all sein Eigentum einem Jungen überlassen wollte, der kein Blutsverwandter von ihm war. Einen Moment lang musterte Gilbert John von Kopf bis Fuß. John war nun fast vierzig, und obwohl Gilbert ein ausschweifendes Leben geführt hatte, das ihn fast so alt aussehen ließ wie John, war er eben erst achtundzwanzig geworden. Wenn John diesen Jungen zu seinem Erben machte, konnte Gilbert nach Johns Tod Anspruch auf den Jungen erheben *und* auf alles, was dieser besaß.

»Macht das nicht!« rief Alida ihrem Mann zu, denn sie hatte Gilberts Gedanken lesen können, als hätte dieser sie laut ausgesprochen. »Seht Ihr denn nicht, worauf er aus ist? Er hat einen Weg gefunden, um Euch alles stehlen zu können, was Ihr besitzt. Wenn Ihr sterbt, wird er sich alles nehmen, was Euch gehört.«

John drehte sich nun wieder wütend zu ihr. »Was schert es mich, was aus meinem Besitz wird, wenn ich einmal tot bin? Soll ich mich etwa mein ganzes Leben lang dafür abrackern, daß nach meinem Tod mein ganzer Besitz an eine Frau fällt, die mir nur Töchter zu schenken vermag? Sollte ich ihn etwa diesen zwei wertlosen Söhnen überlassen, die Ihr mir geboren habt? Der eine kann kaum gehen, und der andere ist so kurzatmig, daß er keine drei Schritte weit laufen kann.« Er funkelte sie an. »Von mir aus könnt ihr dann alle auf einem Misthaufen wohnen!«

Er wandte sich wieder Gilbert zu. »Gib mir den Jungen. Wir werden einen Vertrag machen, und ich werde ihn mit einer meiner Töchter verloben – ich habe ja genug davon – und ihn zu meinem Erben machen. Solange ich lebe, gehört er mir.«

»Solange ich lebe«, dachte Gilbert. Wenn John starb, bevor der Junge volljährig war, würde Gilbert die Kontrolle über ihn haben. Tatsächlich würde Gilbert immer die Kontrolle über den Jungen haben, egal, wie alt er war, wenn John starb. Gilbert hatte schon immer den Verdacht gehabt, daß John ein zu weiches Herz hatte, doch dieser Tag hatte ihm das nun bewiesen. John gab seinen ganzen Besitz für etwas her, das ihm nie wirklich gehören würde. Blut bedeutete alles, Verträge waren nur ein Stück Papier. Wenn der Junge ein paar Jahre älter geworden war, konnte Gilbert sagen, daß er sich einsam fühlte und den Jungen wiederhaben wollte – außer, wenn John ihm mehr für ihn bezahlte.

»Was kann mich nun über den Verlust des Sohnes von dieser Frau hinwegtrösten, die ich so sehr geliebt habe?« fragte Gilbert.

Einen Moment lang war John in Verlegenheit. Wie sollte er ihm denn noch mehr bieten können als alles, was er überhaupt besaß?

»Da wäre ein Pferd ...«, half Gilbert ihm nun wieder auf die Sprünge. »Und ein paar goldene Becher. Ich brauche schließlich ein Gefäß, aus dem ich trinken kann. Leider habe ich nur keinen Wein in der alten Burg, die ich besitze. Und wenn ich ein neues Dach hätte, würde es nicht dauernd in diese hineinregnen ...«

Innerlich vor Wut kochend, hörte Alida nun eine geschlagene Stunde zu, wie ihr Gatte mit diesem verabscheuungswürdigen Mann »verhandelte«. Allerdings war »verhandeln« nicht das richtige Wort dafür, daß John diesem Halunken alles gewährte, was dieser von ihm verlangte. Er gab ihm Wein, Vieh und Blei für ein neues Dach, und dazu auch noch die Handwerker, die ihm das Dach neu decken würden. Er gab ihm die sechs goldenen Becher, die Alida ihrem Mann zu ihrer Hochzeit geschenkt hatte. Es waren wunderschöne Stücke, mit Rubinen besetzt und mit Motiven aus dem Leben von Heiligen geschmückt. Es waren Becher, die jahrhundertelang im Besitz ihrer Familie gewesen waren und die sie der Familie ihres ältesten Sohnes hatte weitervererben wollen. Doch nun würden sie in den Besitz dieses schmutzigen Halunken übergehen, der sie zweifellos schon wenige Stunden, nachdem er sie bekommen hatte, einschmelzen würde.

Nach einer Weile hörte sie auf, ihren Mann anzusehen, und wandte statt dessen ihre Aufmerksamkeit den beiden schlafenden Kindern zu, die die Amme noch immer auf ihren Armen hielt. *Hier* befand sich die Ursache all ihrer Probleme.

Vielleicht waren es die Jahre ihres Elends, die ständigen, nie endenden Nörgeleien ihre Ehemannes. Vielleicht waren es die neunzehn Jahre, in denen sie um etwas gebetet hatte, was sie nie bekommen hatte, die nun dafür sorgten, daß da etwas in Alida zerbrach.

Alida konnte nicht länger glauben, daß sie jemals die Gunst ihres Gemahls zurückgewinnen würde. Sie war ihm eine gute Ehefrau gewesen, die ihm seine Burgen stets saubergehalten und ihm jeden Haushalt gut geführt hatte. Er hatte ja keine Vorstellung davon, welche Probleme in so einem Haushalt zu bewältigen waren. Er wußte nicht, was für eine Arbeit erforderlich war, eine ordentlich gekochte Mahlzeit auf den Tisch zu bringen. Er überließ das alles seiner Frau, und Alida hatte diese Aufgaben bisher brillant gelöst. Sie hatte trotz ihrer fast ununterbrochenen Schwangerschaften die Dienerschaft regiert und das Personal beaufsichtigt. Wenn Probleme auftraten – und das passierte oft –, nahm sie sich deren immer selbst an und löste sie, ohne erst ihren Gemahl damit zu belästigen.

Und nachdem sie ihm nun neunzehn Jahre lang eine vorbildliche Ehefrau gewesen war, verschleuderte er alles, das viele Jahrhunderte hindurch im Besitz ihrer Familie gewesen war, indem er es einem Kind überließ, das nicht einmal mit ihm verwandt war. Er überging seine eigenen Kinder – Kinder, die nicht nur intelligent, sondern auch hübsch waren –, um das alles dieser Kreatur dort zu vermachen.

Sie blickte auf das schwarzhaarige Kind, das in den dicken

Armen seiner Amme lag, und ein Haß, wie sie ihn bisher noch nie gekannt hatte, loderte in ihr auf. Und dieser Haß richtete sich nun ausnahmslos gegen dieses Baby, das noch immer seinen Lebenssaft aus der Brust dieser Bauersfrau sog. Dieses Baby hatte bereits seine Mutter getötet und jetzt auch ihr gleichsam den Todesstoß versetzt. Es hatte eine ganze Familie um ihr rechtmäßiges Erbe gebracht, sie ihrer Zukunft beraubt.

Kapitel fünfzehn

»Ich werde dem Jungen einen Namen geben«, sagte John, und da war ein Licht in seinen Augen – ein Leuchten, das seine Frau noch nie zuvor darin gesehen hatte.

Ein ganzer Tag war nun seit ihrer Niederkunft vergangen, und die Erschöpfung hatte dafür gesorgt, daß Alida ein paar Stunden schlafen konnte. Das galt jedoch nicht für John. Er hatte darauf bestanden, daß sofort ein Anwalt herbeigeschafft werden müsse, um die Verträge zwischen ihm und Gilbert Rasher aufzusetzen. Er fürchtete nämlich, Gilbert könne es sich noch einmal anders überlegen und noch in der Nacht mit seinem neugeborenen Sohn die Burg verlassen.

Nachdem die Dokumente ausgefertigt und unterzeichnet worden waren, war John zu den Hochzeitsgästen zurückgekehrt und hatte ihnen verkündet, daß ihm soeben ein Sohn geboren worden sei. Damit er diese Lüge widerspruchslos ausstreuen konnte, hatte er sich damit einverstanden erklärt, Rasher jedes Jahr die Erträge dreier seiner Felder zu überlassen, solange der Junge lebte. Und das noch zu den vielen anderen Reichtümern, die er Rasher bereits versprochen hatte.

Es gab ein großes Frohlocken in der Halle, als John die Neuigkeit verkündete. Und um mit seinem neugeborenen Sohn vor ihnen zu prahlen, entriß John der Amme einfach den Jungen und hielt ihn hoch, worauf nicht nur der Knabe, sondern auch das Mädchen so laut zu plärren anfingen, daß davon selbst das Lärmen der angetrunkenen Gäste übertönt wurde.

Da ging Meg zu John und reichte ihm wortlos auch seine Tochter, und sofort hörte das Geschrei der beiden Kinder auf. Einen Moment lang war John in Verlegenheit, was er nun machen sollte. Er hatte eine schreckliche Angst davor, daß die Leute nun erraten könnten, daß sein verfluchtes Weib ihm gar nicht diesen Jungen geboren, sondern ihm abermals eine Tochter, nämlich dieses blonde Mädchen, beschert hatte.

Gilbert, der sah, wie Johns Nacken dunkelrot anlief, trat nun vor die Gäste und verkündete, daß die beiden Kinder, da sie am gleichen Tag geboren worden waren, miteinander verlobt würden.

Und darauf gab es noch mehr Jubel und Trinksprüche.

John blickte mit sichtlichem Widerwillen auf das Mädchen hinunter, das er nun ebenfalls auf seinen Armen hielt. Es sah so aus, als könnte er es jeden Moment fallen lassen wie irgendeinen ihm nicht geheuren Gegenstand.

»Haltet auch meine Tochter in die Höhe«, sagte Gilbert da zu John. »Laß die Leute sehen, wie schön sie ist. Keiner von euch hätte mir doch jemals zugetraut, daß ich eine solche Schönheit zeugen könnte, nicht wahr?« rief er dann augenzwinkernd den Gästen zu und schnitt dabei eine Grimasse, daß diese vor Lachen kreischten. Vielleicht hätte Gilbert Rasher ja ein gutaussehender Mann sein können, wenn ihm sein Vater nicht die Nase plattgeschlagen hätte und wenn er nicht so oft von Lanzen getroffen und von Pferden abgeworfen worden wäre. Von seinem zehnten Lebensjahr an hatte Gilbert sich mit jedem männlichen und weiblichen Wesen angelegt, das seinen Weg kreuzte, und sein Gesicht war nun so entstellt, daß er gar nicht mehr erkennen konnte, wie er hätte aussehen können.

»Wie heißen denn die beiden?« rief jemand aus der Menge.

»Nun, ja«, erklärte John daraufhin, der noch immer nicht das ihm peinliche Ärgernis überwunden hatte, daß er nun statt eines Sohnes zwei Kinder im Saal herumzeigen mußte, und sah etwas verlegen zu Boden.

»Ich werde ihn …«, John sah nun wieder die Gäste an und lächelte. »Ich werde ihn nach meinem Vater nennen.« Sein Lächeln wurde breiter. »Und nach mir selbst natürlich. Ich werde ihn John Talis Hadley nennen.« Einen Moment lang war er so gerührt, daß er nicht weitersprechen konnte, ehe er mit einem Beben fortfuhr: »Mein Sohn.«

Ein donnernder Applaus folgte diesen Worten, denn die Gäste freuten sich ehrlich mit ihm. Nur einer oder zwei unter ihnen errieten die Wahrheit, doch sie waren klug genug, den Mund zu halten.

»Und du, Gilbert?« rief jemand, »wie steht es mit deiner Tochter? Wie willst du sie nennen?«

Da Gilbert sich noch nie in seinem Leben mit etwas so Profanem wie der Namensgebung seiner Kinder beschäftigt hatte, war er es jetzt, der in Verlegenheit geriet und ein paarmal den Mund auf und zu machte, ohne einen Ton herauszubringen.

Da faßte sich Meg ein Herz und wagte es, laut zu sagen: »Callasandra. Ihr erinnert Euch doch noch, Mylord? Ihr habt das Kind Callasandra taufen lassen wollen.« Es war ein Name, den sie einmal vor Jahren von ein paar reisenden Musikanten gehört und für schön gehalten hatte – für fast so schön wie das kleine Mädchen, das sie John vorhin in den Arm gelegt hatte.

Die Menge schien den Namen eine Weile lang auf der Zunge zergehen zu lassen, ehe eine Frau sagte: »Wie hübsch«, und dazu zustimmend nickte. Nun erklärten sich auch John und desgleichen Gilbert damit einverstanden, daß das Kind so heißen sollte.

»Laßt mich Euch die Kinder nun wieder abnehmen«, erklärte Meg dann, vor John hintretend, denn sie konnte es nicht ertragen, noch länger von ihnen getrennt zu sein.

Während sich Meg nun in einer Ecke des Saales niedersetzte, um die beiden Kinder an ihre Brust zu legen, verkündete John, daß Gilbert seine, Johns, zehnjährige Tochter heiraten würde, und nach einem Moment des Schweigens wurde diese Neuigkeit mit einem heftigen Murren quittiert. Gilbert war bei den Leuten nicht beliebt, wenn er auch wegen seiner familiären Beziehungen zum Hof geduldet wurde. Doch nun, wo die meisten Gäste im Saal betrunken oder zumindest beschwipst waren, hatten sie auch weniger Hemmungen, ihren Abscheu vor einem Mann zu bekunden, der für seinen liederlichen Lebenswandel bekannt war und dessen Lüsternheit jetzt ein unschuldiges Kind geopfert werden sollte.

Gilbert mußte sich sehr zusammennehmen, um seinen Ärger über Johns Dummheit nicht zu zeigen, daß er seine beabsichtigte Eheschließung mit Joanna öffentlich bekanntgegeben hatte. Er hätte es vorgezogen, das Mädchen heimlich zu heiraten, sie auf seine Burg zu bringen und erst dort seine Lust an ihr zu stillen, ohne daß jemand etwas davon erfuhr.

»Habt keine Angst«, sagte Gilbert nun laut in dem Versuch, zu scherzen. »Ich werde doch nicht eher mit ihr ins Bett gehen, bevor sie nicht ihre erste Periode gehabt hat.«

»Und möge Gott dann ihrer Seele gnädig sein«, setzte eine Frau murmelnd hinzu, und viel zu viele Leute im Saal lachten über Gilberts »Witz«.

John hatte indes für nichts oder niemand anderen mehr einen Sinn als für den Jungen, der nun gierig an der Brust seiner Amme saugte. Ich werde den Jungen niemals aus den Augen lassen, schwor er sich. Er würde niemals zulassen, daß ihm ein Leid zugefügt wurde. Er würde ihm nur das Beste zukommen lassen. Er würde ihm *alles* geben!

Kapitel sechzehn

Nur Alidas Kammerzofe, Penella, kannte das Ausmaß des Kummers, unter dem ihre Herrin in den letzten Tagen zu leiden hatte. Alida wußte, daß sie aufgrund des Handels, den John mit Gilbert geschlossen hatte, nun keine Chance mehr besaß, ihrem Gemahl noch einen Sohn zu schenken. Ihr Mann würde nie mehr ihr Bett aufsuchen. Zudem hatte es Monate gedauert, ehe sie mit ihrer letzten Tochter schwanger geworden war. Die Jahre ihrer Empfängnisbereitschaft waren jetzt offenbar vorbei.

An dem Tag, an dem John Hadley diesen schwarzhaarigen Jungen zu seinem Sohn erklärte, ließ seine Gemahlin jede Hoffnung fahren.

Neunzehn Jahre lang war es Alida gelungen, sich immer irgendwie Hoffnungen zu machen. Sie hatte stets daran geglaubt, daß John ihr eines Tages seine Liebe zuwenden würde, wenn sie ihm gab, was er sich wünschte. Sie wußte nun, daß dieser Tag nie kommen würde. So wie er von einer Sekunde zur anderen Peniman Manor weggegeben hatte, würde er nicht davor zurückschrecken, ihr alles zu nehmen, was ihr etwas bedeutete.

»Alles, was ich jetzt noch habe, sind meine Kinder«, flüsterte sie, als sie an einem schmalen Fensterschlitz des Hauptturms stand. »*Meine* Kinder. Nicht das Kind eines anderen Mannes und dessen ...« Sie wußte nicht, was für einen Namen sie dieser Kindfrau geben sollte, die während der Geburt ihre Hand festgehalten und solche seltsamen Dinge zu ihr gesprochen hatte.

»Mein Kind soll dein Kind sein;
Dein Kind soll meines sein.
Sie werden eine Seele in zwei Körpern sein.
Sie werden gemeinsam leben;
Sie werden gemeinsam sterben.«

Das war es, was das Mädchen zu ihr gesagt hatte. Diese Worte waren Alida unauslöschlich ins Gedächtnis eingebrannt.

»Geht doch endlich zu Bett, Mylady«, sagte Penella hinter ihr leise, ihrer Herrin die Hände auf die Schultern legend in dem Bemühen, ihr ein wenig Ruhe zu verschaffen. Penella hatte ihre Herrin noch nie so erlebt wie jetzt, und ihr Zustand machte ihr angst. Alida war immer eine schöne Frau gewesen, und das Alter und die vielen Schwangerschaften hatten ihrer Schönheit nicht viel anhaben können. Doch die Ereignisse dieser Woche hatten über Nacht eine dramatische Veränderung bei ihr bewirkt.

Jetzt hingen Alida die Haare strähnig ums Gesicht, und jeden Tag zeigten sich neue graue Fäden darin. Zwei Tage lag die Geburt der beiden Kinder erst zurück, und mit jeder Stunde, die seither vergangen war, hatte sich Alidas Aussehen verschlimmert. Sie weigerte sich, etwas zu sich zu nehmen. Sie lief stundenlang ruhelos im Zimmer auf und ab, ehe sie sich dazu bereitfand, sich niederzulegen, worauf sie dann ein paar Stunden lang unruhig schlummerte und im Schlaf wirres Zeug redete. Penella hatte alle anderen Dienerinnen aus dem Zimmer gescheucht und kümmerte sich nun allein um ihre Herrin. Sie wollte nicht, daß eine andere Person Alida in dieser Verfassung sah.

Es war in der Nacht des dritten Tages, daß die Reden, die Alida im Schlaf führte, für Penella endlich einen Sinn ergaben. Zunächst mochte sie gar nicht glauben, was sie da hörte. Ihre Herrin sagte da etwas von »Sie werden gemeinsam sterben« und dann, immer wieder, »Sie müssen zusammen sterben. Sie müssen zusammen sterben!«

Penella hatte ihr Strickzeug weggelegt und ganz still dagesessen. Sie wollte nicht daran denken, daß ihre Herrin vielleicht den Verstand verloren haben könnte.

»Das Feuer wird sie reinigen«, sagte Alida nun. »Das Feuer wird sie gemeinsam sterben lassen.«

Penella hatte keine Ahnung, was sie unternehmen sollte, stand dann jedoch von ihrem Stuhl auf und ging zur Tür. Als eine Magd am Gemach ihrer schlafenden Herrin vorbeikam, hielt sie diese an und befahl ihr, vor dem Zimmer Ihrer Ladyschaft Wache zu halten und niemanden zu ihr zu lassen, weil sie sonst streng bestraft würde. Da alle weiblichen Bediensteten im Haus wußten, wie Alida Ungehorsam zu bestrafen pflegte, gehorchte die Magd sofort.

Dann hob Penella ihre Röcke an, ging hinaus auf den dunklen Burghof und eilte zu dem entfernten kleineren Turm hinüber.

Dort hatte John nämlich »seinen« Sohn und seine jüngste Tochter, die ihm nichts bedeutete, unterbringen lassen. John hatte auch eine Wache vor dem Zimmer der beiden Kinder aufziehen lassen, doch der Mann war eingenickt, und Penella hatte keine Mühe, an ihm vorbei in das Zimmer der beiden Säuglinge hineinzuschlüpfen.

Im Zimmer war es dunkel, und nur ein schmaler Lichtstreifen, den der Mond durch die Fensterschlitze schickte, fiel auf das breite Bett, in dem die Amme schlief, je ein schlummerndes Baby links und rechts an ihre Schultern geschmiegt.

»Wach auf«, sagte Penella so leise, daß der Wächter vor der Tür sie nicht hören konnte.

Sie wäre fast vor Schreck gestorben, als sie nun eine Männerhand auf ihrer Schulter spürte. Sich rasch umdrehend, sah sie nun einen kleinen, stämmigen, aber recht sympathisch aussehenden Mann mit einem von Wind und Wetter gegerbten Gesicht vor sich.

»Wer seid Ihr?« keuchte Penella.

»Will. Megs Ehemann. Was bringt Euch hierher?«

Penella konnte erkennen, daß dieser Mann offensichtlich großes Feingefühl besaß. »Ich habe Angst«, gestand sie und wurde sogleich von Schuldgefühlen geplagt, als würde sie nun Verrat an ihrer Herrin üben. Mit dem Gedanken, daß es vielleicht falsch gewesen sei, hierherzukommen, wollte sie sich wieder zum Gehen wenden, doch Will behielt die Hand fest auf ihrer Schulter.

»Was ist denn los? Ihr müßt es mir erzählen.«

Da war etwas so Liebenswürdiges an der Art, wie dieser Mann das zu ihr sagte, und so etwas Vertrauenswürdiges in seinem Gesicht, daß Penella sich nun dabei ertappte, wie sie ihm alles mit einer Stimme beichtete, die kaum lauter war als ein Flüstern. »Es war zu viel für meine Herrin. Ich glaube, sie hat vor, dem Jungen etwas zuleide zu tun. Ich glaube ...« Sie schlug die Hände vors Gesicht.

»Wie?« fragte Will.

»F... Feuer«, murmelte Penella. »Sie spricht von einem Feuer.«

Will hatte zwar keine ordentliche Schulbildung genossen; doch sein gesunder Menschenverstand hatte ihn in vielen gefährlichen Situationen, die er als Farmer erlebt hatte, stets das Richtige tun lassen. »Wir müssen Meg und die beiden Kinder von hier wegbringen«, sagte er.

»Vielleicht besteht gar keine Gefahr für sie«, meinte Penella nun. »Ich bin sicher, Ihre Ladyschaft hat nur im Schlaf phantasiert. Ich bin sicher ...«

»Natürlich hat sie das«, sagte Will beschwichtigend. »Möglicherweise hat sie im Schlaf nur etwas geredet, was gar nicht so gemeint war. Sie hat ja eben erst ein Baby bekommen. Zuweilen sagen Wöchnerinnen die merkwürdigsten Sachen. Ich bin sicher, die Reden Ihrer Ladyschaft hatten nichts zu bedeuten, und deshalb müßt Ihr jetzt wieder zu Eurer Herrin zurückkehren und darauf achten, daß sie richtig versorgt wird.«

»Ja, Ihr habt recht«, erwiderte Penella dankbar, sich an der ruhigen, besonnenen Art dieses Mannes ein Beispiel nehmend.

»Geht jetzt. Legt Euch schlafen. Morgen früh werdet Ihr dann aufwachen und denken, daß Ihr das alles, was Ihr eben zu mir gesagt habt, nur geträumt hättet.«

Nachdem Penella gegangen war, verlor Will keine Zeit damit, seine Frau zu wecken. Er wußte, daß er sie und die beiden Kinder so rasch wie möglich aus der Burg fortbringen mußte. Da Meg ihm von dem Kindertausch erzählt hatte, war er insgeheim auf ein solches Attentat gefaßt. Natürlich würde Alida den Jungen töten wollen, der ihre eigenen Kinder bedrohte.

Meg, die liebe, süße Meg, fragte nicht erst lange, warum ihr Mann sie geweckt hatte und ihr nun befahl, sich mit den beiden Säuglingen an der Wache vor der Tür vorbeizuschleichen, mit ihnen so rasch wie möglich die Burg zu verlassen und das Weite zu suchen. Sie spürte, daß die beiden Kinder in Gefahr waren, und das genügte ihr.

Will verließ nun den Raum und lenkte den Wächter mit einer außerordentlich vulgären Geschichte ab, während Meg, die beiden schlafenden Kinder an ihrem Busen bergend, die Wendeltreppe im Turm hinunterlief. Sobald sie ins Freie gelangt war, zog sie ihren Schal über den Kopf und eilte dann so rasch, wie ihre Beine sie tragen wollten, mit den beiden Kindern ins Dorf. Sie dankte Gott dafür, daß in diesen modernen Zeiten in den Burgen nachts die Zugbrücken nicht mehr hochgezogen wurden. Der Grund, weshalb John Hadley überhaupt noch in so einer alten Burg wohnte, war sein Geiz: Er scheute die Kosten für den Bau eines komfortablen Hauses. Die dicken Mauern einer Burg boten heutzutage keinen Schutz mehr vor Feldschlangen und ähnlichen Geschützen.

Sobald Will davon überzeugt sein durfte, daß Meg genügend Zeit gehabt hatte, sich und die beiden Säuglinge in Sicherheit zu bringen, begann er heftig nachzudenken. Wenn es ein Feuer geben und Babys darin umkommen sollten, dann würde man auch erwarten, später die verkohlten Überreste zweier kleiner Körper zu finden. Wenn solche Überreste aber nicht gefunden wurden, würde man nach den Babys suchen. Und solange der Junge noch lebte, würde er immer in Gefahr sein.

Will brauchte einen Moment, bis er sich zu dem entschließen konnte, was er nun tun mußte. Es gefiel ihm zwar nicht, und ihm kam sogar der Gedanke, daß ihm wegen einer so ruchlosen, scheußlichen Tat nach seinem Tod der Zutritt zum Himmel verwehrt werden könnte. Doch wenn es um Megs Heil und das der beiden Kinder ging, die sie bereits so sehr liebte, störte er sich nicht daran, daß ihm möglicherweise das Paradies verschlossen bleiben würde.

Er verließ nun ebenfalls die Burg und eilte zum Gottesacker, wo er erst vor wenigen Tagen seine beiden kurz nach ihrer Geburt verstorbenen Zwillingssöhne beerdigt hatte. Wenn es ein Feuer geben sollte, würde man die verkohlten Überreste zweier Babys im Schutt finden!

Kurz vor Eintritt der Morgendämmerung brach in der alten Burg ein Feuer aus. Die alten eichenen Dielen und Balken brannten wie Zunder und erzeugten eine solche Hitze, daß das Bleidach schmolz und auf die Leute im Burghof herunterregnete. Man machte zwar einen Versuch, das Feuer zu löschen, doch es war zu heiß dafür und die Zeit zu kurz.

Mitten in allem stand John Hadley und brüllte immer wieder: »Mein Sohn, mein Sohn!« Er würde sich selbst in die Flammen gestürzt haben, um das Kind zu retten, wenn ihn nicht ein halbes Dutzend Männer festgehalten hätten. Sie konnten ja alle sehen, daß jeder Rettungsversuch vergeblich war, da das Turmzimmer, wo die beiden Kinder untergebracht worden waren, als erstes von den wabernden Flammen verschlungen wurde.

Es dauerte zwei Tage, bis sich die Asche so weit abgekühlt hatte, daß man im Schutt nach den Leichen der beiden Kinder suchen konnte, und darin die verkohlten Skelette zweier Babys fand. Von der alten Burg war nicht viel übriggeblieben, und jeder, der in ihr eine Funktion ausgeübt und sich damit seinen Lebensunterhalt verdient hatte, wartete nun ängstlich darauf, was John tun würde. Inzwischen hatten die Gerüchte über das, was nach der Geburt der beiden Babys geschehen war, geradezu gigantische Ausmaße angenommen. Einige sagten, daß Johns Frau ein Monster geboren habe. Andere wieder behaupteten, der Junge sei die Quittung dafür gewesen, daß Alida als Gegenleistung für einen Sohn dem Teufel ihre Seele verschrieben hatte. Die meisten Leute waren jedenfalls der Meinung, es sei besser, daß die beiden Kinder in den reinigenden Flammen umgekommen waren.

Nur einige errieten die Wahrheit, doch diese waren klug genug, diese für sich zu behalten.

Jeder hatte Angst vor dem, was geschehen würde, wenn John das Zimmer wieder verließ, in dem er sich eingeschlossen hatte.

Als er eine Woche später zum Vorschein kam, war er kaum noch wiederzuerkennen. Seine Haare, bis vor kurzem noch tief schwarz, waren nun eisgrau. Tiefe Furchen hatten sich zu beiden

Seiten seines Mundes eingegraben, und in seinen Augen zeigte sich ein hartes, kaltes, ja tödliches Glitzern.

Er sprengte auf einem ungestümen Pferd, das aus dem Maul blutete von der Sägezahntrense, die John ihm angelegt hatte, und von dem er früher gesagt hatte, es tauge nur als Futter für die Hunde, auf den Burghof und brüllte: »Was liegt ihr denn alle so faul hier herum?« Selbst seine Stimme schien sich verändert zu haben. »Es gibt eine Menge Arbeit, die auf euch wartet! Ich werde ein Haus bauen. Ein schönes Haus. Ein Haus, das meiner Königin zur Ehre gereichen würde. Also erhebt euch von euren Hintern und *arbeitet!*«

Von diesem Tag an wurde nie mehr von dem Sohn gesprochen, der im Feuer umgekommen war. Auch hatte John Hadley sich in einen gänzlich anderen Mann verwandelt. War er vor diesem Brand ein Mann schlichter Lebensart, aber auch mächtiger Leidenschaften gewesen – groß in seiner Liebe und groß in seinem Haß –, so schien er nun überhaupt keine Gefühle mehr zu besitzen. Er haßte keinen, liebte aber auch niemanden, und seine einzige Sorge galt nun der Errichtung eines steinernen Hauses, eines *schönen* steinernen Hauses, das mit schönen Gegenständen gefüllt war. Es schien, als wäre er zu dem Entschluß gekommen, daß er ein Haus von großer Bedeutung hinterlassen müsse, wenn es ihm schon nicht vergönnt sei, Kinder zu hinterlassen, die seinen Vorstellungen entsprachen.

Was nun seine Frau betraf, so hatte sie sich ebenfalls verwandelt, aber zu ihrem Vorteil. Ihr Ehemann verfluchte sie nicht mehr und putzte sie auch nicht mehr vor ihrer Dienerschaft herunter. Er besuchte sie zwar auch nicht mehr in ihrem Bett, aber darüber war sie nur froh. Tatsächlich schaute ihr Mann sie nun so an, wie er einen anderen Mann angeschaut haben würde, und als er herausfand, daß sie etwas vom Gartenbau verstand, begann er sie diesbezüglich sogar nach ihrer Meinung zu fragen.

Mit den Jahren wurde ihre Ehe allmählich durch eine Freundschaft ersetzt, und langsam, ganz langsam, begann Alida wieder zu hoffen. Manche Frauen würden es gehaßt haben, wenn ihre Ehemänner sie ohne Wärme betrachtet hätten; für Alida jedoch war die Abwesenheit von Haß in den Augen ihres Gemahls fast gleichbedeutend mit Liebe. Nicht einen Moment bereute sie, was sie damit angerichtet hatte, als sie das Feuer in der Burg gelegt und damit nicht nur den Jungen, sondern zugleich mit ihm auch ihre jüngste Tochter umgebracht hatte. Für sie waren die beiden nur gestorben, damit ihre vielen anderen Kinder jetzt und auch in Zukunft leben konnten. Und nun war auch nicht mehr die Rede davon, daß man Gilbert Rasher das, was rechtmäßig ihren Kindern gehörte, überlassen würde. Tatsächlich hatte sich dieser Mann erdreistet, nach dem Feuer im Burghof zu erscheinen und zu John zu sagen, daß dieser ihm nun alles, was sie vertraglich vereinbart hatten, »schuldete«, obwohl der Junge nun tot war. John hatte nur auf das Dokument gespuckt und Gilbert dann im Burghof stehen lassen. Und Gilbert war daraufhin fortgeritten und hatte die Hadleys nie mehr mit seinen Forderungen belästigt. Ja, er hatte nicht einmal das zehn Jahre alte Mädchen beansprucht, das ihm als Braut versprochen worden war.

Fast fünfzig Meilen von der Burg entfernt kauften sich Will und Meg Watkins eine Farm und ließen sich nun darauf nieder, um »ihre« beiden Kinder großzuziehen. Will erzählte seiner Frau nie, daß er in der Nacht, in der sie beide heimlich die Burg verlassen hatten, unter dem Arm von Gilbert Rasher, der gerade seinen Rausch ausschlief, ein ledernes Säckchen hervorgezogen und mitgenommen hatte, in dem sich sechs goldene, mit Edelsteinen besetzte und kunstvoll ziselierte Becher befunden hatten. Diese Becher waren nun unter dem Fußboden des Farmhauses versteckt und bis auf einen Rubin, den Will von einem der Becher gelöst hatte, um damit die Farm zu kaufen, heil und unversehrt. Er hatte sich vorgenommen, den Kindern, wenn sie älter geworden waren, diese Becher auszuhändigen.

Er sagte Meg auch nicht die Wahrheit über das Feuer und die verbrannten Leichen der Babys, die man im Schutt der Burg gefunden hatte. Er wollte sie nicht auf den Gedanken bringen, daß die beiden ihr so kostbaren Babys in Gefahr sein könnten, weil er fürchtete, sie würde sie sonst nie vor die Haustür gehen lassen.

Er erzählte ihr vielmehr, daß John ihm das Geld für den Kauf des Farmhauses gegeben und von ihm verlangt habe, mit den beiden Babys aus dem Dorf fortzugehen, wo sie beide aufgewachsen waren, weil dort ein paar Fälle von Pest aufgetreten seien. Will erzählte Meg auch, daß John und dessen Frau nun ein schönes neues Haus bauen würden und daß John erst viele, viele Jahre später von Meg verlangen würde, ihm die beiden Kinder wiederzubringen. Bis dahin sollten sie und Will dafür sorgen, daß die beiden Kinder auf dem Land gesund und sicher aufwüchsen.

Alles, was Meg an dieser Geschichte interessierte, war die Tatsache, daß die Kinder nun ihr gehörten. Sie war froh, daß sie die beiden, sobald sie entwöhnt sein würden, nicht mehr zur Burg zurückbringen und sie dort jemand anderem übergeben mußte. Aber vorsorglich oder zu ihrer eigenen Beruhigung stillte sie die beiden nun, bis sie zwei Jahre alt geworden waren.

Aber als dann niemand kam, um sie abzuholen, obwohl sie jetzt entwöhnt waren, schien Meg zu vergessen, daß die Kinder nicht ihre eigenen waren.

Doch Will vergaß das niemals und ließ auch keinen Moment in seiner Wachsamkeit nach, sondern faßte jeden Fremden scharf ins Auge, der sich am Horizont zeigte.

Kapitel siebzehn

Acht Jahre später

1579

»Pferde!« sagte Callie enttäuscht. »Du wünschst dir immer nur Pferde. Hast du denn gar keine Phantasie?«

»So viel, wie du hast«, erwiderte Tally, um sich gegen ihren Vorwurf zu verteidigen, wußte jedoch, daß das nicht stimmte. Callie war diejenige, die den Kopf immer voller Geschichten hatte.

Er ging auf der staubigen Straße hinter dem langsam fahrenden Leiterwagen her, der sich auf dem Heimweg vom Wochenmarkt befand, wo sie ihre Farmerzeugnisse verkauft hatten. Will saß, wie immer, schlafend auf dem Kutschbock und überließ es seiner alten Mähre, den Weg nach Hause selbst zu finden. Callie saß hinten auf dem Leiterwagen, ließ ihre von Mücken zerstochenen bloßen Beine von der Ladefläche herunterbaumeln und hatte die Hände unter die Schenkel geschoben, während sie, sich vorbeugend, zusah, wie Tally mit seinem Holzschwert herumfuchtelte.

Es waren zwei überaus unterschiedliche Kinder, was ihr Aussehen betraf: Talis dunkelhaarig, groß und kräftig, mit seinen acht Jahren schon eine so stattliche Erscheinung, daß man ihn eher auf zwölf schätzte. Callie hingegen war blond, klein und zierlich, mit einem so süßen und unschuldigen Gesicht, daß sie mit ihren acht Jahren viel jünger wirkte als er. Talis bewies ihr oft seine Stärke, indem er sie hochhob und im Kreis herumwirbelte, und Callie revanchierte sich dann damit, daß sie durch Zaunlücken und Felsspalten schlüpfte, in denen er mit seinen breiten Schultern hängenblieb. Und sie machte sich auch einen Spaß daraus, ihn bei seinen Kraftproben an den Tag zu erinnern, an dem er zwischen den Gitterstäben eines Kellerfensters eingeklemmt gewesen war und sie ihn aus dieser Notlage befreien mußte, ehe der Hausbesitzer, dem sie ein paar Äpfel aus dem Keller stibitzt hatten, ihn entdeckte und ihm den Hintern versohlte.

»Kannst du denn nie an etwas anderes als Pferde denken?« fragte sie in geringschätzigem Ton.

Talis macht mit seinem Schwert einen wütenden Ausfall gegen einen imaginären Feind. »Das Denken ist *dein* Job«, antwortete er.

»So? Wofür taugst du denn dann, wenn ich das Denken übernehmen soll?«

»Männer sind dazu da, Frauen zu beschützen, tapfer zu sein und aufrichtig. Sie sind dazu erschaffen, ehrenvolle und gute Taten zu vollbringen. Männer sind ...«

»Ha, ha!« spottete Callie. »Dein letzter Kampf war mit einer Futterrübe, die so dick und lang war, daß du sie kaum aus der Erde herausziehen konntest! Es sei denn, du meinst die Kuh, die dir auf den Fuß getreten ist.«

Talis ließ sich durch ihre Bemerkungen nicht aus dem Konzept bringen. Er teilte wieder ein paar wuchtige Schläge mit seinem Schwert aus und sagte dann: »Nun gut – wenn ich keinen Gegner finde, werde ich eben mit Drachen kämpfen.«

Callie stöhnte: »Entweder sind es die Pferde, die dir im Kopf herumgehen, oder die Drachen.«

Er rannte ein paar Schritte, nahm Anlauf, sprang dann hinten auf den Wagen und setzte sich neben sie. »Eines Tages wirst du mir vielleicht noch dafür dankbar sein, daß ich mich so gut mit Drachen auskenne, wenn ich dich nämlich vor einem retten soll.«

»Ich kann mich selbst retten.«

»Ha!« sagte er. »Wie willst du dich denn gegen einen Drachen verteidigen? Indem du ihn totredest?«

Callie dachte eine Weile über dieses Problem nach. »Aber ja doch. Ich werde ihm eine Geschichte erzählen, die so spannend ist, daß er von mir abläßt und zuhört.«

Talis hielt sein Schwert in die Höhe und betrachtete es mit schmalen Augen. »Und während er dir zuhört ...«

»Mir so gebannt zuhört, daß er sich nicht mehr bewegen kann«, setzte sie hinzu.

»So gespannt zuhört, daß er so regungslos ist wie ein Stein, werde ich mich an ihn heranschleichen und ...«

Callies Augen leuchteten nun auf eine Weise auf, die Talis über alles liebte. Denn dieses Licht in ihren Augen bedeutete, daß sie nun anfangen würde, eine Geschichte zu erzählen: »Du wirst auf seinen Rücken klettern. Er wird es gar nicht merken, weil du deine Zauberschuhe trägst – die Zauberschuhe, die dir diese Hexe schenkte, damit du für sie den Drachen töten sollst – und ...«

»Warum?«

Er mußte ihr nicht erst erklären, worauf sich sein »Warum« bezog, weil sie schon wußte, was er meinte. »Du hast doch das Baby der Hexe vor ihm gerettet und ...«

»Hexen haben gar keine Babys!« erklärte er in mißbilligendem Ton.

Darauf sie, beleidigt: »Also gut, dann ist es eben ein Baby, das sie liebt, weil es so *schön* ist. Jeder liebt doch Babys. Selbst der Drache mag es so sehr, daß er es am liebsten *fressen* möchte. Denn dann würde es ihm ja für immer gehören.«

Talis' Augen weiteten sich.

Als Callie sich nun seiner Zuhörerschaft sicher war, zappelte sie ein wenig aufgeregt mit den Beinen. Sie war zwar klug genug, sich nichts auf ihr Aussehen einzubilden, dafür jedoch um so eitler, was ihr Talent im Erfinden von Geschichten betraf. Und so erzählte sie Talis nun auf dem Rest des Nachhauseweges die Geschichte von den Zauberschuhen, die ihn schwerelos machten, so daß er unbemerkt auf den Rücken des Drachen klettern und dessen Herz durchbohren konnte. Und als der Drache nun sterbend vor ihnen im Gras lag, hatte er nur noch einen Wunsch – sich Callies Geschichte bis zum Schluß anhören zu können.

Als Callie mit ihrer Geschichte zu Ende gekommen war, sagte Talis, ohne zu lächeln: »Ich bin froh, daß ich ihn getötet habe, Callie. Vielleicht hätte er dich nämlich fressen wollen, um sich all deine Geschichten einverleiben zu können.«

»Wärst du traurig gewesen, wenn er mich gefressen hätte?«

»Aber sicher doch«, erklärte er. »Wer würde mir denn in Zukunft Geschichten erzählen, wenn du tot wärst?« Sprach's, sprang vom Wagen herunter und rannte auf das Farmhaus zu, während Will, der inzwischen aufgewacht war (das Pferd wußte genau, wann es am Zügel rucken mußte, um ihn aufzuwecken) das Gefährt in den Hof hineinlenkte.

»Na, warte, du ...!« rief Callie, sprang ebenfalls vom Leiterwagen herunter und rannte hinter Talis her.

Talis lief direkt auf Meg zu, die bereits unter der Haustür stand und nach ihrem Mann und den Kindern Ausschau hielt, wie sie das immer an Markttagen zu tun pflegte. Will sagte, sie habe ein Gespür dafür, um welche Zeit sie nach Hause kommen würden. Aber es war kein sechster Sinn, sondern eine schreckliche Angst, daß die drei vielleicht spurlos verschwinden könnten, die Meg an den Markttagen keine Ruhe ließ, so daß sie stundenlang am Fenster stand und dort auf die Heimkehr von Will und den Kindern wartete.

Talis, der mit seinen acht Jahren schon fast so groß war wie Meg, faßte sie um die Taille und schwenkte sie herum, so daß Callie nicht an ihn herankommen und ihn schlagen konnte.

»Na, na, was soll das denn bedeuten?« forschte Meg. »Habt ihr beiden euch etwa wieder unterwegs gestritten?«

Sie versuchte, streng zu den Kindern zu sein, weil Will ihr ständig Vorhaltungen machte, daß sie die beiden über alle Maßen verwöhnen würde. Doch sie vermochte die beiden nicht zu täuschen. Sie wußten, daß Meg ihnen keinen Wunsch abschlagen konnte und ihnen alles geben würde, was sie besaß, wenn sie das von ihr verlangten.

Was das Streiten der Kinder betraf, so konnte man das eher als eine ständige gegenseitige Herausforderung bezeichnen. Es war ein Wettkampf zweier Konkurrenten, den sich die beiden ständig lieferten. Und dabei wurde nicht etwa Rücksicht darauf genommen, daß es für Talis als Jungen Dinge gab, die für Callie als Mädchen normalerweise nicht in Betracht kommen sollten.

Zum Beispiel schlossen die beiden Wetten ab, wer von ihnen schneller oder höher einen Baum hinaufklettern konnte, und zu Megs Entsetzen gab es nichts, wohin Callie dem viel kräftigeren Talis *nicht* folgte.

So würde Meg auch niemals den Tag vor zwei Jahren vergessen, als Will den Jungen zum erstenmal zum Wochenmarkt mitnahm. Keiner der beiden Erwachsenen hatte sich viel dabei gedacht, als sie das beschlossen, weil Will einen Gehilfen brauchte, und Talis inzwischen groß und kräftig genug war, um ihm beim Auf- und Abladen helfen zu können. Und so hatte er zu Talis gesagt, daß er ihn zum nächsten Wochenmarkt mitnehmen würde, während er Callie, die viel kleiner war als Talis, zu Hause lassen wollte, da sie ihm doch nur im Wege stehen würde.

Talis war so aufgeregt gewesen, daß er Will zum Markt begleiten durfte, daß er schon ein paar Tage davor von nichts anderem mehr sprach, während Callie sich sofort darüber im klaren gewesen war, weshalb Will sie nicht mitnehmen würde.

Als dann der Tag heraufdämmerte, wo die beiden zum Markt fahren wollten, brauchte Meg den Jungen morgens gar nicht erst zu wecken, was sehr ungewöhnlich war, da man ihn sonst kaum aus den Federn bekam. Er zog sich rasch an, schlang sein Frühstück hinunter, und als Meg ihm sagte, Will stünde mit dem Gespann auf dem Hof, rannte er sogleich zur Tür. Doch dort blieb er dann abrupt stehen, blickte Callie stirnrunzelnd an und sagte ungeduldig: »Wo bleibst du denn? Du hast doch gehört, daß wir jetzt aufbrechen wollen.«

Es war Will, der ihm dann erklärte, daß Callie noch zu klein dafür sei, um sie beide zum Wochenmarkt begleiten zu können.

Meg würde nie mehr den Ausdruck auf Talis' hübschem Gesicht vergessen, als Will ihm das sagte. Er war fassungslos. Es war ihm offensichtlich nicht einen Moment in den Sinn gekommen, daß Callie *nicht* mitkommen würde. Meg bezweifelte, daß Talis überhaupt jemals daran gedacht hatte, etwas ohne Callie zu unternehmen. Sie schliefen beide in einem Bett und blieben auch tagsüber beisammen. Soweit Meg zurückdenken konnte, waren die beiden seit ihrer Geburt nie länger als ein paar Minuten voneinander getrennt gewesen.

Schweigend und mit einer Miene, als müsse er sich mit etwas Unbegreiflichen abfinden, war er dann mit Will auf den Kutschbock gestiegen und hatte kein einziges Mal mehr zu Callie hingesehen, die unter der Haustür stand und ihm mit großen, sehnsüchtigen Augen nachstarrte, als wäre sie plötzlich ganz allein auf der Welt.

Meg und Will hatten schon öfter darüber gesprochen, daß es »gut« sei für die beiden Kinder, wenn sie hin und wieder mal voneinander getrennt wären. Es würde sie besser auf die Anforderungen vorbereiten, die das Leben später an sie stellte.

Was konnte jedoch die Erwachsenen auf die verheerende Wirkung vorbereiten, die eine Trennung auf zwei Kinder ausübte, die sich so sehr liebten wie diese beiden?

Den ganzen Tag über suchte Meg Callie dann dazu zu bewegen, teilzuhaben an dem, was sie, Meg, im Haus oder im Stall tat. Doch Callie saß nur auf dem Rasen vor dem Haus und starrte unentwegt zur Straße hinüber. In der Regel war Callie sehr gewissenhaft, was die Tiere betraf, die ihrer Obhut anvertraut waren. So war sie zum Beispiel verantwortlich für die Kaninchen auf der Farm; doch diesmal kümmerte sie sich den ganzen Tag hindurch nicht um diese Tiere, und als Meg ihr sagte, die Kaninchen hätten Hunger, war es so, als habe sie gegen eine Wand geredet.

Meg versuchte, das Mädchen wenigstens zu einer Reaktion zu bewegen, doch Callie hockte nur im Gras, die Arme um die an den Leib gezogenen Beine geschlungen, und starrte auf die leere Straße hinaus. Selbst als Meg zu ihr sagte, sie möge ihr in der Küche dabei helfen, für Talis eines seiner Leibgerichte zu kochen, reagierte Callie nicht.

Nach einer Weile konnte Meg diesen Zustand nicht länger ertragen, ging hinaus, hob das Kind einfach hoch und wollte es ins Haus tragen. Aber noch nie hatte Meg jemanden so verzweifelt kämpfen sehen, wie dieses kleine Mädchen das nun tat.

Callie war ihrem Naturell nach eigentlich das süßeste und liebenswürdigste Kind, das man sich vorstellen konnte, doch als Meg es an jenem Tag anfaßte, verwandelte es sich in ein wütendes Tier. Ihr kleiner Körper wurde erst ganz steif, und dann keilte sie mit beiden Beinen aus, und ihre kleinen Finger wurden zu Krallen.

Da setzte Meg sie rasch wieder auf dem Rasen ab und überließ sie ihrer stummen Wache am Fahrweg. Gegen Mittag gab Meg es dann auch auf, Callies Interesse an irgend etwas zu wecken, das sie, Meg, im Haus tat, und sie stellte nun einen Stuhl vor die Haustür, putzte Bohnen und behielt dabei das Kind im Auge. Das Herz tat ihr weh, als sie den leeren verlorenen Ausdruck auf dem Gesicht des Mädchens sah.

Dann, am frühen Nachmittag, ruckte Callies Kopf plötzlich in die Höhe, und sie schien die Ohren aufzurichten wie ein Hund, der irgendein ihm nicht geheueres Geräusch vernommen hatte. Meg blickte daraufhin die Straße, die sich am Rand ihres Grundstücks entlangzog, hinauf und hinunter, vermochte jedoch nichts darauf zu sehen. Callie hingegen richtete sich jetzt noch gerader auf, lauschte noch angestrengter, sprang dann behende auf die Füße und rannte davon.

Meg warf rasch die Bohne, die sie gerade in der Hand hielt, in die Schüssel zurück und lief dem Mädchen nach; war jedoch nicht imstande, das kleine achtjährige Kind einzuholen. Meg fürchtete, daß Callie in dem Zustand, in dem sie sich den ganzen Vormittag über befunden hatte, vor einen Wagen laufen und sich verletzen könne.

Dann erreichte Meg die Stelle, wo sich mehrere Straßen kreuzten, und die kleine Callie stand mitten auf der Kreuzung im Staub und drehte sich unentwegt im Kreis wie ein verrückt gewordener Wetterhahn. Meg lief zu ihr, kniete auf der Fahrbahn nieder und versuchte das Mädchen in die Arme zu nehmen. »Callie, Liebes, Talis wird ja bald wieder da sein. Du wirst es sehen. Er wird bald heil und gesund heimkommen.«

Doch ein wilder Ausdruck war in Callies Augen. »Er kann

mich nicht finden! Er kann mich nicht finden! Er sucht nach mir! Er kann mich nicht finden! Er sucht nach mir! Er kann mich nicht ...«

Da konnte Meg das Kind nur noch an ihren Busen drücken, um die verzweifelten Rufe des Kindes zum Verstummen zu bringen und es daran zu hindern, sich weiterhin wie wild im Kreis zu drehen und dabei mit den Armen zu rudern.

Megs erster Gedanke war, das Kind jetzt nach Hause zu bringen und ins Bett zu legen. Sie wollte dem Mädchen klarmachen, daß Talis bei Will sicher aufgehoben war und sich niemals verirren könne; doch da setzte ihr Herz einen Takt lang aus bei dem Gedanken, ob das Kind vielleicht nicht recht haben könnte mit seinen wilden, ihr zunächst unsinnig erscheinenden Behauptungen. Was wäre, wenn Talis nun vom Wochenmarkt weggerannt war und jetzt versuchte, auf eigene Faust den Weg nach Hause zu finden? Denn obwohl er seiner körperlichen Erscheinung nach schon als Jüngling gelten konnte, war er in Wirklichkeit noch ein acht Jahre alter Knabe, der noch nie zuvor in dem Dorf, wo der Wochenmarkt stattfand, gewesen war. Und wenn er sich nun in einer ähnlichen Verfassung befand wie Callie jetzt, würde er seine fünf Sinne nicht beisammen haben, die ihm sagten, welcher Weg ihn zurück nach Hause brachte.

Im Augenblick befanden sie sich auf einer Kreuzung, von der sechs Fahrspuren abgingen. Es war schon schwierig für einen Erwachsenen, geschweige denn für ein Kind, das verzweifelt versuchte, wieder nach Hause zu gelangen, hier den richtigen Weg herauszufinden.

Meg erhob sich von den Knien und legte Callie die Hände auf die Schultern. »Hör mir mal zu, Callie. Du mußt mir jetzt mal zuhören. Ich möchte, daß du diese Straße hier hinuntergehst und so laut du kannst nach Talis rufst. Aber geh nicht zu weit fort. Ich möchte nicht, daß du dich auch noch verirrst. Hast du mich verstanden?«

Da das Mädchen noch immer einen so glasigen Blick hatte,

als würde die Angst jeden vernünftigen Gedanken unterdrücken, schüttelte Meg es kurz an den Schultern.

»Ja«, sagte Callie da.

»Wenn du jemandem auf der Straße begegnest, sagst du ihm, wie Talis aussiehst, und fragst ihn dann, ob er ihn vielleicht gesehen habe. Frag ihn ...«

»Wie ein Märchenprinz«, flüsterte Callie. »Er sieht aus wie ein Märchenprinz.«

»Ja, nun, vielleicht erzählst du ihm lieber, daß er soundso groß ist, schwarze Haare hat und ein grünes Lederwams trägt. Und zweifellos hat er auch dieses gräßliche Schwert bei sich. Meinst du, du wirst das schaffen?«

Callie nickte, und Meg war sich in diesem Augenblick sicher, daß Callie *alles* in ihrer Macht Stehende für ihren geliebten Talis tun würde.

Sie riefen nun beide zwei Stunden lang Talis' Namen und beschrieben jedem, dem sie auf der Straße begegneten, sein Aussehen. Dann tauchte Will mit einem Pferd, dem die Schaumflocken nur so aus dem Maul flogen, auf der Straße, die zum Dorf führte, auf und rief Meg mit aschfahlem Gesicht zu: »Er ist verschwunden!« Er schien sich nicht im mindesten darüber zu wundern, daß sie und Callie in der Mitte einer Kreuzung standen, die anderthalb Meilen von der Farm entfernt war.

Callies Augen waren inzwischen so groß vor Angst geworden, daß sie ihr Gesicht gleichsam zu verschlingen drohten. Sie hatte an diesem Tag noch keinen Bissen zu sich genommen und zitterte vor Erschöpfung, aber sie weigerte sich, sogar einen Schluck Wasser aus dem Becher zu nehmen, den Meg ihr zureichte. »Talis hat Durst«, war alles, was das Kind sagte, als es den Becher zurückwies.

Nachdem sie eine weitere Stunde nach Talis gesucht hatte, wobei die beiden Erwachsenen ständig Angst haben mußten, Callie aus den Augen zu verlieren, setzte sich das Mädchen schließlich am Rand der Straße nieder und sagte im Ton einer Erwachsenen: »Ich werde ihn zu mir rufen.«

»Ja, natürlich. Du mußt damit fortfahren, seinen Namen zu rufen. Vielleicht wird er dich doch noch hören«, erwiderte Meg und versuchte, nicht die Panik in ihrer Stimme anklingen zu lassen, die sich ihrer zu bemächtigen drohte; denn Will war inzwischen mit seinem Leiterwagen alle sechs Straßen mindestens eine Meile weit abgefahren und dann mit der Meldung zurückgekommen, daß er nichts von dem Jungen gesehen habe und daß auch niemand, den er unterwegs angesprochen habe, einem Jungen, der seiner Beschreibung von Talis entsprach, begegnet wäre.

Callie hockte sich nun neben der Straße im Schatten einiger Bäume ins Gras, zog die Beine an den Leib, schlang die Arme darum und legte den Kopf auf die Knie.

»Sie ruht sich aus«, sagte Will zu seiner Frau. »Das ist gut.«

Aber Meg wußte, daß Callie keinen Moment Ruhe finden konnte, solange der Junge nicht wiedergefunden war, ging deshalb zu dem Kind hinüber und ließ sich neben ihm auf die Knie nieder. Und da hörte sie, wie Callie leise, kaum hörbar, sagte: »Komm zu mir. Ich bin hier. Du mußt zu mir kommen. Folge meiner Stimme. Hör auf mich. Komm zu mir. Komm zu mir. Komm zu mir.«

Als Meg sich wieder vom Boden erhob, konnte sie spüren, wie ihr die Haare im Nacken zu Berge standen. »Sie betet«, sagte sie zu Will, als ihr Gemahl sie fragend ansah; doch Meg wußte, daß Callie gar nicht betete. Meg hatte nicht den geringsten Zweifel daran, daß Callie jetzt mit Talis »redete« und – was ihr noch unheimlicher, jedoch absolut sicher zu sein schien – daß Talis Callie auch »hörte«.

Mit der felsenfesten Gewißheit, daß sie nun das Richtige tat, hörte Meg auf, die Straßen auf und ab zu rennen und Talis' Namen zu rufen. Sie setzte sich außer Sichtweite ein paar Schritte von Callie entfernt hinter ein paar Bäumen ins Gras und wartete. Will sagte etwas davon, daß sie nun die Suche nach Talis fortsetzen müßten, aber Meg scheuchte ihn mit einer Handbewegung fort. Sie wollte hier sein, wenn Talis zu Callie zurückkam.

Es schien eine Ewigkeit zu dauern; aber tatsächlich war es nicht einmal eine Stunde, als sich kurz vor Sonnenuntergang etwas in den Büschen auf der anderen Straßenseite bewegte.

Callies Kopf ruckte in die Höhe, doch Meg meinte zu wissen, daß die Bewegung und das Geräusch in den Büschen nicht von Talis erzeugt worden sein konnte, weil Callie sonst über die Straße zu ihm gelaufen wäre. Callie blieb jedoch sitzen und sah nur unverwandt zu der Stelle hin, wo sich die Büsche bewegt hatten. Und da tauchte zu Megs Überraschung nun doch Talis zwischen den Sträuchern am jenseitigen Straßenrand auf.

Meg wollte zu ihm rennen, ihn in ihre Arme nehmen und so heftig an sich drücken, daß ihm die Rippen im Leib knackten, aber sie zwang sich dazu, an der Stelle zu verharren, wo sie sich gerade befand. Noch nie zuvor war ihr bewußt geworden, wie wenig diese Kinder einem Erwachsenen gehörten – diese beiden gehörten nur sich selbst.

Langsam, als wäre sie selbst schon erwachsen, erhob Callie sich vom Boden und streckte Talis beide Arme entgegen, der nun über die Straße auf sie zu hinkte. Sein Wams war zerrissen und schmutzig, und gestocktes Blut klebte an seiner Nase. Meg konnte nun sehen, daß er sich beide Knie böse aufgeschrammt hatte. Auch schien er seinen rechten Schuh verloren und zwei dicke Blutblasen am rechten Fuß zu haben. Und sie glaubte auch Spuren von getrockneten Tränen auf seinen schmutzigen Wangen zu erkennen. Was Talis auch immer an diesem Tag durchgemacht haben mochte – für ihn mußte es die Hölle gewesen sein.

Langsam, offenbar unter großen Schmerzen im Fuß und in den Knien, humpelte er nun auf Callie zu und schien dabei Meg, die nur ein paar Schritte von ihm entfernt unter den Bäumen am Straßenrand kauerte, gar nicht zu bemerken. Als er dann Callie erreicht hatte, sank er ihr entgegen und schlang die Arme um ihren Hals. Er wog beträchtlich mehr als Callie, aber der kleine Körper des Mädchens schien so fest und stark zu sein wie ein Fels, als sie nun mit einer, Meg über alle Maßen verwundernden Kraft den Jungen stützte.

Auf eine so erwachsene Weise, wie es Callie überhaupt möglich war, ließ sie sich nun langsam und behutsam mit dem Jungen auf den Boden nieder, bis sein Kopf in ihren Schoß gebettet war. Dann legte sie ihm die Arme über der Brust zusammen, hielt seine beiden Hände in ihrer Linken, während sie ihm mit der Rechten immer wieder über die schmutzigen Haare strich.

Da fing Talis leise zu weinen an. »Ich konnte dich nicht finden. Ich hatte dich verloren. Ich habe überall nach dir gesucht.«

»Ja«, flüsterte Callie.

»Ich hörte, wie du ständig nach mir gerufen hast.«

»Ich würde es niemals zulassen, daß du mir verlorengehst. Du bist mein. Du bist ich.«

»Ja«, flüsterte Talis, dem noch immer die Tränen über die Wangen liefen und dessen Brust sich heftig hob und senkte, während Callie nun seine beiden Hände faßte und seine Fingerspitzen mit ihren liebkoste.

Da kamen auch Meg die Tränen. Talis war ein überaus stolzer Junge, und nichts auf Erden konnte ihn zum Weinen bringen. Will hatte Talis vor ein paar Monaten einmal drei heftige Schläge mit dem Ledergurt auf den Allerwertesten gegeben, als Talis die Tür des Hühnerhauses offen gelassen und ein Fuchs vier Hühner gerissen hatte, aber Talis hatte nicht eine Träne vergossen. Mit vier Jahren war er einmal von einem Baum heruntergefallen und hatte sich dabei einen Arm verrenkt, aber auch da hatte er nicht geweint. Ja, selbst damals, als er gerade ein Jahr alt gewesen war und von einem Hund verfolgt wurde, der größer war als er, hatte er nicht eine Träne vergossen. Als er in dem Alter war, in dem er das Sprechen lernte, gehörte zu den ersten Sätzen, die er sagen konnte: »Ein Junge weint nicht.«

Doch nun lag er in Callies Schoß und weinte, bis Meg glaubte, ihr müsse das Herz brechen.

Callie griff sich nun in den Nacken, zog ihren dicken blonden Zopf über die Schulter nach vorn und löste das Lederband, mit dem er zusammengebunden war. Callie war kein Mädchen, das man hübsch nennen konnte. Da war nichts Auffälliges an ihrer Erscheinung, und ihr Gesicht mit den blassen Augen, den blassen Wimpern und den blaßrosa Lippen hatte eher etwas Hausbackenes an sich. Jedenfalls wirkte sie neben Talis, der geradezu bestechend gut aussah, unscheinbar und farblos. Mit einer Ausnahme allerdings: Callie hatte wunderschöne Haare. Sie waren nicht dünn, wie das zumeist bei blonden Haaren der Fall zu sein pflegte, sondern dicht und üppig, mit helleren und dunkleren Strähnen darin, so daß man sie eher honigfarben nennen konnte. Fast jeder, der Callie sah, wußte zwar nicht ihre Züge zu beschreiben, erwähnte aber stets die Pracht ihrer Haare.

Nun löste Callie ihren Zopf auf, fuhr mit den Händen durch die Strähnen, um sie zu einer breiten, weichen Decke auszubreiten, und begann damit dann Talis' Tränen abzuwischen und sein Gesicht zu streicheln.

Als Meg das sah, wurde sie verlegen. Es verbot sich eigentlich, dabei zuzuschauen; niemand sollte einen so intimen Vorgang zwischen zwei Menschen beobachten. In diesem Moment vermochte sie in den beiden keine Kinder mehr zu sehen, die erst acht Jahre alt waren. Was Callie da tat, war so alt wie die Liebe selbst, und wenn Meg dieses Wort gekannt hätte, würde sie Callies Verhalten als erotisch bezeichnet haben. Denn Callies Handlungen waren ebenso erotisch wie das, was jede erwachsene Frau mit einem Mann machte, mit dem sie eine intime Beziehung hatte.

Während Callie nun Talis Gesicht mit ihren Haaren streichelte, fing sie an, sehr, sehr leise mit ihm zu reden, und wie stets fragte sich Meg neugierig, was Callie denn nun eigentlich zu ihm sagte. Sie hatte schon oft Mutmaßungen angestellt, worüber Callie mit Talis sprach; doch die Kinder schwiegen sich darüber aus und verrieten niemandem, was da eigentlich zwischen ihnen vorging. Meg hatte schon öfter beobachtet, wie Talis sich unter einem Baum ausstreckte und regungslos zuhörte, wenn Callie eine Stunde oder sogar länger auf ihn einredete. Doch gleichgültig, wie oft Meg sich auch danach erkundigen mochte – die Kinder wollten ihr niemals sagen, worüber oder was sie miteinander sprachen. Sie hatte zwar versucht, Will dazu zu bewegen, das herauszufinden, weil sie wußte, daß Callie auch ständig mit Talis redete, wenn sie mit ihm zusammen waren, aber Will war in diesem Punkt lange nicht so wißbegierig wie sie. »Sie reden über Dinge, über die Kinder in diesem Alter eben zu reden pflegen – über Geister, Hexen und Drachen. Was soll mich daran wohl interessieren?«

Doch Meg wußte, daß sich da mehr zwischen diesen beiden abspielte, als es zwischen Kindern dieses Alters üblicherweise der Fall war. Manchmal dachte sie, daß Will offenbar vergessen hatte, daß die beiden Kinder Abkömmlinge von Lords und Ladys waren. Zuweilen dachte sie, er wäre nur daran interessiert, daß die Arbeiten auf der Farm verrichtet wurden. Es kam ihr dabei niemals in den Sinn, daß das Wohl und die Sicherheit der beiden Kinder eines Tages davon abhängen könne, daß sie »gewöhnlich« waren und aussahen wie die Sprößlinge eines bäuerlichen Ehepaares.

An jenem Tag nun lehnte Meg sich vor und versuchte zu hören, was Callie zu Talis sagte, denn es schien ihr so, als übten ihre Worte eine beruhigende Wirkung auf den Jungen aus, weil sein Körper sich sichtlich zu entspannen begann. Aber gerade, als sie anfing, ein oder zwei Worte aufzuschnappen, brach Will über sie alle herein wie ein Gewitter.

»Ich habe stundenlang die ganze Gegend nach dir abgesucht, Junge. Du hättest nicht von mir weglaufen dürfen!« rief Will zornig. »Callie, nimm gefälligst deine Haare aus seinem Gesicht, damit er mich auch hören kann! Talis! Weißt du eigentlich, wieviel Kummer du uns dreien mit deinem Davonlaufen gemacht hast?«

Meg kannte ihren Mann gut, und sie spürte, wie sehr ihn die Möglichkeit erschreckte, daß er eines Tages den Jungen, der ihm mit den Jahren so ans Herz gewachsen war wie ein leiblicher

Sohn, verlieren könnte. Sie wußte auch, daß er vorhatte, den Jungen für sein Davonlaufen zu bestrafen; aber das würde sie nicht zulassen.

Und so trat sie nun aus dem Schatten der Bäume am Straßenrand heraus und sagte, den Kindern den Rücken zuwendend, in strengem Ton zu ihrem Mann: »Will, ich denke, Talis hat heute schon mehr als genug erdulden müssen. Er ist verletzt, und wir haben jetzt alle Hunger.« Ihre Augen sagten ihm mehr als ihre Worte. Sie war nicht nur eine gute Ehefrau, sondern auch eine zartbesaitete Seele. Sie hatte zwar damals keine Einwände dagegen erhoben, als Will ihr mitteilte, er wolle Talis dafür bestrafen, daß er die Tür des Hühnerstalls offen gelassen hatte, aber er konnte ihr jetzt ansehen, daß sie ihm diesmal energisch Widerstand leisten würde, falls er versuchen sollte, den Jungen für das, was er heute gemacht hatte, zu züchtigen.

Und sobald Meg sich erst einmal vor die Kinder stellte wie eine Glucke mit gesträubten Federn vor ihre Küken, war sie stärker als jeder Mann – ein Faktum, das Will nicht näher untersuchen wollte. Im Grunde war er viel zu erleichtert darüber, daß Talis sich wieder wohlbehalten bei ihnen eingefunden hatte, um sich jetzt noch mit seiner Frau anzulegen. Es war wohl am besten, wenn sie es auf sich beruhen ließen.

»Ja«, sagte er, »ich habe schließlich auch Augen im Kopf und kann sehen, daß der Junge kaum noch gehen kann.« Damit beugte er sich zu Talis hinunter und hob den Jungen auf seine Arme. Und als Talis dagegen protestieren wollte und mit einer, wie es Will vorkam, bereits halben Männerstimme sagte, daß er durchaus noch in der Lage wäre, zu laufen, ließ sich Will nicht davon beirren, sondern trug ihn hinüber zum Leiterwagen.

Sobald sich dann Callie und Talis mit Meg zusammen auf der Ladefläche des Leiterwagens befanden, war es so, als würden sie sich wieder in kleine Kinder verwandeln. Blinzelnd, als erwachten sie aus einem Traum, fielen sie über sie her, bargen ihre schmutzigen Gesichter an ihrem Busen und suchten bei ihr mütterlichen Trost.

Weder Meg noch Will diskutierten jemals über das, was an jenem Tag geschehen war. Sie machten jedoch fortan nie mehr den Versuch, die beiden Kinder voneinander zu trennen.

Kapitel achtzehn

»Meg!« rief Will jetzt zum viertenmal und holte sie mit einem Fingerschnalzen in die Gegenwart zurück, »hast du auch für einen hungrigen Mann etwas zu essen vorbereitet?«

»Natürlich«, erwiderte sie und verließ die Kinder, die jetzt lachend übereinander herfielen. »Komm in die Küche und erzähl mir, wie der Tag heute für dich gewesen ist. Hast du viel verkauft auf dem Markt? Wen hast du alles dort getroffen?«

Später dann, nach dem Essen, als sie und Will im Bett beisammen lagen, fragte Meg ihn, wie sie das schon öfter an den Markttagen getan hatte, was die beiden Kinder denn miteinander geredet hatten auf der Heimfahrt. Will erwiderte, daß er das nicht wisse, und drehte dann das Gesicht der Wand zu zum Zeichen, daß er jetzt schlafen wollte.

Doch Meg ließ ihm keine Ruhe. »Wenn wir in der Nähe der beiden sind, ist es immer Talis, der redet. Und er ist nie um eine Antwort verlegen, wenn man ihn etwas fragt. Doch Callie spricht fast nie ein Wort.«

»Wenigstens *eine* Frau, die es versteht, ihren Mund zu halten«, murmelte Will, ihr einen vielsagenden Blick über die Schulter zuwerfend.

Aber Meg wollte den Wink, den er ihr gab, noch immer nicht verstehen. »Aber wenn die beiden allein sind und sich unbeobachtet fühlen, ist es Callie, die redet, während Talis immer nur zuhört. Manchmal redet sie sogar stundenlang auf ihn ein, während er kein einziges Wort sagt. Doch sobald ich hinzukomme, hört sie sofort zu reden auf.«

Will konnte den Schmerz aus der Stimme seiner Frau heraushören und wußte, wie bekümmert sie darüber war, daß da etwas zwischen »ihren« Kindern vor sich gehen könnte, an dem sie nicht teilhaben dürfte. Mit dem Arm hinter sich langend, drückte er ihre Hand. »Du wirst es schon noch herausfinden. Ich habe gar keinen Zweifel daran, daß du das bald herausfinden wirst.«

»Ja, das habe ich auch vor«, erwiderte sie, drehte sich ebenfalls zur Wand und schmiegte ihre Kehrseite auf eine behagliche und ihnen beiden sehr vertraute Weise an seine.

Es hatte nun schon drei Tage hintereinander geregnet, und Will hatte in dieser Zeit nicht viel auf der Farm verrichten können. Da es Winter war, störte ihn das nicht sehr. Er sagte, daß ein Mann, der den ganzen Sommer hindurch arbeitete, im Winter eine Ruhepause brauchte, was in seinem Fall bedeutete, daß er sich vor das Kaminfeuer setzte, ein Pferdehalfter auf den Knien, so daß es aussah, als würde er etwas arbeiten, und schlief.

Meg saß ihm gegenüber, eine Strickarbeit im Schoß, und die beiden Kinder saßen auf dem Boden, starrten in die Flammen und sagten nichts. Meg, fleißig wie immer, bemerkte, wie Talis Callie etwas ins Ohr flüsterte, doch diese schüttelte nur den Kopf und warf einen vielsagenden Blick über die Schulter auf Meg.

Neugierig geworden, überlegte Meg nun, ob sich jetzt nicht vielleicht eine Möglichkeit dazu ergab, herauszufinden, worüber die beiden Kinder miteinander redeten. Und so ließ sie ganz langsam, um bei den Kindern keinen Verdacht zu erregen, ihr Strickzeug den Schoß hinuntergleiten, tat so, als kämpfte sie vergeblich gegen ihre Müdigkeit an, bis ihr schließlich die Augen zufielen.

Und schon wenige Minuten später wurde sie für ihre Bemühungen mit einem lauten Flüstern von Talis belohnt: »Sie schläft jetzt *auch*. Geh hin und schau nach!«

Meg konnte nun hören, wie Callie sich ihr auf Zehenspitzen näherte, weil ihre weichen Lederschuhe leise über die steinernen Fliesen huschten. Als Callie ihr ganz nahe war, ließ Meg ihr

Strickzeug zu Boden fallen, legte den Kopf zurück, öffnete den Mund und gab einen kurzen Schnarchlaut von sich. Diesmal wurde sie für ihre Darbietung mit einem Kichern von Callie belohnt.

»Siehst du?« erklärte daraufhin Talis mit normaler, lauter Stimme, »ich habe dir doch gesagt, daß sie schläft! Und du weißt, daß nichts die beiden mehr zu wecken vermag, wenn sie einmal eingeschlafen sind. Das haben unsere Versuche mehr als einmal bewiesen.«

Meg hätte in diesem Moment fast wieder die Augen geöffnet und ihn gefragt, was denn das für »Versuche« gewesen waren, mit denen er und Callie sich den Beweis dafür geholt hätten, daß nichts mehr sie und Will wecken könne, sobald sie einmal eingeschlafen waren. Doch nun war sie auf einen größeren Fisch aus. Sie öffnete ihre Augen nur einen winzigen Spalt, so daß sie die beiden Kinder im hellen Licht des Kaminfeuers gerade noch erkennen konnte.

»Hmm«, sagte Talis, sein Gesicht auf eine Weise in Falten legend, daß er aussah wie ein Dreißigjähriger, »ich werde es dir diesmal schwer machen.«

Ein Leuchten zeigte sich bei seinen Worten in Callies Augen. »Ja, bitte«, erwiderte sie. »Mach es mir diesmal ganz *besonders* schwer.«

Talis schien eine Idee zu haben, denn seine Augen leuchteten nun ebenfalls auf. »Mach ihn zu einem gelben Schmetterling.«

»Und sie?«

»Häßlich und gemein. Mit einem langen, dünnen Gesicht, einem langen, dünnen Körper und einem häßlichen, gemeinen Charakter«, erwiderte Talis rasch.

Meg hätte in diesem Moment beinahe laut gelacht. Die Kinder hatten sich nämlich den ganzen Tag über gekabbelt, weil Talis sich vor Callie damit gebrüstet hatte, daß er im Haus viel schwierigere Arbeiten ausführen müsse als sie, worauf Callie ihm vorschlug, doch einmal mit ihr den Platz zu tauschen. Talis war nämlich so sehr von sich überzeugt, daß er glaubte, alles, wofür andere ihre ganze Kraft einsetzen mußten, mit der linken Hand machen können, und deshalb eine viel zu hohe Meinung von seinen Leistungen hatte. Callie hingegen wußte, daß einem so gewöhnlich aussehenden Mädchen, wie sie es war, nichts geschenkt würde, sondern daß sie sich alles, was sie im Leben erreichen wollte, erarbeiten müsse. Und so war sie denn auch mit dieser Einstellung darangegangen, die Aufgaben, die man Talis im Hause übertragen hatte, zu übernehmen, und hatte sie in der Hälfte der Zeit, die Talis gewöhnlich dafür brauchte, erledigt. Und weil Callie Talis nicht ohne Schadenfreude auf das Ergebnis ihres Plätzetausches hingewiesen hatte, konnte Meg sich nun auch denken, auf wen seine Beschreibung eines »langen, dünnen« Körpers mit »häßlichem, gemeinem Charakter« gemünzt war.

»Und was noch?« fragte ihn Callie mit einem wissenden Lächeln.

»Hmmm. Drei Wünsche. Drei Wünsche gefallen mir immer ... Und ich möchte, daß gekämpft und nicht so viel geküßt wird wie beim letzten Mal.«

Callie blickte einen Moment lang ins Feuer, und dann breitete sich langsam ein geheimnisvolles Lächeln auf ihrem Gesicht aus. Sie sah noch einmal zu Meg hin, um sich zu vergewissern, daß diese tatsächlich schlief, und begann dann eine Geschichte von einem kleinen, gemeinen Jungen zu erzählen, der in einen gelben Schmetterling verwandelt wurde, weil er eine Hexe beleidigt hatte. Er mußte nun ein Mädchen finden, das ihn um seiner selbst willen liebte – keine leichte Aufgabe für ihn, da er nie ein freundliches Wort zu jemandem gesagt hatte und nicht einmal wußte, *wie* er es denn anstellen mußte, damit jemand ihn nett fand.

Es dauerte eine Weile, ehe Meg begriff, was Callie da tat – daß sie diese faszinierende Geschichte selbst erfand und sie nicht im Dorf aufgeschnappt hatte, weil Meg noch nie jemand im Dorf eine derartige Geschichte hatte erzählen hören. Meg war davon so gefesselt, daß sie schließlich sogar vergaß, sich schlafend zu stellen, sondern die Augen aufmachte und sich im Sessel vorbeugte, damit ihr auch kein Wort von dieser Geschichte entgehen sollte.

Als Callie sah, daß Meg wach war und sie belauschte, hörte sie sogleich mit dem Erzählen auf. Ihre Geschichten waren allein für Talis bestimmt; kein anderer als er hatte sie bisher gehört oder wußte gar etwas von ihren Geschichten. Sie waren ein Geheimnis zwischen ihr und Talis, und Callie glaubte, daß ihm ihre Geschichten nur gefielen, weil er ... nun, weil er sie liebte. Sie war davon überzeugt, daß kein anderer als er ihre Geschichten überhaupt hören wollte. Denn ganz gewiß hatten alle anderen Leute ihre eigenen Geschichten, die ihnen – gleich ihr – ständig durch den Kopf gingen.

Doch als sie jetzt mitten im Satz verstummte, stieß Talis sie ungeduldig mit dem Ellenbogen an, damit sie mit ihrer Geschichte fortfahren sollte. Und da auch Meg sie fragend ansah, als könnte sie es gar nicht erwarten, den Rest der Geschichte zu hören, hub Callie an, ihre Geschichte fortzuspinnen – leise und stockend zunächst, dann mit immer festerer Stimme, weil sie fand, daß ein aufmerksamer Zuhörer zwar gut, zwei von dieser Sorte jedoch noch besser waren.

Nachdem sie mit ihrer Geschichte zu Ende gekommen war, sagte Meg eine Weile lang kein Wort. Sie hob nur umständlich ihr Strickzeug vom Boden auf und erklärte dann den beiden Kindern, daß es Zeit für sie sei, zu Bett zu gehen.

Callie war sehr enttäuscht darüber, daß Meg kein Wort über ihre Geschichte verlor. Hatte ihr diese nun gefallen oder nicht? War ihr die Geschichte vielleicht zu dumm gewesen, weil sie von gelben Schmetterlingen gehandelt hatte, die in Wahrheit eitle, ungezogene Knaben waren?

Am nächsten Tag schlich Callie den ganzen Tag mit hängendem Kopf im Haus umher. Sie hatte keinen rechten Appetit beim Essen; fütterte ihre Kaninchen, fütterte auch die Hühner, hatte dabei aber keine rechte Freude an den Tieren wie sonst. Das einzige, wofür sie sich an diesem Tag zu erwärmen vermochte, waren die zahlreichen Anspielungen, mit denen sie Meg dazu zu bewegen suchte, ein Urteil über ihre Geschichte vom Abend zuvor abzugeben.

Doch Meg, die sonst ein so feines Gespür dafür hatte, was in den Kindern vorging, schien nicht zu begreifen, was Callie den ganzen Tag über von ihr verlangte. Sie ging wie immer ihrer Arbeit nach und verlor kein Wort über das, was sich am Abend zuvor am Kaminfeuer zugetragen hatte.

Als sie dann alle nach dem Essen wieder vor dem Kaminfeuer saßen, suchte Talis Callie erneut zum Erzählen einer Geschichte zu bewegen. »Nun mach schon«, drängte er Callie. »Jetzt ist es doch kein Geheimnis mehr!«

»Nein«, erwiderte Callie verdrossen, inzwischen ehrlich gekränkt darüber, daß Meg sich den ganzen Tag hindurch nicht dazu bereitgefunden hatte, sich zu ihrer Geschichte von gestern zu äußern.

Ein paar Minuten später, als Will am Feuer über seinem Pferdehalfter, das wohl bis zu seinem Lebensende darauf würde warten müssen, ausgebessert zu werden, einnicken wollte, sagte Meg so laut, daß er fast vom Sessel heruntergefallen wäre: »Ich würde gern ein Pferd haben wollen, ein weißes Pferd, das ... das fliegt!«

Will blickte seine Frau an, als habe diese den Verstand verloren. »Wie kommst du nur auf eine so dumme Idee, Frau! Erstens können Pferde gar nicht fliegen, und falls es tatsächlich eines gäbe, das fliegen könnte, würde ich es mir gar nicht leisten können, es auch zu kaufen.«

Meg, die ihre Hände voller Wäschestücke hatte, die ausgebessert werden mußten, tat so, als würde sie auf diese hinunterschauen, in Wahrheit jedoch war ihre Aufmerksamkeit nun auf Callie gerichtet. Sie hatte Callie den ganzen Tag über halb amüsiert, halb anteilnehmend Trübsal blasen sehen. Und Meg hatte sich auch insgeheim in dem Gefühl gesonnt, daß das Kind sie praktisch um ihr Lob angebettelt hatte.

Während Will seine Frau noch immer so ansah, als erwartete

er nun eine nähere Erklärung von ihr, was sie denn unter einem Pferd, das fliegen könne, eigentlich verstand, sprang Talis vom Boden auf und rief: »Ja, ein weißes Pferd, das fliegt, und ein Junge, der auf seinen Rücken springt und mit ihm hinauf zu den Sternen galoppiert.«

Nun war es Talis, den Will mit offenem Mund anstarrte.

»Würde dir das gefallen, Callie?« fragte Talis ermunternd.

Callie hockte, die angewinkelten Beine mit beiden Armen umschlingend, auf dem Boden, während sich langsam ein zufriedenes Lächeln auf ihrem Gesicht ausbreitete. Sie hatte nun begriffen, daß Meg sie den ganzen Tag über nur geneckt hatte – so wie auch sie Talis am Tage zuvor nur geneckt hatte. Sie hatte begriffen, daß Meg ihre Geschichte nicht dumm gefunden, sondern daß diese ihr vielmehr sehr, sehr gut gefallen hatte. Und Meg hatte ihr nun das höchste Lob erteilt, das man einem Geschichtenerzähler überhaupt erteilen konnte: Sie wollte noch mehr Geschichten hören.

»Nein«, sagte sie nun leise. »Das Pferd mag keine Jungen. Es haßt sie sogar, weil ein Junge ihm einmal weh getan hatte.«

Will versuchte nicht länger herauszufinden, was da eigentlich vor sich ging. Meg wie Talis waren ganz still geworden, beugten sich zu Callie hinüber und warteten. Er folgte nun ihrem Beispiel.

»Ehe der Junge das Pferd reiten kann, muß er erst einmal dessen Vertrauen gewinnen; denn es ist ein Füllen – ein Füllen mit einer wunderschönen langen, goldenen Mähne.«

Als Callie innehielt, wußte Talis, daß nun das Stichwort für ihn gekommen war, sie zu fragen: »Und wie kann er ihr Vertrauen gewinnen?«

Jeder hörte Callie gespannt zu, als sie nun eine Geschichte zu erzählen begann.

»Warum muß ich eigentlich Beeren pflücken?« beklagte sich Talis laut. »Das ist doch Frauenarbeit. Und ich bin ein Mann!«

Ehe Meg etwas darauf sagen konnte, erwiderte ihm Callie mit einem schnaubenden Lachen: »Du bist genauso wenig ein Mann wie ich! Du bist nichts anderes als ein eitler kleiner Gockel, der zu nichts anderem taugt als zum Pflücken von Beeren!«

Ihre Worte mußten in seinen Ohren wie eine Beleidigung klingen, denn in den Wintermonaten war Talis mindestens um acht Zentimeter größer geworden, während das einzige, was bei Callie zu wachsen schien, ihre Haare waren. Aber sie ärgerte sich darüber, daß er jetzt manchmal im Dorf mit Jungen zusammen war, die doppelt so alt waren als er, und sie dann fast immer eine Stunde lang alleinließ. Sie hätte sich zwar sehr gern selbst mit den Mädchen ihres Alters im Dorf angefreundet; aber – sie wäre lieber gestorben, als es Talis gegenüber zuzugeben – Mädchen langweilten sie. So war sie schließlich immer bei Will geblieben, wenn Talis sich im Dorf mit diesen Jungen verabredete.

Doch gestern war Talis auf zwei Bienen getreten, und heute war sein Fuß so angeschwollen, daß er sich außerstande sah, die Arbeiten durchzuführen, die er normalerweise auf der Farm zu erledigen hatte und die seiner Meinung nach nur ein »Mann« verrichten konnte, wenngleich Callie ihm bereits das Gegenteil bewiesen hatte. Doch Meg meinte, Talis sei gesund genug, um mit ihr und Callie den Hügel hinaufzusteigen und dort ein paar Eimer mit saftigen Beeren zu füllen. Doch nun beklagte sich Talis darüber, daß man ihm eine Arbeit zumutete, die seiner Ansicht nach »eines Mannes nicht würdig« sei.

Doch Callie kannte den wahren Grund für sein Sträuben. Talis tat zwar immer so, als wäre er ein harter, zäher Bursche, aber sie wußte – was nicht einmal Meg bekannt war –, daß er eine sehr empfindliche Haut hatte. Schon Brennesseln taten ihm so weh, daß er nachts vor Schmerzen leise in sein Kissen weinte. Nicht, daß er etwa keine Schmerzen ertragen konnte – die Schläge, die ihm Will bereits öfter als einmal für seine Nachlässigkeit mit dem Ledergürtel verpaßt hatte, hatte er jedesmal weggesteckt, ohne mit der Wimper zu zucken. Doch alles, was seine Haut verletzte, bereitete ihm fürchterliche Schmerzen. Er haßte es, daß seine Haut so leicht Blasen bekam. An den Stellen, wo sein Lederwams auf der Haut scheuerte, bildeten sich Beulen und schmerzhafte Schwellungen, und deshalb hatte Callie auf der Innenseite seiner Kleider heimlich Flicken auf die rauhen Stellen genäht.

Heute mußte er nun mit seinem geschwollenen Fuß den Hügel hinaufhumpeln und dort häufig durch Brennesseln staken, die seine empfindliche Haut verletzten, um an die Himbeersträucher heranzukommen und die Früchte pflücken zu können.

Normalerweise hätte Talis ihr jetzt leid getan, aber sie war noch immer wütend darüber, daß er sich gestern die beiden Bienenstachel in den Fuß getreten hatte, als er sich mit ein paar Lümmeln aus dem Dorf herumgetrieben und sie zu Hause alleingelassen hatte. Als Will Talis heute beim Frühstück damit aufzog, daß er sich später ja mit seinen Beeren ein paar Himbeertörtchen backen könne, hatte Callie so laut gelacht, daß Talis sie mit schmalen Augen angesehen hatte, die ihr sagten, er würde ihr das später noch heimzahlen.

Es gibt nichts Ungeschickteres als einen Mann, der etwas macht, was er nicht tun möchte, dachte Meg bei sich, als sie Talis dabei beobachtete, wie er ungefähr jede halbe Stunde eine Beere pflückte. Auch genierte er sich nicht, sich unablässig über alles zu beschweren, was ihm an Beschwerenswertem einfallen wollte. Am meisten beschwerte er sich darüber, daß Callie nicht ihre »Pflicht« tat, indem sie eine Geschichte erzählte, damit ihm die Zeit, in der er eine ihn so sehr belastende »unmännliche« Arbeit verrichten mußte, rascher verging.

Nachdem Meg sich fast zwei Stunden lang seine Nörgeleien angehört hatte und schon soweit war, das zu tun, was er sich wünschte – ihn nämlich nach Hause zu schicken –, schloß etwas

Dunkles wie ein Blitz zwischen den Bäumen heraus. Es war ein Pferd – ein mächtiges, laut schnaubendes Biest –, das geradewegs auf die Sträucher zusprengte, wo Meg, Callie und Talis Beeren pflückten. Als es die drei erreichte, erhob es sich auf die Hinterbeine und ragte über ihnen auf wie ein riesiger Bär aus einer Legende.

Da drohte Meg zum erstenmal in ihrem Leben in Ohnmacht zu fallen. Das Blut wich ihr aus dem Kopf, die Beine knickten unter ihr ein; doch selbst in dem Moment, als sie bereits auf den Boden sank, dachte sie nicht an sich, sondern nur an die Kinder. Die beiden würden vor Entsetzen wie gelähmt sein, wenn dieses mächtige Tier schnaubend und mit in der Luft trommelnden Hufen über ihnen aufragte. Sie *mußte* bei Besinnung bleiben, damit sie die beiden beschützen konnte – und wenn sie ihr Leben dabei riskierte!

Ein paar Minuten später, als Meg die Augen wieder aufschlug, lag sie zwischen den Sträuchern. Die beiden Kinder und das Pferd waren nirgends zu sehen. Statt dessen lag jetzt ein fremder Junge regungslos ein Stück von ihr entfernt unter einem Baum.

Den Kopf schüttelnd, um sich von ihrer Benommenheit zu befreien, erhob sich Meg vom Boden und ging zu dem Baum, unter dem der Knabe lag. Aber als sie ihn aus der Nähe betrachtete, zögerte sie. Er war so kostbar gekleidet, wie sie das bei noch keinem anderen Menschen gesehen hatte. Sein Mantel war mit Edelsteinen geschmückt, Scheide und Griff des kleinen Messers in seinem Gürtel ein Meisterwerk aus Silberdraht und Smaragden. Und neben seinem Kopf lag eine Samtkappe, deren Krempe mit walnußgroßen Rubinen besetzt war

»Sir«, sagte Meg, ihre Hand nach dem Kind ausstreckend, das sie dann aber doch nicht zu berühren wagte. War er etwa der Sohn eines Lords? Seiner Kleidung nach mußte er das wohl sein.

Ein Stöhnen kam aus dem Mund des Jungen, als er sich aufzusetzen versuchte, und Meg streckte ihm erneut die Hand hin, um ihm dabei zu helfen.

Da öffnete der Junge jäh die Augen und funkelte sie wütend

an. Seine dünnen Nasenlöcher blähten sich, als er Meg vom Scheitel bis zur Sohle musterte. »Fasse mich nicht an, alte Frau«, sagte er dann mit einem Akzent, wie man ihn nur durch eine höhere Schulbildung und illustre Vorfahren zu erwerben vermochte.

Sofort zog Meg ihre Hand wieder zurück und sah nun zu, wie der Junge sich mühsam auf die Beine rappelte. Er war dünn und mochte vielleicht ein bißchen älter sein als Talis, überlegte Meg, obwohl er im Vergleich zu dessen blühendem Aussehen nur ein bleicher Schatten war.

Sie sah, wie der Junge taumelte und sich am Stamm des Baumes festhielt. Und sie sah auch, wie sich an der linken Seite seines Kopfes eine große Beule bildete.

»Was habt Ihr mit meinem Pferd gemacht?« fragte er jetzt und blickte Meg dabei so an, als habe sie das Tier unter ihren Röcken versteckt.

»Ich ...«, begann Meg, und erst in diesem Moment war sie wieder voll bei Bewußtsein. Ja, wo *steckte* denn eigentlich dieses Tier? Und was für sie noch viel wichtiger war: Wo waren die beiden Kinder hingekommen?

Sie wurde von einer panischen Angst ergriffen, als sie im Geiste ihre so teuren, unschuldigen Kinder von diesem Ungeheuer zertrampelt sah, das sich gerade über ihnen aufgebäumt hatte, als ihr schwarz vor Augen geworden war. Was wußten denn ihre lieben kleinen Kinder schon von ungestümen Pferden mit stahlbewehrten Hufen, die den Schädel eines Mannes zu spalten vermochten? Ihre Kinder waren auf einer Farm mit sanften Tieren aufgewachsen. Das einzige Pferd, das sie bisher in ihrem Leben gesehen hatten, hatte vermutlich schon für Moses einen Karren durch das Rote Meer gezogen.

Nach einem kurzen Kopfnicken in die Richtung des Jungen, der noch immer den Baumstamm umklammert hielt, hob Meg ihre Röcke an und begann den Hang hinaufzueilen, der sich über dem Terrain mit den Beerensträuchern erhob. Unter normalen Umständen hätte es sie wohl viel Mühe und Zeit gekostet, den steilen Hügel zu erklimmen, aber wenn ihre Kinder in Gefahr waren, hatte sie Flügel an den Füßen.

Dennoch mußte sie dann oben einen Moment lang stehenbleiben, weil ihr Herz so heftig pochte, daß sie fürchtete, es würde jeden Moment zerspringen. Und es dauerte auch eine Weile, bis sich dieser rote Schleier, der ihr die Sicht nahm, wieder von ihren Augen hob. Aber selbst dann, als sie wieder klar und deutlich sehen konnte, wollte sie zunächst ihren Augen nicht trauen.

Auf einem flachen Stück Land am Fuße des Hügels, das jeder zum Weiden seiner Tiere benutzen konnte, sah sie dieses gräßliche Pferd, auf dem dieser fremde Junge geritten war, mit geblähten Nüstern, seine Hufe halb auf dem Boden, halb in der Luft. Und auf dem Rücken dieser Bestie befand sich jetzt Talis. Er saß so gerade wie eine Ritterlanze im Sattel, daß es aussah, als wäre er auf diesem Sattel geboren worden, und schien das mächtige Pferd, es an den Zügeln haltend, so mühelos zu beherrschen, daß er seinen Sitz im Sattel auch keinen Moment zu verlieren drohte, wenn das Tier mit den Vorderbeinen in die Luft schlug.

Meg vermochte sich nicht von der Stelle zu bewegen, sondern stand da wie zur Salzsäule erstarrt. Irgendwann im Verlauf der Jahre hatte sie vergessen, daß Talis kein Bauernsohn war. Hier sah sie einen jungen Gentleman auf einem Pferd. Trotz seiner schmucklosen, rauhen Kleider sah Talis so elegant aus wie der kostbar gewandete Junge, dem das Pferd gehörte.

»Ich«, hörte Meg da Callie rufen, die sich nun an Talis' rechtes Bein hängte, »ich will jetzt auch mal!«

Meg brauchte einen Moment, um zu begreifen, was Callie von Talis verlangte. Ihr Herz, das inzwischen ein wenig zur Ruhe gekommen war, hüpfte Meg nun abermals bis in den Hals hinauf, als sie begann, den Steilhang wieder hinunterzulaufen. Talis würde schon auf sie aufpassen, sagte sie sich, während ihre Füße wieder Flügel bekamen, wobei sie sich jedoch nicht zu fragen wagte, wer denn auf Talis aufpassen würde. Er wird nicht zulassen, daß ihr ein Leid geschieht, suchte Meg sich zu beruhigen.

Dann sorgte abermals der Schock dafür, daß sie wie angewurzelt stehenblieb, als sie sah, wie Talis nun vom Pferd stieg und Callie hochhob, damit sie auf den Sattel dieser wütenden Bestie klettern konnte. Allein hinaufklettern. Er ließ Callie auf dem Rücken dieser gewaltigen, zornigen Bestie allein. Meg blieb die Luft weg. Sie konnte nicht mehr atmen, nicht mehr denken, und laut ihre Stimme zum Protest erheben konnte sie erst recht nicht.

Es wird kaum möglich sein, nun Megs Gefühle zu beschreiben, als sie das winzig kleine Mädchen, dessen Zopf sich aufgelöst hatte, so daß man meinen konnte, es bestünde nur aus Haaren, allein auf dem Rücken eines Pferdes sitzen sah, das die Größe eines kleinen Wohnhauses hatte. Meg war sich absolut sicher, daß sie in der nächsten Sekunde das Kind blutend und von den mächtigen Hufen dieser Bestie zertrampelt im Gras würde liegen sehen.

Doch was sie in Wirklichkeit sah, war eine Callie, die an den Zügeln zog und deren Lachen über die Felder und Wiesen hin schallte, als die Vorderbeine des riesigen Tieres sich nun vom Boden lösten.

»Halt ihn fest!« rief Talis ihr zu. »Du mußt ihn unter deiner Kontrolle behalten!«

Wie? fragte sich Meg da verwundert, sollte denn ein so kleines Mädchen dazu imstande sein, eine so gewaltige Bestie zu kontrollieren? Und mehr noch – woher wollte Talis denn wissen, wie man so ein mächtiges Tier zu beherrschen vermochte?

Meg plumpste auf den Boden. Sie sah hier etwas, an das sie später nicht mehr zurückdenken wollte. Diese Kinder waren *nicht ihre* Kinder! Wären sie ihre und Wills Kinder gewesen, hätten sie sich beide vor so einem mächtigen Tier wie diesem da gefürchtet. Sie würden sich bei ihm genauso verhalten haben wie Meg vorhin bei dem fremden Jungen, dem Besitzer dieses Pferdes: Sie würden einen Knicks oder eine Verbeugung vor ihm gemacht und es mit »Sir« angeredet haben. Niemals – *niemals* – würden zwei Bauernkinder sich das Recht herausgenommen haben, abwechselnd auf einem so reich geschmückten Pferd zu reiten, das einem Edelsteine tragenden Lord gehörte.

»Möchtest du es auch mal probieren?« rief Talis nun Meg zu, als er sie auf halber Höhe auf dem Steilhang sitzen sah. »Es macht Spaß!«

Meg konnte nur den Kopf schütteln und dann wieder die Rolle des stummen Zuschauers übernehmen. Es war ihr, als erlebte sie nun eines von Callies Märchen, das zur Wirklichkeit geworden war. Wenn Talis zum Kopf des Pferdes rannte und dieses sich auf seinen Hinterbeinen erhob, fing Megs Herz kaum noch zu flattern an, weil sie davon überzeugt war, daß Talis wußte, was er da machte. Sie hatte zwar keine Ahnung, wieso er es wußte, weil sie sich sicher war, daß er bisher noch nie in seinem Leben ein so mächtiges und ungestümes Pferd gesehen hatte; doch sie hatte fast so viel Vertrauen in seine Fähigkeiten, dieses Pferd zu beherrschen, wie er es offensichtlich zu sich selbst hatte.

Talis sprang nun in die Höhe, haschte nach den Zügeln und zog den Kopf des Pferdes zu sich herunter. Zunächst rollte es dann, wild schnaubend, die Augen, doch binnen kurzer Zeit gelang es Talis, mit seinen Händen und seiner Stimme, mit der er dem Pferd geheime Dinge ins Ohr flüsterte, die es zu verstehen schien, das Tier zu beruhigen.

»Oh, du hast ihn gezähmt!« rief Callie da enttäuscht, während sie nun kerzengerade im Sattel saß. »Ich hätte ihn zum Fliegen bringen können.«

»Fliegen? Ha! Was verstehst du denn schon von Pferden, geschweige denn von fliegenden Pferden!«

»Ich verstehe von ihnen so viel wie du! Laß ihn los, und ich werde mit ihm über die Felder galoppieren.«

»Nicht allein! Das lasse ich nicht zu!« erwiderte Talis und sprang dann so mühelos, wie er das Pferd soeben gebändigt hatte, vor Callie in den Sattel. Er schien ganz vergessen zu haben, daß er einen verletzten Fuß hatte und vor knapp einer Stunde noch darüber geklagt hatte, daß er umkäme vor Schmerzen.

»Halte dich an mir fest«, rief er, ehe das Pferd sich erneut aufbäumte und dann davonschoß, als hätte Talis es mit einer Rute geschlagen.

Meg verharrte an der Stelle, wo sie gerade saß, und mochte noch immer nicht glauben, was sie soeben mit ihren eigenen Augen gesehen hatte.

Was Meg sodann wieder zur Besinnung brachte, war das Kreischen des jungen Lords, der in diesem Moment den Hügel hinunterzuhinken begann und gerade noch sah, wie Talis sich auf den Rücken seines Pferdes schwang und mit diesem davongaloppierte. Und im selben Moment sah Meg auch schon in Gedanken Talis und Callie an einem Galgen baumeln und ihre kleinen leblosen Körper sacht im Winde schaukeln – aufgehängt zur Strafe dafür, daß sie ein Pferd gestohlen hatten.

Megs nächster Gedanke war nun, diesen fremden Knaben umzubringen. Besser, sie wurde wegen Mordes aufs Rad geflochten und gevierteilt, statt daß jemand Hand anlegte an ihre beiden kostbaren Kinder.

Wenn Meg nun sprachlos war vor Schreck, dann erging es ihr nicht anders als diesem fremden Jungen. Er hatte an diesem Morgen seinerseits das Pferd seines Vaters gestohlen, weil er keinen anderen Weg mehr wußte, diesem zu beweisen, daß er tatsächlich ein Mann war und diese Bestie zu reiten vermochte. Aber das Pferd war in dem Moment schon mit ihm durchgegangen, wo sein Hosenboden den Sattel berührt hatte. Es war mit ihm so lange und so viele Meilen weit gerannt, daß Edward nun nicht mehr wußte, wo er sich hier eigentlich befand. Und was noch schlimmer war: Zwei Bauernkinder hatten ihm soeben sein Pferd entwendet. Denn unter keinen Umständen würde er zugeben, daß das Pferd ihn abgeworfen hatte und diese beiden Kinder es nun so mühelos beherrschten, wie er das niemals fertiggebracht hätte.

Als er dieses alte fette Weib neben sich mit einem Blick streifte, das offenbar nichts Besseres war als eine Bauersfrau, bemerkte Edward, daß sie ihn mit mordlustigen Augen betrachtete, als wollte sie ihn umbringen. Warum auch nicht? dachte er bei sich. Damit würde sie seinem Vater nur eine Mühe ersparen.

Doch was ihm in diesem Moment wieder den Rücken stärkte, war der Anblick der beiden Kinder, die auf dem Pferd seines Vaters erneut in sein Blickfeld kamen. Allmächtiger Gott – wie dieser Knabe reiten konnte! *Wo* mochte er das nur gelernt haben? Wer war sein Reitlehrer? Er konnte doch nicht älter sein als zehn – allerhöchstens zwölf –, aber er ritt so, als wäre seine Mutter eine Stute gewesen!

Edward beobachtete jetzt die beiden Kinder, die lachend auf seinem Pferd ritten. Das Mädchen hatte so außergewöhnliche Haare, die hinter den beiden wie eine Standarte flatterten und sie und den Jungen dann wieder einhüllten wie ein Mantel, und er wurde bei diesem Anblick von Eifersucht verzehrt. Wenn er so gut hätte reiten können wie diese beiden, würde sein Vater ihn überallhin mitgenommen haben. Edward bezweifelte, daß dieser Junge dort jemals in seinem Leben vom Pferd gefallen war.

Hatte Edward eben noch die beiden Kinder beobachtet, während diese Frau, die offenbar nichts Gutes mit ihm im Sinn hatte, sich langsam mit funkelnden Augen an ihn heranpirschte, so stürmte er im nächsten Moment mit dem lauten Ruf den Abhang hinunter: »Herunter von dem Tier! Wie könnt ihr es wagen, mein Pferd zu stehlen! Ich werde dafür sorgen, daß man euch dafür hängt!«

Meg rannte nun ebenfalls mit ausgestreckten Armen den Hügel hinunter – hinter dem Jungen her, um diesem an die Gurgel zu fahren.

»Stehlen?« rief Talis da lachend. »Wir haben verhindert, daß es dir fortlief! Wären wir beide nicht dagewesen, hättest du jetzt dein Pferd verloren.« Er legte den Kopf ein wenig auf die Seite und blickte nun sehr hochmütig auf den Knaben hinunter. »Oder ist es etwa gar nicht *dein* Pferd? Denn wenn es tatsächlich dein Pferd wäre, hättest du es eigentlich beherrschen müssen.«

Meg hätte in diesem Moment am liebsten laut geheult. Sie hätte doch wissen müssen, daß Talis niemals auf den Gedanken kommen würde, sich bei diesem jungen Lord zu entschuldigen!

Kein Zweifel, daß nun die ganze Familie den Tod am Galgen erleiden mußte.

»Ich werde dir für diese Unverschämtheit die Ohren abschneiden lassen«, erwiderte wutschnaubend der fremde Knabe. Wie konnte sich dieser Bauernlümmel erdreisten, in einem solchen Ton mit ihm zu sprechen? Seinem Akzent nach gehörte er zu der allergewöhnlichsten Sorte von Menschen, und seine Sprache war für nichts Besseres geeignet als für den Pflug. Er würde bereits mit fünfundzwanzig Jahren tot sein von der schweren Fronarbeit, die er für seinen Grundherrn leisten mußte.

»So, werdet Ihr das?« gab ihm Talis darauf gleichmütig zur Antwort, glitt vom Pferd herunter und baute sich nun vor dem Jungen auf. Und obwohl der sich auf die Zehenspitzen stellte, wußte Meg dennoch, daß er noch keine neun Jahre alt war, während der fremde Junge sicherlich schon elf, wenn nicht gar zwölf Jahre alt sein mußte.

Im nächsten Augenblick war Meg bei den beiden Jungen, oder, wie sie sich nun im stillen korrigierte, bei den beiden jungen Gentlemen, und stellte sich zwischen sie. »Es ist Euch doch kein Schaden entstanden, Sir. Die beiden Kinder wollten Euch doch nur Euer Pferd zurückbringen. Sie haben nichts Unrechtes getan, Sir.«

Doch keiner der beiden Jungen schien zu bemerken, daß sie überhaupt da war. Mit jeder Sekunde, die nun verstrich, wurde Edward wütender. Das lag nicht nur an der arroganten Art, mit der dieser dunkelhaarige, dunkeläugige Jungen mit ihm redete, sondern auch an der Weise, mit der dieses Mädchen, das noch immer auf seinem Pferd saß, ihn musterte. Sie war zwar nur ein Kind; aber mit diesen Haaren, die wie ein Mantel um sie ausgebreitet waren, und diesen Augen, die so alt wirkten, beunruhigte sie ihn. Es gefiel ihm nicht, daß sie diesen Bauernjungen so ansah, als wäre er ein Alleskönner, während er, Edward, zu nichts zu gebrauchen sei. Wie konnte das nur möglich sein? Er war es doch, der in Samt und Seide gekleidet und mit Edelsteinen geschmückt war, während dieser Lümmel nur ein einfaches Lederwams trug.

Edward war es, der nun als erster zuschlug. Es war ein Schlag, den Talis mühelos damit parierte, daß er behende zur Seite wich, so daß der Hieb des Jungen sein Gesicht verfehlte. Doch Edwards nächster Schlag traf Talis dann an der Schulter, und zu allem Überfluß trat er Talis dabei auch noch auf den von den zwei Bienenstichen angeschwollenen Fuß, so daß Talis vor Schmerzen am liebsten laut gebrüllt hätte. Statt dessen sprang er nun den Jungen an, und im nächsten Augenblick stürzten sie beide, wild die Fäuste schwingend, zu Boden.

In diesem Moment fürchtete Meg, ein zweites Mal an diesem Tag das Bewußtsein zu verlieren. Denn dafür würden sie ganz bestimmt allesamt gehängt werden.

»Was ist denn hier los?«

Noch nie in ihrem Leben hatte sich Meg in ihrem Leben über den Anblick eines Menschen so sehr gefreut wie jetzt, als sie Will neben sich stehen sah.

»Ich dachte, ihr wolltet Beeren pflücken«, sagte Will mehr verärgert als verwundert. »Kann man euch denn keinen Moment lang alleinlassen?«

Will hatte keine Bedenken, was die Klassenunterschiede der beiden Knaben anlangte, oder daß der eine der beiden Jungen, die sich da vor ihm auf dem Boden wälzten, ein Gentleman war und der andere nicht. Alles, was er in diesem Moment sah, war, daß sich zwei Jungen gegenseitig mit Fausthieben und Fußtritten traktierten, und es galt, die beiden Raufbolde voneinander zu trennen. Und so packte er sie also alle beide hinten am Kragen, zog sie in die Höhe und hielt sie dann auf Armeslänge voneinander weg, weil sie auch jetzt noch darum bemüht waren, sich gegenseitig in Stücke zu reißen.

»Benehmt euch endlich, ihr zwei!« rief er, sie beide fest im Nacken packend und ein paarmal kräftig schüttelnd.

»Lassen Sie mich sofort los, Sie ... Sie ... Bauer!« brüllte nun Edward in dem Versuch, seine Würde zurückzugewinnen.

»Ja«, erwiderte da Will ungerührt, »du hast recht, ich bin ein

Farmer. Aber nun hätte ich gern von dir gewußt, worum es hier eigentlich geht.«

»Die beiden da haben mein Pferd gestohlen«, sagte Edward, sich den Staub von seinem Wams klopfend.

»*Dieses* Pferd da?« erwiderte Will da erstaunt. »Sie stahlen das Pferd, das dort steht? Willst du damit sagen, sie hätten es dir *weggenommen*?«

»Nein, ich ... Es passierte ein Mißgeschick, an dem ich keine Schuld hatte. Ich fand mich daraufhin auf dem Boden wieder und ...«

»Also haben die beiden dir das Pferd entwendet, nachdem es dich abgeworfen hatte und dir davongelaufen war? Und wohin haben sie es gebracht, nachdem sie es gestohlen hatten? Etwa nach London? Sollen wir jetzt den Sheriff benachrichtigen, damit er sich die Verfolgung der beiden macht und dir dein Pferd zurückbringt?«

Meg wußte, daß sie ihren Will noch nie so sehr geliebt hatte wie in diesem Augenblick. Er war doch *so* vernünftig! Er behandelte Knaben wie Knaben, ohne auf deren Herkunft Rücksicht zu nehmen.

Als der junge Gentleman daraufhin eine verwirrte Miene machte, legte ihm Will genauso unbefangen den Arm um die Schulter, wie er das auch bei Talis tat.

»Und jetzt sag mir mal, wo du wohnst.«

Als Meg sah, wie dem Jungen nun die Tränen in die Augen schossen, wußte sie, daß er sich verirrt hatte.

»Meg!« rief Will da in scharfem Ton, »hast du noch etwas von deiner Fleischpastete übrig? Und wie wäre es, wenn du uns eine Himbeertorte backen würdest? Callie, steig von dem Pferd herunter und bring es heim! Wir haben jetzt alle einen schrecklichen Hunger.«

Was sich fast zu einer Katastrophe ausgewachsen hätte – und sicherlich zu einer geworden wäre, wenn Will ihr nicht noch rechtzeitig die Sache aus der Hand genommen hätte, dachte Meg schuldbewußt –, löste sich nun in Wohlgefallen auf. Nachdem die beiden Jungen ihren Dampf abgelassen und ihre anfängliche Feindseligkeit überwunden hatten, stellten sie fest, daß sie viele gemeinsame Interessen hatten. Sie waren beide zwar sehr stolz und haßten es, einander auszufragen, doch Will sorgte rasch dafür, daß die beiden auftauten und Talis Edward sein hölzernes Schwert zeigte. Edward lachte, als Talis damit in der Luft herumfuchtelte, und es dauerte nicht lange, bis er Talis zeigte, wie ein echter Ritter ein Schwert halten mußte.

Will gab Meg Anweisungen, nach Kräften dafür zu sorgen, daß die beiden nicht das Interesse aneinander verloren, während er sich nun daran machte, herauszubekommen, in welcher Richtung sich denn das Zuhause des Knaben befinden mochte. Den spärlichen Angaben nach, die er dem Jungen hatte entlocken können, mußte dieser mindestens zwanzig Meilen weit geritten sein. Sein Heim nun wiederzufinden, würde keine leichte Aufgabe sein, da die Dorfbewohner jeden, der sich weiter als sechs Meilen von seinem Geburtsort entfernte, als einen Weltreisenden betrachteten. Meg hatte jedoch keine Zweifel, daß Will herausfinden würde, wo der Junge wohnte. Nach den Ereignissen dieses Vormittags war sie davon überzeugt, daß Will ein Alleskönner war.

Nachdem Will das Haus verlassen hatte, bemerkte Meg, wie Talis aufmerksam den fremden Knaben beobachtete und dessen Gang, Kleidung und Redeweise studierte. Ja, er ahmte sogar ein paarmal dessen Akzent nach.

Was Meg jedoch betrübte, war das Gesicht von Callie, mit dem sie das Treiben der beiden Knaben beobachtete. Sie fühlte sich offensichtlich wieder allein und ausgeschlossen. Es war dann Talis, der wieder dazu einlud, an ihrer Welt teilzunehmen, als sie sich draußen im Schatten eines Apfelbaumes niederließen und Megs Apfelmost tranken. »Erzähl uns eine Geschichte«, forderte Talis Callie auf.

Da begann sie lächelnd und mit wiedergewonnenem Selbstvertrauen eine ihrer besten Geschichten zu erzählen – ein Märchen, an dem sie bereits seit Tagen gearbeitet hatte und das von einem Drachen, einem Pferd und einer Hexe mit grünen Haaren handelte. Doch kaum hatte sie ein paar einleitende Sätze gesprochen, als Edward zu gähnen begann und sagte: »Ich habe schon bessere Geschichten gelesen als diese. Wann, glaubt ihr, wird euer Vater wieder nach Hause kommen? Ich möchte ihm ... ihm noch auf Wiedersehen sagen, ehe ich aufbreche.« Er wäre niemals bereit gewesen, zuzugeben, daß er einen Farmer fragen wollte, wie er wieder nach Hause gelangen könne. Nicht, daß er etwa geglaubt hätte, ein Bauer wüßte, wo sich ein Haus befand, das so groß und kostbar eingerichtet war wie das seines Vaters, aber vielleicht hatte er schon mal etwas von diesem Haus gehört.

Da Edward so sehr mit seinen Problemen beschäftigt war, entging ihm nun der schockierte Ausdruck auf Callies und Talis' Gesicht. Und falls er ihn doch bemerkt hätte, würde er nicht gewußt haben, was ihn verursacht hatte.

Gelesene Geschichten, dachte Callie bei sich. Nur der Dorfpriester konnte lesen. Dieser hatte die Meinung, es wäre nur für einen Mann Gottes gut, lesen zu können. Denn für das Lesen bräuchte man auch den richtigen Verstand, und deshalb pflegte ihnen der Priester aus der Bibel vorzulesen und ihnen danach die Bedeutung dessen zu erklären, was er ihnen vorgelesen hatte. Gewöhnliche Leute – Leute, die nicht von Gott auserwählt waren – könnten gar nicht richtig lesen.

»Was lest Ihr denn?« erkundigte sich Callie nun im Flüsterton, die Beine an den Leib ziehend. »Die Bibel?«

Edward sah aus den Augenwinkeln zu ihr hin. Er befand sich in einem Alter, in dem man sich nicht sicher sein konnte, ob Mädchen nun etwas Gutes oder Schlechtes waren. Und was dieses Mädchen anlangte, war er sich dessen noch weniger sicher als sonst. Sie war keine Schönheit und würde das auch niemals werden – dafür war ihr Gesicht zu farblos, und ihre Züge waren zu hausbacken. Ihre Haare jedoch, die sie wieder zu einem dicken Zopf geflochten hatte, der ihr nun über den Rücken baumelte, waren eine Pracht. Was ihn so eigenartig an diesem Mädchen berührte, war die Art, mit der sie diesem Jungen überallhin folgte – diesem schwarzhaarigen Talis, der sich zwar so kleidete und so redete wie ein Bauer, dabei aber den Kopf so hoch trug, als wäre er der Sohn eines Königs.

Das Mädchen folgte ihm wie sein Schatten, und er schien sich ihrer nie bewußt zu sein – außer wenn sie auch nur einen Moment lang die Augen von ihm abwandte. Dann pflegte er sich sofort zu ihr umzudrehen und sie stirnrunzelnd anzublicken. Talis schien genau zu wissen – selbst wenn er ihr den Rücken zukehrte –, wann ihre Aufmerksamkeit einmal auf etwas anderes als ihn gerichtet war.

Edward fand das alles sehr eigenartig, da bei ihm zu Hause die Jungen und Mädchen streng voneinander getrennt waren. Denn welcher Junge wünschte sich schon, daß ihm dauernd so ein blödes Mädchen am Rockzipfel hing? Und warum war dieses Mädchen so schweigsam? Die Mädchen, die er, Edward, kannte, schnatterten ununterbrochen wie Gänse. Doch diese Callie hatte erst ihren Mund aufgemacht, als Talis sie dazu aufgefordert hatte, ihnen diese langweilige Geschichte von fliegenden Tieren und Hexen zu erzählen. Er hatte schon vor Jahren jedes Interesse an solchen Geschichten verloren. Er fand jetzt nur noch Gefallen an wahren Geschichten von Rittern, Königen und Kriegen – an Geschichten also, die über Menschen und Ereignisse berichteten, von denen dieses Bauernmädchen nichts wissen konnte.

Als er den Mund öffnete, um Callie das zu sagen, kam Will zurück, und ein paar Minuten später befand sich Edward wieder auf dem Weg nach Hause. Er wußte nicht, wie er diesen Leuten Lebewohl sagen sollte. Man konnte ihm doch schlechterdings nicht zumuten, sich bei einem Bauern zu bedanken, nicht wahr? Was würde wohl sein Vater in so einer Situation gemacht haben?

Edward bestieg sein Pferd und blickte auf die vier hinunter. Als er sie nun alle auf einem Fleck beisammen sah, schienen sie ihm eine recht merkwürdige Familie zu sein. Die zwei Erwachsenen hatten zwar die wettergegerbten Gesichter von Bauersleuten – aber die Kinder? Hätte man die beiden in kostbare Kleider gesteckt, würden sie sogar am Hof der Königin eine gute Figur gemacht haben, dachte er bei sich. Besonders dieser Junge (nachdem Edward herausgefunden hatte, daß Talis vier Jahre jünger war als er, konnte er, der Ältere, es sich leisten, gönnerhaft zu ihm zu sein). Ja, wenn Talis statt rauhem Leder ein Gewand aus Samt und Seide getragen hätte, wäre er sogar ein überaus schmucker Bursche gewesen.

Da war es Edward plötzlich schnuppe, was sein Vater an seiner Stelle gesagt oder getan hätte. Der würde ihn sowieso umbringen, wenn er jetzt nach Hause kam. Was spielte es also noch für eine Rolle, ob seine letzte Tat auf Erden die Zustimmung seines Vaters fand oder nicht?

Er nahm galant seine Kappe vom Kopf, drückte sie an sein Herz und verneigte sich vor den vieren. »Ich möchte mich bei jedem von euch für diesen wunderschönen Nachmittag bedanken«, sagte er artig. Einer Eingebung folgend, öffnete er nun eine Ledertasche, die an seiner Sattelpausche befestigt war, entnahm dieser ein in Leder gebundenes Buch mit den Geschichten von den Rittern der Tafelrunde – ein Buch, das eigentlich seinem Vater gehörte – und sagte zu Callie: »Für Euch, Mylady«, als wäre er ein Höfling und sie eine Hofdame der Königin Elizabeth, worauf er dann das Buch in ihre Hände gleiten ließ, die sie ihm begierig entgegenstreckte.

Ihnen allen noch einmal zunickend, nahm er die Zügel seines Pferdes auf, vollführte mit ihm eine schwungvolle Hinterhanddrehung nach links und sprengte dann auf der Straße in der Richtung davon, in der sich, wie Will ihm gesagt hatte, das Haus seines Vaters befinden sollte.

Nachdem der Junge davongeritten war, ließ er drei von den vieren, die noch immer im Vorgarten standen, in dem Gefühl zurück, daß sich etwas in ihrem Leben verändert hatte. Will dachte in diesem Moment nur an die Arbeiten, die unerledigt geblieben waren, weil er stundenlang im Dorf und dessen Umgebung hatte herumlaufen müssen, um herauszufinden, wo der Junge wohl sein Zuhause haben mochte. Meg hingegen wußte, daß sie fortan »ihre« Kinder nie mehr so anschauen würde wie bisher. Denn obwohl sie und ihr Mann Will Callie und Talis gewissermaßen von Geburt an in ihrer Obhut gehabt und großgezogen hatten, waren die beiden ihr und Will ganz und gar nicht ähnlich. Sie, Meg, war sogleich, als sie den kostbar gekleideten Knaben sah, von einem Minderwertigkeitsgefühl ergriffen worden, während Callie und Talis sofort gewußt hatten, daß sie diesem Jungen ebenbürtig waren.

Was Talis betraf, so hatte er heute einen Blick in eine Welt werfen können, zu der auch er, wie er instinktiv spürte, gehörte. Zwar hatte er Callie erzählt, daß er nur ihretwegen so wenig Zeit mit den Jungen vom Dorf verbringen würde, weil sie ihm leid tat, wenn er sie allein lassen mußte (er liebte es, Schuldgefühle bei ihr zu wecken; sie war ja so viel netter zu ihm, wenn sie sich sagen mußte, er habe ihr zuliebe auf etwas verzichtet), doch in Wahrheit langweilten ihn die Dorfjungen nur.

Aber heute, ja, heute hatte er sich nicht eine Sekunde gelangweilt. Natürlich war dieser Edward ein grauenvoller Snob, aber er hatte Dinge gewußt, die Talis selbst gern hätte wissen wollen. Edward kannte sich mit Pferden und Schwertern aus und wußte, wie ein Knappe sich die Rittersporen verdiente. Selbst was man sich so am Hof der Königin erzählte, hatte er gewußt, und sogar einmal den »großen« Leicester aus der Nähe gesehen, der nach Meinung vieler Leute eigentlich König von England sein sollte.

Was Callie anlangte, so drückte sie das Buch, das Edward ihr geschenkt hatte, an ihren noch kindlichen flachen Busen und dachte dabei an die Worte, die der Junge zu ihr unter dem Apfelbaum gesagt hatte. Lesen. Er hatte solche Geschichten, wie sie sie erfand, *gelesen. Bessere Geschichten,* als *sie* sie erzählte!

Da war etwas in ihr, das sich dagegen sträubte, sich dieser Meinung zu beugen. Jeder mochte doch ihre Geschichten! Meg und Will liebten sie. Talis sagte, sie wären göttlich. Wie kam also dieser Junge dazu, zu behaupten, ihre Geschichten wären nicht so gut wie die von anderen Erzählern?

Callie kannte das Wort »Konkurrenz« natürlich nicht, wußte jedoch, daß es das war, was ihr fehlte. Sie kannte keine Geschichten, mit denen sie ihre vergleichen konnte. Sie hatte auch noch nie etwas von diesen Geschichtenerzählern gehört, die im Land herumreisten, von einem Schloß zum anderen pilgerten, um sich dort mit Geschichten ihr tägliches Brot und zuweilen sogar ein Goldstück zu verdienen. Diese Leute verglichen natürlich ihre Geschichten untereinander, und ihre Zuhörer verglichen diese wiederum mit solchen Geschichten, die sie schon früher gehört hatten.

Für den Rest des Tages waren diese drei, Meg, Callie und Talis, sehr schweigsam. Will mochte es zwar nicht sagen, aber ihr Schweigen störte ihn. Er war zwar selbst nicht gerade ein redseliger Mensch, doch für ihn gab es nichts Schöneres als eine munter plappernde Familie. Aber an diesem Abend saßen die drei nur stumm am Tisch und blickten nachdenklich in ihre Teller.

Nach dem Essen saßen sie dann vor dem kalten Kamin – Will mit seinem Halfter, Meg mit ihren Wäschestücken im Schoß, die sie ausbessern mußte, während die Kinder ins Leere starrten.

»Komm, Callie-Girl«, sagte Will da, »erzähl uns eine von deinen Geschichten.«

Da wandte Callie, die Stirn nachdenklich in Falten legend, Talis das Gesicht zu. Wie immer erwartete sie nun von ihm eine Entscheidung. »Was für eine Geschichte würdest du denn gern hören wollen?« erkundigte sie sich ein wenig atemlos; denn ihr Selbstvertrauen war heute von diesem Edward arg erschüttert worden.

»Keine Zauberei«, flüsterte Talis, sich langsam zu ihr umdrehend. »Ich möchte eine Geschichte hören, in der es keine Magie gibt.«

Callie konnte da nur mit einem kurzen Blinzeln zu verstehen geben, daß sie verstanden hatte, weil ihr nun tausenderlei Dinge auf einmal durch den Kopf schossen. Gab es denn überhaupt eine Geschichte *ohne* Magie? Wie wollte ein Junge denn einen Drachen besiegen, wenn er sich keiner magischen Kräfte bedienen durfte? Drachen waren riesige Ungeheuer, Knaben jedoch nur schwache und winzige Wesen im Vergleich zu ihnen.

Als Talis nun diesen ratlosen Ausdruck in Callies geweiteten Augen bemerkte, stahl sich ein Grinsen auf sein Gesicht. Hatte er nicht sein Leben lang vergeblich versucht, Callie mit seinen Erzählwünschen in Verlegenheit zu bringen? Es ärgerte ihn nämlich, daß sie so gescheit war. Egal, was für Figuren oder Motive er ihr bisher auch zur Auflage gemacht hatte – es war ihr immer gelungen, sie ohne ersichtliche Mühe zu einer Geschichte zu verarbeiten. Doch nun setzte er mit einem selbstgefälligem Lächeln noch eins drauf: »Keine Magie, keine Drachen, keine Hexen und keine Pferde, die fliegen können. Nichts, was es nicht wirklich gibt.«

Callie machte nun das seltsamste Gesicht der Welt. Es war so, als wäre sie in Gedanken weit weggeflogen in ein fernes Land. Ihre Augen schienen ihn nicht mehr wahrzunehmen, sondern ins Leere zu blicken. »Ich muß darüber nachdenken«, flüsterte sie nach einer Weile und war danach zu keiner Äußerung mehr zu bewegen. Sie reagierte nicht einmal, als Talis, sich die Hände reibend, im Zimmer einen Freudentanz aufzuführen begann, weil es ihm nun – endlich – doch gelungen war, ihr eine Aufgabe zu stellen, die sie *nicht* bewältigen konnte.

Zwei Tage lang sprach Callie kein Wort. Sie aß nur, wenn Meg ihr ein belegtes Brot oder einen Teller voll Speisen direkt unter die Nase hielt. Und es gelang ihr offenbar nur, ihr tägliches Arbeitspensum zu erfüllen, weil sich ihr Körper daran zu erinnern schien, wie und wann sie welche Arbeiten zu verrichten hatte; denn in ihren Gedanken war sie ganz woanders. Meg würde sich große Sorgen um sie gemacht haben, wenn da nicht dieses selbstgefällige, arrogante, überhebliche Grinsen auf Talis' Gesicht gewesen wäre. Er schien so zufrieden mit sich zu sein, daß es ihm gelungen war, Callie eine Niederlage beizubringen, daß Meg ihn am liebsten an den Schultern gepackt und kräftig durchgeschüttelt hätte. Und um den jungen Mann ein wenig von seinem hohen Roß herunterzuholen, begann sie nun offen für Callie Partei zu ergreifen und deren Erzähltalent in den höchsten Tönen zu rühmen.

Am dritten Tag kam dann Callie aus ihrer Trance heraus. Ganz plötzlich. Eben noch hatte sie mit geistesabwesendem Gesicht am Tisch gesessen, und im nächsten Moment schlug sie die Augen auf, sah sie alle der Reihe nach blinzelnd an, als wäre sie aus einem Traum erwacht. Dann faßte sie Talis ins Auge und erklärte ihm mit einem süßen Lächeln, das Meg eher ein schelmisches Grinsen zu sein schien: »Keine Magie, hattest du gesagt, nicht wahr?«

Den Rest des Tages über ging Callie dann beschwingten Schrittes ihrer Arbeit nach und ignorierte alle Winke von Talis, ihm doch zu verraten, was sie denn jetzt vorhabe. Es geschah nicht oft, daß die beiden Geheimnisse voreinander hatten, die sie auch nur zehn Sekunden lang für sich behielten; doch diesmal bewahrte Callie sogar einen ganzen Nachmittag lang Stillschweigen über das, was sie sich in den letzten zweieinhalb Tagen ausgedacht hatte.

Als es draußen dann dunkel wurde, hatten es alle drei recht eilig mit dem Abendbrot, da sie es kaum erwarten konnten, Callies Geschichte zu hören. Nur Will tat so, als wäre ihm die Hast, mit der sie alle ihr Essen hinunterschlangen, unbegreiflich, und als sei es ihm egal, wie sich der Abend gestalten würde. Doch Meg sah, daß er diesmal nicht, wie gewohnt, dreimal zulangte, sondern schon nach dem zweiten Teller Suppe seinen Löffel weglegte, so daß sie sich bald alle vom Tisch erheben und ihre Plätze vor dem Kamin einnehmen konnten. Ein leichter Regen rauschte auf das Dach hernieder, und als Callie sich nun anschickte, ihre Geschichte zu erzählen, hingen sie alle drei wie gebannt an ihren Lippen.

»Es waren einmal zwei Kinder«, begann sie langsam, »die sich sehr liebten. Er sah sehr hübsch aus und stammte aus einer Familie, die mit der Königin verwandt war, während sie nur ein gewöhnlich aussehendes Mädchen und eine von den vielen, vielen Töchtern eines Mannes war, der diese so rasch wie möglich loswerden wollte.«

Da blickten sich Meg und Will über die Köpfe der beiden Kinder hinweg an. Es konnte doch nur ein Zufall sein, schienen sie sich mit den Augen zu sagen, daß Callies Geschichte der Wahrheit so nahe kam.

Callie erzählte diesmal nicht von Drachen und Hexen, sondern von politischen Machenschaften und Ehen, die nicht aus Liebe, sondern des Geldes wegen geschlossen wurden. Als die beiden noch sehr jung und kaum ihren Kinderschuhen entwachsen waren, sagte man dem Mädchen, daß es den Jungen seines zukünftigen Glückes wegen aufgeben müsse. Wenn er nämlich ein anderes Mädchen zur Frau nähme, könnte er König und zugleich unermeßlich reich werden. Wenn er aber das Mädchen heiratete, das er liebte, würden ihre Väter sie beide enterben und sie beide mittellos auf die Straße setzen.

Zunächst willigten die beiden jungen Leute in diesen Vorschlag ein, weil es sehr vernünftig war, das zu tun, und weil sie beide ihren Eltern eine Freude machen wollten. Doch an seinem Hochzeitstag verläßt der junge Mann seine Braut, eilt zu dem Mädchen, das er liebt, und entführt es.

Da sie nun beide kein Geld haben, wird er Holzfäller, da es keine andere Arbeit für einen Beinahe-Prinzen gibt. Sie hausen beide in einer tief im Wald verborgenen kleinen Hütte. Der Winter ist hart für sie, da sie nur wenig zu essen haben; doch die Leute im Dorf kennen ihre Geschichte und helfen deshalb diesem armen jungen Paar, das alles für seine Liebe aufgegeben hat.

Wenn die beiden morgens aufwachen, finden sie zuweilen ein paar Fleischreste auf ihrer Türschwelle. Oder eine Handvoll Bohnen. Doch mit Beginn des Frühlings leiden auch die Leute im Dorf Hunger, weil ihre Vorräte aufgebraucht sind, und der junge Mann weiß nun, daß er seine Geliebte nicht mehr ernähren kann. Sie ist schon sehr mager, da sie ihm immer alles, was sie an Nahrungsmitteln hatten, zu essen gab, damit er kräftig genug war, um Bäume fällen zu können.

Nachdem er lange darüber nachgedacht hatte, kommt der junge Mann zu dem Schluß, daß es besser sei, jetzt zu sterben, als zusehen zu müssen, wie seine Geliebte langsam verhungert. Also nimmt er sich vor, sie im Schlaf zu töten, dann mit ihrem Leichnam in einen Fluß zu steigen und mit der Geliebten auf den Armen zu sterben.

An diesem Abend versichert er ihr noch einmal, wie sehr er sie liebt, ehe er ihr mit einem Glas Wasser ein Schlafmittel gibt, denn er möchte ihr nicht weh tun oder sie gar in Angst versetzen. Nachdem sie eingeschlafen ist, küßt er sie und breitet ihre schönen Haare auf dem Kissen aus.

Als er dann seine Axt hebt, um sie damit zu töten, strömen ihm die Tränen über die Wangen; denn er weiß, daß in dem Augenblick, wo er sie umbringt, seine Seele mit ihr sterben wird.

Aber da – was ist das? Lauschend hielt er inne, als sich Hufschläge der Hütte nähern. Er legt seine Axt weg, als ein Reiter vor der Tür anhält. Es ist ein Bote, der ihm die Botschaft überbringt, daß sein Vater und sein älterer Bruder gestorben sind und er nun der Erbe des Familienvermögens ist.

Als der junge Mann das hört, dankt er seinem Schöpfer – aber nicht dafür, daß dieser seinen Vater und Bruder heimgeholt hat, damit er den Familienbesitz erben kann, sondern daß nun seine Geliebte weiterleben kann und genügend zu essen hat.

Freudigen Herzens weckt er sie auf, setzt sie auf das Pferd des Boten und reitet mit ihr zum Schloß.

Nachdem er nun sein Erbe als Schloßherr angetreten hatte, entschädigt er sogleich alle Dorfbewohner reichlich für die vielen Freundlichkeiten, die sie ihm erwiesen hatten, indem er ihnen ein großes Fest gibt. Und er jagt viele böse Männer, die für seinen Vater gearbeitet hatten, aus dem Schloß und stellt an deren Stelle gute Männer aus dem Dorf an. Und fortan teilt er auch die ihm zustehende Ernte mit den Dorfbewohnern, so daß sie nie mehr Hunger leiden müssen.

Und der junge Mann und seine Braut werden in den darauffolgenden Jahren auch reichlich mit Kindern gesegnet und leben glücklich zusammen bis zu ihrem Lebensende.

Als Callie mit ihrer Geschichte zu Ende gekommen war, wischten sich Will und Meg verstohlen ein paar Tränen ab, doch Callie sah nur kurz zu den beiden hin. Sie war daran interessiert, Talis' Urteil zu hören.

Der saß eine Weile lang still da und sah sie nicht an, obwohl er ihren Blick im Nacken spürte. Endlich, nach langen, bangen Minuten, drehte er sich zu ihr um und sagte leise: »Mir gefällt kein Märchen besser.«

»Ja«, erwiderte sie ebenso leise, »kein Märchen ist besser.«

Meg wußte, daß die beiden Kinder sehr zärtlich zueinander waren, sobald sie sich unbeobachtet fühlten. Dann hielten sie sich bei den Händen, und wenn sich kein Dritter in ihrer Nähe aufhielt, pflegte Talis oft den Kopf in Callies Schoß zu legen. Auch saßen sie zumeist so dicht wie möglich beisammen, berührten sich aber niemals in Gegenwart anderer Leute. Meg war sicher, daß Talis das so haben wollte; denn sie spürte, daß Callie, wenn es nach ihrem Kopf gegangen wäre, sich am liebsten an ihn hätte anketten lassen. Doch Talis liebte es, vor anderen Leuten so zu tun, als bräuchte er sie gar nicht.

Doch an diesem Abend, nach dieser außergewöhnlichen Geschichte, stand Talis vom Boden auf, streckte den Arm aus, nahm Callie bei der Hand und geleitete sie nun im Angesicht der beiden Erwachsenen zu ihrem Bett. Das war Talis' größtes Kompliment, das er ihr machen konnte – ein öffentliches Lob.

Kapitel zwanzig

Meg taten die Füße weh. Tatsächlich tat ihr der ganze Körper weh. Sie war nun schon seit zwei Tagen unterwegs und das Gehen nicht gewohnt.

Als ihr ein mit Kohlköpfen beladenes Fuhrwerk entgegenkam, wich sie diesem aus, trat in den Matsch am Straßenrand und lehnte sich eine Weile lang gegen einen Baum, um zu verschnaufen. Zum hundertsten Male fragte sie sich jetzt, wie

Will wohl ohne sie mit den Kindern zurechtkommen würde. Ob er sehr böse auf sie sein würde, wenn sie wieder heimkam? Oder ob er sich solche Sorgen um sie gemacht hatte, daß er sie mit offenen Armen empfangen würde? Oder ob er tagelang nicht mit ihr reden würde – oder sogar ein ganzes Jahr lang?

Da Meg bisher noch nie von einer Ehefrau gehört hatte, die von zu Hause weggelaufen und dann doch wieder zu ihrem Mann heimgekehrt war, wußte sie nicht, was ihr Mann in so einem Fall machen würde. Sie hatte zwar einmal von einer Frau gehört, die mit einem anderen Mann durchgebrannt war; aber niemals von einer Frau, die ihrem Mann davongelaufen war, um einen Lehrer zu besorgen – wie sie das jetzt tat.

Sie blickte zum Himmel hinauf, sah, daß es noch ein paar Stunden dauern würde, bis es dunkel wurde und sie abermals eine Nacht auf der kalten Erde würde schlafen müssen, löste sie sich von dem Baum und setzte ihre Wanderung fort.

Fast einen Monat war seit jenem Tag vergangen, der, wie Meg nur zu gut wußte, das Leben ihrer Familie verändert hatte. Vor einem Monat war dieser Edward in ihr Haus gekommen, und seitdem war nichts mehr so gewesen wie früher – zumindest nicht für sie und die beiden Kinder. Denn Will blieb sich immer gleich, egal, was passierte, und als Meg versucht hatte, mit ihm über die Veränderungen in ihrer Familie zu reden, war er fast wütend geworden. Er weigerte sich, über das zu sprechen, was Meg an jenem denkwürdigen Tag erkannt hatte – daß Callie und Talis keine Bauernkinder, sondern vielmehr eine kleine Lady und ein kleiner Gentleman waren.

»Es ist besser für sie, wenn sie die Kinder von Bauersleuten sind!« hatte Will sie so laut angefahren, daß sie ihn alle erschrocken angesehen hatten. Denn Will wurde nur wütend, wenn es dafür auch einen Grund gab, und soweit sie sehen konnten, lag diesmal überhaupt kein Grund für seinen Zorn vor. »Vergiß diesen Jungen!« hatte er gebrüllt. »Wie sehr wünschte ich mir, daß er niemals hierhergefunden hätte!«

Doch die Kinder konnten Edwards Besuch auf der Farm nicht

vergessen. Meg hatte recht – dieser Besuch hatte etwas in ihnen verändert. Callie schaute sich das Buch, das Edward ihr geschenkt hatte, so oft an, daß Meg schon fürchtete, die wunderschönen Schnörkel, mit denen die Seiten bedeckt waren, würden dadurch abgenützt und mit der Zeit verschwinden. Und Talis bemühte sich den ganzen Tag hindurch, mit seinem Schwert jene Schwünge und Hiebe auszuführen, die Edward ihm gezeigt hatte.

Doch nachdem ein Monat seit Edwards Besuch verstrichen war, hörte Callie plötzlich damit auf, sich die Schnörkel in dem Buch anzusehen, und Talis stellte sein Holzschwert in die Ecke und holte es nicht mehr hervor.

»Was habt ihr denn?« erkundigte sich Meg besorgt, als sie beide mit langen Gesichtern im Haus herumschlichen.

»Es hat keinen Sinn«, erklärte ihr da Talis mit düsterer Stimme. »Ich habe keine Verwendung für ein Schwert. Ich sollte lieber das Schmiedehandwerk erlernen.«

Meg war an Talis' Pessimismus gewöhnt. Er prophezeite ihnen mindestens dreimal im Monat, daß Hunger und Elend hinter der nächsten Straßenbiegung auf sie lauern würden. Doch daß Callie sich diesmal nicht wie sonst über ihn lustig machte und ihm sagte, er solle nicht so dummes Zeug reden, machte sie nun ehrlich besorgt. Meg war es bisher noch nie so deutlich bewußt gewesen wie in diesem Moment, daß sie es alle als Callies »Aufgabe« betrachteten, Talis aufzumuntern und ihn auf die schönen Seiten der Dinge hinzuweisen. Sobald Talis andeutete, er könne etwas nicht machen, trat sogleich Callie auf den Plan und erklärte ihm, daß es nichts auf dieser ganzen weiten Welt gäbe, das er nicht vollbringen könne. Meg wußte, daß Talis glaubte, er könne tatsächlich Berge versetzen, weil Callie ihm versicherte, das sei für ihn doch nur ein Kinderspiel.

Doch diesmal sagte Callie nichts, als Talis sein Schwert in die Ecke stellte. Und als Callie nun auch ihr kostbares Buch wegschloß, wollte Meg von ihr wissen, warum sie das tat.

»Ich kann nicht lesen«, antwortete sie. »Ich werde niemals lesen können. Ich tauge doch nur dazu, Kaninchen zu füttern.«

Meg hatte Callie noch nie in ihrem Leben etwas Negatives sagen hören. Und Meg hatte auch noch nie von Callie gehört, daß diese sich etwas wünschte. Alles, wonach es Callie offenbar verlangte, war, mit Talis zusammenzusein. Talis war der Macher, und Callie ging hinter ihm her und sagte ihm, daß er das, was er sich da gerade vornahm, auch machen konnte. Sie bildeten ein perfektes Paar: sein Pessimismus und Selbstvertrauen kombiniert mit ihrer Schüchternheit und ihrem Glauben an die Magie und Schönheit, doch mehr noch ihr unerschütterlicher Glaube an Talis selbst.

Als Meg Callie klagen hörte, daß sie nicht lesen könne, mußte sie sich erst einmal hinsetzen. Sie konnte nun nicht länger die Augen vor der Tatsache verschließen, daß sich die Verhältnisse in ihrer Familie grundlegend verändert hatten.

Meg brauchte daraufhin ein paar Tage, um sich zu überlegen, was sie tun sollte. Sie würde zu John Hadleys Frau gehen und Geld von ihr verlangen, damit sie einen Lehrer für die Kinder anstellen konnte.

Nun zog es Meg eigentlich vor, die Dinge, die getan werden mußten, ihrem Mann zu überlassen und ihm dabei ebenso blindlings zu folgen, wie Callie das bei Talis tat; doch Meg war nicht dumm. Sie hatte da gewisse Vermutungen, warum John Hadley bisher nicht bei ihnen erschienen und seinen kostbaren Sohn zurückverlangt hatte. Entweder hatte ihm seine Frau in den Jahren, seit sie die beiden Kinder in ihrer Obhut hatte, einen gesunden Sohn geboren oder ihn irgendwie dazu überredet, Talis zu vergessen. Meg wäre nicht überrascht gewesen, wenn sie ihm sogar eingeredet hätte, Talis sei tot.

Doch Meg war davon überzeugt, daß Lady Alida die Wahrheit kannte. Will hatte ja schließlich ihre schöne Farm mit dem Geld gekauft, das ihm Ihre Ladyschaft gegeben hatte (so hatte er es ihr jedenfalls, die Tatsachen ein wenig verdrehend, erzählt). Wenn also John glaubte, daß die beiden Kinder – Callie und Talis – tot seien, dann wußte Lady Alida es besser. Sie wußte, daß sie noch irgendwo lebten. Und wenn Ihre Ladyschaft schon nichts übrig hatte für den Sohn einer anderen Frau, dann ganz gewiß für ihre leibliche Tochter. Sie würde sicherlich nicht zulassen, daß diese ohne Schulbildung aufwuchs. Was würden wohl die Leute zu einem Mädchen sagen, das weder lesen noch schreiben konnte, wenn sie eines Tages wieder in das reiche Haus ihres Vaters aufgenommen werden würde?

Meg mochte nicht so weit vorausdenken. In ihrer Vorstellung lag die Zeit, wenn sie sich von ihren Kindern würde trennen müssen, noch in weiter, ferner Zukunft. Vielleicht würde sie erst ohne diese Kinder leben müssen, wenn sie beide schon erwachsen waren.

Und wenn sie erwachsen waren, würden sie alles wissen müssen, was auch alle anderen Ladys und Gentlemen wußten. Wenn Talis ein Ritter sein wollte, mußte er auch alles gelernt haben, was zum Handwerk eines Ritters gehörte. Und wenn Callie das Lesen lernen wollte – nur der Himmel wußte, warum, wenn sie doch viel bessere Geschichten erfinden konnte, als man sie in irgendeinem Buch würde lesen können –, dann würde ihr Meg auch dabei helfen, dieses Ziel zu erreichen. Denn wenn Meg in den Himmel kam, wollte sie dem Allmächtigen auch versichern können, daß sie alles in Ihrer Macht Stehende getan hatte, damit die beiden Kinder das Bestmögliche aus ihrem Leben machen konnten.

Meg brauchte fast eine Woche, um die fünfzig Meilen bis zu John Hadleys Haus zurückzulegen. Sie verirrte sich sogar ein paarmal und verbrachte einen Abend mit dem Rupfen von Hühnern als Lohn für ihr Dinner; doch schließlich erreichte sie dann doch ihr Ziel und hätte fast geweint vor Erschöpfung und Enttäuschung als sie sah, daß die alte Burg nur noch eine rauchgeschwärzte Ruine war. War das etwa der Grund, weshalb John Hadley sich nie bei ihnen hatte blicken lassen, um seine Kinder abzuholen? Waren er und seine Familie bei einem Brand ums Leben gekommen?

Es gefiel ihr nun gar nicht, sich in der Nähe der Ruine zum

Schlafen niederlegen zu müssen, weil sie bei dem Gedanken, was da geschehen sein mochte, eine Gänsehaut bekam. Denn sie fragte sich nun, wann das Feuer wohl die Burg vernichtet hatte – etwa noch in der gleichen Nacht, als Will zu ihr sagte, daß eine Seuche in der Burg und im Dorf ausgebrochen wäre und sie deshalb flüchten müßten? Sie hatte nicht alles mitbekommen, was er damals zu ihr gesagt hatte, weil sie mit ihren Gedanken bei den Kindern gewesen war und überlegt hatte, wie sie diese so schnell wie möglich aus der Burg hinausschaffen konnte. Und sie hatte in den darauffolgenden Tagen auch kein Wort mehr mit Will gesprochen, weil er damit beschäftigt gewesen war, einen Geldverleiher aufzusuchen, um bei ihm etwas (sie hatte nie von Will erfahren, was das genau gewesen war) gegen Geld einzutauschen, sich ein Fuhrwerk zu besorgen und sie und die Kinder damit weit, weit wegzubringen von dem Dorf, in dem sie beide aufgewachsen waren. Dann hatte er diese schöne Farm für sie und die beiden Kinder gekauft, und sie hatte nie mehr an das Dorf zurückgedacht.

Sie wäre wohl auch nie mehr in ihrem Leben zu ihrem Geburtsort zurückgekehrt, wenn nicht dieser Edward auf ihrer Farm aufgetaucht wäre. Und als sie sich nun unweit der Burgruine auf dem kalten Boden zum Schlafen niederlegte, lächelte sie bei dem Gedanken an all die Leute im Dorf, die sie nun besuchen wollte, ehe sie zu Will und den Kindern zurückkehrte.

Am nächsten Morgen fühlte sie sich schon viel besser, obwohl sie nicht in einem Bett geschlafen hatte. Denn an diesem Tag würde sie herausfinden, was mit John Hadley und seiner Familie geschehen war. Und wenn das möglich war, würde sie auch mit Ihrer Ladyschaft sprechen und sie dazu bringen, ihr Geld zu geben, damit sie einen Lehrer für die beiden Kinder anstellen konnte. In den letzten Tagen hatte Meg genügend Zeit gehabt, sich zu überlegen, was sie tun und zu Ihrer Ladyschaft sagen würde. Früher, als sie noch mit Will allein gewesen war, hatte sie stets geglaubt, daß sie ihr Licht nicht unter den Scheffel stellen müßte, sondern es, was ihre Klugheit betraf, doch mit jedermann aufnehmen könne; aber die neun Jahre, die sie inzwischen mit diesen beiden Schlingeln verbracht hatte, hatten sie eines Besseren belehrt.

Die beiden waren so schlau und listig wie Schlangen, neckten sie, trieben allerlei Schabernack mit ihr und benützten ihren Verstand, der sich so schnell bewegen konnte wie ein Blitz, um sie zum Narren zu halten oder sie zu allerlei Torheiten zu verleiten. Talis war, was diese Unsitte betraf, der weitaus schlimmere von den beiden. Er liebte es geradezu, sie an der Nase herumzuführen, und schüttelte sich aus vor Lachen, wenn sie immer wieder auf die gleichen Tricks hereinfiel.

Manchmal wurde es selbst Will zu bunt. »Meg«, sagte er dann zu ihr, »du mußt nicht immer nur Gutes von den anderen denken. Du mußt einsehen, daß die Menschen oft nicht das sind, was sie zu sein scheinen. Sie erzählen dir zuweilen Lügen, um von dir zu bekommen, was sie sich wünschen.«

»Was spielt das schon für eine Rolle?« pflegte sie ihm darauf zu antworten. »Talis will mir doch nicht schaden, wenn er mir einen kleinen Frosch in den Schuh tut oder Eier ausbläst und sie dann mit nassem Lehm füllt.«

»Richtig«, hatte ihr Will beigepflichtet, »aber es gibt Leute, die es manchmal darauf abgesehen haben, dir zu schaden. Doch du glaubst, daß alle Menschen ein gutes Herz haben.«

»Ich glaube jedenfalls, daß es auf der Welt mehr Gutes als Schlechtes gibt«, hatte sie darauf ungehalten erwidert, worauf Will sie nur kopfschüttelnd angesehen hatte, als wäre ihm so viel Naivität unbegreiflich. Tatsächlich hatte sie gar keine Ahnung, wovon er eigentlich redete. Es war doch viel angenehmer, gut zu sein, oder etwa nicht?

Nun versuchte sie sich wieder die Worte ins Gedächtnis zurückzurufen, die Will damals zu ihr gesagt hatte. Heute mußte sie schlau sein. Sie war jedenfalls nicht so naiv, wie Will anzunehmen schien; denn es war ihr vor so vielen Jahren keineswegs entgangen, daß in dieser Burg, die jetzt nur noch eine rußgeschwärzte Ruine war, das Böse lauerte. Zwar hatte sie zu der Zeit, als Callie und Talis auf die Welt gekommen waren, noch unter Schock gestanden, weil sie erst wenige Tage zuvor ihre eigenen beiden Kinder verloren hatte, und als Gott ihr dann zwei andere Babys anvertraute, war sie so sehr um diese Kinder besorgt gewesen, daß sie kaum noch auf ihre Umgebung geachtet hatte. Trotzdem war ihr nicht verborgen geblieben, wie zornig und erregt die Leute damals bei der Geburt von Callie und Talis gewesen waren.

Und wegen dieser Ereignisse damals wollte sie jetzt auch nur mit Lady Alida sprechen. Sie würde ihr von ihrer hübschen kleinen Tochter erzählen (für Meg war Callie genauso schön wie eine von diesen Prinzessinnen in Callies Geschichten) und Talis kaum erwähnen, da er für Ihre Ladyschaft eine schmerzliche Erinnerung darstellen mußte. Und nachdem sie mit Ihrer Ladyschaft gesprochen und von ihr das Geld für die Bezahlung des Lehrers erhalten hatte, wollte sie sich wieder verabschieden – für immer.

Meg glaubte, sich eine perfekte Lösung für ihr Problem ausgedacht zu haben – eine Lösung, die beiden Frauen gerecht wurde. Denn Lady Alida würde erfahren, daß ihre Tochter bei ihr, Meg, gut aufgehoben und glücklich war, und sie würde das Geld für Callies Lehrer bekommen. Danach würden sie und Lady Alida sich vermutlich nie mehr begegnen. Außerdem würde Ihre Ladyschaft darauf vertrauen können, daß ihr Gemahl nie etwas von seinem Adoptivsohn hören würde, falls sie das wünschte.

Meg hatte ursprünglich daran gedacht, zuerst Lord John aufzusuchen, diesen Gedanken dann aber wieder verworfen. John Hadley hatte offenbar den schwarzhaarigen Jungen schon längst vergessen – oder vielleicht angenommen, daß er tot wäre –, und deshalb wollte Meg ihn nicht daran erinnern, daß Talis noch am Leben war und bei ihr und Will wohnte. Dann würde Lord John ihnen Talis vielleicht wegnehmen wollen. Aber Meg hatte nicht die Absicht, Lady Alida zu verraten, daß es ihr gar nicht recht wäre, wenn ihr Gemahl erführe, wo Talis sich jetzt aufhielt. Vielmehr hatte Meg sich vorgenommen, falls Ihre Ladyschaft Schwierigkeiten machen sollte, ihr damit zu ... nun, »drohen« wäre ein zu hartes Wort dafür gewesen. Vielleicht würde sie, Meg, nur die Möglichkeit andeuten, daß sie Seiner Lordschaft etwas von den beiden Kindern erzählen könnte, falls Ihre Ladyschaft nicht gleich das Geld herausrücken wollte, das sie für den Lehrer benötigte.

Ja, dachte Meg, und war sehr zufrieden mit sich. Diesmal konnte Will stolz auf sie sein, weil sie sich einmal in ihrem Leben etwas wirklich Schlaues hatte einfallen lassen.

Kapitel einundzwanzig

Ihre Kammerzofe flüsterte ihr so aufgeregt etwas ins Ohr, daß Alida zunächst gar nicht verstehen konnte, was die Frau sagte. Zuweilen nahm sich Penella Dinge heraus, die sie wieder an die Zeit vor dem Feuer erinnerten, an die Alida nie mehr zurückdenken wollte.

Wer Alida heute sah, hätte kaum glauben können, daß das noch dieselbe Frau war wie vor neun Jahren. Damals war sie schön gewesen, hatte ständig an ihrer Schönheit gearbeitet, sich nach Kräften bemüht, ihren Gemahl in ihr Bett zu locken und seine Liebe zu gewinnen, die er ihr, davon war sie überzeugt, ganz bestimmt schenken würde, sobald sie ihm einen gesunden Sohn geboren hatte.

Doch nach jener Brandnacht – Alida weigerte sich, an die Ereignisse jener Nacht zu denken, sie wollte sich nie mehr daran erinnern, daß sie es ja gewesen war, die den Brand gelegt hatte und damit ein paar Menschen ums Leben gebracht hatte, einschließlich ihrer eigenen, soeben erst geborenen Tochter – hatte sie sich völlig verändert. Als sie sah, daß ihr Gemahl ihr zwar nicht seine Liebe schenken wollte, jedoch bereit war, ihr seine Freundschaft anzubieten, nahm sie sich vor, ihn auch nicht mehr an die Zeit zu erinnern, als er noch ihren Körper begehrt hatte.

Daraufhin war sie fast über Nacht zwanzig Jahre älter geworden, hatte graue Haare, eine stumpfe Haut und schwere Hüften bekommen. Wenn sie nun beisammen waren, waren sie Freunde – alte Freunde, die zusammen arbeiteten und sich ihrer Gesellschaft erfreuten. Und wenn ihr Gemahl jetzt eine andere Frau ansah, lächelte Alida still in sich hinein und dachte, wie angenehm es doch sei, daß sich nicht länger leidenschaftliche Gefühle in ihren alten Knochen regten.

Die größte Freude in ihrem Dasein waren nun ihre Kinder. Sie kümmerte sich um deren Erziehung, um deren Unterweisung im rechten Glauben, um alle Aspekte ihres Lebens. Irgendwie war es ihr sogar gelungen, John davon zu überzeugen, daß seine Söhne tatsächlich zu etwas nütze seien. James, der ältere, habe zwar einen Klumpfuß, aber deshalb könne er trotzdem reiten, hatte sie ihrem Gemahl erklärt. Und was Philip, ihren jüngeren Sohn betraf, so habe er zwar sehr schwache Lungen und würde rasch müde, bemühe sich aber trotzdem, alles zu tun, was sein Vater von ihm verlangte.

John konnte natürlich nicht wissen, daß es nur die Willenskraft seiner Gemahlin war, die seine beiden Söhne dazu brachte, das zu tun, was sie taten. James fiel es nämlich absolut nicht leicht, sich auf ein Pferd zu setzen, woran ihn nicht so sehr sein Gebrechen hinderte, sondern vielmehr sein Wunsch, sich lieber mit seinen Studien zu befassen als die Handhabung eines Schwertes zu erlernen, das fast so groß war wie er selbst. Wäre sein Vater ein anderer Mann und James nicht der ältere der beiden Söhne gewesen, hätte man den Jungen eine Lateinschule besuchen lassen, damit er Priester oder Anwalt werden und sein Leben lang seine Nase in ein Buch stecken konnte.

Was Philip betraf, so ging Alida des Abends oft heimlich zu ihm und sprach mit ihm darüber, wie wichtig es doch sei, daß er den ganzen Tag im Sattel verbrachte und hinter einem Wildschwein herjagte. Und wenn der Junge so viele Schwielen auf dem Hintern hatte, daß er kaum noch sitzen konnte, und sich vor Erschöpfung fast die Lunge aus dem Leib hustete, machte sie ihm Umschläge und verabreichte ihm Kräutermixturen und setzte ihm notfalls sogar mit Drohungen zu, daß er ja nicht heulend zu seinem Vater laufen und ihn anflehen sollte, ihm solche Strapazen nicht mehr länger zuzumuten. Philip mußte sich dann jedesmal entscheiden, ob er sich dem Zorn seines Vaters oder dem seiner Mutter aussetzen wollte, und in der Regel fiel seine Wahl dann auf seinen Vater, da er bei ihm eher mit Nachsicht rechnen konnte als bei seiner Mutter.

Denn obwohl Alida sich noch so oft dagegen sträubte oder es sich nicht eingestehen wollte: Sie wurde noch immer von der Erinnerung an jenen Tag geplagt, als ihr Gemahl um ein Haar seinen gesamten Besitz und mit ihm all ihr Hab und Gut an einen Jungen verschenkt hätte, der nicht einmal mit ihm verwandt gewesen war.

Als Penella nun an ihrem Ohr summte wie eine Mücke, fühlte Alida sich einen Moment lang in jene Zeit zurückversetzt, die zu vergessen sie sich jahrelang so verzweifelt bemüht hatte. Sie erinnerte sich nun wieder viel zu deutlich an jene Nacht, als sie offenbar den Verstand verloren hatte. Aber sie war es ja eigentlich gar nicht gewesen, die in jener Nacht das Feuer gelegt hatte, sondern der Teufel, der sich ihrer Seele bemächtigt hatte. Und er hatte nicht nur sie, sondern auch ihren Gemahl besessen. Der Teufel hatte sie alle in jener Nacht verrückt gemacht!

Nachdem dieses ärgerliche Summen eine Weile angedauert hatte, wurde Alida endlich klar, daß die Frau, die in jener Höllennacht die Amme der beiden Kinder gewesen war, sich hier vor dem Haus befand. Jetzt. Daß sie draußen wartete und mit ihr sprechen wollte.

»Mit wem hat sie denn bereits gesprochen?« erkundigte sich Alida schroff, nachdem sie alle anderen Personen aus dem Zimmer gewiesen hatte und nun mit ihrer Kammerzofe allein war.

»Noch mit niemandem«, erwiderte Penella, stolz auf ihre Tat, mit der sie die Gunst ihrer Herrin wiederzugewinnen hoffte. Denn kurz nach jener Brandnacht hatte sich Lady Alidas Verhalten ihr gegenüber auf eine unerklärliche Weise verändert. Waren sie vorher fast so etwas wie Freundinnen gewesen, hatte sich ihre Beziehung von einem Tag zum anderen erheblich abgekühlt. Während Alida Penella früher – und nur ihr allein – ihre geheimsten Gedanken anvertraut hatte, war sie auf einmal nicht mehr dazu bereit gewesen, ihr überhaupt etwas von sich zu erzählen. Ja, es hatte sogar Momente gegeben, in denen Penella ihre Herrin dabei ertappt hatte, wie diese sie mit gehässigen Blicken verfolgte.

Seitdem hatte Penella alles nur Erdenkliche getan, um sich bei ihrer Herrin wieder einzuschmeicheln. Sie hatte bis zur Erschöpfung für sie gearbeitet, ihr jeden Wunsch erfüllt, ja, ihr diesen sogar von den Augen abgelesen, so daß Alida ihn gar nicht erst aussprechen mußte. Sie hatte sich ihrer Herrin so wertvoll und unentbehrlich gemacht, wie das überhaupt nur möglich war. Und Lady Alida hatte sich Penellas Aufmerksamkeiten auch gern gefallen lassen und alle ihre Dienste in Anspruch genommen; aber das Vertrauen ihrer Herrin hatte sich Penella damit nicht zurückerobern können.

Neun Jahre waren seither verstrichen, und die Zeiten, als Lady Alida mit ihr über ihre Kinder und deren Zukunft gesprochen hatte, schienen für immer der Vergangenheit anzugehören. Und wenn ihr gutes Einvernehmen damals die Grenze zwischen Herrschaft und Dienerin fast verwischt hatte, wurde sie seither von Ihrer Ladyschaft peinlich genau beachtet.

Wäre Penella scharfsichtiger und ihrer Herrin nicht so blind ergeben gewesen, hätte sie vielleicht erraten können, warum Alida ihr das Vertrauen entzogen hatte. Denn ein paar Monate nach dem Feuer hatte ein alter Mann, der im Wald in einer halb verfallenen Hütte lebte und sich mit einem kleinen Stück Land, das er bestellte, und der Pflege der verwundeten Falken, die ihm Johns Männer brachten, sein kümmerliches Brot verdiente, Alida angesprochen, als sie ihm, nachdem ihr Pferd sie abgeworfen hatte, auf einem Waldweg humpelnd entgegenkam.

Er hatte es damals nur gut gemeint, als er Ihre Ladyschaft in ein Gespräch verwickelte und, um sie von ihren Schmerzen abzulenken, zu ihr sagte, was für ein Segen es doch gewesen sei, daß diese junge Frau Meg (für ihn waren alle Frauen nur junge Frauen) mit den beiden Babys dem Feuer habe entrinnen können. Als Alida ihn daraufhin näher befragte, erzählte er ihr, daß er Meg und Will in der Nacht des Brandes durch den Wald habe laufen sehen. Und da sie ein Stück von seiner Hütte entfernt gewesen wären, hätte er sie vermutlich gar nicht bemerkt, wenn er nicht – äh – ja, wenn er sich nicht den Magen mit einem Pilzgericht verdorben hätte, so daß er in jener Nacht nicht habe schlafen können. Doch als der alte Mann sah, was für ein wütendes Gesicht Ihre Ladyschaft nun machte, war er sicher gewesen, daß sie erraten hatte, was er wirklich gemacht hatte – nämlich gewildert, wie er das jede Nacht zu tun pflegte.

Nachdem Ihre Ladyschaft ihn dann mitten auf dem Waldweg hatte stehenlassen, wußte der alte Mann, daß seine Tage gezählt waren, wenn er sich nicht so rasch wie möglich in Sicherheit brachte. Denn wenn Lady Alida Lord John berichtete, daß er, der Pfleger seiner kranken Falken, nachts in seinen Wäldern wilderte, würde ihm der Henker spätestens morgen die Schlinge um den Hals legen. Und als sich dann ein paar Stunden später tatsächlich ein von Alida ausgeschickter Häscher mit mörderischen Absichten in die Hütte des alten Wilddiebes schlich, war dieser bereits verschwunden.

Der alte Mann würde nie erfahren, was Ihrer Ladyschaft durch den Kopf ging, als ihr berichtet wurde, daß er das Weite gesucht hatte. Denn daß er vermutlich ein Wilddieb war, ließ ihre Ladyschaft kalt. Was bedeuteten ihr schon ein paar Dutzend in Schlingen gefangene Hasen? Denn ein paar Monate lang hatte sie sich in dem Gefühl der Sicherheit wiegen können, weil sie davon überzeugt gewesen war, daß der Junge, den ihr Ehemann an die Stelle seiner leiblichen Kinder hatte setzen wollen, tot war. Doch nun mußte sie erfahren, daß er nicht tot war, sondern irgendwo lebte, und sie hatte keinen sehnlicheren Wunsch, als diesen Jungen suchen, aufspüren und umbringen zu lassen. Sie konnte sich nie mehr in ihrem Leben sicher fühlen, solange dieser Junge nicht tot war – und wenn sie ihn mit ihren eigenen Händen umbringen mußte.

Doch es gab keine Möglichkeit für sie, eine Suchaktion zu starten, ohne daß ihr Gatte etwas davon erfahren würde. Denn wenn er etwas davon erfuhr, würde er sicherlich auch bald den Anlaß dieser Suchaktion herausfinden und wissen, daß der Junge noch am Leben war. Und dann würde er zweifellos eine *eigene* Suchaktion starten.

Alles, was Alida also nun unternehmen konnte, war, stillzusitzen und sich der Hoffnung hinzugeben, daß kein anderer außer diesem alten Wilddieb die Amme und deren Mann mitten in der Nacht mit den neugeborenen Kindern hatte durch den Wald flüchten sehen.

Als sie ein paar Stunden nachgedacht und keinen anderen Ausweg für ihr Problem gefunden hatte, stellte sie sich die Frage, wie denn Meg und ihr Mann hätten wissen können, daß ihnen und den beiden Kindern Gefahr drohte. Darauf gab es nur eine Antwort: Jemand mußte sie gewarnt haben. Und wenn das der Fall gewesen war, kam dafür nur eine Person in Frage: Ihre Kammerzofe Penella.

Von diesem Moment an begann Alida Penella zu hassen. Und sie wußte sehr genau, wie sie diese für ihren »Verrat« bestrafen konnte. Penellas größter Stolz war es, daß sie ihrer Herrin so nahestand – manchmal sogar so nahe, daß sie glaubte, *sie* und nicht Alida wäre die Lady.

Alida hatte ihre Kammerzofe schon oft dabei ertappt, daß sie anderen Dienstboten auf eine Weise Befehle erteilte, die ihr gar nicht zustand. Früher hatte Alida sich darüber nur amüsiert, so lange, bis sie hatte erkennen müssen, daß Penella die ihr gesetzten Grenzen weit überschritten und damit Alidas Leben möglicherweise ruiniert hatte.

Alida beschloß daher, ihre Kammerzofe damit zu bestrafen, daß sie dieser ihre Gunst entzog. Sie vertraute ihr keine Geheimnisse mehr an, sondern behandelte sie so, als wäre sie in ihren

Augen nie etwas anderes gewesen als eine gewöhnliche Magd. Denn hätte sie Penella auf den Scheiterhaufen verbrennen lassen, wäre das für diese weniger schmerzlich gewesen als so eine Behandlung.

Das wußte Alida auch sehr genau. Es war die perfekte Rache für einen Verrat.

Nun hätte Penella ja eigentlich mißtrauisch werden müssen, als sie ihrer Herrin erzählte, daß die alte Frau, die man damals als Amme für Alidas neugeborene Tochter und den Jungen auf die Burg bestellt hatte, sie sprechen wolle, und Alida diese Nachricht überhaupt nicht zu überraschen schien. Doch Penella war so glücklich darüber, daß sie endlich wieder ein Geheimnis mit ihrer Herrin teilen durfte, daß sie offenbar gar nichts Ungewöhnliches an dem Verhalten ihrer Herrin bemerkte. Sie träumte ja seit neun Jahren nur noch davon, die Gunst ihrer Herrin wiederzuerlangen und ihre alten Privilegien, ihre frühere *Macht,* zurückzugewinnen.

»Wer weiß noch davon?« fragte Alida sie nun scharf.

»Niemand. Sie wanderte, sich einen Schal vor das Gesicht haltend, im Schloßhof umher, und als sie mich erblickte, rannte sie sofort auf mich zu. Ihr könnt Euch vorstellen, wie entrüstet ich war, Mylady, daß so eine Kreatur es wagte, mich anzusprechen!«

Alida mußte sich in diesem Moment schon sehr beherrschen, um diese Frau nicht daran zu erinnern, daß sie nur eine gewöhnliche Magd sei und ebenso unbedeutend wie diese dicke Bäuerin, die unten im Hof stand. Doch in den letzten paar Sekunden war Penella wieder in die alte Haut einer sich der Gunst ihrer Herrin erfreuenden Vertrauten zurückgeschlüpft, so, als hätte es die letzten neun Jahre überhaupt nicht gegeben.

»Und Sie hat mit niemand anderem gesprochen? Bist du dir da sicher?«

»Absolut. Sie hat es mir ja selbst gesagt! Sie erzählte mir, daß sie zwei Tage lang vor dem Haus gewartet habe in der Hoffnung,

Sie oder mich zu Gesicht zu bekommen. Denn sie weiß, daß wir uns sehr nahestehen und daß es dasselbe ist, als würde sie mit Ihnen reden, wenn sie mir etwas erzählt. Und nur deshalb habe sie es gewagt, mich anzusprechen.«

Was Alida vor Jahren noch amüsiert hätte, war ihr nun ein ziemliches Ärgernis. Wie hatte sie die Anmaßung dieser Frau nur so lange ertragen können? Sie mußte sich schon schrecklich einsam gefühlt haben – verlassen von ihrem Mann, ohne Freunde und mit nichts als Haß in ihrem Herzen –, als sie sich an diese sich ihr ständig anbiedernde Frau geklammert hatte.

»Bring sie zu mir«, befahl Alida kalt. »Und sorge dafür, daß niemand sie sieht. Gib ihr einen Korb mit Kräutern, damit es so aussieht, als wäre sie eine Krämerin, die mir etwas verkaufen möchte.«

»Ja, Mylady«, erwiderte Penella, und Freude erfüllte ihr Herz. Da war schon immer eine Stimme in ihr gewesen, die meinte, daß da etwas, was in der Brandnacht geschehen war, den Zorn Ihrer Ladyschaft erregt haben müsse. Und deshalb hatte sie mit der Zeit auch bereut, daß sie damals diese beiden Bauern vor dem gewarnt hatte, was Ihre Ladyschaft vorhatte. Was bedeuteten ihr denn schon diese Leute oder die beiden Babys? Und wenn es der Wille Ihrer Ladyschaft gewesen war, daß diese Leute sterben sollten, stand ihr doch keine Entscheidung darüber zu, ob das, was ihre Herrin da tat, auch richtig war. Tatsächlich hatte sie nie so recht verstanden, was sie denn in jener Nacht so Schlimmes getan hatte, daß Ihre Ladyschaft ihr dafür so schrecklich zürnte. Hatte sich denn nicht alles zum Guten gewendet? Was war also so verkehrt daran gewesen? Hatte sie denn nicht schon immer *alles* getan, was Ihrer Ladyschaft nur zum Vorteil gereichte?

»Ja«, sagte Penella, »ich werde sie holen, damit sie uns sagen kann, was sie denn von Ihnen will.«

»Nein!« widersprach ihr Alida schroff, »ich werde allein mit ihr reden!«

Penella öffnete den Mund, um zu protestieren, überlegte es

sich dann aber anders. »Ja, Mylady«, sagte sie und bemühte sich, Lady Alida nicht zu zeigen, wie enttäuscht sie jetzt von ihrer Herrin war.

Als Penella gegangen war und Alida dachte, daß sie sich diese Frau endlich vom Hals schaffen sollte, versuchte sie sich ein wenig zu beruhigen. Sich zu beruhigen und nachzudenken. Sie mußte herausfinden, wo diese Frau wohnte und wo der Junge verwahrt wurde. Sie mußte diese Frau zum Reden bringen!

Was Alida dann erblickte, als Meg ins Zimmer schlurfte, war eine sehr gewöhnlich aussehende Frau mit einem von vieler Arbeit verbrauchten Körper und einem von endlosen Plackereien zerfurchten Gesicht. Sie war dick, ihr Gang schleppend, und sie trug den Korb mit den Kräutern, als wäre er eine schwere Last.

Und was Alida ebenfalls auffiel, waren die arglosen blauen Augen der Frau, die so offen und unschuldig waren wie bei einem zwei Wochen alten Kätzchen. Das war eine Frau, die in ihren Ehejahren nie so gequält und gehaßt worden war wie sie. Alida wäre lieber gestorben als zuzugeben, daß sie nun so etwas wie Eifersucht empfand. Dieser dicken alten Bauersfrau waren weder Schönheit noch Reichtum in die Wiege gelegt worden, und die beiden Kinder, die sie erst sehr spät bekommen hatte, hatte sie schon wenige Stunden nach der Geburt wieder verloren. Aber als wäre sie eine von Gott gesegnete Frau, waren ihr als Ersatz dafür zwei kräftige, gesunde Kinder geschenkt worden. Kein Zweifel, daß ihr Ehemann sie liebte, sie beschützte, nichts anderes im Sinn hatte, als sie glücklich zu machen, während sie, Alida, in diesem großen, schönen Haus wohnte, an dem John noch immer baute, und einen Ehemann hatte, der nur ein Achselzucken dafür übrig hätte, wenn man ihm jetzt berichten würde, seine Frau sei soeben gestorben.

Alida lächelte Meg nun an, als habe die Königin sie zu ihr geschickt, um ihr eine Botschaft zu überbringen. »Aber so nimm doch Platz. Du mußt ja schrecklich müde sein von deiner Reise. Darf ich dir ein Glas Wein einschenken?«

Meg, die sich auf einen frostigen Empfang vorbereitet hatte, fand diese Herzlichkeit geradezu entwaffnend. Nur dreimal war ihr bisher in ihrem Leben Wein angeboten worden, der dazu noch jedesmal mit Wasser verdünnt gewesen war. Und er war ihr auch niemals von der weißen Hand einer Lady in einem silbernen Pokal kredenzt worden.

Vorsichtig, als könnte sie es zerbrechen, nahm sie das Silbergefäß entgegen und nahm einen Schluck daraus. Und da der Wein nicht mit einem einzigen Tropfen Wasser verdünnt war, stieg er ihr sofort zu Kopf.

Ihr Kleid aus dunkelrotem Samt um sich ausbreitend, nahm Alida nun Meg gegenüber auf einem Sessel Platz und wartete, bis Meg ihren Wein ausgetrunken und ein paar kandierte Früchte dazu gegessen hatte, die Alida ihr auf einer Silberschale zureichte. Als Meg dann zögerte, noch ein Glas oder einen Pokal voll Wein anzunehmen, spielte Alida die Gekränkte. »Schließlich«, sagte sie, »habe ich dir doch viel zu verdanken. Du hast dich ja schließlich neun Jahre lang um meine Tochter gekümmert, nicht wahr?«

»Ja«, erwiderte Meg da, die sich unglaublich wohl und entspannt fühlte und nun auf den frevelhaften Gedanken verfiel, daß sie gut verstehen könne, warum die Männer sich so gern betranken. Und warum sie nicht wollten, daß die Frauen tranken. Denn wenn Frauen vom Trinken solche Gefühle bekamen wie sie jetzt, war es ja gar nicht auszudenken, was sie in so einem Fall alles anstellen konnten. Was nun sie selbst betraf, so hatte sie das Gefühl, daß ihr da keine Grenzen gesetzt waren.

»Erzähl mir von meiner Tochter«, sagte Alida nun mit ihrer süßesten Stimme. »Das heißt, wenn du mir überhaupt etwas von ihr erzählen willst. Denn ich fürchte, sie ist inzwischen ja eher deine als meine Tochter.«

»O nein, ganz und gar nicht«, entgegnete Meg, obwohl sie wußte, daß das gelogen war, denn beide waren sie ja nun seit neun Jahren ihre Kinder. Aber der Wein machte sie leichtsinnig, so daß sie meinte, mit dieser Lüge keinen Schaden anzurichten.

»Dann macht es dir also wirklich nichts aus, mit mir über sie zu reden?« sagte Alida, damit auf eine subtile Weise andeutend, daß sie etwas über *beide* Kinder zu erfahren wünschte. Dann nahm sie mit einem Stirnrunzeln Meg den Pokal aus der Hand. Denn wenn Meg nur noch einen winzigen Schluck daraus genommen hätte, wäre sie ganz bestimmt in ihrem Sessel eingeschlafen.

Es gab nun nichts auf der Welt, was Meg lieber getan hätte, als über ihre beiden Kinder zu reden. Manchmal konnte sie sich sehr über ihren Will ärgern, wenn er sich in Gedanken mehr mit seiner Farm als mit seinen Kindern beschäftigte. »Hänge dein Herz nicht zu sehr an etwas, das dir gar nicht gehört«, hatte er einmal in einem sehr ernsten Ton zu ihr gesagt. Sie hatte nur darüber gelacht, denn es gab niemanden auf der Welt, der mehr an den beiden Kindern gehangen hätte als er. Manchmal dachte Meg sogar, daß Wills Liebe zu ihnen sogar noch größer sei als ihre – so groß, daß er nicht über sie reden *konnte*.

»Es sind zwei seltsame Kinder«, begann Meg leise, mit ihrem Gedanken jetzt auf ihrer Farm weilend. Zwar war ihre Farm im Vergleich zu diesem reichen Haus nur eine ärmliche Hütte, aber sie hätte nicht eine Rose vom Spalier an ihrer Hauswand gegen all diesen Prunk hier eintauschen mögen. Als sie in den letzten zwei Tagen draußen auf dem Hof auf eine Gelegenheit gewartet hatte, mit Ihrer Ladyschaft sprechen zu können, hatte sie das Gefühl gehabt, daß dieses Haus etwas – nun – etwas Ungesundes an sich hatte. Und daß sie ihre Mission nun so rasch wie möglich hinter sich bringen wollte, damit sie sich wieder auf den Heimweg machen konnte.

Freudigen Herzens kehrte sie nun im Geist zu Will und den Kindern zurück, zu dem unkomplizierten Dasein, das sie mit ihnen auf der Farm führte. »Die Kinder sind sich so ähnlich, als wären sie die zwei Hälften eines Ganzen. Wenn das eine hungrig ist, hat auch das andere Hunger. Was das eine krank macht, macht auch das andere krank. Sie lieben die gleichen Farben, die gleichen Gerichte. Sie haben auch das gleiche Temperament und spielen beide gern ...« Meg suchte nach dem richtigen Wort. »Nun, sie verkleiden sich und führen solche Sachen auf wie diese auf den Dörfern umherziehenden Leute, die dafür Geld verlangen.«

Sich konzentrierend, versuchte Alida zu begreifen, was diese Frau denn damit meinte. Dramen. Diese Kinder schwelgten in Gefühlen, die sie zu unterdrücken gelernt hatte.

»Manchmal reden die Kinder aber auch stundenlang kein Wort miteinander«, fuhr Meg fort, »wenn sie sich mit den ihnen aufgetragenen Aufgaben beschäftigen. Aber wenn man sie dann fragt, woran sie gerade denken, stellt sich heraus, daß sie beide dasselbe gedacht haben.«

Megs Augen nahmen einen verträumten Ausdruck an. Es gab nichts in ihrem Leben, was sie mehr liebte als ihre Kinder. Sie war sich sicher, daß sie mit solchen frevelhaften Gedanken niemals in den Himmel kommen würde; aber manchmal war sie fast froh darüber, daß damals ihre eigenen Kinder gestorben waren, weil ihr das die Möglichkeit verschafft hatte, sich Talis und Callie zu widmen. Ihre eigenen Kinder wären niemals so unterhaltsam gewesen wie diese beiden. Sie wären niemals auf den Rücken eines großen schwarzen Pferdes gesprungen und damit über die Felder galoppiert. Und ihre Tochter hätte bestimmt keine so herrlichen Geschichten erzählt, wenn sie abends mit ihr vor dem Kamin gesessen hätten.

Megs Kopf ruckte hoch, vielleicht ein bißchen zu abrupt, weil sie sich ein wenig schwindlig fühlte von dem Wein. Wie hatte sie nur auf die Idee kommen können, daß diese Frau dort drüben etwas Böses im Schilde führte? Sie mußte doch schrecklich darunter gelitten haben, daß man sie um die Gesellschaft einer so reizenden, bewundernswerten Tochter gebracht hatte. Natürlich wollte sie jetzt alles über Callie wissen. Doch daß sie Lady Alida auch alles über einen Jungen berichten würde, den diese vermutlich haßte, wenn sie ihr nun alles von ihrer Tochter erzählte, kam Meg nicht in den Sinn.

»Die Kinder lernen mit der gleichen Schnelligkeit und haben

auch die gleichen Interessen«, sagte Meg und dachte, wie schlau sie doch sei, daß sie nun beiläufig auf das Lernen zu sprechen kam. Meg war überzeugt, daß Alida sie förmlich beknien würde, doch einen Lehrer für ihre Tochter anzustellen, wenn sie mit ihrem Bericht zu Ende gekommen war.

Kapitel zweiundzwanzig

Wenn Meg erst einmal damit angefangen hatte, von ihren Kindern zu erzählen, gab es für sie kein Aufhören mehr. Da hatte sich ja auch eine Menge in ihr angesammelt, nachdem sie neun Jahre lang mit ihnen gelebt, sie geliebt, aber mit niemandem über sie hatte reden können. Denn mit ihren Nachbarn hatte sie sich niemals über ihre Kinder unterhalten, weil deren Kinder mit ihren überhaupt nicht vergleichbar waren. Bei jedem Dorffest, das Talis und Callie bisher mit Wills Erlaubnis hatten besuchen dürfen, hatten die beiden sich von den anderen Kindern abgesondert, weil diese spürten oder instinktiv wußten, daß sie ganz anders waren als sie.

Doch nun konnte Meg frei von der Leber weg reden, und das nützte sie auch weidlich aus. Sie erzählte Alida von Talis' Arroganz, mit der er manchmal Callies Gefühle verletzte. Und daß es Talis niemals einfiel, sich bei Callie zu entschuldigen, wenn er sie gekränkt hatte, ihr jedoch dann abends beim Essen das beste Stück Fleisch auf den Teller legte. Worauf Callie ihm wiederum ihr bestes Stück Brot zuschanzte.

»Ihr werdet mir beide noch verhungern, wenn ihr euch ständig gegenseitig die besten Brocken von eurem Essen zuschiebt«, hatte Will die beiden mehr als einmal gewarnt. Doch die Kinder hatten das immer abgestritten, und Talis hatte ihm daraufhin sogar jedesmal einen längeren Vortrag darüber gehalten, wie wenig er und Callie sich eigentlich leiden könnten, was Callie stets mit einem Kopfnicken bestätigte, da sie beide viel zu stolz waren, zuzugeben, wie sehr sie aneinander hingen.

»Die beiden sind *unzertrennlich*«, fuhr Meg fort. »Und selbst nachts kämen sie niemals zur Ruhe, wenn sie nicht zusammen in einem Zimmer und vorzugsweise auch im gleichen Bett schlafen würden. Und sie ...«, Meg zögerte und legte nachdenklich den Kopf auf die Seite, »... sie reden auch im Kopf miteinander.« Sie blickte ein wenig verlegen zu Lady Alida hoch, deren Miene nicht nur Interesse, sondern ihr auch einen gewissen Ekel verriet, der Meg anzudeuten schien, daß sie Alida mit solchen spekulativen Vermutungen verschonen sollte. Und deshalb beschloß Meg, diese sie zutiefst beeindruckende Fähigkeit der beiden Kinder nicht mehr zu erwähnen. »Wenn das eine sich in den Finger schneidet, spürt das andere den Schmerz. Wenn man Talis eine Ohrfeige gibt, tut Callie die Backe weh.« Die Kinder hatten das zwar nie gesagt, aber sie hatte ja schließlich Augen im Kopf und ganz deutlich gesehen, wie vorsichtig sich Callie jedesmal auf ihrem Stuhl niederließ, wenn Will Talis den Hintern mit seinem Ledergürtel versohlt hatte.

Während Alida sich das nun alles anhörte, wurde sie mit jedem Satz wütender. Denn hier war der Beweis, daß Gott ihr Gebet erhört hatte. *Nicht* die vielen Gebete, die sie tagtäglich, vor ihrem Hausaltar vor Ihm auf den Knien liegend, in den neun Monaten ihrer letzten Schwangerschaft an Ihn gerichtet hatte, daß Er ihr einen gesunden Sohn schenken möge. Nein, *diese* Bitte hatte Er ihr nicht erfüllt! Sondern nur dieses allerletzte Gebet, als sie bereits in den Wehen lag, daß ihr Kind die Seele mit dem Baby dieser fremdländischen Frau teilen möge, hatte Er erhört. Und warum, *warum* nur hatte Er da nicht auch ihrer Bitte um einen *Sohn* stattgeben können? Der Bitte um einen eigenen Jungen – einen Erben für ihren Besitz? Ihrem Wunsch nach einem Sohn, der gesund war an Leib und Seele?

Und nun säuselte dieses Weibsstück ihr die Ohren voll, wie süß doch diese Kinder wären, wie anhänglich, liebevoll, selbstlos und reizend. Sie mußte dieser Litanei ein Ende bereiten, sonst wurde ihr noch schlecht!

»Aber, aber«, unterbrach Alida nun Megs Redefluß, »die

beiden müssen doch wenigstens *eine* Schwäche haben! Oder haben sie tatsächlich nur zwei Engel im Haus?«

Megs Rücken versteifte sich ein wenig bei dem Gedanken, daß jemand daran zweifeln könnte, daß ihre Kinder nicht das Beste wären, was man auf dieser Welt finden konnte. »Ja, natürlich haben sie auch Schwächen. Sie ...« Meg zögerte, aber dann erinnerte sie sich wieder daran, daß diese Frau ja Callies leibliche Mutter war und sie ihr deshalb vertrauen könne. »Sie sind eifersüchtig«, sagte sie leise. »Sie sind beide sehr eifersüchtig.«

Alida lächelte ein wenig. »Das kann man ja wohl kaum als Schwäche bezeichnen. Denn eifersüchtig sind wir doch alle, nicht wahr? Hier, nimm doch noch einen Schluck von dem Wein. Denn wenn du mir nichts über die Fehler der beiden erzählen willst, kann ich auch nicht an deren Tugenden glauben.«

Das war eine Logik, die Meg einleuchtete. Hatte denn nicht bislang ihre eigene Eitelkeit sie daran gehindert, dieser Frau die ganze Wahrheit über ihre eigene Tochter zu erzählen?

»Die Eifersucht der beiden ist viel größer, als man sie gemeinhin bei Menschen findet. Sie ist nicht normal. Und Talis ist, was die Eifersucht betrifft, noch weitaus schlimmer als sie. Er kann es nicht ertragen, daß Callie sich auch einmal mit etwas anderem beschäftigt als mit ihm. Da ist einmal ein Knabe einen Tag lang bei uns gewesen, der Callie ein Buch zum Abschied schenkte, und Talis ist danach ein paarmal sehr wütend geworden, weil Callie sich das Buch des Jungen angeschaut hat. Er will, daß Callie ihm ständig ihre Aufmerksamkeit schenkt.«

»Und wie steht es mit dem Mädchen?« Alida brachte es nicht fertig, diese Callie als »ihre« Tochter zu bezeichnen.

»Sie ...« Meg zögerte wieder. Wie sollte sie Alida die größte Sünde ihrer Tochter beschreiben? »Sie – betet ihn an«, sagte sie schließlich.

Da starrte Alida sie einen Moment lang an. »Sie betet ihn an?« wiederholte sie dann erbleichend. War es möglich, daß der *Teufel* diesen Jungen gezeugt hatte?

»Nein«, beeilte sich Meg da zu sagen, die das Entsetzen Ihrer Ladyschaft richtig deutete. »Ich wollte damit nicht ausdrücken, daß sie gegen Gottes Gebote verstößt. Sie …« Meg stockte abermals. Wie konnte sie das Alida nur erklären, wenn ihr die richtigen Worte fehlten? Sie wünschte, sie hätte jetzt Callies Sprachtalent gehabt. »Talis besitzt ein sehr großes Ehrgefühl. Ja, das ist das Wort, das ich suchte – Ehrgefühl. Er redet die ganze Zeit nur von dem Ehrgefühl, das ein Mann besitzt; und daß ein Mann niemals lügen könnte.«

»Ah, dann lügt also das Mädchen«, sagte Alida, die die Notwendigkeit, zu lügen, in so einem Fall begreiflich fand.

»Nein«, protestierte Meg scharf. »Callie lügt nicht. Im Gegenteil – sie ist die Ehrlichkeit in Person. Aber sie mag Talis. Sie mag ihn sogar sehr. Denn ich glaube nicht, daß es jemanden gibt, den sie lieber mag als ihn.« Megs Stimme sank zu einem Flüstern herab. »Ich habe manchmal sogar das Gefühl, daß Callie ihre Seele verkaufen würde, um Talis vor einem Bienenstich zu bewahren.«

Meg schüttelte den Kopf, damit sich der Nebel wieder lichtete, der sich in ihm auszubreiten schien. »Sie sind ja beide noch Kinder, versteht Ihr? Es ist nichts Ernsthaftes. Callie würde für ihn Kuchen stehlen, aber Talis könntet Ihr um keinen Preis der Welt dazu bringen, etwas für Callie zu stehlen. Meine Callie ist ein gutes Mädchen – brav, ehrlich und gottesfürchtig –, aber wenn es um Talis geht, würde sie, fürchte ich, notfalls auch mit dem Teufel paktieren.«

Meg trank den Rest ihres Weines aus und begann zu kichern. Selbst wenn sie das »Schlechteste« von ihren Kindern erzählte, hörte sich das nicht schlimm an.

»Will und ich müssen schon sehr auf Callie aufpassen, weil sie stets die Schuld für alles übernehmen will, was Talis verbockt hat. Egal, ob er nun vergessen hat, das Scheunentor zu schließen, oder etwas mit seinem hölzernen Schwert zerdeppert hat – stets behauptet Callie, sie wäre das gewesen.«

»Und der Junge läßt zu, daß sie für seine Missetaten bestraft wird?« fragte Alida lächelnd. Hier hatte sie endlich den Beweis dafür, daß dieser Talis tatsächlich Gilbert Rashers Sohn war.

»Aber nein, natürlich nicht«, erwiderte Meg. »Talis wird jedesmal wütend, wenn er hört, daß sie schon wieder versucht hat, die Schuld auf sich zu nehmen. Dann fragt er sie, wie sie denn dazu käme, zu lügen, wo Gott doch das Lügen verboten habe.«

Meg lächelte. »Callie lügt nur für ihn und ist in allen anderen Dingen ehrlich. Und er *bittet* sie auch nie darum, daß sie für ihn lügen soll. Und wenn Will sie fragt, warum sie denn schon wieder für Talis gelogen habe, dann sagt sie, sie könne es nicht ertragen, ihn leiden zu sehen. Er habe schon genug gelitten, sagt sie.«

»Was könnte der Junge denn schon für Schmerzen erlitten haben«, erkundigte sich Alida nun in schroffem Ton, weil sie meinte, außer ihr wisse niemand, was Schmerzen sind.

»Ich weiß es nicht, Mylady. Ich berichte Euch nur, was Eure Tochter zu Will sagte, nämlich, daß Talis schon genug Schmerzen erlitten habe und keine neuen mehr bräuchte. Vielleicht meint sie damit den Tod seiner Mutter.« Es gelang ihr nicht ganz, ihre Betrübnis aus ihrer Stimme herauszuhalten, als sie diese Vermutung äußerte. Vielleicht glaubten die Kinder, daß sie, Meg, nicht gut genug sei für sie als leibliche Mutter, und Callie deshalb auf die Mutter anspielte, die Talis auf die Welt gebracht hatte.

»Dann hast du ihnen also die Wahrheit von ihrer Geburt erzählt?« forschte Alida.

»O nein! Will sagte, es wäre besser, wenn die Kinder sie nicht wüßten. Er meint, es wäre jetzt noch nicht die richtige Zeit dafür.«

Nach dieser Erklärung war sich Alida sicher, daß der Ehemann dieser alten Frau mehr wußte, als er seinem naiven Eheweib anvertrauen wollte. Aber was auch immer der Grund für seine Verschwiegenheit sein mochte – sie war sehr froh darüber, daß diese Kinder nichts über ihre Geburt wußten. Wenn diese beiden alten Leute umgebracht wurden, die beiden Kinder jedoch aus irgendeinem unglücklichen Zufall am Leben bleiben sollten, konnten sie nicht zu ihr kommen und von ihr Unterhalt verlangen – oder Anerkennung. Und was noch wichtiger war: Sie würden sich nicht an John wenden, um derartige Ansprüche zu erheben.

Meg benutzte das kurze Schweigen, das nun eintrat, und ihren vollkommen entspannten Zustand dazu, Alida den Grund ihrer weiten Reise hierher zu erklären – den Grund, weshalb sie es riskiert hatte, sich den Zorn ihres Ehemanns zuzuziehen.

»Ich brauche Geld, um einen Lehrer für sie anzustellen«, sprudelte sie in einem Atemzug heraus.

Alida begriff sofort. Das war also der Grund, warum diese Frau zu ihr gekommen war. Natürlich war es undenkbar, daß sie, Alida, etwas für die Ausbildung dieses Jungen bezahlen würde. Falls es diesem irgendwie gelingen sollte, dem Tod zu entrinnen, den sie ihm zugedacht hatte, würde sie ihn selbstverständlich niemals in den Genuß einer Ausbildung kommen lassen. Und überhaupt dachte Alida gar nicht daran, auch nur einen Penny herauszurücken. Der Umstand, daß sie um ein Haar ihr ganzes Vermögen verloren hätte, hatte sie in Geldsachen sehr vorsichtig gemacht.

Meg wußte, warum Alida schwieg und sie hinzuhalten versuchte. Alida wollte nicht, daß ihr Mann an Talis erinnert wurde. Und deshalb glaubte Meg, daß nun der Zeitpunkt gekommen war, wo sie schlau sein mußte.

Sie begann wieder zu reden, all die Dinge auszusprechen, die sie sich auf ihrer wochenlangen Reise hierher überlegt hatte. »Es ist nicht gut für Kinder, wenn sie ohne Schulbildung aufwachsen«, erklärte sie energisch. Sie hatte beschlossen, in diesem Punkt absolut hart zu bleiben. »Sie müssen einen Lehrer haben, der sie standesgemäß erzieht.«

Als Meg sah, daß Ihre Ladyschaft noch immer zögerte, holte sie ihren schärfsten Pfeil aus dem Köcher. »Ich und mein Mann haben alle Hände voll zu tun, um den jungen Talis zu ernähren.

Er wächst so schnell, daß wir nicht mehr wissen, wo wir die Kleider für ihn hernehmen sollen. Habe ich Ihnen eigentlich schon erzählt, daß er mit seinen neun Jahren fast so groß ist wie ich? Ich bin sicher, ein Fechtmeister würde entzückt von ihm sein.«

Alida schwieg noch immer, weil sie mit ihren Überlegungen noch nicht fertig war. Damals, vor neun Jahren, hatte sie keine Zeit gehabt, sich einen vernünftigen Plan auszudenken. Sie hatte in der Brandnacht Fehler gemacht, doch das sollte ihr diesmal nicht wieder passieren.

»Ihr wollt dem Jungen also eine Erziehung angedeihen lassen?« sagte sie nun gnädig, sich den Haß, den sie empfand, nicht anmerken lassend. Sie hatte begriffen, daß dieses abscheuliche Weib sie nun zu *erpressen* versuchte – daß sie ihr damit drohte, diesen Jungen, der offenbar so groß und kräftig zu werden versprach wie ein Ochse, ihrem Mann vorzustellen, wenn sie ihr nicht das Geld für seine Ausbildung geben wollte!

»O nein!« widersprach ihr Meg. »Sie müssen *beide* in die Schule gehen. Ihr könnt nicht dem einen eine Erziehung geben und dem anderen nicht. Ich sagte Euch doch schon, daß die beiden unzertrennlich sind.«

»So? Und was würde passieren, wenn man sie nun doch voneinander trennen würde?« erkundigte sich Alida lächelnd, während sie diese Frau in Gedanken erdolchte.

»Das würde sie umbringen«, gab ihr Meg darauf zur Antwort, von deren Wahrheit sie zutiefst überzeugt war. »Habt Ihr es denn noch nicht begriffen? Daß es zwar zwei Menschen sind, aber nur *eine* Person? Die zwei Hälften eines Ganzen? Daß die eine ohne die andere nicht existieren kann?«

Wieder spürte Alida, wie ihr die Haare im Nacken zu Berge standen, als sie sich an ihr Gebet vor neun Jahren erinnerte. Zwei Hälften eines Ganzen. Eine Seele auf zwei menschliche Wesen verteilt.

»Ja, ja, komm morgen wieder zu mir, und ich werde dir das Geld geben«, sagte Alida nun hastig. Ja, dachte sie bei sich, wenn du morgen hierherkommst, werde ich alles arrangiert haben. Ich werde herausfinden, wo du wohnst, und euch dann alle beseitigen lassen!

Als Meg begriff, daß die Audienz, die Lady Alida ihr gewährt hatte, zu Ende war, erhob sie sich aus ihrem Sessel. Doch als sie nun auf sehr unsicheren Beinen dastand, wußte sie, daß sie morgen nicht wieder hierherkommen wollte. Und vielleicht lag es daran, daß ihre Sinneswahrnehmungen nach dem Wein, den sie genossen hatte, ganz anders waren als sonst, vielleicht aber auch an etwas anderem, daß sie sich jetzt sogar wünschte, sie hätte diese Reise hierher gar nicht unternommen, sondern erst mit Will all das besprochen, was sie hier vorgebracht hatte. Vielleicht hätte Will einen anderen Weg gefunden, ihr das Geld zu besorgen, das sie für die Ausbildung der Kinder benötigte. Vielleicht hätte Will sogar ...

In diesem Moment wurde sie in ihrem Gedankengang durch einen großen Lärm gestört, der sich im Haus erhob. Und einen Moment später kam diese Penella, die Kammerzofe der Lady, ins Zimmer gestürzt und meldete ihrer Herrin, daß eine ihrer Töchter sich soeben in Brand gesteckt hätte.

»Warte hier auf mich«, befahl Alida, hastig ihre Röcke zusammenraffend, und eilte aus dem Raum.

Meg ließ sich nun wieder in den Sessel hineinfallen, aus dem sie sich soeben erhoben hatte, und blieb regungslos mit schweren Gliedern darin sitzen. Müde legte sie ihren Kopf gegen die Rückenlehne und nickte ein paar Sekunden lang ein.

Sie träumte und wußte auch, daß sie jetzt träumte, doch das machte für sie keinen Unterschied. Da schien es etwas zu geben, an das sie sich erinnern mußte, aber nicht mehr erinnern konnte. Sie, Will und die Kinder rannten nachts durch den Wald. Sie mußten sich davor hüten, daß jemand sie sah. Meg war in ihrem Traum ganz benommen. Sie trug die beiden Babys in Schlingen, die Will für sie angefertigt hatte, an ihrer Brust. Er hatte ihr eines der Babys abnehmen wollen, doch die beiden plärrten sofort los, wenn man sie voneinander trennen wollte.

»Komm, Meg, wir müssen weiter«, hatte er ihr nach einer kurzen Verschnaufpause zugeflüstert. »Sie wird bald hinter uns her sein.«

Da schreckte Meg aus ihrem Traum hoch und hatte nun plötzlich einen so klaren Kopf, wie das nach dem Genuß von zwei Bechern Wein überhaupt möglich war. *Sie,* hatte Will gesagt. »*Sie* wird bald hinter uns her sein.« Und mit einemmal fiel es ihr nun wie Schuppen von den Augen: Es war Lady Alida gewesen, die in jener Nacht das Feuer gelegt hatte – die versucht hatte, den Jungen umzubringen, der die Zukunft ihrer eigenen Kinder bedrohte!

Und mit einemmal fielen Meg auch all die Dinge wieder ein, die sie in den neun Jahren, die seither vergangen waren, vergessen zu haben glaubte: Worte, die in jener Nacht gesagt wurden, als man sie als Amme zu den neugeborenen Kindern in das Turmzimmer gerufen hatte. Nun begriff sie, warum Will all die Jahre hindurch auf Geheimhaltung bestanden und die Kinder fast nie aus den Augen gelassen hatte. Meg dachte daran, wie oft sie mit Will gestritten und ihm gesagt hatte, es würde den Kindern doch nicht schaden, wenn sie hin und wieder ins Dorf gingen. Denn Will hatte den beiden nur selten erlaubt, einen Besuch im Dorf zu machen – außer an Markttagen, und dann auch nur, weil er die beiden als Gehilfen brauchte. Talis besaß nämlich ein großes Talent darin, ihre Farmerzeugnisse an den Mann zu bringen, während Callie wiederum die Gabe besaß, ihre Waren so auszustellen, daß jeder etwas davon kaufen wollte.

Nun begriff Meg auch, warum niemand in den letzten neun Jahren zu ihnen gekommen war, um die Herausgabe der Kinder von ihr zu fordern. Und sie wußte, daß auch in der Zukunft niemand zu ihr gekommen wäre, um die beiden Kinder auf die Burg zurückzuholen; denn die Leute hier hatten angenommen, daß sie und die beiden Kinder in jener Nacht in den Flammen umgekommen waren. Und Lady Alida hatte dieses Feuer gelegt!

Vielleicht war es der Wein, vielleicht aber auch ihr Mutterinstinkt, der sie jetzt mit einem solchen Zorn erfüllte, wie sie ihn bis dahin nie gekannt hatte. In diesem Moment lernte Meg das Hassen. Diese Frau, diese ... diese *Lady* hatte versucht, ein unschuldiges Kind zu töten, und es war ihr gleichgültig gewesen, daß bei dem Brandanschlag, mit dem sie den Jungen beseitigen wollte, auch ihre eigene Tochter im Feuer umkommen würde!

Sich aus dem Sessel erhebend, wußte Meg, daß sie jetzt dieses Haus so rasch wie möglich wieder verlassen und sich auf den Heimweg machen mußte. Und was noch wichtiger war: Sie war jetzt davon überzeugt, daß Lady Alida die beiden Kinder für das, was sie ihnen angetan hatte, entschädigen mußte.

Ohne lange zu überlegen und ohne einen Gedanken an ihre unsterbliche Seele nahm sie nun rasch einen kurzen, schweren silbernen Kerzenhalter vom Kaminsims und versteckte ihn unter ihren Röcken.

Im nächsten Moment rannte sie schon mit einem vor Angst puterroten Gesicht und wild pochendem Herzen die Treppe hinunter. Aber sie war noch keine drei Stufen weit gekommen, als ihr eine Frau entgegenkam und ihr ausrichtete, Ihre Ladyschaft habe angeordnet, daß sie hier im Schloß übernachten müsse.

Was würde Callie wohl zu so einem Befehl gesagt haben? überlegte Meg. Was für eine Antwort würde ihre gescheite Callie wohl einer von ihr erfundenen Märchenprinzessin in den Mund gelegt haben, um sich aus dieser Klemme zu befreien?

»Ich soll über Nacht hierbleiben?« keuchte Meg. »Habt Ihr denn nicht gehört, daß es im Schloß brennt?«

»Aber nein doch«, erwiderte die Magd. »Lady Joanna ist doch nur einem brennendem Scheit im Kamin zu nahe gekommen, und dabei hat ihr Rock Feuer gefangen.«

»Aber ich war doch selbst dabei, als man ihr das Feuer meldete! Und ich hörte auch, wie Lady Alida sagte, daß man das, was Ihr mir da eben sagtet, den Leuten erzählen sollte. Ihre Ladyschaft hatte nämlich Angst, daß sonst jeder fortrennen und ihr niemand dabei helfen würde, das Feuer zu löschen! Aber ich denke nicht daran, hier zu übernachten und vielleicht in diesem Feuer umzukommen. Also laßt mich jetzt passieren!«

Binnen zehn Minuten befand sich das ganze Haus in Aufruhr, und in dem wüsten Durcheinander, das nun im Gebäude und auf dem Hof herrschte, hatte Meg keine Mühe, aus dem Schloß zu entkommen. Zwar sah sie zwei Männer, die offenbar nach ihr suchten, weil sie sich so angestrengt in der Menge umsahen, die aus dem Haus strömte, doch Meg hatte das Glück, so auszusehen wie alle anderen Frauen, die aus den Dörfern in der Nähe des Schlosses stammten, so daß sie diesen Männern nicht auffiel.

Meg wanderte die ganze Nacht hindurch in die der Farm entgegengesetzte Richtung. Denn sie wollte nicht, daß ihre Häscher wußten, falls man sie ergreifen sollte, in welcher Richtung sich ihr Haus befand.

Am zweiten Tag kam Meg an einem Stall vorbei, wo gerade zwei Männer, die das Wappen von John Hadley trugen, sich nach einer Frau erkundigten, die ihrer Beschreibung nach nur sie selbst sein konnte. Diese Frau, erzählten die Männer, würde wegen Diebstahls gesucht, und für ihre Ergreifung wäre eine Belohnung ausgesetzt, die mindestens doppelt so hoch war als der Kerzenständer, den sie mitgenommen hatte, gekostet haben mußte. Wenn man diesen beiden Männern zuhörte, mußte sie, Meg, sogar das halbe Schloß ausgeplündert haben. Meg wußte jetzt, daß ihre Tage auf dieser Welt gezählt waren – wenn sie nicht sofort etwas unternahm. Denn eine so riesige Belohnung würde sich niemand entgehen lassen.

Was würde eine von Callies Prinzessinnen in so einem Fall tun? überlegte sie, weil ihr das schon einmal aus der Patsche geholfen hatte. Sie würde sich verkleiden, bekam sie prompt zur Antwort.

Zwei Stunden später war Meg verschwunden, und an ihrer Stelle humpelte nun eine verkrüppelte alte Frau, die nur noch einen Arm und ein paar schwarze Zahnstummel im Mund hatte, langsam ihres Weges. Um die Leute daran zu hindern, ihr zu nahe zu kommen, hatte sie ihre Taschen mit Fischen vollgestopft, die so alt waren, daß nicht einmal die Katzen sie noch anrühren mochten. Wo immer sie jetzt auch auftauchte, wichen die Leute in weitem Bogen aus, und die Kinder bewarfen sie mit Lehm, um sie aus ihrer Nähe zu vertreiben.

Sie vermied es, soweit ihr das möglich war, Landstraßen und öffentliche Wege zu benutzen, obwohl ihr das mühsame, fast über ihre Kräfte gehende Fußmärsche über Felder und durch Wälder mit dichtem Unterholz abverlangte. Am Ende der zweiten Woche ihrer beschwerlichen Reise wurde sie dann von zwei Rittern mit Hadleys Wappen auf den Schilden angehalten, die ihr ein paar Fragen stellen wollten. Megs Angst war jedoch so echt und ihre flehentlichen Bitten um Erbarmen so übertrieben, daß sie kein Wort aus ihr herauszubekommen vermochten. Und nachdem sie ein paar Minuten lang ihre Hysterie und ihren Gestank ertragen hatten, hielten sie sich die Nase zu, murmelten, daß sie offenbar den Verstand verloren habe, und ließen sie von dannen ziehen.

Aber die Tatsache, daß sie nun so ekelerregend aussah und roch, daß die Leute sie nicht in ihre Nähe kommen lassen wollten, hatte nun auch zur Folge, daß sie sich kaum etwas zu essen verschaffen konnte. Und die letzten drei Tage ihrer Reise mußte Meg sogar ohne jede Nahrung auskommen.

Als sie dann endlich, nach einem langen, langen Monat der Abwesenheit, ihre geliebte Farm wieder vor sich sah, brach sie dort vor der Haustür zusammen.

Will war der erste, der sie sah. Er kam aus der Scheune herbeigerannt, hob sie auf seine Arme und trug sie ins Haus.

»Du schadest deinem Rücken«, gelang es ihr zu murmeln.

»Du bist so leicht wie an dem Tag, an dem ich dich geheiratet habe«, erwiderte er mit belegter Stimme, da er Mühe hatte, die Tränen zurückzuhalten.

»Ich stinke«, flüsterte sie.

»Du duftest nach nichts anderem als Rosen«, gab er ihr zur Antwort, während er sie vorsichtig auf das Bett legte.

Niemand von der Familie fragte Meg, wo sie denn so lange gewesen sei, weil sie sich viel zu sehr darüber freuten, daß sie wieder zu Hause war. Talis brachte Callie dazu, eine Geschichte zu erzählen, in der Meg von Zigeunern gewaltsam entführt worden war, es Meg aber dank ihrer heroischen Natur und überlegenen Weisheit nach zwei Wochen gelungen war, aus dem Zigeunerlager auszubrechen und zu ihrer Familie zurückzukehren.

Obwohl Meg ihrer Familie niemals die Wahrheit erzählte, war sie von diesem Tag an eine andere Frau. In gewisser Weise hörte sie nun weniger auf Will, hörte ihm andererseits aber auch besser zu als früher – oder vielmehr auf das, was er ihr *nicht* sagte. Sie wußte nun, daß er sich ständig der Gefahr bewußt war, in der die beiden Kinder schwebten, und statt ihm noch länger die naive, nichtsahnende Ehefrau vorzuspielen, half sie ihm dabei, das Leben der Kinder zu beschützen.

Aber Meg wußte auch, daß die Zukunft der beiden Kinder von allergrößter Bedeutung war. Sie würde um keinen Preis zulassen, daß diese böse Frau die beiden Kinder um ihr Geburtsrecht brachte.

Als sie Will sagte, daß sie einen Lehrer für die Kinder besorgen würde, wollte er ihr das zunächst ausreden, gab aber nach einem Blick in ihr Gesicht sofort nach. »Ich werde jemanden für sie finden«, sagte er, und sie wußte, daß er seine Zusage halten würde.

Und wie immer, hielt Will auch diesmal sein Wort. Er fand Nigel Cabot in einem Graben vor der Stadt. Wenn Nigel betrunken war, stellte er sich auf den Marktplatz einer Stadt und hielt kluge Reden, um sich so das Geld für weitere Drinks zu verdienen. Seine Kleider waren zwar schmutzig und zerlumpt, aber die eines Gentleman, und seine Ausdrucksweise war so gewählt wie die des jungen Edward. Wenn er ein paar Gläser getrunken hatte, prahlte er damit, daß er in einer Reihe von Adelshäusern als Erzieher tätig gewesen wäre.

Wenn die Stadtleute seine ewigen Betteleien um Drinks und

sein arrogantes Benehmen satt hatten, beförderten sie ihn mit einer Schubkarre vor die Stadttore und luden ihn dort ab. Und hier fand Will ihn nun auch, packte ihn jetzt hinten am Kragen, zog ihn aus der Gosse heraus, die mit Schlamm und allerlei tierischen Exkrementen gefüllt war, und stellte ihn vor sich hin.

»Kannst du lesen?« forschte er und schüttelte Nigel ein paarmal, damit er von ihm auch eine Antwort auf seine Frage bekam.

»Natürlich kann ich lesen. Ich bin doch kein Bauerntölpel, der bedrucktes Papier nur dazu verwendet, seinen Arsch ...«

»Was das Landvolk macht, interessiert mich nicht«, unterbrach Will ihn. »Ich möchte, daß du meinem Sohn und meiner Tochter das Lesen beibringst.«

Da machte Nigel große runde Augen. Er hatte einen scharf entwickelten Sinn für Humor, und daß dieser stämmige Bauernlackel ihn – *ihn!* – fragte, ob er seinen dummen Gören nicht das Abc beibringen wolle, fand er so grotesk, daß er einen Moment lang die Jauche auf seinem Gesicht vergaß, sich zu seiner vollen Größe aufrichtete und es sogar fertigbrachte, fest auf seinen Beinen zu stehen. »Und soll ich ihnen vielleicht auch noch das Rechnen beibringen?« höhnte er und scharrte dabei mit dem Fuß wie ein Pferd, dem man ein paar Tricks beigebracht hatte, um damit anzudeuten, daß Wills Kinder zweifellos auf der gleichen Intelligenzstufe standen wie dieses Tier.

Wenn Will auch nur die Erziehung eines Bauern genossen hatte, ließ er sich trotzdem von niemandem einschüchtern – auch von einem König oder Gelehrten nicht –, sondern gab dem Mann darauf zur Antwort: »Ich biete dir eine Wette an. Wenn meine Kinder klug genug sind, all das lernen zu können, was du ihnen beibringen kannst, und zwar ebenso schnell, *wie* du es ihnen beizubringen vermagst, vergißt du das Trinken.«

Nachdem Nigel Will einen Moment lang verdutzt angeschaut hatte, warf er den Kopf in den Nacken und brüllte vor Lachen. Denn der Grund, weshalb er so viele gute Posten verloren und keine Empfehlungen für neue Anstellungen hatte bekommen können, war nicht auf seine Trunksucht zurückzuführen, sondern auf die Tatsache, daß er den Eltern stets die Wahrheit gesagt und ihnen erklärt hatte, wie unglaublich dumm doch ihre Kinder wären. Er hatte sogar einmal zu einem Herzog gesagt, daß man einem Affen schneller das Lesen beibringen könne als seinem Sohn.

Und nun stand hier ein Farmer, der mit ihm eine Wette auf die Intelligenz seiner Kinder abschließen wollte. Nigel erwartete natürlich niemals, in einem Bauernhaus Intelligenz vorzufinden, dafür aber ein paar warme Mahlzeiten, und nahm deshalb Wills Herausforderung an. Aber nachdem er dann Callie und Talis kennengelernt hatte, rührte er auch kein Glas mehr an; denn er war viel zu beschäftigt, den schier unerschöpflichen Hunger der beiden nach Wissen zu stillen, um auch nur noch eine Minute Zeit zum Trinken zu finden.

Kapitel dreiundzwanzig

Sechzehn Jahre nach der Geburt
1587

»Was weißt du schon von Babys?« fragte Talis hochmütig.

»Genauso viel wie du von Rittern und Heldentaten weißt«, erwiderte Callie und blickte von ihm fort. In letzter Zeit schien sie immer nur ans Heiraten, an Babys und ein eigenes Heim zu denken. Früher hatten sie und Talis sich über derlei Dinge immer nur lustig gemacht und gemeint, daß ein sich schnäbelndes oder hofierendes Paar einen lächerlichen Anblick bot. Doch in den letzten Monaten schienen sich Callies Ansichten darüber radikal verändert zu haben.

Die beiden hatten sich heute einmal von den vielen Arbeiten, die ihnen Will täglich aufzubürden pflegte, befreien und Nigel sich den vielen Fragen, mit denen seine Schüler ihn täglich zu bombardieren pflegten, durch einen Ausflug ins Dorf entziehen können. Und deshalb hatten Callie und Talis ihren Lieblingsplatz am Hügel unter einer mächtigen Rotbuche aufgesucht, deren Äste fast bis zum Boden herunterhingen und gleichsam einen Raum um sie herum bildeten, in dem sie sich unbeobachtet fühlen konnten.

Nun stand Callie dort, den Rücken an den Stamm der Buche gelehnt, und sah Talis dabei zu, wie er mit einem verrosteten alten Schwert, das Nigel irgendwo für ihn aufgetrieben hatte, Hiebe austeilte. Mit den Jahren waren die körperlichen Unterschiede zwischen ihnen immer auffälliger geworden. Talis war zwar erst sechzehn, doch mit seiner Größe von einem Meter achtzig, seinen breiten Schultern und den muskulösen Armen und Beinen sah er aus wie ein Zwanzigjähriger. Vor einem Jahr hatte sich auch seine Stimme abrupt verändert. Bei ihm hatte es kein monatelanges Kicksen und Krächzen gegeben, sondern er war eines Morgens mit einer tiefen und prächtigen sonoren Stimme aufgewacht – mit der Stimme eines Mannes.

Man konnte nun nicht sagen, daß Talis das Geschenk seiner männlichen Reife etwa bescheidener gemacht hätte, sondern es schien eher so, als hätte es ihm vielmehr das Recht gegeben, sich bei jeder Gelegenheit Callie gegenüber als Herr und Gebieter aufzuspielen, da sie offensichtlich mit ihrer körperlichen Entwicklung weit hinter ihren Jahren zurückgeblieben war. Denn während Talis fast alle Erwachsenen um Haupteslänge überragte, war Callie mindestens zwei Zoll kleiner als die meisten Mädchen ihres Alters.

Dabei schien Callie ihr bescheidenes Körpermaß noch am wenigsten zu stören, denn sie vermochte auch sonst keinerlei Anzeichen weiblicher Reife an sich zu entdecken. So hatte sie einmal zu Meg gesagt, daß man auf ihrer Brust einen Brotteig hätte auswalken können, da sie so flach sei wie ein Nudelbrett. Und als Will den neuen Hühnerstall baute, hatte sie sich ihm als Zollstock angeboten, mit dem er die Geradheit der Wände nachprüfen könne. Und eines Tages hatte sie beim Abendessen erklärt, ihr Bauch sei so flach, daß sie den Kirschkern sehen könnte, den sie gerade aus Versehen verschluckt habe. Und daß andere Mädchen ihres Alters rote Lippen und rosige Wangen hätten, ihr Gesicht aber so farblos sei, daß man sie nicht mehr sehen könnte, wenn sie jetzt die Augen zumachte.

Meg versuchte sich zwar jedesmal das Lachen zu verbeißen, wenn Callie sich auf eine so selbstkritische ironische Weise mit ihrem körperlichen Entwicklungszustand auseinanderzusetzen pflegte, aber Nigel und Talis amüsierten sich königlich darüber. Selbst Will brachte es nicht fertig, nicht in das brüllende Gelächter der beiden einzustimmen. Aber Nigel und Will besaßen wenigstens so viel Anstand, sich mit Kommentaren zurückzuhalten, die geeignet gewesen wären, Callies Selbstwertgefühl noch mehr zu verletzen. Nicht so Talis. Er war ein Monster, das keine Gelegenheit ausließ, Callie an ihr Klein-Mädchen-Aussehen zu erinnern.

So hatte er ihr einmal, als er mit Will Brennholz gesammelt hatte, einen Steinpilz aus dem Wald mitgebracht, damit sie ihn als Regenschirm verwenden sollte, und ein andermal eine Erbsenschote aus dem Garten, die sie seiner Meinung nach als Boot benützen könnte. Und an einem Markttag hatte er einmal einen sechs Jahre alten Jungen dazu überredet (es gab niemanden, den er nicht zu etwas überreden konnte), Callie einen Kuß auf die Wange zu geben und sie zu fragen, ob sie nicht seine Frau werden wollte. Als Talis sich eines Tages mit Nigel gestritten hatte (ein häufiges Vorkommnis), ob der Boden eines kleinen Kanus, das dieser als Anschauungsmaterial für den Unterricht seiner beiden Schüler schnitzte, auch so eben sei, wie er der Abbildung nach sein mußte, die ein Matrose aus der Neuen Welt nach England zurückgebracht hatte – Talis behauptete, der Boden wäre nicht gerade, während Nigel das Gegenteil behauptete –, da hatte Talis kurzerhand das kleine Modell aus Kiefernholz genommen, es gegen Callies Brust gelegt und triumphierend erklärt: »Was habe ich dir gesagt? Wenn man dein Boot auf eine absolut plane Fläche legt, sieht man, daß der Boden nicht ganz aufliegt. Also kann er auch nicht so gerade sein, wie du behauptest.«

An einem Markttag war Will dann einmal sehr zornig geworden, als ein Zigeunerwagen auf dem Marktplatz hielt und ein an den Stellen, wo es Callie jeglicher Rundung ermangelte, üppig ausgestattetes Zigeunermädchen mit Talis zu flirten begann. Einen Moment lang hatte Talis ganz verdattert dagestanden und dann mit Augen, die so groß waren wie Hufeisen, auf den Busen des Mädchens geschielt, das so dicht vor ihm stehengeblieben war, daß seine Brustwarzen ihn fast berührten.

Als Callie das sah, wurde sie so zornig, daß sie zu den Eckpfosten ihres Marktstandes rannte und mit einer Kraft, die man ihrem kleinen, doch noch so unterentwickelten Körper niemals zugetraut hätte, diese umstieß, so daß alle Kisten mit ihren Farmerzeugnissen, die sie zuvor zu einer kunstvollen Pyramide aufgeschichtet hatte, wie ein Kartenhaus über Talis zusammenstürzten, dieser sich inmitten zerplatzter Tomaten und umherrollender Kohlköpfe auf dem Erdboden wiederfand und zu seinem Entsetzen die ganzen Dorfleute – und ganz besonders das Zigeunermädchen, das eben noch mit ihm flirten wollte – in schallendes Gelächter ausbrachen.

Nun konnte es Talis mit seinem hochentwickelten Ehrgefühl absolut nicht vertragen, wenn jemand über *ihn* lachte, und deshalb sprang er mit einem vor Wut verzerrten Gesicht vom Boden auf und wollte sich auf Callie stürzen. Doch statt daß Callie sich von ihm fangen ließ, demütigte sie ihn jetzt noch mehr, indem es ihr immer wieder gelang, sich seinem Zugriff zu entziehen und sich nach einer längeren Verfolgungsjagd hinter Wills Rücken in Sicherheit zu bringen. Als Talis daraufhin von Will verlangte, daß er Callie für die Schmach, die sie ihm angetan, und den Schaden, den sie ihm zugefügt habe, streng bestrafen solle (nicht, daß Talis tatsächlich zugelassen hätte, daß jemand ihr weh tat, aber in diesem Moment glaubte er, daß er das wollte), mußte er jetzt sogar noch erleben, wie Will für Callie Partei ergriff und zu ihm sagte: »Wenn du dich um das Geschäft gekümmert hättest, statt den Mädchen, die doppelt so alt sind wie du, schöne Augen zu machen, wäre das alles nicht passiert!«

Nicht nur für Talis, sondern auch für Callie war Wills Erklärung ein Schock gewesen. Sie wußten ja auch beide nicht, daß das Aussehen von Talis Will schon seit etlichen Monaten große Sorgen bereitete, weil er zwar körperlich fast schon ein Mann, seinem Verstand nach aber noch immer ein Junge war. Das war nach Wills Meinung eine ungute Kombination. Und obwohl er zuweilen zusammen mit Nigel über Callies selbstkritische Äußerungen lachte, tat ihm die arme Callie mit ihrem dünnen, platten Körper leid. Seiner Ansicht nach sollten Kinder, die im gleichen Alter waren, auch aussehen wie Gleichaltrige.

Die Dorfbewohner hatten diese Episode jedoch enorm unterhaltsam gefunden und machten sich fortan einen Scherz daraus, Talis jedesmal an den Markttagen nach dem Befinden seiner »Zigeunerfreundin« zu fragen. Und die Dorfjungen, die auf Talis eifersüchtig waren, nannten ihn nun, wenn sie von ihm sprachen, nur noch »Zigeuner«. Das taten sie natürlich, weil sie Talis bei den Dorfmädchen madig machen wollten; doch zu ihrem Leidwesen meinten diese, daß dieser Spitzname ausgezeichnet zu Talis' schwarzen Haaren und gutem Aussehen passe, und griffen diesen Namen begeistert auf.

Aber wenn sich Callie und Talis so wie jetzt an ihrem Lieblingsplatz unter der mächtigen Rotbuche befanden, wo sie unter sich waren und niemand sie störte, spielten ihre körperlichen Unterschiede keine Rolle mehr, denn wenn sie allein waren, waren sie zwei gleichwertige, ebenbürtige Partner.

Die zwei Hälften eines Ganzen.

»Was soll nun aus uns werden?« fragte sie ernst. In letzter Zeit nahm sie alles schwer, hatte für sie alles nur noch eine ernste Bedeutung.

»Ich weiß es nicht. Vielleicht könnte ich bei einem Ritter in die Lehre gehen und so werden wie Lancelot.«

»Pst!« sagte Callie, die es nicht leiden konnte, wenn Talis Geschichten erwähnte, die nicht sie selbst erfunden hatte. Denn was ihre Storys anlangte, waren sie bestimmt nicht schlechter als diese eben von Talis erwähnte Geschichte von einem Mann, der sich in die Frau eines anderen Mannes verliebt hatte. Was sie daran freute, war, daß sie beiden für ihre sündhafte Liebe bestraft worden waren. Talis hingegen fand diese Geschichte von Lancelot geradezu umwerfend gut. Aber was ihr an dieser Geschichte, obwohl sie Talis das nicht sagte, *unheimlich* war, war die Tatsache, daß Lancelot seine Kraft aus seiner Unberührtheit bezogen hatte. Daß er offenbar keusch geblieben und niemals geheiratet hatte.

Callie blickte nun an ihrer Brust hinunter, die so platt war, daß ihr Gewand auch nicht das kleinste Fältchen warf. Jeden Morgen sah sie so an sich herab, in der Hoffnung, daß ihre Brust und ihre Hüften vielleicht über Nacht frauliche Rundungen bekommen haben könnten. Aber das taten sie nicht. Im Dorf gab es Mädchen ihres Alters, die bereits verheiratet waren. Und was ihr noch bedenklicher erschien: Es gab im Dorf Mädchen, die weitaus älter waren als sie und in aller Öffentlichkeit erklärt hatten, daß sie Talis heiraten wollten.

Sie mußte jedesmal an den Markttagen mit ansehen, wie diese Mädchen ihn betrachteten und dann hüftenschwingend an ihrem Stand vorbeistolzierten, den Kopf zur Seite gedreht, als würden sie ihn gar nicht beachten. Doch Callie wußte ganz genau, daß sie nur ein Ziel im Leben verfolgten, nämlich Talis' Aufmerksamkeit auf sich zu lenken.

Sie versuchte sich zwar über ihren Mangel an weiblichen Formen lustig zu machen, weil sie immer über alles zu scherzen pflegte, was sie störte. Doch in Wahrheit war sie tief besorgt über ihren körperlichen Zustand.

Was war, wenn sich Talis nun in eines dieser Dorfmädchen verliebte?

Sie hatte zwar versucht, mit Talis über dieses Problem zu sprechen, doch der hatte sie jedesmal nur verständnislos angeschaut und dann angefangen, von Rittern, Rüstungen und Schwertern zu reden. Sie hatte auch versucht, mit Meg über diese Mädchen zu sprechen, die so alt waren wie sie und bereits verheiratet waren, doch Meg, die sich wünschte, daß Talis und

Callie Kinder blieben, hatte ihre, Callies, Fragen nicht beantworten wollen. Denn Meg hatte eine so panische Angst davor, daß die beiden sie verlassen würden, daß Talis sich manchmal über sie lustig machte und sagte, wenn es nach Meg ginge, würde sie ihn und Callie wohl noch immer mit der Muttermilch ernähren.

Will hatte von allen das größte Verständnis für Callies »Problem«. Er pflegte, wenn sie mit ihm über ihre Sorgen sprach, sie anzulächeln und zu sagen: »Du und Talis seid im Augenblick total durcheinander. Du bist hier oben eine Frau«, hatte er gesagt, sich an die Stirn pochend, »aber nirgendwo sonst.« (Er war zu höflich gewesen, bei dieser Erklärung auf ihren formlosen Körper zu schauen.) »Talis ist das genaue Gegenteil von dir. Er sieht zwar aus wie ein Mann, denkt aber noch immer wie ein Kind.« Und als Callie daraufhin traurig vor sich hin geschaut hatte, hatte er wieder gelächelt. »Es ist oft so, daß der eine reifer ist im Kopf und der andere weiter mit seinem Körper. Aber mach dir deswegen nur keine Sorgen, weil dein Körper nämlich eines Tages deinen Geist eingeholt haben wird. Und dann wird auch Talis mit seinem Kopf so weit gekommen sein wie mit seinem Körper.« Dann hatte er sie unter das Kinn gefaßt und ihren Kopf angehoben. »Eines Tages wird er dich anschauen und über seine Zunge stolpern.«

Callie hatte bei diesem Gedanken gekichert und dann eine Woche lang von Wills Worten gezehrt. Aber keine noch so vernünftige oder gutgemeinte Erklärung konnte sie auf die Dauer zufriedenstellen. Sie schien einfach nicht zur Ruhe kommen zu können. Wenn sie saß, wollte sie stehen, und wenn sie stand, wollte sie gehen. Und wenn sie dann ging, hatte sie ein geradezu süchtiges Verlangen danach, zu rennen. Sie wußte wohl selbst nicht mehr, was sie wollte.

Doch am bedenklichsten schien ihr die Art und Weise zu sein, mit der sie Talis jetzt betrachtete. Talis war für sie die Person, mit der sie stets zusammengewesen war. Sie konnte sich keinen Tag ohne ihn vorstellen. Sie schienen auch immer zur gleichen

Zeit die gleichen Dinge verrichten oder den gleichen Ort aufsuchen zu wollen. Manchmal hatte sie, wenn sie ihre Kaninchen fütterte, Talis nach ihr »rufen« hören. Dann war sie nach ein paar Sekunden losgerannt und hatte ihn immer finden können – egal, ob er sich nun in den Büschen am Flußufer oder in einem Baum versteckt hatte.

Doch seit ein paar Monaten war es so, als könnte sie ihn immer nur *anschauen*. Er war so schön, so unglaublich schön. Sie betrachtete die Weise, wie er sich bewegte, die Art, wie sich seine Haare auf seiner Stirn ringelten. Manchmal konnte sie spüren, wie ihr das Blut heiß durch den Körper strömte, wenn sie ihn ansah. Es schien, als könnte ihr Körper das viele Blut, das ihr durch die Adern rann, gar nicht mehr fassen.

Talis wollte mit ihr noch immer dieselben Spiele spielen wie früher. Aber wenn er sie eingefangen hatte und sie mit seinen kräftigen Armen in der Luft herumschwenkte, begann ihr Herz jetzt jedesmal heftig zu pochen. Und dieses Gefühl machte sie dann so wütend, daß sie von ihm weglief und es manchmal nicht einmal mehr dulden wollte, daß er ihre Hand hielt.

Nun schien sich buchstäblich alles verändert zu haben. Selbst das Schlafen. Sie und Talis schliefen auf zwei mit Hühnerfedern gefüllten Matratzen oben auf dem Dachboden. Dort hatten sie geschlafen, seit sie alt genug dafür gewesen waren, die Leiter zum Dachboden hinaufzuklettern. Doch sie hatte fast jede Nacht ihre Matratze verlassen, um sich auf die von Talis zu legen und bei ihm zu schlafen. Er hatte einen so leichten, so guten Schlaf, und sie fühlte sich einfacher wohler, wenn sie sich an ihn kuschelte.

Aber als dann vor sieben Jahren Nigel zu ihnen gekommen war, war es vorbei gewesen damit. Nigel hatte darauf bestanden, daß zwischen ihren beiden Matratzen ein Vorhang angebracht wurde, und er hatte am Fußende ihrer Matratzen seinen Schlafplatz eingerichtet.

Nigels Ankunft auf der Farm hatte überhaupt eine Menge im Haushalt der Watkins verändert. Meg liebte seine guten Manieren und war zugleich ein bißchen von ihm eingeschüchtert. Doch Will behandelte Nigel so, als wäre er ein auf Bewährung entlassener Sträfling, der sich jeden Moment in einen Dämon verwandeln könne.

Als Nigel auf die Farm gekommen war, war er noch keine fünf Minuten mit Callie und Talis zusammengewesen, als er schon sagte, er fände sie eigenartig. Das hatte Callie und Talis gar nicht gefallen. Denn bisher hatte ihnen noch niemand gesagt, daß sie eigenartig wären. Die Kinder im Dorf akzeptieren sie so, wie sie waren; doch die sahen die beiden ja auch nur an den Markttagen. Das einzige, was sie an Callie und Talis merkwürdig fanden, war die Tatsache, daß die beiden keine Geschwister waren. Wenn jemand Callie für Talis' Schwester hielt, wurde er sofort von Talis korrigiert, und auch Callie ließ niemanden länger als eine Sekunde im unklaren, daß Talis keineswegs ihr Bruder sei.

Als die beiden zehn Jahre alt waren, war es Meg gewesen, die darauf bestanden hatte, daß Will ihnen die Wahrheit über ihre Geburt sagen sollte. Denn als Talis zehn Jahre alt war, hatte ein wohlhabender Farmer Will das Angebot gemacht, ihn mit seinem einzigen Kind, einer Tochter, zu verheiraten. Er wollte, daß Talis sofort zu ihm kommen und bei ihm wohnen sollte, und hatte Will zugesagt, daß Talis am Tage seiner Eheschließung die halbe Farm und nach seinem, des Farmers, Tod die ganze Farm erben würde. Da alle im Dorf annahmen, daß Callie und Talis Geschwister waren, schien das eine vernünftige Regelung zu sein. Denn dann würde Callies Ehemann eines Tages Wills Farm erben.

Meg konnte jedoch den Gedanken nicht ertragen, daß die beiden Kinder eines Tages getrennt werden könnten. Oder daß die beiden eines Tages sie und Will verlassen könnten. Und deshalb hatte sie von Will verlangt, daß er den Kindern sagen *müsse,* daß sie kein Geschwister waren, und daß es ihre Bestimmung wäre, hier auf der Farm zu bleiben (also wünschte, daß die beiden heiraten sollten, was sie aber nicht sagen konnte, wenn sie sich nicht den Vorwurf machen wollte, daß sie die beiden zu verkuppeln versuchte). Talis hatte nur genickt, als Will ihnen diese Neuigkeit mitteilte, während Callie laut gelacht hatte. Denn in Talis Zukunftsvorstellungen kam eine Ehe, egal, mit wem, überhaupt nicht vor, während Callie schon öfter an diese Möglichkeit gedacht und sich bereits Sorgen gemacht hatte, daß sie eines Tages mit jemand anderem als Talis zusammenleben müsse.

Wie schon gesagt, änderte sich mit Nigels Ankunft eine Menge auf der Farm. Er sagte, daß Callie und Talis nicht so wären wie andere Kinder und er sie voneinander trennen wolle. Zuerst wollte er auch nur Talis unterrichten, aber Will sagte, damit wäre er nicht einverstanden. Als Nigel ihm daraufhin erklärte, daß eine Frau nicht so lernfähig sei wie ein Mann, hatte Will ihn ausgelacht und gemeint, er, Nigel, wäre jünger und dümmer, als er aussehen würde. Und nachdem Nigel Callie einen Monat lang unterrichtet hatte, hatte er nie mehr ein Wort darüber verloren, daß Frauen geistig weniger aufnahmefähig seien.

Aber wenn Nigel nun auch damit begonnen hatte, die beiden Kinder gemeinsam zu unterrichten, so gab er doch nicht seine Absicht auf, sie in anderer Hinsicht voneinander zu trennen. So wollte er als ihr Erzieher zum Beispiel nicht zulassen, daß die beiden zusammen schliefen oder stundenlang ohne Aufsicht spazierengingen. »Ihr ahnt ja gar nicht, auf was für Gedanken solche Kinder kommen können, wenn sie eine Zeitlang sich selbst überlassen bleiben!« hatte er hochtrabend Meg und Will gegenüber erklärt, und das in einem so geheimnisvollen Ton, als wüßte nur er, was alles passieren konnte, wenn zwei gesunde junge Leute beiderlei Geschlechts eine Weile lang unbeaufsichtigt zusammen waren.

Und deshalb hatte ihm Will, der sich Nigels Arroganz nicht gefallen lassen wollte, darauf geantwortete: »Ja, ja, wir Bauerntölpel können ja auch nicht wissen, was sich ein junger Bursche und eine junge Maid so alles ausdenken könnten, wenn sie den ganzen Tag allein sind, da wir ja auch nicht lesen können.«

Da hatte Nigel einen roten Kopf bekommen und geschwiegen, was ihn jedoch nicht daran gehindert hatte, in seinen Bemühungen, die beiden Kinder voneinander zu trennen, fortzufahren; denn er schien nur Sündiges hinter allem zu vermuten, bis Will einmal zu ihm sagte, es hätte im Garten Eden so lange keine Sünde gegeben, bis man zu Adam und Eva gesagt hatte, es gäbe sie doch. »Ihr solltet den beiden erzählen, mein Junge, was alles passieren könnte, wenn sie allein zusammen sind. Ich glaube nämlich, daß die beiden das gar nicht wissen.« Und zu Meg hatte Will gesagt: »Ich habe das Gefühl, der Junge hat ein paar Sachen angestellt, als er noch jünger war, deren er sich jetzt schämt.«

Und Meg darauf zögerlich: »Du meinst also nicht, daß er recht haben könnte?«

Will schüttelte den Kopf. »Und falls doch – hättest du denn etwas gegen eine schnelle Hochzeit einzuwenden und ein paar Enkelkinder, die du auf deinen Armen wiegen kannst?«

Daraufhin hatte Meg ihn ein wenig schelmisch angesehen, und Will hatte sich seither sehr darüber amüsiert, daß sie fortan die beiden »Kinder« bei jeder nur erdenklichen Gelegenheit aus dem Haus gescheucht hatte. Wie Will wußte sie, daß Talis' Körper und Callies Geist bereit waren und es nun nicht mehr lange dauern konnte, bis sie sich beide – sie körperlich und er geistig – eingeholt haben würden.

Aber was Meg und Will erheiternd fanden, ärgerte Callie fürchterlich. Sie wußte nicht, was sie da eigentlich empfand und was sie Tag und Nacht plagte. Abends flüsterte Talis ihr zu, daß sie zu ihm ins Bett kommen sollte, weil er so schrecklich fröre. Und Callie weigerte sich, zu ihm zu gehen, weil sie wußte, daß er sie nur bei sich im Bett haben wollte, *weil* er fror.

Und als sie nun unter den weitausladenden Ästen der Rotbuche stand, sah sie Talis mit gerunzelter Stirn an, weil er, solange sie ihn nun kannte, dauernd mit irgendwelchen Schwertern herumgefuchtelt hatte. Und wenn er im Dorf war, wollte er mit den anderen Jungen immer nur über irgendwelche Männer, die auf irgendwelchen Pferden durchs Dorf geritten waren, reden. Er wollte von ihnen wissen, was für Kleider diese Männer getragen, was sie gesagt und ob sie gelacht oder geschimpft hatten. Er hatte ein außerordentlich großes Repertoire an ritterlichem Wissen und erzählte Callie ständig davon, was ein Ritter in dieser oder jener Lage tun oder sagen würde. Er setzte Nigel so lange mit seinen Fragen über die Ritter zu, bis Nigel sich die Ohren zuhielt und mit dem Fuß aufstampfte.

»Was hast du eigentlich?« fragte Talis da plötzlich und machte mit seinem Schwert einen Ausfall.

»Ich weiß es nicht«, erwiderte sie schmollend. »Ich fühle mich so komisch. Wütend. Traurig. Glücklich. Ich weiß es einfach nicht.« Sie lehnte sich gegen den Baumstamm, drehte den Kopf zur Seite und blickte von ihm weg.

Talis schienen ihre Worte keineswegs zu beunruhigen, doch es verdroß ihn, daß sie nicht mit ihm spielen wollte. Im Dorf mußte er seiner Größe wegen vor den anderen Jungen so tun, als wäre er ein Mann mit dem Wissen eines Mannes. Aber vor Callie brauchte er sich nicht zu verstellen. Manchmal versetzte sie ihn in den Glauben, daß sie eine von einem Drachen gefangengehaltene Lady sei, die er vor diesem retten würde. Doch als sie das zum letztenmal gespielt hatten, hatte sie sich am Ende recht seltsam benommen und zu ihm gesagt, daß sie nun heiraten und Babys machen müßten. Das hatte ihn sehr in Verwirrung gebracht, und seitdem hatten sie weder dieses noch irgendein anderes Spiel mehr gespielt.

Nun versuchte er, ihr Interesse für das zu wecken, was er gerade tat. Er vollführte einen gewaltigen Stoß mit seinem Schwert und rammte dessen Spitze neben ihrem Ohr in den Baumstamm. »Jetzt seid Ihr meine Gefangene, Prinzessin«, erklärte er dann.

Sie stieß das Schwert zur Seite. »Was für ein großes Baby du doch bist!« meinte sie verächtlich.

»Ich?« erwiderte er ungläubig. »*Du* bist doch nicht größer als ein Baby!« meinte er dann und griff nach ihr.

Daß sie sich gegenseitig neckten und anfaßten, war für sie ein ganz normaler Vorgang. Etwas, das sie schon immer gemacht hatten. In der Öffentlichkeit vermieden sie zwar jeglichen Körperkontakt, aber wenn sie beide allein waren, liebten sie es, sich gegenseitig zu berühren. Und wenn es ihnen gelang, sich Nigels Aufmerksamkeit zu entziehen, lernten sie ihre griechischen und lateinischen Vokabeln oder machten ihre astronomischen oder mathematischen Aufgaben, indem sie beide ganz eng beisammensaßen und sich mit einer Körperseite berührten.

Doch heute wich sie ihm ärgerlich aus. Weil Talis bisher noch nie erlebt hatte, daß sie sich nicht von ihm anfassen lassen wollte, kam er auch nicht auf den Gedanken, daß ihre Abwehr ernst gemeint sein könne. Und deshalb haschte er erneut nach ihr, und als sie sich seinem Griff zu entwinden versuchte, glaubte er noch immer, daß sie ihn nur necken wollte.

Als er dann schließlich doch begriff, daß sie sich ernsthaft gegen ihn zur Wehr setzte, glaubte er, daß sie vor irgend etwas Angst habe. Das gefiel ihm, weil er sich zu gern in der Rolle eines großen, starken Ritters gefiel. »Du brauchst dich doch vor nichts und niemandem zu fürchten, weil ich dich beschützen werde«, erklärte er mit seiner tiefsten Stimme.

»Und wer beschützt mich vor *dir*?« erwiderte sie darauf in ihrem sarkastischsten Ton.

»Vor mir?« rief Talis entsetzt. Wie konnte sie nur auf die Idee kommen, daß *er* ihr etwas zuleide tun könne? Zwar hatte sie ihm schon manchen Schimpf angetan und ihn sogar vor dem ganzen Dorf in Verlegenheit gebracht, doch er würde ihr niemals ein Härchen krümmen oder sie verletzen. »Ich würde dir niemals weh tun«, sagte er leise und wandte sich dann von ihr ab. Callie hatte auch schon ein paarmal seinen Stolz verletzt, war jedoch noch nie so weit gegangen, zu unterstellen, daß er sein Ehrgefühl vergessen und daran denken könnte, so einem kleinen und schwachen Wesen wie ihr etwas anzutun. Traute sie ihm das wirklich zu?

Callie erkannte sofort, daß sie ihn diesmal nicht nur gekränkt, sondern sein Selbstwertgefühl verletzt hatte. Sie hatte früher immer gewußt, wie weit sie gehen konnte mit ihren Neckereien, doch diesmal hatte sie etwas getan, das ihn in seinem grotesken Ehrgefühl, das ihm so viel bedeutete, getroffen hatte.

Sie rannte zu ihm, stellte sich vor ihn hin, umklammerte seine Unterarme mit den Händen und wollte ihn an sich ziehen. Doch ebensogut hätte sie versuchen können, einen Felsen von der Stelle zu bewegen. Sein Rücken war steif, sein Kopf hoch über ihrem erhoben, und seine Augen schienen einen Punkt irgendwo hinter ihr am Horizont zu fixieren.

»Talis, es tut mir leid. Es tut mir ja so leid. Natürlich würdest du mir niemals weh tun!«

Mit einemmal war diese Ruhelosigkeit, unter der sie monatelang gelitten hatte, verschwunden, und auch ihr eigenes Ehrgefühl. Sie konnte fast alles im Leben ertragen, nur nicht, daß Talis unglücklich mit ihr war. Das passierte zwar nur selten, aber wenn es geschah, war das für sie das schlimmste Gefühl, das es auf der Welt gab.

Und deshalb stellte sie sich nun auf die Zehenspitzen, hielt sich an seinen Schultern fest und begann sein Gesicht mit Küssen zu bedecken – alles, was sie davon mit ihren Lippen zu erreichen vermochte.

»Tally?« flüsterte sie. »Tally, mein geliebter Tally, es tut mir ja so leid ...«

Aber da er darauf überhaupt nicht reagierte, verstärkte sie ihre Bemühungen, küßte ihn immer heftiger, legte ihm die Arme um den Hals, löste dann, weil er immer noch ganz steif dastand, die Füße vom Boden und hängte sich mit ihrem ganzen Gewicht an ihn.

»Ich weiß doch, daß du mir niemals etwas zuleide tun würdest, und ich weiß auch, daß ich in letzter Zeit sehr garstig zu dir gewesen bin. Ich entschuldige mich jetzt dafür. Ich weiß wirklich nicht, was mit mir los war, daß ich dich so schlecht behandeln konnte, und was da nicht mit mir gestimmt hat.«

Nachdem sie so minutenlang Abbitte geleistet hatte und

gleichsam vor ihm auf dem Bauch gekrochen war, bog sie sich zurück und blickte ihn an. Er stand noch immer stocksteif da, den Blick in die Ferne gerichtet, aber sie wußte, daß er ihr jetzt nicht mehr böse war. Warum machte er also diesmal nicht, was er doch sonst immer zu tun pflegte, wenn er ihr verziehen hatte? Denn in der Regel pflegte er ihre Zerknirschung weidlich auszunutzen und seine Versöhnung mit ihr davon abhängig zu machen, daß sie nun ein Spiel spielten, in dem sie die Rolle einer hilflosen Frau übernehmen mußte, die von einem großen, starken Mann gerettet wurde.

Doch das tat er diesmal nicht, sondern stand noch immer da wie ein Stock, die Arme an die Seiten gelegt. Aber er machte auch keine Anstalten, sie von sich wegzuschieben und ihr zu sagen, daß sie gefälligst damit aufhören solle, ihm das Gesicht naß zu machen, wie er ihr das sonst bei diesen seltenen Gelegenheiten, wenn sie ihn küßte, zu sagen pflegte.

Die Arme um seinen Hals geschlungen, mit den Zehenspitzen kaum noch den Boden berührend und ihren Körper fest an seinen pressend, schaute sie ihn an. Und sie fragte sich, ob seine Augen denn schon immer so dunkel, seine Haare so schwarz und seine Haut von einer so exquisiten Farbe gewesen waren. Das Herz klopfte ihr bis zum Hals hinauf. Dies war Talis, der Junge, mit dem sie ihr ganzes Leben geteilt hatte und der ihr so vertraut war wie die Luft und die Sonne. Aber in in diesem Moment schien er ihr das wunderbarste, das *unvertrauteste* Ding der Welt zu sein.

»Du hast eine Stelle vergessen«, sagte Talis, und Callie konnte seine Stimme an ihrer Brust fühlen.

»Vergessen?« wiederholte sie, und ihre Stimme hörte sich irgendwie atemlos an. Sie hatte keine Ahnung, wovon er eigentlich redete.

»Du hast nicht mein *ganzes* Gesicht geküßt«, sagte er nun ernst und bog den Kopf zu ihr hinunter, damit sie ihm noch mehr Küsse geben sollte.

Vor einer Minute waren das noch kurze, rasche Küsse gewesen – solche Klein-Mädchen-Küsse, die sie ihm auch schon früher hin und wieder aus Dankbarkeit dafür gegeben hatte, daß er eine Spinne für sie getötet oder einen großen Jungen vertrimmt hatte, der ihr frech gekommen war. Und sie hätte gar nicht gemerkt, daß er diese Küsse überhaupt wahrgenommen hatte, wenn er sich dabei nicht ein wenig vorgebeugt und das Gesicht zur Seite gedreht hätte, damit sie seine Wange besser erreichen konnte.

Er hingegen hatte sie bisher noch nie geküßt, selbst dann nicht, wenn sie so nett gewesen war, ein paar von seinen Arbeiten für ihn zu erledigen, weil er unter einem Baum eingeschlafen war. Talis sagte, Ritter würden niemals ein Mädchen küssen, worauf Callie ihn spöttisch gefragt hatte: »Was küssen sie denn dann? Etwa ihre Pferde?« Worauf Meg mit einer für sie seltenen Schlagfertigkeit gesagt hatte: »Ritter küssen ihre Mütter«, Talis ihre Wange dargeboten, dieser sie auch geküßt und dann mit einem triumphierenden Pfeifen das Haus verlassen hatte.

Doch nun bettelte Talis förmlich darum, daß Callie ihn küssen sollte. Und Callie tat ihm nur allzu gern diesen Gefallen. Denn es gab nichts auf der Welt, was Callie in diesem Moment lieber getan hätte, als Talis zu küssen. Tatsächlich war ihr so, als sei die Welt um sie herum versunken und als würde nichts anderes mehr existieren als sie beide unter diesem Baum.

Sie küßte ihn nun auf das Kinn – sacht und lange mit ihren Lippen darauf verweilend –, und während ihre Lippen sich nun langsam nach oben auf seinen Mund zu bewegten, neigte er ein wenig den Kopf, um ihren Lippen zu begegnen.

Und als sich ihre Lippen auf seine legten, war das kein harter, spröder Kindermund mehr, der ihn küßte, sondern diese Lippen waren weich und ein wenig geöffnet. Schon seit Wochen war sie von Talis' Mund fasziniert gewesen. Es war ein Mund mit vollen, ihr weich erscheinenden Lippen, und ihr hatte die Art gefallen, wie er sich bewegte, wenn er sprach. Tatsächlich hatte sie in letzter Zeit gar nicht mehr verstehen können, was er zu ihr sagte, weil sie viel zu sehr damit beschäftigt gewesen war, seine Lippen dabei zu beobachten, wie sie diese Laute formten. Manchmal hatte sie ihn sogar damit verärgert, daß sie von ihm weggesehen hatte, wenn er mit ihr sprach, weil sie in diesem Moment den Kontakt zwischen ihren Augen und seinen Lippen hatte unterbrechen müssen.

Nun spürte sie, wie er rasch Luft holte, als ihre Lippen sich berührten – spürte, wie sein Körper weich wurde und sich seine kräftigen Arme um sie legten. Es machte ihm Spaß, mit seiner neuentdeckten Körperkraft vor ihr zu prahlen, sie in die Höhe zu stemmen und im Kreis herumzuwirbeln. Manchmal stellte er sie sogar auf den Kopf und zog sie an den Beinen in die Höhe oder warf sie hoch in die Luft. Und als sie nun Talis' Arme um sich spürte und seinen Körper an ihrem, war das für sie keine neue Erfahrung, aber trotzdem irgendwie anders als sonst. Heute konnte sie seine Stärke, die Kraft seines Körpers, die Macht, die in ihm steckte, auf eine bisher noch nie gekannte Weise *spüren*.

Und ihre Unerfahrenheit, ihr Erstaunen über dieses für sie ganz neue Gefühl, das die Berührung seines Körpers und seiner Lippen auf ihrem Mund auslöste, schienen sie nun irgendwie zaghaft und ratlos zu machen. Doch Talis kannte offenbar solche Hemmungen nicht und schien genau zu wissen, was er nun zu tun hatte.

Nur einen Moment lang löste er sich von ihr, sah sie mit geweiteten Augen an und legte dann mit einem für sie ganz neuen Selbstvertrauen die Hand in ihren Nacken, neigte ihren Kopf ein wenig zur Seite (sie hatte sich schon seit längerem gefragt, ob ihnen denn beim Küssen nicht die Nasen im Weg stehen würden, aber offensichtlich hatte sich dieses Problem für Talis gar nicht gestellt. Er schien instinktiv zu wissen, was wo hingehörte) und küßte sie heftig auf den Mund.

Sie war jetzt unglaublich froh über seine Stärke, weil die Beine nun unter ihr einknickten und Talis mit dem ganzen Gewicht ihres Körpers belastet wurde. Das schien er jedoch mühelos tragen zu können und gar nicht zu bemerken, daß ihr

Körper nun die Festigkeit von Butter angenommen hatte, die man in der Mittagssonne hatte liegen lassen.

Nur einen Moment lang öffnete Callie die Augen und sah ihn groß an, als es ihm irgendwie gelang, ihren Körper mit den Oberarmen festzuhalten, so daß er beide Hände dafür frei hatte, nun ungehindert und zielstrebig über alle ihm erreichbaren Teile ihres Körpers zu streicheln. Callie war bisher schier verzweifelt darüber, daß ihr an der Vorderseite jegliche Rundungen fehlten; doch es war ihr bisher gar nicht in den Sinn gekommen, daß die Natur sie dafür auf der Rückseite um so großzügiger entschädigt haben könnte. Tatsächlich konnte es sich durchaus sehen lassen, und ihr wohlgeformtes Hinterteil hatte bei den meisten Jungen im Dorf kein geringes Interesse gefunden. Callie wußte nicht, daß Talis einmal einen Jungen, der drei Jahre älter gewesen war als er, in den Dreck geworfen hatte, weil dieser eine anzügliche Bemerkung über Callies Hinterteil gemacht hatte, als sie sich über ein Faß mit eingesalzenen Rüben beugte.

Nun wölbte Talis die Hände um ihre strammen Hinterbacken, während er ihren Mund auf eine Weise küßte, daß sie meinte, jeden Moment die Besinnung zu verlieren. Sie empfand auch eine gewisse Scheu dabei, Talis aber offenbar nicht. Er war stets der aggressivere von ihnen gewesen, der ohne einen Gedanken an seine Sicherheit in irgendwelche Höhlen eingedrungen war. Er war der Tapfere in der Familie, wie Meg zu sagen pflegte, und was jetzt das Küssen anlangte, der Abenteuerlustige.

Er drang nun mit seiner Zunge in ihren Mund ein.

Betroffen wich Callie ein wenig vor ihm zurück und blickte ihn überrascht an. Hätte er so etwas vor ein paar Monaten getan, hätte sie das wohl als widerwärtig empfunden, doch jetzt ... jetzt gefiel es ihr.

Und hatten sie eben noch beide mitten in der Wiese gestanden, so fand Callie sich im nächsten Moment mit dem Rücken am Stamm der Rotbuche wieder, und es kam ihr so vor, als würde er sie jetzt ausziehen. Callie konnte nicht mehr denken. Es war so, als wären alle Gedanken aus ihrem Kopf davongeflogen, und als bestünde sie nur noch aus einer Masse von Gefühlen. Sie war sich nicht sicher, was sie jetzt von Talis haben wollte, und sie war sich auch nicht im klaren darüber, was er nun von ihr verlangte. Aber daß sie das jetzt herausfinden wollte, wußte sie genau.

Sie sollte jedoch nicht mehr herausfinden, was geschehen wäre, denn plötzlich war die Luft um sie herum mit einem ohrenbetäubenden Getöse erfüllt. Männer brüllten, Waffen klirrten und Pferde jagten mit donnernden Hufen über den Boden. Plötzlich schien die Welt in einem Chaos zu versinken.

Talis war es, der zuerst auf diesen Lärm aufmerksam wurde; denn Pferde und Männer, mit oder ohne Waffen, bedeuteten Callie nichts. Für sie gab es nur eines, was sie auf der Welt interessierte, und das war Talis.

Aber das galt nicht für ihn. Sich von ihr lösend, seine Hand noch immer auf ihrem nackten Schenkel, der auf seiner Hüfte ruhte, neigte er den Kopf ein wenig auf die Seite und lauschte.

Callie versuchte ungeduldig seinen Kopf wieder zu ihrem Mund herunterzuziehen. Sie waren hier unter den Ästen der Rotbuche sicher; niemand würde sie hier sehen können, egal, was sie auch immer unter diesem Baum anstellen mochten.

»Etwas ist passiert«, sagte Talis.

»Ja«, antwortete sie, wobei sie jedoch etwas gänzlich anderes meinte als er. In den letzten Sekunden hatte sich alles in ihrem Leben verändert. Ihre Wertvorstellung und Lebensanschauung waren plötzlich ganz andere als noch vor wenigen Minuten.

Als hätte das, was sich da zwischen ihnen angebahnt hatte, plötzlich jedes Interesse für ihn verloren, ließ er nun ihr Bein wieder auf den Boden hinuntergleiten und rannte zur Farm hinunter. Und nachdem sie sich einen Moment lang den Luxus geleistet hatte, ihn dafür zu verfluchen, begann sie, hinter ihm herzulaufen. Wie konnte das, was da soeben zwischen ihnen geschehen war, ihn so unbeeindruckt lassen, daß er sie einfach stehen ließ?

Doch inzwischen hatte sich ihr Verstand soweit erholt, daß ihr der Gedanke kam, es könnte Meg oder Will vielleicht etwas Schreckliches passiert sein. Es kam ihr nicht in den Sinn, daß ein Mißgeschick, das zwei Bauern widerfuhr – so furchtbar dieses auch für sie und Talis sein mochte –, wohl schwerlich einen Ritter dazu bewegen konnte, sich auf sein Pferd zu setzen.

Ihre Röcke anhebend, folgte Callie Talis nun so dicht auf den Fersen, wie ihr das möglich war.

Kapitel vierundzwanzig

Es war Callie mit ihren kurzen Beinen natürlich gar nicht möglich, mit Talis Schritt zu halten, als sie beide zur Farm zurückliefen. Nach der Hälfte des Weges hatte sie schon ihren rechten Schuh verloren, und dann löste sich ihr ordentlich geflochtener Zopf auf, als sie über eine Hecke springen mußte, um nicht drei blökende Schafe umzurennen.

Was sie dann sah, als sie unten auf der Farm anlangte, ließ sie abrupt stehenbleiben. Der Hof war voller großer, stämmiger, in kostbare Gewänder gehüllte Männer, deren Pferde mit ihren großen Hufen Megs Blumen zertrampelten. Und diese Männer starrten nun schweigend auf einen Mann hinunter, der zwischen ihnen auf dem Boden lag und von dem Callie nur die Beine sehen konnte. Aber da diese sich nicht bewegten, schloß sie daraus, daß der Mann, dem sie gehörten, tot sein mußte. Und ein Stück entfernt von dieser Gruppe sah sie Meg und Will stehen, und Megs ängstlichem Gesicht nach zu schließen, schienen die beiden sich die Schuld an dem Tod dieses Mannes zu geben.

Wenn Callie jetzt Hemmungen haben mochte, sich unter dieses gute Dutzend fremder Männer zu mischen, die sich dort auf dem Hof zusammendrängten, traf das für Talis nicht zu. Er lief mitten in diese Versammlung hinein, und trotz der groben Kleider, die er trug, sah er so aus, als wäre er selbst einer dieser Edelleute.

Für Callie gab es kein Zögern, wenn es galt, Talis irgendwohin zu folgen. Und so stand sie schon wenige Sekunden später hinter ihm und machte sich den Platz zunutze, den er sich zwischen diesen schweigend vor sich hin starrenden Männern verschafft hatte.

Callie, die vorsichtig an Talis breiter Brust vorbeispähte, konnte nun auch das Gesicht dieses stattlichen Mannes mit den stahlgrauen Haaren sehen, der dort auf der Erde lag – ein hübsches Gesicht, das jetzt jedoch aus Mangel an Luft blau angelaufen war. Die untere Hälfte seines Gesichts war um Mund und Kehle herum blutig zerschrammt, wo der Mann – und vielleicht auch andere Männer – sich mit den Händen festgekrallt haben mußten. Es gehörte nicht viel Intelligenz dazu, um sich ausrechnen zu können, was da offenbar geschehen war, weil ein zur Hälfte verspeister Apfel sich in unmittelbarer Nähe seines Kopfes befand. Er hatte anscheinend einen zu großen Bissen dieser Frucht hinunterschlucken wollen, der ihm jedoch im Hals steckenblieb, so daß er daran erstickt war. Denn offensichtlich waren alle Versuche, ihn zu retten, wie die blutigen Male an seinem Hals bewiesen, fehlgeschlagen, und nun blieb diesen Männern nichts anderes mehr übrig, als in einer Art von betäubtem Schweigen auf diesen Mann, der da tot zwischen ihnen lag, hinunterzublicken.

Talis brauchte sich nicht erst umzudrehen, um nachzusehen, ob Callie ihn inzwischen eingeholt hatte: Er wußte, daß sie hinter ihm stand. Und er brauchte auch nur »Tildy« zu sagen, damit Callie im Bilde war, was er jetzt vorhatte.

Zunächst beachteten die Männer diesen jungen Mann und das blasse Mädchen überhaupt nicht. Doch dann lenkten die raschen Bewegungen, die Talis vollführte, die Aufmerksamkeit auf ihn.

Ehe jemand sich von dem Schock erholen konnte, unter dem er jetzt stand, hatte Talis Callie bereits um die Taille gefaßt, sie hoch über den Kopf gehoben und sie dann, während sie beide Beine von sich wegstreckte, wieder fallen lassen – direkt auf den Bauch des toten Mannes.

Wütende Rufe erschollen nun über diese scheußliche Mißachtung, mit der hier ein Toter behandelt wurde. Doch noch im gleichen Augenblick, wo die Männer Talis anzubrüllen begannen und versuchten, das Mädchen zu ergreifen, das der Junge mit seinem Körper schützte, sahen andere, wie sich der Mund des »toten« Mannes öffnete und ein mächtiges, unzerkautes Stück Apfel herausflog.

»Ruhe!« brüllte nun ein Mann, der offenbar über eine gewisse Autorität verfügte, und da drehten sich nun alle um und sahen den Mann auf dem Boden an.

Talis hatte offenbar mehr Ahnung von dem, was nun passieren würde, als diese Männer, denn er drängte sich, Callie vor sich herschiebend, durch die reich gewandeten Gestalten, beugte sich über den auf dem Boden liegenden Mann und beobachtete dessen zuckenden Lider.

Ein paar Sekunden später begann dieser Mann nun zu husten und setzte sich mit Hilfe seiner Trabanten auf.

Da gab Talis Callie ein Zeichen, sich wieder aus der Menge zu entfernen, die sich nun bemühte, den fast toten Mann wieder zum Leben zu erwecken.

»Wie?« war alles, das Nigel nun sagen konnte, und in seinen Augen zeigte sich sein neuerwachter Verdacht, daß Talis und Callie doch sehr eigenartige Menschen waren.

»Magie«, erwiderte Talis, sich wie stets an Nigels skeptischen Blicken weidend.

»Von wegen Magie!« klärte Callie ihn auf. »Talis fiel einmal von einem Baum herunter und direkt auf Tildy«, sagte sie, womit eine ihrer Milchkühe gemeint war. »Der Aufprall war so heftig, daß das Futter, das Tildy gerade wiederkäute, über die halbe Wiese verstreut wurde. Und nun haben wir eben dasselbe mit diesem Mann dort gemacht.«

Nigel war beeindruckt davon, daß Talis seine Erfahrung von damals so wirkungsvoll auf einen gegenwärtigen Notfall hatte anwenden können, aber das sagte er ihm nicht. Seiner Meinung nach war Talis bereits viel zu stolz auf sich, und deshalb konnte weiteres Lob ihm nur schaden.

Es war Callie, die bemerkte, daß Meg und Will noch immer mit blassen Gesichtern, die Arme umeinanderschlingend, ein Stück entfernt von diesen Männern standen. Callie konnte ihre Angst sehr gut verstehen. Sie hatte schon öfter gehört, wie adelige Grundherren mit wehrlosen Bauern umzuspringen pflegten, wenn diese ihren Zorn erregten. Was wäre jetzt wohl passiert, wenn dieser reiche Mann dort auf ihrem Grund und Boden gestorben wäre? Würden seine Verwandten nicht Meg und Will die Schuld an seinem Tod gegeben haben?

Aber warum machten Will und Meg noch immer so ein bedrücktes Gesicht, wo sie doch jetzt sehen konnten, daß dieser Edelmann nicht sterben würde? Talis hatte sein Leben gerettet. Vielleicht bekamen sie nun sogar eine Belohnung dafür.

Während Callie zu Meg und Will hinsah, fragte Talis seinerseits Nigel nach den Männern aus, die sich auf dem kleinen Hof der Farm zusammendrängten.

»Der Mann dort hatte mit seinem Gefolge hier Station gemacht, um Apfelwein zu kaufen«, erklärte Nigel ihm. »Der Frost hat ihm nämlich dieses Jahr die Apfelernte verdorben, und er hatte gehört, daß Will einen guten Apfelwein auf Lager habe, und deshalb wollte er ihm einige Fässer davon abkaufen. Doch zuerst wollte er einen von den Äpfeln probieren, aus dem Will seinen Apfelwein zubereitet. Es war alles so einfach. Will reichte ihm einen Apfel, der Mann biß hinein, und in diesem Moment trat Meg aus dem Haus, und der Mann starrte sie an, als habe er ein Gespenst erblickt.«

Nigel runzelte die Stirn. »Der Mann saß noch immer auf seinem Pferd, und als er Meg erblickte, schien er heftig die Luft einzusaugen, sein Pferd bäumte sich auf, und im nächsten Moment begann er zu ersticken. Sein Gefolge bemühte sich zwar nach Kräften, ihm das Apfelstück wieder aus dem Hals zu entfernen, aber es steckte viel zu tief in seiner Kehle. Als die Männer ihm endlich von seinem Pferd herunterhelfen konnten, war er bereits ... tot.« Dabei sah Nigel Talis schräg von der Seite an, als wäre er ein Zauberer, der einen toten Mann ins Leben zurückgeholt hatte.

»Er war noch nicht tot, wie du jetzt ja hören kannst«, sagte Talis, sich nicht um Nigels mißtrauische Blicke kümmernd. Zu ihrer Linken konnten sie nun tatsächlich das Räuspern und Husten des »toten« Mannes vernehmen. Da er von den Rittern seines Gefolges umringt war, vermochten sie ihn zwar nicht zu sehen, dafür aber um so besser zu hören.

»Wer ist der Mann?« fragte Callie nun, die noch immer Will und Meg beobachtete, der jetzt die Tränen über die Wangen liefen, während Will sich nach Kräfte bemühte, sie zu beruhigen. Aber auch er war, wie sie bemerkte, von irgend etwas sehr erschüttert. Callie wäre am liebsten zu ihnen gegangen, aber sie hatte so einen Verdacht, daß die beiden ihr nicht sagen würden, was sie denn noch immer so schrecklich bekümmerte. Es war ihr schon vor Jahren aufgefallen, daß die beiden Geheimnisse hatten, die sie keinem anderen erzählen mochten. Es gehörte zu den Voraussetzungen eines guten Geschichtenerzählers, ein guter Beobachter von Menschen zu sein; und Callie hatte schon lange herausgefunden, daß alle Menschen Geheimnisse hatten.

»Ich habe noch nie etwas von diesem Mann gehört«, sagte Nigel jetzt. »Sein Name ist Lord John Hadley, und er ist der dritte Sohn eines Grafen. Ich glaube deshalb, daß sein Titel nicht echt ist, sondern daß man ihn nur aus Höflichkeit mit ›Lord‹ anspricht. Er hat jedoch eine reiche Frau geheiratet«, informierte Nigel die beiden, um sie wissen zu lassen, daß Lord John keinen übermäßig hohen Rang in der Aristokratie einnahm. »Die Männer seines Gefolges erzählten mir, daß er noch nie in dieser Gegend gewesen sei.« Nigel streifte nun Callie mit einem nachdenklichen Blick. »Sie sagten, er habe einen Traum gehabt, in dem er aufgefordert wurde, hierher zu reiten.«

Ehe Callie ein Wort darauf erwidern konnte, wich das Gefolge, das sich um Lord John geschart hatte, zur Seite und bildete eine Öffnung für ihn, der nun, gestützt von zwei Rittern, wieder aufrecht stand.

»Seine Lordschaft wünscht dich zu sprechen«, sagte ein hübscher Mann in einer langen Samtrobe, dem das Haar bis zu den Schultern hinunterhing. Zwar schien sein Auftreten zu besagen, daß er mit diesem »Bauernpack« nichts zu tun haben wolle, doch Callie glaubte aus seiner Stimme echte Dankbarkeit heraushören und in seinen Augen noch den Kummer erkennen zu können, den dieser Mann offenbar empfunden hatte, als er seinen Herrn für tot halten mußte. Denn Hugh Kellon war seinem Gebieter aufrichtig zugetan.

John Hadley litt nicht unter einem solchen Zwiespalt von Gefühlen. Er hegte keinen Zweifel daran, daß er tot gewesen war. Denn er hatte auf seinen eigenen Körper hinunterschauen und die blutigen Male an seiner Kehle erkennen können, wo er die Hände in seinen Hals gekrallt hatte. Auch hatte er gesehen, wie seine Männer sich über seine leblose Gestalt gebeugt hatten. Und als er dann langsam davongeschwebt war, hatte er nur Erleichterung darüber empfunden, daß er endlich eine Welt verlassen konnte, die ihm keine Freude beschert hatte; denn ihm war im Leben versagt geblieben, was er sich am meisten gewünscht hatte. Und in der zweiten Hälfte seines Lebens hatte er jeden Tag unter dem Gefühl eines unwiederbringlichen Verlustes leiden müssen.

Als er diese Frau gesehen hatte, die aus dem Haus getreten war, war ihm dieser Verlust wieder so schmerzlich bewußt geworden, als würde er ihn zum zweitenmal erleiden. Ihm war so, als würde er in diesem Augenblick wieder zurückversetzt in jene Nacht vor vielen, vielen Jahren, in der er die glücklichsten Stunden seines irdischen Daseins erlebt hatte – in jene Nacht, als er endlich den gesunden Sohn bekommen hatte, den er sich so sehr gewünscht hatte.

Aber im nächsten Augenblick war ihm das alles wieder genommen worden. Binnen weniger Stunden hatte sich sein größtes Glück in tiefstes Leid verwandelt. In den darauffolgenden Jahren war es ihm gelungen, den Schmerz, den er über den Verlust dieses Sohnes empfunden hatte, ein wenig abzumildern, indem er sich auf das Bauen konzentriert und versucht hatte, etwas aus seinen beiden wertlosen Söhnen zu machen, die ihm geblieben waren. Obwohl ihn das alles nicht wieder mit Leben hatte erfüllen können, war es ihm dennoch gelungen, zu überleben.

Und heute hatte er dann diese Frau gesehen, die ihn wieder an jene Nacht erinnert hatte. Sie war damals zugegen gewesen, als ihm dieser gesunde Sohn geschenkt und wieder genommen worden war. Sie war damals dabei gewesen. Er wußte das. Sie hatte das alles miterlebt!

In diesem Moment war der Schmerz der Erinnerung zu groß für ihn geworden. In diesem Moment hatte er nicht mehr länger leben wollen. Lieber tot sein, hatte er gedacht, als noch einmal diesen Schmerz ertragen zu müssen, den er damals empfunden hatte.

Und so hatte er sich für das Sterben entschieden. Er wehrte sich nicht gegen den Mangel an Luft, der ihm den Tod bringen mußte. Er hatte sich aufgegeben.

Doch als er dann über seinem eigenen Körper schwebte, waren zwei Engel zu ihm gekommen. Der eine war ein großer Junge, so aufrecht und stark wie ein Ritter der Tafelrunde und dabei so hübsch wie ein Engel, mit schwarzen Haaren und Augen und einer etwas dunkel getönten Haut. Das Mädchen, das ihn begleitet hatte, war so ätherisch und blaß wie ein Wesen aus dem Jenseits. All ihre Züge waren farblos; ihre Brauen, Wimpern und sogar ihre Lippen hatten alle die gleiche elfenbeinerne Blässe. Nur ihre bemerkenswert blau-violetten Augen gaben ihrem Gesicht ein wenig Farbe. Und dieses blasse Gesicht wurde eingerahmt von einer großen Masse goldener Haare, die ihr bis zu den Hüften hinunterfielen und ihre Arme einhüllten, so daß es aussah, als wäre diese immense Flut von Haaren fast so schwer wie ihr Körper.

Als John auf die beiden hinuntergesehen hatte, hatte er noch einen Moment gezögert, bevor er die Erde für immer verlassen wollte. Da war etwas an diesen jungen Leuten, das seine Aufmerksamkeit auf sich zog.

Nun wußte er, daß dieses kurzes Zögern der Grund war,

warum er jetzt noch lebte. Denn in diesem Moment hatte der Junge das Mädchen auf seinen aufgeblähten Leib hinunterfallen lassen, worauf das Apfelstück, das in seiner Kehle steckte, sich von der Stelle gelöst hatte, wo es seinen Atem blockierte, und im nächsten Moment war John dann in seinen Körper zurückgeschlüpft und hatte wieder atmen können.

Und nun, wo er, auf zwei seiner Männer gestützt, auf noch zitternden Beinen wieder aufrecht stand, wollte ihm etwas keine Ruhe lassen. Da war ein Name gewesen, der in seinem Geist angeklungen war, als der Junge das Mädchen auf seinen leblosen Körper hatte hinunterfallen lassen. Es hatte dann eine Weile gedauert, bis ihm der Name wieder eingefallen war; aber in dem Moment, als das geschah, hatte sein Husten sich verstärkt.

Gilbert. Gilbert Rasher.

Die Männer, die einen Kreis um John gebildet hatten, traten nun auseinander, damit ihr Gebieter den Jungen betrachten konnte, der ihm das Leben gerettet hatte.

Talis stand da, aufrecht und stark, und blickte dem Mann direkt in die Augen. Obwohl er auf einer Farm aufgewachsen war, hatte er nichts Unterwürfiges an sich. Talis besaß das unerschütterliche Selbstvertrauen, das nur Jugend und Intelligenz einem Menschen zu verleihen vermögen. Weil er glaubte, daß er zu diesen Leuten gehören würde, gehörte er auch zu ihnen.

Langsam betrachtete John nun den Jungen vom Scheitel bis zur Sohle. Man mochte ihn kaum einen Jungen heißen, weil er größer war als die meisten Männer. Nur an seinen unverhältnismäßig großen Füßen und Händen konnte man erkennen, daß er noch nicht ausgewachsen war. Auch schienen seine enorm breiten Schultern nicht so recht zu seiner schmalen Taille passen zu wollen, aber in ein paar Jahren würde sich das alles ausgeglichen haben und er ein Hüne von einem Mann geworden sein.

»Wie heißt du?« fragte John nun mit rasselnder Stimme. Seine Kehle war ganz wund.

»Talis«, erwiderte der Junge, seine Schultern straffend. Er

setzte nicht Wills Familiennamen »Watkins« hinzu, da er schon seit vielen Jahren wußte, daß sein Familienname anders lauten mußte. Doch sein Vorname »Talis« gehörte nur ihm und keinem anderen.

John wäre beim Klang dieses sehr alten, sehr ungewöhnlichen Namens fast in Ohnmacht gefallen. Denn auch sein Vater hatte so geheißen. Er wußte nicht und wollte es, ehrlich gesagt, auch gar nicht wissen, wie dieser Junge damals das Feuer hatte überleben können. Alles, was er jetzt mit absoluter Sicherheit wußte, war, daß dieser Junge ihm vor sechzehn Jahren geschenkt worden war. Dieser Junge war *sein* Sohn.

Mit all der Kraft, die ihm noch geblieben war, schob John nun die beiden Männer, die ihn links und rechts stützten, zur Seite, stand schwankend auf unsicheren Beinen da und breitete beide Arme aus. »Komm«, sagte er, von seinen Gefühlen überwältigt, mit erstickter Stimme, »gib deinem Vater einen Kuß.«

Talis zögerte keinen Moment, sondern ging zu John, damit dieser seine kräftigen Arme um ihn werfen konnte. Er hatte schon als kleines Kind gewußt, daß es ihm bestimmt sei, eines Tages so etwas zu erleben. Dafür war er »geschult« worden. Zumindest hatte er sich so gut, wie ihm das möglich gewesen war, auf diesen Tag vorbereitet, indem er alles gelernt hatte, was zu einem Ritter gehörte. Denn wenn sein wahrer Vater zu ihm kam, wollte er ihn nicht enttäuschen. Damals, als Meg so schrecklich lange von zu Hause fort gewesen war und ihm ein paar Tage nach ihrer Rückkehr erklärt hatte, sie habe einen Lehrer für ihn finden wollen, hatte er sich nicht darüber gewundert. Ein Ritter brauchte eine Ausbildung, und er, Talis, mußte alles lernen, was er nur lernen konnte, um sich auf den Tag vorzubereiten, wo er zum Ritter geschlagen werden würde.

Talis konnte die Tränen des Mannes, der ihn umarmte, auf seinem Hals spüren, doch ihm war nicht zum Weinen zumute. Nun fängt es also an, war alles, was er in diesem Moment denken konnte. Nun würde er seine wahre Bestimmung im Leben finden können.

John löste sich wieder von dem Jungen, um ihn zu betrachten, die Hände links und rechts an Talis' Gesicht zu legen, seine noch makellose junge Haut zu befühlen und seine sauberen gelockten Haare durch die Finger gleiten zu lassen. Und als John die Hände auf diesen Jungen legte, schien das Leben in seinen Körper zurückzuströmen. Seit vielen Jahren, exakt seit sechzehn Jahren, hatte er den Wunsch gehabt zu sterben. Er hatte nichts gehabt, wofür zu leben es sich noch lohnte. Doch nun, als er diesen schönen Jungen mit seinen Händen berührte, hatte er wieder einen Grund, zu leben.

Talis lächelte, als John ihn mit den Händen abtastete und befühlte, als wäre er ein Pferd, das er soeben gekauft hatte. Grinsend blickte er dann zu den Männern hinüber, die noch immer einen Kreis um sie beide bildeten und von denen einige die Stirn runzelten, einige ein halbes Lächeln aufgesetzt hatten und einige den Vorgang verwirrt verfolgten.

Plötzlich richtete John sich auf und rief: »Wir müssen reiten. Wir werden nicht vor Einbruch der Dunkelheit nach Hause kommen. Hugh! Gib meinen Sohn ein Pferd!«

Callie, Meg, Will und Nigel hatten die ganze Zeit über schweigend dabeigestanden. Meg hatte sich bei jedem Wort, das John zu Talis sagte, fester an ihren Mann geklammert. Will, der sich bemühte, stark zu sein, wurde ganz schwach bei dem Gedanken, daß er Talis jetzt verlieren sollte. Bis zu diesem Moment hatte er nicht gewußt, wie sehr er diesen Jungen eigentlich liebte. Talis mit seinem eigenartigen Sinn für Humor, seinen Launen, seinem ständigen Verlangen nach Beachtung – ja, allein schon mit seiner schieren langbeinigen Größe – bedeutete ihm alles.

Nigel hingegen wäre natürlich lieber gestorben, als das zuzugeben, weil er sorgfältig darauf bedacht war, die Farmersfamilie in dem Glauben zu lassen, daß er einer anderen Klasse angehörte als sie. Die Wahrheit jedoch war, daß er hier viel besser ernährt und behandelt worden war als je zuvor in seinem Leben. Und trotz der Vorbehalte, die er gegenüber seinen Schülern hatte, fand er deren Lebensfreude ansteckend. Talis und Callie waren die liebenswertesten Menschen, denen er jemals im Leben begegnet war, und nun sollte das alles ein Ende haben.

Callie war viel zu betäubt von dem, was sich da vor ihren Augen abspielte, um sich von der Stelle bewegen zu können. Sie freute sich für Talis. Ja, ja, ja, redete sie sich ein, sie freute sich sogar sehr für ihn. Denn das war es doch, was er sich schon immer gewünscht und auch verdient hatte. Vielleicht würde sie ihn eines Tages besuchen, um ihn in seiner Rüstung sehen zu können. Vielleicht aber würde er eines Tages vor dem ärmlichen Farmhaus anhalten und ihnen allen erlauben, ihn in seiner Rüstung zu bewundern.

Und während sie das dachte, stellte sie sich vor, daß sie nur noch Lumpen auf dem Leib trüge, nichts mehr zu essen hätte, und die Scheune Stamm für Stamm abtragen müsse, damit sie im Winter Feuerholz hatte. Sie stellte sich vor, daß Talis zu ihr zurückkäme und zu ihr sagte, daß sein Leben ohne sie elend sei; reich, aber elend, und ob sie denn, bitte, nicht alle mitkommen würden, um bei ihm zu wohnen?

Es war Talis, der nun von dem Mann wegtrat, der behauptete, sein Vater zu sein. »Nein, Sir«, erklärte er so höflich wie möglich. »Ich kann meine Familie nicht alleinlassen.«

Niemand wagte jetzt ein Wort zu sagen, nachdem Talis das erklärt hatte. Ein paar ältere Männer lächelten über den Idealismus der Jugend. Doch der Idealismus machte einen im Winter nicht warm oder füllte einem den Magen, und der Junge wußte natürlich nicht, was ihm eigentlich verlorenging, wenn er das Angebot Seiner Lordschaft, ihm Protektion zu gewähren, ausschlug.

Obwohl Talis so tat, als gehörte es zu seinen täglichen Gewohnheiten, Angebote von Edelleuten, bei ihnen zu leben, auszuschlagen, wußte Callie nur zu gut, was in diesem Moment in ihm vorging. Er war verängstigt und unsicher. Sein Ehrgefühl, sein Wissen um das, was richtig war, und was er sich so sehr wünschte, stritten sich in ihm.

Da ging sie schweigend zu ihm und stellte sich hinter ihn. Sie berührte ihn nicht, aber sie wußte, daß ihre Nähe ihm jetzt Kraft verlieh. Zusammen waren sie stärker als getrennt.

Mit ihrem Geist beschwor sie ihn nun, still zu sein und sich ruhig zu verhalten. Meg hatte schon tausendmal zu ihrem Mann gesagt: »Talis ist stark, weil Callie glaubt, daß er stark sei.«

Einen Moment lang blickte John Talis verwirrt an; er konnte nicht begreifen, was man da eben zu ihm gesagt hatte. Zweifellos hing seine Verwirrung mit seinem erst vor wenigen Minuten erfolgten Beinahe-Tod zusammen. Doch sein Verstand war jetzt wie gelähmt, als wollte er nicht zur Kenntnis nehmen, daß sein Sohn, den er soeben wiedergefunden hatte, sich weigerte, ihm nach Hause zu folgen.

Hugh Kellon war nun schon seit vielen Jahren mit John zusammen. Er war kurz nach jener Nacht, von der er so viel gehört hatte, in Johns Dienste getreten. Da wurde viel geflüstert über diese Nacht damals, und Hugh wußte, daß John seit jener Nacht nicht mehr der gleiche Mann war wie vor diesem verhängnisvollen Brand.

War dieser Junge dort nun tatsächlich Johns Sohn, der damals angeblich bei dem Feuer umgekommen sein sollte? Hatte dieses dicke Farmerehepaar den Jungen damals aus den Flammen retten können? Warum hatten sie dann den Jungen nicht zu John zurückgebracht, als die Gefahr vorbei war? Und wer war dieses blasse, schmächtige Mädchen, das so dicht hinter diesem hübschen Jungen stand? Sie sah aus wie sein blonder Schatten – als wäre sie ein Teil von ihm.

Hugh konnte das Gemurmel der anderen Männer hinter seinem Rücken hören. Was zunächst ein simpler Ausritt sein sollte, wäre fast zu einer Tragödie geworden und schien sich nun in ein Mysterium zu verwandeln. Am besten, man brachte sie alle dazu, sich an den Abendbrottisch zu setzen. Geselligkeit und ein paar Becher Wein taten oft Wunder, wenn es galt, erhitzte Gemüter wieder zu beruhigen.

Mit zwei langen Schritten trat Hugh nun vor seinen Herrn und legte Talis den Arm um die Schultern. »Dieser Junge ist ein Sohn, auf den man stolz sein kann. Natürlich wird er mit uns kommen. Und auch dieses Mädchen.« Er faßte nach Callie, um sie hinter Talis' Rücken hervorzuziehen, doch sie wich ihm aus und barg sich unter Talis' Achsel.

»Ahem«, räusperte sich Hugh und schüttelte den Kopf, damit er wieder klar werden sollte. Er würde wohl einen ganzen Humpen Wein trinken müssen, bevor er die Ereignisse dieses Tages verstand. »Und diese Leute dort ebenfalls. Sie werden alle mitkommen. Nicht wahr, Mylord?«

»Meinetwegen nimm sie alle mit«, erwiderte John Hadley. »Was scheren mich die Bauern?«

»Das Mädchen sieht mir nicht nach einem Bauernmädchen aus«, flüsterte einer der Männer, die hinter John standen.

»Glaubst du, daß sie das Flittchen von dem Jungen ist?« fragte ihn ein anderer.

»Wenn ja, ist er *tatsächlich* Johns Sohn«, antwortete der erste mit einem leisen Lachen.

John kam allmählich wieder zu sich. Er hatte binnen einer Stunde den Tod erlebt und seine Wiederauferstehung; hatte einen längst Totgeglaubten wiedergefunden, und das alles hatte seinem Geist arg zugesetzt. Er hatte damals öffentlich bekanntgegeben, daß seine Frau einen Sohn geboren habe, doch er wußte, daß das nicht gestimmt hatte. Er war sich jetzt fast sicher, daß dieses blasse Mädchen, das da so nahe bei »seinem« Jungen stand, seine Tochter sein mußte.

»Komm zu mir, Kind«, sagte John, seine Hand nach ihr ausstreckend.

Callie zögerte und sah dann zu Talis auf. Als er zustimmend nickte, ging sie zu John.

Ja, dachte John, sie sieht so aus wie meine Frau vor zwanzig Jahren. Obwohl dieses Mädchen ganz gewiß keine Schönheit war. Sie war zu farblos, um eine Schönheit sein zu können. Neben diesem großen, schönen Jungen, der sie wie ein Turm überragte, wirkte sie geradezu unscheinbar.

»Ja«, flüsterte er, mehr zu sich selbst als zu ihr, »du bist meine Tochter.«

Niemand war auf diese stürmische Reaktion vorbereitet, die Lord John mit seiner so überaus großzügigen Feststellung bei diesem Mädchen auslöste. »Nein!« schrie Callie ihn an, »ich bin *nicht* Eure Tochter! Habt Ihr mich gehört? Ich bin es nicht! Ich bin es *nicht!*« Denn niemand, der sie nicht genauer kannte, wußte, zu welchen Temperamentsausbrüchen dieses doch so scheu und unauffällig erscheinende Wesen fähig war, wenn es um ihren Talis ging.

»Die ganze Familie ist verrückt«, murmelte einer der Männer. Zuerst weigerte sich der Junge, seinen reichen Vater anzuerkennen, und nun schrie dieses einfältige Ding, daß sie nicht seine Tochter sei.

Doch die Schreie ihres geliebten Kindes brachten Meg ihrerseits dazu, ihre Angst zu überwinden. Sie wußte, daß Callies Problem nicht darin bestand, ob sie Hadleys Tochter war oder nicht, sondern vielmehr, daß man sie zu Talis' Schwester machen wollte. Denn Bruder und Schwester konnten sich nicht heiraten.

»Mylord«, sagte Meg laut, vor John hintretend. »Erinnert Ihr Euch denn nicht mehr daran, daß dieses Kind als Tochter jenes anderen Mannes zur Welt gekommen ist?«

Da trat einen Moment lang Stille ein, bis es einem der Männer, der damals, als die beiden Kinder in der Burg geboren wurden, schon zu Johns Rittern gehört hatte, wieder einfiel, wen diese Frau damit meinte. »Sie ist die Tochter des alten Rasher, Mylord«, rief er. »Obwohl man kaum glauben mag, daß er so etwas Zierliches wie dieses Mädchen da habe zeugen können. Ich würde denken, daß man so einem Hengst wie Rasher schon eher einen solchen Jungen wie Euren Sohn dort zutrauen würde«, sagte er, mit dem Kopf auf Talis deutend.

Der Mann hatte keine Ahnung, warum John ihm nun ein Gesicht zuwandte, das ganz schwarz war vor Haß. Er hatte doch nur eine Bemerkung über das Aussehen des Mädchens gemacht.

Tatsächlich tat sie ihm jetzt sogar leid, wenn sie bei Rasher und dieser tierischen Brut leben mußte, die seine Söhne waren. Das war eine listige, rohe und schmutzige Bande von Straßenkötern, bei der dieses Mädchen es nicht lange würde aushalten können.

Nach einem langen Moment drehte John sich wieder zu dem Mädchen um. »Ja, sie ist Rashers Tochter.« Warum auch nicht? Er hatte doch genug Töchter, um damit ein Kloster füllen zu können; er brauchte nicht noch mehr davon. »Nimm das Mädchen mit«, sagte er zu Talis. »Nimm meinetwegen das ganze verdammte Dorf mit, wenn du willst. Mir ist das egal.« Alles, was er haben wollte, war diesen Jungen als seinen Sohn.

Nachdem Talis erklärt hatte, daß er seine Familie nicht verlassen könne, hatte er nur noch sehr gerade und aufrecht dagestanden und kein Wort mehr gesagt. Und wenn man nun sein Gesicht betrachtete, wäre man nie auf die Idee gekommen, daß es sein sehnlichster Wunsch war, mit diesen Männern wegreiten, Kleider wie sie tragen und auf dem Rücken so herrlicher Pferde sitzen zu können. Aber seine Familie wußte das.

Und wenn man Talis jetzt ansah, schien er bereits ein erwachsener Mann zu sein. Er stand so hoch und gerade da wie ein Erwachsener und benahm sich auch so. Aber innerlich war er noch immer ein unschuldiger kleiner Junge. Als John ihm gegeben hatte, was er von ihm verlangt hatte, und Talis nun wußte, daß er seine Ehre behalten *und* ein Pferd haben konnte, drehte er sich zu dem Menschen um, der ihm auf dieser Welt alles bedeutete, faßte Callie um die Taille und warf sie, während sie die Arme vor der Brust kreuzte und die Beine aneinanderpreßte, hoch in die Luft hinauf, wo sie sich wie ein Kreisel um die eigene Achse drehte. Es war ein Trick, den sie einmal bei umherziehenden Akrobaten gesehen und dann monatelang geübt hatten, bis sie ihn selbst so gut beherrschten wie diese Leute.

Daß Talis nun Callie in der Luft herumwirbelte und wieder auffing wie ein Jongleur, war für Meg, Will und Nigel ein gewohntes Schauspiel. Nicht aber für die zwölf oder fünfzehn reich gewandeten Männer, die hier im Hof der Farm beisammenstanden. Mit offenem Mund gafften sie das Mädchen an, das sich dort oben in der Luft überschlug und dessen Haare herumwirbelten wie die Flügel einer Windmühle. Und mehr als nur einer von ihnen hielt ängstlich den Atem an, ob der Junge das Mädchen denn nun auch wieder auffangen konnte, wenn es nach ein paar rasenden Drehungen wieder zurück auf die Erde fiel.

Das gelang ihm mit einer so scheinbaren Leichtigkeit und Mühelosigkeit, daß sie alle nur staunen konnten. Und dann faßte er, alle anderen vergessend, Callie bei der Hand, und sie liefen zusammen ins Haus zurück.

Kapitel fünfundzwanzig

Als Callie und Talis Hadley Hall zum erstenmal sahen, waren sie beide sprachlos. Sie waren zwei Tage lang zusammen auf einem Pferd, auf dem Callie vor Talis im Sattel saß, zu dem Ort geritten, der ihr zukünftiges Zuhause sein sollte. Es waren zwei Tage gewesen, in denen sie beide versucht hatten, sich auf ihr neues Leben vorzubereiten. Callie hatte eine Weile geweint, weil sie Meg und Will hatten zurücklassen müssen, die sich geweigert hatten, Johns Angebot, mit ihm zu kommen, anzunehmen.

»Unser Platz ist hier«, hatte Will erklärt. »Wir werden hier sein, wenn ihr beide uns braucht.«

Meg war zu aufgeregt gewesen, um ein Wort sagen zu können.

Talis hatte sich nach Kräften bemüht, sich nicht anmerken zu lassen, wie schwer ihm der Abschied von den beiden fiel. Einerseits verlangte es ihn nach großen Abenteuern, aber andererseits war er auch wieder sehr unglücklich darüber, daß er sich nun von Will trennen mußte, der ihm so viel beigebracht hatte und der ihm stets auf seine stille kluge Weise geholfen hatte, wenn er einmal einen Rat oder Hilfe brauchte.

Doch weder Talis noch Callie hatten Nigel auch nur eine Träne nachgeweint, als John ihm ein paar Goldmünzen in die Hand gedrückt und dieser dann seine Sachen zusammengepackt und davongegangen war.

Und während sie nun zusammen auf einem Pferd nach Hadley Hall geritten waren, hatte sich Talis mit Callie ausführlich darüber unterhalten, daß sie in Zukunft wohl von ihm getrennt leben und tapfer sein müsse. »Ich werde nicht immer da sein, um mich um dich kümmern zu können«, hatte er zu ihr gesagt. »Du mußt lernen, auch mal ein paar Minuten lang ohne mich auszukommen.«

Callie hatte geschluckt und genickt. »Wirst du mich vermissen?«

»Natürlich werde ich dich vermissen, aber wir sind jetzt keine Kinder mehr. Wir müssen erwachsen sein. Versprich mir, daß du dich gut betragen wirst. Wirst du meinem Vater gehorchen?«

Callie nickte. Sie würde es versuchen. Sie würde Talis stolz auf sich machen und sich sehr erwachsen aufführen in ihrem neuen Leben. Sie würden nun nicht mehr nur ein paar Fuß voneinander getrennt schlafen. Nie mehr ... Es würde nicht mehr so sein wie in jenen Tagen, wo sie beide nur sich selbst gehört hatten.

»Wann werden wir uns denn wiedersehen können?« fragte sie.

»Sobald ich das einrichten kann. Ich werde erst auf meinen Vater Eindruck machen müssen. Ich werde erst dafür sorgen müssen, daß er mich mag, ehe ich ihn um Dinge bitten kann, die ... die uns beide betreffen.«

Sie war sich nicht sicher, worauf Talis mit seinen Worten angespielt hatte, aber sie hoffte – betete darum –, daß er damit das Heiraten meinte. Denn wenn sie nicht miteinander verheiratet waren, würde man ihnen auch nicht erlauben, so beisammen zu bleiben wie auf der Farm. Das hatte ihr zwar keiner gesagt, aber um das zu wissen, hatte sie sich nur die Mitglieder der oberen Klassen anschauen müssen, die zuweilen durch das Dorf geritten waren.

Sie legte den Kopf zurück und schmiegte ihn an Talis' Schulter. Sie wußte nicht, wie sie weiterleben konnte, ohne ihn jeden Tag zu berühren. Es war schon schlimm genug für sie gewesen, wenn Nigel verlangt hatte, daß sie während der Unterrichtsstunden voneinander getrennt sitzen mußten. Weder Meg noch Will hatten etwas dagegen gehabt, wenn sie und Talis bei Tisch gesessen und ihre Fußknöchel umeinandergeschlungen hatten.

Wie immer wußte Talis auch jetzt, was Callie dachte, und legte nun eine Hand über ihre beiden, die sie über den Sattelknauf gefaltet hatte. »Bald«, flüsterte er. »Bald. Ich verspreche es dir. Ich werde so bald wie möglich tun, was getan werden muß. Aber das wird schwieriger sein, wenn wir beide uns jetzt nicht ordentlich betragen. Verstehst du mich?«

»Ja«, erwiderte sie. Sie hatte nur zu gut verstanden, was er damit meinte. Zornige Erwachsene gaben jüngeren Leuten keine Erlaubnis, das zu tun, was sie gern tun wollten. Wenn es bedeutete, daß sie am Ende Talis ganz für sich allein haben konnte, würde sie sich notfalls ein ganzes Jahr von ihm fernhalten. Sie würde natürlich jeden Tag ein bißchen sterben, aber sie würde das tun, was getan werden mußte.

Während der zwei Tage, die John Hadley bis nach Hause brauchte, hatte er kaum etwas anderes getan als seinen Sohn anzustarren, während ihm der Kopf geschwirrt hatte von all den Dingen, die sie nun gemeinsam unternehmen würden. Endlich hatte sein Leben wieder einen Sinn bekommen, und er würde nun jemanden haben, dem er seinen gesamten weltlichen Besitz vermachen konnte. Denn seine zwei schwächlichen Söhne, die seine Frau ihm geschenkt hatte, bedeuteten ihm nichts. Mit neunzehn und zwanzig waren sie nicht halb so gesund und kräftig wie dieser hübsche, dunkelhaarige Junge, der sich ständig auf seinem Pferd wie ein Beschützer über dieses blasse Mädchen beugte.

Und in den beiden Tagen, die John dafür benutzt hatte, den Jungen genau zu studieren, hatte er zu seiner Freude auch feststellen können, daß der Junge genauso liebenswert wie schön war. Am Abend vorher, als sie alle in einem Gasthof Herberge genommen hatten, war der Junge auch kein bißchen schüchtern gewesen. Insgeheim hatte John nämlich befürchtet, daß die Tatsache, daß Talis bei Bauern aufgewachsen war, ihn auch zu einem Bauern gemacht haben könnte. Aber dieser Junge war trotz seiner von harter körperlicher Arbeit schwieligen Hände ein Prinz. Und obwohl auch seine Kleider grob und verschossen waren von der Arbeit im Freien bei jedem Wetter, trug er sie doch so, als wäre es ihm eines Tages bestimmt, den Thron von England zu besteigen.

Silberzunge. Er habe eine silberne Zunge, hatten seine Männer von Talis gesagt. Er hatte gestern im Gasthof nämlich mit den Männern, die doppelt so alt waren wie er, geredet, gelacht und gescherzt, und als sie meinten, er sei noch zu jung für das Bier, das sie tranken, belehrte Talis sie eines Besseren, indem er doppelt so viel getrunken hatte als sie und danach trotzdem noch, ohne zu schwanken, die Treppe hinaufgestiegen war. Er hatte gesagt, daß Wills Bier viel stärker gewesen sei als das des Wirts. Will hatte sein Bier ja auch nie mit Wasser verdünnt.

O ja, dachte John bei sich, dieser Junge ist ein Wunder – gut anzuschauen, angenehm im Umgang, talentiert, stark (er hatte drei von seinen Männern im Ringkampf besiegt und sie dann alle zum Lachen gebracht, als er ihnen vorwarf, sie würden nicht hart genug trainieren). Talis war ein Sohn, auf den *jeder* Mann stolz sein konnte.

Das einzig Befremdliche an ihm war die Weise, wie er dieses Mädchen immer in seiner Nähe behielt – diesen blassen Schatten von einem Mädchen, das alles genau beobachtete. John hatte ihr befohlen, zu Bett zu gehen, aber Talis hatte daraufhin gesagt, ohne sich auch nur zu ihm umzudrehen: »Callie kann bleiben.«

Einfach so.

Einen Moment lang wäre John da fast der Kragen geplatzt. Er

erlaubte *niemandem,* in einem solchen Ton mit ihm zu reden. Niemand widersetzte sich *seinen* Befehlen. Doch etwas in ihm wußte, daß Talis, wenn er nun zu ihm gesagt hätte, er dürfe das Mädchen jetzt nicht mehr länger in seiner Nähe behalten, ihn auf der Stelle verlassen haben würde. Daß er sofort aus dem Gasthof hinausgerannt wäre und auch das großzügigste Angebot der Welt ihn nicht mehr hätte dazu bewegen können, zu seinen »Vater« zurückzukehren.

Seine Männer hatten John in diesem Moment mit großem Interesse beobachtet, und John wußte, daß er seine Autorität eigentlich hätte wiederherstellen müssen, die Folgen für ihn aber katastrophal sein konnten. Und deshalb hatte er nach einer Weile mit einem Lachen erklärt: »Ich überlasse es meinem Sohn, darüber zu entscheiden«, worauf Talis ihn ganz verdutzt angeschaut hatte. Dem Jungen war offenbar gar nicht bewußt gewesen, daß er mit seinem Widerspruch die Autorität von Lord John untergraben hatte. Es hatte einfach bisher noch niemand zu ihm gesagt, daß Callie sich aus seiner Nähe entfernen sollte – weder Will noch Meg noch irgendwer sonst. Nigel hatte zwar einmal so etwas angedeutet, aber keiner hatte auf ihn gehört. Talis betrachtete Callie als zu ihm gehörig, und deshalb sollte sie sich auch so lange wie möglich in seiner Nähe aufhalten.

John betrachtete nun das Mädchen mit einer gewissen Abscheu und war zum erstenmal in seinem Leben auf jemanden eifersüchtig. Bisher hatte es noch nie etwas in seinem Leben gegeben, das er so sehr für sich beanspruchte, daß er es mit niemandem teilen wollte. Aber diesen Jungen wollte er ganz für sich allein haben. Es gefiel ihm gar nicht, daß Talis oft von diesem Farmer, Will Watkins, so redete, als habe dieser Mann eine große Bedeutung in der Welt. John gefiel es nicht, wenn Talis überhaupt von Will redete, noch gefiel ihm die Weise, wie das Mädchen Talis überallhin folgte.

Ohne weiter darüber nachzudenken, was das für Folgen haben könnte, beschloß John in diesem Moment, die beiden so rasch wie möglich voneinander zu trennen.

Callie und Talis blieb der Mund offen stehen vor Staunen, als sie nun dieses Haus vor sich auftauchen sahen.

»Hast du schon jemals so etwas gesehen?« wisperte Callie.

»Noch nie. Ich wußte nicht einmal, daß es möglich sein könnte, so ein großes Haus zu bauen.«

Tatsächlich hatte John die letzten sechzehn Jahre wie ein Besessener an diesem Haus gebaut und jedes Quentchen Energie in diese Anlage gesteckt. Dieses Haus war für ihn in den letzten sechzehn Jahren zu seiner Familie geworden – zu seinem einzigen Daseinszweck. Trotz der vielen Kinder, die er produziert hatte, war für ihn das Leben leer und öde geblieben. Er hatte keine Freude an seinen Töchtern, war an seinen schwachen Söhnen verzweifelt, und so hatte er auf eine ihm bestmöglich erscheinende Weise versucht, der Nachwelt etwas Denkwürdiges zu hinterlassen.

Das steinerne Gebäude bildete ein langgestrecktes großes »L«, das, von außen betrachtet, aus einem Stück zu bestehen schien, tatsächlich jedoch mehrere schöne und nützliche Innenhöfe enthielt. Da war ein Hof für seine Gefolgsleute, ein anderer für die Küche, ein dritter nur zur privaten Verwendung der Familie und wieder ein anderer, der zur großen Halle gehörte.

Und nicht weit von diesem Haus entfernt befand sich eine Vielzahl kleinerer Nebengebäude, die alle aus demselben grauen Sandstein erbaut waren wie das große Hauptgebäude, und überall sah man Leute aus- und eingehen – Männer mit Sensen über den Schultern oder Frauen mit Körben voll Wolle unter dem Arm –, die alle einen geschäftigen und wohlhabenden Eindruck machten.

Johns Beispiel folgend, stiegen Callie und Talis von ihrem Pferd herunter und überließen die Zügel den Knaben, die offenbar darauf zu warten schienen, ihr Pferd übernehmen zu können. Die Diener betrachteten verwundert die Neuankömmlinge, die nicht wie Edelleute gekleidet waren, jedoch ein Pferd ritten, das nur für Edelleute bestimmt war. Und wenn sonst nichts, dann war es jetzt das überaus seltene Lächeln, das sich auf John Hadleys Gesicht zeigte, das sie alle erstaunt einen Schritt zurückweichen ließ.

»Nun komm«, forderte John Talis im liebevollen Ton auf, als dieser und Callie an der Fassade des dreistöckigen Gebäudes hinaufsahen, das auf drei Seiten den Hof umschloß. Glasfenster blinkten in der Sonne, und dahinter zeigten sich hin und wieder neugierige Gesichter, die auf sie heruntersahen.

Sie folgten John in eine riesige Halle mit einer imponierenden Stichbalkendecke, die sich majestätisch über ihnen wölbte. An den mit feinem Gipsmörtel verputzten Wänden hingen Waffen und Rüstungen jeglicher Art und Größe, damit man sich im Notfall sofort bedienen und das Haus verteidigen konnte.

Lange Tische waren in der Halle aufgebaut, auf denen große Platten mit allerlei Gebratenem und Gesottenem standen, und kostbar gekleidete Leute, die lachend miteinander plauderten, während sie speisten, saßen an den Tischen. Am Kopfende der Tafel war eine Plattform errichtet, auf der zwei prächtig verzierte Sessel standen. In dem kleineren der beiden Sessel saß eine Frau in mittleren Jahren, in deren welkenden Zügen noch Spuren ihrer einstigen Schönheit erkennbar waren. Rechts neben ihr, in dem größeren Sessel, saß ein langer, schlaksiger Junge, der nicht viel älter aussah als Talis. Er hatte ein schmales, noch bartloses Gesicht, dem nun, als er seinen Vater erblickte, die Freude am Essen zu vergehen schien.

Es bedurfte auch gar keiner Aufforderung, die Leute an den Tischen zum Einstellen ihrer Mahlzeit zu bewegen. Großzügigkeit gehörte nicht zu den Tugenden, die man John Hadley nachzurühmen pflegte. Er verlangte, daß seine Leute aßen und sich dann sofort wieder an die Arbeit machten. Und wenn Lord John einmal ein paar Tage verreist war, nützten seine Leute diese Gelegenheit aus, alles ein bißchen gemütlicher angehen zu lassen.

Doch nun wurde es auch ganz still, weil sie alle nicht glauben mochten, was sie da sahen. Noch nie hatten sie erlebt, daß John Hadley mit einem so strahlenden Gesicht von einer Reise nach

Hause gekommen war wie jetzt. Mit langen, federnden Schritten ging er ans Kopfende der Tafel, wo seine Frau mit ihren beiden Söhnen auf der Plattform saß. John machte sich nicht einmal die Mühe, seine beiden Söhne zu begrüßen, obwohl sie ihren Vater ansahen, als würden sie ihn um ein Zeichen bitten, daß er sie als seine rechtmäßigen Kinder anerkannte. Als dieses ausblieb, sahen die Leute an den Tischen, wie Lady Alidas Hand den Ärmel ihres älteren Sohnes berührte. Denn wenn John auch nichts für seine beiden »ungeratenen« Söhne übrig hatte, so liebte seine Frau die beiden doch über alles.

»Seht Euch ihn an, Weib«, sagte John jetzt, als wäre er ein Schausteller, der auf einem Jahrmarkt einen Zaubertrick ankündigte, »ich habe unseren wahren Sohn wiedergefunden!«

Und mit einer weitausholenden Handbewegung trat er einen Schritt zur Seite, damit auch jeder Talis und Callie sehen konnte, die in der Mitte des Saales standen.

In England waren die Gesellschaftsklassen auf jede nur erdenkliche Weise voneinander getrennt – durch ihre Kleider, ihre Häuser, ja, sogar durch ihre Nahrung. Leute, die es sich leisten konnten, aßen die teuersten Nahrungsmittel, zu denen Fleisch und Zucker gehörten. Die höheren Klassen unterschieden sich von den niederen dadurch, daß sie es tunlichst vermieden, eine aus Pflanzen bestehende Kost zu sich zu nehmen. Gemüse war etwas, das nur Tiere und Bauern aßen. Wenn jemand rohe Früchte verzehrte, war das ein Zeichen dafür, daß er sich keinen Koch leisten konnte, der die Früchte in einer Zuckersoße schmorte. Braunes Brot, das noch Kleie enthielt, war ein Beweis dafür, daß jemand sich nur das billigste Getreide leisten konnte.

Hadley Hall war ein reiches Haus, dessen Bewohner sich von Fleisch, Weizenmehl, Kuchen und gezuckerten Pasteten ernährten. Als Ergebnis davon litten sie unter Mangelerscheinungen, die von den Kontinentaleuropäern als Englische Krankheit bezeichnet wurden. Zu diesen gehörten unter anderem schwarze, lockere, verfaulende Zähne, und keine noch so gründliche körperliche Reinigung vermochte die Nachteile einer zu zuckerreichen Ernährung auszugleichen.

Callie und Talis waren von Bauern mit einer aus viel Gemüse, wenig Fleisch und aus rohen, frisch vom Baum gepflückten Früchten bestehenden Kost aufgezogen worden, und Zucker war etwas, das sie fast nur vom Hörensagen kannten. Und diese Ernährung hatte ihre Ergänzung durch eine lebenslange vielseitige körperliche Betätigung gefunden, die aus Laufen, Klettern über Zäune und auf Bäume und das Einfangen von Hühnern bestand.

Das Ergebnis waren zwei junge Leute, die vor Gesundheit strotzten – mit gerade gewachsenen Gliedern, festen Knochen, geschmeidigen Muskeln, blitzend weißen Zähnen und Haaren, die nur so glänzten vom vielen Aufenthalt im Freien und einer vitaminreichen Ernährung. Und während sie so aufrecht dastanden – Talis in seiner dunklen Hübschheit und Callie mit ihren blau-violetten Augen und goldenen, bis zur Taille hinunterreichenden Haaren –, meinte man ein Paar aus einem Märchen vor sich zu sehen: den Ritter mit seiner blonden Maid.

Alle Augen richteten sich sogleich auf Talis. Er schien dem Idealbild eines jeden Mannes von einem Sohn zu entsprechen: gesund, kräftig, groß, breitschultrig und mit dunklen, vor Intelligenz leuchtenden Augen. Nach einem Sohn von John Hadley sah dieser prächtige Junge allerdings nicht aus. John war zwar ein großer Mann mit breiten Schultern, dabei aber eher von leichtem Körperbau, so daß er nicht viel Gewicht auf die Waage brachte. Auch waren in seiner Jugend seine Haare rot gewesen und seine Haut weiß, die von der Sonne niemals gebräunt, sondern immer nur verbrannt worden war. Es bestand überhaupt kein Zweifel daran, daß die beiden Söhne, die seine Frau dort an der Tafel flankierten, von ihm stammen mußten, da sie seine, wenn auch schmächtigeren Ebenbilder waren. Doch dieser junge Hüne, der dort bei John stand, sah eher einem Bären gleich, der von einem goldhaarigen Reh begleitet wurde.

Doch das traute sich natürlich niemand laut zu sagen.

Alida bemühte sich sehr, die Ruhe zu bewahren. Obwohl sie

nun das Ende ihres Lebens – das Ende des Lebens ihrer Kinder – vor sich stehen sah, versuchte sie, ruhig zu bleiben. Aber die Gefühle, die in ihr aufwallten, waren zu viel für sie.

Sie versuchte, sich vom Tisch zu erheben und diesem Jungen, der jetzt alles beanspruchen würde, was *ihren* Kindern gehörte, die Hand zu reichen, um ihn »zu Hause« willkommen zu heißen. Doch in dem Augenblick, als sie stand, wich ihr alles Blut aus dem Kopf, und sie fiel in Ohnmacht.

Sie wußte nicht, daß Talis, der gewohnt war, in Notfällen rasch zu reagieren, über den Tisch sprang und sie mit seinen kräftigen jungen Armen auffing, ehe sie zu Boden fallen konnte.

Alle in der Halle Versammelten sprangen von ihren Stühlen auf und gafften den jungen Mann an, der sich nun auf der Plattform aufrichtete und Lady Alida, deren Kopf und Beine kraftlos herunterhingen, auf seinen Armen hielt.

»Sir?« fragte Talis, John anblickend, da er wissen wollte, wo er denn jetzt die Frau hinbringen sollte, die er soeben vor einem Sturz von der Plattform bewahrt hatte.

Wäre da noch ein Reststück von Johns Herz gewesen, das Talis noch nicht gehört hätte, würde er es spätestens jetzt mit seinem Verhalten erobert haben. »Komm, mein Sohn«, sagte er. »Ich werde dir zeigen, wo du sie hinbringen kannst.«

Ein Höllenlärm brach in der großen Halle aus, nachdem Alida in Ohnmacht gefallen und aus der Halle getragen worden war, als sie hörte, daß ihr Sohn aus dem Grabe zurückgekehrt sei. Die dort Zurückgebliebenen begannen nun alle auf einmal zu reden, und jeder stellte seine eigenen Mutmaßungen darüber an, was das denn alles zu bedeuten habe und was für Folgen das für die Zukunft haben könnte. Jeder, der etwas von den Ereignissen in jener Nacht vor sechzehn Jahren wußte – oder etwas davon zu wissen glaubte –, wurde nun von Leuten umlagert, die davon noch nichts gewußt hatten und meinten, nun eine zuverlässige Quelle gefunden zu haben, die ihnen half, die Dinge zu verstehen.

Als Talis die ohnmächtige Dame des Hauses die Treppe hinauftrug, erwachte Lady Alida gerade so lange aus ihrer Bewußtlosigkeit, daß sie ihrer ältesten, noch unverheirateten Tochter sagen konnte: »Kümmere dich um sie«, ehe ihr dann, nach einem zweiten Blick auf den dunkelhaarigen jungen Mann, abermals die Sinne schwanden.

Edith, ihre älteste Tochter, brauchte eine Weile, um zu begreifen, wen ihre Mutter denn mit »sie« gemeint haben könnte. Denn falls es etwas noch Uninteressanteres im Haushalt der Hadleys geben sollte als eine unverheiratete Tochter, mußte man schon lange nachdenken, um darauf zu kommen.

Nachdem Edith dieses Rätsel gelöst hatte, brauchte sie eine Weile, um dieses Mädchen auch zu finden. Sie stand so nahe bei dem jungen Mann, der nun ihr neuer Bruder sein sollte, daß Edith sie zuerst gar nicht sehen konnte.

Als Dorothy, die jüngste der unverheirateten Töchter, die hinter Edith durch die Tür kam, Talis erblickte, der sich gerade über das Bett ihrer Mutter beugte, seufzte sie tief auf. »Warum *muß* das nur unser *Bruder* sein«, sagte sie, Tränen der Entrüstung in der Stimme.

»Sei still. Er wäre sowieso viel zu jung für dich«, erwiderte die praktisch veranlagte Edith.

Darauf ließ Dorothy ein häßliches kleines Lachen hören, mit dem sie ausdrückte, was alle Töchter in diesem Haus dachten: »Ich würde jeden Mann nehmen, den ich bekommen könnte, und es wäre mir keiner zu alt oder zu jung oder irgend etwas.«

Edith erlaubte sich erst gar nicht, einen Blick auf ihren neuen Bruder zu werfen, denn sie nahm ihre Pflichten *sehr* ernst. »Komm mit«, sagte sie zu Callie, und als Callie zu protestieren anfing, packte Edith sie kurzerhand beim Arm und zerrte sie aus dem Raum.

Als Callie so gewaltsam aus dem Zimmer entfernt wurde, sah sie auf die Leute zurück, die sich um Talis versammelten. Sofort ruckte sein Kopf in die Höhe, und er sah sie stirnrunzelnd an, weil er nicht wollte, daß sie ihn verließ. Aber ehe er etwas sagen konnte, fing Alida auf einmal zu stöhnen an, als sei ihr letztes Stündlein gekommen.

»Mein Sohn«, sagte sie mit ersterbender Stimme, »mein Sohn. Es ist ein Wunder!« Und dann legte sie die Arme um seinen Hals und zog seinen Kopf mit einer solchen Kraft, die man so einer schwachen Frau gar nicht zugetraut hätte, zu sich herunter. »Laß mich dich ansehen.«

Als Talis sich aus ihrem Griff wieder zu befreien vermochte, war Callie bereits verschwunden.

Callie war außer sich. Sie hatte Talis nun zwei volle Tage nicht mehr gesehen. Zwei Tage, in denen sie die belanglosesten, langweiligsten und unsinnigsten Dinge hatte tun müssen, die sie sich vorstellen konnte und von deren Existenz sie bisher noch nie etwas gehört hatte. Zu diesen ihr absolut nutzlos erscheinenden Betätigungen gehörten Lautenstunden, Kleideranproben und Spaziergänge im Garten, auf denen viel darüber geredet wurde, was sich denn so alles am Hof von Königin Elizabeth tat. Auch wurden endlose Gespräche darüber geführt, wer denn nun heiraten würde und wer nicht, wobei die älteste der unverheirateten, noch im Hause ihrer Eltern wohnenden Schwestern ständig erklärte, daß sie diesen oder jenen Mann gar nicht würde haben wollen, selbst wenn man ihn ihr auf einem silbernen Tablett servieren würde.

Die jüngste Schwester (die Callie recht sympathisch fand) sagte darauf zu Callie, daß Edith auch einen Mann nehmen würde, der nur ein Auge, einen Arm und keine Beine habe.

»Und du?« erkundigte sich Callie.

»Hmmm«, meinte Dorothy darauf nachdenklich. »Es würde mir schon gefallen, wenn er wenigstens *ein* Bein hätte.«

Als Callie lachte, blieb Edith stehen und tadelte sie für ihr frivoles Verhalten.

Bei einem dieser Spaziergänge hörte Callie in der Ferne das Klirren von Schwertern und wollte nun in die Richtung gehen, aus der diese Geräusche kamen; doch da holte sie Edith mit einer

Schnelligkeit, die Callie ihr niemals zugetraut hätte, wieder ein und sagte, Callie den Weg verstellend: »Für eine Lady schickt sich der Umgang mit Männern nur in Begleitung einer Anstandsdame.«

»Und wenn wir nun gemeinsam zu ihnen gingen?« versuchte Callie ihr da vorzuschlagen, was Dorothy mit einem Kichern quittierte.

Am dritten Tag hatte Callie dann das Gefühl, sie müsse jeden Moment explodieren. Natürlich trug das Stahlkorsett, in das die Töchter sie inzwischen gezwängt hatten, nicht gerade zu ihrem Wohlbefinden bei. Als sie zum erstenmal spürte, wie sich diese Haken um ihre Rippen legten, wäre sie fast in Ohnmacht gefallen. Sich am Fensterbrett festhaltend, gelang es ihr, zu flüstern: »Warum?«

Dorothy hatte keine Mühe, zu erraten, was Callie meinte. »Weshalb ein Korsett tragen, wenn man oben nichts hat, was es zu bändigen gilt?« war der offenkundige Sinn ihrer Frage. »Es ist uns allen so ergangen wie dir«, klärte Dorothy sie da auf. »Ich hatte mit sechzehn auch nichts, was ein Korsett erfordert hätte. Aber drei Monate später fing ich dann an, überall zugleich zu sprießen«, sagte sie und sah mit einem entzückten Lächeln auf ihren plumpen Busen hinunter. »Sei unbesorgt. Du wirst genauso aussehen wie wir.«

Callie wollte sie nun darauf hinweisen, daß es keine Veranlassung gab, sie mit diesen jungen Damen zu vergleichen, mit denen sie seit zwei Tagen zusammen war, weil sie nicht deren Schwester, sondern die Tochter eines gewissen Gilbert Rasher war – eines Mannes, über den niemand in diesem Hause sprechen wollte. Doch wenn sie diese fünf unverheirateten Töchter von John Hadley genauer betrachtete, konnte sie nicht leugnen, daß diese eine große Ähnlichkeit mit ihr hatten. Sie waren ebenso dürr und blond wie sie. Sogar die beiden Jungen, die sie am ersten Tag flüchtig gesehen hatte, sahen ihr ähnlich. Talis hingegen, der angeblich ihr Bruder sein sollte, wirkte neben ihnen wie ein schwarzer Bulle, den man versehentlich in einem Schafstall untergebracht hatte.

»Warum? Warum? Warum?« rief Dorothy jetzt, während sie sich aus dem Fenster lehnte und in den Hof hinunterstarrte. Eine Frage, die nun wiederum Callie gut verstehen konnte. »Warum bin ich mit achtzehn noch nicht verheiratet?« wollte sie damit wohl sagen. Und ihre vier älteren Schwestern waren ebenfalls noch ledig, weil ihr Vater sich weigerte, Geld für eine Mitgift lockerzumachen. Und keine von den fünfen war hübsch genug, daß sie einen Mann dazu gebracht hätten, sie auch ohne eine Mitgift zu heiraten.

Neben Dorothy stand Joanna, die farbloseste von allen Schwestern, die acht Jahre älter war als sie. Dorothy hatte ihr bei einem Spaziergang im Garten anvertraut, daß Joanna ihrem Vater einmal damit gedroht habe, mit einem Gärtner durchzubrennen, wenn er ihr jetzt nicht endlich einen Mann besorgen würde. Da hatte John sie nur kühl angeschaut und gesagt: »Aber such dir dafür nicht den Jungen des Obergärtners aus, weil ich den nämlich noch brauche«, worauf Joanna heulend aus dem Zimmer gerannt sei.

»Er ist das Schönste, was ich jemals in meinem Leben gesehen habe«, hörte Callie Joanna jetzt am Fenster sagen. »Ist *Inzest* tatsächlich eine Todsünde?«

»Joanna!« rief da Dorothy, die Entrüstete spielend, obwohl sie Mühe hatte, ein Lächeln zu unterdrücken.

Da ging Callie zu den beiden ans Fenster und sah Talis unten im Hof, der gerade versuchte, mit einem Schwert einen Mann zu Fall zu bringen, der doppelt so alt und nur halb so groß war wie er, während John, der auf einem Pferd saß, ihn dabei beobachtete und mit einem Stirnrunzeln seine offenbar vergeblichen Bemühungen verfolgte.

»Ich glaube nicht, daß Vater so zufrieden mit ihm ist, wie er anfangs tat«, bemerkte Edith jetzt mit einem kurzen Blick aus dem Fenster. »Wie ich hörte, soll er trotz seiner Größe nicht sonderlich stark sein. Philip hat ihn gestern aus dem Sattel geworfen.« Damit meinte sie ihren lungenkranken jüngeren Bruder.

Es genügte Callie schon, daß sie Talis nur aus der Entfernung sah, um ihre Beine schwach werden zu lassen, so daß sie sich am Fensterbrett festhalten mußte. Ein Teil von ihr schien aus dem Fenster hinauszufliegen, um ihm da unten beizustehen. Die letzten zwei Tage waren ihr wie zwanzig Jahre vorgekommen. Sie vermißte ihn nicht nur, sondern sie hatte das Gefühl, daß jemand ihren Körper in zwei Teile zerschnitten und ihr die Hälfte, die ihr Herz enthielt, weggenommen hatte.

Und als ob er wüßte, daß sie ihn beobachtete – was sie ja auch tat –, drehte Talis sich nun um und sah zu ihr hinauf. Callie dachte in diesem Moment nicht mehr daran, sich an all diesen Blödsinn zu halten, den man ihr in den letzten Tagen über das schickliche Betragen einer Lady erzählt hatte, sondern beugte sich so weit aus dem Fenster, daß sie fast das Gleichgewicht verlor. »Hier bin ich!« rief sie, ihm mit der freien Hand zuwinkend. »Hier bin ich!«

Als die Leute nun die für eine Dame höchst unschicklichen Rufe von Callie vernahmen, waren sie so erstaunt darüber, daß fast der ganze Betrieb von Hadley Hall ins Stocken geriet. Seit dieses Mädchen ins Haus gekommen war, hatte es so gut wie noch nie den Mund aufgemacht, so daß die meisten von ihnen bereits vergessen hatten, daß sie überhaupt da war.

John war ganz besonders verärgert darüber, daß sein so kostbarer Sohn von diesem kleinen blassen Ding von seinen Übungen abgelenkt wurde, und er beschloß, ihr am Abend einen strengen Verweis zu erteilen. Doch weder John noch seine Ritter wußten, welche Auswirkungen es auf Talis haben konnte, wenn er Callies Stimme vernahm, und deshalb waren sie darauf auch nicht vorbereitet.

Denn als Talis sich umdrehte, um zu Callie hinaufzuschauen, beschloß Hugh Kellon, der erfahrene Ritter, mit dem Talis gerade focht (dieser Mann hatte überhaupt keine Mühe damit gehabt, Talis' ungeschickte, schwache und unfachmännischen Angriffe mit dem Schwert abzuwehren), diesem jungen Spund nun die Lektion zu erteilen, daß ein Mann in den wichtigen

Geschäften des Lebens sich niemals von einem Mädchen ablenken lassen dürfe. Und deshalb attackierte er Talis, der so leichtsinnig war, ihm den Rücken zuzukehren, mit seinem Schwert von hinten.

Doch Talis wußte, daß Callie ihn beobachtete, und als Hugh ihn von hinten angriff, machte er eine blitzschnelle Wendung und attackierte nun seinerseits den Ritter mit so raschen und wuchtigen Hieben, daß dieser vor ihm zurückweichen mußte und schließlich von einem mustergültig ausgeführten Stoß gegen seine Brust zu Boden geschleudert wurde, worauf ihm Talis seine Schwertspitze an die Kehle setzte.

Und da Talis offenbar dramatische Effekte liebte, setzte er dem gefallenen Ritter auch noch den rechten Fuß auf die Brust und reckte den rechten Arm mit dem Schwert zum Himmel, während er zu Callie hinaufsah, die ihm sogleich Beifall spendete.

Es wäre schwierig, hier zu entscheiden, wer nun mehr von dieser plötzlichen Wendung, die der Kampf genommen hatte, überrascht war – John Hadley oder der Ritter, dem Talis den Fuß auf die Brust gesetzt hatte. Letzterer kochte allerdings erst einmal vor Wut über diese Demütigung und daß es dieser junge Kerl wagte, sich auf eine so prahlerische Weise mit seinem Erfolg zu brüsten. Doch als ihm dann einfiel, wie lange es schon her war, daß *er* versucht hatte, einem Mädchen mit einer Heldentat zu imponieren, gelang es ihm, dem Ganzen etwas Komisches abzugewinnen.

Seinen Fuß wieder von Hugh Kellons Brust nehmend, drehte sich Talis jetzt um, um sich vor Callie und den zwei anderen jungen Damen zu verbeugen, die da oben am Fenster standen und höflich applaudierten.

Edith zog diese drei Damen allerdings gleich vom Fenster weg. »Schämt ihr euch nicht, euch wie Dirnen zu benehmen? Und das bei eurem eigenen Bruder!« schimpfte sie.

»Er ist nicht *mein* Bruder«, protestierte Callie, die stets Wert darauf legte, jeden im Hause darauf hinzuweisen, daß sie nicht mit Talis blutsverwandt war.

Edith, die sich daraufhin dieses Mädchen, das seit zwei Tagen bei ihnen wohnte, etwas genauer ansah, konnte nicht umhin, eine bemerkenswerte Ähnlichkeit zwischen ihr und ihren beiden Schwestern Joanna und Dorothy festzustellen, von denen sie flankiert war. Aber da ihre Eltern ihr erzählt hatten, daß dieser junge Mann dort unten im Hof ihr Bruder sei und dieses blasse, sich höchst unschicklich benehmende Mädchen dort am Fenster nicht mit ihr verwandt wäre, genügte ihr das. Die Ähnlichkeit hatte demnach nichts zu bedeuten.

»Kommt mit, ihr drei«, sagte sie nun. »Es findet jetzt gleich der Musikunterricht im Söller statt.«

Callie folgte Edith und deren beiden Schwestern, aber sie wußte, daß ihr Herz jetzt dort unten im Hof weilte.

Kapitel sechsundzwanzig

»Was hast du denn, mein Sohn?« erkundigte sich Hadley besorgt, als Talis lustlos in dem Fleisch auf seinem Teller herumstocherte. John mochte den Jungen so wenig wie möglich aus den Augen lassen, und deshalb hatte er auch angeordnet, daß Talis bei ihm in den Privatgemächern und nicht mit den anderen zusammen unten in der großen Halle speisen sollte. Bei der ersten Mahlzeit, die sie beide dann in diesen Räumen eingenommen hatten, hatte Talis John gebeten, auch seinen beiden Brüdern zu erlauben, mit ihnen zusammen hier am Tisch zu sitzen. Denn Talis hatte nicht einsehen wollen, warum er den anderen beiden Söhnen vorgezogen werden sollte, da doch alle Kinder eines Vaters die gleiche Behandlung erwarten konnten. Außerdem schätzte er die Gesellschaft von Philip und James sehr.

»Wie willst du denn groß und stark werden, wenn du nichts ißt?« fragte John, weil Talis noch immer keinen Bissen zu sich genommen hatte.

»Ist er denn nicht schon groß genug?« sagte James da teils im Scherz und teils aus Eifersucht darauf, wie sein Vater seinen neuen »Bruder« behandelte. »Alle Pferde wiehern schon vor Angst, wenn sie ihn nur sehen.«

Da holte John mit der Hand aus, um seinem Sohn James wegen dieser unverschämten Bemerkung eine Ohrfeige zu geben, aber Talis lachte nur und bediente sich mit einer Scheibe Weißbrot. Er sehnte sich nach Megs Küche, nach den einfachen Gerichten und Eßwaren, die sie unverfälscht auf den Tisch gebracht hatte. In diesem Haus hatte er zuweilen Schwierigkeiten, festzustellen, ob das alles, was ihm bei den Mahlzeiten vorgesetzt wurde, überhaupt etwas Eßbares war, wenn selbst der Käse manchmal eine Form hatte, daß er aussah wie ein radschlagender Pfau. »Sollen wir heute einen Grashüpfer für dich satteln, großer Bruder?« fragte Talis nun. »Oder vielleicht eine Blindschleiche, damit deine Füße nicht über den Boden hinschleifen?«

Da ließ John, Talis betroffen ansehend, seine Hand wieder sinken.

»Und wie steht es mit dir?« sagte Talis, den Blick auf Philip richtend, dessen Hände von den Anstrengungen des Tages zitterten.

»Mit mir?« gab Philip zurück. »Was soll denn mit mir sein?« Er mochte es nicht, wenn man ihm zuviel Beachtung schenkte, und schon gar nicht in Gegenwart seines Vaters.

Talis studierte Philip nun einen Moment lang und betrachtete dessen zitternde Hände und schwarz umrandete Augen. Sie schliefen jetzt alle drei zusammen in einem Bett, und er wußte nur zu gut, wie oft Philip in der Nacht husten mußte.

»Morgen werden wir einen Wettkampf veranstalten«, sagte Talis. »Ich gegen euch beide. Wenn es einem von euch beiden gelingt, mich aus dem Sattel zu werfen, dürft ihr beide den Rest des Tages auf den Rücken liegend unter einem Baum verbringen. Wenn es aber keinem von euch beiden gelingen sollte, mich zu besiegen, werde ich unter einem Baum schlafen, während ihr beide trainiert.«

Da sahen die beiden jungen Männer Talis entgeistert an, als

habe er den Verstand verloren. Wußte er denn nicht, daß ihr Vater niemals zulassen würde, daß sie während des Trainings auch nur zehn Minuten lang pausierten?

»Aber, aber – warum macht ihr denn jetzt ein so finsteres Gesicht? Ich werde schon nicht so laut schnarchen, während ihr mit Hugh in der Mittagssonne übt, daß ihr das Kämpfen vergeßt, weil ihr euch die Ohren zuhalten müßt. Außerdem wird Hugh sowieso dafür sorgen, daß ihr alle zehn Minuten im Dreck landet. Und morgen abend werde ich dann bis Mitternacht tanzen, während ihr beide zu müde sein werdet, um überhaupt noch stehen zu können.«

Da mußte John sogar schmunzeln, weil Talis ihn jetzt an sich selbst erinnerte. Er war mit sechzehn genauso keck und selbstbewußt gewesen wie Talis.

Philip war es nun, der begriff, was Talis mit seinem Reden eigentlich bezweckte, und einen Moment lang zeigte sich so etwas wie aufkeimende Liebe in seinen Augen. Talis hatte nämlich schon ein paarmal versucht, ihrem Vater beizubringen, daß James nicht jeden Tag trainieren konnte, sondern unbedingt ein oder gar zwei Ruhetage in der Woche brauchte. Philip wußte nun, daß Talis morgen schon sehr bald im Dreck landen, James dann den Wettkampf »gewonnen« haben würde und sich einen Tag lang im Schatten eines Baumes würde ausschlafen können.

»Du!« sagte Philip nun. »Du hast die Finesse eines Schlachters! Ha, du würdest niemals einen Mann meines Ausbildungsstandes aus dem Sattel werfen können. Sag mal, Talis, hattest du auf dieser Farm, wo du aufgewachsen bist, hin und wieder auch mal die Möglichkeit, auf einer Kuh zu reiten?«

»Ich werde dir gleich sagen, was für Möglichkeiten ...«, brauste John auf, aber Talis fiel ihm rasch ins Wort.

»Ich war genauso gut als Farmer, wie ich nun als Ritter sein werde«, prahlte er. »Ich habe so große Hühner gezüchtet, daß ich sogar auf *diesen* reiten konnte. Natürlich hatte ich Probleme, wenn ich mit ihnen über die Zäune springen wollte, weil ich dann stets ein paar Federn von ihnen in den Mund bekam. Aber ich habe dieses Problem damit gelöst, daß ich ihnen den Hals und den Rücken geschoren und die Federn als Bauholz für Boote verkauft habe. Denn Hühnerfedern schwimmen immer oben, solltet ihr wissen.«

Da mußte nun sogar John lachen, und er hörte den Rest der Mahlzeit über schweigend zu, wie seine Söhne sich gegenseitig neckten. Ihm war so, als würde sich mit jedem Tag der Schatten, der über diesem Haus gelegen hatte, immer mehr lichten. Er hatte ja schon immer geglaubt, daß sein wahres Glück im Leben darin bestehen würde, einen Sohn zu bekommen, der seinen Wünschen und Vorstellungen entsprach, und dieser schöne, starke, intelligente Junge bewies ihm, daß er recht gehabt hatte.

Doch am Abend des fünften Tages begann es John dann aufzufallen, daß da etwas mit seinem kostbaren Sohn nicht stimmen könne. In den ersten Tagen war er von einer überschäumend guten Laune gewesen, und sein Tatendrang hatte keine Grenzen gekannt. Er hatte gelacht, gescherzt und sich nach Kräften bemüht, auch seine Fertigkeiten mit einer Waffe zu beweisen. Er war ungeübt in diesem Handwerk, aber unglaublich talentiert dafür.

Und auch die Lehrer, die Talis nicht im Waffenhandwerk, sondern in den schönen Künsten und Wissenschaften unterrichteten, hatten von seinen Kenntnissen auf diesen Gebieten geschwärmt und ihm gesagt, daß nur James ein noch besserer Schüler gewesen sei als er – eine Bemerkung, die John mit einem Achselzucken abgetan hatte. Was spielte es schon für eine Rolle, was sein schwacher Sohn lernte? Er würde ja sowieso bald sterben müssen, und deshalb weigerte sich John, ihm auch nur einen kleinen Teil seines Herzens zu schenken.

Aber bei Talis war das etwas anderes. Hier war ein Junge, der seine Liebe verdiente.

Was konnte diesem Jungen nun fehlen? fragte sich John. Es war so, als würde ihm da etwas langsam das Mark aus den Knochen saugen. Als John Hugh gegenüber äußerte, daß der Junge vielleicht unter Müdigkeit litt, hatte Hugh nur geschnaubt:

»Wie kann ein Sechzehnjähriger überhaupt jemals müde sein, frage ich Euch? Wenn ich daran denke, daß ich in seinem Alter den ganzen Tag trainiert und mich dann anschließend noch die ganze Nacht mit einer Magd vergnügt habe. Ich weiß jedenfalls, daß ich mit sechzehn keine Müdigkeit gekannt habe.«

»Was könnte ihm denn sonst fehlen?«

Hugh wußte es nicht. Sie hatten jedoch beide einen Hinweis auf Talis' Problem bekommen, als Talis Hugh mühelos niedergerungen und ihm dann frech den Fuß auf die Brust gesetzt hatte. In diesem Moment hatte es Talis gewiß nicht an Energie gemangelt. Es war ihnen dabei aber auch nicht entgangen, daß Talis auf die drei Mädchen hatte Eindruck machen wollen, die über ihm aus dem Fenster sahen. Alle Jungen wollten in seinem Alter Eindruck auf Mädchen machen, und deshalb hatten sie beide nicht die wahre Ursache seiner Energieleistung bemerkt.

Nun wohnte Talis schon fast eine Woche in Hadley Hall, und in dieser Zeit hatte John dafür gesorgt, daß der Junge keine Minute lang unbeschäftigt oder unbeobachtet geblieben war. Man hatte ihn nicht einen Moment lang sich selbst überlassen. John war sich nicht sicher, wovor er eigentlich Angst hatte, aber es schien so, als fürchtete er, daß der Junge sich in Luft auflösen könnte, wenn er nicht jede Sekunde überwacht würde.

Als John sich nun nach dem Dinner anschickte, die drei Jungen in ihre Kammer hinaufzubringen, war er nahe daran herauszufinden, was Talis fehlte, als er über sich das Plappern und Kichern seiner Töchter vernahm – von welchen, wußte er nicht zu sagen, denn sie hörten sich für ihn alle gleich an –, die ihm auf der Treppe entgegenkamen.

Da blieb Talis plötzlich mitten auf der Treppe stehen, als habe ihn ein Bannstrahl getroffen, so daß er sich nicht mehr von der Stelle rühren konnte, und seine Augen weiteten sich, als sähe er etwas vor sich, das nicht von dieser Welt war. Und an der Wand ihm gegenüber hatte auch eines der Mädchen angehalten, deren Gesicht ein Spiegelbild von seinem war.

Zunächst berührten sich die beiden, Talis und das Mädchen,

nicht, sondern blickten sich auf eine Weise an, wie das John bisher in seinem Leben noch nie bei zwei Menschen beobachtet hatte. Vielmehr war es eigentlich etwas, das man nicht sehen, sondern nur *spüren* konnte. Als die beiden einander anschauten, schien sich nämlich die Luft um sie herum aufzuladen, so daß sie prickelte wie an heißen Sommertagen vor einem Gewitter.

Keiner von den Leuten, die sich auf der Treppe in der Nähe der beiden befanden, konnte jetzt mehr sprechen oder sich von der Stelle bewegen, als sie das Vibrieren der Atmosphäre spürten, die die beiden umgab. Es war so, als würde die Luft um sie herum in Schwingungen versetzt.

Und was die beiden, Callie und Talis, betraf, so zitterten sie so heftig, daß es ihnen nicht möglich zu sein schien, miteinander zu sprechen. Es waren Tage, unglaublich viele, lange Tage vergangen, seit sie sich zum letztenmal gesehen hatten. Noch nie in ihrem Leben waren sie länger als einen halben Tag voneinander getrennt gewesen; ja, bisher hatten sie nicht einmal die wahre Bedeutung des Wortes »Trennung« gekannt. Denn als Talis einmal vor vielen Jahren ohne Callie zum Markt gefahren war, hatten sie schon nach wenigen Stunden alles unternommen, um wieder zusammenzukommen.

Würde man nun gesagt haben, daß die beiden sich »gefehlt« hätten, wäre das eine absolut unzulängliche Beschreibung ihres Zustandes gewesen. Sie waren wie zwei Pflanzen, die tagelang ohne Wasser und Licht geblieben waren. Sie waren wie zwei Regenfässer, deren Dauben beschädigt worden waren, so daß das Wasser, das sie enthalten hatten, langsam ausgelaufen war.

Langsam, ganz langsam streckte Talis nun seine Hand aus und spreizte die Finger, als ihm im gleichen Moment Callies Hand entgegenkam. Und während die anderen, die sich so wenig bewegen konnten, als hätte man sie in Steine verwandelt, zusahen, berührten Callie und Talis sich mit den Fingerspitzen.

Jeder, der hier auf der Treppe stand und die beiden beobachtete, spürte den Moment der Berührung. Die Macht, mit der sich diese Wiedervereinigung zweier kräftiger junger, sehnsüchtig einander verlangender Körper vollzog, war so groß, daß die sie umgebende Luft, die Menschen, die in ihrer Nähe standen, ja, sogar die Wände davon erschüttert wurden.

Aber weder Callie noch Talis waren sich der Leute auf der Treppe noch der Wirkung, die sie auf diese ausübten, bewußt. Tagelang hatten sie sich nun beide bemüht, »gut«, tapfer und stark zu sein, hatten sie beide versucht, sich so zu betragen wie »Erwachsene« – oder was sie als das einem Erwachsenen gemäße Verhalten betrachteten. Talis hatte sich in dieser Hinsicht besonders angestrengt und versucht, Callie sogar aus seinen Gedanken zu verbannen. Schließlich war er ja ein Mann, nicht wahr? Da konnte er es doch nicht dulden, daß ihm so ein verdammtes Mädchen überallhin folgte wie früher auf der Farm. Er wußte, daß man ihn hier nur auslachen würde, wenn Callie sich ständig in seiner Nähe aufhielt, wie sie das sein Leben lang getan hatte. Diese Leute hier waren nicht Will und Meg, die für ihre Kinder gelebt hatten. Diese Leute hier glaubten, daß Kinder sich ihrer Lebensweise anzupassen hatten.

Niemand wußte hinterher zu sagen, wie lange Talis und Callie stumm dagestanden und sich, den Arm ausstreckend, mit den Fingerspitzen berührt hatten, um sich gegenseitig Leben und Kraft zu spenden. Wären da nicht noch ein paar andere Leute, die unten in der großen Halle gespeist hatten, die Treppe heraufgekommen, hätten sie vielleicht die ganze Nacht so dagestanden.

John war der erste, der wieder zu sich kam und sagte: »Los, Junge, laß uns weitergehen!«, wobei er Talis einen kleinen Stoß gab, der ihn in die Wirklichkeit zurückholte.

Plötzlich kamen da auch all die anderen wieder zur Besinnung und schüttelten sich wie Hunde, die gerade in einem Teich gebadet hatten, weil sie sich nicht mehr an das erinnern wollten, was sie soeben gespürt hatten.

»Komm, Callasandra«, sagte Edith, Callie und ihre Schwestern vor sich her die Treppe hinunterschiebend. Sie würde diese sogar die Treppe hinuntergeschubst haben, falls das nötig gewesen wäre, um jetzt nicht den Zorn ihres Vaters mitzuerleben.

Callie wandte sich von Talis ab und sah sich nicht mehr nach ihm um, während er weiter die Treppe hinaufstieg. Ihr Herz klopfte rasend schnell, und ihre Beine waren ganz schwach von dem Verlangen, ihn noch länger zu berühren, mit ihm zu sprechen oder nichts anderes zu tun, als ihn anzusehen; doch sie zwang sich dazu, die Treppe hinunterzusteigen.

Hinter ihr flüsterte Dorothy zu Joanna: »Empfindet man so etwas, wenn man verliebt ist?«

»Nein«, erwiderte Joanna. »Ich glaube nicht, daß die beiden sich lieben.«

Dorothy, wie immer eine Romantikerin, blickte ihre Schwester entsetzt an. Mehr als alles andere in der Welt wünschte sie sich, verliebt zu sein. »Sie lieben sich *nicht*?«

»Ich glaube, daß das, was zwischen den beiden vorgeht, etwas anderes ist als Liebe. Ich weiß nicht, ob es nun vom Teufel oder Gott stammt, aber ich bin mir sicher, daß es nichts Natürliches ist.«

Die Stirne runzelnd vor Enttäuschung, folgte Dorothy ihrer Schwester die Stufen hinunter.

Leise, um nicht die beiden Mädchen aufzuwecken, die mit ihr zusammen in einem Bett schliefen, glitt sie von der Matratze herunter, legte sich ihre Kleider über den Arm und ging auf Zehenspitzen in die Kammer mit dem steinernen Klosett, wo sie sich anziehen konnte, ohne daß das jemand hörte. Dann schlich sie sich aus dem Gemach und stieg die hölzerne Stiege an der Rückseite des Hauses hinunter ins Erdgeschoß, wo sich die Küchenausgänge befanden.

Sie hatte lange im Bett wach gelegen und gewartet, bis die anderen Mädchen eingeschlafen waren – gewartet in dem Wissen, daß Talis sich mit ihr treffen wollte.

Als er, nur in schattenhaften Umrissen erkennbar, hinter einem Baum hervortrat, zögerte sie keinen Moment, hob ihre schweren Röcke an und rannte auf ihn zu, um sich an seine Brust zu werfen.

Aber Talis breitete nicht die Arme für sie aus, sondern faßte statt dessen nach ihrer Hand und begann zu laufen. Callie mußte sich gewaltig anstrengen, um mit ihm Schritt halten zu können, als er mit ihr um Gebäude und Gerätschaften herumlief, und dann auf Gartenwegen um Hecken und Bäume. Sie wußte nicht, wo er mit ihr hin wollte, und sie fragte auch nicht danach. Sie hoffte von Herzen, daß er mit ihr bis an den Rand der Welt rennen würde, wo sie dann beide ins All hinausspringen – oder endlos im Kreis herumlaufen würden, falls die Welt eine runde Scheibe sein sollte. Das war ihr egal, solange sie nicht wieder voneinander getrennt wurden.

Er brachte sie an einen Ort, von dessen Existenz sie nichts gewußt hatte: zu einer alten, abgebrannten Burg, von der noch zwei Türme standen und die rußgeschwärzten Mauern, die an manchen Stellen Lücken aufwiesen – ein Beweis dafür, daß die Bewohner der umliegenden Dörfer sich Steine aus der Ruine besorgten, um damit neue Häuser für sich selbst zu bauen.

Talis, der Callie fest bei der Hand hielt, rannte mit ihr eine alte, ausgetretene und schlüpfrige Treppe hinauf. Als sie auf einer der glitschigen Stufen ausglitt, faßte er sie um die Taille, schob sie gegen die Wand und drückte sie dann mit seinem kräftigen Körper gegen die Steine.

Er ist so anders heute, dachte sie bei sich. Anders, als sie ihn bisher gekannt hatte. Als sie das letztemal allein gewesen waren, hatten sie sich geküßt, und seine Hand war unter ihren Röcken an ihren Beinen hinaufgewandert. Als er sie jetzt gegen die Wand preßte, war sein Atem auf ihrem Gesicht, bohrten sich seine dunklen Augen in ihre, und sie spürte, wie sein Herz gegen ihre Brust klopfte.

Sie konnte auch spüren, wie sein Körper schlaff wurde, als sie sich an ihn lehnte und ihre Lippen seinem Mund näherte. Aber dann hörte sie sein lautes Lachen, als er sie wieder bei der Hand nahm und mit ihr weiter die Treppe hinaufeilte, bis sie schließlich zu einer alten Tür aus Eichenholz kamen, die mit einem verrosteten Schloß gesichert war.

Sich zu Callie umdrehend, sah er die Enttäuschung auf ihrem Gesicht und warf sich so heftig gegen die Tür, daß er das Schloß sprengte und das verwitterte Eichenholz auseinanderbarst. Callie lachte triumphierend, als die alte Tür krachend zu Boden fiel und Talis sie auf die Arme hob und hinauf auf die Brustwehr des Turms trug.

Dort, wo früher die Wachen des Nachts patrouilliert hatten, wirbelte er sie nun im Kreis herum, und Callie warf den Kopf in den Nacken und lachte vor Entzücken.

Da fing auch Talis an zu lachen, stellte sie wieder auf die Beine und nahm ihr die Haube vom Kopf. Als sie dann rasch den Kopf schüttelte, damit ihre Haare sich lösten und ihr über die Schultern hinunterfielen, fuhr er mit den Fingern durch die Strähnen und zog sie auseinander, so daß ihre Haare um ihren Körper flossen. Da fuhr ein Windstoß über sie hin und hüllte sie nun beide damit ein.

Es war eine ganz natürliche Reaktion, daß Talis nun die Arme um Callie schlang und sie sacht auf den Mund küßte. Und als er sich dann nach einer Weile wieder von ihr löste, lag ein verwunderter Ausdruck auf seinem Gesicht.

Callie stellte sich auf die Zehenspitzen, um ihm ihren Mund wieder zum Küssen darzubieten, aber er drückte sie rasch an sich und schwenkte sie einmal im Kreis herum. »Was ist das, das du da unter deinem Gewand trägst?« fragte er, da ihm die Rippen ihres Korsetts weh taten.

»Stahl«, sagte sie und wußte in diesem Moment, daß sie so glücklich war wie noch nie zuvor in ihrem Leben.

Talis brauchte keine zwei Minuten dazu, um die Schnüre auf dem Rücken ihres Kleides zu lösen, die ihr beim Anziehen in der dunklen Kammer so viel Schwierigkeiten bereitet hatten. Dann zog er ihr einfach das Kleid über die Schultern herunter, um das Korsett aufhaken zu können.

Nachdem Talis sie von diesem Ding befreit hatte, hielt er es auf Armeslänge von sich weg und wollte es über die Brüstung in den alten, ausgetrockneten Burggraben hinunterwerfen, doch

Callie protestierte laut: »Nein! Edith wird mich umbringen, wenn ich es verliere!«

Da lachte Talis nur, und im nächsten Moment segelte das Korsett schon über die Brustwehr. Und als Callie zum Rand des Wehrganges lief, um zu sehen, wo es denn unten auf dem Boden landete, warf er auch noch ihren Kopfputz hinterher.

»Du Idiot«, sagte sie, »dafür werde ich büßen müssen.«

Als er darauf nichts sagte, drehte sie sich zu ihm um und blickte ihn an. Sie hatte geglaubt, jeden Ausdruck zu kennen, den Talis' Gesicht annehmen konnte, aber das, was sich nun in seiner Miene widerspiegelte, hatte sie bisher noch nie an ihm beobachtet. Seine dunklen Augen waren ganz schwarz im Mondlicht und glitzerten auf eine Weise, wie sie noch nie die Augen eines Mannes hatten glitzern sehen. Den Bruchteil einer Sekunde lang hatte sie sogar Angst vor ihm. Er sah so »alt«, so unglaublich erwachsen aus, als er so vor ihr stand. Er war nicht mehr der Junge, der mit ihr Fangen gespielt und sie durch Hecken und Büsche gejagt hatte, sondern ein Mann, der sie so anblickte, wie er eine Frau anschauen würde.

Callies Angst währte nur einen Atemzug lang. Und dann, während ihr der Atem in der Kehle zu stocken schien, war sie mit einem Satz bei ihm und traf mit ihren Lippen genau ins Ziel. Ihn auf den Mund küssend, klammerte sie sich an ihn, während ihr das Kleid über die Hüften rutschte und sie oben nur noch von ihrem dünnen Leinenhemd bedeckt war.

Ob ihn nun ihre heftige Attacke zu Boden warf oder er von seinen eigenen Gefühlen überwältigt wurde – jedenfalls sanken sie beide auf die ausgetretenen Steine des Wehrgangs, während sie sich gegenseitig mit den Händen und Lippen erkundeten. Hungrig, begierig, erregt …

Callie dachte gar nicht daran, mit dem, was sich jetzt da zwischen ihnen entwickelte, wieder aufzuhören. Sie hatte nun schon seit Monaten unter einer seltsamen Ruhelosigkeit gelitten und Teile an Talis' Körper wahrgenommen, für die sie in den Jahren zuvor keinerlei Interesse gezeigt hatte. Sie hatte seine

Hüften betrachtet, wenn er ging, und die harten Muskeln an seinem Gesäß, wenn er Will dabei half, einen Wagen aus dem Schlamm zu schieben. Wenn er den Oberkörper freimachte, um sich den Schweiß vom Rücken und den Schultern zu waschen, waren Callie fast die Sinne geschwunden beim Anblick seiner Schönheit.

Und nun berührte sie all diese Teile, denen sie in den letzten Monaten so viel Beachtung geschenkt hatte. Sie kannte jetzt keine Scheu und hatte auch keine Hemmungen, diese zu berühren, hatte kein Empfinden dafür, daß sie das, was sie so gern tun wollte, eigentlich gar nicht tun dürfte. Talis gehörte ihr – gehörte ihr mehr, als ihr eigener Körper ihr gehörte, und nun brauchte sie ihn nötiger als alles Brot und Wasser dieser Welt.

Als sie ihm mit der Hand zwischen die Beine griff, hörte sie ein Stöhnen, das sie in ihrer Seele spürte. Es war jetzt nicht nur ihr Herz, das klopfte, sondern ihr ganzer Körper hatte zu pochen begonnen. Sie wollte seine Haut auf ihrer spüren und begann, an seinen Kleidern zu zerren.

»Nein«, sagte er. »Callie, nein.«

Callie ließ sich von seinen Worten nicht beirren, schob nun ihre Hände unter sein Hemd und ließ sie über seine nackte, warme Haut gleiten, während ihre Lippen seinen Mund suchten.

»Nein!« rief er, und dann hatte er sich mit einem raschen, kräftigen Ruck von ihr gelöst und stand, schwer atmend, mit dem Rücken an der Brüstung, während sich seine Brust heftig auf und nieder senkte. Selbst im Mondlicht konnte sie erkennen, wie erhitzt und rot er war.

Was Callie betraf, so konnte sie gar nicht mehr richtig atmen, geschweige denn denken, als sie nun auf dem Boden saß und zu ihm hinaufsah. »Tally«, flüsterte sie, die Hand nach ihm ausstreckend.

Er würde sich ihr nicht einen Moment länger verweigern können, wenn sie ihn so ansah. Und deshalb drehte er ihr rasch den Rücken zu und ließ seinen Blick über die Landschaft schweifen, aber sein Herz und seine Gedanken waren bei ihr. Er konnte ihr Verlangen nach ihm spüren – ihre Bereitschaft, sich ihm hinzugeben. Lange stand er so da und sah in die Nacht hinaus, während er mit seinem Willen seinen Körper dazu zwang, sich wieder zu beruhigen, und sie zugleich mit der Kraft seines Willens beschwor, ihn jetzt nicht länger zu begehren. Denn sein Ehrgefühl verbot ihm, sich jetzt das zu nehmen, wonach es ihn so sehr verlangte.

In den letzten Wochen hatte sich so viel verändert. *Alles* hatte sich verändert. Auf der Farm hatte er sich nach dem gesehnt, was er intuitiv als sein Geburtsrecht erkannt hatte. Und nun, wo er all das hatte, schien er nur noch Callie haben zu wollen. Nicht einmal sich selbst wollte er eingestehen, wie sehr sie ihm in der letzten Woche gefehlt hatte. Er hatte sich ohne sie leer, ausgelaugt und schwach gefühlt. Wie wollte er da ein Ritter sein, wenn er sie nicht ständig an seiner Seite hatte?

Und wie konnte er sie nun, wo er ein Sohn dieses reichen Hauses war, denn anders an seiner Seite haben als mit dem Segen seines Vaters? Wie wollte er sie versorgen, ihr ein Heim geben, wenn er nicht erst die Zustimmung seines Vaters eingeholt hatte?

Einen Moment lang war er versucht, sie bei der Hand zu nehmen und mit ihr zurückzulaufen zu Meg und Will. Manchmal dachte er, daß John Hadley ihn gefunden hatte, sei das Schlimmste, was ihm habe passieren können. Aber das war natürlich absurd. Denn nun hatte er die Chance, Callie alles zu geben. Er konnte ihr ein schönes Zuhause bieten. Er wollte nicht mit ansehen müssen, wie sie mit dreißig schon verbraucht war von der schweren Feldarbeit. Er wollte, daß sie das Beste von allem hatte – das Beste, was diese Welt ihr bieten konnte.

Sich nun wieder zu ihr umdrehend, lächelte er sie an, sah jedoch, daß sie nahe daran war zu weinen. So wie er sie kannte, dachte sie vermutlich, daß er sie nicht berühren *wollte*. Wenn sie doch nur wüßte, wie sehr er sie begehrte! Bis vor einer Woche hatte er noch gar nicht gewußt, daß sie ihm *alles* bedeutete. Er wollte ein Ritter sein, damit sie stolz sein konnte auf ihn; er wollte Reichtümer erringen, damit sie das beste Leben haben konnte, das ein Mann ihr überhaupt zu bieten vermochte. Alles, was er jetzt tat, tat er doch nur für sie!

Aber er würde sich nicht nehmen, wozu er noch kein Recht besaß, es sich auch nehmen zu dürfen. Er wußte, daß es Callie gleichgültig war, ob das, was zwischen ihnen geschah, auch richtig war. Für sie wäre es ohne Bedeutung, sich der Schande auszusetzen für den Fall, daß sie ein Kind von ihm empfing. Er wußte auch, daß Callie sich an ihn wenden würde, um dieses Problem zu lösen, und daß sie notfalls mit ihm auch in einer Erdhöhle hausen würde, weil Geld ihr nichts bedeutete. Doch er wußte auch, daß er lieber sterben würde, als sie so arbeiten zu sehen wie die Frauen im Dorf, die alt wurden, bevor sie Zeit zum Leben fanden.

Er *mußte* sich erst um die Legalitäten und die praktischen Dinge kümmern, ehe er sich das nahm, was er sich jetzt so liebend gern genommen hätte. Sonst besaß er kein Recht auf das, was sie ihm anbot, kein Recht auf eine Belohnung, wenn er nicht vorher seine Arbeit getan hatte. Seine Ehre verbot ihm, sich zu nehmen, was er nicht verdient hatte.

»Schau mich nicht so an«, bettelte er. Er hatte das im leichten, fast scherzhaften Ton sagen wollen, doch seine Stimme verriet seine Gefühle für sie. Sie wußte ja nicht, wie schön sie war im Mondlicht mit ihren großen Augen, in denen sich das Verlangen nach ihm spiegelte.

»Du tust mir weh«, stöhnte er.

Callie hörte den Schmerz aus seiner Stimme heraus und verfluchte wohl zum tausendsten Male in ihrem Leben sein verdammtes Ehrgefühl. Kein Zweifel, daß er glaubte, daß das, was sie taten, nicht richtig sei. Wie konnte denn das, was sie beide zusammen taten, jemals falsch sein?

Er streckte seine Hände aus, um ihr vom Boden aufzuhelfen und sie dabei gleichzeitig auf Armeslänge von sich weg zu halten.

Seufzend nahm Callie nun seine Hilfe an, um ihn dann

sogleich erneut in Versuchung zu bringen, indem sie sich an ihn drängte und ihn auf den Mund küssen wollte. Doch lachend schob er sie da von sich weg.

»Schau dir meine Haare an. Sind sie heute nacht nicht grau geworden? Du machst mich alt. Hast du denn überhaupt kein Schamgefühl? Mädchen sollten sich von Männern fernhalten, statt sie anzuspringen und zu Boden zu werfen.«

Callie lachte, als er sie nun herumdrehte und ihr das Kleid wieder zumachte. Ohne das Korsett darunter paßte es ihr nicht so gut wie vorher, aber sie fühlte sich ganz bestimmt wohler darin. »Seltsam, daß du zwar kräftig genug bist, eine Tür einzutreten, aber zu schwach dazu, mich zu stützen. Es sei denn, daß ich stärker wäre als dickes Eichenholz mit eisernen Beschlägen.«

Da konnte er sich nun nicht enthalten, sie auf den Nacken zu küssen, während er die Schnüre auf ihrem Rücken durch die Ösen zog. »Du bist stärker als alle Eichen auf dieser Welt.«

»So? Bin ich das?« Als sie sich wieder zu ihm umwenden wollte, zog er die Schnüre so fest an, daß sie heftig die Luft einsog und sich mit beiden Händen an den Bauch griff.

»Callie, beherrsch dich bitte. Ich bin nur ein Mann.«

Sie lachte, als sie hörte, wie ihm fast die Stimme versagen wollte, als er das sagte. »Ich bin froh, daß du endlich erkannt hast, daß ich eine Frau bin«, murmelte sie leise.

»Ja«, antwortete er, und diesmal war ihr so, als könnte sie ein tiefes Bedauern und einen großen Schmerz aus seiner Stimme heraushören. »Ja, ich habe bemerkt, daß du eine Frau bist.«

Die Hände auf ihre Schultern legend, drehte er sie zu sich herum und blickte ihr in die Augen. Er brauchte ihr nicht erst zu sagen, wie sehr sich nun alles, was sie beide betraf, verändert hatte. Sie hatten nicht nur die Farm verlassen, sondern heute abend das fortgesetzt, was sie an dem Tag begonnen hatten, als sie John Hadley kennenlernten. Und in dieser Woche hatten sie auch erfahren, wie schlimm sich eine Trennung auf sie beide auswirkte.

»Komm und setz dich zu mir«, sagte er, als er nun auf die Brustwehr hinaufkletterte, sich dort mit dem Rücken gegen eine Zinne lehnte, seine langen Beine ausstreckte und diese gegen eine zweite Zinne stemmte. Dann streckte er die Arme aus, um sie damit aufzufordern, sich auf seinen Schoß zu setzen und mit dem Rücken gegen seine Brust zu lehnen.

Callie zögerte keinen Moment, zu ihm hinaufzusteigen und sich auf seinem Schoß niederzulassen.

»Halt still!« befahl Talis ihr in einem Ton, der sie zum Kichern brachte.

»Erzähl mir alles«, sagte er, als sie endlich stillhielt. »Erzähl mir alles, was du inzwischen an großen und kleinen Taten vollbracht hast. Alles, was du gemacht, gesehen und gedacht hast, seit wir uns zum letztenmal gesehen haben. Hast du wieder eine Geschichte erfunden? Und wem hast du sie erzählt?«

Ihren Kopf an seine Schulter lehnend, freute sie sich insgeheim über die Eifersucht, die sie bei seinen letzten Worten aus seiner Stimme heraushörte. Vielleicht sollte sie ihn damit nekken, daß sie behauptete, sie sei sehr glücklich gewesen ohne ihn, aber das brachte sie nicht fertig. Andererseits wollte sie aber auch nicht, daß er ihren Worten entnehmen konnte, wie unglücklich sie ohne ihn gewesen war. Das würde ihn nur belasten.

»Du bist traurig«, sagte er, weil er spürte, was sie empfand.

»O nein, natürlich nicht. Es ist alles wunderbar. Ich finde es schön, von so vielen reizenden Frauen umgeben zu sein. Sie sind wie Schwestern zu mir, so aufmerksam und freundlich, und sie bringen mir vieles bei.«

Talis begrub seine Nase in ihren Haaren und sog deren Duft ein. In der Vergangenheit hatte er ihre Haare oft für ein Ärgernis gehalten. Denn wenn sie diese nicht zu einem Zopf geflochten hatte, waren sie immer an Ästen, an Ranken, ja, sogar an seinen Händen hängengeblieben. Wann waren ihre Haare nur so schön geworden? »Du lügst«, sagte er leichthin. »Erzähl mir die Wahrheit.«

Sie schwieg.

»Nun, komm schon. Hast du mich etwa vergessen?« redete er ihr nun zu. »Weißt du eigentlich, daß du mich nicht belügen kannst?«

Als sie jetzt sprach, erstickte ihre Stimme fast in Tränen. »*Du* hast *mich* vergessen.«

Er schob ihren Kopf zur Seite, damit er ihr Profil betrachten konnte. »Wie kannst du nur so etwas zu mir sagen! Es hat in diesen Tagen nicht einen Moment gegeben, wo ich *nicht* an dich gedacht habe. Egal, was ich mir gerade angeschaut oder mit wem ich geredet habe – immer mußte ich an dich denken. Ich war ...«

Er brach mitten im Satz ab, weil er ihr nicht noch mehr verraten wollte. Schließlich mußte er doch seine Männlichkeit bewahren. Es war nicht gut, wenn sie die ganze Wahrheit erfuhr.

Callie lächelte. Mehr brauchte er ihr gar nicht zu sagen. »Du warst unglücklich ohne mich und wolltest Eindruck auf mich machen.«

»Ha!« erwiderte er. »Es gehört nicht viel dazu, dich zu beeindrucken. Schau dich doch nur an! Du bist so ein winziges Persönchen, daß ich dich mit Leichtigkeit in zwei Teile zerbrechen könnte.« Damit schlang er die Arme um ihre Taille, drückte sie ganz fest zusammen und lockerte erst wieder seinen Griff, als sie keine Luft mehr bekam.

Lachend lehnte sie sich mit dem Rücken wieder an seine Brust.

Nach einem kurzen Schweigen sagte er vorsichtig: »Es würde mir schon gefallen, wenn du stolz sein könntest auf mich. Und wenn ich dir meine Geschicklichkeit mit einem Schwert beweisen könnte ...«

Sie würde ihm niemals verraten, daß sie ihn auch geliebt haben würde, wenn er noch nie auf einem Pferd gesessen oder ein Schwert nur vom Hörensagen gekannt hätte. Ja, daß sie ihn auch geliebt hätte, wenn er gar kein Talent zum Ritter gehabt hätte. Sie liebte ihn eben. Sie liebte ihn mit oder ohne besondere Fähigkeiten – ja, wie Dorothy jetzt an ihrer Stelle zu ihm gesagt haben würde, sogar ohne Arme und Beine.

»Hast du schon viel gelernt?« fragte sie ihn nun – nicht weil sie das etwa interessiert hätte, sondern weil es für *ihn* wichtig war, und *er* war für sie alles.

Als er daraufhin schwieg, wußte sie, daß ihn etwas bedrückte. Aber das hatte sie ja schon seit einiger Zeit gewußt. Sie mußte nur herausfinden, was ihn störte, um es ändern oder abstellen zu können. Sie störte sich nicht daran, daß sie sich zu Tode langweilte, weil sie ihre Zeit mit einer Horde geschwätziger Frauen verbringen mußte, die nichts als Stroh im Kopf hatten. Für sie zählte nur, daß Talis sich hier wohl fühlen konnte und glücklich wurde.

»Was fehlt dir denn?« fragte sie.

Talis haßte es, eine Schwäche zugeben zu müssen. Er haßte es, zugeben zu müssen, daß er sie brauchte. Aber mit jeder Sekunde, die in den letzten Tagen verstrichen war, war ihm deutlicher bewußt geworden, daß er sie nötiger brauchte, als er das jemals für möglich gehalten hatte. Ein Triumph auf dem Turnierplatz bedeutete nichts, eine erlernte Fertigkeit war nichts wert, wenn sie nicht da war, um den Triumph oder Erfolg mit ihm zu teilen. Mehr noch – daß sie zugegen war, damit er einen Sieg nicht nur *mit* ihr teilen, sondern *für* sie erringen konnte. Denn warum sollte er sich denn die Mühe machen, ein Ritter zu werden, wenn Callie nicht da war, um ihm bei einem Turnier ihre Schärpe um die Rüstung zu binden?

Doch keiner der anderen Männer, die mit ihm trainierten, schien irgendein schönes Mädchen dafür zu brauchen, daß er das Ziel, das er sich gesteckt hatte, auch erreichen wollte. Zwar hatten diese Männer es auch ganz gern, wenn ihnen ein Mädchen beim Turnier zusah, aber sie schienen ein Mädchen nicht so bitter nötig als Motivation zu brauchen wie er Callie.

Auf der Farm war Will früher manchmal mit ihnen beiden böse gewesen, wenn er ihnen zwei gänzlich verschiedene Arbeiten zugeteilt hatte, die sie beide dann auf die gleiche unzulängliche Weise erledigten. »Ihr seid doch beide nur eine halbe Person«, hatte er da einmal geschimpft. »Wenn ich einen ganzen

Menschen für eine Aufgabe brauche, muß ich euch beide zusammen mit dieser Arbeit betrauen.«

War es etwa das, was ihm fehlte? Daß er nur eine halbe Person war – und Callie seine andere Hälfte? Selbst ihm schien das ein lächerlicher Gedanke zu sein. Ein in zwei Hälften geteilter Mensch? Nein, das war unmöglich.

»Erzähl es mir«, sagte Callie. »Erzähl mir, was dir fehlt.«

Aber er konnte sich einfach nicht dazu bringen, ihr zu sagen, was ihm soeben durch den Kopf gegangen war. Er wollte, daß Callie ihn für die stärkste und tapferste Person auf Erden hielt. Sie mußte sich an ihn lehnen können, und nicht er an sie. »Nein, du wirst mir jetzt die Wahrheit über diese Mädchen erzählen«, sagte er. »Bist du glücklich mit ihnen?«

Da wußte sie, daß sein Stolz ihn daran hinderte, ihr anzuvertrauen, was ihm fehlte. »Als Mädchen kann man sie kaum noch bezeichnen. Es sind alte Frauen, die einen Mann haben wollen.« *Meinen* Mann, hätte sie fast gesagt.

»Tatsächlich? Vielleicht sollte ich mal ...«

Sie boxte ihn mit dem Ellenbogen so heftig in die Rippen, daß er den Satz nicht beenden konnte.

»Offenbar magst du sie nicht«, meinte er lachend.

»Sie mögen mich nicht.«

Das brachte ihn wieder zum Lachen. »Wie könnten sie dich nicht mögen?« sagte er, und das war auch seine ehrliche Überzeugung. Für ihn war Callie ein überaus kluger, unterhaltsamer Mensch mit einem köstlichen Humor. Sie war die beste Gesellschafterin, die man auf der Welt haben konnte – eine Frau, die immer wußte, wann sie reden und wann sie schweigen mußte.

Als er nun an sie dachte, während sie sich an ihn lehnte, konnte er nicht umhin, sie auf den Hals und auf das Ohr zu küssen, sah aber binnen weniger Sekunden ein, daß er damit aufhören mußte. Er bemühte sich nun, in die Unschuld ihrer Kinderjahre zurückzufallen, und fing an, sie zu kitzeln. Aber als sie sich jetzt auf seinem Schoß hin und her zu schlängeln begann, richtete das noch seltsamere Dinge in seinem Körper an als vor einiger Zeit ihre Küsse. »Callasandra …«, flüsterte er nun in seiner Not, »sitz still!«

Callie begann, ihm etwas über die Hadley-Schwestern zu erzählen, wie er es von ihr verlangt hatte. »Vielleicht ist es nicht ganz richtig, zu behaupten, daß sie mich nicht mögen würden. Vielleicht sollte ich besser sagen, daß ich ihnen herzlich gleichgültig bin. O Tally, sie sind so *unglaublich* langweilig.«

Talis war noch so sehr mit seinen Gedanken bei dem Zustand, den sie mit ihren Bewegungen mit seinem Körper angerichtet hatte, daß er ihr gar nicht zuhörte. Callie hatte sich inzwischen einen Plan zurechtgelegt. Aber wie stets mußte sie ihn in den Glauben versetzen, daß der Vorschlag, den sie ihm jetzt machen wollte, *seine* Idee gewesen sei.

»Es ist *deine* Schuld«, klagte sie und hatte damit nun seine ungeteilte Aufmerksamkeit für sich gewonnen. Wie jeder andere Mann war er erst dazu bereit, die Verantwortung für seine Fehler zu übernehmen, wenn er keine Möglichkeit mehr sah, die Schuld auf andere abzuwälzen.

»Meine? Ich wüßte nicht, was ich getan habe, um diesen Frauen irgendeine Veranlassung zu geben, dich nicht zu mögen. Nein, Callie, du mußt die Ursache schon bei dir selbst suchen, wenn sie jetzt nichts Gutes von dir denken.«

»Sie meinen, man hätte mich wie einen Mann erzogen.«

»Dich?« Talis wollte sich fast ausschütten vor Lachen. »Wer hat sie denn auf *diese* Idee gebracht? Weißt du denn, wie man mit einem Dolch oder einem Schwert umgehen muß? Und du bist doch viel zu schwach dazu, eine Rüstung zu tragen. Du würdest unter ihrem Gewicht zusammenbrechen!«

»Und daß die vielen Jahre«, fuhr Callie unbeirrt fort, »die ich in deiner Gesellschaft verbracht habe, mich jetzt für den Umgang mit Frauen verdorben hätten. Die reden nämlich den ganzen Tag hindurch nur über so unsinnige Dinge wie Kleider und Klatsch. Ich bin aber an deine Gespräche über Politik, Philosophie und all die wirklich wichtigen Dinge des Lebens gewöhnt.«

Das war ein kritischer Moment. Es bestand durchaus die Möglichkeit, daß er sie wieder auslachen und darauf hinweisen würde, daß er sich mit ihr keineswegs über Politik oder Philosophie unterhalten hatte, sondern meistens eben auch nur über so unnütze Sachen wie Kleider und was die Leute denn so den ganzen Tag am Hof der Königin trieben.

Wenn sie jetzt aber bei der Wahrheit geblieben wäre, hätte sie alles verdorben; denn sie mußte ihn dazu bringen, daß er sie von diesen Frauen wegholte. Sie wollte mit ihm zusammen sein. Wenn sie Talis nun in den Glauben versetzen konnte, daß sie bei ihm wohnen wollte, weil sie sich bei den Hadley-Frauen nicht wohl fühlen konnte und unter deren Behandlung litt, würde er Himmel und Hölle in Bewegung setzen, um sie zu sich nehmen zu können. Wenn sie aber jetzt ehrlich zu ihm war und ihm gestand, sie habe das Gefühl, sie würde sterben, wenn sie jetzt noch länger von ihm getrennt leben müsse, war es durchaus möglich, daß er zu ihr sagte, sie solle sich nicht so haben. Und daß es ihr gut anstünde, etwas mehr »Disziplin« zu zeigen, indem sie zu den Frauen zurückkehrte.

»Ich lerne überhaupt nichts«, flüsterte sie. Ohne dich möchte ich gar nichts lernen, setzte sie in Gedanken hinzu.

Einen Moment lang sagte Talis nichts, sondern saß mit gerunzelter Stirn da und dachte über ihr Problem nach. Zuerst wußte er nicht, was er tun sollte, und dann sah er einen Ausweg aus ihrem Dilemma. Wenn er Callie jetzt half, sich von den Hadley-Schwestern zu trennen, mußte er ihr nicht gestehen, daß er ohne sie nicht mehr leben konnte. Daß seine Energie mit jedem Tag, den er von ihr getrennt war, geringer wurde und seine Lebenskraft dahinschwand wie eine langsam brennende Kerze.

»Ich werde dich zu mir nehmen«, erklärte er nun mit fester Stimme. »Und du wirst bei mir bleiben. Ein Mensch muß schließlich etwas lernen im Leben!«

»Das geht aber nicht«, erklärte sie düster. »Sie werden es nicht zulassen.« Sie wußte, daß man Talis am besten dazu bringen konnte, etwas zu tun, indem man zu ihm sagte, es wäre unmöglich. »Du weiß nicht, wie diese Leute hier sind«, fuhr sie fort. »Die Frauen wohnen hier und die Männer dort. Sie sind voneinander getrennt. Sie kommen nur zusammen, wenn sie ein Baby machen wollen, aber sonst nie.«

»So?« meinte er, die Brauen hochziehend, »und was weißt du vom Baby-Machen?«

Sie schwieg, lächelte aber im Dunkeln, weil sie Spaß hatte an solchen Neckereien. »Nicht viel. Aber du hättest ja jetzt Gelegenheit dazu, mir alles Wissenswerte darüber beizubringen«, erklärte sie und rutschte dabei ein wenig auf Talis' Schoß hin und her.

Doch Talis' Reaktion fiel nicht so aus, wie sie sich das erhofft hatte. Statt ihren Vorschlag aufzugreifen, schien er ihn eher zu verdrießen; denn er fragte nun mit einem ärgerlichen Grollen in der Stimme: »Was ist passiert, das dich dazu veranlaßt, mit mir jetzt über die Herstellung von Babys zu reden? Welcher Mann hat dich daraufhin angesprochen?«

»Keiner«, erwiderte sie wahrheitsgemäß. Sie war schließlich eine ganze Woche lang nur mit Frauen zusammen gewesen. »Da kam nur so ein Junge auf der Treppe an mir vorbei, der meinte, daß ich hübsch sei, aber das war auch schon alles. Findest *du* denn auch, daß ich hübsch wäre?«

Es war nicht Callies Absicht, Talis eifersüchtig zu machen (obwohl sie sich nicht gescheut hätte, das zu tun, wenn ihr das ratsam erschienen wäre), sondern sie hätte jetzt nur mal gern ein Kompliment von ihm gehört.

»Wer ist dieser Junge?« erkundigte sich Talis nun wütend, während seine Arme sich fester um ihre Taille spannten.

»Niemand«, erwiderte Callie ungehalten. Aber sie war noch immer dazu entschlossen, ihm ein Kompliment zu entlocken. »Er sagte auch, daß ihm meine Haare gefielen. Daß ich schöne Haare hätte. Glaubst du das auch?«

»Warum hattest du nicht dieses verdammte Ding auf dem Kopf, unter dem ihr eure Haare versteckt?« herrschte Talis sie jetzt an. »Wie konnte es passieren, daß er deine Haare sah?«

Callie lächelte wieder im Dunkeln. Sie erkannte nun, daß ihre Neckerei nur zu Mißverständnissen führte und ihre Absicht, ihm ein Kompliment zu entlocken, hintertrieb. Oder konnte sie vielleicht seine Eifersucht als Kompliment betrachten? Seltsam, daß er immer dann eifersüchtig wurde, wenn sie das am wenigsten erwartete. Er war in dieser Hinsicht unberechenbar. Und ihre Versuche, ihn eifersüchtig zu machen, waren in der Vergangenheit immer kläglich gescheitert.

»Es war abends und ...«

»Abends!« fauchte er. »Wie konntest du dich unterstehen ...«

Da schlug sie plötzlich die Hände vor das Gesicht. »O Tally«, schluchzte sie. »Es ist grauenhaft. Alle Jungen und die meisten Männer in Hadley Hall sind in mich verliebt. Sie reden nur noch davon, daß sie meine schönen schlanken Fesseln und meine zarten Hände küssen möchten. Und sie versuchen sich gegenseitig darin zu überbieten, mir die herrlichsten Geschenke zu machen. Sie verfassen Gedichte, in denen sie meine schönen Haare und die herrliche Farbe meiner Augen preisen. Einer von den Männern hat mir sogar ein Gedicht gewidmet, in dem er meine Augen mit der Farbe des Himmels vor einem Gewittersturm vergleicht. Und wenn ich dir jetzt wiederholen müßte, was sie alles über meine Haare sagten, würde ich vor Scham im Boden ...«

Sie hatte gemerkt, wie die Spannung in seinem Körper bei jedem ihrer Worte ein wenig nachgelassen hatte, und nun legte er ihr rasch die Hand auf den Mund und sagte: »Genug. Du brauchst mich nicht mehr länger anzuflunkern, weil ich nicht mehr darauf hereinfallen werde. Also schau dir jetzt lieber den Mond an.«

Sie lehnte sich wieder an ihn, während er die Arme um sie legte, blickte zum Mond hinauf und wünschte sich, daß diese Nacht nie enden möge. Und ein Teil von ihr wünschte sich, daß sie Meg und Will niemals verlassen hätten. »Ob Meg und Will noch an uns denken?« sagte sie leise.

»So oft, wie wir an sie denken«, antwortete er, und da wußte sie, daß auch er zum Teil bereute, nicht bei Meg und Will auf der Farm geblieben zu sein; denn hier auf Hadley Hall passierten Dinge, die sie beide nicht verstanden. Wie konnte ein Mann nur so wenig Sympathien für seine eigenen Kinder haben wie John Hadley? Die Söhne behaupteten zwar, ihre Mutter zu lieben, doch Philip hatte ihr gestanden, daß sie sich vor ihr fürchteten.

»Ich habe Angst«, sagte Callie. »Ich habe Angst vor den Dingen, die hier vor sich gehen. Man hat ein ungutes Gefühl dabei.«

Er wußte, was sie meinte; denn es erging ihm nicht anders als ihr. Aber da er sie beruhigen wollte, sagte er: »Es ist eben hier anders als auf der Farm. Diese Leute sind reich.«

»Daran liegt es nicht. Es ist mehr als das. Ich habe Angst um uns.«

»Um uns? Was könnte uns schon passieren? Fürchtest du etwa, daß ein paar schöne Frauen sich in mich verlieben und mich entführen könnten?«

»Ha! Die hätten es nicht nötig, dich zu entführen, weil du ihnen nämlich nachlaufen würdest!«

Talis wußte, daß er niemals – nun, daß er vielleicht anderen Frauen *nachschauen* würde, ihn aber niemals eine andere Frau als Callie interessieren könnte. Aber es schmeichelte ihn, daß Callie ihn für begehrenswert hielt. In seinen Augen war Callie die weitaus Schönere von ihnen beiden. Für ihn war sie das prächtigste Geschöpf, das es auf dieser Erde gab. »Wovor hast du also Angst?«

»Ich weiß es nicht. Findest du es denn nicht sonderbar, daß hier keiner unsere Existenz anzweifelt? Oder, genauer gesagt, *deine* Existenz? Man erzählt sich hier nämlich, daß wir kurz nach unserer Geburt in einem Feuer umgekommen seien. Wie ich hörte, hat man nach dem Brand die verkohlten Überreste zweier Babys in der Asche gefunden. Wieso sind wir beide jetzt noch am Leben, wenn wir damals bei dem Brand umgekommen sein sollen? Und was geschah mit meiner Mutter? Dorothy erzählte mir, meine Mutter wäre eine kleine, brünette Frau mit schwarzen Haaren und schwarzen Augen gewesen. Wenn das stimmt – warum habe ich dann Brauen und Wimpern wie ein weißes Kaninchen?«

»Ich bin kein Geschichtenerzähler wie du. Vielleicht gibt es da Dinge, von denen diese Frauen nichts wissen. Sie sind damals doch selbst noch Babys gewesen, nehme ich an. Jedenfalls sind sie noch nicht alt genug, um sich an die Ereignisse von damals erinnern zu können, nicht wahr?«

»Nein«, räumte Callie ein. »Es ist alles so rätselhaft. Aber wie die Wahrheit auch aussehen mag – es ist mir irgendwie nicht wohl dabei. Es ist etwas hier, das mir angst macht.«

»Was, fürchtest du, wird denn geschehen?«

Sie drehte sich in seinen Armen um und blickte ihn an. »Ich habe Angst, dich zu verlieren. Ich würde sterben, wenn ich dich verliere. Ohne dich möchte ich nicht mehr leben.«

Talis dachte, daß es unmännlich wäre, wenn er nun im umgekehrten Falle das gleiche von sich behaupten würde. Aber er spürte, daß es ihm genauso ergehen würde wie ihr. Sie fest an sich ziehend, sagte er an ihren Lippen: »Niemand kann uns auseinanderbringen. Wir sind eins – weißt du denn das nicht? *Spürst* du das denn nicht?«

»Doch«, flüsterte sie. »Ja, o ja, ich spüre es, aber ich habe trotzdem Angst. Ich fürchte mich davor, daß die Leute uns nicht erlauben würden, beisammen zu bleiben.«

»Callie, mein Liebes, warum sollte hier jemand den Wunsch haben, uns zu trennen? Besitzt denn einer von uns beiden ein großes Haus oder Ländereien? Oder sind wir zwei etwa die Kinder eines Königs, dessen Land wir eines Tages erben sollen?«

»Nein«, erwiderte sie lächelnd. »Wir sind nicht wichtig.«

»Richtig«, sagte er, sie noch fester an sich drückend. »Wir beide sind überhaupt nicht wichtig, und deshalb werde ich morgen zu diesem Mann – meinem Vater – gehen und ihm erklären, daß du von nun an immer bei mir sein wirst. Und wenn er mir darauf erwidert, daß das nicht ginge und wir getrennt bleiben müßten, werden wir beide wieder auf die Farm zurückkehren.« Manchmal hatte Talis Mühe, sich John als seinen Vater vorzustellen. Sein Vater war Will Watkins und würde das auch immer für ihn bleiben.

Callie hielt einen Moment lang den Atem an, weil sie wußte, daß Talis sein Versprechen auch halten würde und ihr klar wurde, was er aufgab, wenn er ihretwegen dieses reiche Haus wieder verlassen würde. Talis *haßte* die Farmarbeit. Er hatte zwar immer alles erledigt, was Will ihm aufgetragen hatte, aber er hatte nicht den Ehrgeiz wie Will, der hoffte, eines Tages die größten Rüben des Landes auf den Markt bringen zu können. Talis fand die Markttage langweilig. Er war dazu geboren, auf einem Pferd zu reiten und eine Rüstung zu tragen. *Und Talis hatte auch stets gewußt, daß das seine wahre Bestimmung war.*

Deshalb konnte sie es unmöglich zulassen, daß Talis das aufgab, was er als seine wahre Berufung im Leben betrachtete. Denn sie hatte keinen Zweifel daran, daß er, falls er seine Chance bekam, einmal der größte Ritter sein würde, den die Welt jemals gesehen hatte.

»Warum schaust du mich jetzt so komisch an?« fragte er heiser.

Er wartete nicht ab, daß sie ihm darauf eine Antwort gab; denn wenn er jetzt nicht sofort etwas unternahm, das sie daran hinderte, ihn weiterhin auf diese Weise anzuschauen, würden sie sich beide in der nächsten Sekunde dort unten auf dem Steinboden des Wehrgangs wiederfinden.

»Benimm dich so, als hättest du wenigstens ein paar Manieren, und dreh dich wieder um«, befahl er ihr mit fester Stimme. Sein Verstand sagte ihm zwar, daß sie nach Hadley Hall zurückkehren sollten, aber bis zur Dämmerung waren es noch ein paar Stunden hin, und er hätte es nicht ertragen können, sich jetzt bereits von ihr zu trennen. Es war doch schon so lange, so ungeheuer lange her, seit er sie zuletzt gesehen hatte.

»Erzähl mir eine Geschichte«, forderte er sie deshalb auf, als sie ihm nun den Hinterkopf zuwandte. »Ich habe schon lange keine von deinen dummen kleinen Geschichten mehr gehört.«

»Ich werde dir keine Geschichte erzählen, wenn sie dir zu dumm sind!«

»Auch gut«, erwiderte er und sagte eine Weile lang nichts. »Weiß du eigentlich, daß es hier auf Hadley Hall einen Mann gibt, der den ganzen Tag nichts anderes tut, als Geschichten zu erzählen? Wie man mir sagte, sollen seine Geschichten sehr interessant sein, *sehr* spannend und ...«

Callie ließ ihn nicht ausreden, sondern sagte: »Es war einmal eine Prinzessin, die hatte fünf sehr eifersüchtige Schwestern, weil diese nämlich sehr häßlich waren, während die Prinzessin die schönsten Haare hatte, die man sich überhaupt denken kann. So schöne goldene Haare wie diese Prinzessin hatte bisher noch kein menschliches Wesen auf dieser Erde besessen.«

»Und sie war auch über alle Maßen eitel«, setzte Talis hier hinzu.

»O nein. Ganz und gar nicht eitel, sondern gut und rein, weil nämlich nur die anderen ihre Schönheit sahen. Sie selbst glaubte, daß sie aussehen würde wie ein ganz gewöhnliches Mädchen.«

»Ahem.«

»Und da war auch ein Prinz«, fuhr Callie fort.

»Ein schöner Prinz?«

»O nein, nein, ganz und gar nicht. Er war so häßlich wie eine Kröte.«

Da setzte sich Talis langsam auf und machte Anstalten, von der Brustwehr herunterzusteigen.

»Nun gut«, sagte sie da schnell. »Vielleicht war er gar nicht so häßlich, wie er meinte.« Einen Moment lang preßte sie die Wange an seine Brust und und hielt seine Arme an ihrem Körper fest. »Er hatte glänzende schwarze, gelockte Haare, dicke schwarze Wimpern und einen so weichen Mund wie ein Baby. Aber seine Nase war viel zu lang und zu dünn.«

»Ich bin sicher, daß er eine perfekte Nase hatte.«

»Möglich. Eine Tages sagte nun die Prinzessin ...«

»Nein«, sagte Talis, »erzähle mir erst noch etwas von diesem göttlich schönen Prinzen. War er auch groß und stark?«

Es reizte Callie zwar, ihn damit zu ärgern, daß der Prinz so klein und schwach gewesen war, daß er keine Rüstung tragen konnte. Doch dann lächelte sie, nahm seine Hände in ihre und sagte: »Er hatte schöne Hände mit langen, schlanken Fingern, denen man gar nicht ansehen konnte, wie kräftig sie waren. Sehr kräftig sogar ...«

Kapitel siebenundzwanzig

»Sir«, sagte Talis, seine Schultern durchdrückend und sich zu seiner vollen Größe aufrichtend, »ich möchte Euch bitten, mir die Erlaubnis zu geben, Callasandra zu heiraten.«

Für John kam diese Bitte überraschend. Er war absolut nicht auf ein solches Begehren seines Sohnes vorbereitet. Schließlich war dieser doch ein kleiner Junge, der vor ein paar Wochen noch mit Windeln in der Hose herumgelaufen war. Wie konnte er da ans *Heiraten* denken!

Langsam drehte John sich vom Tisch weg, wo er gerade die Kontobücher studiert hatte, die sein Kämmerer dort für ihn bereitgelegt hatte. Wenn ein junger Mann heiratete, veränderte ihn das, zwang ihn dazu, seine Energien noch für andere Dinge zu verschwenden als die ihm obliegenden Aufgaben.

Niemals würde sich John eingestanden haben, daß ihn jetzt nur die Eifersucht plagte. Er hatte eben erst seinen Sohn gefunden und wollte ihn mit niemand anderem teilen. Andererseits mochte er den Jungen aber auch nicht enttäuschen. Talis hatte einen Drang zur Unabhängigkeit, der John erschreckte. Seine anderen Kinder gehörten ihm – gehörten ihm mit Leib und Seele. Er konnte von ihnen verlangen oder mit ihnen machen, was er wollte – sie loben, schimpfen oder zum Teufel jagen –, und er wußte, daß sie am nächsten Tag trotzdem wieder zur Stelle sein würden, wenn er nach ihnen rief.

Aber Talis war ein Mensch, wie John ihn bisher noch nicht erlebt hatte. Er hatte nicht das Gefühl, daß ihm der Junge dafür dankbar war, daß er ihn vor einem Leben voller Armut und Entbehrungen bewahrt hatte. John spürte zwar oft, wie begeistert Talis war über sein neues Leben, aber niemals so etwas wie Dankbarkeit. John war sich zwar nicht ganz sicher, aber er hatte das Empfinden, daß Talis es fertigbringen würde, das Mädchen zu nehmen und für immer aus Hadley Hall zu verschwinden, wenn er, sein Vater, etwas tat, das dem Jungen nicht paßte.

»Ja, ja, natürlich«, sagte John, weil er dem Jungen nicht gleich ins Gesicht sagen wollte, daß er damit nicht einverstanden war. »Aber ich muß natürlich erst mit deiner Mutter darüber sprechen.«

»Natürlich, Sir«, sagte Talis, während ein strahlendes Grinsen sich auf seinem Gesicht ausbreitete und seine Freude fast das Zimmer in Brand gesteckt hätte. Und deshalb – und um sich wieder ein wenig zu beruhigen – verließ er nun das Gemach und rannte so schnell die Treppe hinunter, daß er um ein Haar die spröde und stets auf ein korrektes Verhalten bedachte Edith umgerissen hätte, die ihm entgegenkam. Doch Talis fing die älteste der noch unverheirateten Töchter geistesgegenwärtig auf, ehe sie zu Boden fallen konnte, und gab ihr dann zu ihrer ungläubigen Überraschung einen Kuß auf den Mund. Für Talis war das nur ein Schmatz zwischen Bruder und Schwester, aber nicht für Edith; denn so einen Kuß wie diesen hatte sie bisher noch von keinem Mann bekommen.

Talis setzte daraufhin seinen Lauf die Treppe hinunter fort, machte unten in der Halle einen Satz, der den Wandteppich, der über dem Treppenhaus hing, in lebhafte Schwingungen versetzte, und rannte dann weiter durch die Tür ins Freie.

Auf dem Treppenabsatz waren Dorothy und Joanna mit offenen Mündern stehengeblieben, als sie sahen, wie ihre Schwester Edith Talis auf eine Weise nachstarrte, die sie niemals für möglich gehalten hätten. Denn Edith hatte stets behauptet, der Grund, warum sie mit neunundzwanzig noch ledig war, wäre darin zu suchen, daß sie bisher noch keinen Mann gefunden habe, der ihr auch gefallen hätte. Und Ediths Gesichtsausdruck nach zu schließen, war sie diesem Mann jetzt endlich auf der Treppe begegnet.

Als Joanna ein Kichern nicht mehr unterdrücken konnte, besann Edith sich wieder auf ihre Vorbildfunktion für ihre jüngeren Schwestern, richtete sich zu ihrer vollen Größe auf und setzte ihren Weg in die oberen Stockwerke fort. Doch als sie an einem Fenster vorbeikam, konnte sie es sich nicht verkneifen, noch einmal einen Blick auf dieses prächtige Exemplar Mann zu werfen, das gerade unten über den Hof rannte.

»Kommt, ihr beiden«, sagte sie dann, sich zu Joanna und Dorothy umwendend, und bemühte sich, ihrem Gesicht wieder einen würdevollen Ausdruck zu verleihen, »im Söller wartet Arbeit auf euch.«

»Jawohl, Edith«, erwiderte Joanna, drückte dann, als Edith ihr wieder den Rücken zukehrte, die Augen verzückt verdrehend, einen Kuß auf ihren Handrücken und folgte dann, Ediths sehr geraden Gang nachahmend, dieser den Korridor hinunter.

»Natürlich sollte er Eure Tochter heiraten«, sagte Alida zu ihrem Gemahl. Sie mußte ihre ganze Willenskraft aufbieten, um ruhig zu bleiben. Sie durfte sich jetzt um keinen Preis anmerken lassen, daß ihr das Herz bis in den Hals hinaufschlug und ihr Atem in raschen, harten Stößen kam.

»*Mein* Sohn«, erwiderte John im strengen Ton, die Brauen zu einem Strich zusammenschiebend, um zu betonen, daß Talis ihm gehörte.

Alida wußte, daß sie jetzt sehr behutsam vorgehen mußte, aber auch nicht vor ihm kuschen durfte. Und wenn sie jemals in ihrem Leben rasch hatte denken müssen, dann in diesem Augenblick. Es ging ja jetzt nicht um sie, sondern die Zukunft all ihrer Kinder hing davon ab, was sie in den nächsten paar Minuten sagte oder tat. Ihre erste Regung war, ihren Mann auszulachen: Was war er doch für ein Narr, daß er sich einbildete, diesen dunkelhäutigen, schwarzhaarigen Jungen als seinen Sohn ausgeben zu können. Er war ein schlanker, fast dürrer Mann, sie war eine schlanke, fast dürre Frau, und sie hatten zusammen elf dürre, blasse Kinder. Wem, glaubte er, könnte er denn da weismachen, daß er nach elf blonden, blassen Kindern wider Erwarten einen dunkeläugigen, olivfarbenen Muskelprotz gezeugt habe, den sie zur Welt gebracht hatte?

So schnell sie konnte, versuchte sich Alida nun eine erfolgreiche Strategie auszudenken. Es gab viele Gründe, warum sie diese eheliche Verbindung nicht zulassen durfte. Eine Vermählung der beiden würde Johns Entschluß besiegeln, diesem Jungen, der nicht sein Sohn war, all seinen Besitz zu vermachen, und sie hätte es niemals ertragen können, ihre eigenen Söhne enterbt zu sehen.

Und da war noch etwas, das nur sie allein wußte: Sie hatte höchstens noch zwei Jahre zu leben. Vor ein paar Monaten hatte sie begonnen, Blut zu husten – nur ein paar rostfarbene Schmierflecken zunächst, die sie jedoch sehr beunruhigt hatten. Sie hatte nicht zugelassen, daß eine ihrer Mägde das mit dem Blut ihrer Lungen befleckte Tuch sah, sondern hatte sich statt dessen mit diesem zu einer steinalten weisen Frau begeben, die Alida tief in die Augen geschaut, dann in eine Schüssel mit Wasser, auf dem Fettaugen schwammen, geblickt und Alida daraufhin den Tod binnen zweier Jahre vorausgesagt hatte. Die Alte hatte Alida auch prophezeit, daß jemand, der nicht blutsverwandt mit ihr sei, alles gewinnen würde, das ihren Söhnen gehörte. Doch sie hatte das mit dem Zusatz versehen, daß Prophezeiungen nur Auskünfte gäben über das, was sein *könnte*. Was *tatsächlich* geschehen würde, hinge von dem ab, was Menschen unternähmen, um ihre Zukunft zu verändern. Mit anderen Worten: Wenn Alida nichts unternahm, bevor sie starb, würde der ganze Besitz an diesen Jungen fallen, der nicht mit ihr verwandt war.

Mit diesen Informationen bewaffnet, hatte Alida sich vorgenommen, die Zukunft zu verändern. Sie würde nicht zusehen, daß alles, wofür ihre Familie jahrhundertelang gearbeitet, und alles, woran John sechzehn Jahre lang gebaut hatte, diesem Jungen in den Schoß fiel, der nicht mit ihr verwandt war.

»Nun komm schon, mein Gemahl«, sagte sie mit süßer Stimme, »du und ich kennen die Wahrheit, und wir müssen den Tatsachen ins Auge blicken. Dieser Junge sieht aus wie Gilbert Rasher. Es wäre dir nicht möglich, den Jungen unter den anderen Söhnen dieses schrecklichen Mannes herauszufinden, wenn du ihn mit seiner Brut zusammenbringen würdest.«

»Dann ist es ja nur gut, daß er *meine* Tochter heiratet«, erklärte John darauf, während der Zorn in ihm aufwallte. »Darf ich Euch daran erinnern, Weib, daß ich Euch jederzeit aus diesem Haus verbannen kann? Daß ich Euch ...«

Alida wußte, daß sie ihm jetzt nichts von ihrer Angst verraten durfte. »Ja, das kannst du. Aber siehst du denn gar nicht, daß ich dasselbe will wie du? Auch *ich* möchte, daß der Junge unsere Tochter heiratet. Er ist aus gutem Stoff gemacht. Ich bin sicher, er wird mit dem Mädchen viele kernige, gesunde Söhne bekommen.« Sie erstickte fast an diesen Worten, während sie tat, als wäre sie genauso besessen von derartigen Söhnen wie ihr Gemahl. Sie hatte ihm zwei Söhne geschenkt, die intelligent und von guter Wesensart waren. Daß sie nicht einen Ochsen in die Höhe stemmen konnten, schien den beiden in ihren Augen nicht zum Nachteil zu gereichen.

»Meine Sorge ist Gilbert Rasher«, sagte sie nun laut, um den Zorn zu übertönen, der seine Ohren zu verstopfen drohte. »Hast du denn gar keine Angst, daß dieser Mann jeden Tag hier auftauchen und seinen Sohn zurückverlangen könnte? Denn du hast ihm ja nie etwas für den Jungen bezahlt, wie du dich sicherlich erinnern kannst. Als er dich nach diesem ... diesem Brand aufsuchte, hast du dich geweigert, dein Versprechen einzulösen, das du ihm gegeben hattest. Denn du wirst inzwischen wohl nicht vergessen haben, daß du ihm für diesen Jungen die Hand einer unserer Töchter und etliche Ländereien geben wolltest.« Alida mußte einen Moment innehalten, als ihr nun wieder einfiel, daß John diesem schrecklichen Menschen sogar Peniman Manor versprochen hatte – den Landsitz, an dem er gar keine Besitzrechte hatte, sondern der ihr ganz allein gehörte.

Alida konnte sehen, daß John ihr jetzt endlich zuhörte, und fuhr rasch fort: »Wenn Rasher nun zu dir käme, von dir die Rückgabe seines Sohnes verlangte und dieser bereits mit einer von deinen Töchtern verheiratet wäre, könnte er großen Schaden anrichten. Denn er könnte nicht nur eine gewaltige Mitgift für das Mädchen von dir fordern, sondern auch eine Petition an die Königin richten mit dem Verlangen, deine Behauptung, der Junge sei dein Sohn, öffentlich zurückzuweisen, da doch jedermann sehen könne, daß dieser Junge unmöglich dein Sohn sein kann.«

Bei diesen Worten umklammerte John mit beiden Händen die Armlehnen seines Sessels so fest, daß die Knöchel weiß hervortraten. Ihm mißfiel ihre Unterstellung, daß er niemals einen Sohn wie Talis hätte zeugen können. Denn es war natürlich nur ihre Schuld, daß er nie einen solchen Sohn bekommen hatte. Hätte er eine kräftigere, etwas robustere Frau geheiratet, würde sie ihm sicherlich einen Sohn geschenkt haben, wie er ihn brauchte. Dabei übersah er geflissentlich die Tatsache, daß seine eigene Mutter noch viel zierlicher gewesen war als seine Frau.

Alida ging zu ihm, kniete vor seinem Sessel nieder und legte ihre Hand auf seine. Sie war lange nicht mehr so hübsch wie in jenen Jahren, als er noch ihr Bett aufgesucht hatte, aber sie konnte ihm immer noch schöntun und zu ihm aufblicken, als wäre er der tapferste, gerechteste, schönste Mann auf Erden.

»Du mußt dir erst sicher sein, daß dein Besitz nicht gefährdet ist, bevor du diesen Jungen mit deiner Tochter verheiratest. Du mußt ein Dokument in der Hand haben – ein Dokument, das Rasher zur Geheimhaltung verpflichtet. Und du mußt Rasher erst noch diesen Jungen *abkaufen* und ihm Abbitte leisten für das, was vor so vielen Jahren hier geschehen ist. Du weißt doch sicherlich, daß Rasher bei einem Unfall zwei seiner Söhne verloren hat, nicht wahr?«

Alida hatte die ganzen Jahre über Gilbert Rasher und dessen Horde übel beleumdeter und schmutziger Söhne im Auge behalten. Letztere waren allesamt zum Jähzorn neigende, körperlich sehr kräftige Burschen, die jeden, der nicht vor ihnen kuschte oder ihnen zu Willen sein wollte, wüst beschimpften und mißhandelten. Zweimal hatten sich das Leute nicht mehr von diesen »Jungen« gefallen lassen wollen und zwei von ihnen getötet. Nachdem man den ältesten Sohn mit durchschnittener Kehle aufgefunden hatte, hatte Gilbert eine Untersuchung angeordnet. Er hatte befohlen, daß jede Person, die auch nur die leiseste Veranlassung dazu gehabt habe, seinen Sohn zu hassen, zu ihm gebracht werden müßte.

Wie man sich erzählte, soll die Königin so laut gelacht haben, daß die Palastwände wackelten, als man ihr berichtete, es wären einhundertzwölf Männer und auch Frauen gewesen, die man daraufhin verhaftete und vor Gilbert Rasher geschleppt habe, weil sie alle einen triftigen Grund gehabt hätten, seinem Sohn den Tod zu wünschen – und das seien nur die Leute gewesen, die nicht noch rechtzeitig hätten fliehen können, als sie vom Tod des Jungen erfuhren. Gilbert, der die »Taten« seiner Söhne stets bewundert hatte, war außer sich gewesen vor Wut, als die Königin daraufhin angeordnet hatte, daß niemand für dieses Verbrechen gehenkt werden dürfe (Gilbert hatte siebzehn Männer und drei Frauen für die Ermordung seines Sohnes zum Tod am Galgen verurteilt); denn die Königin war der Meinung, daß jemand, der sich so viele Feinde gemacht habe, nicht ermordet, sondern aus nur zu berechtigten Gründen hingerichtet worden sei.

Aber Alida erzählte ihrem Mann jetzt natürlich nicht, daß man ihr das alles hinterbracht hatte, und daß Gilbert zuweilen, wenn er betrunken war, John Hadley für sein Elend verantwortlich machte. Er behauptete, daß sein ganzes »Unglück« in jener Nacht begonnen hatte, als diese beiden Babys zur Welt gekommen und kurz darauf in einem Feuer umgekommen waren. Gilbert behauptete, wenn er das alles, was John Hadley ihm seit damals schuldete – wofür, das sagte er nie –, bekommen hätte, wäre er nun ein reicher Mann. Doch nun verdorrte ihm sogar das Getreide auf dem Halm – aber nicht deswegen, weil er seinen

Bauern einen so hohen Anteil von ihrer Ernte abverlangte, daß sie den Hungertod sterben mußten, sondern weil ihm der reiche John Hadley sein Geld schuldig geblieben war.

Von alledem mochte Alida ihrem Gemahl jetzt nichts erzählen. Denn wenn die Besessenheit, einen Sohn wie Talis zu haben, ihren Mann so blind machte, daß er alles andere, was sich sonst noch auf der Welt tat, nicht bemerkte, war das ja nicht ihre Schuld.

»Wenn er«, John schluckte, weil er partout nicht zugeben wollte, daß Talis nicht sein Sohn war, »erst einmal mit meiner Tochter verheiratet ist, wird er an mich gebunden sein.« Vergiß das Geld, dachte er, vergiß das Erbe – die Wahrheit war doch, daß er diesen Sohn *liebte!* In der kurzen Zeit, in der Talis hier lebte, hatte er bereits eine Menge im Haus verändert. In den letzten zwei Wochen hatte Talis sogar John und seine beiden anderen Söhne mehrmals zum Lachen gebracht. John wußte sehr genau, was dieser Junge tat, wenn er seinen anderen beiden Söhnen einen »Wettkampf« vorschlug, bei dem er dann regelmäßig verlor, um so dem lungenkranken Philip eine Ruhepause verschaffen zu können. Und John hatte auch sehr wohl erkannt, warum Talis so oft bei Tisch James' Gelehrsamkeit rühmte und behauptete, daß James alles viel rascher lernen und begreifen würde als er.

Obwohl John das alles wußte, war er Talis dafür nicht böse, sondern schätzte ihn um so mehr, weil der Junge um das Wohl seiner Brüder besorgt war. Mehr noch – er hatte sogar ihn, John, dazu gebracht, seine »schwachen« Söhne nun mit anderen Augen zu betrachten. Vielleicht war James' Kopf tatsächlich etwas wert. Er hatte James neulich sogar gebeten, sich mal seine Kontobücher anzusehen – etwas, das John stets schrecklich gelangweilt hatte –, und der Junge hatte auf Anhieb eine Vielzahl von Fehlern darin entdeckt.

»Talis ist ein guter Junge«, sagte John, dem selbst der Name des Jungen gefiel.

»Natürlich ist er das. Er ist sogar der beste. Alle deine Söhne sind gut. Sie haben ja auch einen guten Vater.« Alida hielt einen Moment die Luft an, weil sie sich fragte, ob er ihr das auch abnehmen würde.

Zu ihrem Erstaunen gab er ihr diesmal recht. »Ja«, sagte John, »auf ihre Weise sind es alle gute Jungen.«

In diesem Moment wäre Alida fast in Tränen ausgebrochen. Endlich, dachte sie bei sich, haben meine jahrelangen Bemühungen Früchte getragen. Was hatte sie nicht alles unternommen, um ihren Mann zu der Einsicht zu bringen, daß seine Söhne zu etwas taugten und seine Mühe lohnten! Doch ausgerechnet jetzt, wo es ihr gelungen war, ihn von dem Wert ihrer Söhne zu überzeugen, mußte dieser Junge daherkommen und alles, was sie für ihre Söhne getan hatte, wieder zunichte machen! Dieser Junge mit seinem prächtigen Körper, seinen strahlenden Augen und seinem unbekümmerten Lachen stellte ihre beiden Söhne nun wieder in den Schatten, drängte sie in den Hintergrund, beraubte sie der Gunst ihres Vaters. Bald würde er das, wofür sie zwanzig Jahre lang gearbeitet hatte, zerstört und ihren Söhnen alles weggenommen haben, was diesen gehörte.

Es kam Alida überhaupt nicht in den Sinn – noch würde sie es jemals geglaubt haben, wenn jemand ihr das gesagt hätte –, daß dieser Talis mit seinem unbekümmerten Lachen und seinem gutartigen Wesen in vierzehn Tagen mehr dafür getan hatte, daß John nun allmählich auch an ihren Söhnen Gefallen fand, als sie, Alida, in zwanzig Jahren. Denn Alida hatte ihre beiden Söhne dazu gezwungen, ihrem Vater etwas vorzugaukeln, was sie gar nicht waren. Sie hatte versucht, ihre Söhne nach seinem Wunschbild zu formen, während Talis John auf deren wahren Wert aufmerksam gemacht und ihm die Augen dafür geöffnet hatte, wie nützlich ihre Talente eigentlich waren.

»Jetzt«, sagte Alida im strengen Ton, »mußt du für die Zukunft planen. Du möchtest doch den Jungen behalten, nicht wahr? Und das gilt auch für mich. Er ist intelligent und stark. Er wird, wenn wir beide einmal nicht mehr sind, ein guter Verwalter deiner Besitztümer sein.« Von Gilbert Rashers Besitztümern, setzte sie in Gedanken grollend hinzu. Sie hatte seit dem Tag, als John diesen Jungen von seiner Reise mitgebracht und der sie nach ihrem Ohnmachtsanfall in ihr Schlafgemach hinaufgetragen hatte, keinen Kontakt mehr zu Talis gehabt. Doch Edith hatte sie ständig auf dem laufenden gehalten und ihr berichtet, daß der Junge zwar anmaßend und viel zu sehr von sich überzeugt sei, aber ... Und da hatte Edith den Kopf gesenkt und war heftig errötet. Dieser Talis schien sogar die Sympathie ihrer so spröden, fischblütigen Tochter Edith gewonnen zu haben!

Es gefiel Alida gar nicht, daß der Junge offenbar bei allen Leuten im Haus fast ebenso beliebt war wie bei ihrem Gemahl; denn das erschwerte ihr die Arbeit sehr. Es war ja nun nicht so, daß sie dem Jungen etwas Böses gewünscht hätte – nein, sie wollte ihn lediglich aus ihrer Familie entfernen! Soweit sie über Gilbert Rasher und dessen Vermögensverhältnisse unterrichtet war, würde er einen solchen Jungen wie Talis sehr gut gebrauchen können, einen Jungen, der wenigstens ein bißchen Anstand besaß und seinen bankrotten Besitz wieder ein wenig in die Höhe bringen konnte. Ja, dachte sie, wenn wir diesen Jungen wieder loswerden könnten, wäre das ein Segen für uns alle.

»Hältst du es für richtig, daß der Junge so viel Zeit mit Callasandra verbringt?« fragte Alida.

John sah sie groß an; denn er verstand nicht, was sie damit meinte.

»Ich rede von deiner Tochter. Von dem Mädchen, das dieser Junge heiraten möchte!«

John schien noch immer nicht zu wissen, warum sie nun dieses Mädchen erwähnte. Offenbar hatte er gar keine Ahnung davon, wie bedenklich sich dieses Mädchen hier im Haus aufführte.

»Gestern«, klärte Alida ihn nun auf, »hat mir Edith gemeldet, daß Callasandra sich auf die impertinenteste Weise über ihre Anordnungen hinweggesetzt hat. Ich würde dich in jedem Fall auf sie angesprochen haben, John. Ich habe dieses Mädchen nämlich Ediths Obhut anvertraut, weil es die unpassendste

Erziehung genossen hat, die man sich für ein Mädchen überhaupt vorstellen kann. Sie kann weder nähen noch auf der Laute spielen!«

Alida hielt es nicht für nötig, ihren Mann von Callies hervorragenden Kenntnissen in der Mathematik und der lateinischen und griechischen Sprache zu unterrichten, weil ihn das sowieso nicht interessiert hätte.

»Offenbar hat sie vor zwei Tagen heimlich ihr Bett verlassen und ist die ganze Nacht fortgeblieben.« Alida zog beide Augenbrauen in die Höhe, um ihrem Mann anzudeuten, was ihre Tochter in der besagten Nacht ihrer Meinung nach getrieben hatte. »Sie kehrte erst kurz vor dem Morgengrauen wieder in ihr Bett zurück – und zwar ohne ihr Korsett und ohne ihren Kopfputz. Später hat dann ein Gärtner diese beiden Gegenstände auf einem Feld unweit der alten Burg gefunden.«

John gefiel das gar nicht. »Habt Ihr denn keine Gewalt mehr über Eure Töchter, Madam? Oder habt Ihr etwa vor, sie zu Huren zu machen?«

Alida machte ein beleidigtes Gesicht. »Ich habe mich seit sechzehn Jahren nicht mehr um *diese* Tochter kümmern können«, gelang es ihr nun im gekränkten Ton zu sagen, als sei es ganz allein die Schuld ihres Gatten gewesen, daß man damals dieses Kind ihrer Obhut entzogen hatte. Und um ihrem Mann anzudeuten, daß diese Tochter, wenn man sie ihr nicht weggenommen hätte, jetzt ganz bestimmt ein Ausbund an Tugend wäre.

Als John daraufhin eine Augenbraue in die Höhe zog, verstand Alida nicht, was er ihr seinerseits andeuten wollte. Tatsächlich fand John seine Töchter mit ihrem frommen Gehabe und ihren perfekten Manieren zum Gähnen langweilig. Nur diese kecke Joanna weckte zuweilen sein Interesse, wenn sie es wagte, was allerdings sehr selten geschah, ihm eine patzige Antwort zu geben.

»Wie sich dann herausstellte«, fuhr Alida fort, »gehörten dieses Korsett und diese Haube Callasandra, und seit dieser

Nacht ist sie auch keinen Zoll mehr diesem jungen Mann – diesem Talis – von der Seite gewichen.«

John lehnte sich im Sessel zurück und blinzelte sie ungläubig an. Er wußte ganz genau, daß Talis den gestrigen und heutigen Tag nur mit ihm verbracht hatte. Sie hatten beide vormittags unten im Turnierhof trainiert, und Talis hatte an beiden Tagen hervorragende Leistungen gezeigt. Es war ihm sogar gelungen, Hugh zweimal im Schwertkampf zu besiegen und mit der Lanze vom Pferd zu stechen, so daß Hugh darüber geklagt hatte, daß er allmählich zu alt würde für solche Spielchen. Und nachmittags hatte er dann mit Talis und Hugh einen Rundgang durch die Gärten gemacht, um Talis zu zeigen, wo die Vorräte, die Fuhrwerke und die Werkzeuge untergebracht waren, und um ihm zu erklären, wo er die Anlage erweitern und noch ein paar neue Gebäude hinstellen wollte. Seit John Talis wiedergefunden hatte, benahm er sich so, als könnte er bereits morgen sterben, so daß er seinen Sohn noch rechtzeitig in alles einweihen müsse.

»Ihr müßt Euch irren«, sagte er nun zu Alida. »Es hat sich in den letzten zwei Tagen kein Mädchen in der Nähe meines Sohnes befunden.«

Alida brauchte einen Moment, um den Sarkasmus hinunterzuschlucken, der sich ihr jetzt aufdrängte. Ihr war klar, daß ihr Gemahl so vergafft war in diesen Jungen, den er zu seinem Sohn erkoren hatte, daß er selbst einen feuerspeienden Drachen nicht bemerkt hätte, falls sich dieser in der Nähe des Jungen befunden hätte – es sei denn, dieser Drache hätte das Leben dieses kostbaren Jungen bedroht. Worauf John sich zweifellos zwischen den Drachen und seinen geliebten Sohn gestellt haben würde, um diesen mit seinem Körper vor dem feurigen Atem des Drachens zu schützen.

Sie lächelte ihn an: »Du warst eben viel zu sehr mit wichtigeren Angelegenheiten beschäftigt, um ein so blasses, unscheinbares Ding überhaupt wahrnehmen zu können. Aber ich kann dir versichern, daß sie tatsächlich die ganze Zeit über entweder hinter oder neben ihm gestanden hat und ihm zwei Tage lang nicht mehr von der Seite gewichen ist. Du mußt dieses Mädchen wegschicken!«

»Was bedeutet mir schon dieses Mädchen?« meinte John, der seinem geliebten Sohn nicht sein Spielzeug wegnehmen wollte. »Was kümmert es mich, daß mein Sohn sie ständig in seiner Nähe haben möchte? Wenn es ihn glücklich macht, daß das Mädchen ihn bewundert, kann ich daran nichts Unrechtes finden.«

Ihre Hände zu Fäusten ballend, bemühte sich Alida, ihr Temperament im Zaum zu halten. Vor ein paar Minuten erst war ihr Gatte mit einem langen Gesicht und trübsinniger Miene zu ihr gekommen, weil er Angst hatte, sein kostbarer Sohn könnte, wenn er heiratete, ihm nicht mehr so viel Beachtung schenken wie bisher. John hatte zwar versucht, seine Eifersucht vor ihr zu verstecken, aber es war ein leichtes für sie gewesen, zu erraten, daß ihm seine Frau nur einen Vorwand liefern sollte, der ihm erlaubte, Talis die Genehmigung zu dieser Heirat zu versagen. Warum wäre er wohl sonst mit dieser Sache zu ihr gekommen? Hätte John gewollt, daß Talis heiraten sollte, würde er einfach ja gesagt und niemals daran gedacht haben, sie zu konsultieren.

Aber nachdem Alida ihre Pflicht als Ehefrau getan und für ihn die Böse gespielt hatte, stellte er jetzt ihre Geduld auf eine harte Probe, indem er sich weigerte, auch die körperliche Trennung der beiden Kinder herbeizuführen; denn ihr tägliches Beisammensein würde John und ihr in neun Monaten zweifellos ein kaum zu übersehendes oder überhörendes Malheur bescheren.

»Es schickt sich einfach nicht«, erklärte Alida lahm, da sie wußte, daß dieses Argument bei ihrem Ehemann nicht stechen würde. Wenn der Junge darum gebeten hätte, ein ganzes Zelt voller Huren in seiner Nähe errichten zu lassen, hätte John ihm zweifellos diesen Wunsch erfüllt.

Erschöpft von dem vielen Reden, erhob John sich nun aus dem Sessel und schickte sich an, Alidas Gemach wieder zu verlassen. Er hatte sein größtes Problem auf seine Frau abgeladen und damit erreicht, was er wollte.

»Ich werde mit Rasher sprechen müssen«, meinte er trübsinnig. »Das wird mir wohl nicht erspart bleiben.« Er hätte sich lieber glühendheiße Hufeisen auf den Bauch binden lassen, als diesen Mann um Verzeihung zu bitten.

Einem Impuls folgend, sagte Alida da: »Soll ich an deiner Stelle mit ihm verhandeln?«

Da hielt John an der Tür noch einmal an und drehte sich um.

»Soll ich zu ihm gehen und ein gutes Wort für dich einlegen? Soweit ich unterrichtet bin, ist Gilbert Rasher nicht mehr gut auf dich zu sprechen, seit du ihn damals nach dem Brand vom Hof gejagt hast.«

Da lachte John laut, um sie wissen zu lassen, daß er viel besser über Gilbert Rasher informiert war, als sie bisher angenommen hatte.

Von seinem Lachen ermutigt, fuhr sie lächelnd fort: »Vielleicht kommt eine Frau mit Sanftheit bei ihm weiter als ein Mann mit seinem poltrigen Wesen. Wie ich hörte, soll er schon wieder Witwer sein, und wir haben noch immer ein paar unverheiratete Töchter zu vergeben.«

»Rasher wendet sich immer jüngeren Mädchen zu, je älter er wird. Obwohl eigentlich eher so eine Frau wie Edith zu ihm passen würde.«

Der Gedanke, daß sich ihre sprödeste und sittenstrengste Tochter und ein solcher Wüstling und Trunkenbold wie Gilbert Rasher das Jawort geben könnten, fanden Alida und John nun so erheiternd, daß sie beide herzlich lachen mußten. Zum erstenmal seit langer Zeit herrschte wieder eine gewisse Vertraulichkeit zwischen ihnen, wie sie diese am Anfang ihrer Ehe gekannt hatten, und die vor sechzehn Jahren ein jähes Ende gefunden hatte, als John die Hoffnung aufgab, von seiner Frau einen gesunden, kräftigen Sohn zu bekommen.

»Ja«, sagte er nun, die Hand auf die Tür gelegt, »vielleicht könntest du mit Rasher verhandeln.« Da sprach jetzt ehrliche Dankbarkeit aus seiner Stimme. Und bevor er die Tür öffnete, drehte er sich, einer plötzlichen Regung folgend, noch einmal um und küßte seine Frau auf den Mund. Es war ein Kuß zwischen Freunden, die sich schon ein paar Jahrzehnte lang kannten und unter einem Dach wohnten, der aber auch das Versprechen enthielt, daß später vielleicht wieder etwas mehr daraus werden könnte.

»Ich werde mein Möglichstes tun«, versprach Alida.

Nachdem ihr Mann gegangen war, lehnte sie sich gegen die Tür und schloß die Augen.

Einen Moment lang blieb sie so gegen die Tür gelehnt stehen. Es ist alles nur meine Schuld, dachte sie. Sie allein hatte das alles heraufbeschworen. Wenn sie nur nicht in jener Nacht vor sechzehn Jahren darum gebeten hätte, daß man sie in die Kammer bringen sollte, in der dieses arme Mädchen im Sterben lag! Wenn sie damals nicht eingegriffen, sondern den Dingen ihren Lauf gelassen hätte, wäre dieser Junge, den John jetzt so sehr liebte, gar nicht erst auf die Welt gekommen.

Aber Alida wußte, daß es zu spät war, das zu bereuen. Sie konnte jetzt nur noch versuchen, ihren Fehler von damals wieder gutzumachen.

Zunächst galt es, diesen charismatischen jungen Mann aus Hadley Hall zu entfernen. Denn ob er sich hier in der Rolle von Johns Sohn oder Schwiegersohn aufhalten würde, machte überhaupt keinen Unterschied. Solange er in Johns Nähe blieb, würde John ihm alles schenken: sein Land, seine Liebe, seine Aufmerksamkeit. Und die Kinder, die sie John geschenkt hatte, würden gar nichts bekommen. John würde seine Töchter noch weniger beachten als bisher. Er würde ihnen niemals Ehemänner besorgen, und seine beiden Söhne würden ihm so gleichgültig werden, als wären sie gar nicht geboren.

Nein, Alida mußte diesen Talis so rasch wie möglich loswerden. Aber wie? Sie wußte nur zu gut, daß John sehr bald nachgeben würde, wenn Talis seinen Wunsch, diese Callasandra heiraten zu dürfen, nur oft genug wiederholte. Er würde über seinen Schatten springen, seine Eifersucht vergessen und diesem Jungen die Erlaubnis zur Eheschließung geben.

Plötzlich hob sie den Kopf. Man mußte Talis daran hindern, noch einmal um die Hand ihrer Tochter zu bitten – das war die Lösung! Die Lösung ihres Problems bestand darin, daß man die Kinder von dem Wunsch abbrachte, sich zu heiraten. Denn was wußten sie denn schon von der Liebe und der Ehe? Sie waren ja beide noch Kinder und hatten noch nicht die Bekanntschaft anderer Menschen gemacht, die vielleicht auch ihre Zuneigung verdienten.

Sie *mußte* sie voneinander trennen – nicht nur körperlich, sondern auch im Geiste. Wenn sie diesen Kindern das Samenkorn des Zweifels einpflanzen konnte – den Zweifel an der Liebe füreinander –, würden sie mit der Zeit auch den Wunsch verlieren, einander zu heiraten.

Ja, überlegte sie, während ihr Geist fieberhaft an einem Plan arbeitete: Wenn alles so verlaufen würde, wie sie sich das vorstellte, würde am Ende John der einzige Leidtragende sein. Und da Alida ihm weh tun wollte, konnte sie sich darüber nur freuen.

Was die anderen betraf, würde sie zunächst auch zu ihrer eigenen Tochter ungnädig sein müssen, aber das wollte sie später wieder gutmachen. Sie würde Callie einen Ehemann von allerbester Herkunft verschaffen – einen Mann, der sie nicht nur lieben, sondern auch gut versorgen würde. Talis würde sich wahrscheinlich bei Hofe verdingen, die Gunst der Königin gewinnen und vielleicht eine schöne Erbin heiraten. Ihre eigenen Söhne würden erben, was ihnen kraft ihrer Geburt auch zustand. Und wenn John nicht mehr sein ganzes Geld für den Tag »aufsparen« mußte, an dem er es Talis vermachen konnte, würde ihn Alida vermutlich dazu überreden können, seine Töchter mit einer Mitgift zu versorgen, die ihnen einen Ehemann verschaffen würde.

Ja, dachte Alida lächelnd. Sie würde in dem Bewußtsein diese Erde verlassen können, daß sie den schrecklichen Fehler, den sie vor so vielen Jahren begangen hatte, gutgemacht hatte. Jetzt, wo sie schon an der Schwelle des Todes stand, wußte sie, daß sie

Buße leisten mußte für die Sünden der Vergangenheit. Sie wollte, wenn sie Talis' Mutter im Himmel wiedersah, sagen können, daß sie gut für ihren Sohn gesorgt habe, wie sie ihr das vor sechzehn Jahren versprochen hatte.

Sie öffnete ihre Kammertür und rief eine Magd, die gerade den Flur herunterkam, zu sich. »Wo ist Penella?« fragte sie.

Die Magd war noch jung und neu im Haus. »Penella?«

»Sie ist in der Küche, Ma'am«, sagte eine Frau, die um die Ecke des Korridors schielte. »Ihr habt sie vor Jahren dorthin geschickt.«

»Dann schicke sie jetzt zu mir. Sofort.« Da Alida wußte, daß ihre Tage auf Erden gezählt waren, wollte sie auch sogleich mit ihrer tätigen Reue für begangene Sünden beginnen. Penella war ihr immer eine gute und loyale Dienerin gewesen, hatte jedoch einmal gegen ihre Treuepflicht verstoßen, und das hatte Alida ihr nie verzeihen können. Aber Alida meinte, daß Penella inzwischen ihre Lektion wohl gelernt haben würde, und außerdem brauchte sie jemanden, auf den sie sich bedingungslos verlassen konnte.

»Kann ich dir vertrauen?« fragte Alida mit kalter Stimme, während sie ihre ehemalige Kammerzofe betrachtete, die so nahe beim Feuer stand, wie sie meinte, sich das erlauben zu dürfen. In den Jahren, die Penella in der Küche gearbeitet hatte, war sie um Jahrhunderte gealtert. Alida würde ihre ehemalige Kammerzofe nicht wiedererkannt haben, wenn sie dieser zufällig irgendwo im Haus begegnet wäre: Sie war abgemagert, hatte graue, strähnige Haare, rauhe Hände, tiefe Falten um Mund und Augen und einen krummen Rücken.

Als Penella nun ihrer Herrin in die Augen blickte, sah Alida nur eine flehentliche Bitte und keine Spur von Stolz mehr darin. Sie war demnach gründlich genug bestraft worden für das, was sie damals vor vielen Jahren getan hatte, als sie diesen Bauern eine Warnung zukommen ließ, daß bald ein Feuer in der Burg ausbrechen würde. Es hatte keinen Tag in Penellas Leben gegeben, an dem sie diese Tat nicht bereut hatte.

»Ihr könnt mir so sehr vertrauen, daß ich sogar für Euch sterben würde, wenn Ihr das verlangen solltet«, versicherte ihr Penella, und das meinte sie auch so, wie sie es sagte. Für ein bequemes Bett und ein warmes Feuer im Kamin würde sie jetzt diese Bauern, die sie damals gewarnt hatte, mit ihren eigenen Händen umbringen.

»Setz dich«, sagte Alida nun freundlich. »Du kannst das da alles aufessen, wenn du möchtest.« Als Penella an dem Tisch vor dem Kaminfeuer Platz genommen hatte, griff sie mit zitternden Händen zuerst nach der Platte mit dem Braten, die darauf stand. »Ich möchte, daß du mir alles wiederholst, was du damals mit angehört hast, als diese alte Frau mich hier besuchte«, fuhr Alida fort. »Was sie mir damals alles über Talis und meine Tochter erzählt hat – jedes Wort, das dir von diesem Gespräch noch im Gedächtnis haften geblieben ist.«

Einen Moment lang dachte Penella daran, zu protestieren und zu beteuern, daß sie damals dem Befehl ihrer Herrin gehorcht und sie beide alleingelassen habe. Doch ein Blick in Alidas Gesicht sagte ihr, daß dies nicht der richtige Zeitpunkt war für derlei Finten. Sie hatte ja schließlich bei allen Gesprächen, die ihre Herrin unter vier Augen mit jemandem geführt hatte, an der Tür gelauscht.

Es war jetzt nicht einfach für sie, einen so klaren Kopf zu bekommen, daß sie sich wieder auf alles zu besinnen vermochte, was damals hier gesprochen wurde. Penella jedoch wußte, daß jeder Bissen, den sie nun von diesem Essen nehmen konnte – von einem richtigen Essen, das *nicht* aus Überresten oder Abfällen bestand – von ihrem Erinnerungsvermögen abhing.

»Sie sagte damals, die beiden wären wie zwei Hälften eines Ganzen. Wenn dem einen weh getan würde, würde es auch der andere spüren. Jeder wollte nur das Beste für den anderen, würde seine persönlichen Wünsche für das Wohlergehen des anderen opfern. Man könnte sie nicht trennen – die Trennung würde sie beide vernichten. Und sie wären eifersüchtig, besonders der Junge. Er könnte es nicht ertragen, wenn das Mädchen ihre Aufmerksamkeit etwas anderem zuwenden würde als ihm. Das Mädchen würde ihn vergöttern, für ihn lügen, stehlen und vermutlich sogar töten, wenn das sein müßte. Aber er besäße ein so großes Ehrgefühl, daß er niemals etwas Unrechtes oder Unehrenhaftes tun würde – selbst für dieses Mädchen nicht.«

An dieser Stelle konnte Penella nicht umhin zu denken, daß ein paar Jahre in John Hadleys Küche jedem das Ehrgefühl aus dem Leib treiben würde. Es war ja ihr eigenes Ehrgefühl gewesen, das sie damals veranlaßt hatte, dieses Bauernpaar zu warnen. Sie hatte damals das Empfinden gehabt, daß das, was man den unschuldigen Kindern antun wollte, nicht »richtig« sei. Aber es war schon erstaunlich, was ein leerer Magen mit dem Ehrgefühl eines Menschen alles anrichten konnte. Sie zweifelte nicht daran, daß sie heute selbst das Feuer legen würde, wenn sie dafür ein paar Tage lang nicht Hunger leiden mußte.

»Gut«, sagte Alida und goß ihrer Magd ein Glas Wein ein. In den Jahren, die sie Penella nun nicht mehr gesehen hatte, hatte sie fast vergessen, über welch ein bemerkenswertes Gedächtnis ihre ehemalige Kammerzofe verfügte. »Ich benötige deine Hilfe. Ich verlange von dir absolute Diskretion, muß mich diesmal aber auch auf deine absolute Loyalität verlassen können.«

Einen Augenblick sah Penella mit glitzernden Augen von ihrem Teller auf. »Ich werde alles tun, was Ihr von mir verlangt«, sagte sie, und die Worte schienen aus dem Mittelpunkt ihrer Seele zu kommen.

»Ich möchte diesen Jungen loswerden«, sagte Alida.

Penella stellte ihren Teller einen Moment auf den Tisch zurück. »Ich werde ihn töten.«

»Nein!« sagte Alida scharf. »Ich will ihn zu seinem wahren Vater zurückschicken. Ich will nicht, daß er eine Verbindung mit diesem Haus eingeht.« Sie senkte die Stimme. »Und ich habe ein Geheimnis, das unter uns bleiben muß: Ich habe höchstens noch zwei Jahre zu leben.«

Bei diesen Worten blickte Penella nicht einmal einen Moment

lang von ihrem Teller auf, und Alida wußte nun, was sie verloren hatte. Es hatte einmal eine Zeit gegeben, in der Penella aus Liebe zu ihrer Herrin alles für sie getan hätte, doch nun galt ihre Liebe einzig und allein ihrem eigenen Überleben. Doch Alida hatte keine Zeit für irgendwelche Sentimentalitäten. Sie mußte ihre Familie retten, und wie Penella würde sie *alles* tun, um dieses Ziel zu erreichen.

Kapitel achtundzwanzig

»Ja, ja, Edith«, sagte Alida gereizt. »Ich weiß, daß dieses Mädchen jetzt sehr fügsam ist und dir keine Probleme mehr bereitet. Und ich weiß auch, daß du dich rührend um sie kümmerst und ich deshalb auch sehr zufrieden mit dir bin; aber ich will jetzt wissen, was du über sie als *Mensch* denkst.«

Edith blickte Alida verständnislos an, da sie nicht wußte, wovon ihre Mutter überhaupt sprach. Ihre Stärken waren Rechenschaftsberichte und Listen, in denen sie Punkte für gutes und Striche für schlechtes Benehmen eintrug. Aber die Eigenschaften eines Menschen zu beurteilen, das hatte man bisher noch nie von ihr verlangt.

»Nun, sie jagt hinter diesem Jungen her, würde ich sagen«, erwiderte sie leise und senkte errötend den Kopf, »hinter unserem Bruder her, wollte ich sagen.«

»O Edith, du bist der Traum einer Tochter für eine Mutter.«

Da hob Edith den Kopf. Sie war sich nicht sicher, ob sie schon jemals ein derartig großes Kompliment von ihrer Mutter erhalten hatte. Jedenfalls keines von dieser Art. Denn wenn sie ihre Abrechnungen vorlegte und in Alidas Auftrag ein fehlerloses Regiment über die Dienstboten führte, bekam sie von ihrer Mutter stets nur ein »Gut« zu hören. Freilich war das immer noch weitaus besser als die Behandlung, die ihr Vater ihr angedeihen ließ. Manchmal hatte sie sogar das Gefühl, daß er gar nicht wußte, wer sie war.

»Danke«, war alles, was Edith auf dieses ungeheure Lob zu erwidern vermochte.

»Hier hat euer Vater nun ein Mädchen in eure Mitte verpflanzt, das du unter deine Fittiche genommen und vorbildlich betreut hast. Du behandelst sie so, als wäre sie ... sie deinesgleichen.«

Darauf wußte Edith nun wieder keine Antwort, da sie von Anfang an gedacht hatte, daß dieses Mädchen ihresgleichen wäre.

»Ich kann verstehen, daß du in deiner Gutherzigkeit den Unterschied zwischen dir und diesem Mädchen gar nicht wahrhaben wolltest. Aber stört es dich denn gar nicht, daß dieses Kind so redet wie ein Bauer? Sie hat nichts gelernt, was für das Leben wichtig wäre – solange man nicht den Anbau von Bohnen zu den wichtigen Dingen des Lebens zählt, heißt das. Vielleicht wäre sie dafür geeignet, einen Acker umzugraben, da sie offenbar keine Hände hat, die zum Lautenspielen taugen. Hast du dir schon mal ihre Hände etwas genauer betrachtet? Sie sind so breit wie Pflugscharen. Und ihre Füße erst! Ich fürchte, ihre Füße haben, bevor sie hierherkam, noch kein einziges Paar Schuhe in ihrem Leben gesehen!«

Alida lächelte, als ihre Tochter sie nun mit großen Augen anschaute. »Wie ich sehe, scheint dir das alles bisher tatsächlich entgangen zu sein. Ja, du bist eine gute Tochter, Edith. Die beste.«

Alida ging nun ans Fenster. »Edith, meine liebste, teuerste Tochter – kann ich dir vertrauen?«

»Ja«, erwiderte Edith, und dann versagte ihr die Stimme. So hatte sie ihre Mutter bisher noch nie erlebt: so offen, so gütig, so sehr ihrer Hilfe bedürftig. Edith spürte ein Brennen in den Augen, als ihr jetzt einfiel, wie oft sie schon gedacht hatte, daß ihre Mutter sich nichts aus ihr machen würde – ja, sie vielleicht gar nicht mochte. »Ja, du kannst mir vertrauen.«

»Dieser Junge, dieser Talis. Glaubst du, daß er schön ist?«

»Er ist mein Bruder. Ich darf mir kein Urteil darüber erlauben, ob ein Bruder schön ist oder nicht. Es würde sich nicht für mich schicken, ihn auf diese Weise zu ...«

»Ja, ja, natürlich nicht«, unterbrach Alida sie da, weil sie sich wieder einmal über die Temperamentlosigkeit ihrer Tochter Edith ärgern mußte. Sie ließ sich nun ihr gegenüber in einem Sessel nieder und ergriff ihre Hände. »In der Nacht, als der Junge geboren wurde, hatte ich große Schmerzen. Du kannst zwar noch nicht wissen, wie schmerzhaft die Geburt eines Kindes für eine Frau ist, aber es kann ihr passieren, daß sie in diesem Moment nicht mehr weiß, was um sie herum vorgeht.«

Edith hatte keine Ahnung, warum ihre Mutter mit ihr jetzt so redete, wo sie doch gar keinen Mann hatte und noch immer eine Jungfrau war.

»In der Nacht, als der Junge auf die Welt kam, befand ich mich mit einer anderen Frau im gleichen Zimmer – einer Frau mit olivfarbener Haut, schwarzen Haaren und dunklen Augen.« Sie blickte ihre Tochter fest an. »Mit Augen, wie dieser Junge sie hat.«

Es dauerte eine Weile, bis Edith begriff, was ihre Mutter ihr damit sagen wollte. »Du meinst, die Kinder könnten vertauscht worden sein?«

Da legte Alida Edith sofort die Hand auf den Mund und blickte sich im Zimmer um, als könnten sich vielleicht ein paar Leute im Kamin oder unter dem Tisch versteckt haben, die sie belauschten. »Das darfst du niemals laut sagen. Es ist etwas, das mich all die Jahre über sehr beschäftigt hat. Ich hatte viel zu große Schmerzen, um darauf zu achten, von welchem Baby ich gerade entbunden wurde. Das Kind dieses dunkelhaarigen Mädchens kam im gleichen Moment wie meines zur Welt. Es war alles so verwirrend damals.«

»Aber das würde doch bedeuten ...«, flüsterte Edith.

Alida beugte sich rasch zu ihrer Tochter vor und flüsterte nun ebenfalls: »Ja, das würde bedeuten, daß Talis gar nicht dein Bruder wäre. Es würde bedeuten, daß Callasandra deine Schwester ist! Ihrem Erscheinungsbild nach könnte man sie doch tatsächlich für eine Tochter von mir halten – meinst du nicht auch?«

»Dorothy hat mal so eine Bemerkung gemacht, aber ich ...« Edith beschloß, ihrer Mutter jetzt lieber zu verschweigen, wie heftig sie ihre Schwester damals dafür getadelt hatte, daß sie so etwas Törichtes habe sagen können.

»O Edith, was soll ich jetzt nur machen? Du hast doch selbst gesehen, was für einen Narren dein Vater an diesem Jungen gefressen hat. Wie könnte ich da jetzt zu ihm gehen und ihm sagen, daß ich es für möglich hielte, daß Talis gar nicht sein Sohn ist? Und daß er nur noch eine Tochter mehr hat, und zwar eine, die ihm noch viel weniger gefallen kann als seine anderen Töchter?« Einen Moment lang vergrub Alida das Gesicht in den Händen. »Und ich habe niemanden auf der Welt, dem ich mein Wissen anvertrauen könnte.«

»Du kannst mir doch vertrauen, Mutter«, sagte Edith leise und fühlte sich in diesem Moment so privilegiert wie nie zuvor in ihrem Leben.

»Kann ich das, Edith? Kann ich dir wirklich vertrauen?« Ehe ihre Tochter darauf eine Antwort geben konnte, fuhr Alida fort: »Ich hoffe, daß ich es kann, weil man mir nämlich von einem Witwer berichtet hat, der nach einer neuen Frau Ausschau hält. Er ist dreißig und hat zwei Kinder – zwei süße kleine Knaben, die dringend eine Mutter brauchen. Und wie man mir erzählte, soll sein Eheweib eine ganz miserable Hausfrau gewesen sein. Und deshalb würde es dieser Mann ganz besonders begrüßen, wenn er jetzt eine Frau bekäme, die ihm sein Haus in Ordnung hält und sich um seine Kinder kümmert.«

Edith drückte ihrer Mutter so fest die Hand, daß diese einen Schmerzensschrei unterdrücken mußte. »Ich werde *alles* für dich tun, Mutter. Überhaupt *alles*.«

»Was für eine gute Tochter du doch bist. Kann ich jetzt mit dir über ein paar Dinge reden, die du für mich arrangieren sollst? Ich bin nämlich der Meinung, daß dieser Talis nicht nur im Waffenhandwerk unterwiesen werden, sondern auch ein paar

Lektionen im Tanzen, guten Benehmen, im Lautenspiel und in höfischer Etikette erhalten sollte. Glaubst du, daß Joanna und Dorothy ihm dabei helfen könnten, in diesen Bereichen etwas zu lernen?«

Edith mußte sich gewaltig zusammennehmen, daß sie nicht laut auflachte. Jede ihrer jüngeren Schwestern würde ihre Seele dafür verkauft haben, diesen schönen Jungen auch nur einmal berühren zu dürfen. Sie fragte sich sogar, ob Joanna nicht einen Herzschlag bekommen würde, falls Talis sie auf ein Pferd heben würde.

»Ja, ich denke, daß ich sie dazu überreden könnte, ihm in diesen Bereichen etwas beizubringen. Obwohl sie beide sehr beschäftigt sind.« Sie wollte nicht *zu* eifrig klingen, damit ihre Mutter nicht etwa auf den Gedanken käme, daß ihre Töchter den ganzen Tag nichts Nützliches täten.

»Ja, ich bin sicher, daß sie das sind«, sagte Alida, die wußte, daß es keinen Quadratzentimeter Stoff in diesem Land gab, der nicht von ihren »vielbeschäftigten« Töchtern bestickt worden war.

»Und findest du nicht auch«, fragte Alida nun auf eine scheinbar arglose Weise, »daß Callasandra nicht gar so viel Zeit in der Nähe dieses Jungen verbringen sollte? Glaubst du, daß du einen nützlicheren Zeitvertreib für sie finden könntest? Vielleicht sollte man sie mit der Pflege eines Gartens betrauen, da das doch bisher ihr Metier gewesen zu sein scheint.« Alidas Kopf ruckte in die Höhe, als wäre ihr in diesem Moment eine Idee gekommen. »Pater Keris könnte doch eine Gehilfin für die Betreuung seiner Arzneipflanzen gebrauchen!«

Bei diesen Worten stockte Edith der Atem. Der Arzneigarten war voll von giftigen Gewächsen – Eisenhut, Tollkirschen, Schierling, Fingerhut etcetera –, also von Pflanzen, mit denen man Schmerzen lindern und Kranken einen erholsamen Schlaf verschaffen konnte, die jedoch, wenn sie unsachlich angewendet wurden, auch allesamt den Tod bringen konnten. Diese Pflanzen wurden in einem eigens für sie reservierten Garten angebaut, damit sie nicht mit Küchenkräutern und anderen harmlosen Gewächsen verwechselt werden konnten. Dieser Giftgarten, wie er genannt wurde, befand sich eine Meile vom Haus entfernt auf einem Hügel und wurde seiner Gefährlichkeit wegen von jedermann gemieden.

Plötzlich schossen Edith tausend Fragen auf einmal durch ihren sonst so methodischen Kopf. »Wenn Callie unsere Schwester ist, wäre es da wirklich ratsam, sie in den Giftgarten zu schicken? Das ist ein schrecklich einsamer Ort, und es könnte ihr dort auch allerhand Schlimmes passieren ... Ich meine, das wäre doch wohl nicht die richtige Beschäftigung für eine Lady, nicht wahr? Und wenn alle Welt Talis für unseren Bruder hält, was müssen dann die Leute von uns denken, wenn meine Schwestern bei jeder seiner Berührungen zu kichern anfangen, was sie ganz gewiß tun werden, wie ich sie kenne? Und wenn ich ...«

»Edith«, unterbrach ihre Mutter sie da im strengen Ton, »ich behandle dich nicht wie ein Kind, sondern wie eine Erwachsene, die du ja auch bist. Deswegen habe ich dir dieses große Geheimnis anvertraut. Und deswegen verlasse ich mich auch jetzt darauf, daß du es bewahren und mein Vertrauen honorieren wirst. Und ich überlasse es nun auch dir und deinem Urteilsvermögen, was du tun oder nicht tun wirst. Auf keinem Fall würde ich etwas von dir verlangen, das dein Moralgefühl verletzen könnte.« Alida beugte sich in ihrem Sessel vor. »Aber was du auch immer unternehmen wirst: Du darfst dir John oder deinen Schwestern gegenüber niemals anmerken lassen, daß du Grund hättest, daran zu zweifeln, daß Talis der Sohn deines Vaters wäre. Hast du mich verstanden?«

Als Edith jetzt zögerte, lächelte Alida und sagte: »Der Name des Witwers ist Alan. Er ist größer als dein Vater und sehr hübsch. Er wird nicht lange ohne Frau bleiben. Ich werde jetzt bald eine Reise zu Gilbert Rasher unternehmen müssen. Vielleicht könnte ich auf dem Weg zu ihm kurz bei Alan vorbeischauen und ihm erzählen, was für eine gute, treue, pflichtbewußte und gehorsame Tochter du doch bist. Und wie nützlich du dich hier bei mir machst und was für eine große Hilfe du für mich sein würdest, wenn ich dich am dringendsten bräuchte. Und daß du die vertrauenswürdigste Person wärest, die man sich vorstellen kann.«

Sie streichelte Ediths Wange. »Ich werde ihm auch sagen, wie ungemein hübsch du bist. Und wenn ich dann mit meiner Rede fertig sein werde, wird seine Unterschrift unter einem Heiratsvertrag stehen. Dessen bin ich mir ganz sicher.« Sie lachte ein wenig. »Denk nur dran, Edith – nächstes Jahr um diese Zeit könntest du schon schwanger sein mit einem Kind. Würde dir das nicht gefallen?«

Alidas Worte raubten Edith den Atem, und einen Moment lang zitterten ihr die Hände bei dieser Vorstellung, daß sie ihren eigenen Haushalt führen und einen Mann haben könnte, der ihr gehörte, und ihr eigenes *Kind.* »Ich werde dein Geheimnis bewahren und schweigen wie ein Grab. Ich werde dafür sorgen, daß dieser Junge seine Lektionen bekommt und ...« Sie konnte dieses Mädchen jetzt nicht beim Namen nennen, weil ihr sonst wieder eingefallen wäre, daß Callasandra vermutlich ihre Schwester war. »Ja, ich werde es möglich machen, daß sie die Pflege des Giftgartens übernimmt.«

»Gut«, sagte Alida und küßte ihre Tochter auf die Wange. »Ich freue mich, daß wir der gleichen Meinung sind. Du darfst jetzt wieder gehen.«

Damit war Edith entlassen, weil ihre Mutter erreicht hatte, was sie von ihr wollte: blinden Gehorsam. Und als Alida dann später wieder mit Penella allein war, die zwei Tage lang nichts anderes gemacht hatte als zu essen, sagte sie zu ihr: »Erinnere mich daran, daß ich mich nach einem Ehemann für Edith umschauen muß. Obwohl es schwierig sein wird, einen für sie zu finden. Sie sieht so verschrumpelt aus wie ein zwei Jahre alter Apfel.«

»Hmmm«, war alles, was Penella dazu sagen konnte, weil sie gerade den Mund voll hatte.

Kapitel neunundzwanzig

»Du bist in der Tat sehr hübsch, Talis«, sagte Alida, zu ihm aufsehend. Sie hatte sich an diesem Morgen besonders viel Mühe mit ihrer Garderobe gegeben, weil sie wußte, daß sie mit diesem Jungen zum erstenmal, seit er nach Hadley Hall gekommen war, unter vier Augen sprechen würde. Einen Moment lang empfand sie so etwas wie Eifersucht bei dem Gedanken, daß dieses schmächtige, dunkelhaarige Mädchen einen so schönen, stattlichen Jungen wie Talis auf die Welt hatte bringen können, während sie nur zwei körperlich schwächliche und ständig kränkelnde Söhne geboren hatte. Und wie hatte es Gilbert Rasher nur fertiggebracht, einen *solchen* Sohn zu zeugen?

Wenn sie Talis ansah, war ihr, als würden Sonnenstrahlen von ihm ausgehen. Auch wenn man ihr nichts davon erzählt hätte, würde sie sofort gewußt haben, daß dieser Junge eher sterben als seine Überzeugungen verraten würde. Er war wie eine dieser Gestalten in den alten Heldensagen, die zu gut gewesen waren für diese Welt. Einen Moment lang erschauerte sie, als sie sich wieder daran erinnerte, daß all diese jungen Helden auch jung gestorben waren.

»Ihr seid nicht gesund«, sagte Talis da leise, schob einen kräftigen Arm unter ihre Achsel und führte sie zu einem Sessel. Als sie darin Platz genommen hatte, kniete er vor ihr nieder und blickte ihr tief in die Augen. Er sah sie so eindringlich an, wie das noch niemand von ihrer Familie bisher getan hatte.

In nächsten Moment hatte er bereits eine Robe über ihre Knie gebreitet und das Feuer geschürt. Und als er sich dann wieder zu ihr umdrehte, konnte sie ihm ansehen, daß er wußte, daß ihre Tage auf dieser Welt gezählt waren. Und wieder spürte sie, wie sehr sie sich wünschte, dieser Junge wäre ihr Sohn.

Sie bemühte sich nun nach Kräften, ihre Haltung wiederzugewinnen. Sie durfte sich nicht dem Selbstmitleid ergeben. Sie würde schon in wenigen Monaten ihrem Schöpfer gegenüberstehen und hatte bis dahin noch eine Menge abzubüßen. Sie konnte unmöglich in dem Wissen vor Gott hintreten, daß sie das Leben und die Zukunft ihrer Kinder von jemandem abhängig gemacht hatte, der nicht mit ihr verwandt war.

»Komm, mein Sohn«, sagte sie mit schwacher Stimme. »setz dich zu mir und laß dich anschauen.«

Sogleich ließ er sich zu ihren Füßen nieder und hielt das Gesicht ins Licht. Makellose Haut, perfekte Zähne, offene, ehrliche Augen.

»Du hast darum gebeten, Callasandra heiraten zu dürfen?«

»Ja«, sagte er. »Das ist mein größter Wunsch auf Erden. Callie ist ...« Er zögerte, errötete und blickte ins Feuer.

»Sie ist sehr jung«, erklärte Alida streng.

»Nicht zu jung«, erwiderte er lächelnd.

Sie konnte spüren, daß er davon überzeugt war, spürte sein Gefühl, daß das etwas war, das er haben *mußte*.

»Du bist der Sohn, den ich mir immer wünschte und niemals hatte«, sagte sie leise.

Talis sah sie stirnrunzelnd an. »Philip und James sind doch ...«

»Ja«, unterbrach sie ihn rasch. »Sie sind gut und lieb. Aber gleichgültig, wie viele Kinder eine Frau auch haben mag, der Verlust auch nur eines davon hinterläßt stets eine Lücke in ihrem Herzen. Weißt du eigentlich, daß meine Haare über Nacht ergrauten, als ich annehmen mußte, ich hätte dich damals bei diesem Brand verloren? Weißt du, daß wir damals alle wie von Sinnen waren über den Verlust? Dein Vater hat sich bis heute noch nicht ganz davon erholen können.«

»Ich habe davon gehört«, sagte Talis leise.

Sie streichelte seine Haare – diese weichen, lockigen Haare, die sich um ihre Finger ringelten. Es hatte eine Zeit in ihrem Leben gegeben, in der sie zu einer großen Liebe fähig gewesen war. Hätte sie ihrem Mann bereits am Anfang ihrer Ehe einen solchen Sohn wie diesen hier beschert, wäre ihr Leben ganz anders verlaufen.

»Und nun hast du den Wunsch, mich wieder zu verlassen,

nachdem ich dich eben erst wiedergefunden habe? Du willst heiraten und mich verlassen?«

»Wir werden hier wohnen bleiben, wenn das Euer Wunsch ist.«

Sie lächelte ihn an. »Wenn du heiratest, wirst du keine Zeit mehr für mich haben. Junge Ehemänner denken nur noch an die junge Frau, die zu Hause im Bett auf sie wartet.«

Da ließ Talis ein leises Lachen hören und sah auf das Feuer zurück. Sie konnte ihm ansehen, daß sein Geist nun erfüllt war von der Vorstellung, wie er seine Geliebte streichelte und küßte, und als Alida das bemerkte, verhärtete sich ihr Herz noch mehr. Sie hatte einmal an dieselben Dinge gedacht wie dieser Junge, aber sie konnte auch sehen, wohin sie das gebracht hatte! Küsse hatten keinen Bestand, nur Ländereien und Güter.

Sie schwiegen einen Moment, Talis auf dem Boden sitzend, und Alida sich in ihren Sessel zurücklehnend. Das einzige Licht im Raum war das Feuer im Kamin, das sie mit einer sanften Glut überzog.

»Du weißt, daß ich bald sterben werde?« fragte Alida.

»Ja«, antwortete er, ohne sie anzusehen.

»Woher weißt du das?«

»Ihr vergeßt, daß ich nicht in diesem reichen Haus aufgewachsen bin. Ich habe auf einer Farm gelebt. Dort lernt man, einem Tier ins Auge zu sehen und darin zu lesen, ob es Schmerzen leidet.«

»Nur drei Menschen wissen davon – du, meine Kammerzofe und eine Wahrsagerin, die ich befragt habe. Sie prophezeite mir, daß ich höchstens noch zwei Jahre zu leben habe.«

Als sie daraufhin wieder schwieg, kroch Talis' Hand langsam nach oben und nahm ihre schmale, weiße Hand zwischen seine dunkelfarbigen, kräftigen Finger.

»Willst du mir helfen?« fragte sie nun in flehendem Ton.

»Ich werde tun, was auch immer ich kann.«

»Ich habe dich dein ganzes Leben lang vermissen müssen. Ich habe dich schon entbehren müssen, als du noch ein Baby gewesen bist und deine ersten Gehversuche machtest. Es ist mir nie vergönnt gewesen, meine Zeit mit dir zu verbringen wie mit meinen anderen Kindern.«

Sie nahm jetzt seine Hand in ihre beiden Hände. »O Talis, ich liebe meine Kinder so sehr, daß ich überaus eigensüchtig bin in allen sie betreffenden Belangen. So könnte ich es zum Beispiel nicht ertragen, daß meine Töchter heiraten und mich verlassen würden.«

Sie hielt einen Moment inne, um zu sehen, ob er ihr das auch glaubte. Anscheinend tat er das. Er war offenbar nicht an Lug und Trug gewöhnt, sondern davon überzeugt, daß die Menschen immer nur die Wahrheit sagten.

»Ich ... ich weiß«, sagte sie nun mit stockender Stimme, als würden ihr die Worte, die sie nun aussprechen würde, fast das Herz zerreißen, »daß du dieses Mädchen sehr liebst, möchte dich aber dennoch um einen Gefallen bitten. Laß mich dich noch ein wenig besser kennenlernen. Verschaffe auch deinen Brüdern und Schwestern Gelegenheit, sich noch ein wenig besser mit dir vertraut zu machen, bevor du dich mit deinem Jawort an einen anderen Menschen bindest. Denn wenn du erst einmal verheiratet bist und eigene Kinder hast, werden diese deine ganze Zeit in Anspruch nehmen, und wir – ich, mein Gemahl und meine Kinder –, werden kaum noch eine Gelegenheit bekommen, dich eine Weile lang für uns zu haben.«

Sie legte eine Pause ein. »Ich weiß, daß ich dir mit meiner Bitte viel zumute. Und daß ich auch kein Recht dazu habe, das von dir zu verlangen, denn ich bin ja nicht dagewesen, um dir eine Mutter sein zu können. In der Nacht, als du geboren wurdest, wäre ich fast gestorben in dem Bemühen, dich auf die Welt zu bringen. Du warst so groß, so ungeheuerlich groß, und ich bin eine eng gebaute Frau.« Sie lachte und legte ihm die Hand auf den Kopf. »Du hättest mich mit deiner Größe beinahe in zwei Teile zerrissen.«

Talis hatte wieder die Stirn gerunzelt und sah sie nicht an, da ihre Rede ihn in arge Verlegenheit versetzt hatte. Er kam sich furchtbar schlecht vor, daß er mit seinem Eintritt ins Leben seiner Mutter so schreckliche Schmerzen zugefügt hatte.

»Ich will mich jetzt nicht darüber beklagen, sondern glaubte nur, dir eine Erklärung dafür schuldig zu sein, daß ich mich in der Nacht, als du geboren wurdest, nicht so um dich gekümmert habe, wie sich das eigentlich für eine Mutter gehört. Aber ich war fast außer mir vor Schmerzen.« Sie senkte die Stimme. »Und das Blut, das viele Blut, das ich in jener Nacht verloren habe! Deine Geburt ist der Grund dafür, daß ich danach keine Kinder mehr bekommen konnte. Ich war nach deiner Geburt nicht mehr in der Lage, ein Kind auszutragen.«

Talis bekam nun mit jedem Wort, das Alida sagte, ein schlechteres Gewissen. Er verdankte dieser Frau doch so viel, hatte sie aber mit seiner Geburt fast umgebracht und sie der Fähigkeit beraubt, weitere Kinder zu bekommen. Ja, er hatte ihr sogar die Gelegenheit genommen, sich nach seiner Geburt um ihn zu kümmern!

»Als ich dann hörte – nach allem, was ich bei deiner Geburt durchgemacht hatte, und den vielen Schmerzen, die ich dabei hatte erdulden müssen –, daß du in einem Feuer umgekommen wärest, hätte ich fast meinen Verstand verloren. Ich bin nach deiner Geburt viele Monate lang krank gewesen.«

Sie streichelte nun seine Hände und blickte ins Feuer. »Ich erzähle dir das alles, weil ich dich um etwas bitten möchte. Ich möchte dich bitten, erst zu heiraten, wenn – wenn ich von dieser Welt gegangen bin.«

»Aber ...«, begann Talis, doch sie schnitt ihm das Wort ab.

»Ich weiß, was ich mit dieser Bitte von dir verlange. Ich weiß, wie heiß das Blut der Jugend ist – wie heftig es in den Adern schäumt. Ich hatte gehofft, daß du dich zu beherrschen vermagst, aber vielleicht habe ich mich in diesem Punkt in dir getäuscht.«

»Ich kann mich durchaus beherrschen«, gab Talis da beleidigt zurück.

»Ja, natürlich kannst du das. Ich wollte dir damit nicht

unterstellen, daß du das nicht könntest. Talis, mein lieber Sohn – es ist doch nur so, daß dein Vater und ich noch eine Weile deine Gesellschaft genießen möchten.«

Doch Talis konnte an gar nichts anderes mehr denken als an Callie. In den Wochen, seit er John Hadley kennengelernt hatte, war sein Wunsch, in ihrer Nähe zu sein, sie in seinen Armen zu halten, fast zu einer Besessenheit geworden. Tatsächlich fand er jetzt, daß Callie ihm viel wichtiger war als sein Wunsch, Ritter zu werden.

»Wie willst du sie denn ernähren?« fragte Alida.

»Wie bitte?«

»Ich fragte, wovon du denn den Lebensunterhalt deiner Frau bestreiten möchtest.«

Bei diesen Worten sank ihm das Herz in die Hose hinunter. Er hatte zwei Möglichkeiten: entweder kehrte er wieder zu Will zurück und arbeitete bei ihm auf der Farm, oder er verließ sich auf die Großzügigkeit seines Vaters. Wenn sein Vater aber nicht wollte, daß er jetzt heiratete, würde er Callie wieder auf die Farm zurückbringen – und zusehen müssen, wie sie ihr Leben damit verbrachte, den Hühnern die Hälse umzudrehen.

Alida legte nun den Daumen unter Talis' Kinn und hob sein Gesicht an. »Wenn du tust, was ich von dir verlange, werde ich dir in meinem Testament meinen Landsitz, Peniman Manor, vermachen.«

Während er jetzt nur stumm dasitzen und sie anblinzeln konnte, fing sie an, ihm eine ausführliche Beschreibung dieses Besitzes zu liefern: ein erst fünfzig Jahre altes steinernes Haus mit Gärten, die sie viele Jahre hindurch gepflegt, mit seltenen Ziersträuchern und Beeten voller wunderschöner Rosen versehen hatte. Sie erzählte ihm von den weitläufigen Stallungen und den Häusern der Farmarbeiter, die zu diesem Besitz gehörten. »Und bedenke doch nur, was du bei deinen Kenntnissen von der Landwirtschaft alles aus den vielen Äckern und Weiden, die zu dem Besitz gehören, herausholen könntest.«

Sie konnte sehen, wie seine Augen aufleuchteten.

»Hast du denn auch an die beiden gedacht, die dich aufgezogen haben? Sie sind nicht mehr jung, und die Farmarbeit wird sie mit jedem Jahr, das sie älter werden, härter ankommen. Peniman Manor ist jedoch groß genug, daß sie dort bei euch wohnen und sich um eure Kinder kümmern können.«

Da mußte Talis lächeln, als er daran dachte, daß Meg nur zu gern ein Dutzend Enkelkinder auf ihren Knien schaukeln und sie so mit Brei und Gemüse vollstopfen würde, daß sie fast platzten. Und Will würde nicht auf einen Acker verzichten müssen, auf dem er die größten Rüben des Landes züchten konnte.

Callie würde ein großes Haus und schöne Kleider haben können. Sie würde nicht ein Leben lang schuften müssen und vorzeitig von der schweren Farmarbeit verbraucht sein. Ihre Kinder würden die beste Erziehung erhalten und auf den besten Pferden reiten können. Und ...

»Wäre es wirklich zu viel verlangt von dir, noch zwei Jahre mit der Heirat zu warten, wenn die Belohnung dafür so groß ist?«

»Nein«, erwiderte er da, »das wäre wirklich nicht zu viel verlangt.« Im Geiste sah er sich bereits zu Callie laufen, ihr jubelnd um den Hals fallen und ihr die Neuigkeit mitteilen. Dann würden sie gemeinsam Zukunftspläne schmieden und sich überlegen, was für Pferde sie kaufen würden. Und wie er Callie kannte, würde sie sich endlos mit ihm darüber unterhalten, was für Namen sie ihren Kindern geben sollten. Und allein schon bei diesem Gedanken mußte er jetzt lächeln.

»Du darfst ihr davon nichts sagen«, erklärte Alida nun, die offenbar seine Gedanken lesen konnte. »Du darfst Callasandra nichts davon erzählen.«

Er blickte Alida scharf an.

»Das darfst du nicht; denn wenn du das tätest, müßtest du sie auch von meinem ... meinem Gesundheitszustand unterrichten. Und davon darf sie nichts wissen. Sie ist nicht mit mir verwandt, und ich könnte es nicht ertragen, wenn sie mich die ganze Zeit mit ihren mitleidigen Blicken verfolgen würde. Und das würde sie bestimmt tun, wie ich sie kenne. Sie hat ein weiches Herz.«

»Ja«, pflichtete Talis ihr bei. »Das weicheste Herz, das man sich vorstellen kann. Aber sie würde es niemandem verraten. Ich würde ...«

»Talis! Nun hör mir mal gut zu. Ich verlasse mich in dieser Beziehung auf dich wie auf keinen anderen sonst. Nicht einmal mein eigener Gatte weiß, wie krank ich bin.« Und um diese Tatsache zu unterstreichen, bekam sie nun einen Hustenanfall, hielt sich ein Taschentuch an den Mund und zeigte ihm dann zwei kleine Flecken von dem Blut, die sie ausgehustet hatte.

Als sie dann wieder das Wort ergriff, war ihre Stimme rauh und heiser. »Du mußt auf mich hören. Du bist jetzt ein Mann und solltest dich auch wie ein solcher benehmen. Du kannst nicht mehr wie ein kleiner Junge alles, was du weißt, überall herumerzählen. Es gehört zu den Eigenschaften des Erwachsenseins, daß man Geheimnisse hat und diese auch zu bewahren versteht. Wenn du Manns genug bist, um heiraten zu können, solltest du auch Manns genug sein, das Mädchen, das du heiraten willst, beschützen zu können. Bist du das?«

»Ja«, antwortete er.

»Dann mußt du jetzt auch auf mich hören. Du darfst niemandem verraten, was du weißt. Meine Familie liebt mich sehr – liebt mich genauso wie du die Frau, die dich aufgezogen hat. Was würdest du wohl empfinden, wenn du jetzt wüßtest, daß sie stirbt?«

Talis mochte nicht einmal daran denken, daß Meg irgendwann einmal sterben könnte.

»Wenn ich sterbe«, fuhr Alida fort, »wird meine Familie auseinanderbrechen. Sie wird nicht wissen, wie sie ohne mich zurechtkommen soll. Und deshalb muß ich mich darauf verlassen können, daß du dich eine Weile lang um sie kümmern wirst, und dich schon jetzt mit dem Wissen um meinen bevorstehenden Tod belasten. Aber nur dich allein. Du kannst doch nicht so grausam sein, dieses schreckliche Wissen mit einem Mädchen teilen zu wollen, das du liebst, nicht wahr?«

Talis schüttelte den Kopf.

»Und du darfst ihr auch nicht verraten, daß du mich gefragt hast, ob du sie heiraten darfst.«

»Das muß ich Callie aber sagen«, protestierte Talis. »Ihr kennt sie nicht! Sie würde glauben, daß ich ... daß ich ...«

»Daß du sie nicht lieben würdest?« sagte Alida da mit glitzernden Augen. »Hast du etwa vergessen, daß ich auch mal ein Mädchen gewesen bin, bevor ich eine Ehefrau und Mutter wurde? Natürlich wird sie dir grollen, mit dir schmollen, sich beschweren und zu dir sagen, daß sie dächte, sie würde dir nichts bedeuten.« Alida lachte leise in sich hinein. »Hört sich das für dich etwa schlimm an?«

»Nein«, erwiderte Talis lächelnd und dachte, daß sich das für ihn eher wunderbar anhörte. Manchmal glaubte er nämlich, daß Callie sich seiner viel zu sicher sei.

»In Wirklichkeit ist es so, daß ich meinen Gatten erst dazu überreden muß, in diese Heirat einzuwilligen. Du mußt nämlich wissen, Talis, daß Callasandra dir, was ihre Abkunft betrifft, keineswegs ebenbürtig ist. Als mein Gemahl mich aufsuchte, um mich von deinem Heiratswunsch zu unterrichten, war er strikt dagegen, daß du mit ihr eine eheliche Verbindung eingehst, weil Callasandras Vater nicht zu unserer Familie passen würde. Er möchte Callasandra jetzt sogar zu ihrem Vater zurückschicken und ...« Sie hielt inne, als sie Talis' erschrockenes Keuchen hörte.

»Ihr könnt Callie nicht wegschicken! Dann würde ich nämlich mit ihr gehen!«

»Wirklich?« sagte Alida schroff. »Und was willst du dann machen? Dir als Holzfäller dein Brot verdienen?«

Einen Moment lang hielt Talis die Luft an, als er sich wieder an Callies Geschichte von dem Jungen und dem Mädchen erinnerte, die von zu Hause wegliefen und dann fast verhungert wären.

»Du mußt mir vertrauen«, sagte sie. »Du *mußt* das tun, weil ich nämlich das gleiche will, was du möchtest. Ich werde meinen Gatten zu dieser Heirat überreden. Und ich werde dich für deine Hilfe in meinem Testament reich belohnen; aber in den nächsten beiden Jahren mußt du mir helfen.«

»Ja. Ich werde tun, was ich kann.«

»Dann möchte ich, daß du mir das auch feierlich gelobst.«

Da weiteten sich Talis' Augen. Ritter legten heilige Eide ab. Ritter leisteten Damen, die ihre Hilfe benötigten, feierliche Schwüre.

»Hol mir mal die Bibel her, die dort drüben liegt«, sagte Alida, hob mit einiger Mühe ihren rechten Arm an und deutete mit einem vor Schwäche zitternden Finger auf einen alten, in Elfenbein gebundenen Folianten. Als er dann das Buch der Bücher in seinen Händen hielt, sagte sie: »Du mußt mir schwören, daß du niemandem etwas von meinem nahe bevorstehenden Tod erzählen wirst.«

»Ich schwöre es.«

»Und nun küsse die Bibel.«

Er tat es mit feierlichem Ernst und großer Ehrerbietung.

»Schwöre mir, daß du Callasandra nicht verraten wirst, daß du mich um die Erlaubnis gebeten hast, sie zu heiraten.«

»Und wenn sie mich danach fragen sollte?«

»Wirst du ihr sagen, daß du noch nicht entschieden hast, wen du heiraten wirst.«

Talis zögerte, hierauf einen Schwur zu leisten. Doch auf Alidas Stirnrunzeln hin tat er es und küßte die Bibel.

»Schwöre, daß du ihr nicht eher die Unschuld nehmen wirst, bis du mit ihr verheiratet bist.«

Talis Augen weiteten sich.

»Du wirst doch wohl nicht daran denken, dir zu nehmen, was dir gar nicht gehört – nicht wahr? Wenn du sie nun schwängern, dann vom Pferd fallen und dir das Genick brechen würdest, ehe du sie heiraten konntest – was soll dann aus ihr und dem Kind werden? Liegt dir denn nicht ihr Wohl am Herzen? Oder betrachtest du sie nur als ein Objekt für deine animalischen Triebe? Soll ich dich etwa überschätzt haben? Bist du gar nicht der Mann, für den ich dich gehalten habe, sondern noch immer ein unreifer Knabe?«

Talis schien es diesmal besonders schwerzufallen, ihrer Aufforderung nachzukommen, doch nach einer Weile legte er dann auch diesen gewünschten Eid ab und küßte die Bibel.

Als Talis seinen dritten Schwur geleistet hatte, sah Alida ihn an. Er war so ernst, so offenkundig bestrebt, sich überaus gewissenhaft an alles, was er ihr versprochen hatte, zu halten.

»Du mußt dich jetzt auch von ihr fernhalten«, sagte Alida leise. »Die Leute reden bereits über euch. Sie sagen, Callasandra habe keinen Charakter. Sie behaupten, sie wäre gar keine Jungfrau mehr, sondern dir schon oft zu Willen gewesen.«

»Das ist nicht wahr!« brauste er auf.

»Ich weiß das, und du weißt das. Aber das hält die Leute nicht davon ab, ihr solche üblen Sachen nachzureden.« Sie blickte ihm in die Augen. »Sie reden ja nicht schlecht über dich, sondern über Callasandra. Dir können ihre boshaften Behauptungen ja nichts anhaben. Vielmehr ist es eine traurige Wahrheit, daß solche Verleumdungen deinen Status als Mann in ihren Augen sogar noch erhöhen, während die gleichen Worte den Ruf einer Frau für immer ruinieren können.«

Alida zog eine Braue in die Höhe.

»Vielleicht ist es dir ja gleichgültig, was sich die Leute so erzählen. Dic meisten Männer würden sich nicht darum scheren.«

»Ich gehöre aber nicht zu den meisten Männern«, erwiderte er, sich kerzengerade aufrichtend. »Ich könnte niemals zulassen, daß sie meinetwegen Schaden erlitte. Ich werde dafür sorgen, daß es keinen Anlaß mehr zu solchen Reden geben wird.«

»Was bist du doch für ein netter Junge! Aber jetzt merke ich, daß ich sehr erschöpft bin und dringend der Ruhe bedarf.«

»Natürlich«, sagte er, sofort bereit, nun Rücksicht auf ihren

Gesundheitszustand zu nehmen. »Ich sollte Euch jetzt nicht länger mit meiner Gegenwart belästigen, damit Ihr Euch wieder erholen könnt.«

Kaum war er gegangen, als Alida Penella zu sich bestellte und ihr auftrug, nun Callasandra zu ihr zu schicken.

Kapitel dreißig

Alida wußte vom ersten Moment an, als sie Callie sah, daß dieses Mädchen ein Rückgrat aus Stahl hatte. Das war keine Edith, die man mit leeren Versprechungen von einem Ehemann und einem eigenen Heim abspeisen oder gefügig machen konnte. Das war kein Mädchen, bei dem es genügte, von *Ehre* zu reden, damit es sich bereitfand, alles zu tun, was man von ihm verlangte. Ja, selbst mit dem Wort *Tod* würde man bei diesem Mädchen nichts erreichen können.

Alida wußte, daß diese Tochter ihr in gewisser Hinsicht am nächsten verwandt war, doch sie wollte es nicht wahrhaben. Wie jeder Mensch, der seinen eigenen Willen durchzusetzen versuchte, betrachtete sie jeden, der sich diesem widersetzte, als widerborstig und unvernünftig.

Als Alida Callie jetzt anblickte, wußte sie, daß dieses Mädchen eine harte Nuß für sie sein würde. Callie hatte etwas Unbeugsames an sich, das Alida für ihre Pläne nichts Gutes zu versprechen schien.

»Setz dich und iß«, forderte Alida das Mädchen nun mit süßer Stimme auf.

Doch Callie wollte sich weder setzen noch etwas essen. Gestern war Edith ganz verdattert von einem Gespräch mit ihrer Mutter zurückgekommen und war seither ein ganz anderer Mensch. Von diesem Augenblick an hatte sie alles getan, um ihr das Leben zur Hölle zu machen. Bisher hatte sie einer Gruppe überflüssiger Frauen als Zielscheibe für ihren Spott und auch etlicher Kränkungen gedient, doch an diesem Morgen hatte

Edith sie mit einer gewissen Verlegenheit, die sie nicht zu verbergen vermochte, zur Betreuerin einer Reihe von giftigen Pflanzen befördert. Da sie, Callie, bisher ja auf einer Farm gearbeitet habe, hatte Edith ihr erklärt, wäre das die richtige Beschäftigung für sie.

Callie wußte sehr genau, daß Edith viel zu schwach war, eigene Entscheidungen zu treffen. Bisher hatte Callie diese Frau nur bemitleiden können, die krank war vor unerfüllter Sehnsucht nach Liebe und Kameradschaft, weil ihr alles verwehrt wurde, wonach Frauen in ihrem Alter verlangten. Doch nach dem, was Edith ihr in den letzten zwei Tagen zugemutet hatte, konnte sie diese Frau nun nicht mehr bedauern.

»Was wollt Ihr von mir?« fragte Callie mit kaum verhülltem Ärger und sah Lady Alida mit harten Augen an. Sie wußte, daß diese Frau zweifellos für jeden Gedanken, den Edith in ihrem leeren Kopf hatte, verantwortlich war.

»Aber, aber, du scheinst mir ja sehr ungehalten zu sein. Wie kannst du böse sein auf jemanden, der dich behandelt wie seine eigene Tochter?«

Das konnte man nicht bestreiten, dachte Callie bei sich, da sowohl John wie Alida Hadley ihre Töchter so behandelten, als wären sie Hautgeschwüre, mit denen man sich eben abfinden mußte. »Was wollt Ihr von mir?« fragte Callie jetzt zum zweitenmal.

Alida gab nun ihren Versuch auf, sich als Wohltäterin dieses Mädchens aufspielen zu wollen. So genau, wie sie wußte, daß dieses Kind ihre Tochter war, wußte sie auch, daß dieses Mädchen dem Wohl ihrer anderen Kinder geopfert werden mußte. Zudem – was verlangte sie denn schon groß von ihr? Sie wollte doch nur verhindern, daß Callasandra und Talis einander heirateten. Sobald sie Talis losgeworden war, konnte sie diesem Mädchen ja einen durchaus passablen Ehemann besorgen.

»Du scheinst so vernarrt zu sein in meinen Sohn, daß du an ihm klebst wie eine Klette. Das dulde ich nicht.«

Darauf warf Callie ihr wieder einen harten Blick zu. »Dann

werde ich eben Euer Heim für immer verlassen müssen.« Callie wandte sich zum Gehen, aber Alidas nächste Worte zwangen sie dazu, kurz vor der Tür stehenzubleiben.

»Dann wirst du es allein verlassen müssen; denn mein Sohn bleibt hier. Ich kann ihm nicht erlauben, sein Leben mit einem Mädchen zu verbringen, das auf einer Farm arbeitet. Mein Sohn wird ein Ritter werden. Und er wird eine *Lady* heiraten.«

Bei diesen Worten drehte sich Callie um, warf Alida noch einmal einen bösen Blick zu und setzte sich dann in den Sessel, den Alida ihr anbot. Sie wußte, daß die Worte dieser Frau keine leere Drohung waren. Wenn sie Talis haben wollte, mußte sie hierbleiben. Dann mußte sie auch tun, was diese Frau von ihr verlangte.

»Was verlangt Ihr von mir?« fragte Callie leise.

»Daß du dich von meinem Sohn fernhältst«, sagte Alida einfach.

Callie erblaßte bei diesen Worten. Wie sollte sie sich von Talis fernhalten können? Wenn diese Frau von ihr verlangt hätte, daß sie das Atmen aufgeben müsse, wäre das eine leichtere Aufgabe für sie gewesen.

»Oh, nun schau mich nur nicht so an, als wäre ich ein Menschenfresser! Ich weiß, daß er der Freund deiner Kinderjahre gewesen ist, und ich kann durchaus nachempfinden, was ihr beide habt durchmachen müssen, als ihr gezwungen wart, sechzehn Jahre lang in einem Erdloch zu hausen. Zusammen mit Tieren und derartig ungebildeten Leuten wie ...«

»Sagt das nicht!« rief Callie. »Sie sind sehr gut zu uns gewesen!«

Etwas war an der Art, wie dieses Mädchen mit ihr redete, das Alida zur Vorsicht mahnte. Wäre sie nicht gar so besessen davon gewesen, ihren Kopf durchzusetzen, wäre ihr in diesem Moment vielleicht bewußt geworden, daß sie in einen Spiegel schaute und darin eine jüngere Version von sich selbst erblickte. Denn wie Alida war auch Callie dazu bereit, sich rückhaltlos für Menschen einzusetzen, die sie als ihre Familie betrachtete.

»Was verlangt Ihr also von mir?« fragte Callie Alida nun zum wiederholten Male.

»Nicht viel – nur daß du dich von meinem Sohn fernhalten sollst.«

»Und um dieses Ziel zu erreichen, habt Ihr mich zur Pflegerin von Giftpflanzen bestellt?«

»Giftpflanzen! Für wie böse hältst du mich eigentlich? Ich hatte mir nur gedacht, daß du vielleicht Spaß haben würdest an der Pflege eines Gartens, weil du ja die meiste Zeit deines Lebens in der freien Luft verbracht hast.«

Callie sagte nichts darauf. Niemals in ihrem Leben würde sie dieser Frau gegenüber zugeben, daß sie die Gartenarbeit liebte. Sie würde gern den ganzen Tag im Freien verbringen, wenn sie sich dadurch den strengen Regeln und absurden Reglementierungen entziehen konnte, denen die unverheirateten Frauen in diesem tyrannischen Haus unterworfen waren. Sie würde die Freiheit dazu benutzen, ihren Tagträumen nachzuhängen und sich Geschichten auszudenken.

Aber was noch wichtiger war: Sie würde damit die Möglichkeit erhalten, Talis so oft zu sehen, wie sie das wollte. Und deshalb würde sie dieser Frau alles zugestehen, was diese von ihr verlangte. Sie würde ihr versprechen, Talis nie wiederzusehen, und notfalls auch einen Eid darauf schwören, wenn diese Frau das wünschte. Sie würde alles tun, was diese Frau zufriedenstellen konnte, und danach das machen, was *sie* für richtig hielt – nämlich sich so oft wie möglich mit Talis zu treffen.

Lady Alida begann Callie nun alles mögliche von der Ehre und dem guten Ruf einer Frau zu erzählen, und daß es die Pflicht eines jeden ordentlichen Mädchens sei, sich für die Ehe »aufzusparen«. Auch müsse Talis jetzt erst einmal das Ritterhandwerk erlernen und sich ein wenig Lebenserfahrung aneignen, bevor er ans Heiraten denken könne. Kurzum – sie band Callie alles auf die Seele, was ihrer Meinung nach geeignet war, diese davon zu überzeugen, daß sie sich von Talis fernhalten mußte.

Callie bemühte sich nicht sonderlich, Alida auch zuzuhören. Sie hatte auf der Farm gelernt, ihr »Lauschgesicht« aufzusetzen, wenn Meg ihr etwas erzählte, was sie, Callie, nicht interessiert hatte. Und während Callie so tat, als nähme sie jedes Wort, das Ihre Ladyschaft zu ihr sagte, begierig in sich auf, weilte sie mit ihren Gedanken bei Talis und stellte sich vor, wie sie sich beide in diesem Garten unter einen Baum ins Gras legen und sich ungestört miteinander unterhalten würden. Ja, die Aufgabe, diesen »Giftgarten« zu betreuen, wo sie den ganzen Tag sich selbst überlassen blieb, würde ihr sehr gefallen.

Es dauerte einen Moment, bis Callie merkte, daß Ihre Ladyschaft eine Pause eingelegt hatte und sie mißbilligend ansah. Kein Zweifel, daß Lady Alida begriffen hatte, daß sie ihr gar nicht zuhörte.

Sie faßte Callie nun so heftig unter das Kinn, daß es dieser weh tat. »Weißt du denn nicht, daß man den Mann, den man haben möchte, gar nicht beachten darf? Wenn du Talis ständig nachläufst, wird er dich niemals haben wollen!«

Da lächelte Callie Ihre Ladyschaft auf eine zeitlose Weise an. »Ich gefalle Talis so, wie ich bin. Und ihm gefällt auch alles, was ich mache.«

»Tatsächlich?« gab Alida darauf zurück. »Warum hält er denn dann nicht um deine Hand an? Warum hat er uns nicht um die Erlaubnis gebeten, dich heiraten zu dürfen, wenn du der Meinung bist, daß er dich so liebend gern haben möchte?«

Alida lächelte, als sie sah, daß es ihr endlich gelungen war, Eindruck auf dieses Mädchen zu machen. Offensichtlich war für Callie das, was Talis von ihr hielt, wichtiger als ihre Gefühle für ihn, dachte Alida bei sich.

Nachdem es Alida gelungen war, ein Samenkorn des Zweifels in Callies Herz zu pflanzen, brach sie das Gespräch mit ihr abrupt ab und schickte sie aus dem Zimmer.

Danach rief Alida Penella erneut zu sich.

»Dieses Mädchen ist ein Problem«, erklärte Alida. »Sie hat kein Ehrgefühl.«

Penella warf ihrer Herrin einen raschen Blick zu. Wen wundert's, schien er zu besagen.

»Da müssen wir etwas unternehmen. Ich möchte nicht, daß sie den ganzen Tag vor meinem Sohn auf und ab stolziert und ihm schöne Augen macht. Ich will nicht, daß sie sich des Nachts zu ihm schleicht wie eine Dirne.«

Penella, die sich gerade ein halbes Kirschtörtchen in den Mund geschoben hatte, sah ihre Herrin groß an und vergaß einen Moment lang das Kauen. Ihre Ladyschaft redete von diesem Talis, als wäre er tatsächlich ihr Sohn, und von diesem starrköpfigen Mädchen, als gehörte es überhaupt nicht zur Familie!

»Ich werde Abigail Frobisher bitten, mir ihren jüngsten Sohn herzuschicken«, sagte Alida.

Da wäre Penella fast an ihrem Bissen erstickt. Abigail Frobishers Sohn war ein achtzehn Jahre alter Junge, der seine einzige Aufgabe im Leben darin zu sehen schien, andere in Schwierigkeiten zu bringen. Er war ein sehr hübscher junger Mann, der aber keinen Funken Moral im Leibe hatte und seit seinem vierzehnten Lebensjahr nichts anderes getan hatte als Mädchen zu schwängern. Bei seinem letzten Besuch in Hadley Hall hatte er sogar gewagt, *Edith* die Hand auf die Hüfte zu legen!

»Ja«, sagte Alida. »Ich werde den Jungen eine Weile hier wohnen lassen und ihm Geld anbieten, damit er dieses Mädchen zu ... was auch immer verführt.«

Penella hütete sich natürlich, die Entscheidungen ihrer Herrin zu kommentieren. Ihre Ladyschaft wollte offenbar verhindern, daß Talis und Callie heirateten, und dafür schien ihr jedes Mittel recht zu sein. Die alte Amme hatte Lady Alida erzählt, daß die beiden Kinder sehr eifersüchtig seien. Und keiner war besser dafür geeignet, jemanden eifersüchtig zu machen, als Lady Abigails jüngster Sohn.

Nach Penellas Meinung jedoch schien der Aufwand, den Lady Alida betrieb, um die beiden Kinder voneinander zu trennen, weitaus größer zu sein, als der Zweck das rechtfertigte.

Da mußte mehr dahinterstecken, als ihre Herrin ihr sagen wollte. Doch Penella würde sich hüten, Ihre Ladyschaft danach zu fragen. Sie hatte auf eine sehr schmerzliche Weise erfahren müssen, daß es nicht ratsam für sie war, ihre Nase in fremde Angelegenheiten zu stecken.

»Pack meine Sachen zusammen«, befahl Alida ihr jetzt. »Wir werden uns morgen auf die Reise zu Gilbert Rasher machen. Ich habe mit ihm etwas Geschäftliches zu besprechen.«

»Jawohl, Mylady«, erwiderte Penella und schob dann rasch die andere Hälfte des Kirschtörtchens in ihre Tasche.

Kapitel einunddreißig

»Es ist geschafft«, sagte Alida matt. Ihr ganzer Körper zitterte vor Erschöpfung, als Penella sie auskleidete und zu Bett brachte. Alidas Gesundheitszustand hatte sich in den letzten zwei Wochen der Reise erheblich verschlechtert. Vorher hatte sie immer nur ein paar rostbraune Blutklümpchen ausgehustet, doch seit vierzehn Tagen waren daraus große rote Batzen geworden.

Aber es hat sich gelohnt, dachte Alida bei sich, während sie sich bemühte, die heiße Brühe, die Penella ihr zubereitet hatte, hinunterzuschlucken. Dann schickte sie ihre Zofe aus dem Zimmer, weil sie diese nicht länger bei sich haben, sondern mit ihren Gedanken und Erinnerungen allein sein wollte.

Alida und ihr kleines Gefolge waren tagelang scharf geritten, um diese dreckige alte Burg, die Gilbert Rasher sein Heim nannte, so rasch wie möglich zu erreichen. Dort war sie von einem Mann empfangen worden, der aufgefressen wurde von Haß und dem Verlangen nach Rache. Als man ihm gemeldet hatte, daß John Hadleys Frau ihn sprechen wollte, war es schwierig gewesen, seinem Toben so lange Einhalt zu gebieten, um ihm klarmachen zu können, daß sie das gleiche wollte wie er.

Eingehüllt von seinem Atem, der so schrecklich nach Whisky

stank, daß sie davon fast ohnmächtig geworden wäre, saß sie ihm an einem schmutzigen Tisch gegenüber und konnte ihm, nachdem sie eine gute Viertelstunde auf ihn eingeredet hatte, endlich begreiflich machen, daß sie versuchte, ihm zu *helfen*.

Als sie ihm dann erzählt hatte, daß sein Sohn lebte und in ihrem Hause wohnte, hatte sie eine Stunde lang gebraucht, um zu verhindern, daß er auf ein Pferd sprang und losritt, um seinen Sohn »heimzuholen«.

»Er kann Euch nichts nützen«, hatte Alida gebrüllt. »Er ist ungebildet, hat kein Benehmen und keine Manieren bei Tisch. Er kann weder singen noch etwas auf der Laute spielen.«

Gilbert hatte sie da angesehen, als wäre sie nicht ganz bei Trost. »Was bedeuten diese Dinge denn schon für einen *Mann*?« hatte er geschrien. »Ein *Mann* hat solche Sachen doch nicht nötig!«

»Ein Höfling aber schon«, hatte sie zurückgeschrien, in diesem Moment davon überzeugt, daß er der dümmste Mann sei, den Gott jemals erschaffen habe. Gilbert Rasher schien seine Lebensauffassung vom Tag seiner Geburt an nicht mehr geändert zu haben.

»Ein Höfling?« fragte er, als habe er das Wort in seinem Leben noch nie gehört.

»Nun seid doch mal still und laßt es mich Euch erklären«, hatte sie da gesagt, obwohl es sie hart ankam, bei einem solchen Mann die Ruhe zu bewahren. »Habt Ihr denn etwa schon vergessen, daß Ihr mit der Königin verwandt seid? Auch wenn das nur eine entfernte Verwandtschaft sein soll, wie ich hörte, ist das immer noch besser als gar keine.«

Als Gilbert sie angesehen hatte, als habe er noch immer kein Wort von dem begriffen, was sie ihm erzählte, hatte sie sich über den Tisch gebeugt und gesagt: »Die Königin ist vierundfünfzig Jahre alt. Sie hat bisher noch keinen Nachfolger ernannt. Ihr werdet doch wohl wissen«, war sie fortgefahren, den alten Mann mit dem grauen Schnurrbart, den fettigen Haaren und den mit Bratensaft bekleckerten Kleidern ins Auge fassend, »daß sie eine Kusine hat, die Anspruch auf den Thron erheben kann?

Arabella Stuart, Bess von Hardwicks Nichte. Das Mädchen ist jetzt zehn Jahre alt, und angeblich soll Bess sie gefangenhalten, bis sie einen geeigneten Ehemann für sie gefunden hat.«

Alida beugte sich nun wieder über den Tisch. »Bess möchte ihre Nichte mit einem Mann verheiraten, der ein *König* sein könnte.«

»König?«

Wie sehr ich doch dumme Männer satt habe, dachte Alida bei sich. Es gab darunter welche, die die einfachsten Dinge nicht zu begreifen vermochten. Sie würde zu diesem Mann brutal offen sein müssen, da dessen Verstand ihrer subtilen Art offensichtlich nicht gewachsen war.

»Gilbert Rasher, ihr zeugt herrliche Söhne. Stattliche, intelligente Söhne, die zweifellos prächtig anzuschauen sind. Doch es mangelt ihnen an Moral, weil sie Euren primitiven Ansichten von Disziplin, Erziehung und Bildung ausgeliefert sind. Und deshalb werden sie zu Tieren, wie Ihr selbst eines seid. Ihr verderbt, was ein wertvolles Produkt sein könnte.«

Während sie ihm das gesagt hatte, war er mit einer leicht gekräuselten Oberlippe dagesessen und hatte sie angeschaut, als wäre sie etwas, das man ihm auf einem Tablett serviert hatte, damit er sich davon bedienen sollte. Aber er hatte kein Wort gesagt, da es ihm allmählich zu dämmern schien, daß sie mit einem Anliegen zu ihm gekommen war.

»*Dieser* Sohn«, war sie fortgefahren, »hatte jedoch das große Glück, daß er bereits bei seiner Geburt Euren schädlichen Einflüssen entzogen wurde.« Sie sagte es zwar nicht, dachte aber in diesem Moment, daß Talis auch das Glück gehabt hatte, fern von John bei fremden Leuten aufzuwachsen.

Alida schenkte Gilbert nun ein kleines Lächeln, weil sie wußte, daß sie noch immer eine schöne Frau war – vielleicht ein bißchen verwelkt, aber einen keineswegs unappetitlichen Anblick bietend. »Ihr solltet diesen Jungen mal sehen: groß, stolz, ein glänzender Schüler, gutherzig und höflich. Euer Sohn ist eine Schönheit in jeder Beziehung.«

Bei diesen Worten hatte Gilbert, der immer nur das Schmutzigste von anderen Leuten anzunehmen vermochte, eine Braue in die Höhe gezogen.

»Nun schaut mich bloß nicht so an! Ich bin *nicht* hinter Eurem Jungen her. Aber es gibt da eine andere Frau, die schöne junge Männer über alle Maßen liebt.«

Als Gilbert sie daraufhin wieder verständnislos angeblickt hatte, hatte sie, innerlich seine Ignoranz verfluchend, gesagt:

»Die *Königin!* Zur Zeit befindet sich dieser Robert Devereux, ein Stiefsohn des Grafen Leicester, bei Hofe – ein junger Mann von gerade einundzwanzig Jahren, der die Königin Tag und Nacht mit seinem Charme beglücken soll, wie ich hörte. Euer Sohn Talis sieht jedoch noch viel besser aus als dieser Devereux, und er besitzt auch viel mehr innere und äußere Werte. Talis ist zu keinem unehrenhaften Gedanken fähig, während dieser Devereux so ehrgeizig sein soll wie seine Mutter.«

Da in Gilberts blutunterlaufenen, vom vielen Trinken trüben Augen noch immer kein Funken des Verständnisses zu erkennen war, hatte es Alida für ratsam gefunden, ihm nun ihr Anliegen auf eine schlichtere Weise zu erklären: »Ihr und ich verfolgen das gleiche Ziel. Ich möchte Euren Sohn aus meinem Leben verbannen, weil ich nicht will, daß mein Gemahl einem Jungen, der mir nicht gehört und nicht mit mir verwandt ist, alles gibt, was er besitzt und was er bei der Heirat mit mir als Mitgift bekommen hat.«

Da schien Gilbert endlich ein Licht aufzugehen.

»Bildet Euch ja nicht ein, daß er den Besitz meines Mannes erben wird und Ihr ihm dann alles wegnehmen könntet«, sagte Alida da rasch, den Funken in Gilberts Augen richtig deutend. »So wie Ihr ausseht, werdet Ihr es nicht mehr länger machen als ein Jahr, während mein Gemahl vor Gesundheit nur so strotzt. Ihr müßt Euren Sohn jetzt noch zwei Jahre bei uns lassen und ihn dann von meinem Mann zurückfordern. Bis dahin haben wir ihn dann soweit ausgebildet, daß er bei Hofe eine großartige Figur machen und der Königin sehr gefallen wird. Ihr müßt sie dann um eine gute Partie für ihn bitten, und an Eurer Stelle würde ich ihr dafür Lady Arabella Stuart empfehlen. Wer weiß? Bei Euren Verbindungen zum Thron und den seinen dazu könnte sie ihm vielleicht, wenn sie stirbt, ganz England vermachen.«

»Ich werde ihn mir jetzt gleich holen«, hatte Gilbert da, sich vom Tisch erhebend, gesagt. »Ich werde ihn sofort zum König machen!«

»Nein!« hatte sie ihn daraufhin wieder angeschrien. »Ich sagte Euch doch schon – er ist noch nicht soweit. Ja, wenn Ihr es für richtig halten würdet, daß er bei Hofe die Pferde beschlagen soll, könnt Ihr ihn Euch holen. Das kann er.« Sie beruhigte sich wieder ein wenig. »Aber die Königin hat kein Verlangen nach einem jungen Mann, der den Pferden Hufeisen aufnagelt. Ehe er an den Königshof geht, muß er erst die feineren Dinge des Lebens erlernt haben – er muß auf der Laute spielen und tanzen können und wissen, wie man einer Dame den Hof macht.«

»Ist er gut auf einem Pferd?« hatte Gilbert da wissen wollen. »Kann er eine Lanze halten? Das ist alles, was er braucht.«

»Das ist alles, was er bräuchte, wenn er bei Euch wohnen würde und sein Leben damit verbringen sollte, die Bauern zu terrorisieren«, hatte sie ihn angeschnaubt. »Wenn Ihr ihn so, wie er jetzt ist – in einem noch rohen Zustand – bei Hofe präsentieren würdet, würde die Königin Euch ...«, Alida hatte ihn in diesem Moment fest angesehen, »... abermals auslachen.«

Da hatte Gilbert sich wieder auf seinen Stuhl hinuntersinken lassen. Denn obwohl er das niemals gesagt hatte, war sein Stolz doch damals sehr verletzt worden, als die Königin über ihn gelacht hatte, weil so viele Leute sich den Tod seines Sohnes gewünscht hatten. Denn trotz seines poltrigen Wesens liebte Gilbert seine Söhne und vermißte den Jungen sehr; denn der war ein großartiger Zechkumpan für ihn gewesen.

»Was habt Ihr denn davon, daß Ihr aus dem Jungen einen Höfling machen und ihn der Königin andienen wollt?« fragte er sie.

»Daß mein Mann glücklich wird.«

Da hatte Gilbert laut gelacht. »Wenn Ihr mir nicht die Wahrheit sagt, werde ich nichts von dem tun, was Ihr von mir verlangt.«

Alida hatte einen Moment lang gebraucht, um tief Luft zu holen und sich dafür zu entscheiden, ihm alles zu sagen.

»Vielleicht will ich Rache nehmen«, hatte sie gemeint und ihn wieder angeschaut. Gilbert Rasher war nun wirklich nicht der Mensch, den man sich als Vertrauten aussuchen würde, aber vielleicht war er für ihr Geständnis die geeignetste Person auf Erden. Nichts auf dieser Welt, kein noch so schlimmes Motiv, würde diesen Mann erschüttern können. Für ihn gab es kein Laster, das er nicht gekannt oder dem er sich nicht selbst ergeben hätte, wenn er das wollte. Und Alida wußte, daß er keine Zeit für Mitleid verschwenden würde.

»Ich heiratete meinen Mann aus Zuneigung. Nicht seines Geldes wegen, sondern weil ich ihn liebte. Ich war damals noch sehr jung und naiv und glaubte, er würde mich ebenfalls lieben. Das tat er aber nicht. Ich verbrachte meine ganze Jugend damit, ihn dazu zu bringen, mich zu lieben, aber er war nur daran interessiert, daß ich ihm einen perfekten Sohn schenken sollte. Was mir aber nicht gelingen wollte.«

Sie hatte einen Moment geschwiegen, ehe sie fortfuhr: »Vielleicht würde er mich auch nicht geliebt haben, wenn ich ihm diesen Sohn geschenkt hätte – ich weiß es nicht. Ich weiß nur, daß ich die meiste Zeit meines Lebens in der Hölle verbracht habe, weil ich ihn einmal geliebt habe. Ich habe zusehen müssen, wie meine Töchter ohne Ehemänner geblieben sind und sich allmählich in bigotte alte Jungfern verwandelt haben, weil mein Mann sich nicht von dem Gold trennen wollte, das für eine Mitgift benötigt wurde. Ich habe miterleben müssen, daß er seine gesamte Umgebung ignorierte in seinem törichten Bemühen, sich das zu verschaffen, was seiner Meinung nach das einzige wäre, wofür sich zu leben lohnt.«

Sie hatte Gilbert wieder angeblickt: »Nun hat er seinen

kostbaren Sohn. Er hat den Jungen, den er sich schon immer gewünscht hat. Ihr solltet diesen Talis mal sehen. Er ist wie ein Wirklichkeit gewordener Traum – schön, liebenswürdig und so gut, so unglaublich gut. Mein Mann himmelt ihn an – er vergöttert ihn buchstäblich.«

Sie hatte sich von ihrem Stuhl erhoben und war in dem Zimmer umhergegangen, auf dessen Boden die Überreste unzähliger Mahlzeiten verstreut lagen. »Und nun werde ich bald sterben. Ich habe höchstens noch zwei Jahre zu leben und möchte auf dem Totenbett meinem Mann ebenso weh tun, wie er mir mein ganzes Leben lang weh getan hat. Ich möchte ihm das einzige, was er in seinem Leben jemals geliebt hat, wegnehmen. Ich möchte, wenn ich tot bin, daß er von allen Leuten im Lande hört, daß der Junge, den er so sehr ins Herz geschlossen hat, *nicht* John Hadleys, sondern Gilbert Rashers großartiger Sohn ist.«

Sie hatte sich wieder zu Gilbert umgedreht. »Versteht Ihr mich jetzt? Ich will Euch als ein Instrument meiner Rache benutzen.«

Daß er zu etwas benutzt werden sollte, störte Gilbert nicht weiter. Ihn interessierte nur, was dabei für ihn herausspringen würde. »Wieviel Geld bekomme ich dafür?«

»In den nächsten zwei Jahren nichts. Aber wenn Ihr nach zwei Jahren zu Jonn kommen werdet, wird mein Gemahl Euch alles dafür geben, daß Ihr den Jungen bei ihm läßt.«

»Und der Junge wird auch bei ihm bleiben wollen. Ich kenne diese Sorte. Er wird glauben, Hadley wäre sein Vater. Es besteht eine große Loyalität zwischen Vater und Sohn.«

Da hatte Alida gelächelt und gedacht, daß Gilbert vielleicht doch nicht so dumm sei, wie sie zunächst angenommen hatte.

»Das laßt nur meine Sorge sein«, hatte sie gesagt.

»Oh?« hatte Gilbert da erwidert und ihr einen Becher voll Wein eingegossen. Es war ein billiger, fast ungenießbarer Wein gewesen, und das tönerne Gefäß hatte so ausgesehen, als hätten die Hunde daran genagt. Doch für Gilbert war das ein Zeichen großer Gastfreundschaft gewesen; denn er hatte, als Alida auf seiner maroden Burg eintraf, weder ihr noch ihrem Gefolge auch nur eine Brotkruste angeboten.

»Was wollt Ihr denn unternehmen, um seine Loyalität gegenüber John Hadley zu zerstören?« hatte er gefragt.

»Der Junge möchte eine meiner Töchter heiraten. Die Tochter, die ich, wie Ihr Euch sicherlich erinnern werdet, in der Nacht, als Talis geboren wurde, zur Welt gebracht habe. Die beiden sind vom Tag ihrer Geburt an immer zusammen gewesen und bei ihrer Amme und deren Mann aufgewachsen. Sie hängen sehr aneinander.«

»Er kann sie nicht heiraten«, hatte Gilbert da sofort erklärt; denn er sah sich bereits im Geiste als Vater des Königs von England. Endlich würde er sich an seinen Feinden rächen können. Eigentlich würde *er* ja dann der nächste König von England sein. Und dann würde er so viele Köpfe rollen lassen, daß London in einem Meer von Blut versank.

»Nein, natürlich kann er sie nicht heiraten. Das darf unter keinen Umständen geschehen. Und wenn die Zeit kommt, wird der Junge auch dazu bereit sein, John zu verlassen.«

»Und wie werdet Ihr das dann bewerkstelligt haben?«

Sie hatte mit dem Tonbecher gespielt und sich bemüht, die Speisereste zu übersehen, die daran klebten.

»Mein Mann glaubt, der Junge bliebe bei ihm, weil er ein Ritter sein möchte und all die Reichtümer lieben würde, die mein Mann ihm bieten kann. Doch der Junge bleibt nur des Mädchens wegen bei ihm. Sie ist für ihn der einzige Grund für alles, was er tut. Und deshalb brauche ich dem Jungen nur das wegzunehmen, was ihn bei John hält. Ich bin bereits dabei, die beiden voneinander zu trennen. Und wenn ich das erst einmal getan habe, werden sie bald vergessen haben, daß der andere überhaupt existiert.«

Und das wäre auch das beste für meine Tochter, hatte sie in diesem Moment gedacht. Selbst wenn sie keine anderen Interessen mit dieser Trennung verfolgt hätte, hätte sie gewußt, daß sie ihrer Tochter nicht erlauben durfte, einen Mann zu heiraten, den sie liebte. Ihre Eltern waren zu schwach gewesen und hatten ihrer Tochter nachgegeben, als sie geweint und sie angefleht hatte, ihr doch die Heirat mit John Hadley zu erlauben. Und nun schaut, wohin sie das gebracht hatte! Wenn sie einen anderen Mann geheiratet hätte, würde er damit, daß er sich von ihr abgewandt hatte, niemals ihre Seele getötet haben.

»Ich habe die Kinder voneinander getrennt und dafür gesorgt, daß sie jetzt andere Menschen kennenlernen werden. Sie haben bisher ihr Leben ausschließlich miteinander verbracht und glauben deshalb, daß sie einander lieben würden. Aber ich denke, das bilden sie sich nur ein, weil sie niemals Gelegenheit hatten, ihre Zeit auch mal mit jemand anderem verbringen zu können.«

Gilbert war es egal, was diese Frau mit ihrer Tochter oder seinem Sohn anstellte, solange er als Sieger aus der Geschichte hervorging. »Man muß mir schon für die Wartezeit etwas geben«, meinte er, und Alida hatte nicht umhin können, Gilberts Zielstrebigkeit zu bewundern. Dieser Mann liebte nur sich selbst und vergaß niemals, daß das, was er sich wünschte, das einzig Wichtige im Leben war.

»Wir werden uns schon einig werden«, hatte sie darauf erwidert und damit begonnen, ihm das niedrigste Angebot zu machen, das ihr einfallen wollte. Und nachdem er daraufhin nicht nur die Sonne und den Mond, sondern obendrein auch noch alle Sterne von ihr verlangt hatte, wußte sie, daß sie in dieser Nacht kein Bett sehen würde.

Kapitel zweiunddreißig

Zwei Wochen sind es nun schon, dachte Callie. Vielleicht waren das für andere nur vierzehn Tage, doch für sie waren sie so lang wie ein ganzes Leben. Wo blieb er nur? Und was machte er die ganze Zeit?

Doch sie kannte die Antwort auf diese Frage. In den letzten beiden Wochen hatte sie sich ein paarmal zum Haus hinuntergeschlichen und ihn beobachtet. Er war stets von einer aufgeregten Schar hübscher Frauen umgeben gewesen, in deren Haaren und an deren Gewändern Juwelen blinkten. Der Wind hatte ihr das Gekichere und die kleinen entzückten Schreie zugetragen, als sie versucht hatten, Talis irgend etwas beizubringen.

Als sie ihn das erstemal mit diesen Frauen zusammen gesehen hatte, hatte sie nur verächtlich geschnaubt. Talis konnte es nicht ausstehen, wenn fremde Leute ihm zu nahe kamen. Er hatte es nicht ertragen, als Nigel ständig um ihn herumgeflattert war wie eine Glucke, weil er wissen wollte, was Talis gerade tat. Und sie und Talis waren mit großem Eifer bei der Sache und sehr stolz gewesen auf die Fortschritte, die sie beide im Unterricht gemacht hatten, weil sie stets miteinander gewetteifert hatten, wer denn nun der Bessere von beiden sei.

Aber der Talis, den sie kannte, und der hübsche junge Mann, der dort auf einer steinernen Bank in der Sonne saß, waren nicht mehr ein und dieselbe Person. *Dieser* Talis konnte *gar nichts* mehr richtig machen.

»Zeig mir doch noch einmal, wie ich das machen muß«, pflegte er zu sagen und mit großen Augen zu irgendeinem Mädchen mit dicken Brüsten aufzuschauen, als hätte er noch nie so etwas Kluges und Hübsches in seinem Leben gesehen.

In den wenigen Minuten, die Callie, hinter einem Busch versteckt, ihn beobachtet hatte, waren alle seine Versuche, einen Akkord auf der Laute zu greifen, kläglich gescheitert, und er hatte auch nicht die richtigen Töne singen können (obwohl sie wußte, daß er eine wunderschöne Stimme hatte). Vielmehr hatte er mit großem Erstaunen den Ratschlag eines Mädchens mit breiten Hüften aufgenommen, wie er sich kleiden sollte.

Callie hatte keine Ahnung, wo alle diese jungen Frauen auf einmal hergekommen waren. Einige davon waren seine Schwestern, andere wieder Hofdamen, doch die meisten hatte sie bisher noch nie gesehen. Es war so, als hätte man alle hübschen jungen Frauen aus der Grafschaft nach Hadley Hall gekarrt, damit sie sich um Talis drängen und ihm sagen sollten, wie wunderbar er doch sei.

Callie wußte allerdings nicht, daß Talis sie bereits gesehen hatte, als sie um die Hofecke bog, und daß seine Unfähigkeit, die Anweisungen dieser jungen Damen zu befolgen, auf ihre Gegenwart zurückzuführen war. Tatsächlich hatte er alle – nun, fast alle – dieser Damen eher als lästig empfunden. In der ersten Woche hatte er sich vielleicht ein bißchen geschmeichelt gefühlt, doch nun standen sie ihm jedesmal, wenn er einen Schritt machen wollte, im Wege, wollten ständig von ihm auf ein Pferd hinaufgehoben werden, ihm ihre Stickarbeiten zeigen, mit ihm Französisch üben, oder sie baten ihn, für sie eine Frucht vom höchsten Ast eines Baumes zu pflücken, weil er doch so groß sei.

Philip und James hatten ihn mit dem Ellenbogen angestoßen, und zuerst hatte Talis ihnen zugelächelt, doch in den letzten paar Tagen hatte er sie nur noch wütend angesehen, so daß sie aus Angst vor ihm einen Schritt zurückgewichen waren.

Callie, dachte er. Callie ...

Seit seinem Gespräch mit Lady Alida hatte er sich bemüht, sich von ihr fernzuhalten. Das wäre besser für sie beide, hatte er sich einzureden versucht. Zudem mußte er lernen, auch ohne sie auszukommen. Er war schließlich ein erwachsener Mann – oder etwa nicht? Und es wäre ja auch besser für Callie, wenn sie lernte, sich mit anderen Frauen zu vertragen.

Ja, dachte er, es wäre besser für sie beide, wenn sie lernten, nicht jede Minute des Tages aneinander zu kleben wie Kletten.

Und dann hatte er bemerkt, daß sie ihn beobachtete, als er von all diesen plappernden und kichernden Närrinnen umgeben war, und hatte diesen blödsinnigen Versuch unternommen, sie eifersüchtig zu machen. Vielleicht hatte er gehofft, daß sie mitten in diese Horde von Mädchen hineinspringen und sie mit einem Schwert in alle Richtungen davontreiben würde.

Doch das hatte sie nicht getan. Vielmehr hatte sie sich von ihm abgewandt, als habe sie kein Verlangen danach, ihn jemals in ihrem Leben wiederzusehen.

Später hatte er dann zu ihr gehen wollen, doch sein Vater schien ihn jetzt keine Minute mehr unbeschäftigt zu lassen. Unzählige Male war sein Blick an diesem Tag zu dem Hügel hinter dem Haus hinaufgegangen. Edith hatte ihm erzählt, daß Callie sie gebeten habe, ihr die Pflege eines Gartens anzuvertrauen, und nun verbrachte sie ihre Tage ganz allein dort oben auf diesem Hügel.

Das war Talis damals seltsam vorgekommen, denn er wußte ganz genau, daß Callie wie er Tiere viel lieber mochte als Pflanzen. Warum hatte Callie denn dann Edith nicht darum gebeten, ihr die Hege der Vögel – der Pfauenhennen und Pfauenhähne in Hadley Hall – zu übertragen?

Allein schon der Gedanke, daß Callie etwas tat, von dem er nichts wußte, setzte Talis so sehr zu, daß ihm das Herz weh tat vor Sehnsucht nach ihr. Aber das war immer noch besser, als sie dort oben zu besuchen, weil er dann, wenn er sie sah, seine Schwüre nicht würde halten können. Es würde ihm unmöglich sein, Callie nicht zu berühren und in die Arme zu nehmen. Und es war vielleicht auch besser, ihre Augen nicht sehen zu müssen, wenn er ihr nicht sagen konnte, daß er jeden Tag nur auf das eine Ziel hinarbeitete, sie heiraten und ihr und ihren Kindern ein schönes Heim geben zu können. Sie würde ihm eines Tages sicherlich verzeihen, daß er sie jetzt vernachlässigen mußte, wenn sie Peniman Manor sah und wußte, daß er nur dafür gearbeitet hatte, ihr diesen Besitz schenken zu können.

»Warum schläfst du denn nicht?« fragte Philip Talis, der sich über das ständige Herumwälzen seines Bruders im Bett ärgerte. Am Tag konnte man dann die blauen Ringe um Talis' Augen sehen, und er wurde täglich schwächer beim Training. James hatte gemeint, es wäre so, als würde man ihm den Lebenssaft aus den Adern saugen.

»Sie weint, und ihre Tränen tun meinem Herzen weh«, sagte Talis leise.

Philip hatte noch nie jemanden etwas Derartiges sagen hören.

Als ein noch unberührter junger Mann war er natürlich neugierig auf das andere Geschlecht. »Schläfst du ... schläfst du eigentlich mit ihr?«

»Nein!« erwiderte Talis heftig und beruhigte sich dann wieder. »So ist es nicht zwischen uns.«

»Dann vermißt du sie also. Ich kenne das. Ich vermisse James auch, wenn er mal verreist ist.«

»Es ist anders«, sagte Talis und suchte nach Worten, mit denen er seine Gefühle für Callie erklären konnte. »Ich habe in meinem Leben schon viele Menschen geliebt. Meg und Will zum Beispiel, und jetzt auch dich und James und unseren Vater. Viele Menschen eben. Und ich vermisse auch die Menschen, die ich liebe, wenn ich von ihnen getrennt bin. Mir fehlen Meg und Will sogar sehr. Ich entbehre sie jeden Tag. Aber Callie ...«

Er schwieg einen Moment. »Bei Callie ist das anders. Ich kann nicht sagen, daß ich sie liebe oder sie vermissen würde. Das Gefühl, das ich für sie habe, ist viel tiefer. Wenn sie nicht bei mir weilt, ist es so, als würde ein Teil von mir fehlen. Mir ist dann so, als hätte man mich in zwei Hälften gespalten, als würde eine Hälfte von mir offen sein und all mein Blut, meine Muskeln und sogar mein Gehirn aus dieser offenen Wunde herauslaufen. Kannst du das verstehen?«

Philip konnte – und wollte auch nicht – so ein Gefühl verstehen. Wenn das Liebe war, mochte er nichts damit zu tun haben. Er betrachtete Talis' Profil im Dunkeln – dessen starrende Augen, die ins Leere zu blicken schienen –, und fragte sich zum wiederholten Male, ob dieser junge Mann wirklich sein Bruder wäre. Dann wandte er Talis den Rücken zu und bemühte sich, wieder einzuschlafen. Morgen würde er sich wieder den ganzen Tag diesem erbarmungslosen Training aussetzen müssen, das sein Vater von seinen Söhnen verlangte, und seit Talis tagsüber mit seinen Gedanken ständig abwesend zu sein schien, konnte er auch nicht mehr erhoffen, ein paar Stunden vom Zorn seines Vaters verschont zu werden. Wenn es nach ihm, Philip, gegangen wäre, hätte er Talis dieses Mädchen überlassen und seine Ruhe gehabt. Talis war ein weitaus angenehmerer Gefährte, wenn sie in seinem Schatten stand und ihn beim Training beobachtete.

Bevor Philip wieder einschlief, betete er noch einmal zu Gott, daß er sich niemals in ein Mädchen verlieben möge.

»Vielleicht könnte ich Euch eine schöne heiße Brühe zubereiten«, sagte Callie mit süßer Stimme zu dem jungen Mann, der unter einem Baum saß und sie beobachtete.

»Hmmm?« meinte er. »Und was wollt Ihr hineintun?«

»Was mein Garten eben so zu bieten hat«, erwiderte sie mit halb gesenkten Lidern.

Allen Frobisher lachte auf eine Weise, die ihr zu verstehen gab, er wisse selbstverständlich, daß das nur ein Scherz von ihr sein könne. Denn wenn sie etwas, das in *ihrem* Garten wuchs, zum Aufguß eines Getränks verwenden würde, wäre das natürlich eine Giftbrühe, und so etwas würde sie ihm doch niemals anbieten! Denn sie himmelte ihn natürlich an – das taten schließlich alle Frauen. Wie hätten sie ihm mit seinen goldenen Haaren, seinen blauen Augen und seiner großen, eleganten Gestalt denn auch widerstehen können? Aber manchmal war ihm fast so, als würde dieses so unscheinbar aussehende Mädchen ihn *nicht* mögen. Was natürlich unmöglich war. Geradezu lächerlich!

»Gibt es denn keinen anderen Ort, wo Ihr jetzt sein müßtet?« fragte sie ihn, während sie mit einer Hacke das Unkraut aus einem Beet mit purpurroten Blumen entfernte. »Wartet denn nicht irgendwo eine Erbin auf Euch, um die Ihr Euch bemühen solltet?«

Einen Moment lang runzelte Allen die Stirn. Manchmal gab ihm das Mädchen das Gefühl, als sei er ihr lästig. Wenn Lady Alida ihm nicht so viel dafür bezahlen würde, daß er sich um dieses Mädchen kümmerte, hätte er sie jetzt wohl verlassen und sie keines Blickes mehr gewürdigt. »Meine liebe Callie – ich glaube nicht, daß Euch in Eurer Einfalt bewußt ist, wer oder was ich eigentlich bin.«

Callie öffnete den Mund, um ihm zu erklären, daß sie ihn für einen liederlichen Menschen und Tunichtgut halten würde, als sie sich plötzlich kerzengerade aufrichtete, mit der Hand die Augen gegen die Sonne abschirmte und zum Horizont blickte, um einen Mann zu beobachten, der sich auf den Hügel zu bewegte.

Ihrem Blick folgend, sah Allen nun ebenfalls in diese Richtung, wobei sein einziges Interesse der Frage galt, ob die Gestalt, die sich jetzt dem Garten näherte, vielleicht wieder dieser großer Junge, dieser Talis, sei, der vor zwei Tagen hier vorbeigeritten war, worauf sich diese Callie, die ihm bis dahin nicht einmal einen guten Tag gewünscht hatte, sich plötzlich in das hemmungsloseste Wesen verwandelt hatte, das ihm bisher in seinem Leben begegnet war. Sie hatte unter ihrer enganliegenden, schmucklosen Kappe plötzlich das prächtigste blonde Haar hervorgezogen, das er bisher bei einem Mädchen gesehen hatte, und sie beide wie einen goldenen Mantel darin eingehüllt. Dann hatte sie mit einer honigsüßen Stimme angefangen, ihm eine unglaubliche Geschichte von Drachen und Meerjungfrauen zu erzählen. Er war noch nie von einer Frau so fasziniert gewesen wie in diesem Moment von dieser Callie; denn binnen weniger Sekunden hatte sie sich aus einem unscheinbaren Mädchen in eine verführerische Frau verwandelt.

So verzaubert war er von der glorreichen Verwandlung gewesen, die mit diesem Mädchen vorgegangen war, daß er den hochgewachsenen jungen Mann, der auf diesem Pferd saß und finster auf sie beide hinuntersah, kaum Beachtung geschenkt hatte. Zwar hatte er bereits von dem lange verloren geglaubten Sohn, den John Hadley erst vor kurzem wiedergefunden hatte, gehört, doch für Allen hatte dieser Talis herzlich wenig Ähnlichkeit mit dem Rest der Hadley-Familie. Doch nun sah er diesen großen, jungen Mann, der auf einem ungestümen Pferd saß, plötzlich über sich aufragen, und Allen hatte schwer schlucken müssen, als Talis ihn einen Moment lang angesehen hatte. Tatsächlich hätte er wohl in diesem Augenblick, wenn Callies

Haar sein Gesicht nicht so liebkost hätte, Reißaus genommen und wäre den Hügel hinuntergelaufen. Doch dieser Talis hatte kein Wort zu ihm gesagt, sondern nach einem kurzen Blick auf Callie sein Pferd gewendet und war dann wieder davongaloppiert.

Kaum war Allen dann mit Callie wieder allein gewesen, als er, ihrem zügellosen Beispiel folgend, beide Hände nach ihr ausgestreckt hatte. Doch ehe er Callie hatte berühren können, hatte sie ihm schon eine Ohrfeige gegeben, und während er sich die Wange gerieben hatte (sie war ungewöhnlich kräftig für ein Mädchen), hatte sie blitzschnell ihre Haare wieder aufgerollt, unter ihre Kappe zurückgestopft und dann diesen gleichgültigen, stumpfen Gesichtsausdruck angenommen, an den er sich inzwischen bereits gewöhnt hatte.

Noch nie in seinem Leben war Allen von einem weiblichen Wesen so gefesselt gewesen wie von diesem Mädchen. Es war so, als steckten zwei gänzlich verschiedene Callies in einem Körper – die eine, die ihn jetzt so keusch, sittsam und langweilig ansah, und jene, die er vor zwei Tagen ein paar flüchtige Minuten lang erlebt hatte –, eine glutvolle, berückende, leidenschaftliche Callie, die aus allen Poren Sinnlichkeit verströmte.

Nun hatte Allen zwei Tage lang vergeblich darauf gewartet, daß diese zweite Callie sich ihm wieder zeigte. Aber das war bisher nicht geschehen, und deshalb begann ihm die ganze Sache ein wenig langweilig zu werden. Er hatte keine Ahnung, was er vor zwei Tagen gemacht hatte, um die Lust in ihr zum Vorschein zu bringen, und er war es inzwischen leid, sich immer erneut vergeblich zu bemühen. Allen war viel zu eitel, um auf den Gedanken zu kommen, daß nicht er, sondern dieser dunkelhaarige Talis die Ursache ihrer Verwandlung gewesen sein könnte.

Als die Person, die da den Hügel heraufstieg, nahe genug herangekommen war, daß Allen erkennen konnte, daß es sich dabei nicht um Talis, sondern um einen ganz gewöhnlichen Bauern handelte, verlor er jegliches Interesse an diesem Mann.

Und dieser wurde auch dadurch nicht interessanter für ihn, daß Callie plötzlich ihre Hacke wegwarf und mit ausgestreckten Armen auf ihn zulief. Lady Alida hatte ihm angedeutet, daß diese Callie keine Lady sei, obwohl die Leute im Hause munkelten, daß sie Gilbert Rashers Tochter wäre. Für Allen war die Tatsache, daß dieses Mädchen nun einen Bauern umarmte, ein unwiderlegbarer Beweis für ihre gewöhnliche Abstammung.

Als Callie jetzt, Arm in Arm mit diesem Bauern, in den Garten zurückkam, war Allen sehr beleidigt über die Art, mit der er von diesem Bauern aufgefordert wurde, sie beide alleinzulassen. Doch er gehorchte diesem Mann. Denn trotz seiner groben Kleider hatte Will Watkins etwas an sich, das anderen Menschen Respekt einflößte. Mit einer Miene, die besagen sollte, daß er ohnehin vorgehabt habe, den Garten zu verlassen, stieg Allen auf sein Pferd und ritt nach Hadley Hall zurück.

»Nun möchte ich alles wissen, was inzwischen geschehen ist«, sagte Will, als er und Callie sich im Schatten eines Baumes niedergelassen hatten. »Alles, hörst du?«

Will war keineswegs überrascht, als Callie die Arme um ihn warf und zu weinen anfing. Noch nie hatte er sie so unglücklich erlebt wie in diesem Augenblick. Und nur eines auf dieser Welt konnte Callie unglücklich machen: die Abwesenheit von Talis.

»Wo ist er?« fragte Will. Er mußte ihr nicht erst erklären, wen er damit meinte.

»Bei anderen Frauen!« fauchte Callie, sich die Tränen abwischend. »Talis verbringt den ganzen Tag mit schönen Frauen! Mit Frauen, die ...«, sie blickte schluchzend an ihrer flachen Brust hinunter, »... die ihn mit ihren Reizen betören! Er tut den ganzen Tag nichts anderes, als mit diesen Frauen zu reden, ihnen etwas vorzusingen und ihnen süße Worte ins Ohr zu flüstern. Sie drängen sich in Scharen um ihn. Er reitet mit ihnen aus, streichelt sie, küßt sie. Und er liebt sie. Er ist Tag und Nacht damit beschäftigt, sie zu lieben! Er ...«

Bei diesen Worten lächelte Will sie an. »Er liebt sie? Tag und

Nacht, sagst du? Talis, der daran gewöhnt war, zwölf Stunden täglich zu schlafen?«

Callie lächelte nicht. »Er ist nicht mehr der Talis, den wir alle auf der Farm gekannt haben. Er ist ... er ist ein Tier. Er hat nichts Menschliches mehr an sich! Du würdest ihn hassen, wenn du ihn jetzt erleben würdest!«

»Ja, ich bin sicher, das würde ich. Erzähl mir jetzt aber mal, wer denn dieser junge Mann gewesen ist, der eben noch dort drüben unter dem Baum gelegen und dich beobachtet hat. Und was machst du eigentlich mit all diesem Zeug hier?« Will bewegte seine Hand über den Garten hin, und man konnte ihm den Widerwillen vor diesen giftigen Pflanzen ansehen.

»Er ist ein Niemand«, erklärte Callie mit einer wegwerfenden Handbewegung, »der Allen Frobisher heißt. Talis lügt den Frauen etwas vor, indem er behauptet, daß er nicht singen könnte, obwohl er das sehr gut kann. Er will damit nur erreichen, daß sie sich alle um ihn reißen. Du weißt doch, daß er immer alles gekonnt hat, was ein Mensch überhaupt machen kann. Aber wenn diese Frauen in seiner Nähe sind, stellt er sich so an, als könnte er überhaupt nichts, damit sie ihm alles zeigen sollen. Er macht mich krank. Er ...«

»Wer ist denn dieser Allen Frobisher?« fragte Will beharrlich.

»Ich weiß es nicht. Er kommt einfach hierher. Ich glaube, daß Lady Alida ihn hierherschickt. Ich mag diese Frau nicht. Ich glaube, daß sie irgend etwas mit Talis vorhat; und Talis würde es auch nicht merken, wenn der Teufel ihn als Werkzeug für irgend etwas gebrauchen würde. Falls der Teufel ihm nicht in Gestalt einer Frau erscheint. Denn dann bin ich sicher, daß Talis alles für ihn tun würde. Er würde seine Seele dafür verkaufen, um eine Frau in seine Nähe zu bekommen. Er würde ...«

»Callie«, unterbrach Will sie da, »würdest du einen Moment lang deinen Verstand auf etwas anderes richten als auf die vielen Frauen, die Talis ...«

»Viele? Er hat *Hunderte* von Frauen! Ich glaube, man hat sie aus ganz England zusammengekarrt, damit Talis seinen Appetit an Frauen stillen kann. Er wollte ein Ritter sein, und nun tut er nichts anderes mehr, als den Frauen nachzulaufen. *Hunde* haben mehr Anstand als er. Er …«

»Hat er dich mit diesem Allen Frobisher zusammen gesehen?«

»Talis ist die gemeinste Schlange, der schmutzigste, niederträchtigste …« In diesem Moment war Wills Frage bis zu ihrem Verstand durchgedrungen, und sie lächelte. »Ja, er hat uns gesehen.« Und dann setzte sie mit einem kleinen, häßlichen Lachen hinzu: »Allen gefielen meine Haare. Und ihm gefiel meine Geschichte.«

Bei diesen Worten fuhr Will sich rasch mit der Hand über die Augen und schüttelte den Kopf. »Callie«, sagte er leise, »ist dir eigentlich bewußt, daß dieser junge Mann, dieser Frobisher, ungewöhnlich *gut* aussieht?«

Callie blickte Will an, als habe er den Verstand verloren. »Er hat *weiße* Haare«, sagte sie, als wäre Will blind. »Und seine Augen sind blau. Und seine Haut hat die Farbe von ungebackenem Brot. Und seine Beine sind so dünn wie bei einem Huhn.« Und sich dann zu Wills Gesicht neigend, sagte sie langsam, jede Silbe betonend: »Allen Frobisher ist *klein*.«

»Du meinst, weil er nicht so aussieht wie Talis und nicht so groß ist wie Talis, könnte er unmöglich hübsch sein?«

»Das habe ich nicht gesagt«, erwiderte Callie mit einiger Würde. »Ich bin sicher, daß es viele hübsche Männer auf dieser Welt gibt.«

Da sagte Will augenzwinkernd: »In den letzten paar Monaten mußt du doch viele Männer gesehen haben. Welche von diesen waren hübsch?«

»Oh, viele«, erklärte sie steif. »Sehr, sehr viele sogar.«

»Ich warte auf einen Namen. Nur ein einziger Mann, der deiner Ansicht nach auch nur halb so fürstlich ausgesehen hat wie dein geliebter Talis.«

»Er sieht *nicht* fürstlich aus, und er ist auch nicht *mein* Talis«, sagte sie und blickte von Will fort. Dann drehte sie sich unvermittelt wieder zu ihm um, warf sie an seine Brust und begann abermals zu weinen. »Es gibt niemanden auf der Welt, der so hübsch ist wie Talis. Niemand. Er ist schöner als die Sonne und der Mond zusammen, aber er hat mich vergessen. Er braucht mich nicht und verlangt auch nicht nach mir. Er denkt nur noch an andere Frauen.«

»Schläft er denn nachts?«

»Nein«, sagte sie schniefend. »Meine Tränen halten ihn wach, und ich bin sehr froh darüber. Ich will, daß er nicht schläft. Ich hoffe, daß er nie mehr in seinem Leben schlafen wird. Ich hoffe, daß er sich so elend fühlt, daß ihm das Schlafen für alle Zeiten vergeht!«

Will streichelte ihr den Rücken und sagte kein Wort. Callie und Talis waren in einer solchen Isolation aufgewachsen, daß sie beide nicht wußten, wie seltsam das, was sie beide sagten oder dachten, andere Menschen anmuten mußte. Callie hatte keine Ahnung, daß andere Menschen nicht »in ihrem Geist«, wie sie zu sagen pflegte, wußten, wo der andere sich gerade befand oder was er gerade machte.

Als die beiden noch klein waren, war es ein paarmal passiert, daß Talis sich nicht bei Einbruch der Dunkelheit zu Hause eingefunden und Meg sich seinetwegen große Sorgen gemacht hatte. Sonderbarerweise war Callie da aber sehr ruhig geblieben, bis Meg und er dann bald herausgefunden hatten, daß tatsächlich erst Anlaß zur Sorge bestand, wenn auch Callie sich aufregte. Denn als Talis sich zum erstenmal »verirrt« und Will Callie gebeten hatte, mit ihm nach Talis zu suchen, hatte sie darauf nur geantwortete: »Er wird bald heimkommen. Ich weiß in meinem Geist, daß ihm nichts passiert ist.«

Danach hatten Will und Meg sich angewöhnt, jedesmal erst eines der beiden Kinder zu fragen, ob es »in seinem Geist« nicht wüßte, wo sich denn das andere befände, sobald eines von ihnen nicht rechtzeitig nach Hause gekommen war. Und wenn Callie jetzt sagte, daß sie Talis nachts mit ihren Tränen wach hielte, wußte er, daß dies auch wirklich so war.

Aber was Callie nicht bewußt zu sein schien, war die Tatsache, daß Talis sich keineswegs in der Gefahr befinden konnte, sich in eine andere Frau zu verlieben, wenn die Verbindung zwischen ihnen noch immer so stark war, daß sie ihn nachts mit ihren Tränen wachzuhalten vermochte.

»Callie«, sagte Will, sie einen Moment lang von sich weghaltend, »hör jetzt bitte auf zu weinen. Ich will alles wissen, was in diesem Hause vor sich geht. Und möchtest du denn gar nicht erfahren, wie es Meg geht? Hast du sie etwa schon vergessen? Sie hat mir für dich und Talis getrocknete Aprikosen mitgegeben.«

»Er verdient sie nicht«, rief Callie. »Ich sollte ihm lieber eine Pastete mit diesen Kräutern dort backen!« rief sie, mit der Hand auf den Garten weisend.

Als Will jetzt von Callie wieder an die Giftpflanzen erinnert wurde, runzelte er die Stirn. »Ich möchte auch wissen, warum du dich an so einem Ort aufhältst. Und weshalb man einem Mädchen wie dir die Pflege eines solchen Gartens anvertraut. Warum läßt man dich hier mit diesem jungen Mann und den giftigen Pflanzen allein? Denn diesen guten alten Mann dort drüben, dessen Schnarchen ich bis hierher hören kann, kann man wohl schwerlich als Aufsicht für dich oder den Garten bezeichnen«, setzte Will hinzu, bevor Callie ihn auf Pater Keris aufmerksam machen konnte, der am anderen Ende des Gartens unter einem Baum schlief.

Es dauerte fast eine Stunde, ehe es Will gelungen war, alles von Callie zu erfahren, was ihm wissenswert erschien. Denn obwohl Callie sonst eine hervorragende Geschichtenerzählerin war, vermochte sie diesmal nicht länger als zwei Sätze beim Thema zu bleiben und ihm von ihrem Leben in Hadley Hall zu berichten, ohne sich dann wieder in Tiraden über Talis »lieblose« Art und »untreues« Wesen zu ergehen und darüber zu klagen, daß er allen Frauen nachjagen würde und absolut nichts mehr für sie übrig habe.

All diesen Worten konnte Will nur entnehmen, wie einsam

Callie sich jetzt fühlte und wie leer und öde ihr Leben hier in Hadley Hall war. Denn solange Callie ihren Talis bei sich hatte, hatte sie auch ein großes Interesse am Erfinden neuer Geschichten, für ihre Tiere und an dem Schicksal anderer Menschen gehabt. Aber ohne Talis hatte sie an gar nichts mehr Interesse, hatte sie niemanden, dem sie ihre Geschichten erzählen, den sie zum Lachen bringen und dem sie sich anvertrauen konnte.

»Und was sagt Talis nun zu alledem?« fragte Will, als sie wieder ihr Klagelied über Talis' Treulosigkeit anstimmen wollte. »Ist er denn glücklich hier?« Sie hatten sich gerade die Fleischpastete geteilt, die man Callie als Dinner mitgegeben hatte. Daß man Callie nicht ins Haus bat, damit sie dort mit anderen Mädchen am Tisch sitzen und ihre Mahlzeiten einnehmen konnte, war für Will ein weiteres Indiz dafür, daß hier etwas nicht stimmen konnte.

»Nein«, antwortete Callie prompt, ohne erst nachzudenken, »Talis ist nicht glücklich hier.«

»So? Und wie wäre das denn möglich, wo er doch von so vielen schönen Frauen umgeben ist? Das würde mich in seinem Alter sogar sehr glücklich gemacht haben.«

»Er ist aber *nicht* glücklich«, schrie sie ihn nun förmlich an. »Er mag sie nicht. Er will mich. Ich weiß genau, daß er nur mich haben möchte.« Und dann barg sie das Gesicht in den Händen und fing wieder zu weinen an.

»Warum«, schluchzte sie, »warum kommt er dann nicht hierher und besucht mich? Ich halte mich den ganzen Tag hier auf, und ich weiß, daß dieser Mann, den er für seinen Vater hält, ihm *alles* erlauben würde – warum kommt er also nicht zu mir? Es ist noch gar nicht so lange her, daß Talis zu mir sagte, wir würden auf die Farm zurückkehren, wenn man uns nicht erlauben würde, zusammen zu sein. Er hat damals gelogen – aber warum?«

»Ich weiß es nicht, mein Herz«, sagte Will da, sie wieder in die Arme nehmend, damit sie nicht den Schock auf seinem Gesicht sah, als er hörte, daß Talis sie belogen habe. »Aber ich werde versuchen, das herauszufinden.« Dann streichelte er eine Weile lang ihre Haare und sagt dann in dem Bemühen, sie ein wenig von ihrem Kummer abzulenken: »Was würdest du denn gern von Talis haben wollen? Würde es dir gefallen, wenn er dir ein so schönes Haus wie das dort unten kaufen würde?« fragte er, auf Hadley Hall hinunterzeigend.

Callie hörte nicht den Neid aus Wills Worten heraus – den Neid, daß ein anderer Mann den Kindern etwas geben konnte, was ihm nicht möglich war. Wenn Meg nicht gewesen wäre, hätten die beiden nicht einmal lesen und schreiben gelernt.

»Nein, ich möchte kein Haus haben. Ich möchte ...«, sich die Augen mit dem Handrücken auswischend, sagte sie: »Ich möchte, daß er sich meinetwegen nicht schämen muß.«

»Sich deinetwegen nicht schämen muß?« wiederholte Will erstaunt. »Callie, wie kannst du nur so etwas von Talis behaupten! Er wollte nicht eine Minute des Tages ohne dich sein.«

»Ja, aber damals hatte er auch niemand anderen als mich. Doch nun, wo er die Wahl hat unter so vielen schönen Frauen, will er mich nicht mehr sehen. Sein Vater ist dieser reiche John Hadley, während ich die Tochter eines so schrecklichen Mannes wie Gilbert Rasher sein soll. Man erzählt sich hier gräßliche Geschichten über ihn. Talis möchte jetzt nicht mehr mit der Tochter eines solchen Mannes gesehen werden. Ich bin das Gift-Mädchen.«

Will wußte nicht, was er sagen sollte, um das Mädchen wieder zu beruhigen. Er war sich absolut sicher, daß Talis sich keineswegs ihrer schämte, aber er wußte auch, daß etwas Schlimmes passiert sein mußte, wenn die Kinder nun nicht mehr beisammen waren. Oder vielleicht war es auch nur nicht üblich in so einem reichen Haus, daß sich junge unverheiratete Mädchen mit jungen unverheirateten Männern zusammenfanden. Er wußte das nicht.

»Komm«, sagte er nun schmeichelnd, »verrate mir nun endlich, was du gern von Talis haben würdest.«

»Nichts. Ich möchte nichts von ihm haben.«

»Verschon mich jetzt mit deinem Stolz, Callie. Ich weiß sehr genau, was du für ihn empfindest. Denk dir also eine Geschichte aus, in der du Talis um das bitten würdest, was du gern von ihm hättest.«

Da sah Callie ihn mit ernsten Augen an. »Talis glaubt mich zu besitzen. Er ist davon überzeugt, daß ich ihm gehören würde, hat aber nichts dafür getan, um mich für sich zu gewinnen. Verstehst du das? Er hat nie um mich gekämpft!«

»Ja«, sagte Will, der sehr wohl wußte, wie wichtig es für eine Frau war, daß ein Mann um ihre Gunst warb. Und es stimmte, daß Talis sie nie hofiert hatte. Daß er nie etwas getan hatte, um sich Callies Gunst zu erwerben. Vielmehr war es so gewesen, als wären die beiden schon als ein verheiratetes Paar auf die Welt gekommen.

»Ich wünschte mir, Talis würde jedem erzählen, daß er mich am liebsten mag«, sagte Callie nun leise. »Ich wünschte, er würde ... es von allen Dächern herunterschreien, daß ich ihm gehöre und er keine andere haben möchte als mich!«

Da mußte Will laut lachen. Er vermochte sich nicht vorzustellen, daß man den stolzen Talis dazu bringen konnte, sich auf einen Dachfirst zu setzen und wie ein Hahn seine Liebe zu Callie in die Welt hinauszukrähen. Nein, Talis' Verständnis von der Liebe bestand eher darin, daß er Callie erlaubte, ihm im Schatten eines Baumes heiße Himbeertörtchen zu servieren.

Und bisher hatte Callie das auch immer genügt.

»Du verlangst sehr viel von ihm«, sagte Will. »Aber ich werde sehen, was ich für dich tun kann«, setzte er hinzu, obwohl er sich da nicht viel Hoffnung machte.

Kapitel dreiunddreißig

»Wie konnte dieser alte Mann es wagen, sich in meine Angelegenheiten einzumischen!« brüllte John und schepperte wütend mit Tassen und Tellern. »Ich habe den Befehl gegeben, ihn von meinem Besitz zu entfernen und dafür zu sorgen, daß er nicht mehr hierherkommt. Und sollte es dem Alten einfallen, sich hier noch einmal blicken zu lassen, wird er sich am Galgen wiederfinden!«

Hugh hütete sich, den Ausführungen Seiner Lordschaft etwas hinzuzusetzen. John hatte sich nämlich maßlos darüber geärgert, daß sein geliebter Talis gestern beim Anblick eines alten, gebeugten Mannes, der die groben Kleider eines Bauern trug, so aus dem Häuschen geraten war vor Freude, daß er mitten im Training vom Pferd gesprungen, zu dem Alten gerannt und ihm um den Hals gefallen war wie ein drei Jahre alter Junge.

John, dessen sehnlichster Wunsch es doch war, die Liebe dieses Jungen für sich zu gewinnen, wäre in diesem Moment fast erstickt an seiner Eifersucht. Er hatte in der Absicht, ihm einen strengen Verweis zu erteilen, Talis zugerufen, daß er sofort zu ihm kommen solle. Doch der war offensichtlich so sehr damit beschäftigt gewesen, den alten Mann auf beide Wangen zu küssen, daß er Johns Befehl überhört haben mußte.

Erst dem alten Mann war es nach einer Weile gelungen, Talis auf Johns Rufe aufmerksam zu machen. Doch statt den Alten nun stehenzulassen, hatte Talis diesen wie einen Abgesandten des Königshauses zu Seiner Lordschaft gebracht und sich Johns wütender Aufforderung, sein Training fortzusetzen, mit den Worten widersetzt: »Ich muß mich erst um das Wohlergehen meines Vaters kümmern. Er hat eine weite Reise unternommen, um mich zu besuchen, und ist jetzt müde und hungrig.«

»*Ich* bin dein Vater!« hatte John gebrüllt.

»O ja, Sir«, hatte Talis da gesagt. »Es war nicht meine Absicht, Euch dieses Recht zu ...«

»Ich kann doch warten«, hatte ihn Will da unterbrochen, »bis du mit deinem Training fertig bist.«

»Nein«, hatte Talis ihm daraufhin mit fester Stimme erklärt, »ein Ritter ist auch verpflichtet, für die Menschen zu sorgen, die er liebt.« Und dann hatte er mit den Worten: »Ihr werdet mich also so lange entschuldigen müssen, bis ich meinen Va..., Pardon, meinen Besucher untergebracht und bewirtet habe«, den

Arm liebevoll um die breiten, gebeugten Schultern des Alten gelegt und mit diesem den Turnierplatz verlassen.

John hatte den beiden nachgesehen und dabei so heftig am ganzen Leib gezittert, daß Hugh fürchtete, ihn könne jeden Moment der Schlag treffen. Als Talis dann am Nachmittag nicht zum Training erschienen war, hatte John sich auf die Suche nach seinem geliebten Sohn gemacht und diesen zusammen mit dem Alten im Garten gefunden, wo die beiden die Köpfe zusammengesteckt und offensichtlich ein so vertrauliches Gespräch geführt hatten, wie es John bisher noch nie vergönnt gewesen war.

»*Ich* bin sein Vater!« wetterte John nun mit Hugh am Abendbrottisch. »Sollte der Junge das inzwischen vergessen haben? Begreift er denn nicht, daß er mit seinen Problemen jetzt zu *mir* kommen sollte?«

Hugh griff sich ein Messer und begann damit einen Apfel zu schälen. John Hadley wäre sicherlich die letzte Person auf Erden gewesen, der ich meine privaten Sorgen anvertrauten würde, überlegte Hugh. John Hadley war ein Mensch, der so behutsam an die Lösung von Problemen heranging wie ein Schlachter an einen abgehäuteten Ochsen, den er in zwei Teile zerlegen muß. »Dem Jungen fehlt das Mädchen«, murmelte er schließlich, da John offensichtlich von ihm eine Antwort auf seine Frage erwartete.

»Welches Mädchen?« brauste John da auf. »Warum redet jeder nur immer von Talis und einem Mädchen? Vielleicht seht ihr beide, du und meine Frau, etwas, das kein anderer zu sehen vermag!«

Bei der Erwähnung von Lady Alida schnitt Hugh sich mit dem Messer in den Daumennagel. Er konnte diese Frau nicht leiden. Er fand sie kalt und herzlos. Möglich, daß sie nicht immer so gewesen war, aber jetzt war sie es. Und wenn sich nun irgendein Unheil zusammenbraute, war sie die Ursache davon. Daran hatte er überhaupt keinen Zweifel. Auch konnte Hugh seinem Herrn jetzt ansehen, daß dieser ihn belogen hatte. John wußte viel mehr, als er ihm verraten wollte. Tatsächlich schienen sich in diesem Haus in letzter Zeit eine Menge geheimnisvoller Dinge zuzutragen. So hatte Lady Alida sich erst vor zwei Wochen in großer Eile auf den Weg nach Gott-weiß-wohin gemacht, und dieses kleine unbedeutende Nichts, diese Edith, schlich seither im Haus mit einem Gesicht herum, als wüßte sie ein Geheimnis, das die ganze Welt verändern konnte.

Und warum hatte man nun dieses arme Mädchen, diese Callie, zur Betreuerin eines Gartens voller Giftpflanzen bestellt und diesen eitlen Gockel, diesen Allen Frobisher, ins Haus geholt, damit er ihr im Garten Gesellschaft leisten sollte?

Doch am schlimmsten hatte es jetzt wohl Talis getroffen. Hadley dachte wieder an den Tag vor ein paar Monaten zurück, wo er Talis zum erstenmal gesehen und der Junge John das Leben gerettet hatte. An jenem Tag hatte Talis das Mädchen in die Luft geworfen und wieder aufgefangen, und Hugh wußte, daß er noch nie in seinem Leben eine so perfekte Darbietung erlebt hatte – ein so instinktiv richtiges und völlig aufeinander abgestimmtes Zusammenwirken zweier Körper, als würden ihre Bewegungen von einem gemeinsamen Willen und Geist geleitet.

An jenem Tag war Talis eine strahlende Erscheinung gewesen. Hugh hatte noch nie einen jungen Mann gesehen, der so aufrecht und mit einem so stolz erhobenen Kopf dagestanden hatte wie damals Talis auf dem Hof der Farm. Und als John ihn an jenem Tag zu seinem Sohn erklärt hatte, hätte Hugh am liebsten mit John um diese Ehre gekämpft; denn Talis war ein Junge, wie ihn jeder Mann gern als Sohn gehabt hätte.

Aber jetzt, ein paar Monate später, wirkte Talis so lustlos, als wäre ihm seine ganze Energie abhanden gekommen. Er hatte beträchtlich an Gewicht verloren, hatte schwarze Ringe um die Augen, aß nur noch wenig und schlief des Nachts, wie Philip ihm erzählt hatte, so gut wie überhaupt nicht mehr.

Bei einem anderen jungen Burschen in Talis' Alter würde Hugh angenommen haben, daß er an Liebeskummer litt. Aber das Leiden, an dem Talis offensichtlich krankte, schien weitaus schlimmer zu sein als Liebeskummer.

An diesem Morgen hatte John nun in einem Anfall eifersüchtiger Wut den alten Farmer, der Talis aufgezogen hatte, aus dem Haus gejagt. John konnte es nicht ertragen, mitanzusehen, wie Talis einem anderen Menschen seine Zuneigung schenkte. John konnte es nicht ertragen, daß ein anderer das bekam, was ihm nicht zuteil wurde; denn Talis hatte John zwar immer respektvoll behandelt, ihm jedoch niemals die Arme um den Hals geworfen oder ihn gar zum wiederholten Male auf die Wangen geküßt.

Hugh war dann drei Stunden mit seinem Pferd unterwegs gewesen, bis es ihm gelungen war, den alten Mann einzuholen, der auf einem mit Kornsäcken beladenen Leiterwagen gesessen hatte. Und selbst als er ihn gefunden hatte, dauerte es noch eine Weile, bis Hugh den alten Farmer davon hatte überzeugen können, daß er es nur gut mit Talis meinte.

Der alte Mann, Will Watkins, hatte ihm daraufhin erzählt, daß Talis sehr unglücklich wäre und daß sein Unglück darin bestünde, daß er nicht mit Callie zusammen sein könne. »Das hätte etwas mit Schwüren zu tun, die Talis Gott geleistet habe«, hatte Will zu Hugh gesagt, dann die Stimme gesenkt und mit einem verdrossenen Gesicht hinzugefügt: »Scheinen mir eher Versprechen zu sein, die er *ihr* hat geben müssen, wenn Ihr mich fragt.«

Hugh hatte sofort gewußt, wen der Farmer damit gemeint hatte.

Auf dem Rückweg nach Hadley Hall hatte Hugh sich dann überlegt, was für einen Grund Lady Alida wohl haben könne, sich in die Liebe dieser beiden jungen Leute einzumischen. Was konnte sie denn daran stören, daß zwei so reizende Kinder wie Talis und Callie zusammenkamen? War sie so verbittert über ihr eigenes liebloses Leben, daß sie den beiden ihr Glück nicht gönnte?

Und jetzt wurde Hugh nun mit Johns eifersüchtiger Wut konfrontiert, weil der Junge einen Mann, der ihn aufgezogen hatte, mehr liebte als John, den Talis erst seit ein paar Wochen kannte.

»Ich glaube«, sagte Hugh leichthin, »daß der Junge verliebt ist. Vielleicht solltet Ihr ihm die Erlaubnis geben, dieses Mädchen zu heiraten.« Hugh tat so, als würde er Johns Gesicht nicht beobachten, was er aber tat. Er hatte so einen Verdacht, was die Geburt von Callie und Talis anlangte.

»Ich, äh, ich kann doch nicht ... ich meine, daß ich denke, er ist noch zu jung zum Heiraten. Und außerdem paßt das Mädchen nicht zu ihm.«

Oder, dachte Hugh bei sich, du hast Angst, daß der wahre Vater des Jungen hierherkommen, ihn für sich beanspruchen würde und du ihm viel Geld bezahlen müßtest, damit du ihn behalten darfst? Kein Wunder also, daß Talis den alten Farmer auf die Wange geküßt hatte, aber nicht John, der sich offenbar nicht entscheiden konnte, ob er mehr das Geld liebte oder einen Menschen aus Fleisch und Blut.

Doch Hugh wußte, daß er eines mit John gemeinsam hatte: Beide konnten sie schlaue, ränkesüchtige Frauen nicht ausstehen. Hugh hatte zwar keine Ahnung, was Lady Alida gerade vorhatte oder welche Ziele sie verfolgte, war sich jedoch sicher, daß sie etwas tat, was sie nicht tun sollte.

»Ich glaube, daß jemand Talis weismachen wollte, es wäre etwas Unehrenhaftes, mit diesem Mädchen zu sprechen. Er fürchtet jetzt, seinen Platz an Eurer Seite zu verlieren, wenn er auch nur ein Wort mit dieser Callie redet.«

»Wie kommt Ihr denn auf diese Idee?« antwortete John erstaunt. »Meinetwegen kann er das Mädchen sogar schwängern, wenn ihn das ... das ...«

»... glücklich macht?« ergänzte Hugh, weil er wußte, wie sehr John Sentimentalitäten verabscheute und sich bisher noch nie mit dem Glück oder Unglück anderer Menschen befaßt hatte, sondern nur mit seinem eigenen Wohlergehen. Und das Leben in diesem großen Haus würde auch für John viel angenehmer sein, wenn Talis glücklich war.

»Ich werde dem Mädchen befehlen, sich neben ihn zu setzen und ihn den ganzen Tag zu betrachten, wenn er das möchte«, sagte John. Er hatte nur einen Wunsch: daß sein Sohn in seiner Nähe blieb und ihn das kein Geld kostete.

»Ich könnte mir aber denken, daß ein verärgertes, mürrisches Mädchen, das ihm von der Seitenlinie aus ein paar Worte zuzischelt, Talis kaum zufriedenstellen würde.«

»Das würde sie nicht wagen!« schimpfte John. »Ich ließe ihr sonst den Kopf abschlagen!«

Was natürlich für dich alle Probleme lösen würde, dachte Hugh sarkastisch. »Jemand muß sich da sehr schlau angestellt und Talis vorgegaukelt haben, daß er nicht einmal in die Nähe dieses Mädchens gehen dürfe. Aber ich glaube, daß Ihr noch viel schlauer sein könnt als diese Person.«

»Ja, natürlich«, antwortete John und sah Hugh dabei erwartungsvoll an. Sie waren nun schon so viele Jahre beisammen, daß John keine Lust mehr hatte, ein Ratespiel zu veranstalten, um herauszufinden, was Hugh im Sinn hatte.

»Ihr sagt jetzt einfach zu Talis, daß die Schönheit des Mädchens einen solchen Aufstand unter den jungen Männern verursacht habe, daß man sie vor diesen beschützen müsse und es Euer Wille sei, ihm diese Aufgabe zu übertragen. Er solle sich deshalb ständig in Callies Nähe aufhalten und darauf achten, daß kein anderer Mann sie anfaßt.«

»Eine Schönheit?« erwiderte John da erstaunt. »Wo habt Ihr nur Eure Augen? Das Mädchen ist doch so blaß wie ein Fischbauch. Tatsächlich ist sie so farblos, daß ich sie kaum von meinen anderen Töchtern ... äh, ah ... von den anderen Mädchen in diesem Hause unterscheiden kann!«

Hugh bemühte sich, ein Lächeln zu unterdrücken; denn John hatte ihm soeben die Antwort auf seine vielen Fragen gegeben. Wie er bereits vermutet hatte, war Talis also gar nicht John Hadleys Sohn. »Talis weiß aber nicht, daß sie keine Schönheit ist, Sir«, hielt Hugh ihm nun entgegen. »In seinen Augen ist Callie das hübscheste Mädchen der Welt.«

»Ich werde mich doch nicht zum Narren machen und ihm so etwas sagen!« erklärte John kopfschüttelnd. »Der Junge würde mich nur auslachen.«

»Nein, Sir, das würde dem Jungen niemals einfallen.« Aber

als er sah, daß John noch immer Bedenken hatte, setzte er hinzu: »Ich werde Euch mein bestes Turnierpferd schenken, wenn ich mich irren sollte!« Damit meinte er einen Rotschimmel, den er vor zwei Jahren gekauft und um den Hadley ihn schon immer beneidet hatte.

»Ich nehme die Wette an«, erklärte John großzügig.

»Und was bekomme ich, falls ich recht behalten sollte?« erkundigte sich Hugh. Aber als John seine Frage mit einem Stirnrunzeln beantwortete, beeilte Hugh sich zu sagen: »Es ist natürlich mein Privileg, Euch zu Diensten sein zu dürfen, Sir.«

Und wen sollte es da noch wundern, dachte Hugh bei sich, daß John sich weder auf die Loyalität seiner Leute verlassen noch die Zuneigung anderer Menschen für sich gewinnen konnte?

Kapitel vierunddreißig

»Nein, vielen Dank«, sagte Callie zu Talis in einem so hochmütigen Ton, wie ihr das gelingen wollte. »Ich möchte doch lieber mit Allen gehen.«

Die drei befanden sich auf dem Jahrmarkt, der in einem Dorf in der Nähe von Hadley Hall stattfand. Auf den sonst so stillen Straßen hörte man nun die Rufe von Akrobaten, Kaufleuten und Hausierern, die laut ihre Künste oder Waren anpriesen. Und überall drängten sich reiche und arme Leute um Buden und Zelte.

»Ich habe den Auftrag, dich im Auge zu behalten«, sagte Talis, und sein Rücken war so steif, daß im Vergleich dazu der Stamm einer Eiche nachgiebig gewesen wäre. »Lord John hat mir befohlen, daß ich dich beschützen soll.«

»Vor wem denn?« fauchte Callie ihn da an. »Etwa vor solchen unerwünschten jungen Männern wie dich?«

Bei diesen Worten reckte sich Allen in die Höhe, bis er beinahe so groß war wie Talis. Auf jeden Fall war er nicht gar mehr so jung wie Talis, sondern zwei Jahre älter, und er war diesem ganz bestimmt überlegen, was Erfahrungen mit Frauen anlangte. »Kommt, Callasandra«, sagte er, Callies Arm nehmend.

»Nennt sie nicht so«, warnte Talis ihn da und schob Allens Arm von ihr weg. »Noch besser wäre es, wenn Ihr sie überhaupt nicht anreden würdet. Callie, du mußt jetzt mit mir kommen.«

Da funkelte sie ihn wütend an. »Das muß ich nicht – weder jetzt noch irgendwann sonst. Kommt, Allen, laßt uns gehen!«

In dem nun sicheren Gefühl, daß er der Gewinner war – was er natürlich seinem anerkanntermaßen ungewöhnlich guten Aussehen zu verdanken hatte –, nahm Allen nun zum zweitenmal Callies Arm.

»Laßt sie sofort los!« befahl Talis ihm da in einem so lauten Ton, daß sich die Leute in seiner Nähe neugierig zu ihm umdrehten.

Da machte Callie rasch einen Schritt zur Seite, so daß Talis Hand, die nach vorne schnellte, um Allen am Arm zu packen, ihr Ziel verfehlte. Dann löste sie sich aber wieder von dem blonden jungen Mann, um sich vor Talis aufzubauen, sich auf die Zehen zu stellen und ihm mit ebenso lauter Stimme ins Gesicht zu sagen: »Ich gehöre dir nicht! Du bist weder mein Vater noch mein Bruder! Tatsächlich bist du für mich gar nichts! Und deshalb hast du auch kein Recht dazu, mir vorzuschreiben, was ich tun oder lassen soll. Also geh jetzt deiner Wege und laß uns in Ruhe!«

Darauf drehte sie sich mit einem mächtigen Schwung ihrer Röcke wieder zu Allen um, nahm dessen Arm und entfernte sich nun in Begleitung ihres blonden Kavaliers von Talis.

Der verharrte einen Moment lang sprachlos auf der Stelle und starrte den beiden nach, während langsam der Zorn in ihm hochkochte. Wie konnte sie es wagen! dachte er bei sich. Wie konnte sie *ihn* nur so behandeln? Nachdem er sich so viel Mühe gegeben hatte, damit sie wieder zusammen sein konnten? Nachdem er sich gewissenhaft an Lady Alidas Anweisungen gehalten und sich mit einer Horde von kichernden, hohlköpfigen Mädchen abgegeben hatte, die ihn weder zum Trainieren noch zum Studieren hatten kommen lassen, weil er ihnen ständig irgendwelche Sachen nachtragen mußte? »Ach, diese Nadel ist ja so schrecklich schwer!« hatte eines dieser blöden Dinger zu ihm gesagt und dabei die Augen auf eine Weise verdreht, die ihn offenbar von ihren geistigen oder körperlichen Vorzügen überzeugen sollte.

Und dabei hatte Talis sich die ganze Zeit über nur nach den Tagen zurückgesehnt, als er mit Callie zusammengewesen war und nicht so verdammt höflich hatte sein müssen. Denn bei Callie hatte er schweigen können, wenn und wann es ihm paßte, oder auch stundenlang reden, wenn ihm danach zumute gewesen war. Und Callie hatte ihn auch niemals darum gebeten, ständig irgend etwas aufzuheben, herbeizuholen, nachzutragen und was sonst noch alles für blödsinnige Sachen zu tun, wie diese aufgetakelten kleinen Gänschen gemeint hatten, von ihm verlangen zu können.

Aber was soll ich jetzt tun? überlegte er. Am besten wäre es wohl, wenn er jetzt Lord Johns Befehle mißachtete und sie hier allein ließ. Wenn die Männer sich ihretwegen zu Eseln machten und um sie herumscharwenzelten, weil sie ... nun, weil sie seiner Ansicht nach bei weitem das schönste Wesen auf Erden war, war das doch nicht sein Problem, oder? Sollte sie doch jetzt dieses hagere, hühnerbrüstige Käsegesicht von einem Jungen beschützen.

Aber noch im gleichen Moment, wo Talis das dachte, setzte er sich wieder in Bewegung und folgte den beiden.

»Ach, Allen, was für geistreiche und witzige Einfälle Ihr doch habt!« rief Callie da vor ihm, warf den Kopf in den Nacken und lachte, daß sich ihre goldenen Haare in ihrem Gürtel verhedderten.

»Sie erlauben doch!« rief Allen, während er bereits begierig beide Hände ausstreckte, um diese schimmernde Flut goldener Haare wieder aus dem Gürtel zu lösen.

Doch noch ehe er diese berühren konnte, hatte Talis bereits

seinen Dolch aus der Scheide gezogen und hielt ihn nun schlagbereit in der Hand, als habe er vor, Allen alle zehn Finger abzuhacken, falls diese Callies Haaren zu nahe kommen sollten.

Callie mußte sich nicht zu Talis umdrehen, um zu wissen, was dieser im Schilde führte. »Wenn *du* jetzt meine Haare anfaßt, wirst du das bitter bereuen!« fauchte sie ihn über die Schulter hinweg an.

»Warum hast du sie denn nicht aufgerollt und unter deiner Kappe versteckt?«

Da drehte sie sich um und lächelte ihn an. »Was hast du dagegen einzuwenden, daß auch andere Männer meine Haare sehen?«

»Nichts«, erwiderte er steif. »Es ist nur so, daß sie jetzt Schaden anrichten könnten, weil sie überall hängen bleiben. Auch ist es ein Wunder, daß die Vögel noch nicht damit begannen, ihre Nester darin zu bauen.« Obwohl Talis glaubte, ihre Frage auf eine sehr geistreiche und witzige Weise beantwortet zu haben, konnte er nun ihrem Gesichtsausdruck entnehmen, daß dies keineswegs so war.

»Allen *gefallen* meine Haare«, sagte sie. »Tatsächlich gefallen *allen* Männern meine Haare. Sie gefallen ihnen sogar sehr!«

»Ich habe doch nicht gesagt, daß mir deine Haare *nicht* gefallen würden«, gab Talis verwundert zurück. Was war nur in sie gefahren? Hatten sie sich denn nicht ein ganzes Leben lang geneckt? Warum nahm sie ihm das plötzlich übel?

»Geh weg!« schnaubte sie. »Hast du nicht verstanden, was ich vorhin zu dir sagte? Ich möchte dich nicht in meiner Nähe haben! Such dir doch eine andere Frau, wenn du unbedingt jemanden belästigen mußt.«

Als Talis stehenblieb und zusah, wie die beiden sich wieder von ihm entfernten, platzte ihm fast der Kragen vor Wut. Da hatte er nun alles getan, was man überhaupt von ihm verlangen konnte, um wieder mit ihr zusammensein zu können und um ihr zu beweisen, daß er ohne sie nicht leben konnte, doch sie schien nur noch dieses magere Käsegesicht, diesen Frobisher, haben zu wollen.

Entschlossen wanderte er hinter den beiden her, und als sie dann an einer Bude haltmachten, wo Früchtekuchen feilgeboten wurden, lehnte Talis sich dort gegen die Bretterwand, blickte starr geradeaus und tat so, als hätten sich jetzt ganz zufällig ihre Wege gekreuzt.

»O ja, Allen«, sagte Callie da so laut, daß man es eine halbe Meile weit hören konnte, »ich hätte zu gern eines von diesen Apfeltörtchen dort gehabt. Apfeltörtchen sind nämlich meine Lieblingsspeise. Ach, was seid Ihr doch für ein wunderbarer Mann, daß Ihr sogar die Wünsche einer Frau erraten könnt. Ja, Ihr wißt, wie man mit Frauen umgehen sollte!«

Da errötete Allen vor Stolz, während er auf der flachen Hand dem Budenbesitzer eine Kupfermünze als Bezahlung für zwei Apfeltörtchen hinstreckte.

Doch da griff Talis' noch breitere Hand nach seiner und hielt sie fest. »Tatsächlich mag sie Pfirsichtörtchen viel lieber als Apfelpasteten«, sagte Talis. »Die findet sie nämlich eher langweilig und fade, solange sie nicht mit Zimt bestreut sind. Und dem Geruch nach zu schließen, sind sie das nicht. Wenn Ihr also tatsächlich ihre geheimen Wünsche erraten wollt, dann kauft ihr entweder ein Pfirsich- oder ein Aprikosentörtchen. Aber hütet Euch, einen von diesen Blaubeerkuchen dort für sie zu kaufen, falls sie das von Euch verlangen sollte. Denn dann bleiben ihr nur die Kerne zwischen den Zähnen hängen, und da sie auch nicht sonderlich manierlich essen kann, wird sie sich das Kleid mit Blaubeersaft bekleckern. Nein – am besten seid Ihr beraten, wenn Ihr ihr eines von diesen Aprikosentörtchen kauft.«

»Ich ... äh ... ja«, stotterte Allen, während Talis so tat, als sähe er die wütenden Blicke nicht, die Callie ihm zuwarf.

»Ich habe es mir anders überlegt«, sagte sie. »Ich möchte *gar keines* von diesen Törtchen dort haben. Kommt, Allen, laßt uns zu den Akrobaten gehen!«

»Dort drüben findet gerade eine Bärenhatz statt. Vielleicht hättet Ihr Spaß daran, zuzusehen, wie die Hunde ihm an die Gurgel springen? Das ist ein großartiger Sport«, meinte Allen.

»Das würde ihr aber gar nicht gefallen«, sagte Talis und blickte nun auf eine sehr augenfällige Weise auf den Kopf des blonden jungen Mannes hinunter, so daß niemandem verborgen bleiben konnte, daß er mindestens vier Zoll größer war als dieser.

»Das würde ich mir nur *zu gerne* ansehen«, sagte Callie durch die zusammengepreßten Zähne. »Ich habe mich nämlich in den vielen, vielen Monaten, seit ich dich zuletzt gesehen habe, sehr verändert.« Sie sprach das »dich« so aus, als wäre er ein Pflanze, die in ihrem Giftgarten wuchs.

»Oh, ist es das, was dich so wurmt?« erwiderte Talis. »Daß ich dich nicht in deinem Garten besucht habe? Ich war in den letzten paar Wochen nämlich sehr beschäftigt, mußt du wissen, weil ich so vielen jungen Damen beim Sticken, Nähen und weiß der Kuckuck bei was sonst noch allem behilflich sein mußte. Da hatte ich keine Zeit mehr für dich. Ich hoffe, daß du mir das verzeihst.«

»Du gehörst mir nicht«, sagte sie, bemüht, sich ihren Zorn nicht anmerken zu lassen. »Und ich gehöre dir nicht. Mach du doch, was du willst. Und jetzt hätte ich gern, daß du uns beide in Ruhe läßt. Denn ich befinde mich in der Gesellschaft eines Mannes, der begriffen hat, daß ich eine Frau bin.«

Damit drückte sie Allens Arm fest gegen ihre Hüfte und sah mit einem, wie sie hoffte, verliebten Gesichtsausdruck zu ihm auf.

Mit einiger Mühe gelang es Talis schließlich, sich zwischen die beiden zu schieben. »Mein Vater hat mir den Auftrag erteilt, dich zu beschützen, und ich muß ihm gehorchen. Was würdest du dazu sagen, wenn wir uns nun den Stand mit den Büchern anschauen würden?«

Allen lachte. »Mein junger Hadley, ich muß schon sagen, daß Ihr von Frauen überhaupt nichts versteht.« Vielleicht war er ja nicht ganz so groß wie Talis, diesem jedoch um zwei Jahre und eine Menge Erfahrung mit Frauen voraus. »Frauen lieben die Aufregung – eine Bärenhatz zum Beispiel –, aber doch keine

Bücher! Der Verstand einer Frau ist für Romantik und Liebe gemacht und nicht für das, was man in einem Buch findet. Habe ich recht, meine Teure?« sagte er, während er Callies Hand an seine Lippen hob, um diese zu küssen.

»Oh, ich bitte vielmals um Verzeihung«, sagte Talis, als er plötzlich gegen Allen fiel und damit den Handkuß verhinderte, »aber jemand hat mir gerade einen Schubs gegeben.«

»Du ungeschickter Bastard, du!« fluchte Allen leise, während er sich seine Kleider an den Stellen abklopfte, wo sie mit dem Mehlsack in Berührung gekommen waren, den ein Mann gerade hinter ihm vorbeigetragen hatte, als Talis gegen ihn gefallen war.

»Ich bitte abermals um Verzeihung«, sagte Talis da mit süßer Stimme, »daß ich Euch da widersprechen muß. Mein Vater ist Lord John Hadley. Da kann ich doch unmöglich ein Bastard sein. Würdet *Ihr* mir jetzt verraten, wer *Euer* Vater ist?«

Da warf Allen ihm einen bösen Blick zu; denn sein Vater stand dem Rang nach weit unter John Hadley.

»Allen, bitte«, sagte Callie da, »beachtet ihn gar nicht. Er will Euch doch nur ärgern. Und wir wollen uns jetzt ein paar vergnügte Stunden machen und so tun, als wäre er gar nicht da. Kommt, gehen wir zu dem Kleiderstand dort drüben!«

Talis stöhnte und sagte: »Wer möchte sich denn an einem so schönen Tag wie diesem Stoffe und Kleider ansehen? Da drüben turnen gerade Akrobaten auf einem Hochseil, und an den Buden daneben gibt es eine Menge zu essen.«

Callie wirbelte so rasch zu ihm herum, daß ihre Haare Allen ins Gesicht klatschten. »Falls du es noch nicht wissen solltest: Es sind nicht alle Männer so egoistisch wie *du!* Zuweilen führt ein Mann eine Frau aus und macht das, was *sie* gern machen möchte. Und Allen würde sich jetzt nur zu gern die Samt- und Seidenstoffe in der Bude dort drüben ansehen – nicht wahr, Allen?«

»Nun, ich, äh ...«

»Da hörst du es, Mister Sohn-von-einem-Lord-Hadley! Er will sich die Stoffe anschauen! Und wenn ich jetzt den ganzen

Tag dort drüben an der Bude stehen und nichts anderes machen wollte, als mir diese Stoffe anzusehen, würde Allen das auch nur zu gern wollen. Kann jemand wie *du* so viel Selbstlosigkeit begreifen?«

Talis hatte keine Ahnung, wovon Callie überhaupt redete. Allmählich kam ihm der Verdacht, daß ein übler Geist sich ihres Körpers bemächtigt haben müsse. Die Callie, die er kannte, würde sich nämlich viel lieber Bücher und Hochseilakrobaten angeschaut haben als Berge von Samt- und Seidenstoffen. Warum war sie heute nur so anders?

Als Callie sah, daß Talis nichts von dem begriffen hatte, was sie ihm die ganze Zeit hindurch beizubringen versuchte, ballte sie ihre Hände zu Fäusten zusammen und drehte ihm den Rücken zu. »Kommt, Allen, laßt uns zuschauen, wie sie die Hunde auf den Bären hetzen!«

»Aber davon wird dir doch nur schlecht werden!« sagte Talis da hinter ihr, und diesmal klang seine Stimme ehrlich besorgt. »Du kannst es doch nicht leiden, wenn man Tieren weh tut!«

Da wirbelte sie wieder zu ihm herum. »Wenn ich *dich* sehe, wird mir schlecht! Dich mit deinen Vorstellungen, daß ich dir gehören würde und daß du alles wüßtest, was es von mir zu wissen gibt! Du weißt nämlich *gar* nichts von mir. *Überhaupt* nichts! Denn zufällig mag ich nämlich die Bärenhatz. Das ist nämlich ein großartiger Sport und ein Abenteuer, bei dem wir von Tieren lernen können, was Wagemut und Geschicklichkeit ist! Und Allen weiß, daß ich eine Frau bin, die die Aufregung liebt. Und daß ich keineswegs diese langweilige, leblose, steife kleine Jungfer bin, für die du mich zu halten scheinst. Und nun möchte ich, daß du dich endlich von mir entfernst. Tatsächlich möchte ich dich in meinem Leben nie wiedersehen!«

Da konnte Allen nicht umhin zu lächeln, weil Callie von Minute zu Minute schöner wurde; denn wenn sie so wütend war wie jetzt, bekamen ihre Wangen Farbe und ihre Augen funkelten nur so vor Leidenschaft. In diesem Zustand war sie fast eine Schönheit.

Und es sah jetzt auch so aus, als zeigten ihre Worte endlich Wirkung. Denn als Callie sich nun wieder in Bewegung setzte, blieb dieser Junge, dieser Talis, stehen und versuchte nicht mehr, ihr nachzulaufen.

Allen hingegen mußte nun rennen, um sie wieder einzuholen. In dem sicheren Gefühl, daß er nun in einem Turnier der Worte eine Frau für sich erobert hatte, sagte er: »Zu der Bärenhatz müssen wir hier entlanggehen.«

Da sah sie ihn ganz entsetzt an und sagte: »Ich habe nicht die Absicht, mir anzuschauen, wie ein Bär und eine Meute von Hunden miteinander kämpfen müssen. Ich hasse solche blutrünstigen Veranstaltungen.«

»Aber Ihr sagtet doch eben – Ihr habt doch gerade zu diesem Jungen gesagt – ich dachte, Ihr ...«

»Könnt Ihr denn nie einen Satz zu Ende sprechen?« fiel Callie ihm da ins Wort. »Und wie kommt Ihr eigentlich auf den Gedanken, daß eine Frau nicht intelligent genug sein könnte, um ein Buch zu lesen? Glaubt Ihr etwa, wir Frauen würden unsere Zeit genauso vergeuden wie Ihr, indem wir uns den ganzen Tag in einem Garten unter einen Baum legen und zusehen, wie andere Leute mit einer Hacke die Erde auflockern oder Unkraut jäten? Ist es das, was Ihr von mir denkt?«

»Nein, ich ... Ich meine, ich ...«

»Ja, was meint Ihr denn nun? Nun kommt und sagt es mir doch endlich!«

Allen holte tief Luft. Hätte ihm Lady Alida nicht so viel Geld dafür geboten, daß er bei diesem Mädchen blieb, hätte er sie jetzt stehengelassen und wäre davongegangen. Sollte Talis sie sich doch nehmen, und seinen Segen dazu! Die beiden hatten einander verdient! »Wäre es Euch angenehm, wenn ich jetzt einen Becher Wein für Euch besorgen würde? Oder sollte ich nicht besser gleich ein paar Fässer davon kaufen, damit Ihr darin baden könnt?«

Zu seiner Verblüffung brach Callie in lautes Lachen aus. Allen hatte bisher sein Leben mit dem Versuch verbracht, Frauen für sich zu gewinnen. Und deshalb hatte er seinen Sarkasmus stets für sich behalten; denn man eroberte Frauen mit süßen und nicht mit verletzenden Worten. Und daher war es jetzt für ihn ein Schock, daß Callie seine gehässige Bemerkung mit einem Lachen quittierte.

Er ahnte ja nicht, daß Talis sich in so einer Situation genauso verhalten haben würde wie er, daß auch er ihr jedesmal, wenn sie schlechte Laune gehabt hatte, die unmöglichsten Sachen vorgeschlagen hatte, um sie wieder aufzuheitern. So hatte er sie einmal, als sie glaubte, sich über ihn aufregen zu müssen, in Honig ertränken oder bei einer anderen Gelegenheit in Zuckersirup kochen wollen. Und als sie beide zwölf gewesen waren und sie ihm an einem heißen Sommertag besonders frech gekommen war, hatte er sie einfach hochgehoben, sie auf ein mit Pfirsichen beladenes Fuhrwerk geworfen und zu ihr gesagt, sie sollte darin baden, um ihre Laune ein wenig zu versüßen.

Doch dieser Allen bildete sich jetzt sicherlich ein, daß er ein witziges Kerlchen wäre, weil er sie zum Lachen gebracht hatte.

Als Talis, der ein paar Schritte hinter ihnen ging, Callies Lachen hörte, knirschte er mit den Zähnen und ballte die Hände so fest zu Fäusten, daß sich seine Fingernägel in das Fleisch der Handteller bohrten. Er wußte genau, wann Callies Lachen echt war und wann nicht. Bisher hatte ihre Aufmerksamkeit nur ihm gegolten, weil sie diesen weißhaarigen Fatzken, diesen Allen, nämlich gar nicht mochte. Das wußte er ganz genau. Aber kaum hatten die beiden sich aus seiner Hörweite entfernt, als Callie auch schon über etwas lachte, was er ihr gerade erzählt hatte. Weder Will noch Meg noch irgend jemand aus dem Dorf in der Nähe der Farm, die er noch immer als sein Zuhause betrachtete, hatte sie jemals dazu bringen können, so zu lachen wie eben. Das war nur ihm gelungen, als sie beide noch unzertrennlich gewesen waren, als sie sich in allen Dingen nach ihm gerichtet und alles mit ihm geteilt hatte,

Aber nun zog sie offensichtlich jemand anderen ihm vor.

Zur Hölle mit ihr, dachte Talis da bei sich. Wenn sie ihn nicht haben wollte, wollte er sie auch nicht haben.

Mit Muskeln, die plötzlich so steif waren wie Knochen, aus denen man Leim gekocht hatte, drehte er sich um und wandte den beiden den Rücken zu. Sollen sie einander doch behalten, dachte er. Sollen sie doch beide zusammenbleiben bis in alle Ewigkeit!

Er war so steif vor Ärger, daß er fast auf das Gesicht gefallen wäre, als er über ein Hindernis stolperte, das sich auf seinem Weg befand. Er hatte heute nicht die für ihn so typische Geschmeidigkeit der Bewegungen, nicht seinen üblichen beschwingten Gang, ja nicht einmal seinen gewohnten Gleichgewichtssinn.

»Pardon«, sagte Hugh Kellon in diesem Moment; denn es war sein Fuß gewesen, über den Talis gerade gestolpert war. »Warum hast du es denn so eilig? Es ist ein wunderschöner Tag, und es haben sich eine Menge schöner Mädchen hier versammelt. Aber du siehst aus, als wärst du dazu bereit, jeden Moment einen Krieg anzufangen.«

»Entschuldigung«, gab Talis ihm darauf schroff zur Antwort, »aber ich muß weiter.«

»Nein!« rief Hugh scharf und setzte dann etwas leiser hinzu: »Bleib bei mir. Ich brauche Gesellschaft.«

»Ich muß zurück nach Hadley Hall«, erwiderte Talis, jedes Wort durch die zusammengebissenen Zähne pressend.

»Ist das nicht dein Mädchen dort?« fragte Hugh, mit dem Kopf auf Callie und Allen deutend, die Arm in Arm an den Buden entlangwanderten.

»Sie ist nicht mein Mädchen«, erwiderte Talis steif. »Und wenn Ihr mich nun entschuldigen wollt – ich muß jetzt weiter.«

»Der Stolz ist eine gute Sache«, sagte Hugh so laut, daß Talis sich noch einmal zu ihm umdrehen mußte. »Man sollte immer viel Stolz haben. Denn der Stolz ist das Rückgrat eines jeden Mannes.«

»Ja«, sagte Talis, der froh war, daß ihn endlich jemand verstand. »Der Stolz ist sehr wichtig für einen Mann.«

»*Überaus* wichtig«, pflichtete ihm Hugh mit großer Emphase bei. »Der Stolz hat immer mein Leben regiert, und ich kann auch jederzeit einen Eid darauf leisten, daß ich stets meinen Stolz bewahrt habe. Ich bin mein ganzes Leben lang stolz gewesen. Egal, was passierte – meinen Stolz habe ich mir immer bewahrt.«

»Es ist gut für einen Ritter, wenn er so etwas tut«, antwortete Talis mit steifem Rücken und weigerte sich, in die Richtung zu blicken, in der sich diese elende Verräterin, diese Callasandra, befand.

»Ja«, fuhr Hugh fort, »als ich in deinem Alter war, vergaß ich auch nie meinen Stolz. Selbst im Angesicht eines Mädchens nicht, das ich liebte. Genauso, wie du das jetzt tust.«

Als Talis nun eine Braue in die Höhe zog, fuhr Hugh mit einem leisen Lachen fort: »Oh, ich sagte ihr natürlich nicht, daß ich sie lieben würde. Nein, das konnte ich doch unmöglich tun, weil das unmännlich gewesen wäre. Aber ich liebte sie tatsächlich so sehr, daß ich von ihr träumte und nachts kein Auge mehr zumachen konnte, weil ich immer an sie denken mußte. Ich beobachte sie sogar, wenn ich sie gar nicht sehen konnte. Kannst du das verstehen?«

»Ja, ich kann so ein Gefühl sehr gut verstehen«, sagte Talis da leise und dachte daran, daß Callie gar nicht fähig sei, so ein starkes Gefühl für einen Mann zu entwickeln. Warum hatte er eigentlich nicht schon früher bemerkt, daß sie ein wankelmütiges und treuloses Mädchen war? Daß bei ihr, wenn es darauf ankam, die Liebe keinen Bestand hatte?

»Eines Tages« fuhr Hugh fort, »kam dieses Mädchen zu mir, als ich mich gerade beim Training auf dem Turnierplatz befand, und erklärte mir in hochmütigem Ton, daß ihre Mutter vorhabe, sie mit einem anderen Mann zu verheiraten. Sie sagte, daß ich nun wohl besser den Mund aufmachen und mich erklären sollte, wenn ich sie haben wollte. Und sie sagte noch etwas Eigenartiges. Sie sagte: ›Ich werde um dich kämpfen, wenn du auch um mich kämpfen wirst.‹

Da wollte ich ihr natürlich sagen, daß ich mir nichts sehnlicher auf dieser Welt wünschte, als sie zu heiraten. Aber ich war in diesem Moment von einer großen Schar junger Männer umgeben, so daß mich mein Stolz daran hinderte, ihr mit so zärtlichen Worten zu antworten. Und so sagte ich darauf nur, ich wüßte nicht, wovon sie eigentlich spräche. Denn wenn ich ihr in Gegenwart der anderen jungen Männer gesagt hätte, daß ich sie lieben würde, würden die mich ausgelacht haben, und das hätte mein Stolz nicht ertragen.«

»Was habt Ihr also gemacht?« fragte Talis und versuchte so zu tun, als wäre es jetzt ein Gebot der Höflichkeit, sich die alten Geschichten eines älteren Mannes anzuhören, obwohl diese inzwischen ein mildes Interesse bei ihm geweckt hatten. Allerdings fragte er sich, was ein Mann, der so alt war wie Hugh, überhaupt von Liebe verstehen konnte.

»Ich behielt natürlich meinen Stolz. Was hätte ich denn anderes tun können? Ich hatte ja gar keine andere Wahl!«

Das schien Talis nun doch eine zu einfache Lösung für eine so schwerwiegende Entscheidung zu sein. »Ihr hättet ihr doch sagen können, daß Ihr sie liebt. Wenn Ihr den richtigen Ton dafür getroffen hättet, wäre diesen Jungen sicherlich das Lachen vergangen.«

»Ha! Hätte ich etwa vom Pferd springen, mich vor ihr im Schlamm auf die Knie werfen, den Saum ihres Kleides küssen und ihr sagen sollen, daß ich sie mehr liebte als mein Leben? Nein, diese Jungs würden sich totgelacht haben, wenn ich das getan hätte!«

Talis schwieg eine Weile und dachte über Hughs Worte nach. »Was passierte dann mit Eurem Mädchen?«

»Sie heiratete den Mann, den ihre Mutter für sie ausgesucht hatte, und hat jetzt zwei Söhne und drei Töchter, die die gleichen roten Haare haben wie die Mutter.«

»Und Ihr habt nicht geheiratet?« fragte Talis.

»Nein. Ich habe nie wieder jemanden so geliebt wie sie. Wie hätte ich da eine andere heiraten können? Die wahre Liebe begegnet einem nur einmal im Leben.«

»Und was wurde aus den jungen Männern, vor deren Spott Ihr Euch so sehr gefürchtet habt?«

»Ich habe keine Ahnung.« Doch dann, mit einem leisen Lachen: »Ich bin mir aber sicher, daß Hugh Kellon ihnen als ein Mann in Erinnerung geblieben ist, der sich durch seinen *großen* Stolz auszeichnete.« Er schlug Talis mit der Hand auf den Rücken. »Du siehst also, mein Junge, daß es nichts Wichtigeres im Leben gibt als den Stolz. Was kümmert es uns, daß solche Kreaturen wie dieser Allen Frobisher so ehrvergessen sind, einem Mädchen wie Callasandra ihre Pakete nachzutragen? Laß ihn doch für sie solche wertlosen Geschenke kaufen wie diese Stoffbären dort und sich an ihrem mädchenhaften Entzücken erfreuen. Das ist nicht männlich, unseres Stolzes nicht würdig. Ja, bleibe du nur so, wie du bist – unnahbar, distanziert, dir stets deiner Würde bewußt. Denn du würdest dir doch nur eine Zacke aus deiner Krone brechen, wenn du dich nicht so benehmen würdest, wie es sich für einen jungen Lord gehört. Dich kann doch das Lachen eines törichten Mädchens nicht stören – nicht ihre Berührungen, nicht die Art, wie sie einen Mann anschaut mit Augen voller Liebe. Du bist ja schließlich erhaben über solche Dinge, nicht wahr? Du bist dir doch viel zu gut dafür, um dich jetzt vor diesen vielen Leuten zum Esel zu machen, indem du diesem Mädchen erklärst, daß sie für dich *wichtiger* ist als aller Stolz dieser Welt. Nein, dafür wärst du dir zu schade. Das könntest du dir niemals verzeihen ...«

Da brach Talis in ein Gelächter aus, weil er jetzt endlich die Pointe von Hughs Geschichte verstanden hatte.

»Ihr glaubt, daß ich ein Narr bin, nicht wahr?«

»Ich glaube, daß der Stolz ein sehr kalter Bettgenosse ist. Dieses Mädchen liebt dich, aber du hast in den letzten Wochen so viel Zeit mit anderen Frauen verbracht, daß sie jetzt annehmen muß, du würdest sie *nicht* mehr lieben.« Hugh gefiel sich in dem Gedanken, daß Talis ihn jetzt für einen weisen Mann halten würde, aber tatsächlich sagte er Talis nur das, was Will ihm bereits vor zwei Wochen gesagt hatte.

Talis blickte sich in der Menge um. Callie hatte sich inzwischen so weit von ihm entfernt, daß er sie kaum noch sehen konnte. Will hatte ihm damals dasselbe gesagt wie Hugh eben, es nur in andere Worte gekleidet. Damals hatte er nur gelacht. Denn Callie hatte doch schon *immer* ihre Bedenken gehabt, daß er, Talis, sie nicht lieben würde. Doch wenn Callie in der Vergangenheit so etwas Unsinniges angedeutet hatte, hatte er darauf zumeist mit körperlichen Aktionen und nicht mit Worten reagiert. Der Gedanke, daß sie weniger sein könne als Zweck und Inhalt seines Daseins, war geradezu lächerlich, und deshalb hatte er sie jedesmal, wenn sie ihre Zweifel daran hatte, einfach am Schlafittchen genommen und sie in einen Bach geworfen, auf einen mit Früchten beladenen Wagen oder sogar auf einen niedrig hängenden Baumast gesetzt. Sie waren beide fünf Jahre alt gewesen, als er das erstemal Callies Zweifel auf diese Weise beseitigt und sie in einen Kuhteich gestoßen hatte. Meg hatte ihm daraufhin den Hintern versohlen wollen, aber Callie hatte sich vor ihn gestellt, zu Meg gesagt: »Tally liebt mich« und nicht zugelassen, daß Meg ihn bestraft hatte.

»Nun geh schon, Junge«, sagte Hugh leise zu ihm. »Frag mich nicht, warum, aber Frauen lieben Männer, die sich ihretwegen zum Esel machen. Du kannst bei einem Turnier zwanzig Männer aus dem Sattel stechen und erleben, daß die Dame, die du damit beeindrucken wolltest, dich keines Blickes würdigt. Aber wenn du wegen einer Dame eine Treppe hinaufläufst, dort auf einer Apfelschale ausgleitest und zwanzig Stufen auf deinem Allerwertesten herunterrutschst, wird sie sich höchstwahrscheinlich in dich verlieben.«

Da mußte Talis abermals lachen. Das war keine Ironie mehr, die aus Hughs Worten sprach. Das waren nur noch die Lehren, die er aus seinen praktischen Erfahrungen gezogen hatte.

»Und was du jetzt auch tust, Junge – vergiß nicht, ihr zu sagen, daß du sie *brauchst*. Das hören Frauen nämlich am liebsten!«

Talis warf Hugh einen Blick zu, der ihn nach dem Warum fragte. Doch Hugh konnte das nur mit einem Achselzucken beantworten. »Geh hin, vergiß deinen Stolz und benimm dich wie ein Dorftrottel, wenn du sie nicht verlieren möchtest.«

»Aber was wird Lord John – was werden die anderen Mädchen dazu ...«, begann Talis, beendete jedoch den Satz nicht, weil ihm bewußt wurde, daß er Gefahr lief, den gleichen Fehler zu begehen wie damals Hugh.

Doch bevor Talis in der Menge untertauchte, die sich auf der Dorfstraße drängte, um nach Callie zu suchen, drehte er sich noch einmal zu Hugh um: »Hat es dieses rothaarige Mädchen überhaupt gegeben?«

»Und ob es sie gegeben hat«, erwiderte Hugh ernst. »Und leider stimmt es auch, daß ich nicht um sie gekämpft habe.«

Kapitel fünfunddreißig

Es kann für mich doch nicht so schwierig sein, dachte Talis, Callie zurückzuerobern. Sie mochte diesen weißhaarigen Aufschneider ja gar nicht, von dem sie sich jetzt auf dem Jahrmarkt herumführen ließ. Und wenn er, Talis, sie in den letzten Wochen nicht gerade mit seiner Aufmerksamkeit verwöhnt hatte, gab es dafür ehrenhafte Gründe. Sie hatte ihm ja auch nicht sonderlich viel Zeit gewidmet – wofür sie gar keine Gründe hatte.

Doch da war auch eine Stimme in ihm, die sagte, daß sie sicherlich öfter mit ihm zusammengewesen wäre, wenn sie das gekonnt hätte; denn man hatte sie ja schließlich damit beauftragt, tagsüber in diesem schrecklichen Garten zu arbeiten, in dem Talis sie nicht nur einmal, sondern sogar zweimal besucht hatte – beim zweiten Mal in Begleitung von vier jungen Damen aus Hadley Hall. Nur hatte dieser Besuch nicht die von ihm erhoffte Wirkung auf sie gehabt; denn statt daß sie sich nun schrecklich aufgeregt und diesen Damen vielleicht sogar das Gesicht zerkratzt hätte, hatte sie ihn nur verächtlich gemustert und gefragt: »Ziehen die Damen dich morgens auch an? Und baden sie dich abends?«

»Wenn ich es wünschte«, hatte er darauf erwidert, um doch noch die erhoffte Reaktion zu erhalten, »würden sie das ganz bestimmt tun.«

Aber auch das hatte sie nicht in Rage versetzen können, sondern vielmehr war er es gewesen, der sich nun geärgert und sie wütend gefragt hatte: »Was ist nur mit dir los?«

Da hatte sie ihn auf eine Weise angesehen, als wüßte sie sehr genau, was er sich von diesem Besuch bei ihr versprochen hatte, und gesagt: »Eine Frau würde für einen Mann, der sie begehrt, sterben, aber für einen Feigling würde sie gar nichts tun.«

Zwar hatte er nicht verstanden, was sie damit meinte, doch der Ton, in dem sie es gesagt hatte, hatte ihn so sehr erbost, daß er mit seinem Gefolge den Garten sogleich wieder verlassen und sich seitdem von ihr ferngehalten hatte – davon überzeugt, daß sie spätestens in ein paar Tagen zu ihm kommen und ihn um Verzeihung bitten würde, weil sie ihn einen Feigling genannt hatte. Aber Callie war nicht zu ihm gekommen, um ihn um Vergebung zu bitten; und mit jedem Tag, den er vergeblich auf sie gewartet hatte, war auch seine Kraft mehr dahingeschwunden. Vor ein paar Wochen noch war er der stärkste Mann in Hadley Hall gewesen, doch nun blickte er sehnsüchtig in jeden schattigen Winkel des Hauses und Hofes, ob sich Callie dort vielleicht versteckte, damit er neue Kraft schöpfen konnte. Er wußte, daß sie nachts weinte. Aber warum kam sie dann nicht zu ihm, wenn sie unglücklich war? Warum machte sie es nicht wie damals, als er auf dem Marktplatz mit diesem Zigeunermädchen geflirtet hatte, und warf ihm irgendwelche Sachen an den Kopf?

In diesem Augenblick wünschte er sich nur, daß das Verhältnis zwischen ihnen wieder so sein sollte wie früher. Daß Callie sich in seiner Nähe aufhielt und ihm Kraft gab. Obwohl es ihm widersinnig erschien, daß seine Stärke von ihrer Nähe abhängen sollte, war das offenbar der Fall.

Was kann ich nun tun, um sie zurückzugewinnen? überlegte er. Es mußte etwas Rasches, Einfaches sein, was nicht zu viel Aufsehen erregen würde.

Während er auf der Suche nach ihr an den Buden und Ständen entlangwanderte, sah er einen Mann mit ein paar dressierten Affen auf ein Brettergerüst hinaufsteigen. Ein ebensolcher Mann war einmal an einem Markttag durch ihr Dorf gekommen, und Callie und er hatten sich eine Weile von Will fortgestohlen, um sich den Mann und seine Tiere anzusehen. Als Will ihnen dann einen Moment lang den Rücken zugewandt hatte, hatte Callie einen Eimer voll von Wills bestem Gemüse von seinem Stand stibitzt, um es den Affen zu bringen. Als sie dann die Affen damit gefüttert hatten, hatte Callie gelacht vor Entzücken, weil die possierlichen Tiere mit ihren kleinen rosigen Händen ihre Finger festgehalten hatten. Sie hatte dann allerlei törichtes Zeug geredet und gesagt, daß diese Tiere Liebe bräuchten und sie alle zu gern mit nach Hause nähme auf die Farm. Darauf hatte Talis ihr geantwortet, daß sie ihnen dort wohl wenig nützen würden – es sei denn, er könne die Affen dazu abrichten, die Kühe zu melken, weil er diese Arbeit haßte.

Als Talis nun dastand und den Mann und dessen Tiere betrachtete, sagte er, einem Impuls folgend: »Ich würde Euch gern einen von Euren kleinen Affen abkaufen.«

Da lachte der Mann und sagte, daß keines von seinen Tieren verkäuflich sei und daß ihn alles Geld dieser Welt nicht dazu bewegen könne, sich von seinen geliebten Affen zu trennen. Eine halbe Stunde später hatte Talis dann diesem Mann alle Münzen ausgehändigt, die Lord John ihm seit seiner Ankunft auf Hadley Hall geschenkt hatte, sich dann auch noch von einem Paar wunderschön bestickter Handschuhe getrennt, die Lady Alida ihm verehrt hatte, und schleppte nun einen kleinen jungen Affen mit sich herum, den er unter seinem Hemd versteckt hatte (zuerst hatte der Mann versucht, ihm für das viele Geld einen zahnlosen alten Affen anzudrehen, aber Talis hatte nicht umsonst sein ganzes Leben auf einer Farm verbracht).

Von einer großen Zuversicht erfüllt, bewegte er sich nun durch die Menge auf die Stelle zu, wo er Callie mit diesem käsegesichtigen Frobisher erspäht hatte. Talis war überzeugt, daß er Callie jetzt nur diesen Affen zu präsentieren brauchte, damit sie ihm in die Arme fiel und alles zwischen ihnen wieder so sein würde wie früher. Dann würden sie zusammen den Jahrmarkt verlassen, sich auf den Hügel mit dem Giftgarten begeben, sich dort ins Gras legen und nichts tun. Sie konnten den Nachmittag auch damit verbringen, daß sie ihm Geschichten erzählte, Pfirsiche für ihn schälte und er ihr von seinen jüngsten Trainingserfolgen auf dem Turnierplatz erzählte. Denn es wäre doch nett, wenn sie wieder einmal die Gelegenheit bekäme, ihm zu sagen, wie stark, tapfer und großartig er doch sei.

»Callie«, sagte er, als er mit einem erwartungsvollen Lächeln vor sie hintrat. Wenn sie sah, was er da für sie unter seinem Hemd hatte, würde sie vor Dankbarkeit dahinschmelzen.

»Was willst du?« fragte sie kalt.

»Ich habe etwas für dich«, antwortete er, das Äffchen, das nun ins Licht blinzelte, unter seinem Hemd hervorziehend.

»Oooooh«, sagte Callie und langte mit beiden Händen nach dem Tier, während ihr Gesicht ganz weich wurde, wie Talis sich das erhofft hatte.

»Talis! Wir haben schon überall nach Euch gesucht!« – »Wo habt Ihr denn so lange gesteckt?« – »Ihr müßt uns über den Jahrmarkt begleiten!« – »Wir wollen alles sehen, und nur *Ihr* könnt uns alles hier zeigen!«

Als Talis den vielstimmigen Damenchor hinter sich hörte, schob er instinktiv das Äffchen wieder unter sein Hemd zurück, um es vor den Ladys zu verstecken.

»Und ich habe nach Euch gesucht«, sagte er, sich umdrehend, und versuchte den fünf prächtig gekleideten Damen zuzulächeln, die ihn alle erwartungsvoll anblickten. *Warum* hatten sie ausgerechnet *jetzt* hier erscheinen müssen? dachte er bei sich. Sie hätten ihm nur drei Minuten Zeit lassen müssen, und Callie hätte wieder ihm gehört. »Ich werde dich …«, sagte er, sich wieder nach Callie umwendend. Doch die hatte sich inzwischen bereits mit Frobisher entfernt.

Einen Moment lang wußte er nicht, was er dazu sagen sollte.

Warum mied sie ihn? Was wollte sie von ihm? Was hatte sie nur gegen ihn?

Hatte das vielleicht etwas damit zu tun, daß sie ihn einen »Feigling« genannt hatte? Und daß er nicht um sie »kämpfen« würde?

Will hatte ihm gesagt, daß Callie an seiner Liebe zu ihr zweifeln würde. Und als er, Talis, ihn daraufhin ausgelacht hatte, hatte Will ihn gefragt: »Hast du ihr denn jemals *gesagt,* daß du sie liebst? Frauen möchten so etwas nämlich von einem Mann hören!«

»Natürlich habe ich ihr das gesagt«, hatte Talis ihm da geantwortet, war Wills Blick aber dabei ausgewichen. Und wenn er ihr das auch nicht ausdrücklich gesagt haben sollte, wußte Callie doch ganz genau, was er für sie empfand. Er hatte sie doch jeden Tag spüren lassen, welche Gefühle er für sie hegte. Er hatte sie doch immer wie ein Banner vor sich hergetragen …

Was hatte Will noch zu ihm gesagt? »Frauen haben nicht nur das Verlangen, einen Mann zu füttern und ihm zu erzählen, wie hübsch er sei. Hast du vergessen, daß in Callies Märchen ein Mann immer erst einen Drachen erschlagen muß, um das Mädchen seines Herzens für sich gewinnen zu können? In Callies Geschichten *tut* der Mann auch etwas dafür, um die Frau, die er liebt, für sich zu erobern.«

Und während Talis nun an Wills Worte dachte, kamen ihm die prächtigen seidenen Gewänder der Frauen, die jetzt auf ihn zukamen, vor wie die Schuppen, die Juwelen, mit denen sie geschmückt waren, wie die Augen, und die erregten Gesichter wie der feurige Atem eines Drachens, deren Hüter natürlich dieser Allen Frobisher war.

»Callie!« rief Talis da und rannte zu ihr – und im gleichen Moment hoben die Frauen ihre Röcke an und rannten ihm nach. Sie hatten tatsächlich den ganzen Tag nach ihm gesucht, und nachdem sie ihn nun gefunden hatten, würden sie ihn um keinen Preis der Welt mehr aus den Augen verlieren wollen.

»Callie, Callie!« rief Talis abermals, bis sie endlich stehenblieb und sich mit einem Ausdruck des Widerwillens zu ihm umdrehte.

Talis war sich, als er sie erreicht hatte, nur zu sehr der Phalanx der Frauen in seinem Rücken und dieses unverschämten jungen Frobisher vor sich bewußt, während er am Rande seines Gesichtsfeldes auch noch Philip und James auftauchen sah. Er wollte sich nicht vor all diesen Leuten zum Narren machen. Er wollte nicht von ihnen ausgelacht werden, sondern ein Ritter sein, zu dem sie alle aufschauten und vor dem sie großen Respekt hatten.

»Was könntest du wohl von mir wollen?« fragte Callie da, und ihre Stimme troff nur so vor Gift. »Hinter dir stehen doch so viele junge Damen, die nur auf dich warten.«

»Callie, ich ...« Er schluckte. Dann holte er tief Luft und sagte: »Ich liebe dich.«

Mochte der Himmel ihm gnädig sein, aber in seiner Nervosität kamen ihm diese Worte so laut über die Lippen, daß mindestens fünfzig Jahrmarktbesucher ihren Schritt verhielten, während die Frauen hinter ihm, Frobisher vor ihm und Philip und James links und rechts neben ihm zu Salzsäulen erstarrten.

»Talis!« rief Callie mit geweiteten Augen, »die Leute schauen her!« Sie wollte ihm damit natürlich nur sagen, daß es sich um etwas Intimes handelte, das nicht jeder gleich hören müsse. Zumal sie sich bisher stets bemüht hatten, ihre Gefühle nicht offen vor anderen zu zeigen – oder zumindest geglaubt hatten, das nicht zu tun.

Zu seiner Verwunderung spürte Talis, wie sich Schweißperlen auf seiner Stirn bildeten. In der Regel genoß er es nämlich, im Rampenlicht zu stehen. Er stellte sich von Natur aus gern zur Schau und liebte es, zum Mittelpunkt allgemeinen Interesses zu werden. Aber sich auf den Marktplatz zu stellen und seine geheimsten Gefühle in die Welt hinauszuposaunen, war nicht gerade nach seinem Geschmack.

»Ich liebe dich«, sagte er nun zum zweitenmal. Und diesmal ging es ihm schon viel leichter von der Zunge.

»Das freut mich«, sagte Callie leise, während sie bis unter die Haarwurzeln errötete. »Aber laß uns ein andermal darüber reden. Jetzt solltest du besser wieder gehen; denn die Leute dort warten schon auf dich.« Sie deutete mit dem Kopf auf die Frauen, die hinter ihm standen, und drehte sich dann wieder zu Allen um.

»Nein!« protestierte Talis so heftig, daß Callie sich gezwungen sah, ihn wieder anzuschauen. »Ich will nicht, daß du mit ihm gehst. Ich möchte, daß du hier bei mir bleibst.«

Da legte eine der Frauen ihm die Hand auf den Arm. Es war Lady Frances, eine junge und sehr hübsche Kusine der Hadleys, der Lady Alida heimlich versprochen hatte, sie mit diesem prächtigen jungen Mann zu vermählen. Und daher konnte Lady Frances unmöglich zulassen, daß Talis sich noch weiter auf diese Weise äußerte. »Ihr geht jetzt mit mir«, sagte sie mit fester Stimme.

»Ja, das mußt du«, gab Callie der Lady recht und wollte sich wieder Allen zuwenden.

Da zögerte Talis den Bruchteil einer Sekunde lang. Und als er sah, daß Callie dieses Zögern bemerkte, wurde ihm blitzartig bewußt, was es für ihn bedeuten würde, Callie zu verlieren. Was schadete es da schon, daß jetzt alle Leute hören konnten, was für Gefühle er für Callie hegte? Wenn sie hörten, daß er sie liebte? War das noch wichtig, wenn er Callie verlor? Was war die Welt denn noch wert ohne sie?

»Callie«, sagte Talis, »meine Liebe, meine einzige Liebe. Ich liebe dich mehr als mein Leben! Empfindest du denn gar nichts mehr für mich?«

Callie war in diesem Moment davon überzeugt, daß auch ihre Füße erröteten. Sie hatte sich zwar gewünscht, daß Talis ihr seine Liebe gestehen sollte, und es war ihr auch ein Bedürfnis gewesen, daß diese Frauen, die versucht hatten, ihn ihr abspenstig zu machen, endlich aus berufenem Munde erfuhren, daß sein Herz nur ihr gehörte. Aber sich vor dem ganzen Dorf blamieren lassen wollte sie *nicht*.

»Talis«, sagte sie, sich wieder zu ihm umwendend, »bitte ...«

Doch er befand sich nicht mehr dort, wo er eben noch gestanden hatte. Und es dauerte einen Moment, bevor sie merkte, daß er nun, beide Hände gegen sein Herz drückend, auf den Knien auf sie zu rutschte. Sie war bei diesem Anblick so verdattert, daß sie kein Wort mehr sagen konnte, während er nun beide Hände flehend zu ihr erhob: »Callie, du meine einzige wahre Liebe – sag, daß du mich auch liebst, weil ich sonst auf der Stelle sterben müßte!«

»Wirklich, Talis!« sagte Lady Frances da, die meinte, was Talis jedoch nicht wissen konnte, sich als seine Verlobte betrachten zu können, »Ihr macht Euch doch vor den Leuten nur zum Narren!«

»Wenn die Liebe einen Mann zum Narren macht, bin ich der närrischste Mann auf Erden!«

Callie wünschte sich in diesem Moment, daß die Erde sie verschlingen möge. Denn es waren jetzt nicht nur ein paar Dutzend Neugierige um sie versammelt, sondern die Leute verließen auch in Massen die Vorstellungen der Gaukler und Akrobaten, für die sie bezahlt hatten, um sich diesen prächtigen jungen Mann anzuschauen, der einen Esel aus sich machte.

»Ja, ja, ich liebe dich«, sagte Callie da leise und hastig. »Aber jetzt stehst du auf und benimmst dich!«

Doch nachdem Talis erst einmal mit dieser Scharade begonnen hatte, stellte er fest, daß er sogar Gefallen daran fand. Denn jeder Mann in seiner Nähe – und es wurden mit jeder Sekunde mehr – machte nämlich ein Gesicht, das ihm sagte, er habe sich schon einmal in der gleichen Lage befunden wie er. Und die Frauen sahen ihn so an, als wäre er der wahre Drachentöter.

Talis faßte nach dem vom Schlamm auf den Dorfstraßen schmutzigen Saum von Callies Kleid und hob ihn an die Lippen. »Meine schöne Callasandra – ich bin es nicht wert, den Saum deines Kleides zu küssen.«

»Dann tu's auch nicht!« sagte Callie, ihm ihren Rock aus den Händen reißend.

»Talis!« schnaubte Lady Frances, »das ist kein Betragen, das sich für einen jungen Ritter schickt!«

»Wie kann ich mich denn anders verhalten, wenn mein Herz vor Liebe zerspringt, meine Seele jedoch darunter leidet, daß die Lady, die ich liebe, mir noch nicht gesagt hat, daß sie mir verzeiht? Ich fürchte nämlich, meine verehrten – äh – Zuschauer, daß ich sie sträflich vernachlässigt habe, weil ich – oh, ihr möget mir das vergeben – durch die strahlende Schönheit anderer Frauen von ihr weggelockt wurde.«

»Das kann ich ihm wahrlich nicht zum Vorwurf machen«, murmelte da ein Mann und stieß dann einen Wehlaut aus, weil seine Frau ihn heftig ins Ohr zwickte.

»Talis, bitte«, zischelte Callie, »du stehst jetzt sofort auf!«

»Nicht, bevor du mir gesagt hast, daß du mir verzeihst.«

»Ja, natürlich verzeihe ich dir«, sagte sie hastig. »Nur steh jetzt endlich auf!«

»Ich muß deine Liebe *und* deine Vergebung haben. Ich muß ...« Er schlug sich nun mit den miteinander verschränkten Händen so heftig gegen die Brust, daß das bedauernswerte Äffchen, das endlich ein bißchen Ruhe gefunden und eingenickt war, mit einem lauten Kreischen erwachte und sich mit Händen und Füßen aus Talis' Hemd zu befreien suchte. Allerdings wählte es für seine Bemühungen, was Talis schmerzhaft zu spüren bekam, die seiner Meinung nach falsche Seite, indem es nicht am Hemd, sondern an seiner Haut hinaufkletterte.

Mit einem leisen Wehlaut faßte Talis da das wütend kreischende Tier im Nacken, zog es unter seinem Hemd hervor und reichte es Callie. Er machte eine große Schau daraus, indem er, immer noch vor Callie auf den Knien liegend, den Kopf vor ihr neigte und ihr das Tier auf den Handtellern darbot wie eine Krone.

Beim Anblick dieses kleinen Kerlchens lächelte Callie nun ein bißchen.

»Nun mach schon«, brummelte da ein Mann, »und nimm es endlich!«

Es war nun Lady Frances Stimme, die das kleine Tier wieder in Angst und Schrecken versetzte. »Talis, nun reicht es aber!« rief sie. »Ich habe Kopfschmerzen, und Ihr *müßt* mich jetzt sofort nach Hause bringen! Und schafft mir dieses gräßliche Ding da aus den Augen!«

Lady Frances hatte sich zwar nur vorgenommen, das Äffchen von Talis' Händen hinunterzuscheuchen, aber das Tier, das an diesem Tag schon genug Mißhandlungen über sich ergehen hatte lassen müssen, machte nun eine rasche Wendung zur Seite und biß Lady Frances in den Finger, so daß dieser heftig zu bluten begann. Und als diese Lady nun so laut schrie, als habe man sie mit einer Lanze durchbohrt, hüpfte das erschreckte Tier von Talis' Händen auf Allens Schulter, riß ihn an den Haaren und hüpfte dann, als dieser mit der Hand nach ihm schlug, weiter auf eine Regentonne, um von dort aus die Menge blinzelnd zu betrachten.

»O Tally«, sagte Callie da mit Tränen in der Stimme, »du kannst es doch jetzt nicht wegrennen lassen!«

Es war der Name aus ihren Kindheitstagen, der Talis den Beweis lieferte, daß er sie zurückerobert hatte. Und mit dem Bewußtsein, daß sie nun wieder ihm gehörte, fand er auch zu seiner früheren Stärke zurück. Er riß sein Schwert aus der Scheide, hob es so dicht vor das Gesicht, daß er mit der Nase die Klinge berührte, und rief: »Ich werde mein Leben dafür einsetzen, um es Euch zurückzubringen, Mylady! Ich werde auf Berge klettern, durch Feuer wandern, über Ozeane schwimmen, um es ...«

»Wahrscheinlich wirst du es totreden«, fiel ihm Callie da ins Wort, was die Menge nun mit einem lauten Lachen quittierte. »Komm jetzt, du Faulpelz, und fang mir das Tier wieder ein!«

Mit einem Glücksgefühl, wie er es seit seiner Ankunft in Hadley Hall noch nie erlebt hatte, erhob Talis sich nun von den Knien, warf James sein Schwert zu und bewegte sich auf die Regentonne zu, wo das Äffchen noch immer saß und offenbar nicht recht wußte, was es als nächstes tun sollte. Doch als Talis an Callie vorbeikam, faßte er nach ihrer rechten Hand, hob sie dicht vor seinen Mund und sagte: »Darf ich es wagen, Lady meines Herzens, Eure zarte Haut mit meinen Lippen zu berühren, damit ich mit dem Beweis Eurer ...«

Er kam mit seinem Satz nicht weiter, weil Callie, die seine endlosen Reden jetzt satt hatte, mit beiden Händen seinen Kopf packte und ihm einen schallenden Kuß auf den Mund gab. »Hör mit deinem Geschwätz auf und *geh*!« sagte sie zu ihm und schob ihn dann wieder von sich weg.

Von einem dröhnenden Gelächter begleitet – denn jetzt gab es niemanden mehr im ganzen Dorf, der diesem Stegreifdrama nicht zugeschaut hätte – bewegte sich Talis weiter auf die Regentonne zu, während die Leute begannen, nun auf alles hinaufzuklettern – auf Tische, Dächer, ja, sogar auf die Schultern der vor ihnen stehenden Personen –, was geeignet war, ihnen einen besseren Blick auf das sich dort entwickende Geschehen zu verschaffen.

»Pst!« rief Talis da der Menge zu, während er sich auf eine dem Publikum übertrieben erscheinende und dieses wieder zum Lachen reizende Weise auf Zehenspitzen dem verängstigten Affen näherte, worauf er dann, sich dem Äffchen zuwendend, so laut zu diesem sagte, daß er damit einen Toten hätte aufwecken können (oder es in seinem Fall auch der letzte Zuschauer am Rand des Dorfes hören konnte): »Bitte, du kleines Wesen – du darfst mir jetzt nicht weglaufen! Ich brauche dich nämlich dafür, meiner geliebten Lady zu zeigen, daß sie mir im Leben alles bedeutet. Ich muß ihr beweisen, wie sehr ich sie liebe. Ich muß ...«

Lady Frances, die sich sein idiotisches Treiben nicht mehr länger mit ansehen mochte, drängelte sich nun durch die Menge nach vorn und sagte: »Das ist ja nun wirklich keine Art, sich aufzuführen, Talis! Lady Alida wird sich über Ihr Verhalten sehr ärgern!«

»Pst«, sagte Talis, den Finger an die Lippen legend. »Ich muß diese süße Wesen jetzt retten!«

»Es ist ein garstiges kleines Ding, und ich …« Lady Frances brach mitten im Satz ab, als ihr bewußt wurde, daß alle Leute nun zu ihr hinsahen, als wäre *sie* der Bösewicht in diesem Drama. »Bäh!« rief sie da dem Tier zu, worauf das verängstigte Tier von der Regentonne auf das Dach darüber hüpfte und Lady Fances ihre Röcke anhob, um sich aus der Menge zu entfernen.

Einen Moment lang zögerte Talis jetzt. Denn das Dach, auf dem der Affe jetzt hockte, sah so aus, als könne es jeden Moment einstürzen. Es gehörte zu einem baufälligen, vorn offenen Stall, in dem ein struppiger alter Esel verschimmeltes Heu kaute. Niemand hatte sich offenbar seit vielen Jahren um das Dach gekümmert, weil es mehr Löcher hatte als Schindeln und an manchen Stellen so durchhing, als könne es dort nicht einmal mehr das Gewicht einer Katze tragen.

Doch Talis dachte da wieder an die letzten Monate, in denen er Callies Nähe hatte entbehren müssen, und zögerte nun nicht mehr.

»Nein!« rief Callie da, ihre Hand um einen seiner Fußknöchel spannend, als er auf die Regentonne kletterte. »Talis, das geht jetzt entschieden zu weit! Dieses Dach ist nicht sicher. Du könntest dich verletzen!«

Als er nun auf sie hinuntersah, waren das nicht die Augen eines Mannes, der sie zu necken versuchte wie früher, sondern der den Zuschauern ein Schauspiel bieten wollte. »Ich werde lieber sterben, als ohne dich zu leben!« gab er ihr zur Antwort, und diese Worte schienen irgendwo aus der Tiefe seines Herzens zu kommen.

Er war nicht seine Absicht, daß jemand außer Callie diese Worte hören sollte, aber ein halbes Dutzend Zuschauer in seiner Nähe hatten sie ebenfalls vernommen und gaben sie nun an jene weiter, die sie nicht verstanden hatten. Man erzählte sich später, daß drei Frauen, überwältigt von der Romantik dieser Worte, in Ohnmacht gefallen seien, aber daran konnte auch das Gedrängel der Menge, das sie in Atemnot brachte, schuld gewesen sein.

Jedenfalls schwang Talis sich nun auf den Dachfirst hinauf

und begann, vorsichtig balancierend, sich dem Affen zu nähern. Er wußte, daß nur dieser Balken ihn noch zu tragen vermochte, weil die Sparren viel zu morsch waren für so eine schwere Last wie ihn.

Sich wie ein Seiltänzer fühlend, dessen Darbietungen er sich mit Callie hatte ansehen wollen, begann er, seine Arme zur Seite streckend, auf den Affen zuzugehen, der auf der anderen Seite des Daches hockte.

Callie, die fürchtete, ihn jeden Moment in die Tiefe stürzen zu sehen, blickte, beide Hände gegen die Wangen pressend, zu Talis hinauf, der sich am First entlangbewegte.

»Langsam, langsam«, flüsterte jemand da neben ihr, und sie sah, daß es der Akrobat war, den sie erst vor einer halben Stunde auf seinem Hochseil bewundert hatte. »Er hat eine gute Balance. Wenn er sich jetzt durch nichts ablenken läßt, könnte er es schaffen.«

Und tatsächlich schaffte Talis es auch, auf dem Dachfirst bis zum anderen Ende des Daches zu gehen, wo er sich nun niederkauerte und die Hand nach dem verängstigten Affen ausstreckte. Und da der Affe wußte, daß Menschen Nahrung für ihn bedeuteten, rannte er auch nicht weg.

Doch Talis mochte sich strecken, wie er wollte – der Affe war immer noch einen Zoll von seinen Fingerspitzen entfernt, so daß er ihn nicht zu erreichen vermochte.

Unter ihm hielten nun alle Zuschauer die Luft an, und Callie klopfte das Herz bis in den Hals hinauf, während sie unwillkürlich immer näher an den Stall herantrat. Bis ein Mann aus der Menge rief: »Willst du ihn etwa auffangen, wenn er vom Dach herunterfällt?« und die Leute damit zum Lachen brachte.

Ja, dachte Callie bei sich – ich werde ihn mit meinen Armen auffangen. Und im nächsten Moment rief sie ganz laut: »Nein!« weil Talis nun einen Fuß vom Dachfirst hob und sich anschickte, auf das morsche Dach hinauszutreten.

Doch sie brauchte nur sein Gesicht zu sehen, um zu wissen, daß ihn nun nichts und niemand mehr von seinem Entschluß abzubringen vermochte, sich diesem Tier so weit zu nähern, daß er es aufnehmen konnte.

Vorsichtig machte er nun einen Schritt auf das morsche Dach hinaus, dann einen zweiten, und als er mit dem dritten Schritt das Äffchen erreicht hatte, breitete er die Arme aus, in die das Tier offenbar nicht ungern hineinhüpfte.

Triumphierend hob Talis nun das Äffchen in die Höhe, um es Callie zu zeigen, und die Menge brach in laute Jubelrufe aus.

Vermutlich lag es am Siegesgeschrei der vielen Leute, daß nun auch der Teil des Daches, der bisher noch Wind und Wetter getrotzt hatte, in sich zusammenstürzte und Talis und das Äffchen mit sich in die Tiefe riß.

Was nun die Zuschauer in ein wieherndes Gelächter ausbrechen ließ, war Callie, die nun in den Stall hineinrannte, als hätte sie tatsächlich vor, Talis mit ihren Armen aufzufangen, ehe er auf dem Boden zerschellen konnte. Was dann tatsächlich geschah, war, daß Talis, Callie und das Äffchen in einem wirren Knäuel unmittelbar vor dem erbosten Esel im schmutzigen Heu landeten.

Ein paar Minuten lang hallte der Stall nun von den wilden Schreien des erbosten Esels und dem Gezeter des Äffchens wider. Callies Haare hatten sich nämlich so fest um Talis und den Affen gewickelt, daß dieser glaubte, er sei wieder in seinem Käfig gefangen.

»Halt still!« rief Talis, der sich bemühte, sie alle drei wieder aus ihren Haaren zu befreien.

Doch Callie konnte gar nicht stillhalten, weil das kleine Äffchen versuchte, ihr die Haare samt den Wurzeln auszureißen, während der Esel sie alle drei aus dem Stall zu vertreiben suchte, weil er glaubte, sie wollten ihm das Heu wegfressen.

Alles in allem war es das beste Schauspiel, das den Leuten in diesem Dorf bisher geboten worden war, weil es Romantik mit ungewöhnlich spannenden Aktionen und Nervenkitzel verband.

Als es Talis dann endlich gelungen war, sich aus Callies Haaren zu befreien (ein Vorgang, bei dem ihm niemand hatte helfen wollen), schickte er sich zum dritten Mal an, ihr das Äffchen feierlich zu überreichen.

»Als Unterpfand meiner Liebe«, sagte er laut mit einer tiefen Verbeugung, und als sie es ihm nun aus den Händen nahm, deutete Talis mit einer schwungvollen Armbewegung an, daß nun sein Leben erst richtig beginnen könne, geleitete sie aus dem schmutzigen Stall hinaus und entfernte sich mit ihr in die Richtung, wo sich der Garten mit den Giftkräutern befand. Und die Menge hinter ihnen lachte, applaudierte und fand, daß dies der beste Jahrmarkt wäre, den sie bisher erlebt hatten.

Kapitel sechsunddreißig

Siebzehn Jahre nach ihrer Geburt
1588

»Ich hasse Männer!« sagte Callie heftig und versuchte den Schwanz des Äffchens aus ihrem Mund zu bekommen, der ihr beim Sprechen zwischen die Zähne geraten war.

Sie und Dorothy Hadley befanden sich an dem Ort, den man früher Giftgarten genannt hatte. Zwar führte er noch immer diesen Namen, doch er hatte sich inzwischen unter Callies und Dorothys Pflege so verwandelt, daß er kaum wiederzuerkennen war. Ein volles Jahr war vergangen, seit Callie nach Hadley Hall gekommen war, und nach den ersten turbulenten Wochen, als jeder seinen Platz hatte finden müssen, hatte sich alles wieder beruhigt. Callie verbrachte ihre Tage nun mit der Betreuung dieses Gartens, während Pater Keris selig im Schatten eines Baumes schnarchte, neben sich eine Hacke, falls es jemandem einfallen sollte, sich hierher zu verirren (schließlich war noch immer *er* für diesen verantwortlich, nicht wahr?).

Nachdem Callie zwei Wochen auf diesen Hügel verbannt worden war, hatte Dorothy entdeckt, daß sie Callie sehr vermißte, und deshalb damit begonnen, sich allmählich Ediths Aufsicht zu entziehen und ihre Tage mit Callie zu verbringen. Im letzten Jahr war Edith, aus ihr bisher unerfindlichen Gründen, noch vergrätzter und tyrannischer geworden als zuvor, und zudem fand Dorothy Callie weitaus unterhaltsamer als alle ihre Schwestern zusammen.

Dorothy erzählte das natürlich ihren Schwestern nicht, weil diese sie dann vermutlich ausgelacht hätten, und während sie Callie dabei half, das, was eigentlich nur ein Viereck von wuchernden, miteinander verfilzter Unkräuter war, langsam in Gartenbeete zu verwandeln, wurde sie oft von Callie mit einer Geschichte unterhalten. Es waren sehr schöne und sehr romantische Geschichten, die alle ohne diese Gemetzel auskamen, mit denen die fahrenden Sänger ihre Geschichten auszuschmücken pflegten. In Callies Geschichten waren die Frauen stark, unerschrocken und retteten oft dem Helden das Leben.

Dorothy seufzte laut, während sie das Unkraut in einem Beet mit Eisenhut entfernte. »Ich würde ja gern so viel Zeit mit einem Mann verbringen, daß ich ihn hassen lernen könnte. Denn wenn du mich fragst, was es heißt, einen Mann zu hassen, würde ich antworten, es ist dasselbe, als würde ich Zimt hassen. Zimt gibt es so selten, daß ich mir kein Urteil erlauben kann.« Dabei blickte Dorothy zu Callie hoch, weil sie sich von ihr ein Kompliment für ihren Scherz erwartete.

Wie immer hatte sich das Äffchen, das Talis Callie geschenkt hatte, entweder um Callies Hals gewickelt oder saß auf ihrem Kopf. Callie hatte das Tier Kipp genannt, und das Äffchen war so dankbar für die gute Behandlung, die ihm seine Herrin angedeihen ließ, und das gute Futter, das es von ihr bekam, daß es diese nie verließ. Wenn es Angst hatte, flüchtete es sich manchmal unter Callies Röcke und klammerte sich dort an ihre Knöchel und ihre Knie. Doch es trennte sich niemals von seiner Herrin.

Aber Callie lachte nicht über Dorothys Witz, wie sie das sonst immer tat, sondern erwiderte ernst: »Wenn du die Männer kennen würdest, würdest du sie hassen.«

Dorothy seufzte. »Was hat Talis dir denn jetzt wieder getan?«

»Wie kommst du auf die Idee, daß mein Haß etwas mit *ihm* zu tun haben könnte?« schnaubte Callie. »Was bringt dich auf den Gedanken, daß *ich* etwas mit ihm zu tun haben könnte?«

Dorothy warf Callie einen Blick zu, der alles sagte. Nach ihrer Meinung war die Liebe zu einem einzigen Mann genauso, als würde man jeden Tag das gleiche essen. Es wurde nach einer Weile sehr eintönig. »Du denkst an ihn, träumst von ihm, lebst für ihn, beschäftigst dich ständig mit ihm ...«

»Ha!« sagte Callie da und hieb so heftig mit ihrer Hacke auf einen Gelben Eisenhut ein, daß Kipp erschrocken zu zetern begann und Callie mit seinem Schwanz um ein Haar erdrosselt hätte. »Wenn ich jemals an ihn denken würde, was ich jedoch nicht tue, würde das nichts nützen; denn er hat ja gar keine Zeit für mich. Er verbringt alle seine Tage mit anderen Frauen. Er tanzt mit ihnen, singt mit ihnen«, ihre Augen verengten sich zu Schlitzen, »macht sich für sie zum Affen!«

Mit wachsender Belustigung sah Dorothy nun zu, wie Callie Talis und die vielen Frauen, mit denen er sich umgab, zu parodieren begann. Mit einer tiefen Altstimme sagte sie: »O meine Teuerste, darf ich Euch helfen, diese schwere Nadel dort zu tragen? Erlaubt Ihr, daß ich hinter Euch gehe und die Steine küsse, auf die Ihr mit Euren zarten Füßen getreten seid? Darf ich mich vor Euch niederknien, damit Ihr meinen Rücken als Tretschemel benützen könnt?«

Da konnte Dorothy nicht umhin zu kichern. Callie war so überaus komisch. Selbst wenn sie gar nicht komisch sein wollte, war sie amüsant, und das war ja auch der Grund, warum Dorothy ihre Zeit lieber mit ihr als mit ihren Schwestern verbrachte. Zudem hatte Callie etwas an sich, das Männer anzog. Männer mochten sie. Callie war sich dieser Tatsache gar nicht bewußt, weil sie tagsüber und vermutlich auch im Schlaf mit ihren Gedanken bei Talis weilte. Aber Männer und Knaben im Jünglingsalter fanden sich unter allerlei Vorwänden täglich hier auf dem Hügel ein, denen Callie dann irgendeine Arbeit im Giftgarten zuzuweisen pflegte, und so war es ihr auch gelungen, innerhalb eines Jahres aus dieser grauenhaften Wildnis etwas Schönes zu machen.

Callie ahmte gerade den Gang einer Frau nach, die so dick sein mußte, daß sie vor Fett kaum noch laufen konnte, und einen Hünen (der *nur* Talis sein konnte), der nun zu dieser Lady aufblickte, vor Entzücken die Augen verdrehte und meinte, daß sie so zart wie eine Elfe, so lieblich wie ein Mondstrahl und so zierlich wie ein Maiglöckchen sei.

Callie schlug mit dem spitzen Ende ihreer Hacke auf eine harmlose Wurzel ein. »Talis ist ein Lügner und rundherum wertloser Mensch geworden.«

»Ich glaube, daß er nur die Hofetikette erlernt«, sagte Dorothy, behielt aber ihre Vermutung für sich, daß das alles etwas mit ihrer Mutter zu tun haben mußte. Sie wußte zwar nicht genau, was Alida vorhatte, aber es war doch schon sehr verwunderlich, daß Talis Unterricht in so vielen Disziplinen nehmen mußte, die Callie gar nichts bedeuteten.

»Gehört es etwa zur höfischen Etikette, einer fetten Lady zu erzählen, daß sie eine Schönheit sei?« erkundigte sich Callie, aber es war eher eine hypothetische Frage.

»Wenn sie reich ist, ja.«

»Dann *ist* er ein Lügner.«

Dorothy fuhr eine Weile schweigend mit dem Jäten von Unkräutern fort. Wenn Callie sich nicht über Talis ärgerte, dann über den Umstand, daß er nicht mit ihr zusammen war. »Ist dir eigentlich noch nie der Gedanke gekommen, daß er eine reiche Frau heiraten könnte?« fragte Dorothy leise. »Denn obwohl er der Lieblingssohn meines Vater ist, rangiert er in der Erbfolge erst an dritter Stelle. Für ihn wird kaum noch Geld übrig bleiben. Demnach ist er genötigt, eine reiche Erbin zu heiraten, die ihm ein einigermaßen bequemes Leben bieten kann.«

»Ja«, erwiderte Callie da mit Grabesstimme, »dieser Gedanke ist mir schon gekommen.«

Dorothy legte nun eine längere Pause ein, bevor sie ihre

nächste Frage stellte. Einesteils hätte sie zwar gern gewußt, was da vor sich ging, scheute sich andernteils jedoch davor, in irgend etwas verwickelt zu werden. Im Gegensatz zu Edith, die nie etwas Arges hinter den Motiven anderer Menschen vermutete, hatte Dorothy den Eindruck, daß das, was die Leute einem erzählten, sich nur selten mit der Wahrheit vertrug. »Hat Talis denn schon einmal zu dir gesagt, daß er dich heiraten möchte?«

Als Callie darauf antwortete, war ihr Gesicht totenblaß und ihre Stimme so leise, daß Dorothy sie kaum verstehen konnte: »Nein.«

Nun war Dorothy sich sicher, daß ihre Mutter hinter allem steckte. Sie wußte zwar nicht, was für Absichten ihre Mutter verfolgte und aus welchen Gründen, aber sie wußte, daß es nur ihre Mutter sein konnte, die ihre Hand dabei im Spiel hatte. Denn Alida liebte die Intrige. Sie liebte es, der einen Tochter das und der anderen das genaue Gegenteil davon zu sagen. Das hatte Dorothy mehr als einmal erlebt. Und wenn Talis jetzt Callie nicht jeden Tag erzählte, daß er nur darauf hin arbeitete, sie zu heiraten, dann wurde er aus einem infamen Grund daran gehindert, das zu tun.

Dorothy konnte sich doch täglich davon überzeugen, wie Talis Callie ansah und ihr nachschaute. Talis hätte die schönste Frau der Welt in seinen Armen halten können und würde sie sofort fallengelassen haben, wenn Callie an ihm vorbeikam. Und das war nicht nur Dorothys Eindruck, sondern das wurde ihr von allen Frauen bestätigt, die sich darum bemühten, die Aufmerksamkeit dieses schönen jungen Mannes auf sich zu ziehen. Von all diesen Frauen, die so hart daran arbeiteten, Talis von Callie zu trennen. Denn tatsächlich machte Talis die Tatsache, daß er eine andere Frau liebte, für die übrigen Frauen noch begehrenswerter, weil er für sie unerreichbar war.

Wenn Talis also bisher noch nicht mit Callie über das Heiraten gesprochen hatte, mußten dafür Gründe vorliegen, die außerhalb seiner Macht standen. Da mußten fremde Einflüsse am Werke sein. Zwar hatte Dorothy, ehrlich gestanden, eine schreckliche

Angst vor ihrer Mutter, konnte aber vielleicht doch ein bißchen dabei helfen, daß Callie zu ihrem Recht kam. Nach Dorothys Meinung gab es überhaupt kein Grund dafür, daß Callie und Talis nicht heiraten und ein halbes Dutzend Kinder bekommen sollten. Und daß ihr Vater ihnen nicht etwas von seinem Geld abgeben sollte. Denn wenn die beiden heiraten, würde vielleicht ein wenig Frohsinn in das Leben auf Hadley Hall einziehen.

Dorothy zögerte, Callie nun eine Geschichte zu erzählen, weil Callie in diesem Fach so unglaublich gut war, begann dann aber ein wenig zaghaft mit den Worten: »Hast du eigentlich schon mal gehört, wie meine drittälteste Schwester zu ihrem Gatten gekommen ist?« Sie wartete Callies Antwort gar nicht erst ab, sondern sagte: »Sie ist mit einem Mann ins Bett gegangen.«

Da drehte sich Callie ein wenig überrascht zu Dorothy um und wartete darauf, daß sie mit ihrer Geschichte fortfahren sollte; denn nach dem Erzählen von Geschichten tat sie nichts lieber, als sich Geschichten anzuhören.

Dorothy ließ sich nicht anmerken, wie ungemein geschmeichelt sie sich fühlte, daß sie das Interesse einer so erfahrenen Erzählerin wie Callie für ihre Geschichte geweckt hatte, und fuhr fort: »Zu der Zeit, als unsere zweitälteste Schwester heiratete, wurde uns allen klar, daß unser Vater für seine übrigen Töchter niemals einen Gatten besorgen würde. Denn er klagte jetzt nur noch von morgens bis abends darüber, wieviel Geld ihn die Mitgift und das Ausrichten von Hochzeiten kosten würde. Zwar waren die meisten von uns noch zu jung dafür, um sich darüber Sorgen zu machen, aber Alice beschloß daraufhin, ihr Schicksal selbst in die Hand zu nehmen. Eines Abends nach einer Jagd suchte sie sich einen Mann unter den Jagdteilnehmern aus, ließ ein kleines Faß Wein in sein Quartier bringen und kletterte ein paar Stunden später mit ihm ins Bett. Sie hatte ihre Zofe mit einer beträchtlichen Summe Geld bestochen, daß diese daraufhin weinend zu unserem Vater laufen und ihn dazu bringen sollte, seine Tochter zusammen mit einem Mann im Bett zu überraschen. Tatsächlich fand sich dann dieser Mann mit meiner Schwester Alice verheiratet, bevor er wieder nüchtern wurde.«

Callie war die Pointe von Dorothys Geschichte keineswegs entgangen. Doch es dauerte eine Weile, ehe sie mit bedächtiger Stimme sagte: »Das würde bei Talis niemals funktionieren«, was darauf hinzuweisen schien, daß auch sie längst an diesen Trick gedacht hatte. »Dafür ist sein Ehrgefühl zu groß. Talis sagt, daß ein Mann, der kein Geld hat, auch nicht heiraten könne. Und außerdem ist er nicht ... nicht an mir interessiert. Er dreht mir jedesmal den Rücken zu, wenn ich ihm zu nahe komme.«

Dorothy bemühte sich, ein Lächeln zu unterdrücken, obwohl das ein Aspekt der Liebe war, um den sie Callie nicht beneidete. Denn Callie schien immer zu glauben, daß Talis sie gar nicht begehren, daß es ihn immer nur nach anderen Frauen gelüsten würde. Aber sie hatte selbst gesehen, daß Talis, als Callie sich einmal gestreckt und ihr Gewand dabei ein wenig von ihren inzwischen wohlgeformten Brüsten abgestanden hatte, ganz weiß im Gesicht geworden war vor Verlangen. Dorothy hatte in diesem Moment gedacht, daß sie glücklich sterben könne, wenn ein Mann sie jemals in ihrem Leben so anschauen würde, wie Talis in diesem Moment Callie angesehen hatte. Nun, ehrlich gestanden – und der Sicherheit halber – hätte sie es sogar gern gesehen, wenn fast alle Männer auf dieser Erde sie so angeschaut hätten.

Doch jedesmal, wenn Callie mit dem Sichstrecken aufgehört hatte, war es Talis gelungen, ihr den Rücken zuzudrehen und sich im nächsten Moment wieder in sein Training zu stürzen. Nach Dorothys Meinung versuchte Talis sein Verlangen nach Callie mit harten körperlichen Übungen zu bekämpfen – weshalb er auch unermüdlich in Bewegung war und stundenlang tanzte, ritt, jagte und mit Schwertern focht.

»Kann dieser Mensch denn niemals stillsitzen?« hatte Edith einmal gesagt, worauf Dorothy nur laut gelacht hatte. Denn Talis würde niemals stillsitzen können, solange sein Verlangen nach Callie nicht gestillt wurde. Er verlor auch an Gewicht. Denn egal, wieviel er auch aß, er konnte damit niemals den Verlust an Kraft ausgleichen, die er für seine körperlichen Übungen aufbringen mußte, mit denen er sein Verlangen nach Callie zu überwinden suchte. Eine Frau hatte Dorothy sogar erzählt, daß Talis vor dem Morgengrauen aufstehen und im Fluß, der unweit des Hauses vorbeifloß, schwimmen würde. Doch das konnte unmöglich stimmen, weil das Wasser so kalt war, daß ein Mensch zu Eis erstarren mußte, wenn er darin badete.

»Vielleicht braucht Talis nur ein bißchen ermutigt zu werden«, sagte Dorothy jetzt. »Vielleicht braucht er einen kleinen Stoß, der ihn über den Rand dieser Klippe befördert.« Dorothy war jedenfalls der Meinung, daß es genügte, ihn nur mit einer Feder anzustupsen – einer Feder in Callies Hand –, um ihn über das Hindernis zu bringen, das Alida für ihn errichtet hatte. »Vielleicht braucht er nur den richtigen Platz und die richtige Zeit dafür. Wenn er ... wenn er seinen Willen bei dir durchgesetzt hätte, würde ihn dann sein Ehrgefühl nicht dazu zwingen, dich auch zu heiraten?«

»Ja ...«, sagte Callie da, während sie Kipp von ihrem Hals löste, ihn auf die Arme nahm und sein Fell streichelte. »Glaubst du tatsächlich, daß ich in seinen Augen auch eine Frau bin?« Sie mochte Dorothy ja jetzt nicht erzählen, wie oft sie im letzten Jahr versucht hatte, Talis dazu zu bringen, ihr einen Kuß zu geben. Doch er hatte sie jedesmal von sich geschoben und gesagt, daß er das nicht ertragen könne oder sie ihn zum Wahnsinn treiben würde. Wenn er ihr doch nur sagen würde, daß er *sie* und nicht eine von diesen Hunderten – nein, Tausenden – von Frauen heiraten würde, die ihn umschwärmten, wäre sie schon glücklich gewesen. Er mußte ihr doch nur *sagen,* daß er sie begehrte, um sie zufriedenzustellen. Aber er sagte es ihr nicht.

»Wenn eine von den Ladys in deinen Geschichten einen Mann lieben würde, der von so vielen schönen Frauen umgeben wäre wie Talis – was würde deine Lady dann machen?« fuhr Dorothy fort.

Callie lächelte. »Sie würde ihn dazu zwingen, *sie* anzusehen.« Und mit einem kleinen maliziösen Lächeln setzte sie hinzu: »Nach Möglichkeit in einem unbekleideten Zustand.«

Dorothy lächelte. Das war der Grund, warum sie so viel Zeit mit Callie verbrachte. Callie hatte den Mut zu sagen, was Dorothy empfand. Vielleicht lag es daran, daß Callie auf einer Farm aufgewachsen war, daß sie zuweilen so wenig ... wenig damenhaft war.

»Ich glaube, sie würde ...« Callie fing nun an, eine von ihren Geschichten zu erfinden. Und als sie in ihren Erzählton verfiel, schloß Kipp zufrieden die Augen, während Dorothy die ihren erwartungsvoll aufsperrte.

Wieder stand Talis vor ihr im Zimmer, und wieder staunte Alida darüber, wie sehr ihr dieser Junge im letzten Jahr ans Herz gewachsen war. Daß sie ihn jetzt vielleicht noch mehr liebte, als ihr Gemahl das tat. Und mit jedem Tag, der verstrich, spürte sie ihre Kräfte schwinden. Sie wußte jetzt, daß diese alte Hexe sich getäuscht hatte. Sie würde kein Jahr mehr zu leben haben. Dennoch versuchte sie Talis zu verheimlichen, daß sie täglich mehr Blut spuckte. Nur der Kräuteraufguß, den Penella ihr vorher zu trinken gegeben hatte, verhinderte jetzt, daß sie in Talis' Gegenwart husten mußte.

Und wie jeden Tag berichtete Talis ihr von seinen großartigen Taten, die er im Verlauf der letzten vierundzwanzig Stunden begangen hatte – daß er sich da und dort ausgezeichnet habe und in diesem und jenem der Beste gewesen sei. Nun hätte Alida bei so viel Eigenlob ja leicht auf den Gedanken kommen können, daß das alles nur geprahlt wäre; wenn sie da nicht noch ihre anderen Quellen gehabt hätte, die sie laufend davon unterrichteten, was der Junge den ganzen Tag über machte. Und daher wußte sie, daß Talis sogar noch besser war, als er sich nun vor ihr darstellte. Und es gefiel ihr sehr, daß er ihr alles über sich erzählte. Es gefiel ihr, daß er sie als seinen besten Freund betrachtete.

Natürlich weigerte sie sich, zu glauben, was ihr diese scheußliche alte Kammerzofe – diese Penella – hatte weismachen wollen: daß Talis ihr nämlich nur so viel von sich erzählen würde, um ihr damit zu beweisen, daß er nun genug getan und gelernt habe, um Anspruch darauf erheben zu können, mit Callie verheiratet zu werden.

»Er fühlt sich wohl in meiner Gesellschaft«, hatte Alida sie daraufhin angezischt.

Penella hatte ihre Lektion gelernt. Sie hatte begriffen, daß es wichtiger war, zu überleben und genug zu essen zu haben, als jemanden zu beschützen. Und deshalb behielt sie nun auch ihre Meinung für sich, obwohl sie das nicht daran hinderte, ihren Verstand zu benutzen. In Wirklichkeit fand sie es geradezu abscheulich, wie Alida mit diesem Talis flirtete, und daß keiner, der die beiden nun zusammen sehen würde, auf den Gedanken käme, daß das Mutter und Sohn wären.

Andererseits behandelte Alida Callie jedoch so, wie eine Mutter eine Tochter zu behandeln pflegt, indem sie diese oft kritisierte und dafür sorgte, daß sie nicht zu hübsch aussah. Und als Alida Callie einmal mit aufgelösten Haaren den Flur hatte hinuntergehen sehen, hätte sie fast einen Wutanfall bekommen.

Nach Penellas Meinung benützte Alida Talis nur als Entschädigung für die vielen Jahre, die John, ihr Mann, sie vernachlässigt hatte; und dafür, daß ihre eigenen Kinder, die ihre ständigen Maßregelungen satt hatten, sie nur noch aufsuchten, wenn das unbedingt nötig war.

»Komm und setz dich zu mir«, sagte Alida, auf ein Schafsfell vor ihrem Sessel deutend. Sie mochte es, wenn Talis auf dem Boden zu ihren Füßen Platz nahm, so daß sie ihm mit den Fingern über die Haare streichen konnte, wenn er seinen Tätigkeitsbericht ablegte. Daß Talis täglich bei ihr erschien, tröstete sie tatsächlich, wie Penella bereits vermutet hatte, ein wenig darüber hinweg, daß ihre beiden Söhne, für die sie doch so viel getan hatte, ihr aus dem Weg zu gehen suchten. Was ihre Töchter betraf, so hatte sie zuweilen den Eindruck, daß diese sie gar nicht brauchten. Und bei Edith hatte sie sogar das Gefühl, daß diese sie haßte. Und das nur aus dem Grund, weil Alida sie vor einer Heirat bewahrt hatte – vor einer Institution, die nach ihrer leidvollen Erfahrung für Frauen nur Schmerzen und Kummer bereithielt. Ihrer Meinung nach war es besser, wenn Edith und ihre anderen Töchter unverheiratet im Hause ihres Vaters wohnten, als sich einem Ehemann auszuliefern.

Nur Talis kam täglich zu Alida und redete mit ihr, während sie die übrige Zeit hindurch einsam und schwach in ihrem Zimmer im Sessel saß.

»Ich möchte Callie heiraten«, sagte Talis leise.

Alida seufzte schwer. Nun kam der schwierige Teil ihres Gesprächs. Jeden Tag das gleiche. Jeden Tag sagte er dieselben Worte zu ihr, stellte er ihr die gleiche Frage. Und jeden Tag war sie versucht, ihm die Wahrheit zu sagen: daß er nämlich etwas Besseres verdient habe, als eine von John Hadleys Töchtern zu heiraten.

»Wenn du mich fragst, ob du Callie heiraten darfst, dann bedeutet das für mich, daß du mir den Tod wünschst. Denn ich habe dir ja bereits die Erlaubnis gegeben, sie nach meinem Tod zu heiraten.«

Diese Erklärung konnte Talis nun nicht mehr erschüttern, weil er sie bereits unzählige Male gehört hatte. »Das ist nicht wahr. Ich möchte Callie heiraten, weil ich sie liebe und in meiner Nähe haben will.«

»Wirst du denn nach meinem Tod nicht noch genug Zeit mit ihr verbringen können?«

Als Talis sich jetzt nicht zu ihr umwandte und sie mitleidig ansah, wie er das bisher getan hatte, sobald sie ihren dicht bevorstehenden Tod erwähnte, wußte Alida, daß die Zeit für eine neue Taktik gekommen war. »Wenn sie dich zu sehr verwirrt und du dich nicht länger von ihr fernzuhalten vermagst, sollte ich sie vielleicht besser zu ihrem Vater zurückschicken.« Bei diesen Worten drehte ihr Talis sein vor Entsetzen starres Gesicht zu. »Obwohl ich das nur sehr ungern tun würde«, fuhr

Alida fort. »Denn du kennst diesen Gilbert Rasher ja nicht. Er ist brutal. Ich fürchte, daß so ein zartes Wesen wie Callie unter seinem Regiment zerbrechen würde.«

»Nein!« rief Talis da heftig. »Schickt sie nicht zu ihm zurück. Ich werde mich von ihr fernhalten. Ich werde alles tun, damit sie hier in Hadley Hall bleiben kann.« Er wandte sich wieder von ihr ab, damit sie nicht sehen sollte, wie niedergeschlagen er war.

Alida streichelte seine Haare. »Es kann jetzt nicht mehr lange dauern. Ich werde bald aus dem Leben scheiden.«

Sie faßte ihn unter das Kinn, drehte seinen Kopf herum, damit er sie wieder ansehen mußte, und sagte lächelnd: »Komm und lies mir jetzt etwas vor. Du sollst nicht traurig sein in den letzten Stunden meines Lebens. Denn da ich nun bald in der kalten Erde liegen werde, ist dein Glück nicht mehr fern.«

Langsam, als litte er große Schmerzen, erhob Talis sich vom Boden und ging zu dem Regal, in dem Alida ihre kostbaren Bücher aufbewahrte. Als sie ihn im Sonnenlicht betrachtete, wurde ihr wieder bewußt, wie sehr sie diesen Jungen liebte und wie froh sie war, ihm so viel geben zu können. Denn ihre Kräfte schwanden nun rasch dahin, und sie spürte, daß sie dem Tod sehr nahe war. Doch bevor sie starb, wollte sie Talis am Hof der Königin wissen. Zu gern hätte sie mit angesehen, wie man ihn der Königin vorstellte. Er würde ihr so gut gefallen!

Als Talis ihr nun etwas vorzulesen begann, strich sie ihm wieder über die Haare. Er würde nun bald dieses blasse Mädchen vergessen, das zu lieben er sich einbildete. Wenn er erst einmal den Glanz des Hofes sah und sich in der Gunst der Königin sonnen konnte, würde er alles vergessen, was vorher gewesen war. Er würde diese Bauern vergessen, bei denen er aufgewachsen war, und dieses Mädchen, das weder schön noch reich genug für ihn war.

Ja, dachte Alida bei sich, alles wird ein gutes Ende nehmen. Ihre beiden Söhne würden den Besitz erben, den sie in die Ehe eingebracht hatte, und dieser wunderschöne junge Mann würde an den Hof der Königin gehen und diese mit seinem Charme, seinem Lächeln, seiner überschäumenden Lebenslust verzaubern – so wie er sie, Alida, dazu verführt hatte, ihn zu lieben.

Ja, dachte sie, es wurde Zeit, alles auf den Weg zu bringen. Sie würde noch heute einen Boten zu Gilbert Rasher schicken.

»Was kümmert es dich schon, was ich den ganzen Tag über mache?« fauchte Callie und sah Talis dabei mit Augen an, in denen ein Feuer zu lodern schien. »Was geht dich das überhaupt an?«

Dorothy wurde es ganz schlecht, als sie die beiden beobachtete. Noch nie in ihrem Leben hatte sie zwei Menschen gesehen, die mehr ineinander verliebt gewesen waren. Sie waren der Traum für jedes heranwachsende Mädchen. Talis dachte nur an Callie, Callie dachte nur an Talis. Aber warum sahen die beiden nicht, was jedem anderen in Hadley Hall nur zu deutlich bewußt war?

Callie war wie immer dabei, ein Beet mit ihrer Hacke zu bearbeiten, und wie immer hatten sich fünf junge Männer eingefunden, die Callie ihre »Hilfe« anboten. Zwei von diesen sahen recht gut aus, und einer von den anderen – der Sohn des Hufschmieds – hatte zwar ein gewöhnliches Gesicht, aber eine sehr gute Figur.

Die einzige Person, die all diese Pracht nicht zu bemerken schien, war Callie. Diese hübschen jungen Männer kamen zu ihr in der Hoffnung, die Hand der Tochter eines Edelmannes für sich gewinnen zu können, aber alles, was Callie in ihnen sah, waren unbezahlte Arbeitskräfte.

Doch wenn Talis hier auftauchte und seine geliebte Callie von Männern umgeben sah, meinte er, eine Königin im Kreis ihrer Günstlinge zu erblicken.

Das Ganze bestärkte Dorothy noch in ihrer Meinung, daß eine Frau niemals nur einen Mann lieben sollte – wenigstens nicht bis zu einem Grade, wo sie nicht einmal mehr *sehen* konnte, daß auch noch andere Männer sich um sie bemühten. Wenn die

Liebe eine Frau *so* blind machte wie Callie, hatte sie nach Dorothys Meinung die Grenze zum Schwachsinn überschritten.

»Du bist meiner Obhut anvertraut«, erklärte Talis steif und blickte dabei auf den breiten Rücken des Hufschmied-Sohnes, der sich über seine Hacke beugte. Zwar taten die fünf Männer, die Callie an diesem Tag als Hilfskräfte im Garten verwendete, so, als würden sie ihr und Talis gar nicht zuhören. Doch dieser Eindruck täuschte. Der einzige, der ihnen nicht zuhörte, war Pater Keris, weil er wie immer unter einem Baum schnarchte. Auch das brachte Talis in Rage. Warum beschützte der Pater, der in diesem Garten die Aufsicht führte, die beiden jungen Frauen nicht vor der Zudringlichkeit dieser jungen Männer? Und warum mußte sich dieser verdammte Affe ständig an Callie klammern? Er hatte ihr Kipp zwar geschenkt, was aber noch lange nicht bedeutete, daß er ...

»Ich bin *deiner* Obhut anvertraut?« unterbrach Callie da mit lauter, höhnischer Stimme seinen Gedankengang. »Wer hat dich denn zu meinem Aufseher bestellt? Und wie willst du dieser Aufgabe nachkommen, wenn du niemals hier, sondern immer nur bei *ihr* bist?«

Talis brauchte einen Moment, um zu begreifen, wen Callie damit meinte. Auf welche dieser vielen langweiligen, häßlichen Frauen, von denen er ständig umlagert wurde, konnte sie denn wohl eifersüchtig sein? Nicht daß er ihr das jemals gesagt hätte, aber es gab Zeiten, wo ihm diese Frauen mit ihrem albernen Geschnatter so auf die Nerven gingen, daß er fürchtete, den Verstand zu verlieren. Bei Callie konnte er so sein und sich so geben, wie er wirklich war. Da konnte er faul oder traurig, vergnügt oder albern – kurzum alles das sein, was er gerade sein wollte. Aber diesen Frauen mußte er ständig etwas vorspielen, was er ihrer Meinung nach sein sollte. Er mußte immer Kavalier sein und sich benehmen wie ein dressierter Affe ...

»Meine Mutter?« sagte Talis jetzt, sie groß ansehend. »Du bist eifersüchtig auf die Zeit, die ich mit meiner *Mutter* verbringe?«

»*Ist* sie denn deine Mutter?« fragte Callie leise. »Sie hat nicht die geringste Ähnlichkeit mit dir.«

Talis wußte natürlich, was sich die Leute hier im Haus so alles hinter der vorgehaltenen Hand erzählten, aber was spielte es schon für eine Rolle, wessen Mutter sie nun wirklich war? Er konnte doch sehen, daß sie eine todkranke Frau war, die nur noch eine kurze Zeit zu leben hatte – daß sie sich in Einsamkeit verzehrte und er der einzige war, der sie noch aus freien Stücken besuchte. Er wußte auch, daß er vermutlich genau das tun würde, wovor sie sich fürchtete, wenn sie ihm nun erlaubte, Callie zu heiraten – sie im Stich lassen nämlich.

»Sie ist ...«, begann Talis und brach mitten im Satz ab. Er hatte einen Eid geleistet, daß er Callie nicht verraten würde, daß Alida eine bereits dem Tode verfallene Frau war.

»Da gibt es etwas, das du mir nicht sagen willst«, erklärte Callie, und Talis hörte, daß sie mit den Tränen kämpfte. »Wir haben früher nie Geheimnisse voreinander gehabt!«

Callie konnte ja nicht ahnen, wie sehr er sich wünschte, ihr jetzt alles erzählen zu dürfen. Aber er hatte geschworen, es vor ihr geheimzuhalten. Er verstand nicht, warum er Callie nicht einmal sagen durfte, daß er sie heiraten wollte. Als er Alida nach dem Grund dafür gefragt hatte, hatte sie ihm darauf geantwortet, daß er sich nicht mehr um sie kümmern würde, wenn er jetzt seine Verlobung mit Callie bekanntgab, und sie, Alida, dann von allen Menschen verlassen sterben müsse. Da hatte er ihr die Bitte nicht abschlagen können. War es nicht einen Todsünde, wenn man einem Menschen nicht seinen letzten Wunsch erfüllte?

»Manchmal können wir eben nicht alles von einem Menschen wissen«, sagte Talis, merkte aber, wie dumm sich das für ihn selbst anhörte. Er wollte vor Callie keine Geheimnisse haben. Es kam ihn hart an, Callie nicht erzählen zu dürfen, wie er Alida jeden Tag angefleht hatte, ihm endlich die Erlaubnis zur Heirat mit Callie zu geben. Das war ein Versprechen, das zu halten ihm verflixt schwerfiel.

Nur der Schwur, Callies Jungfräulichkeit bis zu ihrer Hochzeit zu bewahren, war für ihn noch schwerer zu halten. Das war die größe Zumutung – die schlimmste Last, die Alida ihm hatte aufbürden können. Er begehrte sie so sehr, daß er es kaum ertragen konnte, ihre Hand zu berühren, Wenn sie ihm zu nahe kam, mußte er sich so rasch wie möglich von ihr entfernen, um nicht wortbrüchig zu werden.

Hugh hatte vor ein paar Tagen beobachtet, wie er Callie mit den Augen verschlungen hatte, als sie, mit den Hüften wakkelnd, über den Hof gegangen war. Worauf Talis drei Stunden lang wie ein Besessener trainiert, zehn Rüstungen verbeult, fünf Schilde zerhackt und drei Schwerter ruiniert hatte. Als er sich dann, in Schweiß gebadet, eine Kürbisflasche voller Wein hatte geben lassen in dem Bemühen, das Bild von Callie aus seinem Bewußtsein zu verdrängen, war Hugh zu ihm gekommen und hatte gesagt: »Deine Ehre kämpft mit den Lippen, Hüften und Brüsten von Callie. Möchtest du diesen Kampf denn auch *gewinnen*?« Da mußte Talis noch einmal seine ganze Kraft zusammennehmen, um nicht in Tränen auszubrechen, weil dieser Mann so viel Verständnis für ihn zeigte – und nicht doch dem verführerischen Bild von Callies Lippen, Hüften und Brüsten zu erliegen.

Nun stand sie hier inmitten all dieser Männer und machte ihm den Vorwurf, daß er in seiner Liebe zu *ihr* nicht beständig sei. *Sie* war doch die Unbeständige von ihnen beiden. Wenn sie ihn liebte, sollte sie ihm auch vertrauen können. Er war doch nur mit den anderen Frauen zusammen, weil das für seine Ausbildung zum Ritter nötig war. Lady Alida hatte zu ihm gesagt – er brachte es selbst in Gedanken nicht fertig, sie seine Mutter zu nennen; denn dieser Titel blieb Meg vorbehalten –, er müsse sich erst als Ritter qualifizieren, ehe er Callie heiraten könne – die Tochter eines Mannes, der mit der Königin verwandt war. Und zu der Ausbildung eines Ritters gehörten eben auch das Tanzen, das Singen, das Spielen auf der Laute und noch andere Disziplinen, die verlangten, daß er so viel Zeit mit so vielen willfährigen Damen verbringen mußte.

Daß Callie das alles nicht begreifen wollte, wenn man es ihr nicht ausdrücklich sagte, machte Talis wütend. Er hatte ihr seine Liebe erklärt, und mehr konnte er, durfte er nicht tun.

»Ich muß dich jetzt wieder verlassen«, sagte er abrupt. Sie brach ihm das Herz und wußte es nicht einmal!

Dann machte er auf dem Absatz kehrt und ging davon. Und er blickte sich auch nicht um, als sie ihm einen Erdklumpen nachwarf und ihn damit zwischen die Schulterblätter traf. Und selbst das Gelächter der Männer, die sie im Garten um sich geschart hatte, konnte ihn dazu bewegen, sich noch einmal zu ihr umzudrehen.

Lange lag Dorothy still neben Callie, deren Weinen lauschend – oder es vielmehr spürend, weil Callie in absoluter Stille ihre Tränen vergoß, während der arme kleine Kipp sie, sich ratlos am Köpfchen kratzend, betrachtete und zuweilen behutsam mit seinen rosigen kleinen Fingern nach einer Träne langte, die an ihren Wimpern hing. Callies Weinen hatte für Dorothy etwas Unheimliches, fast Gespenstisches, als würden diese Tränen, die Callie des Nachts so lautlos aus den Augen rannen, aus einem Brunnen in der Tiefe ihres Körpers gespeist. Callie hatte einmal in einem kläglichen Versuch, sich darüber lustig zu machen, gesagt: »Es ist mein Herz, das zerschmilzt und mir über das Gesicht rinnt; und wenn ich lange genug weine, werde ich kein Herz mehr haben, und dann werden auch keine Tränen mehr fließen.«

Die beiden übernachteten in Pater Keris kleinem Haus. Sie waren auf den Trick verfallen, Edith zu sagen, daß der Pater krank sei und sie ihn wieder gesundpflegen müßten. Deshalb hatte man ihnen erlaubt, dort oben auf dem Hügel bei ihm zu bleiben, statt abends ins Haus zurückzukehren; denn sowohl für Callie wie für Dorothy schien die Atmosphäre in Hadley Hall mit jedem Tag bedrückender zu werden, als braute sich dort ein Sturm zusammen, der nun bald mit verheerender Gewalt losbrechen und alle Bewohner des Hauses vernichten mußte.

Und so blieben sie, so oft sie konnten, auch über Nacht dort oben auf dem Hügel bei Pater Keris, der bei allem, was sie taten oder sagten, schlief.

»Ich kann das nicht länger ertragen!« rief Dorothy, setzte sich kerzengerade im Bett auf, das sie sich mit Callie teilte, und hielt sich die Ohren zu. »Ich habe genug von euch – hörst du mich? Ich habe euch beide satt!«

»Wen?« fragte Callie, setzte sich nun ebenfalls auf und rieb sich die Augen, während Kipp sich an ihre Taille klammerte. »Ich habe keine Ahnung, wen du damit meinen könntest.«

»Zum Teufel, das weißt du ganz genau!« rief Dorothy, so daß Callie nun erst richtig wach wurde. »Du wirst jetzt etwas *tun,* Callasandra, um dich und Talis aus diesem elenden Zustand zu befreien.«

»Ich habe keine Ahnung, was du damit meinst«, erwiderte Callie hochmütig. »Talis Hadley bedeutet mir nichts. Nur weil ...«

Sie brach schockiert ab, als Dorothy nun ein ziemlich vulgäres Wort gebrauchte. »Talis lechzt nach dir. Er begehrt dich so sehr, daß er kaum noch etwas ißt und seine Studien darunter leiden. Neulich ist er sogar vom Pferd gefallen, als du an ihm vorbeigegangen bist.«

»Tatsächlich? Das ist mir gar nicht aufgefallen. Bestimmt ist er nicht meinetwegen vom Pferd gestürzt, sondern das muß andere Gründe ...«

Da packte Dorothy Callie bei den Schultern und schüttelte sie kräftig, obwohl Kipp heftig gegen eine solche Behandlung seiner Herrin protestierte. Zu gern hätte sie Callie die Wahrheit erzählt, daß ihre Mutter an der ganzen Misere schuld sei und offenbar einen Keil zwischen Callie und Talis treiben wollte, obwohl sie nicht wüßte, welche Absichten ihre Mutter damit verfolgte. Doch Dorothy verfügte über einen starken Selbsterhaltungstrieb und hielt es deshalb für ratsam, den Namen ihrer Mutter erst gar nicht zu erwähnen.

»Es ist doch nur Talis' Ehrgefühl, das ihn davon abhält,

seinem Verlangen nachzugeben. Du solltest stolz auf ihn sein, statt dich über ihn zu beklagen.«

»Aber ich kann nicht glauben, daß er mich begehrt. Ich kann nicht glauben, daß Talis mich haben möchte. Warum sollte er auch? Hast du denn nicht gesehen, wie schön diese Lady Frances ist?«

»Und hast du auch bemerkt, wie eingebildet sie ist? Sie ist nicht halb so schön, wie sie meint.«

Callie warf Dorothy einen verzweifelten Blick zu. »Mag sein, aber wir wissen doch beide, wie wenig Wert ein Mann auf den Verstand einer Frau legt. Schau dir Edith an! Ein kluger Kopf, aber mit einem gewöhnlichen Gesicht und deshalb noch immer ledig.«

»Dito«, murmelte Dorothy. »Ich weiß, daß das auch für mich zutrifft, du mußt mir das gar nicht erst sagen. Aber du besitzt eine Chance. Du hast das, was meine Schwestern und ich so schrecklich gern haben möchten.«

»Du meinst Talis? Du meinst, daß *ich* Talis hätte? Wie könnte ich ihn denn haben, wenn all diese anderen Frauen ...«

Hier mußte Dorothy sich sehr zusammennehmen, um Callie nicht eine Ohrfeige zu geben, damit diese endlich sah, was alle Bewohner von Hadley Hall längst begriffen hatten. Und Dorothy wußte auch, daß sie die beiden zusammenbringen mußte, ehe ihre Mutter das erreichte, was diese sich offenbar vorgenommen hatte. Und wenn sie, Dorothy, das auch umbringen würde: Sie wollte, daß ein bißchen Glück in dieses reiche Haus einzog, das nach ihrer Meinung zu viel Geld und zu wenig Liebe besaß.

»Jetzt hör mal damit auf, mir ständig zu erzählen, daß Talis dich nicht will oder haben möchte«, sagte Dorothy. »Hilf mir lieber, einen Plan zu machen. Stell dir vor, du würdest mir eine von deinen Geschichten erzählen, in denen zwei Menschen in der gleichen Misere stecken würden wie ihr beide. Was würde dir da einfallen?«

Als Callie sie skeptisch ansah, meinte Dorothy lächelnd: »Ich sehe schon, daß mein Wunsch, mit deiner Hilfe jetzt einen Plan zu entwerfen, deine Fähigkeiten als Geschichtenerzählerin offensichtlich übersteigt.«

Da änderte sich sofort Callies Gesichtsausdruck. »Was für eine Geschichte brauchst du dazu? Ich werde sehen, was ich mit meinen bescheidenen geistigen Kräften zu der Lösung deines Problems beisteuern kann.«

»Also gut. Dann höre dir erst einmal an, was ich mit diesem Plan erreichen möchte.«

Es dauerte Stunden, bevor Dorothy ihren unterbrochenen Schlaf fortsetzen konnte, und Callie schlief in dieser Nacht überhaupt nicht. Als die beiden am folgenden Morgen aufstanden, lächelten sie sich verständnisinnig an.

Kapitel siebenunddreißig

»Ich verstehe gar nicht, warum du wolltest, daß *ich* mit dir ausreiten soll«, sagte Talis, der mit Callie durch den Wald ritt, der zu John Hadleys privatem Jagdrevier gehörte. »Dir stehen dafür doch die vielen jungen Männer zur Verfügung, die dich auch sonst immer auf Schritt und Tritt begleiten. Ich verstehe gar nicht, daß du dir dafür einen so tief unter dir stehenden Menschen wie *mich* ausgesucht hast, wo dein Vater doch ein Graf und ein Blutsverwandter der Königin ist.«

Talis wollte zwar die Wortflut stoppen, die ihm von den Lippen rann, doch es wollte ihm nicht gelingen. Gestern hatte ihm Callie eine Botschaft zukommen lassen, in der stand, daß sie heute mit ihm ausreiten wollte, und nachdem er das zunächst mit großem Entzücken gelesen hatte, hatte er sich besorgt gefragt, ob er, wenn er lange genug mit ihr allein war, die Schwüre, die er Alida geleistet, auch noch würde halten können. Seit er Callie seine Liebe gestanden hatte – unter sehr spektakulären und dramatischen Begleitumständen vor allen Dorfbewohnern, wie er sich erinnerte –, hatte er sich immer nach Kräften bemüht, nie allein mit ihr zu sein.

Callie trug ein prächtiges Cape aus blauer Wolle mit einer Hermelin-gefütterten Kapuze. Es war fast so, als habe sie sich zu fein dafür gemacht, als daß er der Versuchung erliegen könnte und sie anzufassen. Heute schien er nicht einmal daran Anstoß nehmen zu können, daß ihn das haarige Gesicht des Äffchens aus den Kleiderfalten an ihrer Taille anglotzte.

»Ich trage mich mit dem Gedanken, zu heiraten«, sagte Callie, ihn kurz über die Schulter hinweg anblickend.

Einen Moment lang blieb Talis die Luft weg, doch dann wurde sein Rücken sehr gerade, während sein Kopf ein wenig in die Höhe ruckte. »Ja, das ist eine gute Idee. Du wirst schließlich nicht jünger und solltest beizeiten heiraten.«

»Da bin ich ganz deiner Meinung. Auch möchte ich jetzt gern Kinder haben. Glaubst du, daß ich ihnen eine gute Mutter sein würde?«

Wie war es möglich, daß sein Rücken *noch* steifer werden konnte? Selbst die Muskeln an seinem Hals schienen sich zusammengezogen zu haben. »Natürlich«, würgte er hervor.

»Gut«, erwiderte sie lächelnd. »Deshalb hatte ich mir auch gedacht, daß wir beide uns an einen Ort begeben sollten, wo wir uns ungestört darüber unterhalten könnten, was ein Mann mit einer Frau macht, damit sie Babys bekommt. Ich möchte nämlich nicht so unwissend wie deine Schwestern mein Ehebett besteigen. Du bist schließlich mein Freund und mußt mir *alles* darüber sagen.«

Da machte der Zorn, der in ihm aufstieg, seine Muskeln wieder geschmeidig. Er trieb sein Pferd an, um sie zu überholen, zügelte es dann, drehte sich im Sattel um und zeigte ihr sein dunkelrotes Gesicht: »Du – du wolltest mit mir – mir bei diesem – diesem Wetter, das sich – sich nun bald in ein Un-Unwetter zu verwandeln d-droht, ausreiten, da-damit ich dir etwas da-davon erzählen soll?« Er war so wütend, daß er kaum sprechen konnte.

»Oh, ich verstehe«, sagte Callie leichthin, ihr Pferd antreibend. »Du weißt also noch weniger darüber als ich. Ich war mir da nicht so sicher, weil du ja dein Leben mit so vielen Frauen verbringst.«

»Ich weiß alles darüber!« rief er und brachte sein Pferd wieder auf gleiche Höhe mit dem ihren. »Ich weiß alles, was man davon wissen muß. Aber du ...«

»Ja? Was ist mit mir?«

Was ihn so wütend machte, war die Tatsache, daß sie das alles mit einem halben Lächeln vortrug, als würde sie nicht die widerwärtigste, abscheulichste und gräßlichste Bitte an ihn richten, die es überhaupt ... Er brach mitten in seinem Gedankengang ab, als ihm plötzlich bewußt wurde, daß sie sich doch nur über ihn lustig machte, weil es da gar keinen anderen Mann gab und sie überhaupt nicht daran dachte, jemand anderen zu heiraten als ihn.

Er gab ihr Lächeln zurück. »Lady Frances hat mir alles beigebracht, was zwischen Mann und Frau vorgeht, wenn sie ein Baby machen wollen. Glaubst du, daß sie schön ist?«

Nun hatte er die Genugtuung, mit ansehen zu können, wie ihr Gesicht sich dunkelrot färbte und sie dann, bevor er es verhindern konnte, ihrem Pferd die Fersen in die Flanken hieb und in halsbrecherischem Tempo davonsprengte. Er hatte zwar ein Pferd für sie ausgesucht, das sich eher als Reittier für Kinder denn für Erwachsene eignete, während er sich den wilden schwarzen Hengst hatte satteln lassen, obwohl Lord John es verboten hatte. Aber er hatte sich über Lord Johns Anordnung hinweggesetzt, weil er auf Callie Eindruck machen wollte – falls das überhaupt möglich war.

Als Callies Pferd nun zwischen den Bäumen davonschoß, zuckte plötzlich ein Blitz, von einem scheppernden Donnerschlag begleitet, über den Himmel hin, so daß es eine Zeit dauerte, bis Talis sein Pferd wieder soweit beruhigt hatte, daß er hinter Callie herreiten konnte. Inzwischen goß es auch wie aus Kübeln, so daß ihm das Wasser in die Augen floß und er sie vermutlich gar nicht bemerkt haben würde, wenn der Hengst nicht einen Satz zur Seite gemacht hätte.

Das Herz sprang Talis bis in den Hals hinauf, weil er zuerst glaubte, sie wäre tot. Sie lag wie leblos auf dem Boden unter einem Baum, dessen dichtes Laubwerk sie bislang vor dem Regen geschützt hatte. Für Talis sah sie aus wie ein Engel, der vom Himmel heruntergefallen war. Beim Sturz vom Pferd hatten sich ihre Haare gelöst und breiteten sich nun wie eine himmlische Wolke um sie aus. Ihr Cape stand offen, ihr Gewand war am Hals zerrissen und hatte eine cremefarbene Schulter und eine herrlich gerundete, perfekte Brust freigelegt. Nachdem er sie so lange ihrer Flachbrüstigkeit wegen geneckt hatte, hatte er das ganze letzte Jahr hindurch fasziniert mit ansehen können, wie sie die verlorene Zeit wieder wettgemacht hatte. Kipp kauerte nahe bei ihrem Gesicht, und als das Äffchen zu ihm hochsah, schien es ihn um Hilfe anzuflehen.

Talis war schon vom Pferd heruntergesprungen, bevor es halbwegs zum Stehen gekommen war. »Callie!« rief er, rannte zu ihr und zog sie in seine Arme. »Callie, meine geliebte Callie – so sag doch etwas zu mir! Ich werde sterben, wenn du verletzt bist. Bitte, Callie, bitte!«

Er hielt ihren Körper so nahe an seinem und hatte ihr Gesicht so fest gegen seine Schulter gepreßt, daß er ihr Stöhnen kaum hören konnte. Als er wußte, daß sie noch am Leben war, füllten sich seine Augen mit Tränen.

Ihr Gesicht von seiner Schulter nehmend, aber sie immer noch so fest an sich drückend, daß sie kaum atmen konnte, streichelte er nun ihre Wangen. »Callie«, stammelte er, und dann begann er aus Erleichterung darüber, daß sie noch lebte, ihre Wangen, ihre Stirn und ihre Haare zu küssen.

»Ich bin verletzt«, gelang es ihr schließlich zu flüstern.

»Verletzt? Ich werde dich sofort nach Hadley Hall zurückbringen! Ich werde dir den besten Arzt besorgen, den es auf der Welt ...«

»Mein Knöchel. Ich bin sicher, daß er gebrochen ist. Mein Bein tut so weh. Ich glaube nicht, daß ich aufstehen kann.«

»Mein Pferd ...« Er wollte ihr sagen, daß er sie auf sein Pferd heben und sie so nach Hadley Hall zurückbringen würde, aber dieses nervöse Biest war nirgends zu sehen. Callies Pferd jedoch war dazu abgerichtet worden, stehenzubleiben, wenn sein Reiter aus dem Sattel stieg oder gar abgeworfen wurde ...

»Wo ist dein Pferd?«

»Woher soll ich wissen, wo mein Pferd ist?« schnaubte sie da.

Talis hielt sie noch immer in seinen Armen, blickte sich jetzt aber stirnrunzelnd nach allen Seiten um. Das war merkwürdig. Er hatte dieses Pferd doch mit großem Vorbedacht für Callie ausgesucht, weil es so sicher war. Es hing an den Menschen und würde seinen Reiter niemals im Stich lassen. Einer von den Stallburschen hatte sogar darüber gewitzelt und gesagt, es wäre ein Kunststück für den Reiter, dieses Pferd loszuwerden. Wo steckte also dieses Pferd?

»Oh, mein Fuß, mein Fuß«, jammerte Callie jetzt. »Er schmerzt ja so sehr. Und ich glaube, daß mir auch die Rippen auf dieser Seite weh tun, wo ich auf dem Boden aufgeprallt bin.«

Der Regen rauschte nun noch heftiger vom Himmel herunter, und die ersten kalten Tropfen drangen durch das Laubdach des Baumes. Als einer von diesen eiskalten Regentropfen Kipp ins rechte Auge traf, flüchtete das Äffchen mit lautem Kreischen unter die Falten von Callies Cape. Talis wußte, daß er sich nun beeilen mußte, Callie nach Hause und in Sicherheit zu bringen.

Vorsichtig legte er deshalb Callie auf den Boden zurück und schickte sich an, sich auf die Suche nach diesen verdammten Pferden zu machen.

Da stemmte sich Callie auf einem Ellenbogen in die Höhe. »Bist du etwa an deinem Pferd mehr interessiert als an *mir*?« fragte sie.

»Nein«, meinte er zögerlich. »Aber wir brauchen doch ein Pferd, um dich nach Hadley Hall zurückbringen zu können. Ich muß ...«

»Und du willst dir nicht einmal *meinen* Knöchel anschauen?« fiel sie ihm ins Wort und sank dann in einer Weise auf den Boden zurück, die ihm verdächtig nach einer Ohnmacht auszusehen schien.

Sofort war er wieder bei ihr, zog sie abermals in seine Arme, während ihm allerlei Gedanken durch den Kopf schossen. Es schien ihm doch das vernünftigste zu sein, jetzt nach einem der beiden Pferde zu suchen und sie damit so rasch wie möglich nach Hadley Hall zurückzubringen, damit sich jemand, der sich besser mit Verletzungen auskannte als er, ihren Knöchel anschauen konnte. Callie war ein bißchen kleiner als die anderen Mädchen in ihrem Alter, und im Vergleich zu Talis war sie geradezu winzig, aber selbst er konnte ihren Knöchel nicht erreichen, solange er sie mit beiden Armen festhielt. Damit er sich ein Bild von dem Umfang ihrer Verletzung am Knöchel machen konnte, würde er ihr die Röcke bis über die Knie hinaufschieben müssen.

Seltsamerweise sah es nicht so aus, als sei ihr Knöchel überhaupt geschwollen. Und während er ihn nun ganz genau betrachtete in dem Versuch, die Verletzung zu finden, wunderte er sich darüber, daß ihm nicht schon früher aufgefallen war, wie zart ihre Knöchel eigentlich waren und auf was für eine anmutige Weise sie in die Waden übergingen. Sie trug ein dünnes, fast durchsichtiges Beinkleid, das offenbar maßgerecht für sie geschneidert worden war und sich ihren Beinen anschmiegte wie eine zweite Haut.

»Mein Bein«, flüsterte Callie. »Höher. Es tut so weh. Ich glaube, daß es dort oben irgendwo blutet.«

Mit einer Hand, die ein wenig zu zittern begann, schob Talis nun ihre Röcke ein wenig höher an ihrem verletzten Bein hinauf. Wann hatte sie nur damit begonnen, all diese feinen weiblichen Wäschestücke unter den Röcken zu tragen? fragte er sich nun. Wenn sie beide noch auf der Farm gewohnt hätten, würde er sie jetzt ausgelacht haben; denn wäre sie in diesen hauchzarten Strümpfen zum Brombeersammeln gegangen, hätten diese keine halbe Stunde heil überstanden.

Doch in diesem Moment hätte er wohl nichts Verführerisches

auf der Welt sehen können als diesen hellrosa Strumpf, der sich straff über ihre wohlgeformte Wade spannte. Und während er sich mit seinen Gedanken meilenweit von seiner ursprünglichen Absicht zu entfernen schien, ihr Bein daraufhin zu untersuchen, ob es nicht irgendwo verletzt wäre, begann er langsam, ihren Oberkörper mit dem linken Arm stützend, mit der rechten Hand ihre Röcke an ihrem Bein hinaufzuschieben.

Der Strumpf endete knapp über dem Knie und wurde dort von etwas Gekräuseltem festgehalten, das ihm nicht nur ungemein dekorativ, sondern auf eine duftig-zarte Weise auch sehr reizvoll zu sein schien. Seinem Verwendungszweck nach mußte es sich dabei um ein Strumpfband handeln, das aus rosenfarbenen Bändern und weißem, besticktem Tuch bestand, auf dem kleine rote Herzen aufgenäht waren. Talis war sich sicher, in seinem Leben noch nie so etwas Faszinierendes gesehen zu haben wie dieses winzige weibliche Wäschestück.

Als würde jemand plötzlich die Zeit anhalten, wanderten seine Augen nun langsam über das Strumpfband hinauf zu Callies Schenkel, von dem nur ein zollbreiter Streifen nackter Haut zwischen dem Strumpfband und den Röcken zu sehen war, die ihren übrigen Körper verdeckten. Diese Haut war so blaß wie die Frühlingssonne, aber das Fleisch darunter so fest und wohlgerundet, daß es seine Hand einzuladen schien, es zu berühren.

Als er seine Hand nun unter die Röcke schieben wollte, um dieser Einladung Folge zu leisten, holten ihn ein Blitz und ein Donnerschlag wieder in die Wirklichkeit zurück.

Mit einer raschen, heftigen Bewegung, als habe er sich beide Hände an einem glühenden Eisen verbrannt, ließ er Callie auf den Boden zurückfallen und sprang auf. »Ich muß die Pferde suchen. Ich muß ein Pferd für dich einfangen, damit ich dich ins Haus zurückbringen kann«, stammelte er mit einem Gesicht, das mehr von seinem Schweiß als vom Regen naß war. »Ich muß ...«

Einen Moment lang glaubte Talis ein paar vulgäre Worte aus

Callies Mund zu vernehmen, aber er war sich sicher, daß er sich da verhört haben mußte. Und wenn sie tatsächlich etwas Derartiges gesagt haben sollte, konnte sich das höchstens auf die Schmerzen in ihrem Bein bezogen haben oder auf das Äffchen, das nun ihren Kopf an den Haaren in die Höhe zu ziehen versuchte. Was auch immer sie damit gemeint haben mochte: Er wußte, daß er jetzt etwas unternehmen mußte. Und so sprang er in die Höhe, schlang die Hände um den untersten Ast des Baumes, unter dem Callie lag, und zog sich an diesem in die Höhe.

»Was, in aller Welt, machst du denn da?« rief Callie zu ihm hinauf, als er behende den Baum hinaufzuklettern begann.

»Ich will dort oben Ausschau halten nach den Pferden!« rief er zu ihr hinunter.

Es geschah in diesem Moment, daß Callies Pferd, aus der entgegengesetzten Richtung kommend, sich dem Baum näherte, Callie eine grimmige Grimasse schnitt und murmelte: »Ich habe noch nie von einem Gaul gehört, der seinen Weg nicht allein zu seinem Stall zurückgefunden hätte. Und ausgerechnet *ich* mußte das einzige Pferd auf der Welt bekommen, das so etwas offenbar nicht kann.« Und nachdem sie sich mit einem raschen Blick nach oben davon vergewissert hatte, daß Talis noch immer dabei war, in rasender Eile den Wipfel des Baumes zu erklimmen, rannte sie nun über das Gras durch den Regen zu dem idiotischen Gaul, der sie so ansah, als wollte er, daß sie sich seiner annehmen sollte. Was sie nun auch sogleich tat.

Callie liebte Tiere, aber sie liebte Talis noch mehr als diese, war jedoch bei dem, was sie nun mit diesem Pferd tat, nicht ganz frei von Schuldgefühlen. Sie zog ein kleines Bündel von Kräutern, die sie sich eigens für einen solchen Notfall in ihrem Garten zusammengesucht und zu einem Strauß zusammengebunden hatte, aus der Tasche ihres Umhangs und band es dem Pferd an den Zügel. Als dieses dann die Nüstern in dieses Kräuterbündel steckte und dessen Witterung aufnahm, machte es sofort kehrt und stürmte in einer Richtung davon, in der sich Hadley Hall befinden mußte, während Callie mit dem Äffchen, das sich an ihren Gürtel klammerte, wieder zu ihrem Lagerplatz unter dem Baum zurückrannte.

Als Talis ein paar Minuten später vom Baum herunterstieg, lag sie lang ausgestreckt mit geschlossenen Augen auf dem Boden, der mit jeder Sekunde feuchter wurde. Talis sah, daß ihre Kleider inzwischen noch mehr in Unordnung geraten und ihr die Röcke rechts bis über das Knie und links bis über die Wade hinaufgerutscht waren. Auch schien es so, obwohl er wußte, daß das unmöglich war, als habe ihr Kleid an der rechten Schulter einen noch größeren Riß bekommen, so daß ihre rechte Brust nun nicht nur wie vor wenigen Minuten zur Hälfte, sondern gänzlich entblößt war. Sollte das etwa die Strafe dafür sein, daß er sie noch vor einem Jahr ihres flachen Busens wegen geneckt hatte? Hätte sie denn nicht so *bleiben* können? Mußte sie denn jetzt so verdammt verführerisch, so unglaublich schön aussehen?

»Callie?« sagte er leise. Aber als sie die Augen noch immer nicht öffnen wollte, schrie er sie an: »Callie! Wir müssen weg von hier! Der Regen wird immer heftiger. Bald wirst du bis auf die Haut durchnäßt sein! Wir müssen ...«

Da schlug sie langsam die Augen auf und sagte mit einer Leidensstimme, als stünde sie schon an der Schwelle des Todes: »Ich kann nicht gehen. Du mußt jemanden zu Hilfe holen. Am besten ... ja, am besten Edgar, den Sohn des Hufschmieds. Sein Haus befindet sich ganz in unserer Nähe, und Edgar ist auch stark genug, um mich auf seinen Armen nach Hause tragen zu können. Er braucht dafür kein Pferd.«

Da bückte sich Talis rasch zu ihr hinunter und hob sie auf seine Arme. Und während Callie sich nun fest an ihn schmiegte, ihre Hände in seinem Nacken verschränkte und ihren Kopf an seine Schulter bettete, hauchte sie, ihre Lippen dicht an seinem Ohr: »Du schadest deinem Rücken, wenn du mich trägst. Du mußt auf deine Gesundheit ...«

»Spar deine Kräfte und verschwende nicht deinen Atem«,

sagte er mit gepreßter Stimme. »Ich kann dich bis ans Ende der Welt tragen, falls ich das müßte.«

»Bist du sicher, daß du keinen Helfer dazu brauchst?«

Er fand es nicht nötig, ihr darauf eine Antwort zu geben. Obwohl es tatsächlich *viele* Meilen waren bis Hadley Hall, und auch der Regen von Minute zu Minute heftiger wurde.

»Was denkst du jetzt?« fragte sie, und es gelang ihr, sich noch ein wenig zu drehen, so daß sie beide Brüste gegen seinen Brustkorb pressen konnte.

Regenwasser tropfte ihm von der Nasenspitze. »Ich dachte eben daran, daß ich gern wüßte, warum dein blödes Pferd weggerannt ist. Das hat es bisher noch nie getan. Und ich hätte auch gern gewußt, warum du darauf bestanden hast, daß wir uns so weit von Hadley Hall entfernen sollten, obwohl ich dich darauf hingewiesen habe, daß sich ein Gewitter zusammenbrauen würde. Das hätte sogar ein Blinder merken müssen. Aber du ...«

In diesem Moment wurde es Callie klar, daß es nur ein Zufall gewesen sein konnte, wenn es in der Geschichte der Menschheit einen romantischen Mann gegeben hat.

»O Talis«, begann sie nun zu jammern. »Es tut mir ja so leid. Ich weiß doch, wie garstig ich in letzter Zeit zu dir gewesen bin. Geradezu grausam. Und deswegen wollte ich mit dir so weit reiten, daß wir beide auch wirklich allein sein konnten. So wie in früheren Tagen. Ich wollte dir doch nur sagen, daß ich dich liebe und bedaure, dich so schnöde behandelt zu haben. Kannst du mir das jemals verzeihen?«

Callie wußte, wie sehr Talis es schätzte, wenn sie ihm für irgend etwas Abbitte leistete. Mit Reue und Zerknirschung erreichte sie zuweilen mehr bei ihm als mit Stolz.

»Vielleicht«, murmelte er, während der Regen ihm von den Wimpern tropfte, ihm in Sturzbächen über Nase und Wangen lief und sich anschließend auf ihr Gesicht ergoß.

»Ich konnte ja nicht ahnen, daß das so ausgehen würde!« rief sie, um das Brausen des Windes zu übertönen. »Es tut mir ja so leid! Aber ich habe jetzt tatsächlich Schmerzen. Könnten wir denn nicht irgendwo anhalten? Ich meine, gibt es denn nicht irgendwo hier in der Nähe einen Platz, wo wir ... nun, wo wir rasten könnten, bis der Regen vorbei ist?«

»Meinst du damit schon wieder das Haus des Hufschmieds? Ist es *das,* wo du eigentlich hin wolltest? Würdest du lieber bei diesem ...«

»Nein, natürlich nicht«, sagte sie rasch, weil die Eifersucht ihn nur blind machen konnte. »Irgend etwas anderes hier in der Nähe? Eine Hütte vielleicht?« versuchte sie seinem Gedächtnis auf die Sprünge zu helfern. »Einen Ort, wo es warm und trocken ist?«

»Da wir uns hier in einem Jagdrevier befinden, wie du weißt ...« Er brach ab, weil ihm da plötzlich eine Erleuchtung kam. »Callie, ich glaube, du hast doch mehr Verstand, als ich dir anfangs zutrauen wollte. Denn es gibt tatsächlich so einen Ort hier in der Nähe. Das ist zwar nur ein Keller ohne Türen, aber immer noch besser als gar nichts!«

Callie mußte ihr Gesicht an seiner Schulter bergen, damit er ihr Lächeln nicht sehen konnte.

»Nein!« rief er und schüttelte den Kopf, um die Regentropfen von seinen Wimpern zu entfernen, die ihm die Sicht nahmen. »Es ist besser, wenn ich dich nach Hause bringe.«

Bei diesen Worten biß sich Callie auf die Lippen, um nicht laut loszuheulen. »Talis, bitte, laß uns jetzt irgendwo anhalten, wo es trocken ist. Ich friere, und es regnet so heftig, daß ich nichts mehr sehen kann.«

»Seit wann hast du denn etwas gegen den Regen?« fragte er. »Wir sind früher oft im Regen spazierengegangen. Du hast den Regen sogar geliebt! Und du brauchst jetzt nicht einmal im Regen zu gehen, weil ich trage!«

»Aber schau mich doch an! Ich bin so naß, als hätte man mich gerade aus dem Wasser gezogen!« Sie bewegte ihren Körper ein wenig von ihm weg, damit sie ihm ihr nasses Kleid zeigen konnte. Sie trug heute kein Korsett. Tatsächlich trug sie kaum etwas unter ihrem dünnen weißen Leibchen, und ihr nasses Kleid war nun so durchsichtig geworden, als hätte sie überhaupt nichts an. »Siehst du das? Aber du schaust mich ja gar nicht an!« Doch dann konnte sie selbst im strömenden Regen erkennen, wie rot sein Gesicht geworden war. Er hatte sie offenbar *doch* angeschaut.

Ihre Arme wieder um seinen Nacken schlingend, drückte sie ihren Busen gegen seinen Brustkorb. »Bitte, Talis – wenn du einen Ort kennst, wo meine Kleider wieder trocknen können, dann bring mich bitte dorthin. Vielleicht können wir uns dort irgendwo hinsetzen und ausruhen. Mein Knöchel tut *so* weh!«

Talis sagte nichts, sondern marschierte mit seiner Last weiter, als wollte er sie bis nach China tragen.

»Oh, ich verstehe. Du hast Angst, mit mir allein zu sein«, sagte sie. »Wie schmeichelhaft für mich. Ich wußte ja gar nicht, daß du mich für so schön hältst, daß du nicht mit mir allein sein kannst. Du hast Angst, daß du deine Ritterschwüre nicht halten könntest, wenn man dich auf die Probe stellt, nicht wahr? Ja, ich habe das jetzt begriffen!«

Da machte er so rasch kehrt, daß Kipp sich mit Fingern und Zehen in ihre Taille krallte und Callie sich an Talis' Hals klammern mußte, um nicht im hohen Bogen aus seinen Armen in die Büsche zu fliegen. Es war inzwischen tatsächlich sehr kalt geworden, und da Callie fast gar nichts unter ihrem dünnen Kleid trug, fror sie auch erbärmlich. Ohne ihren Umhang hätte sie gar nicht gewagt, ihr Zimmer in Hadley Hall zu verlassen, weil sie so wenig anhatte. Aber das hatte sie alles nur für einen guten Zweck getan, sagte sie sich.

Ein paar Minuten später befanden sie sich in der kleinen, in einen Hang hineingebauten Hütte, die den Männern von Hadley Hall, wenn sie hier jagten, als Unterschlupf diente.

Nachdem Talis Callie dort auf ein sauberes, dickes Lager aus frischem Stroh gelegt hatte und Kipp sich entzückt in dem Stroh eine Höhle zu bauen begann, blickte er sich neugierig um. Selbst als Callie ein lautes Stöhnen von sich gab, konnte das nur vorübergehend seine Aufmerksamkeit von seiner Umgebung ablenken.

»Was ist nur los mit dir?« schnaubte sie, weil sie mit jeder Minute frustrierter wurde. Warum konnte er sich denn nicht endlich auf sie konzentrieren!

»Schau dir nur mal diese Hütte an«, erwiderte er. »Vor ein paar Wochen war sie nicht viel besser gewesen als ein Erdloch. Jetzt gibt es hier sogar eine Tür, der Boden ist mit frischem Stroh ausgelegt und ...«

Er kam nicht weiter, weil in diesem Moment die Tür in seinem Rücken krachend zufiel. Und als er nun zu ihr rannte, stellte er fest, daß sie sogar verschlossen war. Von außen verschlossen!

Er verbrachte nun ein paar Minuten damit, die Tür mit den Händen abzutasten. »Callie«, sagte er dann mit ernster Stimme, »wie seltsam, daß diese Tür mit frisch geschmiedeten Angeln versehen ist. An dem Eisen befindet sich kein einziger Rostfleck.«

»Offenbar hat jemand diese Hütte zu irgendeinem Zweck neu eingerichtet.«

»Wenn das so wäre – warum stand die Tür dann offen, als wir hierherkamen? Eisen rostet doch sehr schnell im Regen. Und warum ist die Hütte jetzt nicht bewohnt?«

»Vielleicht wollen die Leute, die sich die Hütte hergerichtet haben, erst morgen hier einziehen, und irgendein Handwerker hat vergessen, die Tür hinter sich zuzumachen, als er ging.«

»Wofür könnte man diese Hütte wohl verwenden? Sie ist zu klein, um als Lagerraum zu dienen, und für Wohnzwecke gar nicht zu gebrauchen. Und warum würde wohl jemand eine vier Zoll dicke Eichentür an einem Unterstand anbringen, dessen Decke nur aus Lehm und dünnen Holzlatten besteht? Bevor diese Tür da zu verrotten beginnt, wird die Decke längst eingestürzt sein. Zudem gehört dieses Land Lord John, und er hat es nur gekauft, um darauf jagen zu können. Er würde jeden, der es wagen sollte, sich in dieser Hütte einzunisten, auspeitschen lassen.«

»Nun, ja«, gab Callie da in einem Ton zurück, der ihn nicht im unklaren ließ, wie wenig sie seine Ausführungen interessierten. »Das wird es wohl sein. Eine Hütte für Spione. Die legen sich hier auf die Lauer, um einen Wilderer auf frischer Tat ertappen zu können.«

»Das ergibt doch keinen Sinn, Callie. Ein Jagdaufseher wird doch keine Hütte, deren Tür von außen abgesperrt werden kann, als Beobachtungsstand benutzen. Er wäre doch blöde, wenn er so etwas ...«

»Talis, ich möchte jetzt wirklich nicht wissen, wofür man diese Hütte benutzt! Mir ist es egal, warum sich jemand die Mühe gemacht hat, neue Angeln und Kreuzbänder an dieser Tür anzubringen ...«

Da drehte sich Talis zu ihr um, legte den Kopf ein wenig schief und blickte sie an: »Ich habe nicht gesagt, daß die Kreuzbänder *neu* wären.«

»Natürlich hast du das gesagt! Und falls du es tatsächlich nicht gesagt hast, kann ich doch von hier aus sehen, daß sie neu sind!«

Talis betrachtete einen Moment lang wieder nachdenklich die Tür. »Nein, die Kreuzbänder scheinen mir nicht neu zu sein. Tatsächlich sieht es eher danach aus, als ob das Holz dieser Tür erneuert worden wäre. Callie, es scheint so, als habe jemand *gewollt,* daß diese Tür alt aussehen sollte! Der Betreffende hat das Holz erneuert, es dann mit gebrauchten Kreuzbändern beschlagen und am Ende etwas über die Tür geschmiert, damit sie *alt* aussieht. Aber in Wirklichkeit ist sie neu. Ich frage mich ...«

Callie sah ihn einen Moment lang an, schien aber nichts Konstruktives mehr zu seinen Mutmaßungen beisteuern zu können. Dann schlug sie die Arme um sich und begann zu schlottern. »Talis, ich friere so entsetzlich.« Und um ihren Worten Nachdruck zu verleihen, nieste sie dreimal hintereinander. »Du stehst dort und redest über diese Tür, während ich mich hier zu Tode friere!«

Talis' Gesicht wurde noch ernster. »Ja, ich weiß, daß du frierst, und deshalb werde ich uns auch hier wieder herausbringen. Ich schwöre dir, Callie, daß ich dich aus dieser Hütte wieder befreien und sicher nach Hause bringen werde.«

Ihre Lippen zusammenpressend, erklärte sie nun: »Du kannst uns nicht aus dieser Hütte herausbringen. Sie hat jetzt nämlich zwei gemauerte Seitenwände und eine gemauerte Decke, während ihre Rückwand aus dem Fels des Hügels besteht und sie vorne mit einer vier Zoll dicken Tür aus Steineiche mit neuen Angeln und Riegeln gesichert ist. Du *kannst* uns also gar nicht aus dieser Hütte herausschaffen.«

Während sie das sagte, hatte sich Talis zu ihr umgedreht und schaute sie an, als versuchte er zu begreifen, was sie ihm da erzählte.

Sie warf ihm einen harten Blick zu. »Ich denke deshalb, daß es nun das beste wäre, wenn wir uns darauf vorbereiten würden, daß wir die Nacht in dieser Hütte verbringen müssen. Morgen früh wird schon jemand kommen, der uns hier wieder herausholt.«

Ein paar Sekunden lang stand Talis so weit von ihr entfernt, wie das in dieser kleinen Hütte möglich war, und dachte über ihren Vorschlag nach. Callie war ja noch so unschuldig. Sie schien noch immer zu glauben, daß sie Kinder seien und so arglos wie Kinder aneinandergeschmiegt schlafen könnten. Kein Zweifel, daß sie sich vorstellte, sie könnten sich dort im Stroh aneinanderkuscheln, um sich gegenseitig zu wärmen, und dann friedlich einschlummern.

Aber Talis brauchte sie ja nur anzuschauen, um zu wissen, daß, soweit es ihn betraf, von Unschuld überhaupt keine Rede sein konnte. Ihr Cape stand vorn offen, und das nasse weiße Wollkleid darunter klebte ihr auf dem Körper mit den vielen neuen Rundungen. Und wenn sie schon glaubte, sich unbedingt einen Busen anschaffen zu müssen – hätte dieser nicht auch eine Nummer kleiner ausfallen können?

Am besten war es wohl, sagte Talis sich, wenn er jetzt nicht länger darüber nachdachte, sondern seine Aufmerksamkeit wieder der Tür zuwandte. Deshalb drehte er sich wieder um und studierte sie. Er hatte sein Schwert dabei, und vielleicht gelang es ihm damit, die Angeln aus dem Holz herauszubrechen oder vielleicht sogar ein so großes Loch hineinzuhacken, damit sie hindurchschlüpfen konnten. Oder vielleicht konnte er damit auch ein paar Steine in den Seitenwänden lockern. Oder ...

Da hörte er ein Geräusch hinter sich, das ihn zwang, sich wieder umzudrehen, und sah nun zu seinem großen Entsetzen, daß Callie inzwischen ihren Umhang ausgezogen, diesen auf dem Stroh abgelegt hatte und nun im Begriff stand, ihr Kleid aufzuhaken. Sie hatte sich zu diesem Zweck erhoben und stand, auf einem Bein balancierend, an der Seitenwand – in einer Pose, die ihre Schenkel und Brüste besonders deutlich zur Geltung brachte.

»Was machst du denn da?« rief er, und die nackte Angst sprach jetzt aus seiner Stimme.

Da erklärte sie, als wäre das für sie – und ihn – eine Selbstverständlichkeit: »Ich ziehe meine nassen Sachen aus. Ich sagte dir doch schon, daß ich friere.«

Logik, dachte Talis bei sich. Er mußte sich an die Logik halten. Das würde ihm helfen, einen kühlen Kopf zu bewahren. »Und auf welche Weise, glaubst du, könnte dir wieder warm werden, wenn du dich bis – bis auf die Unterwäsche ausziehst?«

Da hielt sie kurz inne, die Hände auf die Bänder ihres Kleides gelegt, das sie nun bis zu den Hüften herunter aufgehakt hatte. Und in diesem Moment kam ihm der Verdacht, daß sie vielleicht gar nichts anhatte unter diesem Kleid.

Callie warf ihm einen schrägen Blick zu. »Ich hatte das ja nicht geplant. Ich könnte ... oder wir beide könnten ...«

Da sprach jetzt wieder die Unschuld aus ihr – dessen war sich Talis sicher –, wenngleich Callie nun ihre Wimpern auf eine Weise flattern ließ, die ihn auf ein paar Möglichkeiten brachte, wie sie ihren Körper zu erwärmen vermochte. »Das Stroh!« rief er, als wäre das der brillanteste Einfall seines Leben. »Du kannst dich doch mit dem Stroh bedecken. Ja, je tiefer du dich in das Stroh eingräbst, um so wärmer wird es dir werden.«

»Und was wird dann aus dir?« fragte sie leise. »Wo willst *du* dich denn aufhalten, damit es *dir* wärmer wird?«

»Ich?« Er machte eine Handbewegung, um ihr anzudeuten, daß sie sich darüber keine Gedanken machen müsse. »Ich werde natürlich die Nacht mit dem Versuch verbringen, uns wieder aus dieser Hütte zu befreien.«

Da verlor Callies Gesicht seinen ruhigen, ja, fast verführerischen Ausdruck. »Aber Talis! Du kannst doch nicht die ganze Nacht aufbleiben! Ich habe dir doch bereits gesagt, daß die Wände der Hütte aus dicken Steinquadern bestehen und die Tür ...«

Ihre Worte bewiesen ihm nun, daß sie an ihm zweifelte. Es war das erstemal, daß sie das tat, und deshalb ärgerte er sich auch nicht darüber. Aber der Zweifel an seinen Fähigkeiten verpflichtete ihn nun förmlich dazu, ihr zu beweisen, daß er sehr wohl für ihre Sicherheit sorgen konnte. Auch wurde es Zeit, ihr die Wahrheit zu sagen, daß er nun erwachsen war – nicht mehr das Kind, für das sie ihn offenbar noch hielt.

Deshalb ging er nun zu ihr, legte die Arme um sie und küßte sie auf ihre kalte Wange. »Nun hör mir mal zu, mein Liebling – du wirst doch zugeben müssen, daß ich dich noch nie in meinem Leben im Stich gelassen habe, nicht wahr? Und ich werde dich auch jetzt nicht im Stich lassen. Ich möchte dich zwar nicht beunruhigen, aber ich glaube nicht, daß morgen früh jemand hier vorbeikommt, um uns aus diesem Gefängnis zu befreien. Dafür sind wir viel zu weit von jeder menschlichen Behausung entfernt. Es ist vielmehr möglich, daß wir eine Woche lang in dieser Hütte gefangen bleiben und uns niemand hier findet. Und deshalb muß ich, solange ich noch frisch bin und bei Kräften, alles tun, was in meiner Macht steht, um uns hier aus diesem Gefängnis zu befreien. Vertraust du mir jetzt?«

Callie lehnte sich nun mit ihrem zur Hälfte aufgehakten Kleid an ihn. »Talis, mein Geliebter, es ist ja nicht so, als würde ich nicht glauben, daß du uns aus dieser Hütte befreien könntest. Denn wenn das jemand kann, dann bist du das. Nein, ich ...«

»Ja? Was wolltest du gerade sagen?«

»Nichts«, erwiderte sie da, die Lippen zusammenpressend. »Hacke du nur die ganze Nacht an dieser Tür dort herum oder reiß dir die Hände an den Steinen blutig. Was schert mich das? Geh du nur hin und verrichte deine ehrenvollen Taten!«

Talis hatte keine Ahnung, warum sie sich plötzlich so aufregte. Aber er hatte sie ja schon das ganze letzte Jahr hindurch nicht mehr verstehen können. Wenn sie ihn von sich weggeschoben hatte, hatte sie fast immer ihr Gleichgewicht verloren, und wenn er ihr dann beigesprungen war, um ihr wieder auf die Beine zu helfen, hatte sie ihm einen noch viel heftigeren Schubs gegeben. Diese widersprüchlichen Verhaltensweisen schienen ihm ein Beweis dafür zu sein, daß ihr Vertrauen in ihn erschüttert war. Und deshalb war Talis nun um so wilder dazu entschlossen, sie zu befreien; denn er mußte ihr Vertrauen zurückgewinnen. Er mußte sie wieder dazu bringen, mit gläubigen Augen zu ihm aufzuschauen, als gäbe es nichts auf der Welt, was er *nicht* fertigbringen würde. Und wenn ihn dieser Versuch, sie aus dieser Hütte zu befreien, das Leben kosten sollte – er war dazu entschlossen, ihn zu wagen.

Doch eine Stunde später war er kaum einen Schritt weitergekommen. Callie hatte hinter ihm hin und wieder versucht, sein Interesse auf dieses und jenes zu lenken, was sie gerade machte, aber Talis hatte sich so sehr auf seine Aufgabe konzentriert, daß er sich kein einziges Mal zu ihr umgedreht hatte. Er wußte nur, daß sie jetzt bis zum Hals im Stroh vergraben und wütend auf ihn war – so wütend, daß er das so deutlich spüren konnte wie die Nässe seiner Kleider. Aber je wütender sie wurde, um so hartnäckiger blieb er bei seiner Arbeit; denn er konnte fast alles ertragen – nur nicht, daß Callie ihn für einen Versager halten mußte ...

Es war ein Schrei von ihr, der ihn schließlich doch dazu bewog, sich zu ihr umzudrehen. Und als er das tat, sah er sie heftig mit den Armen im Stroh rudern, so daß das Äffchen, das neben ihr schlief, interessiert zu ihr hochschaute.

»Flöhe!« kreischte sie, »im Stroh wimmelt es nur so von Flöhen!«

Instinktiv machte Talis da einen Schritt in ihre Richtung, um den Abstand zu ihr zu verringern – und kam gerade noch rechtzeitig bei dem Strohlager an, um nun eine nackte Callie mit seinen Armen auffangen zu können, die wie eine goldfarbene Nixe einem Meer zu entsteigen schien.

»Hilf mir!« schrie sie. »Die Flöhe beißen mich überall! Hilf mir, sie zu suchen!«

Nur ein paar Sekunden lang fuhr da Talis mit seinen Händen über Callies herrlichen Körper, um sie von den Flöhen zu befreien, die ihren Worten nach fast jeden Quadratzoll ihres Körpers zu besetzen schienen.

Aber er konnte diese Qualen nicht lange aushalten, die ihm diese Suche bereitete. Blaß, zitternd, und trotz der Kälte, die in der Hütte herrschte, in Schweiß gebadet, sprang er wieder von ihr weg. Und dann, als wäre er irgendein riesiges, mit großen Kräften begabtes Tier, benutzte er nun sein Schwert dazu, ein Loch in das Dach der Hütte zu hauen. Mächtige Staubwolken wirbelten jetzt in der Hütte herum, und Steinsplitter flogen in alle Ecken, so daß sich Callie beide Arme vor das Gesicht halten mußte, damit ihr nicht eines von diesen Geschossen in die Augen flog, während das Äffchen kreischend dagegen protestierte, daß man es jetzt nicht mehr zum Schlafen kommen ließ.

Als es Talis schließlich gelungen war, eine so große Bresche in das Dach zu schlagen, daß er sich mit knapper Not hindurchschlängeln konnte, langte er nach einem Balken, zog sich an diesem in die Höhe und kroch hinaus auf das kalte, regennasse Dach. Binnen weniger Sekunden hatte er dann auch die Riegel an der Tür zurückgezogen und diese geöffnet, vermied es aber, als er nun in die Hütte zurückkam, Callie anzusehen, die noch immer nackt in der Mitte des Strohhaufens stand, der ihren Körper von den Knien abwärts bedeckte.

Ihr den Rücken zudrehend, sagte er im strengen Ton zu ihr, als gebe es für sie gar keine andere Möglichkeit: »Callie, zieh dir deine Sachen an! Wir gehen nach Hause.«

»Aber, Talis«, begann sie. »Ich denke, wir sollten besser hierbleiben. Ich denke ...«

»Wenn du meinst, daß du das nicht kannst«, unterbrach er sie, »werde ich jetzt ein Pferd für dich besorgen und dann wiederkommen.«

»Das kannst du nicht. Bis nach Hadley Hall ist es viel zu weit! Und das dauert auch viel zu lange«, sagte sie nun mit Tränen in der Stimme.

»Ich werde laufen.«

»Das kannst du nicht. Es ist unmöglich, daß du so viele Meilen laufen kannst.«

Da hob er beide Hände zum Himmel hinauf. »Callie«, sagte er ärgerlich, »ich kann tagelang viele Meilen laufen. Jahrelang, wenn es sein müßte. Ich könnte bis zum Ende der Welt laufen. Ich könnte ...« Aber er sagte nun kein weiteres Wort mehr, sondern rannte einfach los – rannte so schnell, wie ihn seine Beine tragen wollten, um möglichst rasch einen Abstand zwischen sich und Callies wunderschönen nackten Körper zu legen.

Aber er mußte gar nicht so weit laufen, wie er befürchtete, hatte; denn er fand schon nach wenigen Minuten Callies Pferd, das mit dem Zügel an einem Busch hängengeblieben war, und konnte so sehr rasch wieder zu Callie zurückkehren.

Später, nachdem es ihm gelungen war, Callie zu retten, war Talis sehr stolz auf sich und das, was er in dieser Nacht vollbracht hatte. Aber aus irgendeinem Grund war Callie so wütend auf ihn, daß sie kein Wort mit ihm sprechen wollte, und ihr ungerechtfertigter Zorn machte wiederum Talis wütend. Wie konnten sich Mädchen – Personen, mit denen man Spaß hatte – nur in Frauen verwandeln, die kein Mensch mehr verstehen konnte?

Auf dem Ritt zurück nach Hadley Hall sprachen sie jedenfalls kein Wort miteinander, und Callie hatte sich später bei ihm mit keiner Silbe für ihre Rettung bedankt.

Kapitel achtunddreißig

»Und worüber lächelst du die ganze Zeit?« fragte James, als Talis sich neben ihm ausstreckte. »Du scheinst dich schon seit Wochen diebisch über etwas zu freuen.«

Als Talis ihm darauf keine Antwort gab, begann Philip, der links von Talis lag, ihm gut zuzureden: »Nun, nun sag es schon. Wir sind doch Brüder!«

Talis lag, die Hände hinter dem Kopf verschränkt, am Ufer des Flusses, der nur einen Katzensprung von Hadley Hall entfernt war, und blickte in den azurblauen Himmel hinauf. Ein paar Schritte von ihm entfernt tränkte Hugh sein Pferd im Fluß. Talis hatte den ganzen Morgen mit seinen Brüdern trainiert, aber er war mit seinen Gedanken kaum bei der Sache gewesen.

»Heraus mit der Sprache!« drängte James.

Talis wußte, wie wertvoll Wartepausen für einen Erzähler sind – etwas, das er von Callie gelernt hatte – und wie sehr sie den Effekt einer Geschichte zu steigern vermochten, und deshalb ließ er die beiden noch eine Weile zappeln, ehe er sagte: »Callie versucht mich zu verführen.«

Das war zwar nicht unbedingt das, was seine Zuhörer sich erwartet hatten, heizte dafür aber deren Phantasie mächtig an. Denn sie versuchten ja beide ständig die Mädchen zu verführen, die in der großen Halle Dienst taten. Und hier lag nun Talis und verkündete in aller Seelenruhe, daß eine Frau versuchte, ihn in ihre ... in ihre ...

»Was tut sie denn?« flüsterte James, und die Ehrfurcht machte seine Stimme fast unhörbar.

Talis' Gesicht nahm einen verträumten Ausdruck an. »Sie hat an einem alten Unterstand eine neue Tür anbringen lassen und uns beide dann darin eingesperrt.«

James blickte über Talis' Kopf hinweg zu Philip hinüber und wackelte mit den Brauen. »Wundert dich das? Für mich ist ein Schuppen, an dem man die Tür erneuert hat, schon immer ein Zeichen dafür gewesen, daß jetzt eine schöne Frau darauf wartet, mich zu verführen. Das deckt sich doch auch mit deiner Erfahrung, nicht wahr, Bruderherz?«

»Aber sicher. Das gehört zu den Grundwahrheiten des Lebens. Eine neue Tür bedeutet immer eine lustvolle Frau.«

Talis' Grinsen wurde breiter. »Lacht ihr beiden nur über mich, wenn euch das Spaß macht. Sie probiert es unablässig. Bei Tag und bei Nacht.« Bilder begannen nun vor seinem inneren Auge aufzusteigen: Callie nackt in der Hütte; Callie, die ihre Röcke anhob, um ihm ihre nackten Beine zu zeigen, während sie durch einen Teich watete, dessen Wasser ihr knapp über die Zehen hinaufreichte; Callie in Kleidern, die ständig einen Riß im Oberteil hatten, der zuweilen bis zu ihrem Nabel hinunterreichte.

»Ja«, sagte er vergnügt, »Callie versucht mich zu verführen.«

»Woher weißt du denn das!« – »Das glaube ich nicht!« – »Das bildest du dir doch nur ein!« riefen die beiden Brüder durcheinander.

»Jedesmal, wenn ich mich umschaue, steht sie entweder ganz nackt oder zumindest halbnackt vor mir«, sagte er leise und begann nun im Geist eine Liste der Dinge zusammenzustellen, die Callie unternommen hatte, seit sie in der Hütte eingesperrt gewesen waren. Er wäre zwar lieber gestorben, bevor er zugegeben hätte, daß er beim erstenmal, als sie im Wald vom Gewitter überrascht wurden, noch gar nicht verstanden hatte, was sie von ihm wollte. Doch von da an hatte er es begriffen und trieb Callie nun fast zum Wahnsinn mit seiner vorgetäuschten Naivität. Nun hoffte er, daß ihre Versuche um so hartnäckiger wurden, je dümmer er sich stellte.

»Vielleicht könnt ihr Jungs ihr ja mal vorschlagen«, erklärte Talis in einem Ton, als sei er der Älteste und Erfahrenste von ihnen dreien, »daß sie das nächstemal, nur mit ihren Haaren bekleidet, dem Meer entsteigen soll. Oder daß es auch ein Kuhteich sein darf, da wir hier in der Nähe ja kein Meer haben. Ja, das würde mir gefallen – eine nur in ihre Haare eingehüllte nasse Callie.«

Es dauerte eine Weile, bis die beiden Brüder ihre Sprache

wiederfanden, was James als erstem gelang. »Ich verstehe. Callie versucht also, dich zu verführen. Aber du, der stärkste aller Männer, hast natürlich all ihren Bemühungen bisher widerstanden.«

»Ja!« erwiderte Talis heftig. »Ich habe sie nicht angefaßt!«

»Und das ist dir natürlich überhaupt nicht schwergefallen«, fuhr James fort, während Philip zu lächeln begann, weil er ahnte, worauf sein Bruder hinauswollte.

»Ich bin ein Mann von Ehre«, erwiderte Talis hochtrabend. »Ich nehme mir nicht, worauf ich kein Recht habe.«

»*Deshalb* hast du also nachts nicht mehr geschlafen«, sagte Philip.

»Und deshalb bist du jedesmal mit Zornestränen in den Augen aus dem Zimmer unserer hochwohlgeborenen Mutter herausgekommen!«

Talis hatte es nicht gern, wenn jemand an seiner Charakterstärke und noblen Gesinnung zweifelte. »Was ihr beiden da sagt, ist nicht wahr. Ich bin immun gegen Callies kindische Versuche, aber ich muß sie mir gefallen lassen, weil sie dem schwachen Geschlecht angehört und ich kann einer Frau nicht verbieten, was sie offenbar gern tut. Mag sein, daß ich mich an ihrem Anblick weide, aber ich kann mich beherrschen. Ich werde sie nicht anfassen.«

»Ist das der Grund, warum du nichts mehr ißt? Ist das der Grund, warum man deine Rippen jetzt schon unter deinem Harnisch zählen kann? Talis, Bruderherz, warum gehst du mit deiner geliebten Callie nicht einfach ins Bett, denn dann *muß* sie ja mit dir verheiratet werden.«

Wie oft hatte er in diesen letzten Wochen, die so erfüllt gewesen waren von Qualen und Wonnegefühlen, nicht schon mit diesem Gedanken gespielt? Aber ein Schwur war etwas, das man nicht brechen durfte. Und deshalb erwiderte er nun ernst: »Es gibt da Dinge, von denen ihr nichts wissen könnt.«

Philip war der erste, der wieder das Wort ergriff, und seine Stimme klang bitter: »Wir kennen unsere Mutter nur allzu gut.

Sie findet stets Dinge über Menschen heraus und verwendet deren Schwächen gegen sie. Talis, du solltest dich vor ihr in acht nehmen!«

Bei diesen Worten wurde Talis wütend. Konnten die beiden denn nicht sehen, daß ihre Mutter im Sterben lag? Sie wurde von Tag zu Tag schwächer, aber keines ihrer Kinder hielt es für nötig, sie unaufgefordert zu besuchen. Nur Talis sah sie jeden Tag. Und obwohl er sich schämte, das zuzugeben, hatten seine Brüder recht: Er ging fast jeden Tag mit tränennassen Wangen aus Lady Alidas Zimmer. Jeden Tag bettelte Talis Alida aufs neue an, ihn doch endlich von seinen Eiden zu entbinden, weil er diesen Zustand nicht länger ertragen könne. Und in einer Anwandlung von Treuherzigkeit war er sogar so weit gegangen, was er inzwischen bitter bereute, ihr die Wahrheit über Callie zu erzählen – daß sie versuchte, ihn zu verführen. Auf den Knien hatte er Alida angefleht und ihr gestanden, wie sehr er Callie begehrte. Daß er sie mehr liebte als alles Geld und alle heroischen Taten. Und daß ihm das Leben ohne sie nichts mehr bedeuten würde.

Aber davon konnte er Philip und James natürlich nichts sagen. Denn erstens würde er damit den Eindruck, den sie von seiner Männlichkeit hatten, zerstört haben, und zweitens wollte er nicht glauben, was ihm die beiden über ihre eigene Mutter erzählten.

»Da gibt es Sachen, von denen ihr nichts wißt«, erklärte er eigensinnig. »Ihr solltet nicht so von unserer Mutter reden.«

»Warum kannst du dann Callie nicht heiraten?«

Darauf konnte Talis ihnen keine Antwort geben.

»Er kann sie nicht heiraten, weil das unsere hochgeschätzte Mutter eifersüchtig machen würde«, sagte Philip. »Unsere Mutter hat sich nämlich in dich verliebt.« Da war keine Spur von Neid in seiner Stimme, sondern eher Erleichterung.

»Ich bin froh, daß meine Mutter nicht so in mich vernarrt ist wie in dich«, erklärte James. »Denn wenn sie jemanden liebt, erwartet sie, daß der Betreffende ihr auch seine Seele schenkt.«

Talis konnte nun nicht länger stillsitzen und sich anhören, was die beiden über eine Frau sagten, die nur noch kurze Zeit zu leben hatte. Was ihn jedoch am meisten an ihren Reden beunruhigte, war die Tatsache, daß etwas Wahres an ihnen zu sein schien. Er stand auf, ging zu Hugh hinüber und streichelte dort eines der Pferde, die ihren Durst im Fluß löschten.

»Die Liebe bedeutet einer Frau alles«, sagte Hugh nach einer Weile.

Talis, der Hughs Worte zunächst nicht verstanden hatte, weil er zu sehr mit seinen eigenen Gedanken beschäftigt war, und dann, als Hugh sie wiederholte, glaubte, diese auf Lady Alida beziehen zu müssen, sagte: »Ja, es wäre möglich, daß sie mich liebt. Aber ich kann das nicht als eine Sünde bezeichnen.«

»Nein«, erwiderte Hugh, »die meine ich nicht, sondern deine Callasandra. Du bedeutest ihr alles. Aber sie ist auch eine sehr stolze Frau. Also treibe nicht dein Spiel mit ihr.«

»Ich *weiß* genau, was Callie ist«, schnaubte Talis ihn da an, der es leid war, daß ihm jeder ständig irgendwelche Ratschläge erteilte, wie er sich Callie gegenüber verhalten sollte. Sie ahnten ja alle nicht, was er in den letzten Wochen hatte durchmachen müssen. Auf der einen Seite war Callie, die mit allen Mitteln versuchte, ihn dazu zu bringen, daß er ihr die Unschuld nahm; und auf der anderen Seite war seine Mutter, die ihn täglich daran erinnerte, daß er vor Gott einen Eid geleistet hatte, sie nicht zu berühren.

Talis wußte, daß seine Brüder recht hatten, wenn sie sagten, er habe in den letzten Wochen erheblich an Gewicht verloren und nachts kaum noch geschlafen. Und es stimmte auch, daß Callie stolz war. Wenngleich er von sich behaupten durfte, daß das in einem weitaus größeren Maße auf ihn zutraf; denn er war mindestens dreimal so stolz wie sie.

Mit einem Blick auf Hugh, der diesen wissen ließ, daß er seine Ratschläge für sich behalten könne, kehrte ihm Talis den Rücken zu und ging davon.

»Nun geht es los«, sagte Alida, sich in ihrem Bett zurücklegend, und drückte den Brief an ihren einst recht stattlichen Busen. »Gilbert Rasher ist schon auf dem Weg hierher, um Anspruch auf seinen Sohn zu erheben. Und«, sie lächelte ein wenig, »der Bräutigam ist bereits hier eingetroffen.«

Penella, die gerade Alidas Kleider in der großen geschnitzten Eichentruhe am Fußende des Bettes verstaute, schaute kaum von ihrer Arbeit auf. In eines der Gewänder war ein kleiner Silberteller eingewickelt, und sie würde später, wenn Alida schlief, ins Zimmer zurückkommen und diesen Teller ihrer Sammlung von Wertgegenständen einverleiben, die sie jeden Tag ein wenig erweiterte. Denn sollte es ihrer Herrin einfallen, ihr nochmals ihre Gunst zu entziehen und sie auf die Straße zu setzen, würde sie jetzt nicht mittellos dastehen. Sie hatte sich geschworen, ihr persönliches Wohl nie mehr von anderen abhängig zu machen. Und was ihre Diebstähle betraf, so sagte sie sich, daß Gott nur dem half, wer sich selber half.

»Euer geliebter Talis wird sich nicht dazu bereitfinden, seinem Vater in dessen Haus zu folgen. Sein Herz und seine Seele hängen an diesem Mädchen«, erklärte Penella, die mit jedem Tag, den Alida mehr verfiel, dreister wurde. Für ihre einst so geliebte Herrin hatte sie inzwischen nur noch Verachtung übrig.

Alida bemerkte die Unverschämtheit ihrer Zofe gar nicht, weil sie in Gedanken mit Talis und dessen zukünftiger Versorgung beschäftigt war. »Dessen war ich mir bewußt und habe deshalb einen Mann für Callasandra ausgesucht, den sie heiraten wird.«

Dafür hatte Penella nur ein Schnauben übrig. »Der Junge wird so eine Heirat niemals zulassen, und Eure Tochter auch nicht.« Penella hatte sich stets geweigert, so zu tun, als wäre dieser große, stattliche schwarzhaarige Talis tatsächlich Alidas Sohn.

Alida legte sich in die Kissen zurück und schloß einen Moment die Augen. »Ich bin nicht so krank, daß mir mein Verstand bereits abhanden gekommen wäre. Ich habe nicht vor, die beiden nach ihren Wünschen zu befragen. Ich möchte Talis auf seinem Weg zur Königin sehen, bevor ich sterbe, und ich werde alles tun, was erforderlich ist, um dieses Ziel auch zu erreichen. Nun hilf mir, mich ein wenig zurechtzumachen, damit ich für den Mann, der soeben hier eingetroffen ist, gut aussehe.«

»Welcher Mann?« fragte Penella und tat so, als würde sie das nicht sonderlich interessieren, obwohl sie es haßte, wenn ihre Herrin etwas machte, wovon sie ihr vorher nichts gesagt hatte.

»Callasandras Bräutigam. Ich habe einen Mann für sie gefunden. Schau mich jetzt nur nicht so an! Denn es ist ein guter Mann, ehrlich und rechtschaffen. Ich habe alles getan, was ich konnte, um das Mädchen über den Verlust von Talis hinwegzutrösten, und deshalb eine ausgezeichnete Wahl für sie getroffen. Er ist auch hübsch und intelligent. Er ist alles, was eine Frau sich wünschen kann.«

»Aber er ist nicht Talis«, murmelte Penella.

Alida ignorierte diese Bemerkung, während sie das Gesicht ein wenig zur Seite drehte, damit Penella auch ihre Haare am Hinterkopf kämmen konnte. Alida bildete sich offensichtlich ein, sie wäre ein zartes, zerbrechliches, aber noch immer recht appetitlich aussehendes Mädchen, während sie in Wahrheit eine ausgemergelte alte Frau mit fiebrig glänzenden Augen war.

»Ist er reich?« fragte Penella.

»Jetzt schon. Ich habe ihm eine Menge Geld dafür gegeben, daß er Callasandra heiratet. Er soll sie noch am gleichen Tag ehelichen, an dem ich sie mit ihm bekannt mache.«

Da hielt Penella kurz mit dem Kämmen inne, setzte dann aber ihre Arbeit rasch wieder fort. Es war ja schließlich nicht ihre Sache, was Lady Alida mit ihrer Tochter machte.

Da klopfte es an der Tür.

»Los, los – laß ihn herein!« rief Alida, was Penella so schockierend fand, daß sie ihre Herrin mit einem eisigen Blick streifte. Lady Alida benahm sich wie ein junges Mädchen, das im Begriff stand, seinen Liebhaber zu empfangen. Wäre Penella nicht so schmählich von ihrer Herrin behandelt worden, hätte sie wohl eher Mitleid mit ihr empfunden, weil sie sich am Ende ihres Lebens einsam und verlassen fühlte. Doch jetzt empfand sie nur Abscheu vor dem Verhalten dieser Frau.

Peter Erondell war tatsächlich ein hübscher Mann mit dunkelroten Haaren und Sommersprossen. Er war zwar nicht sonderlich groß, aber breit in den Schultern und kräftig gebaut. Er zuckte nicht zusammen, als er Lady Alida sah, sondern ging lächelnd auf sie zu und küßte ihr die Hand, als sei sie tatsächlich noch eine schöne Frau und nicht ein zähes altes Huhn.

»Ich hoffe, daß Ihr gesund und bei Kräften seid«, sagte sie lächelnd, mit ihren blassen Wimpern klimpernd.

Penella war froh, daß sie sich dieses Schauspiel nicht länger mit ansehen mußte, weil sie wieder zur Tür gerufen wurde, um nun Callie ins Zimmer zu lassen. Zwar bemühte sich Penella, hart und abgebrüht zu sein, als sie dem Mädchen die Tür öffnete, aber Callie hatte schon jetzt, bevor sie erfuhr, was heute mit ihr in diesem Zimmer geschehen sollte, einen gehetzten Ausdruck in den Augen, als habe sie bereits mit dem Leben abgeschlossen.

Penella wußte sehr genau, was in dem Mädchen vorging – sie hatte ja jedes Wort mitgehört, wenn Talis ihre Herrin täglich angebettelt hatte, ihm endlich die Erlaubnis zu geben, dieses Mädchen, das er so sehr liebte, heiraten zu dürfen. Und Alida, die das auf jeden Fall verhindern wollte, war so gerissen und herzlos gewesen, dem Jungen sogar zu verbieten, seiner geliebten Callie zu sagen, daß er sie heiraten *wollte*. Und deshalb wußte Penella, daß Callie, wie die meisten Mädchen in ihrer Lage, darum bangte, ob ihre Liebe auch erwidert werden würde.

Penella schüttelte heftig den Kopf. Das ging sie doch alles nichts an!

»Hier ist sie«, sagte Alida, auf Callie deutend, die mit hängendem Kopf dastand, als schien es ihr gleichgültig zu sein, wo sie sich befand und was man mit ihr vorhatte. »Ist sie nicht das, was ich Euch versprochen habe?«

Penella wußte, daß jeder Mann an Callie Gefallen finden mußte. Sie war ein appetitliches kleines Ding mit ihrer hübschen, fraulichen Figur und den blonden Haaren, die unter ihrer Haube hervorlugten.

Sir Peter jedoch schockierte nun die beiden Frauen. »Aber das ist ja das Mädchen aus dem Giftgarten!« rief er. »Die Mätresse des jungen Talis!« Er wandte Alida sein wütendes Gesicht zu. »Madam, Ihr habt ein falsches Spiel mit mir getrieben. Ihr habt mich in den Glauben versetzt, meine Braut wäre eine Jungfrau und eine von Euren Töchtern! Dieses ... diese Kreatur ist nicht viel besser als eine Hure. Das weiß doch jeder hier in Hadley Hall, und selbst im Dorf pfeifen das die Spatzen von den Dächern!«

Damit wandte er sich der Tür zu und schickte sich an, das Zimmer zu verlassen.

Man mußte schon eine Menge Kraft aufwenden – und davon hatte Alida ja nun wirklich nichts mehr zu verschwenden –, um so laut »Nein!« zu schreien, wie sie das jetzt tat. Doch es tat seine Wirkung. Sir Peter blieb an der Tür stehen.

»Das Mädchen ist eine Jungfrau. Das schwöre ich. Wir lassen sie untersuchen. Das wird Euch überzeugen. Bitte ...«, sagte Alida. »Habe ich Euch denn nicht genug Geld gegeben? Ich besitze noch ein paar tausend Morgen Land in Schottland. Das werde ich Euch überlassen.«

Die Hand auf den Türknauf legend, sagte der Mann: »Ich werde doch kein Mädchen heiraten, das binnen sechs Monaten den Bastard eines anderen Mannes zur Welt bringt. Ich werde mich doch nicht für den Rest meines Lebens zum Gespött der Leute machen!«

»Das verlangt auch niemand von Euch. Penella wird sie untersuchen. Sie wird Euch sagen ...«

»Glaubt Ihr etwa, ich würde Eurer Magd vertrauen? Nein, sie wird von der Magd meiner Schwester untersucht werden. Sie ist mit mir hierhergekommen. Ich werde sie holen.«

Damit eilte er aus dem Zimmer und ließ Alida mit der Gewißheit dort zurück, daß er durchaus willens und sogar erpicht darauf war, Callie zu ehelichen – wenn man ihm den Beweis ihrer Unschuld lieferte.

Callie hatte die ganze Zeit mit geweiteten Augen stumm in einer Ecke des Zimmers gestanden und offenbar gar nicht verstanden, worum es eigentlich hier ging. Doch nun fing sie an, es zu begreifen.

»Nein«, flüsterte sie.

Als Alida sah, daß nun gleich ein Sturm losbrechen würde, sah sie Penella an und wedelte mit der Hand. »Bring sie in ein anderes Zimmer, damit sie dort auf diese Magd wartet. Ich habe jetzt keine Zeit, mir ihre Proteste anzuhören. Geht, ihr beiden – ich bin müde!«

Penella krampfte eine Hand um Callies Arm, aber Callie befreite sich mit einem Ruck aus ihrem Griff und lief zu Alidas Bett.

»Was soll das?« wollte Callie wissen. »Was geht hier vor? Was beabsichtigt Ihr mit mir zu machen?«

Penella gab sich alle Mühe, unberührt zu bleiben, als das Mädchen die Hände rang. Wäre Callie bei den Hadleys aufgewachsen, wäre sie vermutlich auf Lady Alidas spontane und endgültige Entscheidungen gefaßt gewesen. Aber das war Callie eben nicht, weil sie von liebenswerten, gutherzigen und auf ihr Wohl bedachten Menschen aufgezogen worden war, und die Liebe ihrer Zieheltern hatte sie nicht auf das Ränkespiel einer Frau wie Alida vorbereitet.

»Was ist es?« jammerte Callie. »Was macht Ihr mit mir? Bitte, bitte, ich flehe Euch an, es mir zu sagen.«

»Der Mann, den du eben gesehen hast, wird noch vor Einbruch der Dunkelheit dein Gemahl sein.«

Da wich Callie langsam vom Bett ihrer Mutter zurück, bis sie mit dem Rücken an der gegenüberliegenden Wand stand. »Nein, das kann nicht sein. Ich soll Talis heiraten!«

Da drehte Alida ihr das Gesicht zu, und ihre Augen funkelten wie Kristallkugeln. »Talis!« schnaubte sie verächtlich. »*Du* sollst *Talis* heiraten? Wer hat dir denn *diese* Flausen in den Kopf gesetzt? Du glaubtest wohl, sehr gerissen zu sein, nicht wahr? Du brauchst das jetzt gar nicht erst abzustreiten, weil ich sehr genau weiß, was du getan hast. So wie du dich diesem teuren, armen Jungen angeboten hast, bist du tatsächlich nicht viel besser als eine Hure! Aber Gott sei Dank hatte er so viel Verstand, sich nicht an so ein Mädchen wie dich wegzuwerfen.«

Die Wut gab Alida nun neue Kräfte. »Wie konntest du dich für klug halten, wenn du nicht einmal die Wahrheit erraten hast? Jeder andere hat das getan. Jeder andere hat sofort gesehen, daß Talis unmöglich John Hadleys Sohn sein konnte, sondern Gilbert Rashers Sohn sein mußte. Und für wie wichtig hältst du dich eigentlich, daß du meintest, mich meinen Befehlen widersetzen zu können? Du bist *meine* Tochter. Du bist nur die Tochter eines kleinen Edelmannes, dessen Adelstitel mit dem Tod erlischt, während Talis mit dem Königshaus verwandt ist. Da Talis das weiß – konntest du da erwarten, daß er so dumm sein würde, mit *dir* ins Bett zu gehen und zu riskieren, dich zu schwängern? Wenn er dich nämlich heiraten müßte, könnte er sich nicht mehr erhoffen als den Titel eines Ritters auf Lebenszeit. Aber als Gilbert Rashers Sohn kann er an den Königshof gehen und kraft seines Geburtsrechtes eine Frau heiraten, die dem Hochadel angehört. Hast du etwa vergessen, wie stolz Talis ist? Dann wird es dich sicherlich nicht verwundern, daß er in die Königsfamilie einheiraten möchte. Sein Vater will, daß er Arabella Stuart heiratet, und wenn ihm das gelingt, kann Talis sogar König von England werden.«

Alida stützte sich nun im Bett auf. »Hast du das gehört? König von England! Aber was hätte er jetzt wohl davon, wenn er dich heiraten müßte? Denn du wirst wohl keine Sekunde daran zweifeln, daß ihn sein Ehrgefühl dazu zwingen würde, dich zu heiraten, wenn er mir dir ins Bett ginge. Was hätte er dann wohl zu erwarten, frage ich dich?«

Alida beugte sich nun im Bett vor, um näher an Callie heranzukommen, deren Gesicht inzwischen so weiß war wie Pergament. »Wie konntest du so selbstsüchtig sein und nur an dich denken? Kannst du etwa von Talis verlangen, daß er auf die Möglichkeit verzichtet, eines Tages König von England zu werden, um mit dir in der armseligen Hütte eines Bauern zu leben? Denn das wäre das Los, das ihm beschieden wäre, wenn er dich heiraten würde. Sein richtiger Vater ist bereits auf dem Weg hierher, um seinen Sohn zurückzufordern, und jedermann weiß, daß er nicht eine Bohne besitzt. Sein einziger Reichtum ist sein Sohn Talis. Wenn Talis sich weigert, an den Königshof zu gehen und dort zu beanspruchen, was ihm kraft seines Geburtsrechtes zusteht, wird Rasher seinem jüngsten Sohn nicht einen Penny vererben. Und mein Gemahl wird so wütend sein, daß man ihm Talis wegnimmt, daß er ihm ebenfalls nichts gibt. Alles, was ihm dann noch bleibt, ist die schmutzige Farm, auf der er aufgewachsen ist. Wie wirst du dich wohl in zehn Jahren fühlen, wenn du mit ansehen mußt, wie Talis seine Kraft für die schwere Feldarbeit verbraucht hat, und du weißt, daß nur deine Begierden und egoistischen Motive ihn daran gehindert haben, den Thron von England zu besteigen?«

Callie war so verwirrt, daß sie kein Wort sagen konnte. Talis ein König! Sie war schon immer der Meinung gewesen, daß er ein König sein könnte. Aber war es das, was er sich tatsächlich *wünschte?*

Alida nützte nun Callies Schweigen dazu aus, Penella mit einer Handbewegung, als wollte sie ihre Tochter jetzt aus dem Zimmer scheuchen, befahl: »Bring sie fort, damit sie in einem anderen Zimmer auf diese Magd warten kann.«

Callies Arm fest mit einer Hand umspannend, zog Penella das Mädchen mit sich in eine Kammer neben Alidas Zimmer. Das war der Raum, in dem Penella schlief und ihre Herrin bespitzelte. Sie hatte dort ein kleines Loch in die Wand gebohrt, durch das sie ihre Herrin beobachten und alles hören konnte, was nebenan gesprochen wurde.

Penella brachte es nicht fertig, Callie länger als eine Sekunde anzuschauen. Callie war schon immer ungewöhnlich blaß gewesen, aber nun schien ihr Gesicht nur noch aus Augen zu bestehen, die leblos und starr ins Leere blickten.

»Hier, nimm das«, sagte Penella nun nicht unfreundlich zu ihr. Sie hatte inzwischen allmählich die Angst vor ihrer Herrin verloren und konnte es sich also auch wieder leisten, anderen etwas Gutes zu vergönnen.

Aber Callie wollte den Wein nicht nehmen, den Penella ihr anbot, sondern sah sie jetzt mit flehenden Augen an. »Wenn Ihr auch nur einen Funken Erbarmen in Eurem Herzen habt«, sagte sie, »dann helft mir, von hier zu fliehen. Helft mir, daß ich mit Talis sprechen kann. Ich muß ihn jetzt unbedingt sehen.«

»Das kann ich nicht«, erwiderte Penella da mit fester Stimme. Sie würde doch nicht wieder alles aufs Spiel setzen, um diesem Mädchen da zu helfen, das ihr nichts bedeutete.

»Bitte, ich flehe Euch an«, sagte Callie, nach Penellas Arm fassend.

»Nein!« erwiderte Penella schroff und suchte Callie ihren Arm zu entwinden.

»Ihr wißt nicht, was Ihr mir damit antut, wenn Ihr mir das verweigert«, flüsterte Callie. »Ihr wißt es nicht. Talis ist mein Leben. Er ist alles für mich. Wenn ich ihn nicht haben kann, will ich nicht mehr leben.«

Penella bekreuzigte sich bei diesen Worten und warf Callie dann einen strengen Blick zu – den Blick eines Erwachsenen, der alles weiß. »Du bist doch nur ein Kind und hast keine Ahnung, wovon du da redest. Du glaubst, diesen Jungen zu lieben, aber die Liebe kommt erst mit den Jahren, die man mit jemandem zusammen verbringt. Dieser Sir Peter, den deine Mutter für dich ausgesucht hat, ist ein guter Mann und wird dir viele Kinder schenken. Und ...«

»Wenn ich nicht von Talis Kinder bekommen kann, möchte ich gar keine haben.«

»Du hast keine Ahnung von dem, was du da sagst. Komm, trinke jetzt den Wein. Wenn du dein erstes Kind auf dem Arm hast, wirst du über all das lachen, was du eben gesagt hast.« Aber Penella glaubte selbst nicht, was sie da sagte. Das war kein Kind, das von dem Verlust seiner Jugendliebe sprach. Nein – sie konnte in den Augen dieses Kindes den Tod sehen.

Callie sank auf das schmale Bett hinunter, das in der Kammer stand, zog die Beine an den Leib und legte den Kopf auf ihre Knie. »Ich wünschte, ich wäre an dem Tag, als ich geboren wurde, in dem Feuer damals verbrannt. Ich verfluche den Menschen, der mich daraus errettet hat. Ich verfluche diesen Menschen bis zum Ende aller Tage.«

Penella spürte, wie sie am ganzen Körper zu zittern begann, als sie diese Worte hörte. Sie war sich nicht sicher, daß ein Mensch einen anderen Menschen bis zum Ende aller Tage verfluchen konnte, aber falls das möglich war, dann war sie davon überzeugt, daß dieses Mädchen die Fähigkeit dazu besaß.

Vielleicht unterschrieb Penella jetzt ihr eigenes Todesurteil, aber sie konnte nicht mehr länger untätig zusehen, wie ihre selbstsüchtige Herrin mit dem Leben anderer Menschen spielte. »Nimm das«, sagte Penella und drückte Callie einen von den silbernen Leuchtern in die Hand, die sie Lady Alida gestohlen hatte. »Nimm das und schlag mich damit, bis ich das Bewußtsein verliere. Dann kannst du dich durch die Flucht retten.«

Penella wußte natürlich, daß dies der Ausweg eines Feiglings war – daß man Callie und nicht ihr die Schuld an allem geben würde, wenn man sie, Penella, hier in der Kammer ohnmächtig auf dem Boden liegend fand. Aber das war immer noch besser als nichts. Sie hatte ihre Lektion, daß man auf sein eigenes Überleben bedacht sein müsse, zu gut gelernt, um alles zu riskieren.

»Nun mach schon«, drängte sie Callie, als diese zögerte. »Du mußt es tun, solange sie schläft. Wie ich sie kenne, wird sie bald wieder aus ihrem Schlummer erwachen, und dann ist diese Chance vertan.«

Da schlug Callie Penella mit dem Leuchter auf den Kopf, aber es war ein Schlag, der nicht einmal einem Kätzchen weh getan hätte. Doch als dann das Mädchen aus der Kammer lief, nahm Penella ein kleines Messer zur Hand und brachte sich damit einen Schnitt seitlich am Kopf bei, um einen handfesten Beweis dafür zu haben, daß sie das Mädchen nicht hatte aufhalten können.

»Möge der Herr über dich wachen«, flüsterte Penella, als sie aus dem Fenster blickte und sah, wie das Mädchen zum Wald hinter Hadley Hall lief. Sie hoffte inbrünstig, daß sie weder Callie noch Talis jemals in ihrem Leben wiedersehen würde, als sie Gott bat, er möge dafür sorgen, daß den beiden gelang, zusammen zu flüchten.

Kapitel neununddreißig

Callie zögerte keinen Moment, nun zu der Hütte zu laufen, die sie und Dorothy so raffiniert für die Verführung von Talis vorbereitet hatten. Aber an jenem Tag war Talis – zur Hölle mit ihm! – sogar noch raffinierter gewesen als sie und hatte einen Fluchtweg aus dem Schuppen gefunden. Hätte Callie es für möglich gehalten, daß er durch das Dach des Schuppens fliehen würde, hätte sie auch dieses Schlupfloch mit Feldsteinen zugemauert.

Aber Callie hatte an diese Möglichkeit überhaupt nicht gedacht, und als Ergebnis davon war sie noch immer Jungfrau und eine für andere Männer akzeptable Frau. Wenn man diesem rothaarigen Teufel genügend Geld und die Garantie gab, daß noch kein Mann sie berührt hatte, würde er sie zur Ehefrau nehmen.

Als Callie durch den Wald rannte, hielt sie nur so lange an, um das Äffchen aus seinem Versteck unter ihrem Rock zu befreien und an ihrer Taille zu befestigen, wo sich Kipp nun festkrallte, als ginge es um sein Leben. Callies Angst hatte sich auf das Tier übertragen, und deshalb protestierte es auch nicht gegen die vielen Knüffe und Stöße, die es auf dem Weg durch das unwegsame Gelände abbekam.

Als Callie dann endlich bei der Hütte ankam, setzte sie sich auf das saubere Stroh, das sie und Dorothy in die Hütte geschafft hatten – das Stroh, das als Lager für die Verführung von Talis bestimmt gewesen war –, legte den Kopf auf die Knie und begann, Talis zu sich zu rufen. Sie hatten das beide nur einmal, als Kinder, wissentlich und ernsthaft als Mittel verwendet, sich mit dem anderen in Verbindung zu setzen, und zwar damals, als Talis zum erstenmal mit Will zum Markt gefahren war, sich ohne ihn auf den Heimweg gemacht und sich dabei verirrt hatte. Sie hatten zwar oft zur gleichen Zeit dasselbe gedacht, waren auch oft zur gleichen Zeit am gleichen Ort eingetroffen, hatten aber immer nur über diese »Zufälle« gelacht. Und wenn einer von ihnen sich verletzt hatte und Schmerzen litt, fand der andere sich so schnell wie möglich bei ihm ein.

Doch nun wußte Callie, daß ihr Leben davon abhing, daß sie mit Talis sprach, und zwar sofort. Er mußte sich frei entscheiden. Sie mußte wissen, daß er sie mehr liebte als irgend etwas sonst – seine Ehre und seinen Stolz mit einbegriffen. Sie wußte, daß sie ihm nichts von der Ehe sagen konnte, zu der sie nun gezwungen werden sollte; denn wenn Talis das erfuhr, würde ihm sein Ehrgefühl vorschreiben, sie zu heiraten.

Und dann würde sie sich ihr ganzes Leben lang vorwerfen müssen, daß sie ihn mit einem Trick dazu gebracht hatte. Aber wenn er sich ohne irgendwelche Hintergedanken aus freien Stücken dazu entschloß, sie zu heiraten – ohne daß irgendwelche Drohungen oder Versprechungen seine Entscheidungen auf irgendeine Weise beeinflußten –, dann würde sie sich dazu berechtigt fühlen, eine für ihn möglicherweise glorreiche Zukunft aufs Spiel zu setzen. Aber wenn er sich für sie entscheiden sollte, mußte sie für ihn auch das Wichtigste sein, was es für ihn auf der Welt gab – sie mußte für ihn sogar wichtiger sein als seine Ehre.

Während sie hier auf dem Stroh saß und im Geist nach ihm rief, war ihr bewußt, daß ihm Ehre und Stolz alles bedeuteten. Sollte Talis sich vielleicht nicht gleich dazu bereitfinden, sie zu heiraten, weil ihn möglicherweise auch noch eine andere Frau reizte, konnte sie mit ihr um ihn kämpfen. Sie konnte Kleider tragen, die ihre Figur besser zur Geltung brachten, sich eine andere Frisur zulegen und alles tun, was man sonst noch tun konnte, um eine Konkurrentin auszustechen. Aber Callie hatte sich jetzt nicht mit so etwas Gewöhnlichem wie einer Frau auseinanderzusetzen, die ihr Talis streitig machen wollte. Sie mußte gegen etwas ankämpfen, das in Talis selbst steckte.

Es dauerte nicht lange, bis Talis bei ihr eintraf – mit gezogenem Schwert und ganz außer Atem, weil er in halsbrecherischem Tempo durch den Wald zur Hütte geritten war. Er machte einen etwas benommenen, ja, verwirrten Eindruck, als wüßte er nicht, warum er eigentlich hier war. Und das konnte er in der Tat auch nicht wissen.

»Was ist denn los?« fragte er, als er sah, daß sie weder aus irgendwelchen Wunden blutete noch sich irgendwelche Knochen gebrochen zu haben schien. Und die Angst, die ihm anfangs aus den Augen geleuchtet hatte, weil er einen dringenden Notruf von ihr empfangen hatte, dem er unbedingt Folge leisten mußte, verwandelte sich nun in Verdruß. »Callie, weißt du, was mein Vater jetzt von mir denken muß? Ich bin ihm nämlich weggelaufen, als er mir gerade zeigen wollte, wie ich einen Schwerthieb parieren muß, als ich deinen Ruf erhielt. Ich ließ ihn einfach stehen, sprang auf Hughs Pferd und galoppierte davon. Er muß jetzt denken, ich sei verrückt geworden!«

»Talis«, sagte Callie, sich vom Strohlager erhebend, und stellte sich vor ihn hin. »Ich möchte, daß wir noch heute heiraten. Sofort. Der Dorfpriester wird uns trauen. Jeder hält uns beide ja bereits für große Sünder. Der Priester wird froh sein, wenn er unsere Seelen durch eine Trauung vor der Verdammnis retten kann.«

»Ist es das, weswegen du mich hierhergerufen hast?« fragte Talis und schob sein Schwert in die Scheide zurück. »Ist es nur wieder einer deiner zahllosen Versuche, mich zu verführen? Callie, bitte, so sehr ich dich auch liebe – es gibt für alles den richtigen Ort und die richtige Zeit.« Er wollte sich umdrehen und die Hütte wieder verlassen.

»Nein«, rief sie, ihn an seinem Wams festhaltend, »diesmal ist es anders.«

Er schenkte ihr ein kleines, wissendes Lächeln. »Anders als all die anderen Versuche, mit denen du mich verführen wolltest? Callie, mein Herz, hast du etwa geglaubt, ich wäre so naiv gewesen, nicht zu bemerken, was du mit mir vorhattest? Ich habe das immer gewußt. Zu jeder Zeit.«

Und nachdem er ihr einen brüderlichen Kuß auf die Stirn gedrückt hatte, versuchte er sie nun zur Seite zu schieben, um zur Tür der Hütte zu gelangen. »Ich muß jetzt zurück zu meinem Vater und mich bei ihm entschuldigen.«

Doch sie wollte sein Wams nicht loslassen. »Talis! Hör mir jetzt einmal zu. Ich weiß, daß du gewußt hast, was ich mit dir vorhatte; und ich weiß auch, wie sehr du dieses Spiel genossen hast. Wie könnte ich so etwas von dir auch nicht wissen? Aber ich schwöre dir, daß es diesmal anders ist. Diesmal ist es ernst.«

»Was ist denn so anders? Was ist denn passiert?«

Zu seinem Erstaunen mußte er jedoch feststellen, daß sie es ihm nicht sagen wollte. Für ihn war es unbegreiflich, daß Callie vor ihm Geheimnisse haben konnte. Bisher hatte sie ihm noch nie etwas verheimlicht. Sie mochte zwar so tun, als wollte sie ihn gar nicht verführen, obwohl sie das vorhatte; aber da gab es nun etwas, das sie ihm nicht erzählen wollte.

Sein Rücken wurde steif, und Callie wußte sofort, was ihn störte.

Ich werde es ihm sagen müssen, dachte sie bei sich. Wider ihr besseres Wissen würde sie es ihm jetzt verraten. Sie würde ihm alles erzählen. Sie konnte nicht zulassen, daß sein Ehrgefühl sie jetzt auseinandertrieb.

»Lady Alida ...«, begann sie, aber Talis fiel ihr sofort ins Wort.

»Willst du schon wieder über diese arme Frau herfallen?« fragte er. »Sie liegt im Sterben. Kannst du das nicht sehen?«

»Sie hat vor, mich mit einem anderen Mann zu verheiraten.«

»Nein«, erwiderte Talis darauf mit ruhiger Stimme. »Das ist nicht wahr. Da gibt es ein paar Sachen, von denen du nichts weißt.«

»Talis, du darfst jetzt nicht mehr die Augen vor dem verschließen, was in deiner Umgebung geschieht. Es gibt da ein paar Dinge, von denen du nichts weißt. Laß jetzt nicht deinen Stolz zwischen uns treten. Laß uns heute heiraten – sofort. Wenn ich keine Jungfrau mehr bin, kann uns nichts auf dieser Welt mehr trennen.«

Mit einem wissenden Lächeln faßte Talis sie da unter das Kinn. »Dann ist es also das, was dich dazu veranlaßt hat, mich hierherzurufen. Kannst du mir jetzt verraten, wie meine Mutter dich in den Glauben versetzen konnte, daß sie vorhabe, dich mit einem anderen Mann zu verheiraten? Oder hat sie das etwa gar nicht getan? Ja, ich glaube, das ist nur wieder so ein Trick von dir, mit dem du mich verführen willst. Muß ich jetzt darauf gefaßt sein, daß jeden Moment die Tür dort zufallen wird? Werde ich wieder eine Bresche in das Dach der Hütte schlagen müssen?«

Callies Gesicht blieb ernst. »Das ist kein Scherz, Talis. Sie hat mir den Mann gezeigt.«

»Wenn sie etwas gesagt hat, das dich jetzt beunruhigt, dann hat sie sich nur einen Scherz mit dir machen wollen. Sie hat nämlich vor, uns ... Nein, ich kann es dir nicht sagen. Ich habe vor Gott geschworen, daß ich es dir nicht sagen werde.«

»Du hast es *ihr* geschworen«, gab sie giftig zurück, und selbst in ihren Ohren klang das verdächtig nach Eifersucht.

»Nein«, erwiderte Talis ernst. »Du warst ja nicht dabei. Du kannst nicht wissen, was sie mir versprochen hat. Ich habe meine Hand auf die Bibel gelegt und geschworen, es für mich zu behalten. Meine Ehre steht auf dem Spiel. Ich habe ...«

»Du bist benutzt worden«, fauchte sie ihn jetzt an. Der ganze Zorn, den sie auf ihn hatte, kam nun an die Oberfläche. Warum wollte er partout nicht auf sie hören? »Wir sind *beide* benutzt worden. Wir sind ihnen herzlich gleichgültig. Sie verfolgen nur ihre eigenen, selbstsüchtigen Interessen. Sie haben dich gegen dich selbst verwendet.«

»Du sprichst in Rätseln. Und offenbar weißt du auch nicht,

was du da sagst. Die Leute, von denen du sprichst, sind meine Mutter und mein Vater.«

»Das glaubst du doch wohl selbst nicht. John Hadley ist *mein* Vater, und diese Frau ist *meine* Mutter. Bist du so blind, daß du die Wahrheit nicht mehr sehen kannst?«

Talis blickte sie verdutzt an. Zwar hatte er gewußt, daß da etwas nicht stimmen konnte, aber was das war, hatte er nicht sagen können. Daß Lady Alida nicht seine Mutter war, überraschte ihn nicht. Wer sie auch immer sein mochte: Sie war eine einsame, todkranke Frau, die ihn reich dafür belohnen wollte, wenn er sich wie ein Sohn zu ihr verhielt. Und das würde alles Callie zugute kommen – wenn sie nur Geduld hatte. Wie sehr wünschte er sich, Callie jetzt verraten zu können, was er alles für sie tat und plante, aber das durfte er nicht. Er konnte jetzt nur versuchen, sie zu beruhigen. Alles würde ein gutes Ende nehmen, wenn sie ihm nur vertraute. Wie konnte sie nur an ihm zweifeln?

»Was ist nur los mit dir, Callie? Du bist früher so sanft, so liebevoll, so ... so süß gewesen. Aber jetzt bist du ...«

Sie funkelte ihn wieder wütend an, weil er so gar nichts begriffen hatte. »O ja – ich habe einmal Liebe gegeben, weil ich auch Liebe empfangen habe. Aber in diesem Haus habe ich nur gegeben und nichts dafür bekommen. Und du hast untätig dabeigestanden und zugesehen, wie man mich verbannt, verspottet und gedemütigt hat. Ich bin dir gleichgültig gewesen.«

»Das ist nicht wahr! Du weißt mal wieder nicht, was du da sagst! Wenn du nur wüßtest, was ich alles unternommen habe, damit wir wieder zusammen sein können.« Aber er spürte, wie er sich mit jedem Wort weiter von ihr entfernte. Wie konnte sie auf den Gedanken kommen, daß er nichts für sie übrig hatte? Wie konnte sie daran zweifeln, daß er in jeder Minute seines Daseins nur für sie gelebt hatte? Warum wollte sie nicht begreifen, daß er alles, was er für Lady Alida tat, doch eigentlich nur für sie, für Callie, tat?

»Was hast du denn unternommen, damit wir wieder zusammenkommen? Sag es mir bitte. Ich warte. Verrate mir, was du dafür getan hast, als du hinter Lady Frances hergelaufen bist wie an einer Hundeleine? Und verrate mir jetzt mal, warum ...«, sie senkte die Stimme, »... warum du mich nie gefragt hast, ob ich dich heiraten möchte?«

Talis wußte, daß die Antwort, die er ihr jetzt darauf geben würde, sie verletzen mußte. Aber es war immer noch besser, ihr eine Kränkung – ein vorübergehendes Leid – zuzufügen, als die Schwüre zu brechen, die er Lady Alida geleistet hatte, und damit ihre Zukunft zu zerstören. Er hatte Peniman Manor bereits besichtigt und wünschte sich nichts sehnlicher auf Erden, als ihr diesen Besitz schenken zu können und dort ihre Kinder aufwachsen zu sehen.

»Ich kann dir das nicht sagen«, erwiderte er in der Hoffnung, sie würde ihm vertrauen.

»Es ist also so, wie ich es mir gedacht habe«, erwiderte Callie. »Dein Stolz und dein verdammtes Ehrgefühl bedeuten dir alles und ich bin dir nichts.« Sie wandte sich von ihm ab.

»Callie!« Er faßte nach ihrem Arm. »Ich liebe dich. Du bist mein Leben. Du bist alles für mich. Es ist dir doch sicherlich bewußt, was für ein großes Verlangen ich nach dir habe. Daß ich dich so sehr begehre, wie ein Mann eine Frau überhaupt nur begehren kann. Und wie schwer du mir das Leben in den letzten Wochen gemacht hast, indem du ... du dich nackt vor mir gezeigt hast. Du mußt wissen, daß ich vor Verlangen nach dir sterbe.«

Sie wirbelte zu ihm herum, und dabei flogen ihr die Haare um den Kopf, als wollte sie ihm damit ins Gesicht schlagen. »Mögest du mich immer lieben und begehren, mich aber niemals haben«, sagte sie, und ihre Worte hörten sich an wie ein Fluch.

»Callie«, bettelte er, nach ihr greifend, aber sie wich vor ihm zurück.

»Dann war das also dein letztes Wort? Du wirst mich jetzt nicht heiraten, obwohl ich zu dir sagte, daß mein Leben davon abhängen würde?«

»Einer von uns muß doch vernünftig sein! Solange ich an meine Schwüre gebunden bin, kann ich mich nicht frei entscheiden. Ich kann dir auch nicht sagen, was ich geschworen habe, so gerne ich das auch täte. Du mußt mir vertrauen.«

»Ja, ich soll dir vertrauen, aber mir meinst du nicht vertrauen zu müssen. Ich habe dir die Wahrheit gesagt, aber du willst mir nicht glauben.«

»Callie, mein Herz, du bist überreizt. Wir sollten jetzt ins Haus zurück ...«

»Ja«, fiel sie ihm kalt ins Wort. »Du mußt jetzt zu deinem Vater zurückkehren, der gar nicht dein Vater ist, und zu dieser Frau, die auch nicht deine Mutter ist. Du mußt zu deiner glorreichen Zukunft zurückkehren. Wirst du auch an mich denken, wenn sie dir die Krone aufs Haupt setzen?« Damit lief sie an ihm vorbei, und Kipp rannte ihr nach, um sie noch vor der Tür einzuholen.

Einen Moment lang stand Talis da und kratzte sich am Kopf, weil er aus Callies Verhalten nicht schlau wurde. Natürlich war das nur wieder ein Versuch gewesen, ihn zu verführen, aber diesmal schien sie das Scheitern ihrer Bemühungen viel mehr aufgeregt zu haben als sonst. Und was sie da vorhin zu ihm gesagt hatte, wollte ihm gar nicht gefallen. »Mögest du mich immer lieben und begehren, mich aber niemals haben.« Ihm lief ein kalter Schauer über den Rücken, als er sich an diesen Satz erinnerte.

Noch heute abend, beschloß er, wollte er Lady Alida aufsuchen und von ihr verlangen, ihn von seinen Schwüren zu entbinden. Er konnte die Auswirkungen, die die Trennung auf ihn und Callie hatten, nicht mehr länger verkraften. Vielleicht würde er morgen Callie auf ein Pferd setzen und mit ihr zu Meg und Will zurückkehren. Und wie das Gespräch mit Lady Alida auch immer ausgehen mochte – morgen würde er zu Callie gehen und ihr alles sagen.

Kapitel vierzig

»Habt Ihr schon gehört?« fragte Lady Frances, ihre Nase in die Luft reckend, und legte ihren Kopf dabei auf eine Weise auf die Seite, die Talis geradezu empörend fand. Was für häßliche Sachen wollte sie ihm nun jetzt schon wieder von Callie erzählen?

»Ich bin viel zu sehr mit meinen eigenen Angelegenheiten beschäftigt, um mich darum kümmern zu können, was die Leute hier so alles reden«, antwortete Talis, der gerade sein Schwert an dem großen Schleifstein in einer Ecke des Turnierplatzes schärfte. Dank seiner langjährigen Tätigkeit als Bauer gehörte er zu den wenigen Männern in Hadley Hall, die es verstanden, eine Schwertklinge zu schärfen.

»Eure Callasandra ist vor nicht einmal einer Stunde mit Peter Erondell verheiratet worden.«

»Tatsächlich?« gab Talis gleichmütig zurück. Was würde diesen eifersüchtigen Schnepfe wohl als nächstes einfallen? dachte er bei sich. Natürlich gefiel es ihm, daß sich diese jungen Damen so sehr um ihn rissen, fand ihr Gehabe aber dennoch lästig. »Und wer ist dieser Peter Erondell?«

»Eure Mutter hat ihn nach Hadley Hall geholt. Wie ich hörte, soll sie ihm eine beträchtliche Summe dafür bezahlt haben, daß er Euer Mädchen heiratet. Verständlicherweise, da sie ja nicht unbedingt eine Schönheit ist. Jedenfalls hat sich die kleine Callie recht anständig verhalten und ihr Ehegelübde abgelegt, ohne zu protestieren oder sich zu versprechen. Und jetzt wartet sie natürlich sehnlichst auf ihre Hochzeitsnacht.«

Talis hatte inzwischen mit dem Schleifen seines Schwertes aufgehört und blickte Lady Frances an. »Ihr seid eine Lügnerin.«

»Entschuldigung, Sir, aber so etwas solltet Ihr nicht sagen. Denn es ist die Wahrheit. Sie hat ihn noch am gleichen Tag, an dem sie ihn kennenlernte, geheiratet. Für ein Mädchen wie sie ist er ja auch eine sehr gute Partie. Sie war gut beraten, daß sie ihn genommen hat.«

Natürlich konnte von alledem kein Wort wahr sein, und Talis vermochte sich auch auszumalen, wie sie alle in Hadley Hall über ihn lachen würden, wenn er jetzt auf eine solche Lüge hereinfiel. Am besten war es wohl, bei dieser Farce mitzuspielen und dabei, so gut es ging, seinen Stolz zu bewahren. Aber er spürte, wie allein schon der Gedanke, daß Callie einen anderen Mann heiraten könnte, ihm das Blut so heftig in den Kopf hinauftrieb, daß er kaum noch klar denken konnte.

Langsam und vorsichtig legte er die Schneide seines Schwertes wieder am Wetzstein an. »Und wo findet diese grandiose Hochzeit jetzt statt? Sind denn keine Gäste geladen? Wird dieses Ereignis denn gar nicht gefeiert?« Der Blutandrang in seinem Kopf war so groß, daß er sich jetzt kaum noch an diesen Nachmittag erinnern konnte. Aber ihm fiel jetzt doch wieder ein, daß Callie versucht hatte, ihn glauben zu machen, daß sie einen anderen Mann heiraten müsse. Aber wie in aller Welt war es ihr gelungen, Lady Frances zu überreden, bei dieser Farce mitzumachen? Er, Talis, sollte jetzt natürlich wütend zu Callie laufen und sie bitten, *ihn* zu heiraten. Aber das würde nicht funktionieren. Er würde auf diesen Trick nicht hereinfallen. Er …

»Wo ist sie?« hörte er sich fragen und stellte dann zu seinem Entsetzen fest, daß er die frischgeschliffene Klinge seines Schwerts an Lady Frances' schöne weiße Kehle gesetzt hatte.

»Ihr könnt mich zwar umbringen, wenn Ihr das müßt, aber das wird an der ganzen Sache nichts mehr ändern«, sagte Lady Frances mit dem unerschütterlichen Vertrauen einer schönen Frau in ihr Aussehen. Kein Mann auf dieser Welt würde *ihr* doch etwas zuleide tun.

Frances lächelte süß, als Talis sein Schwert nun wieder von ihrem Hals nahm. »Sie befindet sich in diesem Augenblick in der Kammer neben Lady Alidas Zimmer und erwartet dort ihren Bräutigam.«

Da ließ Talis Lady Frances einfach stehen, und ihr Gelächter schallte über den Hof, als er so schnell, wie ihn seine Beine tragen wollten, ins Haus lief. Alles, woran er jetzt denken konnte, war, daß er Callie den Hals umdrehen würde, wenn er sie sah. Andererseits fühlte er sich auch wieder geschmeichelt, daß sie ihm abermals einen Beweis ihrer Liebe lieferte. Vielleicht hatte Callie doch recht, wenn sie sagte, er sollte Lady Alida gegenüber bestimmter auftreten. Und vielleicht hatten auch James, Philip und Hugh recht, wenn sie ihn vor Lady Alida warnten, dieser Frau, die behauptete, seine Mutter zu sein – aber stimmte das auch?

Da stürmten so viele Gedanken gleichzeitig auf ihn ein, daß er sie nicht mehr zu ordnen vermochte, während er die Treppe zu der Kammer hinaufrannte.

Callie war allein in dem verdunkelten Raum. Nur eine Kerze brannte in der entfernten Ecke der Kammer. Sie saß auf dem Rand des schmalen Bettes, das sich darin befand, und blickte nicht auf, als er hereinkam. Er konnte spüren, wie elend sie sich fühlte. Diesmal war es keine List, kein Trick, mit dem sie etwas bei ihm erreichen wollte.

Er ging zu ihr, kniete vor ihr nieder, nahm ihre Hände in seine – und da blieb ihm fast das Herz stehen. Da war nichts in ihren Augen. Absolut nichts. Es war fast so, als hätte ihre Seele den Körper verlassen.

Talis weigerte sich, an das zu denken, was er gerade unten im Hof gehört hatte. Das konnte es nicht sein, was Callie so sehr belastete. »Was ist passiert?« fragte er. »Ist es Meg? Oder Will? Hast du eine Nachricht von zu Hause erhalten?« Als er das sagte, wurde ihm bewußt, daß nur bei Meg und Will sein Zuhause war, und daß er sich nichts lieber wünschte auf dieser Welt, als zu den beiden zurückzukehren.

»Komm«, sagte er zu ihr. »Wir wollen dieses Haus verlassen. Laß uns heimgehen zu Meg und Will.«

Aber Callie bewegte sich nicht. Sie streckte nur ihre Hand aus und streichelte ihm die Wange.

Da nahm er ihre Hand und küßte sie. Wenn es ihm jetzt vielleicht auch nicht möglich war, zu denken, so war er doch imstande, zu fühlen, was in ihr vorging. Das strömte nun alles in ihn hinein.

»Was hast du gemacht?« flüsterte er, obwohl ein Teil von ihm es bereits wußte und die Angst, es nun auch noch von ihr zu hören, fast unerträglich war.

Als er sie anblickte, konnte es für ihn keinen Zweifel mehr geben. Da wußte er, daß sie getan hatte, was sie ihm angedroht hatte.

Was ihn nun überkam, war größer und mächtiger als der Zorn. Es war glühender Haß. Haß und Liebe, die sich zueinander verhielten wie die Vorder- und Rückseite einer Münze. Er erhob sich von den Knien, trat ans Fenster und schaute hinunter in den Hof, ohne etwas zu sehen. »Du hast einen anderen geheiratet?« sagte er, die Kiefer wütend aufeinanderpressend, während ihm das ganze Ausmaß ihres Verrats noch gar nicht bewußt war.

Callie nickte stumm, den Blick auf ihre Hände gerichtet.

Tausend Worte gingen Talis nun durch den Kopf, tausend Bilder standen ihm jetzt vor Augen. Er sah sie, wie sie mit dem Kopf nach unten in den Schweinekoben gefallen war. Er sah sie in einem Apfelbaum sitzen und mit den nackten Beinen baumeln. Er sah sie, wie sie vor zwei Wochen nackt vor ihm im Stroh gestanden hatte. Er sah sie mit ihren Kindern. Er sah all das, was er getan hatte, um ihr ein Heim und eine gesicherte Zukunft zu verschaffen.

»Warum?« war alles, was er sagen konnte. Tausend Worte und tausend Träume verdichteten sich zu diesem einen Wort.

»Mit diesem Schritt habe ich dich der Welt zurückgegeben«, antwortete sie. »Dein Vater kann dich jetzt zum König von England machen.«

Zuerst ergaben ihre Worte für ihn keinen Sinn, doch dann fielen ihm wieder die Dinge ein, die Lady Alida zu ihm gesagt hatte. Daß Gilbert Rasher mit der Königin verwandt wäre. Sie hatte mehr als einmal darüber mit ihm gesprochen. Aber Talis hatte keinen Gedanken darauf verschwendet. Und als sie ihn einmal gefragt hatte, ob er gerne König von England sein würde, hatte er nur gelacht. »Ich möchte nur Callie haben und das, was mir zusteht«, hatte er gesagt, und nie etwas ernster gemeint als diese Worte.

Als er Callie jetzt ansah, kräuselten sich seine Lippen verächtlich. »Kennst du mich so wenig, daß du annehmen konntest, ich würde mich mit so einem Gedanken tragen? Glaubtest du etwa, ich würde mein Leben einem Land widmen wollen, während doch alles, was ich mir wünschte, nur ...« Er konnte dieses Wort jetzt nicht aussprechen. Als er sie ansah, wurde ihm bewußt, daß er die Frau eines anderen Mannes anblickte. Die Ehefrau eines anderen!

»Du wolltest mich nicht haben«, flüsterte sie. »Ich habe dich gefragt, aber du wolltest mich nicht haben.«

Talis wurde so wütend, daß er am ganzen Leib zitterte. Und so erzählte er ihr nun die Wahrheit. Die Schwüre, die er vor Gott geleistet hatte, bedeuteten ihm jetzt nichts mehr. Was kümmerte ihn schon seine unsterbliche Seele, wenn er Callie verlor?

Er erzählte ihr von seinen Schwüren. Und wie hart er daran gearbeitet hatte, Peniman Manor für sie zu gewinnen, damit sie dort zusammen mit Will und Meg wohnen sollten.

»Aber du konntest ja nicht auf mich warten«, sagte er. »Es war dir ja nicht möglich, mir zu vertrauen oder an mich zu glauben. Du mußtest ja ...« Er konnte nicht mehr weitersprechen, konnte es nicht mehr ertragen, im gleichen Raum mit ihr zu sein. Er hatte nur für sie gelebt, sein ganzes Leben auf sie abgestellt, und sie hatte ihn verraten.

»Und nun hast du also einen Ehemann«, sagte er mit versagender Stimme. Er durfte nicht daran denken, daß ein anderer Mann Callie berührte – konnte den Gedanken daran nicht ertragen.

»Mögest du niemals jemand anderen lieben als mich«, sagte er und ging aus dem Zimmer.

Eine Stunde später wurde Callie vermißt, und Lady Alida schickte alle Dienstboten los, damit sie nach ihr suchten. Als man dann feststellte, daß auch Talis verschwunden war, nahm man zunächst an, daß sie gemeinsam durchgebrannt wären.

Aber es war Dorothy, die davon überzeugt war, daß Callie und

Talis nicht zusammen geflüchtet sein konnten. Als sie erfuhr, was ihre Mutter getan hatte, war sie außer sich vor Zorn. Wenn man Callie und Talis trennte, war das so, als würde man ein Haus in der Mitte durchsägen – keine der beiden Hälften konnte für sich allein bestehen.

Als Dorothy sah, wie aufgeregt Penella war, bekreuzigte sie sich, denn sie ahnte, was Alidas Kammerzofe ihr jetzt sagen würde.

»Wo ist sie?« fragte Dorothy.

»Es ist meine Schuld«, jammerte Penella und war fast von Sinnen vor Angst. »Ich hätte mich nicht einmischen sollen, Gott hat mich dafür bestraft. Es ist meine Schuld. Ich hätte das Feuer nicht aufhalten sollen.«

Dorothy rüttelte die Frau an den Schultern. »Wo ist Callie?«

»Das Feuer. Das Feuer«, sagte da Penella immer wieder. »Ich konnte sie nicht wecken. Sie ist ja schon zum zweitenmal darin gestorben.«

Als Dorothy sah, daß die Hände der Magd schwarz waren von Ruß, wußte sie, daß Callie sich in dem Turm der alten abgebrannten Burg aufhalten mußte. Sie mochte nicht an den zweiten Satz denken, den Penella gesagt hatte. Er gefiel ihr ganz und gar nicht.

Es kam Dorothy so vor, als wäre ganz Hadley Hall ein einziges Chaos. Ihr Vater hatte inzwischen entdeckt, daß seine Frau etwas getan hatte, was seinen geliebten Talis schrecklich erzürnt haben mußte, und brüllte nun jeden an, der ihm vor die Augen kam.

»Wo ist Talis?« rief Dorothy Hugh zu, das Brüllen ihres Vaters übertönend.

Als Hugh sie daraufhin ansah, hätte sie sich am liebsten in einem dunklen Winkel der Halle verkrochen; denn Hughs Augen waren schwarz vor Verzweiflung. »Sie haben den Geist des Jungen getötet. Wenn sie ihm mit einem Messer die Kehle durchgeschnitten hätten, wäre das barmherziger gewesen.«

»Wo ist er?« forschte Dorothy.

»Im Stall. Aber es ist so, als wäre er nur noch eine leere Hülle. Als wäre er bereits aus dem Leben geschieden.«

Ihre Röcke anhebend, lief Dorothy nun aus der Halle, und als sie die Stallungen erreicht hatte, mußte sie sich mit beiden Ellenbogen einen Weg durch die Menge bahnen, um bis zu Talis vorzudringen. Sie scherte sich nicht darum, daß die Leute sie wüst beschimpften oder ihr sagten, sie solle sich gefälligst um ihre eigenen Angelegenheiten kümmern.

»Komm«, sagte sie zu Talis und streckte ihm ihre Hand hin.

Drei Frauen versuchten zwar, sie von Talis wegzudrängen, aber Dorothy glaubte sich das nicht gefallen lassen zu müssen, und setzte sich energisch zur Wehr. »Komm!« befahl sie Talis nun in strengem Ton.

Da erhob er sich wie in Trance von dem Schemel, auf dem er inmitten der Menge hockte, ergriff ihre Hand und verließ mit ihr den Stall. Als die Menge sich nun anschickte, ihnen zu folgen, schrie Dorothy, daß sie zurückbleiben sollten. Und wider Erwarten gehorchten sie ihr diesmal auch.

Sie waren beide noch ein gutes Stück von der alten Burgruine entfernt, als Talis den Kopf hob, als habe ihm der kalte Nachtwind irgendein Geräusch zugetragen. Im nächsten Moment ließ er Dorothys Hand los und begann so schnell zu laufen, daß sie unmöglich mit ihm Schritt halten konnte.

Als Talis die Ruine erreicht hatte, rannte er, immer zwei Stufen auf einmal nehmend, die Treppe zur Zinne des alten Burgturms hinauf. Dieser hatte in ihrem Leben schon zweimal eine wichtige Rolle gespielt. Hier waren sie vor dem Tod in den Flammen gerettet worden. Hier hatten sie zusammen gelacht, als er ihr Korsett und ihren Kopfputz über die Brustwehr hinuntergeschleudert hatte. Hier waren sie ein paar Stunden lang glücklich gewesen.

Callie saß, als er auf der Turmspitze angelangt war, auf der Brustwehr, sich mit einer Hand an ihr festhaltend, während die andere leblos an ihrer Seite herabhing. Als sie ihn hörte, wandte sie sich nicht nach ihm um.

»Callie«, sagte er, den Kopf an ihre Brust legend, »Callie, was hast du gemacht?«

Sie legte ihm die Hand auf den Kopf, spürte noch seine

gelockten Haare unter ihren Fingern, aber da war kein Leben mehr in ihrer Hand, kein Leben mehr in ihrem Körper.

»Ich gebe dir die Freiheit wieder«, flüsterte sie.

Er weinte, und ihr Busen wurde naß von seinen Tränen. »Ich wollte nie meine Freiheit haben. Ich wollte immer nur dich. Callie, bitte, verlaß mich jetzt nicht. Ich kann nicht ohne dich leben.«

»Doch«, sagte sie, »du kannst ohne mich leben. Du mußt jetzt für mich leben. Du wirst ein König sein. Du wirst der größte König sein, den die Welt jemals gesehen hat.«

»Nein«, sagte er, mit riesengroßen tränennassen Augen zu ihr aufblickend. Er wußte, ohne daß ihm das erst jemand sagen mußte, daß sie etwas aus ihrem scheußlichen Garten gegessen hatte. Er konnte spüren, wie sie mit jeder Sekunde schwächer wurde, das Leben langsam aus ihrem Körper entwich. »Ohne dich will ich nichts sein. Warum hast du mir nichts davon gesagt? Warum hast du ...«

Sie legte ihm die Finger auf die Lippen. »Es ist vorbei. Talis, ich habe dich geliebt. Ich habe dich so sehr geliebt, wie ein Mensch dich überhaupt lieben kann. Ich liebte dich von ganzem Herzen und mit meiner ganzen Seele. Mehr hätte ich gar nicht lieben können, wie ich es tat. Aber ich spürte, daß das nicht ausreichte, um dich dazu zu bringen, mich ebenso zu lieben wie ich dich. Ich spüre, daß ich da irgendwo versagt haben muß.«

»Nein, nein«, sagte er da. »Ich liebte dich. Ich liebte dich mehr als mein ...«

Aber er merkte, daß sie ihn nun nicht mehr hören konnte. Daß sie im Begriff war, ihr Leben auszuhauchen.

Wie sollte er jetzt ohne Callie weiterleben? Was für einen Sinn würde sein Leben noch haben, wenn sie nicht mehr an seiner Seite war? Er dachte an die vielen Jahre, in denen er ihr Lachen nicht mehr hören, in denen sie nicht mehr da sein würde, um ihm zu sagen, wie wunderbar er doch sei und daß er alles vollbringen, alles sein, alles erreichen könnte, was man im Leben überhaupt erreichen kann.

»Ohne dich bin ich nichts«, flüsterte er. Er spürte, wie das

Leben jetzt ihren Körper verließ. Es war so, als habe jemand mit einer Nadel eine Ader an seinem Körper aufgestochen, aus der nun sein eigenes Blut herausströmte. Denn sie war die andere Hälfte von ihm, und diese starb jetzt mit ihr.

Behutsam, vorsichtig nahm er ihren fast leblosen Körper in seine Arme und kletterte mit ihr auf die Brustwehr. Er überlegte gar nicht erst, was er da tat. Das war auch nicht nötig.

Als er nun seinen Mund auf ihre Lippen preßte, öffnete sie noch einmal die Lider und sah ihn an. Sie mußte gar nicht erst hinunterblicken, um zu erkennen, daß er auf der Brustwehr stand und wie viele Meter sich zwischen ihm und dem Boden befanden. »Nein«, flüsterte sie, ihm in die Augen sehend, doch es war nur noch ein schwacher Protest.

Und mit der letzten Kraft, die noch in ihrem Körper steckte, hob sie die Arme, schlang sie ihm um den Hals und küßte ihn. Und als er nun den Schritt hinaus ins Leere machte, löste sie ihre Lippen nicht mehr von seinem Mund.

John Hadley traf gerade noch rechtzeitig bei der Burgruine ein, um seinen geliebten Sohn auf den Steinen des Burghofs zerschellen zu sehen. Einen Moment lang stand er benommen da und blickte stumm auf die Leichen der beiden jungen Leute hinunter, die noch im Tode so fest miteinander verschlungen waren, daß man nicht sagen konnte, wo der eine Körper aufhörte und der andere begann. Und zu Callies Füßen lag der zerschmetterte Körper des kleinen Affen, den Talis ihr geschenkt und den sie so geliebt hatte.

Dann warf John Hadley den Kopf in den Nacken und schrie so laut, daß man das Echo noch in den vielen Meilen entfernten Hügeln hören konnte. »Nein, Gott, nein!« schrie er und warf sich dann über die Körper der beiden jungen Toten.

Zwei unschuldige junge Menschen waren gestorben, weil sie sich zu sehr geliebt, jedoch andere sie zu wenig geliebt hatten.

Kapitel einundvierzig

Nachdem die Kunde von Talis' Tod Hadley Hall erreicht hatte, schienen auch die beiden Eltern ihren Lebenswillen zu verlieren. Lady Alida dämmerte noch ein paar Stunden dahin, ehe sie noch in der gleichen Nacht das Zeitliche segnete.

»Die Hölle ist um eine Seele reicher«, erklärte Penella, die jetzt keinen Hehl mehr machte aus ihrem Haß auf Lady Alida.

Und über Nacht wurde John Hadley zu einem gebrochenen Mann, der keinen Anteil an seiner Umgebung mehr zu nehmen schien.

Aber da lag etwas Düsteres über Hadley Hall, das selbst mit dem Tod dieser beiden jungen Menschen nicht zu erklären war. Es war so, als hingen ständig dunkle Wolken über diesem doch so schönen Haus mit der alten Burgruine im Hintergrund.

»Diesem Haus fehlt es an Liebe«, sagte Hugh, ehe er sich auf sein Pferd schwang und Hadley Hall für immer den Rücken kehrte. »Doch eine Weile lang hatte sie hier Einzug gehalten, und wir haben das alle gespürt. Nachdem wir bereits resigniert und uns mit der Lieblosigkeit abgefunden hatten, die den Umgang der Menschen miteinander in diesem Haus auszeichnete, haben diese beiden Kinder uns wieder Hoffnung gemacht und ein Licht in unseren Herzen angezündet. Und sie haben mich wieder an etwas erinnert, was ich längst vergessen zu haben glaubte – an die Größe und Unbestechlichkeit der Gefühle, die uns wahre Liebe bescheren kann. Und es hat wohl keinen hier gegeben, der von der Liebe der beiden füreinander nicht berührt gewesen wäre.«

Und das traf in der Tat zu. Nach dem Tod ihrer Mutter verlor Edith keine Minute Zeit, um sich den nun frei gewordenen Peter Erondell zu schnappen. Sie wurde mit ihm getraut, noch ehe sie seinen Namen wußte. Dann sorgte sie dafür, daß auch ihre jüngeren, noch ledigen Schwestern rasch einen Ehemann bekamen. Da John nun ein alter, gebrochener Mann war, der sich nicht mehr darum kümmerte, was mit dem Geld passierte, das er sein Leben lang gehortet hatte, war es auch kein so großes Problem mehr wie früher, heiratswillige Männer für seine Töchter zu finden.

Auch Penella verlor keine Minute Zeit, um sich als Haushälterin für den seelisch gebrochenen John in Hadley Hall zu etablieren, und tatsächlich war sein Besitz noch nie so gut verwaltet worden wie unter Penellas Regie. Es gelang ihr ohne große Mühe, John dazu zu überreden, Alida nicht in ihrem kostbaren Peniman Manor beerdigen zu lassen. Alida hatte diesen reichen Landsitz schließlich nur immer dazu benutzt, Personen damit zu ködern oder zu erpressen. Und weil sie ihn zu ihren Lebzeiten nicht hatte hergeben wollen, sollte er ihr auch im Tode nicht gehören.

Nachdem Talis und Callie aus dem Leben geschieden waren, blieb außer John und Penella kaum eine Seele mehr in Hadley Hall; denn wie Hugh so zutreffend bemerkt hatte, wohnte keine Liebe unter diesem Dach. Und deshalb verließen nun auch die Kinder nacheinander das Haus, da keines von ihnen in der Nähe ihres Vaters oder in Hadley Hall bleiben mochte.

Gilbert Rasher wurde auf seinem Weg nach Hadley Hall, wo er seinen Sohn für sich beanspruchen und ihn zum König von England machen wollte, mit seinen Söhnen, von denen er begleitet wurde, von Straßenräubern überfallen und getötet, als sie diesen nicht die paar Groschen überlassen wollten, die sie in der Tasche hatten.

Es war drei Jahre nach dem Tod von Callie und Talis, daß Penella John vorschlug, den beiden Kindern ein Denkmal zu setzen. Deshalb ließ John zum Andenken an die beiden eine sehr schöne Kapelle errichten – mit Marmorfliesen und einer Kassettendecke und einem großen Sarkophag, auf dem, die Gesichter einander zugewandt und sich bis in alle Ewigkeit einander in die Augen sehend, die lebensgroßen Statuen von Callie und Talis auf einem mit Quasten versehenen Kissen aus reinstem weißem Marmor ruhten, und das kleine Äffchen, zu den beiden aufschauend, sich um Callies Knöchel ringelte. Über den Köpfen der beiden schwebten zwei Tauben, die mit ihren Schnäbeln einen Marmorbaldachin auseinanderfalteten, als würde der Betrachter etwas sehen, was eigentlich nicht für fremde Augen bestimmt war.

An der Vorderseite des Sarkophags war eine Messingtafel angebracht, auf der stand:

IN DER GLEICHEN STUNDE GEBOREN

IN DER GLEICHEN STUNDE GESTORBEN

GETRENNT IM LEBEN

VEREINT IM TOD

Teil drei

Kapitel zweiundvierzig

Ich weinte, als ich aus meiner Trance erwachte, und einen Moment lang erkannte ich die beiden nicht, die sich über mich beugten. Der eine war ein junger Mann mit einem seltsam schmutzigen Gesicht. Es sah so aus, als wäre es mit einer Schicht billiger und sich teilweise in Schweißperlen auflösender Schminke versehen, die einer ungewöhnlich blassen Haut etwas Farbe verleihen sollte.

»Wir dachten, es wäre aus mit Ihnen«, sagte er mit einem Akzent, der mir verriet, daß er keine sonderlich gute Schulbildung genossen haben konnte.

»Du warst *tot*«, flüsterte ein hübsches Mädchen, das rechts von mir stand.

Den Kopf zur Seite drehend, blickte ich in die Augen von Edith – die Frau, die in der Zeit Elizabeths I. meine ältere Schwester gewesen war. Mit einiger Mühe gelang es mir, mich daran zu erinnern, daß sie jetzt Ellen hieß und unbedingt einen Ehemann haben wollte. Kein Wunder, dachte ich, nach allem, was sie sich von ihrer Mutter hatte gefallen lassen müssen.

Ich wollte mich von der harten kleinen Couch erheben, auf der ich jetzt lag, war aber so schwach, daß ich wieder auf das Polster zurückfiel. Wann waren eigentlich solche Polstermöbel erfunden worden? Und warum schien ich mich an Fahrzeuge erinnern zu können, die keine Pferde zur Fortbewegung benötigten?

»Catherine«, sagte Ellen/Edith, »wir müssen nach Hause. Es ist schon spät und du hast einen … einen schweren Tag hinter dir.«

Ich schätze, daß ein Selbstmord ganz schön müde machen kann, dachte ich bei mir, während ich den beiden erlaubte, mir von der Couch herunterzuhelfen. Ganz zu schweigen von einer so tiefen hypnotischen Trance, daß ich fast in ein Koma verfallen und gestorben wäre. Der junge Mann stand bereits bei der offenen Tür und hatte es offenbar eilig, uns beide loszuwerden, bevor man ihn unter Mordverdacht verhaftete.

Ich war Ellen keine große Hilfe, als sie mich nun in ein Automobil verfrachtete und mich damit zum Haus ihres Bruders zurückbrachte. Ich befand mich noch immer in einem Zustand hochgradiger Erschöpfung, als mich dort meine Zofe auskleidete und zu Bett brachte. Ich hatte kaum das Kissen mit dem Kopf berührt, als ich auch schon eingeschlafen war.

Als ich am Morgen erwachte, fühlte ich mich schon viel besser, wenn auch von einem rasenden Hunger geplagt. Inzwischen hatte sich auch mein Gedächtnis soweit erholt, daß ich mich offenbar wieder an alles erinnern konnte: an mein Leben 1994 in New York; an das zur Zeit Eduards VII. und letztendlich an das mit Talis.

Nachdem ich nach meiner Zofe geklingelt hatte, ließ ich meine Gedanken wandern, als würde ich Stoff für ein neues Buch sammeln. Ich wollte mich an alles erinnern.

Nun begriff ich auch die Feindseligkeit von Tavistocks alter Amme und mein mir bisher unerklärliches Verlangen, diese so für mich einzunehmen, daß sie mich liebte. Denn Aya war Alida, meine zur Zeit Elizabeth I. leibliche Mutter. Und in diesem Leben – im Zeitalter Eduards VII. – hatte sie es nun endlich geschafft, Talis gewissermaßen zu ihrem Sohn zu machen. Schließlich kam eine Amme einer Mutter ja recht nahe. Und Tavistock behielt sie zweifellos nur deshalb bei sich im Haus, weil Talis in dem Glauben gestorben war, sie habe nur sein Bestes gewollt.

Tavistocks Onkel Hubert war Hugh Kellon, der nach ein paar hundert Jahren noch immer bemüht war, uns zusammenzubringen.

Lächelnd betrachtete ich die Unterseite meines Betthimmels. Dorothy war Daria, die noch immer meinen Geschichten lauschte und sich noch immer viele Männer wünschte. Dieser Wunsch war in Erfüllung gegangen, denn die Männer beteten sie an. Es gab keinen Mann, der achtlos an Daria vorübergegangen wäre. Ich mußte das wissen. Wir waren schließlich seit Jahrhunderten miteinander befreundet.

Ich schnitt eine Grimasse, als ich nun an Fiona denken mußte. Ich hatte die Dame zwar noch nicht gesehen, war mir aber ziemlich sicher, daß sie Lady Frances sein mußte und seit Jahrhunderten hinter meinem Mann hergewesen war.

Als meine Zofe mit einem Tablett ins Zimmer kam, das sie auf meinen Knien abstellte, sah ich sie mir sehr genau an. Hatte ich sie bereits in der Vergangenheit gekannt? Ich konnte mich nicht erinnern, ihr dort bereits begegnet zu sein.

»Haben Sie noch einen Wunsch, Madam?« fragte sie mich.

»Nein, danke. Ich fühle mich schon viel besser, nachdem ich eine Nacht geschlafen habe.«

Darauf erwiderte sie mit einem Lächeln: »Sie haben zwei Nächte und einen Tag geschlafen, Madam. Seine Lordschaft hatte uns Anweisung gegeben, Sie keinesfalls zu stören.«

Nachdem die Zofe das Zimmer wieder verlassen hatte, verzehrte ich alles, was sie mir gebracht hatte. Ich hätte vielleicht sogar noch die Blumen gegessen, die in einer Vase darauf standen, wenn diese genießbar gewesen wären. Zwei Nächte und ein Tag, dachte ich lächelnd. Kein Wunder, daß ich das Gefühl hatte, ich hätte unter einem tausend Pfund schweren Berg von Decken geruht.

Als ich mit dem Essen fertig war, kam mein Mann zu mir. Einen Moment wurde ich so von Gefühlen überwältigt, daß ich am ganzen Körper zitterte, als ich ihn ansah und mich an alles erinnerte, was wir füreinander gewesen waren. Er hatte damals ohne mich nicht mehr leben wollen, und ich wollte auch nicht mehr ohne ihn leben.

»Ich freue mich, zu sehen, daß es dir wieder besser geht«, sagte er förmlich.

Ich wußte nun, wie er wirklich war – was für ein weicher Kern in dieser harten Schale steckte und wie verletzlich er war. Wie ich, dachte ich bei mir. Die Leute halten mich zwar für kaltherzig und zynisch, aber das bin ich gar nicht.

»Tally«, sagte ich, ohne erst nachzudenken, und wollte nach seiner Hand fassen.

Doch er überließ sie mir nicht. »Nun hast du sogar meinen Namen vergessen.«

»Nein, das habe ich nicht. Es ist nur so, daß ich ...« Daß ich was? Daß ich so viel mehr wußte als er? »Tavey, ich möchte, daß wir es noch einmal miteinander versuchen. Wir lieben uns doch. Ich weiß, daß du mich liebst. Du hast mich schon immer geliebt und wirst mich auch immer lieben.«

Einen Moment lang sah es so aus, als habe er Tränen in den Augen, aber er faßte sich rasch. »Ja«, sagte er mit barscher Stimme. »Ich habe dich immer geliebt, aber du und ich ... wir können nicht ...« Als er den Satz nicht zu Ende sprechen konnte, drehte er sich um und verließ rasch das Zimmer.

»Ja«, sagte ich laut. »Ich weiß. Wir können es nicht.«

»Mögest du niemals einen anderen Mann lieben als mich«, hatte Talis gesagt.

»Mögest du mich immer lieben und begehren, aber mich niemals haben«, hatte Callie gesagt.

Nora hatte mir erzählt, daß es Flüche seien, die mich und meinen Seelenverwandten voneinander getrennt hielten und uns daran hinderten, einander zu vertrauen. Und daß unausgeräumte Differenzen in einem späteren Leben – jetzt, zur Zeit Eduards VII. – uns daran hinderten, im Jahre 1994 zueinander zu finden.

Nach allem, was ich zur Zeit Elizabeths I. erlebt hatte – nachdem ich dort erfahren hatte, wie sehr man Talis und Callasandra manipuliert, getäuscht und hintergangen hatte –, war ich bereit, zu vergeben und zu vergessen.

»Ich nehme hiermit meinen Fluch zurück«, sagte ich laut, halb im Scherz, ins Zimmer hinein, aber als ich nun ein seltsames Kribbeln auf der Haut spürte und mir ein kalter Schauer über den Rücken lief, wurde mir bewußt, daß so ein Fluch nicht so leicht wieder rückgängig zu machen sei, den man einmal feierlich ausgesprochen hatte.

Wie konnte ich also diesen Fluch wieder von meinem Seelenverwandten nehmen?

Da dachte ich an Nora und wie sehr ich mir wünschte, daß sie jetzt hier sei und mir sagte, was ich tun sollte. Brauchte man für die Rücknahme von Flüchen vielleicht eine Kristallkugel oder eine Puppe mit dem Konterfei des Verfluchten? Oder gehörten dazu tote Frösche und pulverisierte Nashörner?

Während ich solchen Überlegungen nachhing, entdeckte ich, daß man mir mit dem Frühstück auch die Zeitung aufs Zimmer gebracht hatte, die in einem Netz unter dem Tablett steckte. Nun bin ich zwar noch nie eine große Zeitungsleserin gewesen, aber als ich dann das Datum auf dem Titelblatt sah – den 8. Juni –, wußte ich einen Moment nicht, warum mir der Schreck in alle Glieder fuhr. Doch dann fiel es mir wieder ein: Heute würden Tavistock und ich sterben. Heute würde uns jemand umbringen – oder wir würden uns selbst töten –, und meine Leiche würde niemals gefunden werden.

Bei dieser Erinnerung verging mir jeglicher Humor. Mord ist eine ernste Sache.

Da schob sich nun sogleich die Frage in den Vordergrund meines Bewußtseins, ob sich denn dieser doppelte Tod nicht verhindern ließe, und wenn ja, auf welche Weise. Und falls das nicht möglich sein sollte, ob ich denn wieder aus dieser Zeit entfliehen könnte, bevor sich diese doppelte Tragödie ereignete.

Da fiel mir ein Satz ein, den Nora bei einer unserer Sitzungen zu mir gesagt hatte: »Sie werden sehr glücklich sein miteinander. Aber Sie müssen noch sehr viel lernen, ehe Sie ihn wiederfinden.«

Lernen, dachte ich. Was mußte ich denn noch lernen? Daß ein früheres Leben in einem späteren nachwirkt? Daß man niemals, so wütend man auch auf einen anderen Menschen sein mochte, diesen niemals mit einem Fluch belegen sollte?

Als ich nun dort unter einem viktorianischen Betthimmel lag, wurde mir klar, was ich lernen mußte: daß die Liebe im Leben alles bedeutet. Nora hatte recht gehabt: Ich hatte Steven nur heiraten wollen, weil ich Angst hatte, nur noch wenige fruchtbare Jahre zu haben, in denen ich ein Kind empfangen konnte. Und deshalb hatte ich gemeint, ich sollte jetzt besser gleich heiraten. In Wahrheit hatte ich Steve gar nicht geliebt. Der Beweis dafür war, daß ich ihn für perfekt gehalten hatte. Tavistock war nicht perfekt. Tatsächlich war er die unvollkommenste Person, die man sich denken konnte. Er war eitel, arrogant, stolz, und er glaubte, ich sei nichts anderes als sein ebenfalls unvollkommenes weibliches Gegenstück. Alles in allem war er geradezu scheußlich.

Bei diesen Gedanken schlug ich die Hände vors Gesicht und begann zu weinen. Vielleicht war er scheußlich, unfair und unausstehlich. Vielleicht erwartete er tausendmal mehr von mir, als er mir zu geben bereit war. Aber er gehörte *mir*. Er gehörte mir so sehr, wie mir noch kein anderer jemals gehört hatte oder in Zukunft gehören würde.

»Mögest du niemals jemand anderen lieben als mich«, hatte er gesagt. Und das hatte ich auch nicht und würde es auch niemals tun.

»Ich muß diesen Fluch rückgängig machen«, sagte ich laut. »Ich muß diesen Fluch loswerden!«

Aber wie? Ich hatte keine Ahnung, wie man Flüche beseitigt. Ich wußte nur, wie man Geschichten erfinden und andere Leute damit unterhalten kann. Wenn ich nun eine Geschichte erzählen müßte, in der sich jemand mit einem solchen Problem herumgeschlagen hat? dachte ich und lächelte. Wenn ich darüber etwas schreiben müßte, würde ich ...

Ich setzte mich kerzengerade im Bett auf. Wie Scarlett schöpfte ich meine Kraft aus der Natur. Wenn ich in New York über ein Problem nachdenken mußte, ging ich in den Central Park und lief dort, falls nötig, stundenlang herum. Ich mußte mich jetzt anziehen, in den Garten hinausgehen und mir überlegen, was meine Heldin – ich – tun mußte, um sich von diesem Fluch zu befreien.

Vier Stunden später waren meine Beine müde, aber ich hatte einen Plot – vielmehr einen Plan. Alles, was ich nun brauchte, war etwas Schwarzpulver, ein paar Kosmetikartikel, ein Haarfärbemittel und eine tüchtige Portion Glück.

Als ich ins Haus zurückging, wünschte ich mir nicht nur, daß mir mein Vorhaben gelingen möge – ich betete sogar darum.

Kapitel dreiundvierzig

Adam Tavistock, Lord de Grey, ritt das Pferd so, als wäre es ein Teil von ihm. Seine langen Beine umklammerten die schwitzenden Flanken des Tieres, als es über Hecken und Gräben sprang. Schlamm spritzte ihm gegen die Brust, Dornenranken rissen an seinen Kleidern und peitschten ihm ins Gesicht. Aber das alles konnte Tavistock nicht davon abhalten, sein Pferd zu noch größerer Eile anzutreiben. Wenn es eine Möglichkeit gegeben hätte, wäre er vor sich selbst geflüchtet. Am liebsten wäre er so schnell geritten, daß er seine Seele hinter sich gelassen hätte.

Aber wohin wollte er sich denn flüchten? In die willigen Arme von Fiona? Wenn er sie betrachtete, war er zuweilen von ihrer Schönheit bezaubert, aber in den meisten Fällen schlief er in ihrer Gegenwart fast ein.

Sie ist so schön, daß sie keinen Humor zu haben braucht, dachte er, während sein Pferd über eine Hecke hinwegsegelte. Sie hat noch nie einen Mann zum Lachen bringen, noch nie jemanden unterhalten müssen. Es genügte, daß sie einfach dasaß, um die meisten Leute zufriedenzustellen. Ihre bloße Gegenwart reichte dafür zumeist aus. Es schien kaum jemanden zu stören, daß sie niemals zuhörte, was man sagte. Aber warum sollte sie lernen, zuzuhören, wenn sie doch nie etwas zu sagen hatte?

Und trotzdem hatte Tavistock vor, sie zu heiraten. Aber

warum? fragte er sich nun, obwohl er die Antwort doch längst wußte. Er wollte Catherine eifersüchtig machen. Catherine schien Fiona zu hassen – ehrlich zu hassen. Als Tavistock die schöne Fiona zum erstenmal gesehen hatte, hatte er sie kaum beachtet. Er hatte lediglich zur Kenntnis genommen, daß sie außerordentlich hübsch war. Aber er hatte niemals daran gedacht, sie besitzen zu wollen. Und wie es ihm nie eingefallen wäre, im Hause eines Freundes ein Gemälde von der Wand zu nehmen, wäre er auch nie auf die Idee gekommen, Fiona zu seiner Frau zu machen.

Erst Catherines Feindseligkeit, ihr spontaner Haß auf diese Frau, hatte sein Interesse für Fiona geweckt. Aus einem ihm unerfindlichen Grund schien Catherine zu glauben, daß er, Tavistock, in die göttliche Lady Fiona vergafft sei. Catherines unbegründete Eifersucht hatte ihn dazu veranlaßt, von Fiona viel mehr Notiz zu nehmen, als er das unter normalen Umständen getan hätte.

Sein Pferd übersprang einen Bach und wäre bei der Landung auf dem gegenüberliegenden Steilufer fast abgerutscht und gestürzt. Aber er war ein vorzüglicher Reiter, und so gelang es ihm, mit Geistesgegenwart und Geschick das Tier auf den Beinen zu halten.

Er liebte Catherine, liebte sie von ganzem Herzen. Er hatte sie vor viereinhalb Jahren auf einem Gartenfest im Haus seiner Tante kennengelernt, und nach einem Blick in diese blauen Augen und auf ihre weißblonden Haare hatte er sein Herz an sie verloren. Seitdem war ihm jede andere Frau gleichgültig gewesen.

Doch in ihrer Hochzeitsnacht war es dann zu einer Katastrophe gekommen. So sehr er sie auch begehrte – er konnte sie nicht zu einer Frau machen. Catherine war so unschuldig gewesen, daß sie gar nicht gemerkt hatte, daß da etwas nicht stimmte. Sie hatte es genossen, daß er ihren nackten Körper gestreichelt, sie in seinen Armen gehalten hatte. Nachdem er sie stundenlang mit den Händen liebkost und geküßt hatte, hatte sie gar nicht verstehen können, warum ihr Mann wütend aus dem Zimmer gestürmt war. Ihm war klar gewesen, daß Catherine gedacht hatte, sie habe einen Fehler gemacht, aber nicht wußte, worin dieser bestand.

Am nächsten Morgen hatte er sich dann gesagt, sein Unvermögen sei auf sein übergroßes Verlangen nach ihr zurückzuführen. Er liebte sie doch so sehr, daß es fast weh tat, und deshalb sei er so aufgeregt, daß er versagte. Er müßte nur vertrauter werden mit ihr, damit sich seine Verkrampfung lockerte. Wenn sie sich besser kannten, würde er in ihrer Nähe viel unbefangener sein.

Und so hatte er viel Zeit mit ihr verbracht, war mit ihr gereist, hatte mit ihr gelacht, sich ihr anvertraut. Doch damit hatte er nur erreicht, daß er sie noch mehr liebte und brauchte als zu der Zeit, als er sie geheiratet hatte.

Er begehrte sie so sehr. Er lechzte vor Verlangen nach ihr. Ihn reizte alles an Catherine – ihr Gang; wie sie redete; was sie redete. Und die Art, wie sie eine Teetasse hielt, trieb ihm die Schweißperlen auf die Stirn.

Nachdem er ein Jahr lang in ihrer Nähe gelebt und dennoch die Ehe mit ihr nicht hatte vollziehen können, wußte er, daß er sich von ihr entfernen mußte. Und so begann er sie zu meiden, unternahm lange Reisen in der Hoffnung, sich von dem befreien zu können, was er für sie empfand, wenn er sie nicht täglich sah.

Und da gab es jetzt auch andere Frauen. Er mußte sich schließlich beweisen, daß er noch ein Mann war. Er ließ Catherine auf dem Land wohnen, während er seine Zeit in London mit Trinken und dem Verführen von Frauen verbrachte. Er hatte mit diesen nie Probleme. Nur bei ihr versagte er.

Irgendwann in den drei Jahren seiner Ehe – wenn man diesen Zustand als solche bezeichnen konnte – begann er dann sich einzureden, daß nicht er, sondern sie an ihrem Problem schuld sei. Da er offensichtlich bei keiner anderen Frau impotent war, mußte er Catherine für sein Versagen verantwortlich machen.

Sein Onkel Hubert hatte sich sehr besorgt gezeigt, weil er

Catherine so oft und so lange allein ließ. »Frauen kommen auf allerlei dumme Gedanken, wenn sie niemanden haben, der ihre Zeit beansprucht«, hatte er gesagt. »Du solltest ihr ein paar Kinder machen, damit sie etwas hat, um das sie sich kümmern muß. Halte sie im Bett beschäftigt.« Onkel Hubert hatte gar nicht begreifen können, warum Tavistock daraufhin aus dem Haus gestürmt war und wütend die Tür hinter sich zugeworfen hatte.

Als Tavistock bemerkt hatte, wie Catherine auf die entzückende Fiona reagierte, hatte ihn ihre Eifersucht zutiefst berührt. Er konnte nicht behaupten, daß er sich etwas darauf einbildete, Catherine in ihrer Eifersucht zu bestärken, aber er hatte ihr weh tun wollen, wie sie ihm auf ihre unschuldige Weise weh tat. Und deshalb hatte er damit begonnen, Fiona bei jeder Gelegenheit zu erwähnen. Er erzählte ihr von Fionas Parfüm und Kleidern und empfahl ihr, Fiona zu fragen, was sie denn mit ihren Haaren machte, daß sie ihr so weich und locker über die Schultern fielen. Und mit jedem Wort, das Tavistock über Fiona sagte, stachelte er Catherines Zorn an, bis sie am Ende genauso wütend war wie er.

Doch das Ganze ging dann wie ein Schuß nach hinten los, als Catherine anfing, diese Briefe zu schreiben. Er wußte sehr genau, daß sie noch nie eine sexuelle Beziehung zu einem Mann gehabt hatte – weder zu ihm noch zu irgendwem sonst. Dafür wurde sie viel zu streng überwacht. Jedesmal, wenn Tavistock von einer Reise nach Hause kam, rief er ihre Zofe zu sich und ließ sich von ihr einen genauen Bericht über alles geben, was Catherine zu jeder Tages- und Nachtzeit gemacht hatte. Ihr größtes Vergnügen schien in der Patronage von Opernsängerinnen zu bestehen und im Kauf dieser hübschen kleinen Ornamente, die irgend so ein russischer Emigrant für sie anfertigte.

Tavistock wußte sehr genau, daß sie diese Briefe nur geschrieben hatte, damit er denken sollte, sie sei eine allseits begehrte Frau. Sie würde das natürlich niemals zugeben, weil sie genauso stolz sein konnte wie irgendein Mann. Doch ihm war klar, was sie mit diesen Briefen bezweckte. Er sollte glauben, daß andere Männer sie genauso mochten und begehrten, wie er scheinbar diese Fiona begehrte.

Aber Tavistock hatte auch seinen Stolz. Und deshalb konnte er Catherine unmöglich sagen, daß nicht sie das Problem war, sondern er.

Das Ganze hätte sich vielleicht vertuschen lassen, wenn da nicht Aya, seine alte Amme, gewesen wäre. Sie war schon immer sehr besitzergreifend gewesen und pflegte ihn, als er noch ein Wickelkind gewesen war, jedesmal in den Popo zu kneifen, damit er zu weinen anfing, ehe Aya ihn jeden Nachmittag Punkt sechs Uhr zu seinen Eltern bringen mußte. Es dauerte dann auch nicht lange, bis Aya von der Pflicht entbunden wurde, sich täglich mit dem Jungen im Salon einzufinden, weil seine Eltern sich nicht von einem plärrenden Kind, dem der Rotz aus der Nase lief, den Abend verderben lassen wollten. Sie gaben deshalb seiner Amme den Auftrag, ihnen den Jungen erst wieder zu bringen, wenn er so alt war, daß er sich manierlich aufführen konnte. Damit hatte Aya erreicht, was sie wollte: Ihr süßer kleiner Tavey gehörte ihr fortan ganz allein.

Und wenn Tavistock auch alle anderen Leute täuschen und in den Glauben versetzen konnte, daß er seine kleine Frau nur so oft allein ließ, weil sie ihn langweilte, gelang ihm das bei Aya nicht. Sie kannte die Wahrheit. Sie wußte, daß Tavistock von Catherine besessen war. Und daß er von dem Moment an, wo er Catherine zum erstenmal gesehen hatte, nur noch an sie dachte. Sie wußte, daß Catherine ihr Tavistock auf eine Weise abspenstig gemacht hatte, wie das nur eine große Liebe vermochte, und deshalb hatte sie auch einen so großen Haß auf diese.

Tavistock tat so, als habe er keine Ahnung, wie der Inhalt von Catherines Briefe an die Öffentlichkeit gelangt sei, aber er wußte das sehr genau. Auf eine naiv plumpe Weise hatte Catherine nämlich die Briefe »zufällig« an einer Stelle liegenlassen, wo er – und auch Aya – sie finden konnte. Und er hatte die Lektüre dieser Briefe genauso genossen, wie er früher all ihre selbsterfundenen Geschichten genossen hatte. Catherine konnte die langweiligsten Veranstaltungen der Welt besuchen und mit den amüsantesten Geschichten von diesen wieder nach Hause kommen. Als sie als frischverheiratetes Ehepaar von einer Reihe alter Tanten zum Tee eingeladen wurden und diese ihnen dann die ganze Zeit etwas von ihrem Garten erzählt hatten, hatte er, Tavistock, sich sehr zusammennehmen müssen, um nicht auf seinem Stuhl oder in seinem Sessel einzuschlafen. Aber wenn er danach mit Catherine in seiner Kutsche wieder nach Hause fuhr, pflegte sie ihn dann mit einer Fülle von vergnüglichen oder spannenden Ereignissen zu unterhalten, die sich bei dieser Teegesellschaft zugetragen hatten, so daß er zuweilen glaubte, eine ganz andere Party besucht zu haben. So erzählte ihm Catherine zum Beispiel davon, daß die Tochter des Hauses – ein knollennasiges, knochiges Mädchen – sich unsterblich in ihn verliebt habe, und führte als »Beweis« dafür an, wie sie ihm die Tasse zugereicht und ihn gefragt hatte, ob er seinen Tee lieber mit Milch oder Zitronensaft trinken wollte. – Wo war er nur gewesen, als das alles passiert war? Und so kam es schließlich, daß er sich viel mehr auf das freute, was Catherine ihm hinterher von einer Party erzählte, als auf die Party selbst.

Doch nachdem sie ein Jahr verheiratet gewesen waren und Tavistocks Wut sich immer mehr steigerte, hatte Catherine aufgehört, ihm von ihren »Erlebnissen« zu erzählen. »Wenn ich unglücklich bin, habe ich keine Geschichten im Kopf«, hatte sie gesagt. Und danach hatte er dann angefangen, auf Reisen zu gehen und sich von ihr fernzuhalten.

Aber er kehrte immer wieder zu ihr zurück. Sie fehlte ihm so sehr, wenn er von zu Hause fort war. Er hatte dann das Gefühl, als sei er kein ganzer Mensch mehr – als habe er einen Teil seines Körpers und Geistes an einem anderen Ort zurückgelassen.

Wieso versagte er dann, wenn er mit ihr schlafen wollte? Warum spielte sich im Bett nichts zwischen ihnen ab, selbst wenn er sich noch so sehr bemühte, mit ihr zu einer körperlichen Vereinigung zu gelangen?

Und so hatte hatte Catherine schließlich versucht, seine Aufmerksamkeit dadurch zu gewinnen, indem sie Briefe schrieb, in denen stand, sie sei von fast allen Männern in England verführt worden. Tavistock hatte nur gelacht, als er diese Briefe gelesen hatte. Aber dann hatte Aya zwei von diesen Briefen mit der Post an die Redaktion überregionaler Zeitungen geschickt, und da war ihm das Lachen vergangen. Sie hatte auch den Ehefrauen jener Männern, mit denen Catherine angeblich eine besonders heiße Liebesaffäre gehabt hatte, ein paar von Catherines Briefen zukommen lassen. Und wieder andere verschickte sie an Männer, deren Namen oben im Briefkopf verzeichnet waren.

Tavistock konnte nicht sagen, wer sich nun in einer mißlicheren Lage befand – er oder die Männer, die wußten, daß sie Lord de Greys hübsche kleine Ehefrau niemals angefaßt hatten? Natürlich mußte es ihnen gefallen, daß andere glaubten, sie hätten jenem Mann Hörner aufgesetzt, der einen so tiefen Eindruck auf ihre Ehefrauen gemacht hatte, daß ihnen oft vor Verlangen nach ihm die Knie weich geworden waren. Da gab es wohl keinen Mann in den Salons von England, der noch nicht von seiner Gemahlin oder seiner Mätresse gehört hätte, wie gut dieser Adam Tavistock doch aussähe und wie unglaublich männlich er auf sie wirke, wenn er durchs Zimmer ginge. Und es gab auch keinen Ehemann in den besseren Häusern von England, dem seine Gattin noch nicht erzählt hatte, was für heiße Blicke dieser Lord de Grey seiner kleinen Frau doch zuwürfe, daß man zuweilen befürchten mußte, deren Haare könnten jeden Moment Feuer fangen – und warum er, *ihr* Gatte, *sie* denn nicht auch so ansehen würde?

Diese Briefe gaben den Männern nun allerdings Gelegenheit, sich, was ihre Männlichkeit betraf, zu rehabilitieren. Oft bestritten sie zwar, daß die diese hübsche kleine Blondine angerührt hätten, aber das taten sie auf eine Weise, daß man annehmen mußte, sie logen in dem Bemühen, die Ehre dieser kleinen Frau zu retten.

Und was unternahm Tavistock nun, um *seine* Ehre zu retten?

Blieb er mit Catherine verheiratet, obwohl er mit seiner eigenen Frau nicht schlafen konnte? Er hätte eigentlich zu gern Kinder gehabt. Er hätte sich einen Sohn gewünscht, der seinen Namen weiterführen und seinen Titel und Besitz erben konnte, und ein paar Mädchen, die genauso aussahen wie Catherine. Mädchen, die ihm Geschichten erzählten und ihn so anschauen würden wie ihre Mutter. Das einzige, woran er denken konnte, war, daß ein halbes Dutzend Catherines noch besser waren als nur eine Catherine.

Aber das würde nicht geschehen. Er würde von Catherine niemals ein Kind geschenkt bekommen.

Und so hatte er, nachdem Aya diese Briefe verschickt hatte, sich kühl dazu entschlossen, sich von Catherine scheiden zu lassen. Konnte er jetzt eine Bessere heiraten als die göttliche Fiona? Wenn er mit so einer schönen Frau am Arm in den Salons von England erschien, würde er damit der Welt beweisen können, daß er immer noch ein Mann war, obwohl seine erste Frau ihn vor aller Welt gedemütigt hatte.

Aber jedesmal, wenn Tavistock daran dachte, Fiona zu heiraten, wurde ihm übel. Er *begehrte* Catherine. Es verlangte ihn mit allen Fasern seines Seins nach ihr. Aber er konnte sie nicht zu seiner Frau machen.

Das müde Pferd strauchelte zum wiederholten Male, aber Tavistock trieb es unbarmherzig vorwärts. Er war schon oft diesen Weg geritten und kannte ihn gut. Bald würde er die Straße – die Grenze seines Besitzes – erreicht haben, dort umkehren und zu seinem Haus zurückreiten.

Catherine, dachte er. Catherine, Catherine, Catherine. Was konnte er mit ihr machen? Was würde er ohne sie machen?

Er hatte gedacht, er müsse sterben, als ihm der Arzt gesagt hatte, daß Catherine zweimal in Ohnmacht gefallen und vermutlich in anderen Umständen sei. »Stellen Sie das fest«, hatte Talis ihn angeblafft und dann eine halbe Flasche Brandy getrunken, während er auf die Rückkehr des Arztes wartete.

Als der Arzt nach einiger Zeit zurückkam und ihm meldete,

daß seine Frau noch Jungfrau sei, war der Ausdruck auf dem Gesicht des Arztes alles, was Tavistock sehen mußte, um zu wissen, wie die Außenwelt diese Nachricht aufnehmen würde, wenn sie an die Öffentlichkeit gelangte.

Und als Tavistock daraufhin zu Catherine gegangen war und sie mit seinem Wissen von ihrer Jungfräulichkeit konfrontiert hatte, hatte sie ihn auf eine Weise angeschrien, wie sie das bisher noch nie getan hatte. Sie war in den letzten paar Tagen ganz anders gewesen als früher. Lange nicht mehr so schüchtern und ängstlich. Sie sah ihn jetzt nicht mehr mit diesen Augen an, die ihn anflehten, doch nett zu ihr zu sein, ihr mehr Aufmerksamkeit zu schenken, sie zu lieben. Sie schienen ihn nicht mehr zu fragen: »Was habe ich falsch gemacht? Warum liebst du mich nicht?«

Er glaubte zwar nicht, daß das möglich sei, aber tatsächlich schien er diese Catherine sogar noch mehr zu lieben als die bisherige. Vielleicht rührte sein Versagen daher, daß er ihre Güte und Reinheit nicht verletzen wollte. Vielleicht glaubte er, sie zu beschmutzen, indem er den Geschlechtsakt mit ihr vollzog.

Selbst für seine Ohren hörte sich das wie ein Haufen Kuhscheiße an. In Wahrheit wußte er nicht, was mit ihm nicht stimmte.

Er war so sehr in seine Gedanken versunken, daß er nicht rasch genug reagierte, als sein Pferd plötzlich vor einem aus Steinen und Holz errichteten Hindernis scheute, das unvermutet vor ihm auftauchte. Statt sein Pferd in eine andere Richtung lenken zu können, flog Tavistock im hohen Bogen aus dem Sattel und landete mit dem Rücken auf dem harten Boden.

Es dauerte einen Moment, bis er nach dem Sturz wieder klar denken konnte. Benommen stemmte er sich auf die Ellenbogen hoch – gerade noch rechtzeitig, um sein Pferd hinter dem Kamm eines kleinen Hügels verschwinden zu sehen. Das Tier kannte den Weg nach Hause ganz genau, weil Tavistock an dieser Stelle, der Grenze seines Besitzes, umzukehren pflegte.

»Verdammt«, fluchte er und versuchte sich vom Boden zu

erheben, stellte jedoch fest, daß ihm dabei so schwindlig wurde, daß er sich wieder setzen mußte. Nach ein paar vergeblichen Versuchen gelang es ihm dann doch, wieder auf die Beine zu kommen, und er ging nun ein wenig schwankend zu diesem Hindernis, das ihm den Weg versperrt hatte. Warum hatte da jemand einen anderthalb Meter hohen Wall aus Geröll und Ästen mitten auf der Straße errichtet, die er täglich benutzte? Wer das auch immer getan hatte, er würde dem Kerl tüchtig das Fell gerben. Er, Tavistock, hätte sich den Hals brechen …

Er dachte nicht weiter, weil er ein Geräusch hörte, das seine Neugierde erregte. Es war ein merkwürdig zischelndes Geräusch, und als er sich über das Rundholz beugte, das auf dem Haufen ganz oben lag, sah er einen Funken zwischen den Steinen darunter – einen Funken, der sich rasch an einer Zündschnur hinauffraß und sich einem kleinen Häufchen Schwarzpulver näherte, das aus einem Zylinder rieselte.

»Schießpulver«, sagte Tavistock laut und drehte sich dann rasch um, um sich wieder von dem Hindernis zu entfernen, als es einen lauten, ohrenbetäubenden Knall gab und ihn ein herumfliegender Stein am Hinterkopf traf. Danach erinnerte er sich an nichts mehr.

»Wo bin ich?«

»Still«, sagte eine Frauenstimme mit einem Akzent, den er bislang noch nie gehört hatte. Jedenfalls schien diese Person, die da zu ihm sprach, nicht sonderlich gebildet zu sein. »Sie müssen jetzt liegenbleiben, und ich werde mich um Sie kümmern.«

Es war rabenschwarz in dem Raum, in dem er sich befand. Jedenfalls konnte er überhaupt nichts sehen, und der Kopf tat ihm so weh, daß er glaubte, nur der Tod könne ihn von diesen Schmerzen erlösen. Und da war ein Brüllen in seinen Ohren.

»Nein! Nora, nehmen Sie Ihre Hände von dem Verband weg!« Zumindest glaubte er, daß die Frau das gesagt hatte; denn sie schien die Silben auf eine grauenhafte Weise zu verstümmeln.

Tavistock war viel zu müde dazu, um darüber nachzudenken,

was da um ihn herum geschah. Er ließ die Hände auf das Bett oder die Matratze zurückfallen, auf der er lag. »Bin ich blind?« fragte er. Blindheit schien ihm ein passendes Ende für sein wertloses Leben zu sein.

»Es war nur eine kleine Explosion, mehr nicht. Nur ein bißchen Schwarzpulver; das ist alles. Sie brauchen sich also keine übertriebenen Sorgen zu machen, was Ihre körperliche Verfassung anlangt. Hier, Honey, nimm einen Schluck aus dieser Tasse, und du wirst dich gleich viel besser fühlen.«

Eine Bandage war fest um Tavistocks Augen gewickelt, als er nun den Kopf hob, sie ihn mit einem Arm im Nacken stützte und dabei seine Wange fest gegen ihren weichen Busen preßte, während er eine warme Flüssigkeit aus einer plumpen, dicken Porzellantasse trank. »Was ist das?« fragte er verträumt; denn es war ein sehr angenehmes Gefühl, wenn seine Wange mit ihrem Busen in Berührung kam.

»Weidenrindentee«, antwortete sie, »der Vorläufer von Aspirin, mit einer Portion Rum vermischt.« Sie murmelte etwas davon, daß sie nicht wüßte, ob man das Aspirin bereits erfunden habe.

Diese Bemerkung gab ihm einige Rätsel auf, aber ihm schienen die richtigen Fragen dazu nicht einfallen zu wollen. »Wer bist du?« flüsterte er.

»Dein Schutzengel, Honey«, antwortete sie. »Oder sollte ich lieber etwas anderes für dich sein?«

»Ich kann mir nicht vorstellen, daß ich mir dich anders wünschen würde, als du bist«, sagte er, mit einer Hand an ihrem Arm hinauffahrend. Sie trug offenbar kein Korsett unter dem Kleid.

Da ließ der »Schutzengel« seinen Kopf auf die harte Unterlage zurückfallen, daß ihm tausend Funken durch den Schädel stoben und er ein lautes Stöhnen von sich gab.

»Hast du denn keine Frau?« fragte sie erbost. »Hast du denn keine Frau bei dir zu Hause, die sich langweilt, während du in der Welt herumvagabundierst und anderen Weibern nachstellst?«

Sie verwendete ein paar Ausdrücke, die ihm fremd waren, aber trotzdem begriff er den Sinn ihrer Rede. »Sie versteht mich ...«

»Nun versuche ja nicht, mir weiszumachen, daß sie dich nicht verstehen würde, weil ich dir dann – Gott möge mir das verzeihen – mit dem Schürhaken, den ich gerade in der Hand habe, eins auf die Rübe geben müßte!«

Da mußte Tavistock sogar lachen. »Ich fürchte, sie versteht mich nur allzu gut. Kann ich vielleicht noch einen Schluck von dem Tee haben, den du mir vorhin angeboten hast?«

Diesmal stützte sie seinen Kopf nicht, sondern hielt ihm die Tasse mit ausgestrecktem Arm hin, so daß er ein paarmal mit den Händen ins Leere griff, ehe er sie zu fassen bekam.

Als die Frau stumm blieb, horchte Tavistock in die Stille hinein, um herauszufinden, wo sie sich gerade aufhielt, aber bei diesem Dröhnen in seinen Ohren vermochte er sie nicht zu lokalisieren. Da war etwas an dieser Frau, das ihn neugierig machte. »Wie bin ich hierhergekommen?« fragte er.

»Ich habe dich hierhergebracht«, sagte sie wieder mit diesem scheußlichen Akzent. Doch mit jedem Schluck, den er von dieser warmen Mixtur nahm, die sie ihm angeboten hatte, fand er ihn weniger widerwärtig.

»Bitte, erzähl mir alles über dich«, sagte er.

»Nein«, erwiderte sie leise, und er spürte, wie die Matratze sich unter ihm bewegte, als sie sich neben ihn auf das Bett setzte, »du erzählst mir jetzt etwas von dir. Warum bist du so scharf geritten, als wäre der Teufel hinter dir her? Du hast das Pferd ja fast umgebracht!«

Da lachte er bitter. »Wenn ich dir etwas von meinen Problemen erzählen sollte, würde ich mindestens ein Jahr brauchen, bis ich damit fertig wäre.«

»Ich bin eine gute Zuhörerin«, sagte sie leise und vergaß diesmal, in diesem übertriebenen Akzent mit ihm zu sprechen, aber Tavistock schien das gar nicht zu bemerken.

Die merkwürdige Situation, in der er sich befand; die Wärme

in diesem Raum und die Sanftheit, die er in dieser Frau spürte, obwohl sie sich kühl und abweisend gab – das alles zusammen bewirkte, daß Tavistock nun das Bedürfnis hatte, sich seinen Kummer von der Seele zu reden. »Hast du schon einmal einen Menschen so sehr geliebt, daß dir nichts anderes im Leben mehr etwas bedeutete?« begann er. »Hast du schon einmal jemanden so sehr geliebt, daß du nicht mehr essen, schlafen oder arbeiten konntest?«

»Ja«, antwortete die Frau, und er konnte dem Ton ihrer Stimme entnehmen, daß sie wußte, wovon er sprach. »Dieser Mensch ist der Mittelpunkt deines Lebens. Dein Daseinszweck.«

»Ha, das ist sie.«

»Ah«, sagte die Frau. »Deine geliebte Lady Fiona.«

Tavistock lächelte hinter der Binde, die über seinen Augen lag. »Fiona? Sie ist ein Nichts. Eine leere Hülle. Ich besitze ein Stück Jade, das beseelter ist als sie.«

»Wer dann?« flüsterte die Frau. »Deine Frau ist es sicherlich nicht. Denn es ist ja allgemein bekannt, daß du dich von ihr scheiden lassen willst.«

»Doch. Ich liebe meine Frau. Ich liebe nur sie.«

»Warum willst du dich dann ...?«

»Ich muß«, sagte er so heftig, daß ihn der Kopf wieder schmerzte. »Ich muß. Ich muß. Ich ...«

»Pst«, sagte sie, zog seinen Kopf wieder an ihre Brust und schien sich dann neben ihm auszustrecken. Jedenfalls merkte er zu seiner Bestürzung, daß ihre nackten schlanken Beine die seinen berührten. »Stört dich das etwa?« flüsterte sie, und ihre sanfte Stimme schien aus weiter Ferne zu ihm zu dringen, weil noch immer dieses seltsame Dröhnen seine Ohren erfüllte.

»Ich kann sie nicht zu meiner Frau machen«, sagte er. Es waren Worte, die er noch nie in seinem Leben zu jemandem gesagt hatte.

»Du kannst nicht ...?« erwiderte sie, ihre Hüfte sanft an seinem Schenkel reibend, ihre Lippen an seinem Ohr.

In den letzten zwei Jahren war er mit einer Reihe von Frauen ins Bett gegangen, von denen einige über eine große Erfahrung auf dem Gebiet der Liebe verfügt hatten. Doch noch keine Frau hatte mit der Berührung seines Körpers eine solche Welle der Erregung in ihm ausgelöst wie diese.

»Mir scheint, als könntest du alles erreichen, was du gern tun würdest«, schnurrte sie ihm förmlich ins Ohr, während sie sich wieder vom Bett herunterrollte.

Tavistock wußte nicht, warum er jetzt zögerte – aber da war etwas, das ihn daran hinderte, diese Frau zu nehmen. Mit einer jähen, raschen Bewegung riß er sich die Binde von den Augen. Einen Moment lang konnte er nichts sehen und fürchtete schon, tatsächlich blind geworden zu sein. Doch dann erkannte er ein kleines flackerndes Feuer in einem Kohlebecken in einer entfernten Ecke des Raumes und die Umrisse von ein paar Möbeln einfachster Machart. Da war auch ein kleines Fenster oben in einer Wand, vor dem es dunkel war. Und daneben eine Tür aus Eichenholz, die verriegelt zu sein schien.

Als sich seine Augen an das Dämmerlicht gewöhnt hatten, das in diesem Raum herrschte, sah er sie in einer verführerischen Pose neben dem Bett stehen – die Beine weit auseinandergespreizt, die Hände auf die Hüften gelegt. Er fuhr sich mit der Hand über die Augen, um diesen Schleier zu entfernen, der noch immer seine Sicht zu trüben schien, und sah nun, daß sie eine rote Bluse trug, die kaum ihre Brüste bedeckte, und eine rot und schwarz gestreifte Schärpe um die winzige Taille geschlungen hatte, die in einen schwarzen Rock überging, der an einer Seite mit einer Nadel hochgesteckt war, so daß er ein nacktes Bein bis zum Schenkel hinauf sehen konnte.

»Na, gefalle ich dir?« fragte sie in unverschämtem Ton, die roten Lippen zu einem Lächeln öffnend, das ihm einen heißen Schauer über die Haut jagte.

Etwas in ihm warnte ihn jetzt, die Frau anzufassen – sagte ihm, daß da vermutlich der Ehemann irgendwo im Dunkeln lauerte, und daß sie ihn nur verführen wollte, um ihn danach erpressen zu können. Er mochte sich nicht gerne mit so einer Frau wie … wie sie es war einlassen, aber diese da hatte etwas an sich, das er unwiderstehlich fand. Vermutlich fühlte er sich nur so stark zu ihr hingezogen, weil er sie noch immer nicht deutlich sehen konnte und ihre Stimme und alle anderen Geräusche wie aus weiter Ferne zu ihm drangen …

Seine Gedanken rissen jetzt ab, weil sie sich nun auf ihn zu bewegte. »Was für ein Liebhaber ist denn so ein Gentleman wie du?« fragte sie, während sie immer näher kam. »Ich wette, du bist dir sogar zu fein dazu, dich für den Liebesakt auszuziehen. Streifst du einer Lady das Nachthemd über den Kopf, verrichtest dein Geschäft und gehst dann wieder?«

»Ja«, sagte er lächelnd und schloß die Augen, als er spürte, wie sie mit ihrem Körper auf seinen hinunterglitt. »Nur die Frauen der unteren Schichten verstehen etwas von der Liebe«, sagte er scherzhaft.

Als sie ihre Hände auf sein Hemd legte, öffnete er die Augen wieder, um ihre schwarzen, ach so unglaublich schwarzen Haare anzuschauen, die ihr über das Gesicht flossen und es fast gänzlich verdeckten. Im flackernden Licht des Kohlenfeuers in der Ecke sah sie fast so aus wie seine so innig geliebte Gemahlin Catherine. Aber bisher hatte er ja in jeder Frau, zu der er sich hingezogen gefühlt hatte, immer nur Catherine gesehen.

Sie erschreckte ihn ein wenig, als sie ihm nun das Hemd aufriß, so daß die Knöpfe nur so durch den Raum flogen und einer davon im Kohlenbecken landete, so daß es laut zischte.

Einen Moment lang bewegte er sich nicht, als sie sich mit gespreizten Beinen auf ihn setzte, ihm dann mit den Händen über die nackte Brust strich und schließlich mit den Fingernägeln über den Bauch. »Nun zeig mal, mein Hübscher, ob du eine *Frau* lieben kannst.«

Tavistock wußte, daß er in seinem Leben noch nie so erregt gewesen war wie jetzt, als er mit beiden Händen nach ihren üppigen Haaren faßte, seine Finger hineinkrallte und dann ihren Mund zu sich herunterzog. Von diesem Moment an konnte er an gar nichts mehr denken. Er war nicht nur blind von dem Schwarzpulver, das vor seinen Augen explodiert war, sondern auch von der Begierde, die nun seinen Körper erfaßt hatte. Diese Frau schien all das zu sein, was er sich jemals im Leben gewünscht hatte, und er wußte, daß er jetzt sterben würde, wenn er diese Frau nicht nahm. Er mußte unbedingt dieses übermächtige Verlangen nach ihr befriedigen, ganz gleich, was für Konsequenzen das auch für ihn haben mochte.

Tavistock war stolz auf seinen Ruf als erfahrener Liebhaber. Da er nie mit seiner eigenen Frau, dafür aber mit vielen anderen schlief, wußte er, daß diese natürlich über ihn reden und ihn mit ihren anderen Männern vergleichen würden. Damit wurde ihm als Liebhaber natürlich eine große Verantwortung aufgeladen, weil er dazu verpflichtet war, sich einen guten Leumund zu verschaffen, damit die Frauen ein Loblied von ihm singen konnten, als einem Liebhaber, der stets darum besorgt war, daß auch sie zum Höhepunkt kamen.

Aber diese Frau begehrte er so sehr, daß er nur an die Befriedigung seiner eigenen Lust dachte. Doch sie kam ihm auf halbem Weg entgegen. Als er ihr die Kleider vom Leib riß, merkte er, daß sie das gleiche mit ihm tat. Ihr Verlangen stand dem seinen in nichts nach.

Binnen weniger Sekunden waren sie beide nackt und verloren keine Zeit mit irgendwelchen Liebesspielen. Was er für sie empfand, war ein ungeheurer, aber primitiver Hunger, der sofort gestillt werden mußte.

Als er in sie eindrang, war er sich vage eines winzigen Häutchens bewußt, das ihm dort im Wege war, und glaubte auch einen leisen Schmerzensschrei zu vernehmen, doch er schwebte schon viel zu hoch über den irdischen Gefilden, um noch einen Gedanken daran verschwenden zu können, was das wohl gewesen sein mochte. Sein Verlangen nach ihr war so groß, daß es nur wenige Sekunden dauerte, bis sich sein Samen in sie ergoß.

Als er in ihr zum Höhepunkt kam, war das etwas, was er bis dahin noch nie erlebt hatte. Es war so, als würde ein Teil von ihm sterben, aber auch ein Teil von ihm mit neuem Leben erfüllt werden. Es war wie eine Erlösung, wie eine Befreiung, auf die er sein ganzes Leben lang gewartet zu haben schien. Es war ein Ende und zugleich ein Neubeginn.

Er zitterte von Kopf bis Fuß, als er sie nun fest an sich drückte und seine Beine und Arme um ihren Körper schlang. Und da standen ihm auch die Tränen in den Augen, obwohl er nicht wußte, warum.

»Es ist mir gelungen«, sagte die Frau. »Es ist vollbracht!«

Es dauerte einen Moment, bis Tavistock sich wieder in der Wirklichkeit zurechtfand. Er schien sich nicht an das erinnern zu können, was vor diesem Liebesakt gewesen oder mit ihm geschehen war. Doch – es mußte etwas mit Schwarzpulver zu tun gehabt haben und mit einer Frau mit schwarzen Haaren. Als sie sich aus seinen Armen befreien wollte, war sein erster Impuls, sich an sie zu klammern und sie nie mehr loszulassen. »Nein«, flüsterte er und wollte sie bitten, für immer bei ihm zu bleiben.

»Es ist gut«, sagte sie und begann nun seinen Hals zu küssen. »Es ist vorbei. Die Flüche haben ihre Wirkung verloren.«

Der Kopf tat ihm noch immer weh. Da war auch noch immer dieser Schleier auf seinen Augen, und sein Gehör war auch nicht das beste. Aber diese Stimme kam ihm bekannt vor! Er packte sie bei den Schultern, hielt sie auf Armeslänge von sich weg und starrte ihr in die Augen. Und nun erkannte er unter der dicken Schicht Schminke auf diesem Gesicht und den schwarzen Haaren seine Catherine.

Einen Moment lang war er wütend. Wie konnte sie ihm nur so einen gemeinen Trick spielen? Wie kam *seine Frau* dazu, sich so anzuziehen wie eine Hure? Wie ...

Es dauerte ein paar Sekunden, ehe ihm bewußt wurde, was da gerade geschehen war. Er hatte soeben mit Catherine geschlafen, mit der Frau, die er liebte. Und es hatte dabei keine körperlichen Probleme gegeben.

»Aber wie hast du es nur geschafft ...«

Da legte sie ihm die Hand auf den Mund. »Möchtest du jetzt *wirklich* darüber sprechen?« fragte sie ihn.

Da lachte er, griff wieder nach ihr, und im nächsten Moment schienen seine Hände und seine Lippen überall zugleich auf ihrem Körper zu sein – und ihre Hände und Lippen auf seinem. Hätte er nicht so viel Rum getrunken, wäre nicht eine gehörige Portion Schwarzpulver dicht vor seinem Gesicht explodiert und hätte ihn nicht ein Stein am Hinterkopf getroffen, um nicht seinen Sturz von einem galoppierenden Pferd zu erwähnen – dann hätte er jetzt vielleicht eine gewisse Zeit damit verbracht, sie zu fragen, wo zum Teufel sie denn das alles gelernt hatte, was sie zu wissen schien. Aber andererseits war er auch nicht so dumm, das zu unterbrechen, was sie gerade mit seinem Körper machte, um ihr ein paar Fragen zu stellen.

Er hatte schon immer gewußt, daß es wunderbar sein mußte, mit Catherine zu schlafen, aber es war noch viel schöner, als er es sich vorgestellt hatte. Er konnte das natürlich niemanden erzählen, weil man ihn dann vermutlich für verrückt erklärt hätte, aber ihm war so, als könnte er ebenfalls spüren, was *sie* bei ihrem gemeinsamen Liebesakt empfand. Es war so, als würde sich ihr Geist in seinem Körper und sein Geist sich in ihrem Körper befinden. Wenn er nur *dachte,* was ihm gefallen würde, führte sie es bereits aus, und er schien intuitiv zu wissen, was ihr gefiel.

Sie liebten sich die ganze Nacht hindurch in den verschiedensten Stellungen, die sie mit einer Leichtigkeit wechselten, als wären ihre Körper schon lange miteinander vertraut. Sie schienen alles zu wissen, was der eine vom anderen überhaupt wissen konnte.

»Ich habe das Gefühl, als wären wir schon immer ein Liebespaar gewesen«, flüsterte er.

»Das waren wir nie«, antwortete sie. »Wir haben zwar seit Jahrhunderten einander gesucht und begehrt, aber es ist niemals zu einer körperlichen Vereinigung gekommen. Doch wir haben uns so sehr danach gesehnt, daß wir nun alles voneinander wissen. Es ist so, als würden wir unseren eigenen Körper lieben.«

»Ja«, sagte er. Er hatte zwar nicht verstanden, was sie da eben gesagt hatte, und dennoch wußte er, daß jedes ihrer Worte der Wahrheit entsprach.

Bei ihr fühlte er sich frei und unbefangen. Bei den anderen Frauen war er sich stets bewußt gewesen, daß er einen Ruf zu verteidigen hatte; da mußte er ein kundiger und erfahrener Liebhaber sein.

Aber mit dieser schwarzhaarigen Catherine konnte er vielleicht etwas ... etwas Neues ausprobieren. Ob ihr das gefällt? dachte er, hob sie hoch, drehte sie herum und setzte sie dann auf sein erigiertes Glied.

»Oooooh, das ist nicht übel!« sagte sie mit einem so verklärten Gesicht, daß er lachen mußte, während er ihre Brüste streichelte und dann mit den Händen über ihren flachen Bauch wanderte, um anschließend ihre schmale Taille zu umspannen.

Als sie eine Ruhepause einlegten, begann er ihr zu sagen, wie sehr er sie liebte.

»Willst du denn jetzt Fiona nicht mehr heiraten?« fragte sie unschuldig.

Da küßte er sie so heftig, daß es ihr weh tat.

»Jetzt hast du mir einen Knutschfleck auf den Hals gemacht, wo jeder ihn sehen kann!« klagte sie.

»Hoffentlich«, meinte er grinsend. Es wurde schon hell vor dem Fenster, und mit der Morgenröte schien sich auch der Schleier zu heben, der sich über seine Augen gelegt hatte. Er betrachtete ihre Haare im Licht. »Ob das wohl wieder rausgeht?« sagte er, womit er ihre Haarfarbe meinte.

»Gefällt es dir denn nicht so?«

»Doch. Mir gefallen deine Haare in jeder Farbe. Aber es wäre schön, wenn du sie vielleicht mal rot färben würdest. Ich liebe die Abwechslung.«

»Du!« rief sie und rollte sich auf ihn.

Im nächsten Moment zuckte sie zusammen und griff sie sich mit beiden Händen an den Kopf.

»Was ist los, Catherine? Was hast du denn auf einmal?«

»Nein«, rief sie. »Nein, ich will nicht zurückkehren! Ich will hierbleiben!«

»Natürlich können wir hierbleiben. Oh, du meinst, daß du nicht mehr in das Haus zurückkehren möchtest? Wenn du das nicht willst, können wir ja …«

»Nein!« rief sie abermals und drückte die Augen ganz fest zusammen. Ihm war so, als würde sie mit jemand anderem reden. »Nein, ich will nicht zurück.«

Als sie die Augen wieder öffnete und ihn ansah, waren diese ganz glasig vor Schmerzen. »Es ist Nora«, sagte sie. »Sie ruft mich zurück. Sie meint, ich hätte jetzt getan, was ich tun mußte, und müßte nun wieder zurückkehren. Sie sagt, daß ich nicht hierher gehöre. Laß es nicht zu, daß sie mich dir fortnimmt. Bitte, laß es nicht zu!«

Er verstand nicht, was sie da sagte, aber er spürte ihre Angst. Und wenn sie sich vor etwas fürchtete, hatte er ebenfalls Angst davor. Und so schlang er wieder die Arme und Beine um ihren Körper und hielt sie so fest, wie er das konnte, ohne ihr die Knochen zu brechen. »Ich lasse nicht zu, daß jemand dich mir fortnimmt. Du gehörst mir.«

»Ja«, sagte sie. »Ich gehöre dir – dir ganz allein. Ich habe niemals jemand anderen geliebt als dich. In keinem meiner Leben. Selbst in jenen nicht, die ich ohne dich verbringen mußte.«

Er versuchte nun gar nicht erst zu verstehen, was sie denn damit meinte, sondern hielt sie nur fest, weil das etwas war, was sie beide jetzt nötig hatten.

»Sie will mich von hier entführen. Sie ruft nach mir. Sie will mich dir wegnehmen!«

»Das werde ich zu verhüten wissen.«

»Nein, du verstehst das nicht. Sie will meinen Geist entführen, aber meinen Körper hierlassen. O Talis, bitte, verlaß mich nicht! Ich habe dich schon zu oft verloren.«

»Du wirst mich diesmal nicht verlieren, weil ich mit dir gehen werde. Ich werde jetzt immer bei dir bleiben.«

Sie warf den Kopf in den Nacken und blickte ihn an. »Ich wünschte, ich hätte noch genügend Zeit, um dir alles erklären zu können. Paß auf Catherine auf. Sie ist ich, und sie liebt dich.«

»*Du* bist doch Catherine; und *du* bist es, die mich liebt!« rief er bestürzt. Ihre Worte machten keinen Sinn für ihn, jagten ihm aber eine große Angst ein, weil sie sich so anhörten, als glaubte sie, jetzt sterben zu müssen. »Ich werde nicht erlauben, daß du mich jetzt verläßt.«

»Ich bin nicht Catherine. Ich bin Hayden Lane, und ich lebe in einer anderen Zeit und an einem anderen Ort, aber ich liebe dich dort genauso, wie ich dich hier liebe. Halte mich fester. Noch fester. Sie wird immer stärker. Bring sie dazu, daß sie mich in Ruhe läßt. Ich will nicht dorthin zurückkehren. Ich will für immer hierbleiben!«

Er hielt sie mit Armen und Beinen eng umschlungen, streichelte ihre Haare und versuchte ihren Körper förmlich in seinen hineinzuziehen, während er ruhig und mit der ganzen Liebe, die er für sie empfand, auf sie einredete. »Ich werde dich nicht verlassen. Wohin du auch immer gehst – ich werde dir dorthin folgen.«

»Schwöre es!« sagte sie mit halberstickter Stimme, weil er ihr Gesicht gegen seine Brust preßte. »Schwöre es bei deiner unsterblichen Seele!«

»Ich schwöre es«, sagte er leise. »Ich leiste einen heiligen Eid vor dir und Gott. Wo immer du auch hingehen wirst, ich werde dir dorthin folgen. Ich werde dich niemals verlassen. Niemals!«

Als er diesen Schwur geleistet hatte, spürte Hayden, wie sie immer schwächer wurde. Ihre Seele verließ jetzt Catherines Körper. Sie wehrte sich zwar mit ihrem Geist dagegen und zankte sich mit Nora herum – vielmehr mit deren Stimme, die von Sekunde zu Sekunde lauter wurde, aber sie wußte, daß sie diesen Kampf verlieren mußte, als sie dann auch noch Millys Stimme hörte, die sagte: »Hayden, bitte wach auf. Wir lieben dich und brauchen dich. Bitte, komm zu uns zurück. Bitte, stirb uns jetzt nicht.«

Als Hayden nun mit Tavistock zu reden versuchte, kam kein Laut mehr über ihre Lippen. Und sie spürte, wie sein Körper ihr langsam entglitt. »Nein!« schrie sie, aber dann wurde es ganz dunkel um sie, und einen Moment lang befand sie sich in gar keinem Körper.

Eine Sekunde später schlug Hayden die Augen auf, lag auf dem Sofa in Millys Wohnzimmer in Texas und starrte in die Gesichter von ein paar sehr verängstigten Leuten.

Niemand sagte ein Wort, als sie ihren Kopf zur Seite drehte und die Tränen ihr über die Wangen zu rollen begannen.

Teil vier

Kapitel vierundvierzig

»Catherine hatte sich an Sie geklammert und wollte nicht mehr von Ihnen getrennt werden. Sie und Catherine waren wie zwei siamesische Zwillinge, die sich ein Herz teilten. Als Sie in die Gegenwart zurückkehrten, versuchte sie, mit Ihnen verbunden zu bleiben. Ihr Körper konnte so nicht weiterleben.«

Ich verstand, was Nora mir damit sagen wollte. *Ich* hatte Catherine *umgebracht.* Als ich mich aus Catherines Geist verabschiedete, hatte sie sich an mich geklammert – und ein Körper ohne Geist ist nicht lebensfähig.

»Und was ... was geschah mit Tavey?« Es tat sogar weh, nur seinen Namen auszusprechen.

Nora sah mich lange an, ehe sie antwortete: »Sie und er sind Seelenverwandte. Sie und er sind eins.«

»Das ist alles sehr romantisch«, erwiderte ich. »Aber was genau bedeutet das?«

»Wenn ich ehrlich sein soll, weiß ich das selbst nicht. Vielleicht blieb seine Seele dort und wartet auf Sie.«

»Sie meinen, daß *er* der Geist von Peniman Manor ist?«

»Möglich. Oder er könnte Ihnen hierher gefolgt sein.« Sie blickte mich mit schmalen Augen an. »Er mußte Ihnen ja einen Eid schwören, mit dem er sich verpflichtete, mit Ihnen in das Jahr 1994 zurückzukehren. Vielleicht tat er das.«

Offenbar hatte es ihr gar nicht gefallen, daß ich mir Kenntnis von der jahrhundertelangen Wirksamkeit von Flüchen und Schwüren verschafft und davon selbst Gebrauch gemacht hatte, aber wenn es mir dadurch gelungen sein sollte, meinen Seelenverwandten zu mir zu holen, nahm ich dafür Noras Mißbilligung gern in Kauf.

Ich saß eine Weile stumm da, während sich mein Mund ein

paarmal öffnete und schloß. Dann gelang es mir endlich, mit heiserer Stimme zu flüstern: »Das könnte er?«

Nora lächelte. Ich glaube, daß sie meinen Schock nur zu gut verstand. »Catherines Seele verließ zusammen mit Ihrem Geist ihren Körper.«

»Sie meinen damit, daß sie starb?«

»In gewisser Weise, ja.«

Ich war so ungeduldig, ihre Interpretation des Geschehens zu erfahren, daß ich sie nicht einmal so lange unterbrechen wollte, um ihr zu erklärten, daß tot tot sei, egal, wie man es drehte oder wendete.

»Als Ihr ... als Tavistock spürte, daß Sie den Körper von Catherine verließen, fand er es unerträglich, ohne Sie weiterleben zu müssen. Ich weiß nicht, was dann passierte. Vielleicht hat sich seine Seele an Ihre geklammert und ist Ihnen so in die Gegenwart gefolgt.«

Noras Augen verrieten mir ihre Ratlosigkeit. Bisher hatte ich mich stets nach den Antworten, die sie mir auf meine Fragen gab, gerichtet; aber offensichtlich war sie nun als Hellseherin mit ihrem Latein am Ende, und wir hatten ein bisher unerforschtes Terrain betreten. Ich war demnach jetzt auf mich selbst angewiesen, und das, was mir im Leben alles bedeutete, hing in der Schwebe. Ohne ihren Rat und ihre Anleitung fühlte ich mich hilflos ... verwaist.

»Glauben Sie, daß er sich jetzt in meinem Körper befindet?«

Nora lachte. »Nein. Seine Seele würde in den Körper eines Mannes geschlüpft sein, der in der Gegenwart lebt.«

O fein, dachte ich, und versuchte gar nicht erst, zu verstehen, was sie damit gemeint haben könnte. Ich wollte keine Voodoo-Puppe, sondern einen Mann aus Fleisch und Blut haben. »Wie finde ich ihn?«

»Sie müssen darauf warten, daß er Sie findet.«

Ich benutzte ein ordinäres Wort, womit ich mir einen strafenden Blick von Nora einhandelte. »Entschuldigung«, murmelte ich, »aber ich *hasse* es, zu warten.«

»Glauben Sie etwa, das wüßte ich nicht?« erwiderte sie.

Aber ich wies jetzt in Gedanken ihren Sarkasmus entschieden zurück, indem ich sie darauf aufmerksam machte, daß ich nur mit meiner Unfähigkeit, etwas abwarten zu können, geschafft hatte, mit meinem Jamie/Tavey/Talis schon jetzt und nicht erst in zweihundert oder gar dreihundert Jahren ein Wiedersehen feiern zu können.

Nora lächelte, als sie meine Gedanken empfing. »Nichts passiert, was nicht passieren soll.«

»Oh. Demnach soll ich also glauben, daß es mir bestimmt gewesen sei, in die Zeit Eduards VII. zurückzukehren, obwohl Sie mir dringend davon abgeraten haben?«

»Wie sonst hätte Ihre Lady de Grey denn sterben können, wenn nicht Ihre Seele ihren Körper verlassen hätte? Sie wurde nicht ermordet, wie das Ihre Geschichtsbücher anzudeuten schienen. Und wenn es tatsächlich eine ruhelose Seele in jenem Haus geben sollte, ist es nicht ihre Seele.«

Wenn ich sie jetzt erwürgt hätte, hätte man das wohl zu Recht als einen Mord ersten Grades bezeichnet. Sie wollte mir einfach nicht zugestehen, daß es doch wenigstens teilweise meiner Findigkeit und Entschlußkraft zu verdanken war, wenn ich meinen Tally in diesem Leben wiederfinden würde. Nein – alles war nur Bestimmung!

Aber egal, ob sie sich das ganz allein als Verdienst anrechnen wollte: Hauptsache, ich bekam meinen Tally zurück. »Wie will er mich finden? Und wann?«

Nora zuckte mit den Achseln und blickte mich dabei an, als wollte sie mich um Entschuldigung bitten. »Ich weiß es nicht.«

»Sie wissen es nicht«, wiederholte ich tonlos.

Sie nickte.

»Aber Sie wissen doch, daß er mich finden *wird,* nicht wahr?«

»Nein«, erwiderte sie ein wenig ärgerlich, beruhigte sich dann aber rasch. »Sie haben ja jetzt ... nun, sagen wir, den Lauf der Dinge verändert, und damit ist mir auch die Sicht in die Zukunft ein wenig verstellt worden.«

Da mußte ich doch ein bißchen lächeln, weil Nora sonst alles so genau zu wissen und zu verstehen schien.

Als ich nun wieder meinen Mund öffnete, um ihr eine meiner endlosen Fragen zu stellen, hob sie rasch die Hand. »Ich kann nicht beantworten, was ich nicht weiß. Aber wenn es ihm bestimmt ist, Sie zu finden, wird das geschehen, selbst wenn Sie sich in Ihrer Wohnung einriegeln und weigern sollten, Besucher zu empfangen.«

»In diesem Fall müßte er der Botenjunge meines Lebensmittelhändlers sein«, murmelte ich. Ich glaubte ihr kein Wort. Ich konnte mir Tally unmöglich als Botenjunge vorstellen, aber andere Leute wurden gar nicht erst ins Haus gelassen. Das wurde rund um die Uhr von achtundzwanzig Männern vom Sicherheitsdienst bewacht. Wie sollte Tally da bis zu mir vordringen können? Nein, ich mußte nach *ihm* suchen.

»Kann ich denn nicht eine Annonce in die Zeitung setzen lassen?«

»In welche Zeitung?« stellte sie die Gegenfrage. »In welchem Land? Und in welcher Sprache?«

»Oh.« Ich erinnerte mich jetzt wieder daran, daß Nora zu mir gesagt hatte, ich müßte bereit sein, meinen Seelenverwandten in jeder Verpackung zu akzeptieren, die ihm der Schöpfer gegeben hatte. »Bei meinem sprichwörtlichen Glück kann es mir passieren, daß er mir als neun Jahre alter Transvestit in der U-Bahn begegnet«, murmelte ich.

Nora lachte. »Das würde ich nun doch nicht für sehr wahrscheinlich halten.«

Mir blieb also gar nichts anderes übrig, als nach Hause zu gehen und abzuwarten. Ich sammelte meine Sachen ein, drehte mich aber an der Tür noch einmal zu Nora um. »Was ist mit Catherines Leiche geschehen?«

»Dieser alte Mann, Jack ...« Sie hielt inne und blickte mich erwartungsvoll an.

»Ja«, sagte ich, als mir erst jetzt bewußt wurde, wer Jack gewesen war. »Jack muß die Reinkarnation von John Hadley gewesen sein, der sich mit seinem Verhalten im Mittelalter um sein Vermögen, seinen Ruf, seine Familie und sogar seine Gesundheit gebracht hat.« Als ich daran dachte, was diesem John Hadley alles passiert war, gelobte ich im stillen, mich in diesem Leben anständig zu betragen.

Nora nickte. Sie schien sich über mein Erinnerungsvermögen und meine Einsicht zu freuen – jedenfalls legte ich ihr Nicken so aus. »Jack fand die beiden Toten eng umschlungen auf dem Bett in der Hütte und glaubte deshalb, sie hätten Selbstmord begangen. Er wußte also, daß man ihnen aus diesem Grund ein christliches Begräbnis auf dem Friedhof verweigern würde. Daher nahm er Catherines Leiche mit und versteckte sie, bis man Tavistock begraben hatte, schlich sich dann nachts auf den Friedhof, öffnete heimlich sein Grab und legte Catherine zu Tavey in den Sarg. Damit sind die beiden im Tod für immer vereint.«

»So wie man sie auch im Mittelalter zusammen beerdigt hatte«, sagte ich leise. »Gemeinsam geboren, gemeinsam gestorben.«

Da es nun nichts mehr mit Nora zu erörtern gab, verließ ich ihre Praxis und ging zu Fuß nach Hause zurück, wobei ich noch einmal alles überdachte, was ich inzwischen erlebt und gelernt hatte.

Ich hatte viel zu tun, während ich wartete. Ich verbrachte zunächst einen Großteil meiner Zeit mit Nora und preßte alle mir sachdienlich erscheinenden Informationen aus ihr heraus. Dann machte ich mich mit meinem Recherchiertalent an die Arbeit, und das erste Ergebnis meiner rastlosen Bemühungen war die Entdeckung des Denkmals, das man Callie und ihrem geliebten Talis gesetzt hatte.

»Eines der schönsten Werke elisabethanischer Bildhauerkunst«, las ich in einem Reiseführer für Kulturbeflissene. »Ein Meisterwerk einer für einen Sarkophag ungewöhnlich sinnlichen Ausdruckskraft, könnte man sagen«, hatte ein Kunstkritiker geschrieben.

Etwas, das mich mit Freude erfüllte, war die Tatsache, daß das Kunstwerk nicht von Graffitis entweiht worden war. Im siebzehnten Jahrhundert hatte ein Feuer fast das ganze Dorf und die halbe Kirche zerstört, in der sich der Sarkophag befand. Aus diesem Grund hatte man die Kirche geschlossen, und allerlei Rankengewächse waren durch die Fensterhöhlen gewuchert und hatten die Kapelle mit dem Denkmal hermetisch von der Außenwelt abgeschlossen. Erst am Anfang dieses Jahrhundert, als man die Ruine der Kirche abreißen wollte, wurde der Sarkophag mit den Skulpturen der beiden darauf in einem gewissermaßen jungfräulichen Zustand wiederentdeckt. Daraufhin wurde die Ruine von der Regierung unter Denkmalschutz gestellt und die Kirche so weit restauriert, daß diese wunderschönen Marmorskulpturen vor schädlichen Witterungseinflüssen bewahrt blieben.

Während ich wartete, trug ich alles zusammen, was ich an Informationen von Nora bekommen und in Büchern gelesen hatte, fügte diesem dann meine eigenen Erlebnisse hinzu und übersandte Daria das Ganze in Gestalt eines sechshundert Seiten umfassenden Manuskriptes. Sie war so erfreut darüber, daß ich hoffte, sie würde nicht entdecken, daß das Buch kein Ende hatte.

Natürlich entging ihr das nicht, aber sie war mir überhaupt nicht böse, als ich ihr erklärte, daß ich nicht wüßte, wie die Geschichte ausging, weil ich bisher ihr Ende selbst noch nicht erlebt hätte. Da trat nur eine sekundenlange Pause am anderen Ende der Leitung ein, ehe sie sagte: »Gib mir Bescheid, wenn du das Ende weißt«, und ich war so überwältigt von dem Vertrauen, das sie in mich setzte, daß ich fast geweint hätte.

Während ich nun weiter auf Talis wartete, setzte ich auch meine Recherchen fort und suchte als nächstes etwas über das Schicksal von Peniman Manor zu erfahren – den Landsitz, den Alida so oft als Köder verwendet hatte, um andere Leute für ihre Pläne und Intrigen einzuspannen. Als ich in Catherines Körper steckte, war mir nicht bewußt gewesen, daß der Landsitz, den Tavistock bewohnte, Peniman Manor war. Das wurde mir erst klar, als ich miterlebte, was mit Talis und Callasandra ein paar hundert Jahre zuvor passiert war. Und wenn ich daran dachte, wie oft dieser Landsitz als Belohnung/Bestrafung mißbraucht worden war, nahm es mich nicht wunder, daß Cathy und Tavistock dort niemals glücklich werden konnten. Falls dort tatsächlich ein Geist sein Unwesen treiben sollte, konnte das nur die unerlöste Seele von Aya/Alida sein.

Als ich nun in alten Zeitungen nach dem Verbleib von Peniman Manor forschte und las, daß man zu Beginn des Ersten Weltkriegs alle Möbel und Gemälde, die ich dort hatte besichtigen können, eingelagert und das Haus als Lazarett benutzt hatte, war ich darüber froh. Und als ich dann in einer vier Jahre später erschienenen Ausgabe las, daß in der Nacht, als man dort das Ende des Krieges feierte, ein leichtsinniger junger und vor Glück trunkener Mann aus Versehen das Haus in Brand gesteckt hatte, war ich fast erleichtert. Nur ein Feuer konnte meiner Meinung nach diesen unseligen Ort entsühnen.

Ich rief einen Häusermakler in England an und bat ihn, für mich nach einem alten, zur Zeit Elizabeths I. erbauten Bauernhaus mit Reetdach zu forschen. Es war nicht allzu schwer zu finden, und irgendwie überraschte es mich auch nicht, daß man es kaufen konnte. Ich hatte schon lange aufgehört, mich über etwas zu wundern, und konnte das Haus nun für hundertzwanzigtausend englische Pfund erwerben. Niedliche kleine, aus dem Mittelalter stammende Bauernhäuser sind nicht gerade billig, aber ich wußte, daß dort unter Dielenbrettern sechs mit Edelsteinen verzierte goldene Becher und ein silberner Kerzenleuchter versteckt waren, die Meg und William der Familie Hadley gestohlen hatten. Ich würde also meinen Namen als großzügiger Spender auf einer Tafel in einem Museum verewigt sehen und ein Ferienhaus in England haben.

Da wir gerade von Meg und Will reden: Ich rief noch am gleichen Tag, als ich das Haus kaufte, Milly in Texas an und sagte ihr, daß sie mich unbedingt in New York besuchen müsse, weil ich so deprimiert sei, daß ich keine Zeile mehr schreiben könne. Kaum hatte ich aufgelegt, rief Milly auch schon ein Taxi an, um mit dem nächsten Flugzeug nach New York zu fliegen.

Dann wählte ich die Nummer meines teuren Verlegers, William Warren. Es war so einfach, ihn in Bewegung zu setzen. Ich brauchte nur zu ihm zu sagen: »Ein anderes Verlagshaus hat mir soeben ein paar reizende Angebote unterbreitet«, als er auch schon einen Termin zum Dinner mit mir vereinbarte.

Ich war nicht zu Hause, als Milly mit ihrem Koffer in meinem Apartment eintraf. Ich hatte ihr eine Nachricht hinterlassen, daß ich sie zum Dinner im Speisesaal des Plaza Hotels erwarten würde, und drückte dort dem Chefkellner zwanzig Dollar in die Hand, damit er Milly zu Williams Tisch führen sollte.

Ich hätte mich ja zu gern hinter den Palmen im Speisesaal versteckt, um die Gesichter sehen zu können, die Milly und mein Verleger machen würden, wenn sie sich zum erstenmal sahen; aber ich wußte, daß sie mich dort ganz bestimmt entdeckt hätten. Und deshalb hielt ich es für ratsamer, in meinem Apartment auf Millys Rückkehr zu warten, um sie dort mit einem selbstgefälligen Lächeln begrüßen zu können.

Ich machte mir dann allerdings schon Sorgen, als Milly an diesem Abend nicht nach Hause kam. Und als sie auch am nächsten Tag weder bei mir erschienen war noch angerufen hatte, war ich nicht nur besorgt, sondern auch wütend. Ich rief also im Verlag an und erhielt dort die Auskunft, daß mein Verleger an diesem Morgen nicht ins Büro gekommen sei und auch nicht angerufen hätte, um seine Abwesenheit zu erklären – was nicht ungewöhnlich war, da Verleger ja immer machten, was sie wollten.

Als Milly auch am nächsten Abend noch nicht bei mir war, beschloß ich, bei Tagesanbruch zur Polizei zu gehen und sie dort als vermißt zu melden. Aber um drei Uhr morgens bekam ich dann ein Fax von Milly, in dem stand, sie befände sich mit William in Las Vegas, würde in ein paar Minuten mit ihm auf Hochzeitsreise gehen und mir alles erklären, wenn ihre Flitterwochen vorbei wären. Ich sollte mir jedenfalls keine Sorgen machen.

»Ha!« sagte ich laut und lachte. »Ich werde *dir* alles erzählen!« Wenigstens waren nun Meg und Will wieder zusammengekommen, und ich hatte es ermöglicht.

Ich war sehr stolz auf mich und das, was ich da vollbracht hatte, aber aus Wochen wurden nun Monate, und ich hatte noch immer nichts von Tavistock gehört. Ich nervte die arme Nora mit der Zeit so sehr, daß sie vermutlich dazu bereit gewesen wäre, ein paar Drudenfüße auf ihre Haustür zu malen, um mich in Zukunft daran zu hindern, die Schwelle ihres Hauses zu überschreiten, wenn ich ein abergläubischer Mensch gewesen wäre.

Was mich betrifft, so war ich jetzt geneigt, jede Hoffnung aufzugeben, und ich ertappte mich dabei, wie ich bei den unpassendsten Gelegenheiten grundlos in Tränen ausbrach. Was ist besser, fragte ich mich nun – nie jemanden geliebt oder jemanden geliebt und verloren zu haben? Ich träumte von Jamie, Talis und Tavey. Ich dachte ständig an sie, während ich in meinem Apartment blieb und wartete. Doch mit jedem Tag, der verstrich, wuchs in mir die Überzeugung, daß Talis niemals auf meiner Türschwelle erscheinen würde.

Eines Nachmittags sagte ich mir dann, daß ich wieder anfangen müsse, mich unter die Leute zu mischen. Ich konnte mich schließlich nicht bis zum Ende meines Lebens in meinem Apartment einigeln und von aller Welt absondern. Vielleicht wartete Jamie ja längst dort unten vor der Haustür auf mich. Oder vielleicht an der nächsten Straßenecke …

Ich begab mich ins Badezimmer, ließ heißes Wasser in die Wanne laufen, fügte Parfümöl hinzu, weichte meinen Körper darin ein, rieb mir dann den Kopf mit einem nach Pfirsichen riechenden Zeug ein, das meine Strähnen in lockig-weiches, glänzendes Engelshaar verwandeln sollte, rasierte mir die Beine, spülte mir dann das Pfirsich-Glibberzeug mit einem milden Shampoo wieder aus den Haaren, stieg aus der Wanne und rieb mich von oben bis unten mit einem sündhaft teuren Hautpflegemittel ein. Als ich damit fertig war, wußte ich, daß keine

Gartenblume besser riechen konnte als ich, weigerte mich aber, die Tatsache anzuerkennen, daß ich keinen Mann hatte, der mich auf den Nacken küßte und mir sagte, wie gut ich duften würde.

Mit nichts anderem bekleidet als einem Bademantel aus weichem Frottee, öffnete ich meine Apartmenttür, um die Post einzusammeln, die man mir jeden Tag heraufbringt. Ich bewohne das Dachgeschoß des Apartmenthauses, und keiner, der mich besuchen möchte, darf den Aufzug zu meinem Penthouse benutzen, bevor er mir nicht vorher telefonisch angekündigt worden war. Und deshalb keuchte ich erschrocken, als sich plötzlich die Aufzugstüren öffneten.

»Entschuldigung«, sagte der Mann im Aufzug in einem so perfekten Englisch, daß das nicht die Sprache sein konnte, mit der er aufgewachsen war, sondern diese in der Schule gelernt oder an einer Universität studiert haben mußte. »Ich glaube, ich muß wohl auf einen falschen Knopf gedrückt haben. Ich wollte zu einem Kollegen, der im achtzehnten Stock wohnt, aber wie ich sehe, scheint das hier das ...«

Er brach mitten im Satz ab, weil ihn wohl etwas daran gestört haben mußte, wie ich ihn angaffte. Er war zwar groß – mindestens eins achtzig –, aber kein blondhaariger, blauäugiger Typ aus dem Mittleren Westen. Seine goldfarbene Haut und die schwarzen Haare deuteten eher auf einen mediterranen Ursprung hin, und ich bezweifelte sehr, daß er der gleichen Konfession angehörte wie ich.

Alles in allem konnte ich mir keinen Mann in einer besseren Verpackung wünschen. Ich blickte ihm in die dunklen, schokoladenfarbenen Augen und ertrank fast darin. In diesen Augen konnte ich Tavistock wiedererkennen, und wenn ich noch tiefer in sie hineinschaute, Talis. Und wenn ich sehr, sehr tief in sie eintauchte, konnte ich mich darin vielleicht selbst wiederfinden. Ich konnte dann den Mann darin sehen, der meine andere Hälfte war.

Er öffnete wieder den Mund, um etwas zu sagen, tat das dann aber nicht, weil ich nun zum drittenmal in meinem Leben in Ohnmacht fiel.

Kapitel fünfundvierzig

»Geht es Ihnen jetzt wieder besser?« fragte er.

Ich lag auf meiner Couch in meinem Wohnzimmer, und er saß neben mir, preßte mir mit einer Hand ein mit kaltem Wasser getränktes Taschentuch auf das Gesicht, strich mir mit der anderen Hand die vom Baden noch feuchten Haare aus der Stirn und sah mich dabei an, als wollte er jeden Quadratzentimeter von mir seinem Gedächtnis einprägen. Hätte ich in den letzten Monaten nicht schon einiges erlebt, und hätte ich nicht gewußt, wer dieser Mann war, wäre ich jetzt vielleicht aus meiner eigenen Wohnung geflüchtet und hätte jemanden vom Sicherheitsdienst geholt; denn wenn ein wildfremder Mann mir mit dem Rücken seiner Finger die Wangen und den Hals streichelt und mit dem Daumen über meine Brauen und dann langsam an meiner Nase entlangfährt, ist das etwas, das ich nicht so ohne weiteres akzeptieren oder mit mir machen lassen würde.

Aber dieser Mann war für mich kein Fremder. Ich wußte alles über ihn, was man überhaupt von einem Menschen wissen konnte, abgesehen von ein paar belanglosen Dingen seines jetzigen Lebens, wie zum Beispiel seinen Familiennamen und seinen Geburtsort – Dinge, die für mich nicht wichtig waren. Denn dieser Mann gehörte mir und hatte schon seit Anbeginn der Menschheit mir gehört.

Ich beobachtete ihn, während er mich ansah. Würde er sich an mich erinnern? Lauerte der Geist von Tavistock unter der Oberfläche seines Bewußtseins?

Plötzlich schien er aus einer Trance zu erwachen und setzte sich kerzengerade auf. »Entschuldigung – aber ich glaube, ich sollte mich erst einmal vorstellen. Mein Name ist Tariz ...« Er zählte noch eine Reihe anderer Namen auf, die ich aber gar nicht hörte. Sie setzten sich aus vielen Kehllauten zusammen, und als er so neben mir saß, mich mit seiner Hüfte berührend, schien ich jede Silbe, die er sprach, in meinem Körper zu spürten. Doch Tariz war alles, was ich wissen mußte. Talis, Tavey, Tariz.

»Sie scheinen krank zu sein«, sagte er. »Vielleicht sollten Sie jetzt besser einen Arzt aufsuchen.« Seine honigfarbene Haut wurde eine Spur blasser, als er im Flüsterton hinzusetzte: »Wäre es möglich, daß Sie in anderen Umständen ...?«

»Nein«, unterbrach ich ihn lächelnd. »Ich bekomme kein Baby. Ich bin nicht verheiratet. Nicht einmal verlobt. Ich bin ungebunden und frei.«

Tariz sagte nichts, fuhr aber fort, mich eindringlich zu studieren. »Sie werden vielleicht denken, ich sei verrückt, aber es kommt mir so vor, als würde ich Sie kennen. Es ist so, als ob ... ich weiß nicht, wie ich mich ausdrücken soll. Es ist so, als würde ich Sie wiedererkennen. Können Sie das verstehen?«

»Ja, ich verstehe Sie vollkommen.«

»Sie werden mich bestimmt auslachen, wenn ich Ihnen jetzt sage, daß ich sogar einiges über Sie weiß. Aber das ist unmöglich, weil wir uns noch nie zuvor begegnet sind.«

»Was wissen Sie denn über mich?« fragte ich.

Er lächelte sanft, und ich hatte das Gefühl, mir würde das Herz in der Brust zerschmelzen, als ich dieses Lächeln sah. »Sie leiden an Höhenangst. Und sie lieben ...« Er zögerte einen Moment. »Sie mögen kleine Tiere.« Er blickte kurz zu dem Kerzenhalter hin, der hinter mir auf dem Tisch stand. »Sie mögen kleine Affen und ...«, er strich sich mit der Hand über die Augen, »... Sie erzählen leidenschaftlich gern Geschichten. Wunderbare Geschichten, mit denen Sie Menschen zum Lachen bringen. Nein, mit denen Sie *mich* zum Lachen bringen. Sie ...«

Seine Stimme verebbte, als er mich wieder ansah, seine braunen Augen immer größer wurden und seine Haut immer blasser. »Ich glaube ... ich glaube ...«

Ich hatte bisher in meinem Leben noch nie einen Mann in Ohnmacht fallen sehen, fürchtete aber, das jetzt zum erstenmal erleben zu müssen. Deshalb erhob ich mich eilends von der Couch und lief zu meiner Hausbar, um ihm ein Glas Brandy einzuschenken. Nur hatte ich leider keinen Brandy in meiner Bar, weil ich keinen Brandy mag. Also goß ich ihm statt dessen ein Glas Mandarin Napoleon ein und eilte damit zur Couch zurück.

»Sie müssen entschuldigen«, sagte er, sich wieder gerade aufsetzend. »Ich bin überzeugt, daß das – wie nennen Sie das in Ihrer Sprache? Diese Übelkeit, die einen nach einem längeren Flug befällt?«

»Jet-lag«, sagte ich. Der Zeitunterschied, an den sich der Körper erst gewöhnen muß. Oder war es vielmehr der Zeitsprung über ein paar hundert Jahre, der ihm jetzt so sehr zusetzte?

Er trug einen dunklen Anzug, der seine schwarzen Haare und Brauen noch dunkler erscheinen ließ. Ich hatte jetzt keinen sehnlicheren Wunsch auf der Welt, als ihn zu berühren. Ich wollte ihm alles über uns erzählen. Ich wollte seine Arme um meinen Leib spüren.

»Warum schauen Sie mich so an?« fragte ich, um ihn dazu zu bringen, mir zu sagen, was er in diesem Moment dachte.

Er lächelte. Er hatte wunderschöne ebenmäßige Zähne und einen Mund – einen Mund, den zu küssen es mich so sehr verlangte, daß ich einen Moment lang den Blick davon abwenden mußte. Mein Bademantel klaffte vorn ein wenig auseinander, aber ich machte mir nicht die Mühe, ihn wieder zu schließen. Es hätte nur eines kleinen Winks von ihm bedurft, und ich hätte ihn ausgezogen und auf den Boden geschmissen.

»Ich kenne Sie nicht«, sagte er leise, »und Sie kennen mich nicht. Aber irgendwie kenne ich Sie doch. Ich kenne all das Gute und das Schlechte in Ihnen.«

»Das Schlechte?« sagte ich da unwillkürlich.

Er lächelte. »Sie können manchmal recht zornig werden, glaube ich.«

»Nur wenn jemand nicht das tut, was ich von ihm möchte«, erwiderte ich. »Ich bin absolut vernünftig und ausgeglichen, sobald jemand genau das tut, was ich von ihm verlange und wenn ich es von ihm verlange.«

Da wir uns ja eben erst kennengelernt hatten, mußte das

eigentlich eine für ihn absolut unverständliche Erklärung sein, aber er lächelte nur und sagte: »Ja, ich weiß. Sie haben einen sehr starken Willen.«

Dann holte er tief Luft und blickte auf das kleine Likörglas hinunter, das er in der Hand hielt. Ich saß auf dem Rand der Couch, ungefähr fünfzehn Zentimeter von ihm entfernt, und diese Distanz schien eine fast unerträgliche Entfernung für mich zu sein.

»Ich bin neu in Ihrem Land«, sagte er leise. »Ich bin erst gestern hier angekommen und soll mich mit einem Mann in diesem Haus treffen.«

»Der im achtzehnten Stock wohnt, aber Sie haben auf den falschen Knopf gedrückt.«

Er hob den Kopf und sah mich an. »Nein, ich glaube, daß ich auf den *richtigen* Knopf gedrückt habe.«

»Ja«, flüsterte ich, »Sie *haben* auf den richtigen Knopf gedrückt.«

Er sah wieder auf sein Glas hinunter, und ich konnte eine Ader an seinem Hals pochen sehen – an einem Hals, den ich jetzt zu gerne geküßt hätte. Die Luft zwischen uns schien sich so sehr mit Elektrizität aufzuladen, daß jeden Moment Blitze durchs Zimmer zucken mußten.

»Ich bin aus meinem Land in Ihr Land gekommen, um mit Ihren Leuten – Ihrem Präsidenten – über Mißverständnisse zwischen Ihrem und meinem Land zu reden.«

»Ein Diplomat also«, sagte ich. Ich wußte sehr genau, was für ein großes Talent Talis schon damals zum Diplomaten gehabt hatte. Er hatte ein so umgängliches, freundliches Wesen, daß er selbst die ärgsten Feinde dazu gebracht hätte, sich miteinander zu versöhnen.

»Ich tue mein möglichstes«, sagte er bescheiden und blickte mich dann durchbohrend an. »Sind Sie eine von diesen amerikanischen Frauen, denen es nicht möglich ist, eine Ortsveränderung vorzunehmen, weil sie an eine Firma gebunden sind?« fragte er.

Einen Moment lang wußte ich nicht, was er damit meinte, aber dann begann mein Herz ein wenig zu flattern. »Ich bin absolut beweglich. Ich verdiene mir mit dem Schreiben von Romanen meinen Lebensunterhalt und kann überall auf der Welt wohnen.«

»Gut«, sagte er lächelnd, öffnete den Mund, um noch etwas zu sagen, das er aber dann doch nicht über die Lippen brachte, sondern jetzt nur stumm das noch immer volle Likörglas auf dem Tisch neben der Couch abstellte.

»Warum haben Sie mich denn eben danach gefragt, ob ich beweglich sei und jederzeit verreisen könne?«

»Sie würden mich für verrückt halten, wenn ich Ihnen jetzt meinen Herzenswunsch verraten würde.«

»Nein, das würde ich nicht!« erwiderte ich heftig und betete darum, daß er mich jetzt nicht nur darum bitten würde, mit ihm essen zu gehen.

Als er mich nun wieder ansah, sah ich ein so großes Verlangen in seinen Augen, daß mir das Herz bis in den Hals hinaufhüpfte.

»Ich weiß nicht, wieso oder warum, aber ich liebe Sie. Ich liebe Sie von ganzem Herzen und von ganzer Seele. Es ist so, als hätte ich auf Sie gewartet – mein Leben lang nach Ihnen gesucht.«

»Dito«, war alles, was ich darauf sagen konnte. Und jetzt, dachte ich, reißen wir uns gegenseitig die Kleider vom Leib, und machte schon eine kleine Bewegung in diese Richtung.

Aber als er dann auf die Uhr sah, wollte mir das Herz fast in die Kniekehle hinunterrutschen. Wie hatte ich nur seine Verabredung vergessen können? Er war aus einem sehr wichtigen Grund in die Vereinigten Staaten gekommen. Er sollte Frieden zwischen zwei Ländern stiften, zwei Weltanschauungen miteinander versöhnen, vielleicht sogar einen Krieg verhindern. Wie wollte eine Frau, die alle naselang in Ohnmacht fiel, da mithalten können?

»Ich bin zwar sehr spät dran, werde aber trotzdem dafür sorgen, daß die Besprechung so gegen vier beendet ist. Dann komme ich wieder hierher und hole dich ab, damit wir getraut werden können, bevor das Standesamt schließt.«

Da fiel mir die Kinnlade fast bis zur Brust hinunter.

»Du wirst mir doch nicht wieder in Ohnmacht fallen wollen, oder?«

»Ich ... nun, nein, das glaube ich nicht. Aber ... heiraten?« Ich wußte nicht, was ich jetzt sagen sollte. Jedenfalls wollte mir nichts Passendes einfallen. »Könntest du deine Besprechung nicht noch ein bißchen aufschieben?«

Da erhob er sich von der Couch mit einem Zwinkern in den Augen, das mir noch sehr gut in Erinnerung war, weil ich es so oft bei Talis gesehen hatte. Er wußte ganz genau, was ich jetzt im Sinn hatte, und das schien ihn zu amüsieren. Er setzte die Spitzen seiner kräftigen Finger unter mein Kinn. »Ich werde dich nicht eher anfassen, bis du mir rechtmäßig angehörst. Aber dann werde ich dir sechs Monate lang nicht gestatten, mein Bett zu verlassen.« Er küßte mich auf die Stirn. »Doch dann wirst du schon so schwer an unserem Kind tragen, daß du mein Bett gar nicht mehr verlassen kannst.«

Ich spürte, wie mir jetzt die Knie weich wurden. Denn außer diesem Mann gab es nichts, was ich mir sehnlicher wünschte als ein Kind, das ich von ihm empfing.

»Aber zieh dich jetzt an. Ich werde dich spätestens in zwei Stunden hier abholen.«

Ich konnte den Gedanken nicht ertragen, daß er mich jetzt wieder verließ. Was war, wenn er nun nicht wiederkam? Wenn dieser Mann nur in meiner Phantasie existierte? Wenn er ... »Es dauert drei Tage, bis man in den Staaten eine Heiratslizenz bekommt. Wir werden warten müssen. Wir können nicht ...«

Er küßte mich nun auf eine europäische oder auch asiatische Weise auf beide Wangen. »Ich werde ein paar Leute anrufen. Es wird keine Wartezeit für uns geben.« Er küßte mich jetzt auf den Hals, machte aber keinen Versuch, mich in seine Arme zu nehmen. Ich wußte, daß sein Verlangen nach mir genauso groß war wie meines nach ihm, und daß er mir nicht zu nahe kommen durfte, weil er sonst nie mehr zu seiner Besprechung gekommen wäre.

»Hast du noch irgendwelche Fragen?« erkundigte er sich, mit seinen Lippen an meinem Ohr.

Als ich nichts darauf sagte, hielt er mich auf Armeslänge von sich weg. Ich konnte kein Wort mehr sagen, nur noch mit dem Kopf schütteln. Nein, keine Fragen mehr. Er gehörte mir, und ich war bereit, ihm bis ans Ende der Welt zu folgen.

»Dann gib mir deinen Paß. Es müssen ein paar Formalitäten erledigt werden.«

Da holte ich mit bebenden Händen das blaue Büchlein aus meiner Schreibtischschublade, händigte es ihm aus und sah zu, wie er es aufschlug. »Wir sind im gleichen Jahr geboren«, sagte er, »sogar am gleichen Tag.«

Ich nickte nur, begleitete ihn dann zur Tür und wartete stumm im Vorraum, bis der Aufzug heraufkam.

»Hast du irgendwelche Zweifel an mir?« fragte er, die Hand auf der Aufzugstür.

»Nein. Ich vertraue dir. Ich glaube an dich.«

»Und liebst du mich auch?« flüsterte er.

»Von ganzem Herzen. Und von ganzer Seele. Von Anbeginn an bis zum Ende der Zeit.«

»Ja«, sagte er, während sich die Aufzugstüren langsam vor ihm schlossen. »Ja. Mir ergeht es ebenso. Ich habe dich immer geliebt.«

»Ja«, flüsterte ich. »Ja.«

Band 12340

Mary Jo Putney

Wie ein Blütenblatt im Sturm

Nach Jahren begegnen sich zwei Menschen wieder, die einander einmal viel bedeutet haben

Rafe Withbourne, Duke of Candover, ist ein Lebemann, der sich den sinnlichen Freuden hingibt, ohne dabei sein Herz zu verlieren. Eine wichtige Mission führt ihn eines Tages nach Paris, wo er mit der Countess Magda Janos, »der schönsten Spionin Europas«, kooperieren soll. Als er ihr begegnet, trifft es ihn wie ein Schlag: Hinter der verführerischen Agentin verbirgt sich jene Frau, die ihn vor zwölf Jahren schmählich betrogen hat – die einzige, die er jemals geliebt und später gehaßt hat ...

BASTEI LÜBBE